쭈 꾸앙 치엔 朱光潛

詩 論

東文選

1946년 쭈 꾸앙 치엔 朱光潛 부부. 成都 少城公園

詩　論

鄭相泓 옮김

【항전판抗戰版 서序】

유럽에서는 고대 그리스에서부터 르네상스에 이르기까지 일반적으로 문학이론을 연구한 저작을 시학詩學이라 부른다. 〈문학비평〉이라는 명사는 매우 늦게 나왔고 그 범위가 비교적 폭넓으나, 〈시학〉은 여전히 중요한 부문이다. 중국에서는 예전부터 〈시화詩話〉만 있었지 시학은 없었다. 유협劉勰의 《문심조룡文心雕龍》의 조리가 비록 치밀하기는 하나 언급한 바는 시에 국한되지 않았다. 시화의 대부분은 우연히 느껴 붓 가는 대로 자유자재로 써서 몇 마디 말로 맥을 찌르고 간단하면서도 절실한 것이 그 장점이다. 그러나 그의 단점은 산만하고 잡다하며 체계가 없어서 어떤 때는 지나치게 주관적으로 흐르고, 어떤 때는 전통을 지나치게 신뢰한 나머지 과학적인 정신과 방법이 결여되어 있다는 것이다.

시학이 중국에서 크게 발달하지 못한 원인은 대개 두 가지를 벗어나지 않는다. 일반 시인이나 시를 읽는 사람이 항상 편견을 갖고 있어서 시의 정비精微하고 오묘奧妙한 것은 뜻으로 이해할 수는 있으나 말로는 전할 수 없다고 생각하였다. 이는 마치 과학적인 분석을 거치면 칠보탑이 허물어져 한 조각도 이루어지지 않는 것과 같다고 생각하는 것이다. 또 한 가지는 중국인의 심리는 종합적인 것을 중시하고 분석을 싫어하는 편향이 있으며, 직각直覺에 뛰어나고 논리적 사고에 약하다. 따라서 조심스럽고 엄격한 분석과 논리적인 귀납은 시학을 연구하는 사람이 마땅히 지녀야 할 방법일 것이다.

시학을 홀시하는 것은 일종의 불행이라 하겠다. 역사적 사실로 미루어 보면 예술창조와 이론은 항상 상호인과적 관계에 놓여있었다. 예를들어 아리스토텔레스의 《시학》은 그리스 문학작품이 얻어낸 결론을 귀납한 것이며 후대의 수많은 시인은 모두 그의 영향을 받았다. 이러한 영향이 전적으로 좋은 것은 아니었지만 그렇다고 완전히 나쁜 것도 아니었다. 그 다음으로 감상에 대하여 살펴보면, 우리들의 예술작품에 대한 애증愛憎은 맹목적이어서는 안 된다는 것이다. 그러므로 다만 좋게 느꼈다 혹은 나쁘게 느꼈다는 것만으로는 충분치 못하며, 반드시 한 걸음 더 나아가 그것이 왜 좋고 왜 좋지 않은지를 연구해야 한다. 시학의 임무는 시의 사실에 관해 그를 대신하여 그 이유를 찾아내는 데에 있다.

오늘날 중국에서 시학을 연구하는 것이 더이상 느슨해서는 안 될 것 같다.

첫번째로 모든 가치는 비교로부터 얻어지는 것이므로 비교하지 않으면 그 장단점과 우열을 가릴 수 없다. 현재 서양의 시작품과 시이론詩理論이 중국에 전해지기 시작하여 우리들이 비교할 재료는 종전에 비해 훨씬 풍부해졌으므로 마땅히 이 기회를 이용하여 우리들의 과거의 시 창작과 이론의 장단점이 무엇인지를, 그리고 결국에는 서양사람들의 연구업적들을 거울로 삼아 조명해 볼 만한가를 연구해야 한다.

그 다음으로 우리들의 신시新詩 운동은 바야흐로 이제 막 시작되고 있는데, 이 운동의 성공 또는 실패는 중국문학의 앞날에 매우 큰 영향을 미칠 것이니 우리들은 정중하게 삼가고 신중히 하여 유산流産되지 않도록 해야 할 것이다. 그리고 특별히 연구해야 할 두 가지의 큰 당면문제가 있다. 그 첫째는 고유의 전통은 결국 어느 정도 계승해 나가야 할 것인가 하는 것이며, 또 하나는 결국 외래의 영향은 얼마나 접수·수용해야 할 것인가 하는 것이다. 이와같은 문제는 모두 시학자들이 허심탄회하게 연구·토론해야 한다.

《문예심리학》을 다 쓰고 난 후, 필자는 평소 비교적 많은 정성을 기울였던 시에 대해서 이론적인 검토를 하려고 생각했다. 그것은 이미 유럽에 있을 때 개요를 기록해 놓았던 것이었다. 1933년 가을에 귀국하여 곧 북경대학에 재직하게 되었는데, 그때 호적지胡適之 선생은 문학원장이었고 그는 중국문학교육에 대해 그 당시 사람들과는 매우 상반된 견해를 갖고 있었으며, 중국문학과는 반드시 외국문학과 교수를 초청하여 한 분과를 맡도록 해야 한다고 생각했었다. 그는 필자의 《시론》의 초고를 보고 중문과로 불러 1년을 강의하게 하였다. 항전시기 후 필자는 무한대학武漢大學으로 전전하였는데 진통백陳通伯 선생도 호적지 선생과 같은 견해를 갖고 있어서 나를 중문과에 맞아들여 강의할 때마다 원고를 대폭 수정하였는데 수정하고 또 수정했어도 여전히 조악하고 일천하다는 것을 깨달았다. 그래서 그것을 내버려두고 앞으로 한가할 때 처음부터 끝까지 다시 쓰리라고 예비하였다. 이미 7,8년 동안 버려놓았는데 다시 7,8년을 버려놓더라도 그렇게 긴요하지 않았을지 모른다. 그런데 현재 진통백 선생과 몇 명의 친구가 문예총서를 편집하는 데 이 강의의 내용으로 그 수를 채우고자 하였다. 이러한 까닭으로 이 책이 세상에 나오게 된 것이다. 이것이 이 책을 쓰고 발표하게 된 경위이다.

그러므로 호적지·진통백 두《선생님께 깊이 감사드린다.》두 분의 격려로 이 원고를 다시 수정할 기회가 생긴 것이다. 주패현朱佩弦·섭성도葉聖陶와 기타 몇몇 친구가 필자를 대신해서 원고를 검토해 주었으며 매우 많은 지시를 해주어 크게 감격하고 있다.

1942년 3월 四川嘉定에서 朱光潛

【증정판增訂版 서序】

이 작은 책은 항전 중 중경重慶의 국민도서출판사에 의해 2천 권 남짓 인쇄되었는데 잘못된 글자가 너무 많아서 필자가 판권을 회수한 이후 다시는 인쇄하지 않았다. 예전에 시에 관한 몇 편의 문장을 썼으나 항전판 속에는 인쇄되어 있지 않았으며, 원래 장차 다시 몇 편을 더 써서 2집으로 만들 생각이었다. 근래 학교에서 업무를 겸직하고 있어서 시간을 내어 옛날의 작업을 정리하기가 힘들고 제2집을 어느 날 다 쓸 수 있을지 알 수 없어 우선 이미 써놓은 것을 본편에 추가하였다. 새로 추가한 것은 모두 3편인데,〈중국시는 어떻게 해서 율의 길로 가게 되었는가? 中國詩何以走上律的路〉상하편은 시 창작의 역사에 대해 검토한 것이며,〈도연명〉은 개별작가에 대하여 비평·연구를 시도한 것이다. 만약 시간이 허락된다면 앞으로 이와같은 문장을 좀더 깊이있게 쓰게 되기를 바란다.

1947년 여름 북경대학에서 朱光潛

【차　례】

제1장

시의 기원

어떤 사물의 본질을 이해하려면 먼저 그 사물의 기원을 연구하는 것이 가장 바람직하다. 이것은 한 개인의 성격을 이해하려고 할 때 그의 조상과 환경을 먼저 아는 것이 가장 좋은 것과 같다. 시도 이와 마찬가지다. 많은 사람들이 『시란 무엇인가?』 『시는 어떠해야 하는가?』라는 문제들에 대해 분분히 논쟁하였으나 결국 요점을 얻지 못하였다. 만약 그들이 먼저 『시는 어떠한 기원을 가졌는가?』라는 기본문제를 분명히 하였다면 많은 분쟁을 피할 수 있었을 것이다.

1. 역사와 고고학적 증거를 모두 신뢰할 수는 없다

역사와 고고학의 증거로 본다면, 각 나라에서 시가詩歌가 산문보다 비교적 일찍이 발생되었다. 원시인류는 대개 후대에 전할 만한 인물이나 사적事蹟, 혹은 학문적인 경험을 접하였을 때 모두 시의 형식을 빌어 기록하였다. 이러한 것 중에 실용문과 같은 것이 있는데, 이것은 시의 형식을 취하여 기억하기에 편하게 할 뿐 그 내용이 반드시 시의 형식을 요구하는 것은 결코 아니다. 예를들면 한의사의 진맥처방전이나 아동의 글자책과 같은 것들이다. 예술성을 띠고 있는 문자에 이르러서는 시의 형식이 리듬을 표현하는 필수조건이 되는데 원시가요와 같은 것이 그러한 일례이다. 중국에서 가장 오래된 책들의 대부분은 운문이 뒤섞여 있는데 《서경書經》《역경易經》《노자老子》《장자莊子》가 모두 그 두드러진 예이다. 고대 그리스와 서구 근대국가의 문학사도 역시 시가로 시작되며 산문은 뒤에 점차 변화되고 발전하여 왔다.

시가가 가장 일찍이 나온 문학이라는 것은 모든 문학사가들에 의하여 공인된 사실이다. 그러면 그것은 언제 일어났는가. 그리고 또 어떻게 일어났는가를 살펴보기로 하자.

여태까지 일반학자들이 이 문제를 연구하였는데 대부분이 역사와 고고학으로부터 손을 대어왔다. 그들은 가장 오래된 서적 속에서 몇 편의 시가를 찾아내는 것이 시의 기원을 찾아내는 것이라고 생각하였다. 유럽인들은 호머의 서사시를 그들의 시의 조상으로 생각하는데, 이는 그가 기록해 놓은 시가 가장 오래되었기 때문이다. 근대학자들도 많은 증거를 수집하여 호머의 서사시가 더욱 오래된 수많은 서사시와 민간전설을 취합하여 이루어진 것이라고 증명하고 있다. 그렇다면 서양시의 기원은 호머의 시에 있는 것이 아니라 그것의 근거가 되는 더욱 오래된 시에 있을 것이다.

중국에서는 옛날에 잃어버린 책들을 수집하는 기풍이 더욱 발달하였는데 학자들은 시의 기원에 대해 갖가지로 추측을 하였다. 한대漢代의 정현鄭玄은《시보서詩譜序》에서 시의 기원은 우순虞舜시대에 있다고 생각하였다.

시가 생겨난 것은 실로 상황上皇 복희씨伏羲氏의 시대에 있지 않았다. 대정 신농씨와 황제 헌원씨에서 고신씨에 이르기까지 그때 서적에 싣지 않은 것도 있었고, 또한 경미輕微하게 말한 것도 있었다.《우서虞書》에서 말하기를『시는 뜻을 말한 것이며 노래는 말을 길게 읊은 것이고, 소리는 가락을 따라야 하며 음률은 소리와 조화를 이루어야 한다』고 한즉 시의 도道가 이에 빛을 발하게 되었다.

詩之興也, 諒不於上皇之世. 大庭軒轅, 逮於高辛, 其時有亡戴籍, 亦蔑云焉.《虞書》曰,『詩言志, 歌永言, 聲依永, 律和聲』然則詩之道放於此乎!

그의 뜻은〈시詩〉라는 글자가 우서에서 가장 일찍 발견되는 바 이런 까닭으로 시는 우虞에서 기원하였다는 것이다. 이와같은 추리는 매우 견강부회牽強附會하다. 당대唐代의 공영달孔穎達은《모시정의毛詩正義》에서 정현의 설과 다르게 생각하였다.

순舜임금은 요堯임금을 이었으며, 현명한 순임금은 이미 시를 사용하였다. 그런 까닭에 육예론六藝論에서 말하기를『당우唐虞[1]가 비로소 그 처음을 만들었으며 주周에 이르러 육시六詩로 분화되었다』하였으니 역시 요전堯典의 문장을 지칭함이다. 여기에서〈처음을 만들었다〉는 것은 지금 시를 만든 것이 처음이라는 말이지, 처음으로 노래를 불렀다는 말은 아닌즉 대정大庭 때에 일어났다는 것은 의심스럽다. 그러나 구가謳歌되었던 것은 당연히 오래되었다. 그 이름을 〈시〉라고 한 것은 어느 때인지 알지 못한다. 순임금 때에 비로소 시라는 이름이 보이기는 할지라도 그 이름이 반드시 순임금 때에 시작된 것은 아닐 것이다.

舜承於堯, 明堯已用詩矣. 故《六藝論》云, 『唐虞始造其初, 至周分爲六詩』, 亦指堯典之文, 謂之造初, 謂造今詩之初, 非謳歌之初, 謳歌之初; 則疑其起自大庭時矣. 然謳歌自當久遠, 其名曰〈詩〉, 未知何代, 雖於舜世始見詩名, 其名必不初起舜時也.

이 말은 비교적 합리적이어서, 비록 바람을 잡고 그림자를 좇는 격일지라도 많이 찾아봐서 의심을 없애려는 정신을 잃지 않고 있다. 정현鄭玄의 서序로부터 출발하여 많은 학자들이 고서 중에서 실례를 찾아내어 우순虞舜 이전에도 이미 시詩가 있었다는 것을 증명하고자 하였다. 양梁의 유협劉勰은 《문심조룡文心雕龍》에서 《여씨춘추呂氏春秋》《주례周禮》《상서대전尙書大傳》등의 여러 책에서 인용한 고시古詩를 근거로 하여 이같이 말했다.

옛날에 갈천씨葛天氏는 악사樂詞에서 이르기를 『현조玄鳥가 곡曲에 있다』고 하였고, 황제黃帝의 〈운문雲門〉의 곡曲도 그 이치가 헛되이 현絃만 뜯었던 것이 아니라 가사를 수반하였을 것이다. 요堯에 이르러 〈대당大唐의 노래〉가 나왔고, 순舜은 〈남풍南風의 시詩〉를 지었는데, 이 두 개의 작품을 보면 문사가 매우 뛰어났다.

昔葛天氏樂詞云, 『玄鳥在曲』黃帝雲門, 理不空綺. 至堯有大唐之歌, 舜造南風之詩, 觀其二文, 辭達而已.《明詩篇》

후대의 많은 선집가選集家들은 유협의 잃어버린 고적古籍을 찾아 모으는 작업을 계승하였으니, 곽무천郭茂倩의 《악부시집樂府詩集》과 풍유눌馮惟訥의 《시기詩記》등의 책은 고서古書에 흩어져 있는 수많은 시가詩歌들을 모아 싣고 있다. 그러나 근래에는 옛것을 의심하는 풍기가 크게 열려 고증학자들의 연구를 거쳐 주周 이전의 역사도 아직 의심스런 부분이 많다. 종전의 사람들이 옛날에 일실逸失되었던 시詩를 찾아 모으는 데 근거한 책들, 즉 고문古文으로 된 《상서尙書》《예기禮記》《상서대전尙書大傳》《열자列子》《오월춘추吳越春秋》 등은 거의가 늦게 나온 책이다. 이에 《시경詩經》이 가장 믿을 만한 고시집古詩集이 되었으며, 또한 중국시의 원천인 것이다.

우리가 생각건대, 일실된 시詩를 찾아 모으는 이러한 방법으로는 아마 영원히 시의 기원을 찾지 못할 것이다. 그것은 두 가지 근본적으로 잘못된 관념을 포함하고 있기 때문이다.

첫번째 가정假定은 역사기록상의 최고最古의 시가 곧 시의 기원이라는 것이다.

두번째는 최고最古의 시에서밖에 시의 기원을 찾을 수 없다는 것이다.

첫번째 가정의 오류는, 고고학적考古學的 증거나 실제로 관찰한 증거를 토대로 보는 것에 관계없이 시가의 기원은 산문보다 앞서 있을 뿐만 아니라, 문자보다도 훨씬 앞서 있기 때문에 생긴 것이다. 영국인들이 문자를 사용하여 민가民歌를 기록한 것은 13세기부터 시작되었다. 현재 영국이 보존하고 있는 민가의 사본寫本은, 차일드Child의 고증에 의하면 단 한 종류만이 13세기의 것이고, 나머지는 15세기 이후의 작품이라고 한다.

민가를 수집하는 경향은 17세기의 퍼시Percy로부터 비롯되었으며 19세기의 스코트Scott와 차일드 등에 이르러서야 성행하였다. 그러나 이러한 민가는 학자들이 수집하여 기록하기 이전에 이미 일찍부터 사람들의 입에 유전流傳되어 왔다. 만약 우리들이 가장 빠른 시기의 민가의 사본寫本, 혹은 수집본搜集本에 의거하여 사본 혹은 수집본 이전에는 민가가 없었다고 단정한다면 이 어찌 우스운 일이 아니겠는가?

두번째 가정의 오류는, 시의 원시성原始性의 여부는 문화의 정도를 보아 정해지는 것이지, 시대의 선후를 그 준칙으로 삼지 않는다는 데에 있다. 3천 년 전의 그리스인의 문화는 현재의 아프리카나 오세아니아주 원주민의 문화보다 훨씬 발전하였으며, 호머의 서사시도 비록 오래되었으나 원시성의 정도를 논한다면 반대로 아프리카나 오세아니아주 원주민의 가요歌謠와는 다르다.

동일민족의 시를 살펴보면, 현대 중국의 민간가요는 비록 상송商頌이나 주송周頌에 비해 2,3천 년 늦을지라도 시의 발전단계에서는 현대의 민가가 오히려 상송商頌이나 주송周頌보다 앞서 있다. 그래서 우리들이 시의 기원을 연구함에 있어 호머의 서사시나 상송商頌·주송周頌을 근거로 삼는 것은, 현대의 미개화未開化된 민족 혹은 이미 개화된 민족 중에서도 교육을 받지 못한 민중의 가요歌謠를 근거로 삼는 것보다 오히려 못하다. 이전의 학자들이 시의 기원을 연구하는 데 있어서 단지 역사의 기록 중에서 가장 오래된 시를 찾아 모으려고만 노력했을 뿐 민간가요를 소홀히 하였으니 실로 이것이 큰 착오였다.

이는 결코 고서古書에 실려있는 시詩가 반드시 시의 기원을 연구하는 근거가 될 수 없다는 것은 아니다. 비유컨대 《시경詩經》 중에서 〈국풍國風〉의 대부분은 주대周代에 수집되어 씌어진 가요歌謠로서, 원시原始 형태의 시詩의 여러 가지 특징을 갖추고 있다. 그것들의 문자형식과 풍속, 정교政敎는 근대가요가 표현하고 있는 것과 모두 동일하지는 않을지라도 근대가요와 매우 유사하여 여전히 시의 기원문제를 연구하는 데 좋은 증거가 된다. 시의 기원문제를 논한다면, 그것들의 연대의 선후는 실지로 큰 취지와는 관계가 없으며, 그들은 모든 가요와 동등한 대우를 받아야 한다.

여기까지 언급하였으니, 현대의 중국 문학사가들이 〈국풍〉의 연대를 단정하는 착오에 대해 간략하게 말해도 무방하리라. 이미 가요라 하면 반드시 동시대에 일어났거나 한 시대에 성취된 것은 아니다. 문학사가들은 한편으로는 국풍을 가요집이라고 인정하면서, 한편으로는 어느 국풍은 어느 시대에 속한다고 지정하려고 한다. 예를들면 〈빈풍豳風〉〈회풍檜風〉은 모두 서주西周의 시이며, 〈진풍秦風〉은 동주東周·서주西周의 교체기에, 〈왕풍王風〉〈위풍衛風〉〈당풍唐風〉은 동주 초기에, 〈제풍齊風〉〈위풍魏風〉은 춘추 초기에, 〈정풍鄭風〉〈조풍曹風〉〈진풍陳風〉은 춘추 중기의 시라고 한다.(육간여陸侃如·풍원군馮沅君의 《중국시사中國詩史》 참고) 우리가 볼 때에는 이러한 것은 견강부회함을 면치 못한다. 동일한 가요집 가운데의 가요는 그 시기에는 선후가 있겠지만, 이러한 선후는 가요가 유행한 지역에 의해 정해질 수는 없다. 〈주남周南〉〈소남召南〉〈정鄭〉〈위衛〉〈제齊〉〈진陳〉등의 글자는, 다만 이러한 분집分集에 속한 가요가 글자로 씌어지기 전에 유행했던 지역을 표명標明할 뿐이다. 각각의 지역내의 가요는 일찍 일어난 것도 있고 늦게 일어난 것도 있다. 몇 편의 가요가 역사적인 단서를 갖고 있어 그 연대를 추측할 수 있다고 해서 전지역내의 가요가 동일한 연대에 속한다고 단정내릴 수는 없는 것이다. 예를들면 20세기에 출판된 《북평가요北平歌謠》 속에는 비록 〈선통회조宣統回朝〉라 불리는 가요가 있지만, 우리는 이를 근거로 해서 이 가요집 속의 다른 가요들도 모두 민국시대民國時代에 일어났다고 단정할 수는 없다. 하물며 일반인들이 인정하는 바 찾아볼 만한 역사적인 단서가 있다는 몇 편의 시들, 즉 〈감당甘棠〉의 소백召伯, 〈하피농의何彼襛矣〉의 제후齊侯의 아들조차도 막연하여 상고詳考할 수가 없다.[2] 국풍 중에 연대를 단정하는 데 필요한 증거를 갖고 있는 것은 매우 적다.

2. 심리학적 해석, 정감의 〈표현〉과 인상印象의 〈재현再現〉

시의 기원은 실지로 역사적인 문제가 아니라 심리학적인 문제이다. 시의 기원을 이해하려면 우리들은 먼저 『인류는 왜 노래를 부르고 시를 써야만 했는가』라고 물어야 한다.

이 문제에 대해서는 이구동성으로 『시가는 정감을 표현하는 것』이라고 대답한다. 이 말은 또한 중국 역대로 시를 논하는 사람들의 공통된 신조이다. 《우서虞書》에 『시는 뜻을 말하는 것이고 노래는 길게 말하는 것이다 詩言志, 歌永言』하였고, 《사기史記·골계열전滑稽列傳》에서는 공자의 『문장을 써서 사건을 말하고, 시로써 뜻을 전달한다 書以道事, 詩以達意』는 말을 인용하였는데, 이른바 〈지志〉와 〈의意〉는 근대어로 〈정감情感〉(심리학적 관점에서 보면 의지意志와 정감情感은 본래 쉽게 분리할 수 없다)을 포함하고 있으며 〈언言〉과 〈달達〉은 근대어로 바꾸면 〈표현〉이다. 이러한 견해를 가장 뚜렷하게 밝힌 것은 《모시서毛詩序》이다.

시란 뜻이 가는 바이다. 마음에 있을 때는 뜻(志)이며, 말로 나타냈을 때는 시詩이다. 정情이 속에서 움직여 말로 형용되는데, 말이 충분하지 아니한 까닭에 감탄하게 되고, 감탄으로도 부족한 까닭에 길게 노래하며, 길게 노래하는 것으로도 부족하면 자기도 모르게 손발이 춤추게 된다. 정情은 소리로 나타나고, 소리가 무늬를 이루니 이것을 음音이라 한다.

詩者志之所之也. 在心爲志, 發言爲詩, 情動於中而形於言, 言之不足, 故嗟嘆之. 嗟嘆之不足, 故永歌之. 永歌之不足, 不知手之舞之, 足之蹈之也. 情發於聲. 聲成文, 謂之音.

주희朱熹는《시서詩序》에서 이 글을 인용하여 다음과 같이 말하였다.

혹자가 나에게 묻기를『시는 무엇 때문에 씁니까?』하기에, 내가 그에게 응답하기를『사람이 태어나면서 부여받은 청정淸靜한 성품이 하늘의 성性이다. 물상物象에 느낌을 받아 움직이는 것은 본성에 하고자 하는 바가 있기 때문이다. 무릇 이미 하고자 함이 있은즉 사량思量이 없을 수 없고, 이미 사량思量이 있은즉 말이 없을 수 없으며, 이미 말이 있은즉 능히 다하지 못하는 바가 있게 되고, 탄식과 한탄의 소리를 발하게 된다. 또 자연의 음향과 절주(리듬)가 반드시 있으나 능히 다하지 못한다. 이것이 시를 쓰는 이유이다』라고 하였다.

或有問於予曰,『詩何爲而作也?』予應之曰,『人生而靜, 天之性也. 感於物而動, 性之欲也. 夫旣有欲矣, 則不能無思. 旣有思矣, 則不能無言. 旣有言矣, 則言之所不能盡, 而發於咨嗟咏歎之餘者, 又必有自然之音響節奏而不能已焉. 此詩之所以作也.』

사람이 태어나면 정감이 있게 되고, 정감은 본래 표현되기를 요구하는 것으로 정감을 표현하기에 가장 적당한 방식이 곧 시가詩歌인데, 언어적 리듬과 내재적 리듬이 서로 결합하는 것이 곧 자연적인 것이지만, 능히 표현해내지 못하기 때문에 시를 쓴다는 것이다.

이것은 하나의 이론이고, 고대 그리스인들에게는 또 다른 시각이 있었는데, 그들의 시의 정의는 〈모방예술imitative art〉이다. 모방의 대상은 심리활동(정감과 사상 같은)일 수도 있고, 기타 자연현상일 수도 있다. 그러나 고대 그리스인은 심리학자들이 말하는 바 〈외경外傾extroversion〉의 경향을 가졌으며, 그들의 예술의 신인 아폴로는 정관靜觀과 침묵의 사색을 지고至高하고도 이상적인 것으로 생각한다. 그들의 눈은 언제나 바깥면을 따라 보며, 그들로 하여금 가장 흥취를 느끼게 하는 것은 뜬세상의 모든 형형색색이다. 그들의 이른바 〈모방〉은 조형예술과 같이 외계사물의 인상에 편중되는 것 같다. 그들은 비극 중에서 비록 내심의 충돌을 언급할지라도 여기에 중점을 두는 것이 아니라 인간과 신의 알력에 중점을 둔다. 우리들이 볼 때 시의 중요한 효능은 외계사물의 인상을 〈재현再現〉하는 것이다. 아리스토텔레스는 그의 《시학Peri poietikes》에서 분명하게 말하였다.

시의 일반적인 기원은 두 가지 원인에서 비롯되는데 이는 모두 다 인간본성에 근원하고 있다. 사람은 어렸을 때부터 자연적으로 모방할 줄 안다. 인간은 저등한 동물과 비교하여 강한데, 이는 인간이 모방을 가장 잘하는 동물이며 처음부터 모방에 의해 지식을 습득하기 때문이다. 또한 인간은 모방한 작품을 좋아하는데 이것은 매우 자연적이다. 이 첫번째 사실은 경험으로 증명된다. 사물 자체가 보는 사람으로 하여금 불쾌감을 줄지는 몰라도, 가장 사실적寫實的인 방법으로 그것들을 재현再現하였을 때는 오히려 우리들로 하여금 쾌감을 준다. 예를들면 저등동물이나 시체의 형상 같은 것이다. 이밖에 다른 이유가 있는데 지식을 습득한다는 것은 최대의 쾌락이며, 이는 비단 철학가들만 그런 것이 아니라 보통사람들의 능력이 비록 비교적 적고 미약하다 할지라도 마찬가지로 최상의 즐거움인 것이다. 우리는 그림 보기를 좋아하는데 이는 보는 동시에 지식을 습득하고 사물의 의의를 밝게 이해하기 때문이다. 말하자면 『이 그림의 인물이 누구로구나』하는 것과 마찬가지 원리이다. 만약 그 실물을 이전에 본 적이 없는 경우에는 모방의 대상이 아니라 수법이라든가 색채라든가 그밖의 유사한 원인에 의하여 쾌감을 느낄 것이다.

아리스토텔레스는 여기에서 심리학적 관점으로 시의 기원을 해석하였

는데 가장 중요한 두 가지 원인으로는 첫째 모방본능이며, 둘째 지식습
득에서 생기는 쾌감으로 생각하였다. 동시에 예술이 그의 모방내용을 제
외하고 본래의 형상이 그림 속의 형체와 색채로 배합된 것 같으면 쾌감
을 일으킬 수 있다고도 인정하였다. 그는 곳곳에서 시를 그림에 비교하
였으며, 그가 말한 바 〈모방〉은 뚜렷이 〈재현再現representation〉에 편중
되고 있다.

총괄해서 말하자면, 시는 내재內在된 정감을 〈표현〉하는 것이거나 혹
은 외부에서 받은 인상을 〈재현〉하는 것, 또는 순수하게 예술형상으로
쾌감을 일으키는 것 등으로 그 기원은 모두 인간본성을 기초로 한다. 그
러므로 엄격하게 말하자면, 시의 기원은 마땅히 인류의 기원과 마찬가지
로 오래되었다고 하겠다.

3. 시가詩歌는 음악이나 무용과 그 기원이 같다

인류 시가의 기원을 논한다면, 역사와 고고학적 증거는 인류학과 사회
학의 중요성에 훨씬 미치지 못한다. 전자는 먼 옛날의 시가를 대상으로
하기 때문에 아득하여 상세히 고찰하기 힘들고, 후자는 현대의 가요를
대상으로 하기 때문에 확실하여 믿을 수 있는 까닭이다. 따라서 우리는
마땅히 후자를 위주로 하고, 전자로써 보충해야 한다. 이 두 방면의 증거
로써 우리들은 매우 중요한 결론을 얻을 수 있는데, 즉 시가는 음악이나
무용과 그 기원이 같으며, 또한 최초에는 일종의 삼위일체의 혼합예술이
었다는 것이다.

고대 그리스의 시가·음악·춤 등 세 종류의 예술은 모두 주신酒神 축
제에서 비롯되었다. 주신酒神(Dionysos 또는 Bacchus)은 번식의 상징이
며 그 축제에서는 제전祭典을 주재하는 사람과 신도들은 포도와 각종 식
물의 가지와 잎을 걸치거나 머리에 쓰고 미친 듯이 노래하며 춤을 추는
데, 수금豎琴(lyre) 등 각종 악기로 흥을 돋운다. 이러한 제전의 노래와
춤으로부터 훗날의 서정시(원래는 송신시頌神詩)가 나왔고, 또 그뒤에 비
극과 희극(원래는 주신酒神으로 분장한 주제관主祭官과 제사를 지내는 사람의

대창對唱이었다)으로 변화되었다. 이것이 시가와 음악과 춤이 그 기원을 같이한다는 최고最古의 증거이다.(아리스토텔레스의《詩學》, 유리피데스의 《酒神의 伴侶》, 니체의《悲劇의 탄생》등 참고)

근대 서양학자들의 아프리카나 오세아니아주 등의 원주민에 대한 연구와 중국학자의 변강邊疆민족, 즉 묘苗 · 요瑤 · 살薩 · 만滿 등의 각 부족이 살고 있는 모든 부락에 대한 연구로 시가와 음악과 춤의 동원설同源說에 관한 증거가 매우 많아졌다.

이제 가장 유명한 오세아니아주 원주민의〈코로보리춤Corroboree〉을 예로 들어본다. 이 춤은 보통 달밤에 거행되는데 춤출 때 모든 부락민은 나무숲 속의 빈터에 모여 한가운데에 장작불을 피운다. 부녀자들은 벌거벗은 채 불의 주위에 서서 각자 무릎에 캥거루 가죽을 동여맨다. 지휘자는 그들과 불 사이에 서서 손에는 두 개의 곤봉을 들고 있는데, 그가 곤봉을 한 차례 맞부딪치면 뛰며 춤추던 남자들이 앞줄과 옆줄을 맞추며 마당 안쪽으로 뛰어간다. 이때 지휘자는 한편으로 곤봉을 두드리며 박자를 지휘하면서, 한편으로는 하나의 곡조를 노래하는데 그 소리의 높고 낮음이 춤추는 박자의 빠르고 느림과 서로 같다. 부녀자들은 춤추는 데에는 참가하지 않고 다만 악대樂隊를 형성하여 무릎 위의 캥거루 가죽을 두드리며 목청을 길게 끌면서 춤의 박자에 따라 노래한다. 그녀들이 부르는 노래의 가사는 때때로 앞뒤가 바뀌고 혼란스러우며, 문법에 맞지 않고 뚜렷한 뜻이 없는데 그녀 자신들도 해석하지 못한다. 가사의 최대 효과는 춤의 박자를 맞추는 데에 있으며 그 뜻은 결코 중요하지 않다. 찾아낼 만한 뜻은 대부분 매우 간단한데 다음 예와 같다.

저 용사들 빨리 왔네.
저 용사들 빨리 왔네.
그들 모두 함께 왔네.
캥거루 끌고 왔네.
큰걸음으로 왔네.
저 용사들 왔다네.

이것은 사냥하는 것을 경축하는 개선가인데, 이로써 그들의 기뻐하며 춤추는 모습을 상상할 수 있다. 나머지 무가舞歌들도 대개 이와 유사하다. 제재는 모두 원시생활 중의 일부분인데 간단하면서도 열광적인 정서가 단순하면서도 정열적인 가락에 표현되어 있다.

이밖에 오세아니아주에서는 각종 〈모방춤〉이 성행하였는데, 춤출 때 그들은 새의 깃털과 짐승의 가죽으로 만든 장식을 입거나 쓰고 새와 짐승의 모습과 동작, 그리고 연애와 전투의 줄거리를 모방한다. 이러한 모방춤은 상징적인 의미를 갖고 있다. 호지킨슨Hodgkinson이 묘사한 카로춤Kaaro을 예로 들어보자. 이 춤 또한 달밤에 거행되는데 춤추기 전에 그들은 흠뻑 취하고 매우 많이 먹는다. 춤추는 사람은 모두 남자이며 각각 손에는 긴 창을 잡고 여성의 생식기와 비슷한 흙구덩이를 따라 뛰어갔다 뛰어왔다 한다. 창을 흙구덩이로 찔러넣고 동시에 여러 가지 열광적인 자세를 해보이며 열광적인 곡조로 노래한다.

이런 모방춤으로부터 우리는 원시가무가 내재한 정감을 〈표현〉할 뿐만 아니라 동시에 외부로부터 받은 인상을 〈재현〉하고 있다는 것을 알 수 있다. (이상의 두 가지 예는 그로세Grosse의 《예술의 기원 Beginning of Arts》에 근거함)

원시인류는 노래를 불렀다 하면 반드시 춤을 추었고, 춤을 추었다 하면 반드시 노래를 불렀다. 그래서 보토쿠도Botocudo민족은 춤과 노래라는 말을 단 하나의 글자로 표시하였다. 근대 유럽의 문자인 발라드Ballad도 노래와 춤의 두 가지 뜻을 포함하고 있다. 서정시는 그리스 문자인 리릭lyric을 따라 사용하는데 본래의 뜻은 하프(수금竪琴)를 탄주할 때 부르는 노래를 말한다. 완원阮元[3]에 의하면, 《시경》의 〈송頌〉은 그 원래의 뜻이 〈무용舞容〉(춤추는 모습·자태)이며 송시頌詩는 노래와 춤의 혼합으로 그 흔적도 매우 현저하게 남아있다. 혜주척惠周惕도 『풍·아·송은 그 음으로써 구별된다 風雅頌以音別』고 말하였다. 또 한漢과 위魏의 악부樂府에 〈고취鼓吹〉〈횡취橫吹〉〈청상淸商〉[4] 등의 이름이 있는데 모두가 노래의 곡조로써 시편詩篇에 이름붙인 것이다. 이러한 사실들은 모두 시가·음악·춤이 고대중국에서는 원래 혼합된 예술이었다는 것을 증명하고 있다.

이 세 가지 요소 중에서 가장 일찍이 분립된 것은 대체로 춤이었다. 《시경》의 시는 대부분 음악이 있었으나, 송頌을 빼고 나면 춤이 있었던 것은 많지 않은 듯하다. 송頌의 춤은 이미 조정의 악관樂官의 형식화를 거치면서 다시는 춤의 본래 모습을 되찾지 못하였다. 초사楚辭인 〈구가 九歌〉와 같은 것은 제신곡祭神曲인데 시가·음악·춤이 여전히 서로 연관이 있었다. 그리고 한인漢人의 악부는 그 시와 곡조가 여전히 서로 동반하고 있었으며 〈무곡가사舞曲歌辭〉는 홀로 하나의 유형을 이루었다.

시와 음악의 관계를 살펴보면, 중국에서는 옛날에 『곡조가 음악을 합한 것을 가歌라 하고, 노래만 하는 것을 요謠라고 한다 曲合樂曰歌, 徒歌曰謠』라는 분별이 있었다.(《시경·위풍魏風》의 〈원유도園有桃〉에 〈我歌且謠〉의 모전毛傳 참고) 〈도가徒歌〉는 완전히 사람의 목소리에서 음악이 나오는 것이며 〈악가樂歌〉는 노래 소리와 악기가 서로 응하는 것이다. 〈도가〉는 원래 정감이 자연스레 흘러나오는 것으로, 소리의 곡절曲折이 정감의 기복에 따르며 수무족도手舞足蹈 등의 자세와 비슷하다. 〈악가〉는 박자와 음계의 관계에까지 생각이 미쳐서 이러한 관계를 악기의 소리를 이용해 표출하며, 자연적인 리듬에 대해서는 다소의 형식을 가해야 한다. 그래서 이치적으로 〈도가〉가 〈악가〉의 이전에 있게 된다. 노래에 맞추어 반주하는 가장 원시적인 악기는, 대개 오세아니아주 원주민의 노래 중에 지휘자가 갖는 곤봉이나 부녀자들이 두드리는 캥거루 가죽같이 모두 아주 간단하며, 그 의도는 다만 박자를 밝혀주는 데 있을 뿐이다. 《여씨춘추呂氏春秋·고악古樂》편에 『옛날 갈천씨의 음악은 세 사람이 소의 꼬리를 잡고서 발을 내밀면서 여덟 곡을 부른 것이다 葛天氏之樂, 三人摻牛尾投足以歌八闋』라는 글이 있는데, 이는 오세아니아주 원주민의 풍속과 매우 흡사하다. 현대 중국 경희京戲[5] 중의 〈고판鼓板〉이나 서양 관현악단의 지휘자가 사용하는 지휘봉은 노래를 반주하는 가장 원시적인 악기의 현존하는 흔적일지도 모른다.

시가·음악·춤은 원래 혼합되어 있던 것으로 그들의 공통되는 명맥은 박자이다. 원시시대의 시가는 뜻을 중요시하지 않아 의미가 없어도 괜찮았고, 음악은 멜로디가 없어도 좋았으며, 춤은 그 자태를 불문에 붙일 수 있었으나 반드시 박자는 있어야 했다. 훗날 세 종류의 예술이 분화되어 각각 여전히 그 박자는 보존하고 있으나, 박자 이외에 음악은 멜로디 방면으로 춤은 자태 방면으로, 시가는 문자 의미 방면으로 크게 발전하여 이로써 피차간의 거리가 날이 갈수록 멀어지게 되었다.

4. 시가에 남아있는 시·음악·춤의 동일기원의 흔적

시가가 비록 독립하였으나 형식면에서는 여전히 시·음악·춤의 미분화된 시기의 흔적이 약간 남아있다.

그 중 가장 현저한 것은 〈중첩重疊〉이다. 중첩은 구句에 한정된 것으로 예를들면 다음과 같다.

> 강에 갈림물 있고나.
> 이 사람 돌아간다네.
> 나를 버려두고. 나를 버려두고.
> 그후에 후회할 것이리.
> 江有汜, 之子歸, 不我以 不我以, 其後也悔.[6]

그리고 시 전편에 응용한 것도 있다.

> 기린의 발이로다.
> 믿음직하고 자애로운 귀공자는
> 오, 오 기린이로고.
>
> 기린의 이마로다.
> 믿음직하고 자애로운 귀공자는,
> 오, 오 기린이로고.
>
> 기린의 뿔이로다.
> 믿음직하고 자애로운 귀공자는,

오, 오 기린이로고.

麟之定, 振振公姓, 吁嗟麟兮!
麟之趾, 振振公子, 吁嗟麟兮!
麟之角, 振振公族, 吁嗟麟兮![7]

이러한 중첩은 서양가요에도 자주 보인다. 그것의 기원은 일치되지 않으나 때로는 음악과 춤의 빙빙 돌거나 반복되는 음절에 맞추기 위한 것이며, 때로는 서로 주고받으며 노래하면서 함께 춤을 출 때 각각 한 장章씩을 노래하기 위한 것이다.

그 다음은 〈후렴구refrain〉이다. 시 한 편에 여러 장이 있으며 장마다 끝부분에 동일한 어구語句를 사용하는데, 앞에서 예로든 시의『오, 오 기린이로고 吁嗟麟兮』가 좋은 예이다. 때로는 한 장에 여러 구가 있으며 구마다 끝부분에 동일한 하나의 글자나 어구를 사용하는데, 예를들면 양홍梁鴻의《오희가五噫歌》[8]와 같은 것이다. 이런 격식은 서양시가에서는 더욱 보편적이며 현대 중국 민가에서도 자주 보인다. 예를들면《봉양화고가鳳陽花鼓歌》는 단락마다『랑띠랑띠랑띠땅郎底郎底郎底當』[9]하며 끝을 맺고 있다. 그리고 소흥紹興의 걸식하는 노래(乞歌)에서는 절節마다 〈順流〉라는 두 글자로써 끝을 맺고 있다. 원시사회에서 무리를 이루어 노래하고 함께 춤을 출 때에는 한 사람의 통솔자가 먼저 가사를 독창하고 절의 끝에 이를 때마다 전체가 일제히 후렴을 부른다. 그리스 비극 중의 합창곡(choric song)과 중국의 옛희극 중에서 징과 북을 치는 사람의 〈방강幇腔〉[10]은 후렴구와 매우 유사하다.

세번째는 〈츤자襯字〉[11]이다. 〈츤자〉는 문장의 뜻에 있어서는 불필요한 것으로 곡조가 느리고 긴 데 비해 가사가 간단할 때 가사에 필수적으로 〈츤자〉를 더하여 곡조와 박자를 맞춘다. 예를들면《시경》이나《초사》중에 〈혜兮〉, 현대가요에서의 〈이嘯〉〈아呀〉〈오唔〉 등의 글자와 같은 것이다. 노래란 본래 길게 말하는 것으로, 길게 말한다는 것은 글자의 음을 길게 늘인다는 것이다. 중국의 글자는 독립모음자(역주 : a·e·i·o·u만으로 발음되는 글자)가 적으며 하나의 음을 길게 늘이는 것은 어렵기 때문에 길게 늘여야 할 때에는 모음과 유사한 글자, 즉 〈呀〉(ü)·〈咦〉(e)·〈啊〉(o)·〈唔〉(∞) 등의 글자를 더 넣어서 음절을 넉넉히 한다. 이러한 〈츤자〉는 중국시가만의 특유한 것이다. 서양의 시가에서는 글자의 음을 연장할 때 모음을 길게 늘이면 되기 때문에 츤자의 필요가 없다.

가장 중요한 것은 장章·구句의 정연함(整齊)인데 일반사람들이 말하는 바 〈격률格律〉이다. 시가는 원래 음악·춤과 분리되어 있지 않았기 때문에 음악과 춤의 박자를 따르지 않을 수 없었으며, 또한 음악이나 춤과 함께 원래 군중예술이었으므로 모두가 편하게 일치하도록 고정된 형식을 갖추지 않을 수 없었던 것이다. 만약 고정된 음률이 없다면 이 사람은 높게 노래하고 저 사람은 낮게 노래하며, 어떤 사람은 길게 끌고 또 어떤 사람은 짧게 끊어서 떠들썩하고 난잡하여 뒤죽박죽이 될 것이다. 지금 사람들도 단체로 힘을 합하여 어떤 일을 할 때, 예를들면 농부들이 무자위(水車)를 밟을 때나 노동자들이 무거운 물건을 어깨에 멜 때 모두 규율에 맞는 〈呀, 啊啊〉(역주 : 우리말로는 어기차·영차·어이샤 등의 감탄사)와 같은 소리를 합창하며 일의 박자를 조절하고 힘을 쓸 때는 일제히 힘을 쓰고 쉴 때는 일제히 쉰다. 러시아의 〈볼가강의 뱃노래〉는 이런 원칙에 근거하여 이루어졌다. 시가의 정연한 장·구는 원래 춤에 적합하고 음악에 맞추어 무리들이 함께 노래 부르기에 편하도록 하기 위한 것이다.

격률과 관계있는 것은 〈운韻〉(rhyme)[12]이다. 원시시대의 시가는 노래와 춤이 병행되었고, 그 운은 하나의 곡조나 춤의 스텝이 잠시 멈추는 것을 밝혀주는 데 필수적이며, 아울러 몇 대목의 음절을 묶어서 전체를 유지하며 산산이 흩어지지 않도록 한다. 근대 안휘성安徽省의 지방극 가운데 하나인 휘희徽戱의 곡조에 맞추어 반주하는 음악 소리는 절마다 항상 징소리로 끝을 내며, 가장 일반적으로 사용되는 마침 소리는 『띠땅쓰땅쓰땅쾅 的當嘘當嘘當晃 !』인데 여기에서의 〈晃〉은 징 소리이다. 이런 종류의 곡조 가운데 있는 징 소리는 〈운〉의 효과가 있는 것 같다. 오세아니아 원주민들이 노래하고 춤출 때 두드리는 캥거루 가죽이나 경극京劇에서 〈고판鼓板〉이 내는 소리는 박자를 맞추어 준다는 것 이외에도 음악 속의 운韻으로 볼 수 있다. 시가의 운은 그것이 처음 발생했을 때 각절의 곡조 끝에 맞추어 동일한 악기로 중복해서 내는 소리일지 모르며, 안휘의 곡조 가운데 징과 경극에서의 고판, 오세아니아 원주민의 가무 중의 캥거루 가죽과 같은 것들이 그것이었을 것이다.[13)

시가가 보존하고 있는 시·음악·춤의 동일기원의 흔적은 훗날 시의 전통적이고 고정적인 형식으로 변하였다. 이러한 이치를 밝게 이해하면 앞으로 실질과 형식의 관계를 토론할 때 많은 오해와 갈등을 없앨 수 있을 것이다.

5. 원시시가原始詩歌의 작자

시가의 맨 처음 발생은 군중예술이었다. 새들은 무리를 이루어 사는 것이 노래를 가장 잘할 수 있는 요건이다. 원시인류도 토템 부락의 의식이 발달한 후에는 기념일에 함께 모여 노래를 부르고 악기를 연주하며 춤을 추었다. 이러한 가운데에 신을 가까이하거나 이성을 유인하거나 혹은 즐거움만을 취하였다.

현대인은 시라 하면, 곧 시인을 연상하게 되고 시의 작자가 누구인지를 묻는다. 근대사회에서 시는 이미 개인의 예술로 변했으며, 시인은 이미 어느 정도 특수한 직업계층으로 취급되었다. 시인들 개개인은 모두 자신만의 특수한 개성을 갖고 있었으며 다른 사람과의 융합을 허용하지 않았다. 우리들이 원시시가를 이해하려 한다면 우선 이러한 선입관을 버려야 한다. 원시시가는 작자의 이름을 드러내지 않으며 심지어 작자의 개성도 노출시키지 않는다. 따라서 영국의 《베어울프 Beowulf》 프랑스의 《롤랑의 노래 Chanson de Roland》 독일의 《리벨룽겐의 노래 Nibelungenlied》는 누가 지은 것인가를 아무도 모른다. 그리스의 서사시는 종전에는 그 원류를 호머에게 두었으나, 근대학자들은 호머라는 인물이 생존하였었는지에 대해서 오히려 의문시하고 있으며, 그리스의 서사시는 〈많은 민가民歌의 집합체〉라는 것이 공인되어 있다. 원시시가가 표현하는 대부분은 어느 부락 또는 어느 계급의 공통된 정서이며 신앙이다. 그래서 노래를 부르는 사람들은 모두 자신이 노래하는 시가 어느 개인에게 속한다고 느끼지 않는다. 만일 한 편의 시가가 공공대중의 정서를 불러일으키지 못한다면 공동의 신앙을 위배한 것이므로 그것은 전파되지 못하고 즉시 소멸되어 버릴 것이다. 그러나 우리들은 이와같은 견해를 수긍은 하더라도 좀더 깊이있게 고찰해 볼 필요가 있다. 이미 시가 있다면 반드시 시인이 있게 마련인데, 원시시가의 작자는 도대체 누구인가? 근대 민속학자들은 이러한 물음에 대해 두 가지 학설을 가지고 있다. 첫째는, 민가民歌는 군중 속에서 자연스럽게 흘러나온 것이라고 생각하는 주장으로 보통 〈군중합작설群衆合作說〉(the communal theory)이라 부른다. 둘째, 민가는 개인의 예술의식의 표현이라고 보는 견해로 보통 〈개인창작설〉(the individualistic theory)이라 부른다.

〈군중합작설〉은 독일의 그림형제(J. and W. Grimm)가 가장 강력하게 주장했으며, 미국의 차일드Child와 가미어Gummere는 이 설을 더욱 수정 발전시켰다. 이들의 의견에 의하면, 모든 군중은 일종의 〈집단의식〉을 갖고 있다는 것인데 독일의 심리학자인 분트Wundt가 주장한 바와 같다. 이런 〈집단의식〉은 리듬에 항상 자유롭게 유출될 수 있다. 이를테면 원시적인 춤에서 모두 함께 앞뒤로 움직인다든지, 위를 올려보았다가 다시 내려본다든지, 가볍거나 무겁게 혹은 빠르거나 느리게 움직이면서 자연스럽게 리듬과 박자에 맞추는 동작 따위는, 한 개인의 마음 속에 춤의 리듬과 모습이 초고草稿처럼 떠올랐다가 같은 무리의 춤추는 사람들에게 전수되어 마치 먼저 한 번의 연출과 예비연습을 거친 후에 정식으로 공연되는 것과는 결코 같지 않다. 리듬은 이미 자연스럽게 춤으로 표현되고 또 자유스럽게 노래로 표현될 수 있는데, 이는 노래는 본래 춤과 분리되지 않기 때문이다.

군중이 시가를 합작하는 과정에는 몇 가지 다른 유형이 있을 수 있다. 갑이 노래하면 을이 화창하거나 역으로 갑이 묻고 을이 대답한다든지, 때로는 갑이 시작하면 을이 계속하고, 어떤 때는 갑이 지으면 을이 수정 보완하는 등등, 이와같은 일이 계속 진행되면 결과적으로 한 편의 노래가 된다. 이러한 과정의 가장 큰 특색은 즉흥적이라서 미리 만들고 미리 연출할 필요가 없다는 점이다.

〈군중합작설〉은 일찍이 19세기에 한때 성행하였으나 현대의 학자들은 〈개인창작설〉에 많이 기울어져 있다. 가장 뚜렷이 대표되는 사람은 언어학자 르낭Renan, 사회학자 타드Tarde, 시가학자 카오친스키Kawczyn-ski와 루이스 파운드 Louise Pound 등이다. 이들은 민가가 군무群舞에서 비롯되었다는 사실을 근본적으로 부인하며 〈집단의식〉이 존재한다는 것을 부정하고 시가가 자연적으로 생겨난 예술이라는 것도 부인한다. 원시인류나 현대의 젖먹이가 반드시 무리를 지어 춤추는 중에 노래를 부르는 것은 아니며, 홀로 노래하는 것 또한 매우 원시적이었다. 〈군중합작설〉은 한 무리의 남녀노소가 뒤섞여 모였을 때, 특별히 합의하지 않아도 동일한 스텝으로 춤을 추며, 비슷한 생각을 하고 같은 이야기를 만들어 내며 같은 곡조의 노래를 부른다고 가정하는 이론인데, 이는 현실적으로 타당치 못하다. 전하는 이야기 가운데『길가에 집을 지으면서 길 가는 사람에게 물으면 이론異論이 너무 많아서 3년이 지나도 완성하지 못한다 築室道旁, 三年不成』고 하였는데, 하물며 시를 짓는 데 있어서랴. 인류학·사회학·언어학적인 실증에 의하면, 일체의 사회제도와 습속·언어·종교·시가·춤과 같은 것은 모두 한 사람의 창작에서 비롯되었으며, 그후 같은 무리에게로 회자되어 전해졌다고 한다. 인간은 모방력이 뛰어나서 어떤 사람이 발명한 것을 군중들이 애호하고 서로 전하여 익히게 됨으로써 마침내 사회의 공유물이 된다. 무릇 우리들이 생각하는 바 군중이 합작하여 이루어진 것이란 실제로 모두 배운 것이며 모방한 것이다. 그것이 예술임에 있어서는 더욱 그러하다. 규칙이 있는 예술의 형식은 사고의 정확한 판단과 취사선택을 거치지 않을 수 없으니 오합지중烏合之衆과 같은 자연적 발생의 결과는 결코 아니다.

　　〈군중합작설〉과 〈개인창작설〉은 비록 서로 반대되기는 하지만 오히려 절충·조화되지 않을 수 없었다. 민가는 반드시 작자가 있으며, 작자는 반드시 개인이다. 이것은 이치적으로나 사실적으로 피할 수 없는 결론이다. 그러나 원시사회 속에서 한 편의 노래가 개인에 의해 만들어진 후 사회에 전파되고, 또 그 사회에서 부단히 수정·윤색·첨삭되며 세월이 지나면 훗날에는 창작 당시의 원형을 찾아보기 어렵게 된다. 그러므로 우리는 민가의 작자는 일차적으로 개인이며 이차적으로는 군중으로서, 개인이 창시創始하고 군중이 완성한다고 말할 수 있겠다. 따라서 민가는 모두의 입에 살아 전해지고 있으므로 항상 유동적이다. 민가가 살아있을 때는 민가가 창조되어지는 과정의 일부이며, 민가가 죽어 없어지는 날은 민가가 완성되는 날이다. 그래서 군중의 완성작업은 개인의 창조작업보다 더욱더 중요하다. 민가는 결국 일반 군중들의 것이라고 할 수 있다. 따라서 우리가 민가를 군중예술이라고 인정하는 것은 결코 잘못된 것이 아니다.

이러한 절충설은 미국의 킷트리지Kittredge 교수가 차일드의《영소민 가집서론英蘇民歌集緒論》중에서 밝힌 것이 가장 두드러진다. 그 요점을 옮기면 다음과 같다.

일반적으로 창작된 시기를 확정할 수 있는 민가는 극소수이거나 전무하다. 또한 민가의 정확한 창작 연월일은 한 편의 부체시賦體詩나 14행시의 창작 연월일과 같이 결코 그렇게 중요한 것이 아니다. 한 편의 예술적인 시는 창작될 때 이미 작자가 완성된 형식을 갖추어 놓았다. 이 형식은 고정된 것이며 권위가 있는 것으로 그것을 바꿀 만한 권위가 있는 사람은 없다. 그것을 바꾼다는 것은 일종의 범죄행위이며 또한 손해이다. 비평가의 책임은 원문을 정밀하고 확실하게 대조·검열하여 우리들로 하여금 그 원형을 찾아볼 수 있도록 하는 데에 있다. 그래서 한 편의 부체시賦體詩나 14행시의 창작은 단지 1회로써 일을 끝내는 창조활동이다. 이러한 창작이 일순간에 이루어지면 금방 잊혀진다. 그리고 시는 그 형식이 완성되면 더이상 발전이 없다. 반면 민가는 그렇지 않다. 민가에서의 창작이란(입으로 흥얼거리든 붓으로 쓰든 관계없이) 결코 일을 완료시키는 것이 아니라 일종의 시작에 불과하다. 작품이 작자의 손에서 만들어지면 즉시 군중에게 전해져서 입으로 전파되며, 다시는 작자의 지배를 받을 수 없게 된다. 만일 군중이 작품을 받아들였다면 작품은 더이상 작자의 사적인 소유물이 아니라 민중의 공유물로 변화된 것이다. 이와같은 새로운 진행과정은 구두口頭로 전송傳誦되면서 시작되는데, 여기에서 중요한 것은 원작자의 창작활동을 결코 위축시키지 않는다는 점이다. 노래가 이미 노래꾼 갑으로부터 노래꾼 을에게 전파되면서 아래로 돌고 돌아 내려오면 그것은 변화한다. 옛문장과 구절句節은 없어지고 새로운 문장과 구절이 추가되며, 운율도 바뀌고 인물의 성명도 변하며, 다른 노래의 단편적인 것들이 혼입되고 결말의 희비喜悲도 완전히 뒤바뀔지도 모른다.

또 만약 2, 3백 년 동안 전송되어 내려오면(이는 흔히 있는 일이다) 시 전체의 언어구조도 본래 사용했던 언어 자체의 발전으로 인하여 변화될지도 모른다. 이렇게 되면 만약 옆사람이 자신의 작품을 노래하는 것을 원작자가 듣게 되더라도 전혀 틀린 노래라고 느끼게 될 것이다. 이러한 전송이 불러일으키는 변화는, 전체적으로 보면 정말로 이중창작이다. 이중창작의 성격은 매우 복잡하지만 많은 사람들이 오랜 세월 동안 광대한 지역에서 의식적 혹은 무의식적으로 이에 참가한다. 이중창작은 시가의 완성이라는 입장에서 보면, 그 중요성은 개인인 원작자의 일차적인 창작에 결코 뒤지지 않는다.

민가의 완성을 이중창작의 결과로 생각하는데 제1창작은 개인적인 것이며, 제2창작은 군중적인 것으로 이러한 견해는 비교적 합리적이다. 차일드가 수집한 영국과 소련의 민가 중 각각의 시가는 수십 종의 다른 가사를 갖고 있는데 이는 각기 다른 시대와 지역으로 흘러 전파되면서 고쳐지고 변화된 결과이다.

중국의 가요에서도 우리는 이와같은 변화단계를 찾아볼 수 있다. 가장 좋은 일례는 주작인周作人이 《동요의 연구 兒歌之硏究》에서 인용한 〈월越지방 아이들의 놀이노래 越中兒戲歌〉이다.

> 무쇠 다리가 얼룩덜룩
> 얼룩덜룩 남산을 지난다.
> 남산 속에 굽이 있는데
> 속에 굽이 있는데 굽이굽이
> 새로이 관리 부임하니
> 구관은 나가주세요.
> 鐵脚斑斑, 斑過南山.
> 南山裏曲, 裏曲湾湾.
> 新官上任, 舊官請出.

이 노래는 아직도 소흥紹興지방에 유행하고 있다. 《고금풍요古今風謠》에 의하면 원대元代 지정至正 때에 연경燕京에 이 노래가 있었다.

노새 다리 얼룩덜룩,

남산에 올랐네.

남산에 북두성,

우리집 개 키워 살렸지.

우리집 개 국수 갈고,

화살 서른 개.

脚驢斑斑, 脚踏南山.

南山北斗, 養活家狗.

家狗磨麵, 三十弓箭.

명조明朝에서도 이 노래가 여전히 유행하였으나 글자는 약간 변하였다.《명시종明詩綜》에 실려있는 바에 따르면 다음과 같다.

살쾡이 얼룩덜룩,

남산을 두루 달리네.

남산에 북두성,

사냥하다 돌아오는 경계이지.

경계선의 북쪽,

화살 서른 개.

狸狸斑斑, 跳遍南山.

南山北斗, 獵廻界口.

界口北面, 三十弓箭.

주죽타朱竹坨의《정지거시화静志居詩話》에서는 이 노래에 대해『이것은 내가 어린 시절에 모든 골목 아이들이 등을 맞대고 땅을 밟으면서 노래하였는데, 무슨 뜻인지는 상세히 모르겠고 또 아직 검증되지도 않았다』고 하였다. 주죽타는 청대淸代 초기의 수수秀水 사람이므로 이 노래가 청대 초에 이미 남방에 유행하였음을 알 수 있다.

주자청朱自清은《중국가요中國歌謠》(청화대학清華大學에서 강의한 것)[14]

에서 다른 한 편을 인용하고 있는데 이는 현재에도 유행하고 있다. 그
러나 주작인이 인용한 것과는 다르다.

다리 뒤쪽을 차면서,
남산을 뛰었네.
남산을 기어오르니,
싸움배들이 흔들흔들.
신임 관리가 부임하니,
구관은 나가주세요.
눈으로 약탕관을 세느라,
문드러지고 떨어져나가는 줄 모른다.
하나가 떨어지는 건,
작은 엄지손가락.
踢踢脚背, 跳過南山.
南山攀倒, 水龍甩甩.
新官上任, 舊官請出.
木讀湯罐, 弗知爛脫.
落裏一隻, 小拇指頭.

내 자신도 사천四川의 북부 지방에서 한 수 들은 적이 있다.

다리가 얼룩덜룩,
얼룩덜룩 양산에 올랐네.
양산은 한 말들이 만큼 크고,
돌멩이 하나가 두 말
사람마다 다리를 구부리니
한쪽은 다리가 크다.
脚兒斑斑, 斑上梁山.
梁山大斗, 一石二斗.
每人屈脚, 一隻大脚.

이 동요는 원대(그 기원은 오히려 더 빠를지도 모르나 여기서는 다만 기록
된 것만을 본다)에서부터 지금까지, 연경에서 남쪽으로는 절강浙江, 서쪽
으로는 사천까지 전해졌으며 중간에 거친 변화는 앞에서 인용한 것뿐만
이 아니다. 그러나 이미 인용한 몇 가지 예를 보더라도〈제2의 창작〉의
흔적은 매우 뚜렷하게 나타난다.

그밖의 좋은 예로는 동작빈董作賓이 연구한《그녀를 보고 看見她》(북
경대학《歌謠週刊》제62-64호 참조)가 있다. 북경대학 가요연구회가 수집
한 이 가요 중에 내용이 다른 가사는 45종이나 된다. 이 가요가 유행한
지역은 적어도 12성에 걸친 넓은 지역이다. 동작빈의 추측에 의하면, 이
《그녀를 보고》는 대략 섬서성陝西省에서 비롯되었을 것이라 한다. 섬서
성 삼원三原에서 유행한 것은 다음과 같다.

> 너는 노새를 타고 나는 말을 타고
> 누가 먼저 장인댁에 도착할지 보자.
> 장인장모 집에 없어
> 담배 한 대 먹고 심부름꾼 보내서
> 큰형수 남겨놓고
> 작은형수 끌며
> 끌고 당겨 그녀의 집에 도착했지.
> 대나무발 사이에 두고 그녀를 바라보았지.
> 새하얀 손에 손톱은 길고
> 앵도 같은 작은 입에 찹쌀 같은 치아.
> 집에 돌아가 엄마에게 말할 거야.
> 밭 팔고 땅 팔아 그녀를 맞이하겠노라고.
> 爾騎驢兒我騎馬, 看誰先到丈人家.
> 丈人丈母没在家, 吃一袋煙兒就走價.
> 大嫂子留, 二嫂子拉.
> 拉拉扯扯到她家, 隔着竹簾望見她.
> 白白兒手長指甲, 櫻桃小口糯米牙.

回去說與我媽媽, 賣田賣地要娶她.

장강長江 유역의 것으로 남경南京에서 유행한 것을 예로 들어보자.

동쪽에서 작은 학생 한 명 나오는데
땋은 머리가 다리 뒤꿈치까지 끌리네.
꽃 장식한 말 타고,
꽃가마에 앉아 장인댁에 갔지.
장인장모 집에 안 계시고
대나무발 뒤쪽으로 그녀를 보았네.
금비녀에 옥귀걸이 하고
백설 같은 얼굴에 분가루 발랐네.
눈같이 흰 손, 은 같은 손톱에
은전 같은 머리를 빗어넘기고
이쁜 비취색 꽃 한 송이 꽂았네.
크고 붉은 솜저고리 난꽃을 수놓았고
하늘같이 푸른 조끼에는 붓꽃을 수놓았네.
나는 돌아가 엄마에게 말할 거야.
밭 팔고 땅 팔아 그녀를 맞이하겠다고.
인조다이아와 팔찌는 바로 그녀의 것이지.

東邊來了一個小學生, 辮子拖到脚後跟.
騎花馬, 坐花轎, 走到丈人家.
丈人丈母不在家, 簾背後看見她.
金簪子, 玉耳控,
雪白臉, 淀粉擦,
雪白手, 銀指甲,
梳了個元寶頭, 戴了一頭好翠花.
大紅棉襖繡蘭花, 天青背心蝴蝶花.
我回家, 告訴媽.
賣田賣地來娶她, 洋鑽手圈就是她.

이밖에도 40여 편이 있으나 각각 다르다. 줄거리는 거의 일치하고 있으나 길고 짧음과 번잡하고 간단함은 같지 않다. 우리들은 이 40여 편의 가요가 남북의 10여 성의 민중들에게서 자연스럽게 흘러나와 드러나지 않게 합해진 것이라는 사실을 쉽게 알 수 있다. 그것이 처음 생겨날 때에는 반드시 한 명의 작가가 있었으며, 입으로 전파되면서 숱한 〈이중창작〉의 과정을 거쳐 여러 가지 변형이 생겨난 것이다. 변천의 주요인으로 두 가지를 들 수 있는데 첫째는 각지역의 풍속과 습관의 차이이며, 둘째는 각지역의 방언의 차이이다.

이 한두 개의 실례는 많은 예 중에서 선별된 것이다. 그 예들은 가요가 살아있을 때는 모두 유동적으로 생성·발전되고 있다는 것을 증명할 수 있다. 가요가 생명을 유지하는 것은 그 가요가 유행하는 지역의 민중들이 역량을 가지고 있기 때문이며, 비록 〈제1의 창작〉이 어느 한 개인에 속한다 하더라도 우리는 그것이 민중에 속한다고 말하는 것이다.

개인의 의식이 진보되고 사회가 더욱 분화될수록 민중예술은 더욱 쇠락해진다. 민가는 미개사회에서 가장 발달하는데 이는 중국 변방의 여러 민족이나 아프리카·오세아니아주의 원주민들이 그 명백한 증거가 된다. 개화된 사회에서 가요의 전파를 추진하고 담당하는 사람은 무지한 어린이나 시골농부와 아낙네 또는 나무꾼들과 같은 류의 사람들이다. 사람이 성년이 되면 점차 원시시대의 노래를 잊어버린다. 그래서 어떤 이는 문화는 민가의 적敵이라고 말하기도 한다. 근대학자들은 가요가 흩어져 없어지는 것을 염려하여 전심전력으로 가요를 수집하여 기록하고 인쇄한다. 이러한 작업은 가요를 연구하는 사람들에게 공헌하는 바가 실로 지대하며 가요 자체의 발전에 있어서도 이로움이 크다. 가요는 모두 〈입에 살아있는 것〉으로 그것의 생명은 유동적으로 생성·발전하는 데에 있다. 가요에 고정된 형식을 제공한다는 것은 곧 관뚜껑에 못을 박는 것과 같다. 모든 사람들은 제각기 유행하는 가요를 바꿀 수 있으나 〈국풍國風〉이나 한나라와 위나라의 〈악부樂府〉를 변화시킬 힘을 가진 사람은 없다. 씌어진 형식은 일종의 불가침의 권위인 것이다.

제2장

시에서의 해학과 은어

독일의 학자들은 시를 항상 민간시Volkpoesie와 예술시Kunstpoesie로 분류하여 민간시는 자연적으로 흘러나오는 것이고, 예술시는 예술적인 의식과 기교에 의하여 의도적으로 미적형상을 부각시키는 것이라고 생각하였다. 이러한 구별은 실제적으로 단지 정도상의 문제이지 절대적인 것은 아니다. 민간시도 일종의 전통적인 기교를 가질 수도 있는데 가장 뚜렷하고 가장 쉽게 볼 수 있는 것은 문자유희文字遊戲이다.

문자유희에는 다음의 세 종류가 있다. 첫째는 문자를 사용하여 놀리거나 익살을 떠는 것으로 보통 〈諧〉(우스갯소리)라고 부른다. 둘째로는 문자를 사용해서 숨바꼭질하듯 하는 것으로, 보통 〈謎〉(수수께끼) 혹은 〈隱〉(은폐)라고 하며, 셋째는 문자를 사용하여 의미는 매우 해학적이고 소리는 둥글둥글하여 자연스런 하나의 도안을 짜맞추는 것인데, 적당한 명칭이 없으므로 직설적으로 〈문자유희〉라 해도 좋을 것이다. 이러한 세 종류는 민간시에서는 극히 보편적이며, 예술시 혹은 문인시 속에서도 매우 중요하여 민간시와 문인시를 연결하는 교량이 될 수 있다. 유협劉勰은 《분심조룡文心雕龍》에서 특별히 《해은諧隱》편을 지어 문자유희적인 시와 문장을 포괄하였으니, 고인古人들이 이러한 작품에 대해서 매우 중시하였음을 알 수 있다.

1. 시와 해학

우선 〈해諧〉를 설명하면, 〈해諧〉는 〈우스갯소리를 하다〉라는 뜻으로 그것은 희극의 처음 형태이다. 왕국유王國維는 《송원희곡사宋元戲曲史》에서 중국 희극은 무속巫俗과 어릿광대에서 유래되었다고 생각했다. 어릿광대는 우스갯소리를 직업으로 삼는다. 고대사회에서 어릿광대clown는 가끔 중요한 관직이었다. 셰익스피어Shakespear의 희극 중에서 어릿광대는 언제나 중요한 인물이었다. 영국의 고대왕족과 귀족은 항상 어릿광대를 뒤에 따르게 하고 기회를 봐서 우스갯소리를 하도록 하여 조정의 군신君臣들이 듣고 즐길 수 있게 하였다. 고대중국의 왕족과 귀족들도 어릿광대를 이용하였다는 기록이 있다. 《좌전左傳》《국어國語》《사기史記》 등에서는 어릿광대(또는 배우)의 이름을 언급하고 있다. 배우는 때때로 시인이기도 했다. 한대漢代 초기의 많은 시인 또는 문장가들은 배우 노릇을 하여 집안을 일으켰는데, 동방삭東方朔·매승枚乘·사마상여司馬相如 등은 그 유명한 예이다. 배우의 존재는 두 가지 일을 증명한다. 하나는 우스갯소리의 수요는 매우 원시적이며 보편적이라는 것이며, 또 하나는 배우와 시인의 관계처럼 우스갯소리와 시는 원시시대에 매우 가까운 관계였다는 것이다.

심리학적 관점에서 보면 해학은 가장 원시적이며 보편적인 미감활동이다. 대개 유희라는 것은 해학을 지니고 있고, 해학도 유희를 갖추고 있다. 해학의 정의는 유희적 태도로 사람의 일과 물건의 추악하고 비루함, 어그러지고 잘못된 면을 일종의 재미있는 대상으로 취급하여 감상하고 즐기는 것이라고 할 수 있다.

해학은 사회성이 가장 풍부하다. 예술방면의 취미라는 것은 어떤 계급의 특유한 것일 경우가 많으나, 해학은 아雅와 속俗이 함께 즐기는 것으로, 극히 상스러운 사람들도 해학을 좋아하며, 아주 고상한 사람들도 해학을 좋아한다. 그렇지만 그들이 좋아하는 해학은 모두 같은 것은 아니다. 어떤 모임에서 모든 사람이 옷깃을 단정히 여미고 앉아있을 때에는, 모두가 엄숙하여 감히 범할 수 없는 모습이므로 피차간에 무형중에 거리감이 느껴지게 된다. 그러나 해학이 발동되면 이러한 거리감은 시원스레 확 풀어지고 모두들 익살스럽게 농담하며 웃는 가운데 너와 나라는 형식에 구애되지 않고 문명인의 가면을 벗겨내어 원시시대의 단결과 통일로 돌아간다. 톨스토이는 예술의 효용은 정감情感을 전파시키는 데 있으며, 전염된 정감은 사람과 사람의 관계를 반드시 굳게 해야 한다고 생각하였다. 그가 전파시킬 가치가 있다고 생각한 정감 속에서 해학도 중요한 위치를 갖고 있었다. 유협이 〈諧〉자를 해석하여 말하기를 『諧는 皆(모두)를 말한다. 그 글들이 얕아서 유속流俗에 합당하므로 모두 재미있어서 웃는다 諧之言皆也. 辭淺會俗, 皆悅笑也』고 하였는데, 이 또한 해학의 사회성을 강조한 것이다. 사회의 가장 좋은 단결력은 해학과 웃음이며, 그래서 이를 잘하는 사람은 어떤 사회 속에서도 환영을 받는다. 그러므로 매우 엄숙한 비극에도 하찮은 배역이 있으며 지극히 엄숙한 궁정에도 어 릿광대가 있는 것이다.

아주 착하고 아름다운 인물은 해학의 대상이 될 수 없고, 지나치게 흉측한 인물도 해학의 대상이 될 수 없다. 해학을 불러일으키는 인물은 대부분 양자의 사이에 있어 많은 결함이 있으며, 이 결함은 또 극도의 증오는 유발시키지 않는다. 가장 일반적인 것은 용모의 추함이다. 민속가요 중에는 곰보·대머리·소경·귀머거리·곱사등이 등 못된 질병에 걸린 사람을 조롱하는 것이 가장 많은데,《문심조룡文心雕龍》에 의하면『위진 魏晋에서는 골계滑稽의 풍조가 왕성하게 번져서 마침내 응창應瑒의 코는〈껍질 벗겨진 달걀〉같다고 하였고, 장화張華의 모습은〈방앗공이〉에 비유되었다 魏晋滑稽, 盛相驅扇. 遂乃應瑒之鼻, 方於盜削卵, 張華之形, 比乎握舂杵』고 하였으니, 용모의 누추함을 조소하는 풍기가 옛날부터 매우 성행하였던 것이다. 품격면에서의 결함도 항상 웃음거리가 되었다. 두 편의 민가를 예로 든다.

중 한 명 물을 길어 마시고
중 두 명 물을 마주 들어 마시고
중 세 명은 물에 빠져 마신다.
一個和尚挑水喝,
兩個和尚抬水喝,
三個和尚没水喝.

문 앞에 멈추는 녀석 높은 말을 타고,
친척 아닌데 와서 친척이라 하네.
문 앞에 걸린 것은 품앗이꾼의 수건
가장 가까운 친외삼촌, 길거리에서 낳은 녀석이지.
門前歇仔高頭馬,
弗是親來也是親.
門前掛仔白席巾,

嫡親娘舅當仔陌頭人.

드문드문 몇 글자가 중국 민족성의 두 가지 큰 결점, 즉 무리에 화합하지 못하는 것과 경박한 것을 껍질을 벗겨 뼈를 노출시키듯 묘사하였다. 때로는 용모의 누추함과 품격의 결함을 함께 조소의 대상으로 삼은 것도 있는데, 《좌전左傳》에 실린 송宋의 성을 지키는 사람인 화원華元이 전쟁에 패하고 포로가 되었다가 풀려나 돌아오는 것을 조소한 노래가 그 좋은 예이다.

그 눈 불거지듯 둥그렇고
그 배는 퉁퉁한데
갑옷 버리고 돌아오네.
수염 덥수룩하고
갑옷 버리고 돌아오네.
睅其目, 皤其腹, 棄甲而復.
于思于思, 棄甲復來.

이러한 두 가지 외에 사람일이 어그러지고 잘못된 것도 해학의 대상이 되었다.

부뚜막 아래서 키운다 중랑장.
삶은 양의 위는 기도위가.
삶은 양의 대가리는 관내후가 차지한다네.
竈下養, 中郎將.
爛羊胃, 騎都尉.
爛羊頭, 關內侯.
《後漢書·劉玄傳》

열여덟 다 큰 처녀에 일곱 살짜리 낭군이라,
너를 낭군이라 불러도 낭군이 아니지.

너는 아이라서 색시라고 부르지도 못하네.

그래도 단추를 풀어 옷을 벗겨주고,

그래도 너를 안고 침상에 오른다네.

十八歲個大姐七歲郎,

說你郞你不是郞,

說你是兒不叫娘,

還得給你解扣脫衣裳,

還得把你抱上床!

《衛輝民歌》

이러한 일들은 모두 상식적인 이치를 벗어난 데서 나왔으며, 한스럽기도 하고 우습기도 하다.

해학은 다소의 풍자적인 의미도 가지고 있으나 풍자가 반드시 해학인 것은 아니다.

심지도 거두지도 않았는데

어씨하여 벼 3백 전을 차지했나.

겨울사냥 밤사냥 하지도 않았는데

어찌 담비 가죽 뜰에 널렸나.

不稼不穡, 胡取禾三百廛兮?

不狩不獵, 胡瞻爾庭有懸貆兮?

《魏風·伐檀》

한 자의 삼베라도 꿰맬 수 있고

한 말의 쌀이라도 찧을 수 있는데

형과 동생 두 사람이 서로 용납하지 않네.

一尺布尙可縫, 一斗米尙可舂, 兄弟二人不相容!

《漢書·淮南王傳》

두 편 모두 세상일이 어그러지고 잘못된 것을 풍자하였으나, 작자의 마음에 있는 원망을 솔직하게 토로하였기 때문에 농담하고 익살부린 흔적은 없다. 그러므로 해학이라고 할 수 없다.

이러한 구별은 해학을 명료하게 이해하는 데 있어 매우 중요하다. 몇 가지 측면에서 보면, 해학의 특색은 모두 양자중립兩者中立적이다.

첫째, 우스갯소리를 하는 사람의 그 대상에 대한 입장에서 말한다면, 해학은 악의적인 것이기는 하나 전체가 악의적이지는 않다. 만약 온통 악의적이라면 결과는 솔직한 풍자나 악담(『어느 때 망할거냐, 내 너와 함께 망하리라 時日曷喪, 予及女偕亡』[1]와 같은)일 것이다. 우리들은 매우 미워하는 적이나, 아끼며 사랑하는 친구에 대해서는 농담하기가 쉽지 않다. 한 사람이 다른 사람을 가지고 농담을 했다면, 그에 대해서는 사랑과 미움이 반반인 셈이다. 밉다는 것은 그 추악하고 비루함을 미워하는 것이요, 좋아하는 것은 놀려서 흥을 돋울 수 있음을 좋아하는 것이다. 이렇게 다소 좋아하는 요소가 있기 때문에 해학은 어느 정도 경고와 권고의 뜻을 포함하고 있으니 베르그송Bergson이 말한 바와 같다. 무릇 해학은 모두 『놀리고 웃기되, 학대하지 않는 것 謔而不虐』이다.

유협은 《문심조룡》에서 『그 언사는 비록 기울고 돌아 곡절이 있지만, 그 뜻은 의리에 맞고 정확하다 辭雖傾回, 意歸義正』고 하였다. 많은 저명한 풍자가들, 영국의 소설가 스위프트Swift나 버틀러Butler와 같은 사람들은 모두 생각이 깊은 사람들이었다.

둘째, 해학 자체만을 보면 해학은 미감美感적이기는 하나 모두 다 그런 것은 아니다. 해학이 미감적이라는 것은 추악과 비루鄙陋, 어그러짐과 잘못된 것들이 해학의 대상이 될 때에는 정취情趣가 풍부하며, 그 홀로 자족自足적인 의미와 느낌을 갖기 때문이다. 그것이 모두 다 미감적인 것은 아니라 함은 해학의 동기가 모두 도덕적이거나 실용적이며, 도덕적 혹은 실용적인 관점으로부터 세상일이 원만하지 못한 것을 보고 놀랍고 이상하다든가 경고를 표시하기 때문이다.

셋째, 우스갯소리를 하는 사람 자신을 보면 그가 느끼는 것은 쾌감이지만 모두가 다 쾌감을 느끼는 것은 아니다. 그것이 쾌감인 것은 추악하고 비루한 것이 다만 한때의 재미를 발동시킬 뿐만 아니라, 침울한 세상에서 속박과 부담으로부터 해방시키는 힘이 있는 까닭이다. 현실세계는 마치 연못의 흐르지 않는 물과 같고 우스꽝스런 일은 우연히 주름같이 일어나는 미미한 파문과 같아서 해학이란 이러한 미미한 파문을 즐기는 것이다. 그러나 우스꽝스런 일은 어쨌든 추악하고 비루하며 어그러지고 잘못된 것이며, 인생에서 일종의 결함으로 애석한 감정을 불러일으키는 동시에 불쾌감도 수반한다. 많은 해학적인 노래는 희극적인 외형으로 비극적인 사실을 그려낸다. 서주민가徐州民歌에 다음과 같은 예가 있다.

> 시골 노인 볏짚을 등에 지고,
> 거리를 헤집고 다니며 고기요리를 사네.
> 고기요리 얼마나 샀을까.
> 눈앞에 내려놓고도 찾질 못하네.
> 鄕裏老, 背稻草, 跑上街, 買葷菜.
> 葷菜買多少? 放在眼前找不到!

이것은 조소인가? 아니면 연민인가? 이 가사는 읽는 사람으로 하여금 울지도 웃지도 못하게 한다. 무릇 해학은 울지도 웃지도 못하게 하는 뜻이 있다고 말할 수 있다.

해학은 이래도 좋고 저래도 좋은 양자중립적인 성질이 있으며, 그래서 옛부터 지금까지 〈골계滑稽〉라고 불러왔다. 〈골계〉는 술을 담는 그릇의 일종으로,[2] 술이 한쪽으로는 흘러 들어오고, 다른쪽으로는 돌면서 흘러나가도 하루 종일 마르지 않는데, 술이 〈골계〉 속에서 나오는 것이 이것도 아니고 저것도 아닌 식으로 애매모호하므로 〈골계〉를 해학에 비유하는 것은 매우 적당하다.

해학은 이럴 수도 저럴 수도 있는 것이다. 그래서 시에 해학적인 재미가 있을 때는 즐거움과 애원哀怨이 가끔 병행되면서도 서로 방해되지 않는다. 시인의 재간은 해학에 있으며, 해학을 잘하면 추한 속에서 미를, 실의 속에서 위안을, 애원哀怨 속에서 즐거움과 기쁨을 본다. 해학은 긴장을 풀게 하고 비애와 곤란으로부터 일탈逸脫케 하는 일종의 청량제로서, 이러한 이치는 이스트먼M. Eastman의 〈유머의식〉 속에서 가장 적절하게 설명되고 있다.

마호멧은 큰소리 치며 경건하게 산이 자신의 앞으로 오도록 기도하였다. 많은 무리의 신도들이 둘러서서 그의 이러한 능력을 지켜보았다. 그가 기도함에도 불구하고 산은 여전히 우뚝 선 채 꼼짝도 하지 않았다. 그가 말했다. 『좋아, 산이 마호멧에게로 오지 않으면, 마호멧이 산으로 가면 된다.』 우리들도 항상 이와같이 온 힘과 정성을 기울여 우리의 뜻과 같이 세상을 구하고자 하나 세상일이 우리의 뜻과 같지 않을 때, 우리는『좋아, 나는 실의 속에서 즐거움을 구하리라』고 말한다. 이것이 유머이다. 유머는 마호멧이 산으로 걸어가는 것과 같이 운명에 대해 농담하고 익살부리는 것이다.

해학이란『운명에 대해 농담하고 익살부리는 것』이라는 말이 가장 좋은 것 같다. 우리가 셰익스피어의 비극을 읽을 때, 매우 비통한 지경에 이르면 항상, 갑자기 희극을 삽입해 넣어 주인공은 중요한 고비에서 자신을 향해 조소하는데 햄릿이 그 대표적인 예이다. 활을 최대한으로 잡아당겼을 때, 어쨌든 좀 풀어놓아야지 그렇지 않으면 활줄이 끊어지게 된다. 산은 본래 옮길 수 없는 것이지만 중국의 전설에는 일찍이 산을 옮긴 사람이 있었으므로 그를 〈우매한 영감〉(愚公)이라 불렀는데, 그는 마호멧과 같은 유머는 없었다.

『운명에 대해 농담하고 익살부린다는 것』은 일종의 도피이며 정복인데, 도피자는 골계로써 세상을 비웃고, 정복자는 활달豁達함으로써 세상을 초월한다. 골계와 활달함은 비록 절대적인 구별은 없지만 정도의 차이는 있다. 그것들은 모두 〈한 번 웃고 마는 一笑置之〉태도로 인생의 결함을 적당히 넘기는데, 활달한 사람은 비극 속에서 인간세상의 모습을 깊이 알고, 그의 해학은 깊은 성정性情에 출입하는 까닭에 표면적으로는 우스꽝스럽지만 속으로는 침통하다. 그리고 골계자滑稽者(익살꾼)는 희극 중에서 세상일의 어그러지고 잘못된 것을 보여주며, 동시에 이것을 발견하는 것은 그가 총명하거나 뛰어나기 때문이라고 느끼게 하여 조소함으로써 즐거움을 갖는데, 이런 유머는 가끔 경박한 데로 흐르기도 한다. 활달한 사람은 비록 세상을 초월할지라도, 아름다운 세상에 대한 회한을 잊지 못하여, 인간세상에 대해서 슬퍼하고 연민을 느끼는 경우가 분노하고 꾸짖는 것보다 많다. 익살꾼은 세상을 비웃고 얕보는 것만을 알 뿐이며, 인간세상에 대해서는 이지적인 이해가 정감적인 격동보다 많다. 활달한 사람의 해학은 〈비극적인 해학〉이라 할 수 있는데 출발점은 정감이며, 듣는 사람도 정감으로써 감동을 받는다. 익살꾼의 해학은 〈희극적인 해학〉이라 할 수 있는데 출발점은 이지理智이며 듣는 사람도 이지로써 감동을 받는다. 중국의 시인 도연명陶淵明과 두보杜甫는 비극 중에서 해학을 보였고, 유영劉伶과 김성탄金聖歎은 희극 중에서 해학을 보여준 사람이며, 혜강嵇康과 이백李白은 그 사이에 속한다.

이러한 구별은 시를 이해하는 데 있어서도 매우 중요하다. 대개 희극적인 해학은 쉽고 또 즐기기도 쉬운데, 비극적인 해학은 어렵고 또 감상하기도 어렵다. 이상은李商隱의《용지龍池》를 예로 들어본다.

> 용지龍池에서 주연을 베풀며 운모병풍雲母屛風을 열어젖혔다.
> 갈고羯鼓 소리 드높으니 다른 악기 멈추었네.
> 밤 늦어 잔치에서 돌아가니 궁의 물시계 소리 더욱 길게 들리고.
> 설왕薛王은 깊이 취했는데 수왕壽王 홀로 깨어있다네.
> 龍池賜酒敞雲屛, 羯鼓聲高衆樂停.
> 夜半宴歸宮漏永, 薛王沈醉壽王醒.

수왕壽王이 양귀비를 그의 부친 명황明皇에게 탈취당해 버리자 어전의 잔치에서 술을 마시지 않았다. 잔치가 끝난 후에 그의 형제들은 술에 얼근히 취했는데 그는 혼자 여전히 깨어있는 채로 근심에 젖어 걸어 돌아온 것을 이 시는 비웃고 있다. 이 시의 해학은 완곡하고 익살맞으며 온갖 기교를 다 부렸다고 할 수 있다. 그러나 우리가 좀더 깊이 생각해 본다면 그 출발점이 이지理智이며 내면에 깊은 정이 없다는 것을 알 수 있을 것이다. 그 해학이 총명한 사람의 총명한 말이며, 감동을 받아도 이지적인 면에서 비롯된 것임을 느낄 수 있다. 만약 정감을 일으킨다면 우리는 반대로 비극을 희극으로 느끼게 되고 경박함을 면치 못할 것이다. 그러면 다시 해학적인 시 몇 수를 골라 살펴보자.

인생은 한 세상에 기탁한 것,
문득 광풍 속의 티끌과 같거니
어찌 달리는 말 더욱 재촉하여
먼저 요긴한 길목 차지하지 않으리.
말지어다, 빈천을 지켜
오래도록 불우의 쓴잔 마시는 일은.
人生寄一世, 奄忽若飄塵.
何不策高足, 先據要路津?
無爲守貧賤, 轗軻常苦辛.
《古詩十九首》(其四 〈今日良宴會〉)

백발은 두 귀밑 살짝 덮고
피부는 다시 실해지지 않네.
비록 아들 다섯 있지만
모두 글읽기 좋아하지 않네.
……
천명이 실로 이와같다면
차라리 술이나 마시지.
白髮被兩鬢, 肌膚不復實.
雖有五男兒, 總不好紙筆.
……
天命苟如此, 且進杯中物.
(陶潛《責子》)

천년만년 후
누가 그 영욕을 알겠는가.
다만 유감스러운 건 세상에 있을 때,
술 충분히 마시지 못할까 하는 것뿐.
千秋萬歲後, 誰知榮與辱?
但恨在世時, 飲酒不得足.

（陶潛《輓歌辭》）

이러한 시들의 해학은 침통함과 골계의 두 가지 면을 가지고 있다. 이 두 가지 면을 동시에 보아야만 그 심각성을 완전히 이해할 수 있다. 호적胡適은《백화문학사白話文學史》에서 다음과 같이 말했다.

　　도잠과 두보는 해학적 풍취風趣가 있는 사람들로, 궁하고 쓰라린 이야기를 하더라도 결코 풍취風趣를 포기하려 하지 않았다. 그들이 이렇게 우스운 소리도 하고 통속적인 자유시를 쓰는 풍취를 지녔기 때문에 비록 궁핍하고 배고픈 가운데서도 발광하지 않았으며 타락하지도 않았던 것이다.[3]

이는 매우 견해가 뚜렷한 말이다. 그러나『우스운 소리도 하고 통속적인 자유시를 쓴다』는 점에 중점을 두었기 때문에 그들의 침통한 일면을 가볍게 지나쳐버렸다. 도잠과 두보는 상심한 사람들이지만 활달한 기풍이 있어서 표면상으로는 비록 해학적이더라도 속으로는 침통하여 엄숙하였다. 만약《책자責子》나《만가사輓歌辭》와 같은 작품들을 완전히〈통속적인 자유시〉로 본다면, 수준 높은 해학미의 정수를 잃어버릴 것이다.

　　무릇 시란 모두 약간의 해학을 갖게 된다. 정서는 희비의 두 극단 사이를 벗어나지 못한다. 희극 중에는 모두 골계미가 있으며, 가장 비참한 일을 시로 쓸 때에도 그 속에 반드시 골계미가 드러난다. 채염蔡琰의《비분시悲憤詩》나 두보杜甫의《신혼별新婚別》등의 작품을 자세히 감상해보면, 자신의 비극을 썼거나 혹은 옆사람의 비극을 썼더라도 모두 지난날의 고통을 돌이켜보는 입장이 되어 씌어진 내용을 재미있는 의미로 생각하고, 어느 정도 희극으로 간주하는 뜻도 있다. 해학이 전혀 없는 사람은 대체로 시를 쓰기 어렵고, 또 시를 감상할 수도 없다. 시와 해학은 생기가 풍부한 것이다. 우스갯소리를 못한다는 것은 무미건조하고 고갈되었다는 징조이다. 무미건조한 사람은 시와 연분이 없다.

　　그러나 시는 익살스럽기에 가장 쉽지 않으니 경박한 것을 가장 기피하며, 익살은 경박함으로 흐르기가 가장 쉽기 때문이다. 고시古詩《초중경처焦仲卿妻》는 부부가 이별할 때의 서약을 서술하고 있다.

그대는 반석이 되고,
첩은 부들이나 갈대입니다.
부들이나 갈대는 실같이 얽혀있고,
반석은 움직이지 않지요.
君當作磐石, 妾當作蒲葦.
蒲葦紉如絲, 磐石無轉移.

후에 초중경焦仲卿은 그의 처가 압박을 받아 개가했다는 소식을 듣고 이전의 서약을 이용해서 그녀를 풍자하여 읊고 있다.

부군이 신부에게 이르기를
그대 높이 올라갈 수 있음을 축하하오.
반석은 네모반듯하고 두꺼우니
천 년 동안 지탱할 수 있으리라.
부들이나 갈대는 한때는 얽혀있으나,
오직 하루 사이일 뿐이라오.
府君謂新婦. 賀君得高遷！
磐石方且厚, 可以卒千年.
蒲葦一時紉, 便作旦夕間.

이것이 해학이다. 그러나 경박함에 가까움을 면치 못했다. 왜냐하면 생이별하고 사별하는 것이, 정이 깊은 두 사람이 서로 풍자하고 미워할 때가 되어서는 안 되기 때문이며, 또한 초중경은 사랑의 순교자이기 때문이다.

똑같이 해학이기는 하나 혹은 시의 뛰어난 경지가 되고, 혹은 시의 결함이 되기도 하는데 그 구분은 오로지 시가 깊은 성정性情에서 나왔느냐 그렇지 않느냐에 있다. 이지가 감정보다 강하면 종종 순수한 풍자satire로 흐르게 된다. 풍자시는 실로 스스로 하나의 풍격을 이루지만 시의 뛰어난 경지에 도달하기는 매우 어렵다. 영국의 포프Pope나 프랑스의 볼

테르Voltaire와 같은 총명한 사람들도 대시인이 되지는 못했는데 이와같은 이치 때문이다.

2. 시와 은어

유협은 《문심조룡》에서 〈은隱〉과 〈미謎〉를 함께 열거하여, 〈은〉을『애매한 표현으로 진의眞意를 감추고 굴절된 비유로 사태를 암시한다 遯辭以隱意, 譎譬以指事』고 하였고, 〈미〉를『그 말을 돌리고 얽어놓아서 혼미하게 한다. 혹은 문자로써 수수께끼를 하기도 하고, 혹은 사물의 형상으로써 수수께끼를 하기도 한다 廻護其辭, 使昏迷也, 或體目文字, 或圖象品物』고 했다. 그러나 그는 〈미〉는 위진 이후에 〈은〉이 변화된 것임을 인정하였다. 기실 〈미〉와 〈은〉은 원래 같은 것이었으나 옛날과 지금의 명칭이 같지 않을 뿐이다.《국어國語》에『진秦나라 나그네가 유사庾詞를 하였는데, 범문자가 그 세 가지를 맞추었다 秦客爲庾詞, 范文子能對其三』라는 말이 있는데 〈유사庾詞〉[4]도 은어隱語이다.

각민족에서 미어謎語(수수께끼)의 기원은 매우 빠르며, 또한 매우 중요하다. 고대 그리스 영웅 오이디푸스Oedipus는『아침에 네 발로 걷고, 오후에는 두 발로 걸으며 저녁에는 세 발로 걷는다』는 수수께끼를 알아맞추고, 사람을 잡아먹는 괴수怪獸를 몹시 성나게 하여 죽게 하고 테베Thebes 사람들에 의해 국왕으로 추대된다. 구약성서의 〈사사기〉에 삼손의 처족妻族들이『강한 자에게서 고기가 나오고, 먹는 자에게서 단것이 나오는데 그것이 무엇인가』라는 수수께끼를 알아맞혀 궁지에서 벗어나고 그 댓가로 옷을 받는다. 이와같은 예를 보더라도 고대인들이 수수께끼를 중시했음을 알 수 있다.

중국의 수수께끼는 문자와 같이 오래되었다고 말할 수 있다. 육서六書 가운데 〈회의會意〉는, 허신許愼의 해석에 의하면『관련있는 글자를 비교하여 뜻을 모아 가리키는 바를 드러내는 것으로, 무武와 신信이 바로 이런 것이다 比類合誼, 以見指撝, 武信是也』라고 하였다. 이것은 수수께끼의 원칙에 의하면『전쟁을 멈추게 하는 것이 무武이며, 사람이 말을 하면

믿음이 있어야 한다 止戈爲武, 人言爲信』인데, 이는 두 글자로 된 수수께끼이다. 많은 중국의 글자는 그 글자만 보아도 뜻을 해석할 수 있다. 왜냐하면 글자를 만들 때 이미 수수께끼 알아맞히기와 같은 의미가 있기 때문이다. 중국에서 가장 오래된, 기록에 있는 가요는《오월춘추吳越春秋》의 『단죽斷竹・속죽續竹・비토飛土・축육逐肉』[5]인데 이는 〈탄환彈丸〉을 암시하는 수수께끼이다.《한서漢書・예문지藝文志》에 〈은서 18편 隱書十八篇〉이 실려있는데, 유향劉向의 〈신서新序〉에도 『제나라 선왕이 은서隱書를 발간하고 읽었다 齊宣王發隱書而讀之』라는 말이 있어 은어의 전문서가 옛부터 있었음을 알 수 있다.《좌전左傳》에는 〈원정智井〉 〈경계庚癸〉[6] 등 두 개의 수수께끼가 있다.《사기史記・골계전滑稽傳》과 《한서漢書・동방삭전東方朔傳》에서 보면 은어를 좋아한 것이 고대에는 극히 보편적인 풍조였다. 한 개인이 은어를 할 줄 알아 녹을 얻고 은총을 받을 수 있었던 적도 있으니 동방삭이 그 좋은 예이다. 그는 〈석복射覆〉[7] 에 능했는데 이 〈석복〉이 바로 은어 알아맞히기이다. 한 국가에 은어를 잘하는 신하가 있으면 회맹會盟하여 교섭할 때 외교상의 승리를 취할 수가 있는데, 범문자范文子가 진객秦客의 세 가지 수수께끼를 알아맞히자 사관史官이 이를 대서특필하였다.《삼국지三國志・설종전薛綜傳》에 매우 흥미있는 이야기가 있다. 촉蜀나라 사신 장봉張奉이 은어를 가지고 오吳나라 상서尙書인 감택闞澤을 조롱하였으나 감택은 답변하지 못하여 오나라 사람들이 수치스럽게 여겼다. 설종薛綜이 이 일로 체면이 떨어진 것을 보고 장봉에게 보복하여 말하기를 『견부犬部가 있으면 독獨이요, 견부가 없으면 촉蜀이라. 눈(目)을 가로누이고(皿) 몸을 구부리니(勹) 벌레(虫)가 뱃속으로 들어간다 有犬爲獨, 無犬爲蜀, 橫目勾身, 蟲入其腹』고 하였다. 이 말이 나오자 촉나라 사신은 할 말이 없게 되고, 오나라는 체면을 도로 찾았다. 이런 고사와 위에서 인용한 그리스와 유태의 두 가지 예로서, 유협이 말한 바『은어의 사용은 크게는 정치를 진흥시키고 일신一身을 다스린다 隱語之用, 大者興治濟身』는 말이 결코 지나친 말이 아님을 알 수 있다.

은어는 근대에서는 일종의 문자유희이지만 고대에서는 오히려 매우 엄중한 일이었다. 그것이 가장 일찍이 응용된 것은 대개 예언이나 참언

讖言이었을 것이다. 시가는 기원시에는 신과 인간이 서로 통하여 허물이 없게 하는 매개체였다. 사람이 찬송하고 기도할 것이 있으면 시가로써 신에게 바쳤고, 신이 느낀 바가 있을 때에도 역시 시가로써 사람에게 전달하였다. 그러나 사람이 하는 말은 명백해야 하고, 신이 하는 말은 명백하지 않아서 신비하고 현오玄奧하게 드러난다. 그래서 예언서는 거의가 은어이다. 이러한 은어는 거의 신으로부터 사람의 몸에 빙의憑依하여 말해지는 것으로, 빙의되는 사람은 대부분 주제자主祭者 또는 무녀巫女이다. 고대 그리스의 〈델피의 예언〉과 고대 중국 무당의 점복占卜은 모두 그 뚜렷한 일례이다.

원시사회 속에서는 꿈도 일종의 예언으로 인식된다. 각나라마다 고대에는 항상 꿈으로 점치는 관리가 있었으며 한 나라의 군신과 백성간의 화목은 종종 꿈 속에서의 한 마디 말에 달려있기도 하였다. 구약성서 창세기에 이집트 국왕이 어느 날 여위고 볼품없는 암소 일곱 마리가 살찌고 잘생긴 암소 일곱 마리를 잡아먹고, 일곱 개의 마른 이삭이 잘 여문 일곱 이삭을 삼켜버리는 꿈을 꾸고 신하들을 불러 해석하게 하였으나 모두들 그 꿈을 풀지 못하였다. 그러나 히브리인 요셉만이 7년의 풍년에 이어 7년 동안의 대흉년이 오게 될 조짐이라고 단정하였다. 국왕은 그의 말을 듣고 풍년이 드는 7년 동안에 5분지 1씩의 여분 식량을 저축하였다. 과연 요셉의 예언대로 곧이어 7년 동안의 흉년이 왔으나 이집트인들은 미리 저장한 식량이 있었기 때문에 기근을 면할 수 있었다. 요셉은 이에 국왕의 신임을 크게 얻었다. 《좌전左傳》에도 뽕나무밭에서 무당이 꿈을 점치는 고사가 있다. 꿈으로 점치는 미신은 문자가 있기 이전부터 있었으며, 가장 오래되고 가장 보편적인 수수께끼 풀이라고 말할 수 있겠다.

중국 고대의 예언은 동요에 많이 가탁假託하였다. 들은 바에 의하면, 동요는 화성火星의 작용이라고 한다. 각시대의 역사서는 동요를 〈예문藝文〉에 싣지 않고 〈천문天文〉 혹은 〈오행五行〉에 포함시켰다. 이는 동요가 신령이 아동에 의탁해서 하는 말이라고 믿었기 때문이다. 곽무천郭茂倩은 《악부시집樂府詩集》 제88권에서 각시대의 예언식의 동요를 매우 많이 수집해 놓고 있는데 대부분이 은어이다. 《좌전》 복언卜偃은 『순성鶉星이 밝게 나타나니 鶉之奔奔』라는 동요 한 구절에 근거하여 진晉나라는 반드시 10월 병자일丙子日에 곽괵郭虢을 멸할 것이라고 단정했는데[8] 이것은 최초로 서적에 보이는 예이다. 동요는 때때로 글자 수수께끼에 가까운데, 예를들면《후한서後漢書·오행지五行志》에 한漢 헌제獻帝 때의 경도京都 동요를 싣고 있네.

千里에 깔린 풀 얼마나 푸른가?
十日에 점을 치니 살지 못한다네.
千里草, 何青青?
十日卜, 不得生.

위에서〈千里草〉를 묶으면〈董〉이 되고,〈十日卜〉을 묶으면〈卓〉이 되며,〈青青〉은 무성한 모양이고,〈不得生〉이란 역시 망한다는 뜻이다. 당시 사람들이 대체로 동탁董卓이 전횡專橫하고 있는 것을 싫어하여 은어를 빌어 욕한 것이거나 동탁이 실패한 후 그 사실을 은유적으로 빗대어〈예언〉인 양 조작하면서 시기를 앞당겼을지도 모른다. 이 속에서 우리는 은어를 만드는 심리를 읽을 수가 있다. 그것은 한편으로는 감히 직설할 수 없어 회피하며, 또 한편으로는 일반사람들의 신비적인 일에 대해 경탄하는 성향을 이용하여 호기심을 자극하는 것이다.

은어가 신비적인 예언에서 일반인의 오락으로 변한 이후, 다시 일종의 해학으로 변화되었다. 은어가 해학과 다른 점은 다만 해학이 세상일을 조소하는 데 치중하고 있고, 은어는 문자의 유희에 치중한다는 것이다. 해학과 은어는 때때로 함께 혼합되어 있다.《좌전》에 실린 송宋나라의 성을 지키는 사람의 노래 가운데 다음과 같은 것이 있다.

그 눈 불거지듯 둥그렇고,
그 배는 퉁퉁한데,
갑옷 버리고 돌아오네.
수염 더부룩하고,
갑옷 버리고 돌아오네.
睅其目, 皤其腹, 棄甲而復.

于思于思, 棄甲復來！

이것은 화원華元을 풍자한 해학이며 은어인데, 화원의 용모와 품격과 사적事蹟을 그 속에 은유적으로 포함하고 있다. 민간가요 중에도 이와 유사한 작품이 매우 많다. 예를들면, 다음과 같다.

귀기울여서, ……옆집 소리 듣고, 창을 밀쳐 열고 달을 바라보네.
……큰 광주리 어깨에 메고 힘겨워하지 마라.
두 줄기 눈물 한 줄기로 방울지네.
側, ……廳隔壁, 推窓望月, ……捌笆斗勿吃力, 兩行淚作一行滴.
(소주蘇州 사람들이 고개 삐딱한 사람을 놀리는 노래)

뭐라고? 콩, 얼굴 가득 핀 꽃.
비가 가벼운 모래밭을 때렸나.
꿀벌이 집인 줄 잘못 아네.
여지, 호두, 여주.
하늘 가득한 뭇별들이 낙화를 때리네.
啥? 豆巴, 滿面花, 雨打浮沙, 蜜蜂錯認家, 荔枝核桃苦瓜, 滿天星斗打落花.
(사천四川 사람이 곰보를 놀리는 노래)

이는 해학과 은어, 문자유희의 세 종류가 혼합되어 있는데, 용모가 추한 것을 놀리는 것은 해학이 되고 수수께끼로 말하는 것은 은어가 되며, 형식이 칠층탑이 되어 한 층씩 높아지는 것(즉 글자수가 하나씩 늘어나는 것)은 순수한 문자유희가 된다. 해학은 솔직함을 가장 싫어하는데, 솔직이란 다만 해학을 없앨 뿐 아니라, 남이 꺼리는 것을 느끼게 하여 비난받기 쉽기 때문에 은어로 표출하며 문자유희로 수식한다. 해학은 어느 정도 악의가 있으며, 은어와 문자유희는 이런 악의를 덮어 가릴 수 있고 동시에 사람들로 하여금 그 기교를 발견하게 하여 경탄을 불러일으킨다. 주의력을 조소의 대상인 추악하고 잘못된 것으로 집중되지 않도록 하는 것이다.

은어는 항상 해학과 결합하나, 모두 다 해학과 결합할 필요는 없다. 해학의 대상은 반드시 인간과 세태의 결합인데 은어의 대상은 제한이 없다. 은어의 정의는『숨바꼭질하는 유희적 태도로 하나의 사물을 먼저 숨겨놓고, 다만 약간의 실마리만을 노출시켜서 사람들로 하여금 그 숨겨놓은 것이 무엇인지를 알아맞힐 수 있도록 하는 것』이라고 말할 수 있다. 몇 가지 예를 들어본다.

낮에는 매우 바쁘고,
밤에는 띠풀로 집을 덮지.
日裏忙忙碌碌, 夜裏茅草蓋屋
(眼 : 눈)

자그마한 한 마리 용,
수염은 딱딱하기 말갈기 같네.
살아선 피 한 방울 없더니
죽어선 온몸이 붉은빛이네.
小小一條龍, 鬍鬚硬似鬃.
生前没點血, 死後滿身紅.
(蝦 : 새우) (역주 : 개봉開封에서 유행하였음)

왕안석이 변간론辨奸論을 읽고 느낌이 있었다. (《시경》에『이렇게 아득히 떨어져서는 언약을 이룰 날 없지 않을까』)
王荊公讀〈辨奸論〉有感. (《詩經》『吁嗟洵兮, 不我信兮！』)[9]

이전에 문인들이 비록 이러한 놀이를 좋아했을지라도 그것을 문학으로 간주하지는 않았다. 실지로 많은 수수께끼가 문인들이 지은 영물시詠物詩나 사詞보다도 시적인 의미가 더욱 풍부하다. 영국의 시인 코울리지 Coleridge가 시적 상상을 논하면서, 시적 상상의 특징은 사물 속에서 심상치 않은 관계를 드러내는 데에 있다고 말하였다. 여러 가지 좋은 수수께끼는 이런 표준에 충분히 적합하다.

　수수께끼에 깔린 심리적 배경도 연구할 가치가 매우 많다. 수수께끼작자의 입장에서 보면, 그는 사물 속에서 유사하나 일면은 그렇지도 않고 가깝지도 않지만 그렇다고 멀지도 않은 미묘한 관계를 발견하고, 그것이 흥미있으며 옆사람들로 하여금 알게 할 가치가 있다고 느낀다. 그 동기는 본래 사람들과 잘 어울리려는 본능의 일종으로 개인이 본 것을 사회에 전달하려 한다. 동시에 유희본능이 있어서 마치 고양이가 쥐를 희롱하듯이 듣는 사람의 추측의 범위를 연장시켜서 그 추측이 오래될수록 그의 호기심이 더욱 강렬해지도록 한다. 그의 즐거움은 자신이 신비적인 사건의 감시인이며, 자신은 밝은 곳에 서서 옆사람들이 어둠 속에서 헤매는 것을 보고 있다고 느끼는 데 있다. 수수께끼를 알아맞히는 사람의 입장에서 보면, 그는 엄폐시켜 놓은 신비한 사건에 대해 호기심을 자극시켜 그 자세한 내막을 밝혀보고 싶고 동시에 일종의 자존심을 내세워 자신이 이 비밀의 장막을 열어야만 된다고 생각한다. 추측이 오래될수록 이러한 호기심이나 자존심이 더욱 강해진다. 몇 가지 경로를 모색한 후 일단 확연히 깨달으면, 사물의 관계 속에 숨겨져 있는 기교들이 모두 한 곳으로 모이게 되는 것을 알게 되고 경탄을 금치 못한다. 아울러 자신의 승리를 느끼고 기뻐하게 된다.

　만약 시를 짓고 시를 읽는 심리를 연구해 보면, 위에서 인용한 내용을 대부분 적용할 수 있다는 것을 알게 될 것이다. 갑자기 사물 가운데에서 심상치 않은 관계를 발견하고 게다가 경탄하게 되는 것은 모든 심미적 태도의 공통된 점이다. 고심하며 사색하고 하루 아침에 활연관통豁然貫通하는 것도 창조와 감상에 항상 내재되어 있는 과정이다. 시와 예술은 모두 어느 정도의 유희성을 갖고 있으며 은어도 마찬가지이다.

　또한 은어를 가볍게 보아서는 안 된다. 은어의 시에 대한 관계나 시에 미치는 영향은 매우 크다. 고대 영시에서도 수수께끼는 매우 중요하였다. 시인 쿤 울프Cune Wulf는 저명한 은어가였다. 고대중국에도 항상 은어로써 시를 쓴 사람이 있었다. 한 편의 고시를 예로 들어본다.

　　짚과 칼도마는 어디 있나
　　산 위에 다시 산이 있네.

어찌 큰 칼을 당할 수 있으리.

깨어진 거울이 날아 하늘에 오르네.

藁砧今何在, 山上復有山.

何當大刀頭, 破鏡飛上天.[10]

(《옥대신영玉臺新詠》10〈고절구古絶句〉의 하나)

이것은 『남편이 출타하였는데 보름이면 돌아오겠지 丈夫已出, 月半回家』라는 뜻을 은어로 말하였다. 앞에서 인용한 동요나 민간해학가에 좋은 시가 많다. 그러나 은어가 중국시에서 중요하게 활용된 것은 이것뿐만이 아니다. 그것은 일종의 초기형태의 묘사시이다. 민간에 전해지고 있는 갖가지 수수께끼는 모두 묘사시로 볼 수 있다. 중국의 대규모의 묘사시는 부賦이며, 부는 은어의 화신化身이다. 전국시대와 진대秦代 한대漢代에 은어를 좋아하는 경향이 가장 강하였으며 부도 가장 크게 발달하였다. 순경荀卿은 부의 시조로서 그의 《부편賦篇》은 본시〈예禮〉〈지知〉〈운雲〉〈잠蠶〉〈잠箴〉〈란亂〉[11]의 6편의 독립적인 부를 포함하고 있는데, 앞의 5편은 모두 사물의 상태나 본질과 효용을 과장하여 읊고, 그 끝부분에 한 마디로 요지를 밝혔으며, 마지막 1편은 전혀 그 요지를 분명히 밝히지 않았다.〈잠蠶〉부를 예로 들어본다.

이 남정네 몸뚱이는 여자들이 좋아하는데 머리는 말머리인가?

자주 변하면서 장수하지 못하는 것?

아주 건장하나 서툴게 늙는 것?

부모는 있어도 암수 구별이 없는 것?

겨울에 숨고 여름에 놀며

뽕잎을 먹고 실을 토하는데

앞은 어지러워도 뒤는 정돈된다.[12]

여름에 났으나 더위를 싫어하고

습한 것을 좋아하나 비는 싫어한다.

번데기를 어미로 하고 나방을 아비로 한다.

세 번 잠자고 세 번 일어나면 일은 곧 커진다.

이것을 일러 누에의 이치라 한다네.

此夫身女好而頭馬首者與?

屢化而不壽者與?

善壯而拙老者與?

有父母而無牝牡者與?

冬伏而夏遊,

食桑而吐絲,

前亂而後治.

夏生而惡署,

善濕而惡雨.

蛹以爲母, 蛾以爲父.

三伏三起, 事乃大已.

夫是謂之蠶理.

전편은 모두 〈누에〉의 수수께끼이며 마지막 구는 그 수수께끼의 답을
말해 주는데, 지금의 수수께끼책이 수수께끼 문제 아래에 그 해답을 밝히
는 것처럼 아마 당시에도 이러한 답이 독립적이었던 것 같다. 그후에 많
은 사부가辭賦家나 시인·사인詞人 들이 이러한 기교를 답습하여 수수
께끼로 사물을 형용하였다. 몇 가지의 예를 살펴보자.

날아도 빠르거나 높지 않고

함께 날지도 않는다.

그 깃드는 곳도 쉽고

구하는 먹이도 쉽게 공급되니

보금자리는 나뭇가지 하나면 족하고

먹는 것은 모이 몇 알갱이에 불과하다.

飛不飄颺, 翔不翕習.

其居易容, 其求易給.

巢林不過一枝, 每食不過數粒.

(張華《鷦鷯賦》)

오색의 선회하는 용과

천 년이나 된 옛글자를 아로새겼네.

꿩이 비추어 보고 홀로 춤추며

난새(鸞)가 비추어 보고 홀로 울었다네.

물로 가면 못에서 달이 나오고

해를 비추면 벽에 마름이 생기네.

鏤五色之盤龍, 刻千年之古字.

山鷄看而獨舞, 海鳥見而孤鳴.

臨水則池中月出, 照日則壁上菱生.

(庾信《鏡賦》)

빛이 희미하며 상현이 되려는데

흐린 모습 비끼고 바퀴 아직 둥글지 않다.

미미하게 옛변방의 밖에 오르자

이미 저녁 구름가에 숨었네.

(엷은 달빛 가려졌으니) 은하수 모습 변하지 않고

관산은 비어 스스로 차다.

뜰 앞에 흰 이슬

아무도 모르게 국화에 그득 맺히네.

光細弦欲上, 影斜輪未安.

微升古塞外, 已隱暮雲端.

河漢不改色, 關山空自寒.

庭前有白露, 暗滿菊花團.

(杜甫《初月》)

바다 위의 선녀 붉은색의 짧은 속옷 입고

붉은 실의 땀받이옷에 피부는 백옥 같네.

다시 양귀비가 웃는 걸 기다릴 필요는 없지.

그의 풍모와 골격이 본래 성을 무너뜨릴 명주名珠일세.

海上仙人絳羅襦, 紅紗中單白玉膚.

不須更待妃子笑, 風骨自是傾城姝.[13]

(蘇軾《荔枝》《四月十一日初食荔枝》)

춘사春社가 지나니,

발과 장막 쳐진 집으로 날아드네.

지난 해 지었던 집 먼지 쌓이고 썰렁한데,

날개깃 길게 내리고 쉬려 하여

시험삼아 옛집에 나란히 들어가네.

꽃이 아로새겨진 서까래와 수초 무늬 있는 천정을 자세히 살피고

재잘재잘 얘기하니 무슨 말인지 추측하기 어렵다.

잽싸게 날아 꽃가지 끝을 치며 지나니

비취빛 꼬리와 붉은 꽃그림자 나누어지네.

過春社了, 度簾幕中間, 去年塵冷.

差池欲住, 試入舊巢相倂.

還相雕梁藻井, 又輕語商量不定.

飄然快拂花梢, 翠尾分開紅影.

(史達祖《雙雙燕》)

　이상은 부부賦와 시詩와 사詞 중에서 그 한두 가지를 예로 들었을 뿐이다. 만약 우리들이 영물류詠物類의 운문을 조사해 본다면, 대부분이 이와같은 기교를 응용하여 그려내었다는 것을 알 수 있을 것이다. 중국 수수께끼의 기교는 원래 세계적으로 유명하므로 중국시를 서양시와 비교해 보면 묘사시도 더욱 일찍 발생하였으며 또 비교적 풍부한데 이런 특수한 방식의 발전은 우연이 아닌 것 같다. 중국인들은 자연계에 있는 사물들의 미묘한 관계나 유사성을 특히 주목하며, 그것들의 신기한 결합에 대해 흥미를 느끼는 것 같은데 그래서 수수께끼나 묘사시가 특별히 발달한 것이다.

　수수께끼는 비단 중국 묘사시의 시조일 뿐 아니라 시 속에서의 비유比喩의 기초이다. 갑이라는 사물로써 을이라는 사물을 암시할 때 갑과 을

은 대부분 유사점이 있어 서로 비유할 수 있다. 갑과 을을 함께 거론할 때는 직유直喩(simile)이고, 을로써 갑을 암시할 때 은유隱喩(metaphor)이다. 직유적인 표현을 다음의 옛속담에서 살펴보자.

> 본 것은 적고, 괴상한 것은 많다.
> 낙타를 보고 말 등에 혹났다고 한다.
> 少所見, 多所怪,
> 見駱駝, 言馬腫背.

만약 『낙타를 보고 말 등에 혹났다고 한다』고 했다면, 그 뜻은 사람들로 하여금 지적하는 뜻이 『본 것은 적고 괴상한 것은 많다 少見多怪』는 것을 알게 하는 데에 있으니 은유가 된다. 근세 가요학자들이 말하는 〈헐후어歇後語〉[14]가 그것이다. 〈헐후어〉도 일종의 은어인데, 예를들면 〈귀머거리의 귀〉(크게 흔든다), 〈종이로 만든 등〉(한 번만 찔러도 부서진다), 〈왕할머니의 발〉(길고 냄새남) 등이다. 이러한 비유는 보통어(현대 중국의 표준어)에 매우 유행하고 있다. 이들은 일반 민중의 〈시적 상상력〉을 보여주며 동시에 보통어의 예술성을 드러내어 준다. 판매원이나 시골아낙이 이런 〈초피화俏皮話〉(농담이나 익살맞은 말, 헐후어의 일종)를 들으면 마음 속의 기쁨을 감추기 어려운데 이것이 간단한 미적 경험이요, 시 감상이다. 시인이 비유를 사용하는 것은 이런 저속한 〈초피화〉의 기교를 정련화精鍊化한 것에 불과하며, 깊고 얕고 우아하고 저속한 것이 비록 같지는 않지만 그 이치는 하나인 것이다. 《시경》에서 가장 상용되는 기교는 비유로 시작하고 있다.

> 징경이 우는 소리, 강섬에 들리네.
> 아리따운 아가씨는 사나이의 좋은 짝.
> 關關雎鳩, 在河之洲.
> 窈窕淑女, 君子好逑.
> 《周南·關雎》

메뚜기의 날개 수도 없구나.

너의 자손들이 이같이 많고야.

螽斯羽, 詵詵兮.

宜爾子孫, 振振兮.

《周南·螽斯羽》

갈대는 우거지고,

이슬맺혀 서리되니,

내 마음 속의 그님은,

물 건너 계시네.

蒹葭蒼蒼, 白露爲霜.

所謂伊人, 在水一方.

《秦風·蒹葭》

처음의 두 구는 모두 은어이다. 숨겨놓은 것은 때로는 의미에 치우쳐 있고 끌어온 사물과 읊고자 한 사물 사이에 유사점이 있는 것은 〈종사우螽斯羽〉의 예와 같은데 이것이 〈비比〉이다. 또 때로는 정취에 치우쳐 있고, 끌어온 사물과 읊고자 한 사물이 그 정취적인 면에서 비밀스럽고 우연하게 뜻이 일치되는 바가 있어서 끌어온 사물에서 읊고자 하는 사물의 정취를 끌어낼 수가 있는데 〈겸가蒹葭〉의 예와 같으며 이것이 〈흥興〉이다. 또 어떤 때에는 끌어온 사물과 읊고자 한 사물이 이미 유사점이 있고, 또 정취상으로도 암합묵계暗合黙契하는 바가 있는데 〈관저〉의 예와 같으며 이것이 『흥興이 비比를 겸하고 있는 것』이다.《시경》의 각 작품의 작자는 원래 이러한 기준에 의해 시를 쓴 것이 아니었고, 〈비比〉와 〈흥興〉 등은 후인들이 귀납해서 내놓은 것으로 그 분류도 일종의 방편에 불과하며 원래 엄격한 논리도 없었다. 뒤에 와서 시를 논하는 사람들이 그것을 매우 중히 여기고 논쟁이 오갔으나 특별히 의미가 있는 것은 아니다.

종래 중국에서 시를 논하는 사람들은 『함축적인 말로 대의 微言大義』를 말하기 좋아하여 모장毛萇의 《시서詩序》에서부터 장혜언張惠言의 《사선詞選》에 이르기까지, 본래 심오한 뜻이 없는 많은 시들을 일종의 암시시暗示詩로 간주하여 실로 견강부회함을 면치 못하였다. 그러나 중국 시인들의 은어 쓰기를 좋아하는 습관이 본래 매우 깊다는 것은 부인할 수 없다. 굴원의『향기로운 풀 같은 미인 香草美人』은 그 기탁한 바가 있는데 이는 많은 학자들의 공론이다. 이러한 공론이 믿을 만한지 아닌지는 차치하더라도 은어가 시에 끼친 영향은 매우 크다. 완적阮籍의《영회시詠懷詩》는 불가해 한 곳이 많아서 안연지顔延之는『뜻은 풍자하는 데 있고 문장은 숨고 피함이 많아 1백 년이 지나더라도 그 내용을 추측하기 어려울 것이다 志在刺譏而文多隱避, 百世之下, 難以情測』라고 말했다. 이러한 평은 많은 영사시詠史詩나 영물시詠物詩에 적용될 수 있다. 도연명의《형가를 노래함 詠荊軻》, 두보의《자은사탑에 올라 登慈思寺塔》도 각각 그 숨은 뜻이 있다. 우리들이 만약 그 숨은 뜻을 벗겨보면, 그것들은 자연적으로 좋은 시가 되겠지만 그렇다고 해서 그것들을 명확하게 이해했다고는 말할 수 없을 것이다. 시인들이 마음 속에 품은 의도를 직설적으로 표현하지 않고 은어로써 드러내는 것은 대부분 그 마음 속을 보여주지 않으려 하거나, 또는 말할 수 없는 괴로운 점이 있기 때문이다. 낙빈왕駱賓王은《감옥에서 매미를 노래함 在獄詠蟬》이라는 시에서『이슬이 무거워 날아가기 어렵고, 바람이 많아서 그 소리 가라앉기 쉽다 露重飛難進, 風多響易沈』고 하여, 참소한 사람이 그가 억울함을 하소연하지 못하게 함을 암시했다. 청나라 사람이 자모란紫牡丹을 읊기를『붉은색을 빼앗으니 정색이 아닌데, 별종이 또한 왕이라 하네 奪朱非正色, 異種亦稱王』라고 하였는데, 오랑캐가 중원에 들어와서 주인이 된 것을 암시하고 있으며 그 단서가 잘 드러나 있다. 이런 실례들을 일일이 다 열거할 수는 없다. 많은 중국시를 읽는다는 것은 마치 수수께끼를 푸는 것과 같다고 말할 수 있다.

은어는 의미상의 관련을 이용하면 비유가 되고, 성음聲音상의 관련을 이용하면 〈쌍관雙關〉(pun)[15]이 된다. 남방사람들은 잘고 보드라운 탄(炭)을 부탄麩炭(역주 : 물 속에 던져넣어 만든 숯, 뜬숯)이라 부른다. 부탄의 수수께끼를 풀면『아이구, 나의 아내여 !』가 되는데 부탄은 〈부탄夫歎〉(역주 : 지아비가 탄식함)과 음이 같은 쌍관雙關이기 때문이다. 가요 중에 쌍관을 사용한 예는 매우 많다.

사모하는 정 오래되니

연꽃가지 하나만은(홀로 가련해지는 것) 사랑하지 않을 터

다만 근본이 같은 연뿌리(내 짝)를 애석해한다네.

思歡久, 不愛獨枝蓮(憐).

只惜同心藕(偶).

《讀曲歌》[16] (蓮과 憐, 藕와 偶가 쌍관어)

안개와 이슬이 부용(님의 모습)을 숨기니

연꽃을 보아도 분명치 않네.(가련하게 되어 서로의 관계가 분명치 않네.)

霧露隱芙蓉(夫容)

見蓮(憐)不分明.

《子夜歌》[17] (芙蓉과 夫容, 蓮과 憐이 쌍관어)

이별 후 항상 생각함이여.

편지쓰기를 멈추고 보니 천 장 길이도 못 되네.

묘비명을 쓰려 해도(울며 슬퍼함이) 끝날 때가 없네.

別後常相思, 頓書千丈闕.

題碑(啼悲)無罷時.

《華山畿》[18] (題碑와 啼悲는 쌍관어)

대로 만든 상앗대 불태우니 길고 긴 탄이 되고(길게 탄식하고)

탄은 다음날 아침 반이나 재가 되었네.(탄식은 후회가 되었네.)

竹篙燒火長長炭(歎)

炭到天明半作灰.

《粤謳句》(炭과 歎은 쌍관어)[19]

동녘에 해 뜨고 서쪽에 비 내려,

맑지 않다고 말하니 오히려 맑네.

(무정하다고 말하니 오히려 정이 있네.)

東邊日出西邊雨,

道是無晴(情)却有晴(情)

(劉禹錫《竹枝詞》)(晴과 情은 쌍관어)

이상 예로든 것들은 모두 민가 아니면 모의민가模擬民歌에 속한다. 문일다聞一多에 의하면, 〈주남周南〉의 〈채채부이采采茉苢〉의 〈부이〉는 옛날에 〈배태胚胎〉와 동음동의어로써 쌍관의 기원은 멀리 시경시대에까지 거슬러 올라간다. 민가의 다른 기교와 같이 〈쌍관〉도 시인들에 의해 자주 사용되었다. 육조인들은 설화에도 쌍관을 즐겨 사용하였다.

사해에서 이빨갈기를 익히고

하늘 가득 도가 평안하도록 푼다.

(천하에 유명한 습착치[20]요.

하늘 가득 존경받는 도안스님[21]이라.)

四海習鑿齒, 彌天釋道安.

태양 아래 순욱은 학이 우는 듯(이치를 설하고)

구름 사이 육운은 용이 나는 듯(문장이 찬연히 빼어나다.)

日下荀鳴鶴, 雲間陸士龍.

이상의 시구들은 모두 당시 인구에 회자하던 명구이다. 북위北魏 호태후胡太后의 〈양백화가楊白花歌〉도 쌍관의 좋은 일례이다. 그녀는 양화陽華와 가까이 정을 통했는데 양화는 화를 입을까 두려워하여 남조로 도망, 양梁에 투항하였으나 그녀는 여전히 양화를 생각해서 이 시를 지어 궁궐에 있는 사람들로 하여금 노래하게 하였다.

양춘 2, 3월에

버드나무 일제히 꽃을 피웠네.

봄바람 하룻밤에 규방문으로 들어오고,

버들꽃 표표히 날리며 남쪽 집에 떨어지네.

정을 품고 집을 나서니 다리에 힘이 없고,
버들꽃 주워드니 눈물이 가슴을 적시네.
봄이 가고 가을 오면, 한 쌍의 제비야,
원컨대 버들꽃 입에 물고 둥지로 들어오렴.
陽春二三月, 楊柳齊作花.
春風一夜入閨闥, 楊花飄蕩落落南家.
含情出戶脚無力, 拾得楊花淚沾臆.
春去秋來雙燕子, 願銜楊花入窠裏.

당대 이후 문자유희의 풍조가 날이 갈수록 번성하여 시인들은 인명·
지명·약명藥名 등을 항상 애용하여 쌍관어를 만들었다. 그러나 대개 섬
세한 기교 외에 별로 취할 게 없이 그릇된 길로 떨어졌다.

종합해 보면, 은어는 묘사시의 초기 형태이며 묘사시는 부賦에서 그
규모가 가장 크다. 즉 부는 은어에서 기원起源하고 있다. 후에 영물시사
詠物詩詞도 대부분 은어의 원칙에 근거하였다. 시 속의 비유(시론가詩論
家들이 말하는 비흥比興)와, 말은 여기에 있고 뜻은 저기에 있는 기탁도
모두 은어의 의미를 포함하고 있다. 소리로 말하면 시가 사용하는 은어
는 쌍관어가 된다. 만약 근대학자 프레이저Frazer와 프로이드Freud 등
의 학설에 의한다면, 모든 신화우언神話寓言과 종교의식 그리고 문학명
작들 대부분은 은어의 변형이며 모두 각각 하나의 〈수수께끼 풀이〉를 갖
고 있다는 것이다. 이에 관련되는 분야는 꽤나 넓고, 또 중국시와 신화와
의 인연은 비교적 깊지 못하기 때문에 생략하고 논하지 않겠다.

3. 시와 순수한 문자유희文字遊戲

해학과 은어隱語는 모두 문자유희적인 성격을 띠고 있으나, 의미에 중
점을 두고 있다. 순수한 문자유희는 해학이 인생과 세태의 결함을 조소
하는 데 중점을 두고 있는 것이나 은어가 사물들의 교묘한 결집에 중점
을 두는 것과는 달리, 문자 자체의 소리(聲音)의 골계적인 배열에 중점을

두고 스스로 한 유형을 이루었다.

예술과 유희는 모두 스펜서Spencer가 말한 것처럼 어느 정도 여력이 있어 흘러나온 것이며 생명을 풍요롭게 하는 표현이다. 한 가지 일을 처음 배울 때에는 언제나 어느 정도 곤란이 따르는데 그 곤란은 규정이나 법칙으로써 본래의 규정이나 법칙이 없던 행동을 억지로 제한하고, 자유롭고 산만한 행동을 고정된 규율이나 체제에 융화시키는 데에 있다. 학습의 흥미가 점차 이러한 곤란을 극복해내면 본래의 억지로 끌어맞추고 서툴던 것들이 자연히 숙련된다. 습관이 되면 가벼운 수레로 아는 길 가듯 익숙하게 되고 익숙한 속에서 기교가 생겨나며, 이로써 습득習得한 활동에 대해 자유스러운 즐거움이 있게 된다. 이러한 수준에 이르게 되면, 우리는 특별히 규범에 타협하는 것을 곤란이라고 생각하지 않으며, 또 여력이 있으면 그것을 하나의 유희적인 도구로 삼고 임의대로 가지고 놀며 흥을 돕고 즐거움을 취한다. 어린아이가 언어를 처음 배워 목구멍과 혀가 잘 돌아갈 정도에 이르면 혀를 꼬부리고 목구멍을 돌리며 장난을 친다. 그는 다른 사람과 이야기할 필요도 없으며 다만 이러한 장난으로 생기는 소리가 재미있다고 자각할 뿐이다. 이러한 이치는 일반 예술활동 중에서도 발견된다. 어떤 종류의 예술이라도 하나의 매개체를 사용하고 하나의 규범이 있으며, 이 매개체를 구사하고 규범에 타협하는 초기에는 약간의 곤란이 있다. 그러나 예술의 즐거움은 이런 곤란을 극복하는 것 이외에 여유가 있으며, 어느 정도 유희적인 태도로 뜻대로 종횡무진 운용하여 작품에 일취逸趣가 드러나게 하는 데에 있다. 이것이 규제 속에서 쟁취한 자유이며 규범 속에서 흘러넘치는 생기이다. 예술이 사람들로 하여금 연모케 하는 까닭도 여기에 있다. 이러한 이치는 글씨를 쓰고 그림을 그리는 데에, 그리고 노래하고 시를 짓는 데에도 적용될 수 있다.

중국의 민중유희 중의 삼봉고三棒鼓·호금胡琴 돌리기·재담·입재주·권술拳術 등이 사람들을 경탄케 하는 것은 숙련되어 생동감 있고 자유자재한 재주와 기술 때문이다. 시가로 말하면 여유에서 생기는 유희도 매우 중요한 요소인데 민속가요 중에서 이러한 요소는 더욱 두드러진다. 《북평가요北平歌謠》에서 두 가지 예를 들어보자.

고양아 고양아

나무 위에 올라가서 복숭아 따렴.

한 번 따면 두 광주리, 장씨 영감 갖다 주렴.

장씨 영감 싫다 하여 성이 나서 목을 매네.

목 매어도 죽지 않아 성이 나서 종이를 태우네.

종이를 태워도 불 붙지 않아

성이 나서 쪽박을 내던지네.

쪽박 내던져도 깨어지지 않으니

성이 나서 맷돌을 가네.

맷돌 갈려 해도 맷돌이 돌지 않으니

성이 나서 밥을 짓네.

밥 지어도 익지 않으니

성이 나서 소를 잡네.

소 잡아도 피 한 방울 나오지 않으니

성이 나서 쇠를 벼리네.

쇠를 벼리려 해도 바람이 없어

성이 나서 종을 치네.

종을 쳐도 소리나지 않으니

성이 나서 쥐 잡느라 법석을 떠네.

老猫老猫, 上樹摘桃.

一摘兩筐, 送給老張.

老張不要, 氣得上吊.

上吊不死, 氣得燒紙.

燒紙不着, 氣得摔瓢.

摔瓢不破, 氣得推磨.

推磨不轉, 氣得做飯.

做飯不熟, 氣得宰牛.

宰牛没血, 氣得打鐵.

打鐵没風, 氣得撞鐘.

撞鐘不響, 氣得老鼠亂嚷.

영롱한 탑, 탑은 영롱한데, 영롱한 보탑은 13층.

탑 앞에 샤당 하나 있고

샤당 안에는 늙은 스님 있는데

늙은 스님은 방장이라네.

제자가 6, 7명.

한 명은 청두능(새파란 머리에 덤벙이)

한 명은 능두청(멍청한 머리 새파랗고)

한 명은 승승점

한 명은 점점승(점박이 스님)

한 명은 분호로파

한 명은 파로로분(조롱박 들고 달리는 스님)

청두능은 석경石磬을 칠 수 있고

능두청은 생황을 두 손으로 받칠 줄 알고

승승점은 피리를 불 수 있고

점점승은 종을 칠 줄 알며

분호로파는 설법을 할 줄 알고

파로로분은 경을 읽을 수 있다네.

玲瓏塔, 塔玲瓏, 玲瓏寶塔十三層.

塔前有座廟, 廟裏有老僧,

老僧當方丈, 從弟六七名.

一個叫青頭愣, 一個叫愣頭青.

一個是僧僧點, 一個是點點僧.

一個是奔葫蘆把, 一個是把葫蘆奔.

青頭愣會打磬, 愣頭青會捧笙,

僧僧點會吹管, 點點僧會撞鐘,

奔葫蘆把會說法, 把葫蘆奔會念經.

이렇게 하나하나 건네주는 식의 문자유희는 일반가요의 특색이다. 그것들은 본래 의미도 있었으나 중점을 두었던 것이 의미에 있지 않고 소리의 골계적인 결합에 있다. 만약 의미만을 논한다면, 이런 종류의 집 위에 집짓기와 같은 벽돌쌓기식은 지나치게 중복되는데, 그러나 일반민중들이 그것들을 애호하였기 때문에 중복되는 것이다. 그들은 이렇게 순환하듯 이어지는 소리의 결합에 말로는 다하지 못할 교묘한 것이 있다고 느끼는 것 같다.

위에서 든 두 가지 예에서 특별히 주의할 만한 것이 몇 가지 있다.

첫째는 〈중첩重疊〉으로, 모양이 서로 같은 하나의 큰 음조音調가 마치 볼베어링이 물을 흘러내리듯 곧장 아래로 흘러가게 한다. 그것들은 본래 널찍한 판에 흩어져 있는 모래알이었는데, 이 공통된 모형과 몇 개의 고정불변하는 자구字句가 연결되므로 해서 하나의 온전한 형체를 이루었다.

둘째는 〈접자接字〉로, 아랫구의 의미가 윗구의 의미와 본래 유사하지 않은데 다만 아랫구의 첫 몇 글자가 윗구의 끝 몇 자와 같기 때문에 아랫구에서 취하는 방향은 완전히 윗구의 끝 몇 자로 말미암아 결정된다.

셋째는 〈진운趁韻〉(압운에만 신경쓰고 글의 뜻은 별로 문제삼지 않는 깃)으로, 〈접자〉와 같이 아랫구가 윗구에 이어지는 것은 의미가 서로 물리기 때문이 아니라 소리가 서로 유사하기 때문이다. 예를들면『宰牛没血, 氣得打鐵, 打鐵没風, 氣得撞鐘』(혈血과 철鐵, 풍風과 종鐘)과 같다.

넷째는 〈대구對句〉(排比)로, 가사의 두 구마다 하나의 단위를 이루기 때문에, 이 두 구가 의미와 소리면에서 통상적으로 피차 짝을 이룬다. 예를들면『奔葫蘆把會說法, 把葫蘆奔會念經』과 같은 것이다.

다섯째는 〈전도顚倒〉 또는 〈회문廻文〉으로, 아랫구의 문자 전체 또는 부분이 윗구의 문자를 뒤집어놓은 것이다. 예를들면『玲瓏塔, 塔玲瓏』과 같은 것이다.

이상으로 문자유희 중에서 자주 보이는 몇 종류만을 개략적으로 살펴보았는데 여기에 멈추지 않는다. (앞에서 인용한 〈고개 삐딱한 사람 놀리는 노래〉나 〈곰보 놀리는 노래〉는 탑이 한 층씩 높아지는 방식을 취했는데, 이것도 문자유희의 일종이다.) 문인들의 시나 사詞에 이러한 기교들을 사용한 것이 매우 많다. 〈중첩〉은 시가의 특수한 표현법으로《시경》속의 대부분의 시가 이 예가 된다. 사詞 중에서 〈중첩〉을 사용한 예도 무척 많은데 예를들면『함양의 옛길에 노래 소리와 먼지 끊어지고, 노래 소리와 먼지 끊어지고, 서풍에 남은 저녁 햇살 한나라의 무덤과 궁궐 비추네 咸陽古道音塵絶, 音塵絶, 西風殘照, 漢家陵闕』(李白《憶秦娥》)나『둥근 손부채 둥근 손부채, 미인이 가져와서 얼굴을 가리네 團扇團扇, 美人幷來遮面』(王建《調笑令》) 등과 같다. 〈접자接字〉는 고체시古體詩에서 운운韻을 바꿀 때 또는 갑단락에서 을단락으로 들어갈 때 상하上下의 구를 연결하기 위해 자주 사용하는 방법으로, 예를들면『원컨대 이 몸 북동풍이 되어 님의 품 속에 들어가기를, 님의 품은 항상 열리지 않으니 천한 첩은 어디에 의지해야 하나요 願作東北風, 吹我入君懷. 君懷常不開, 賤妾當何依』(曹植《怨歌行》)나『오동나무 수양버들이 쇠로 만든 우물난간을 스치는데 부풍의 호걸의 집에 와서 취했지. 부풍의 호걸은 천하의 기인이라 의기가 서로 투합하면 산도 옮길 수 있다네 梧桐楊柳拂金井, 來醉扶風豪士家. 扶風豪士天下奇, 意氣相傾山可移』(李白《扶風豪士歌》) 등과 같다.〈진운趁韻〉은 시와 사 중에서 가장 보편적이다. 시인이 시를 지을 때 사상의 방향은 항상 각운자脚韻字의 지정을 받게 되어 먼저 하나의 각운자를 생각하고 난 후에 하나의 구를 찾아내어 그것을 끼워넣는다.〈화운和韻〉(운에 따라 화답하는 것)도 일종의〈진운〉이다. 한유韓愈와 소식蘇軾의 시 속에〈진운〉의 예가 가장 많다. 예를들어 소식의〈제금산사題金山寺〉칠언율시 한 수는 바로 읽으나 거꾸로 읽으나 모두 뜻이 되는데, 수련壽聯의『조수潮水가 검은 물결 따라 들어오고 나가니 눈 쌓인 산이 기울고, 먼 포구에는 고기잡이배의 낚시줄에 걸린 달이 밝다 潮隨暗浪雪山傾, 遠浦漁舟釣月明』에서 알 수 있다. 이것은 다만 몇 개의 실례일 뿐이다. 대개 시가의 형식과 기교는 대부분 민속가요에서 왔으며, 어느 정도 문자유희적인 의미가 있음을 피할 수 없다. 시인의 매체를 구사하는 능력이 크면 클수록 유희적인 성분도 더욱 많아진다. 그들은 힘에 여유가 있으면 임의로 맘껏 구사하여 활달하고 구애됨이 없이 드러낸다.

민가를 보면 문자유희의 기호는 자연스럽고 또 보편적이었다. 예술은 어느 정도 유희적인 의미를 가지고 있으며 시가도 예외는 아니다. 중국 시 속에서 문자유희의 성분은 때때로 너무 지나친 점이 있는 것 같다. 우리 현대인은 의경意境과 정취에 편중되어 문자유희에 대해 경시하고 있다. 한 시인이 정신을 지나치게 형식적 기교에다 쏟으면 경박하고 섬세하며 교묘한 길로 빠지기 쉽다. 그러나 그렇다고 해서 우리들이 만약 시 속의 문자 유희적인 성분을 완전히 일소해 버린다면 너무 과격한 조치임을 면하지 못할 것이다. 역사적 사실을 고찰해 보면, 시가는 그 기원에서부터 이미 문자유희와 밀접한 관계를 가져왔으며 이러한 관계는 현재까지 지속적으로 유지되어 단절된 적이 없었다. 그 다음으로 원리적인 면을 살펴보면 진정하게 미적 경험을 불러일으키는 것은 모두 나름대로의 예술적 가치를 가지고 있는데, 교묘한 문자유희와 기교의 숙련된 운용은 일종의 미감을 일으킬 수 있다. 문자와 소리의 문학에 대한 관계는 색깔과 선과 형태의 조형예술에 대한 관계와 같아서 모두 귀중한 매체이다. 그림이 이미 형태와 색깔을 뒤섞어 배열함으로써 미감을 발생시키는데 (칸트에 의하면 이것이 〈순수미純粹美〉이다), 시가가 어찌 문자와 소리를 뒤섞어 배열함으로써 미감을 발생시키지 못하겠는가? 수많은 위대한 작가——셰익스피어나 모리악 같은——의 작품 가운데에서 문자유희적인 성분은 매우 중요한데, 만약 그것을 깨끗이 없애버린다면 작품의 풍부함과 미묘함은 큰 손상을 입을 것이다.

제3장

시의 경계

—정취情趣와 의상意象[1]—

일반예술과 마찬가지로 시는 인생과 세태를 비추어 보는 거울이다. 인생과 세태는 본래 혼돈되고도 완정完整된 것이며, 상주하며 영원히 있지만 또 끊임없이 변화하는 것이다. 시는 결코 무변무애無邊無涯한〈뒤섞여 있는 전체〉를 그대로 그려낼 수 없으며, 또 플라톤이 말한 것처럼〈모방〉할 수도 없다. 시는 인생세태에 대해 반드시 취사선택하고 자르고 다듬어야 하는데, 이렇게 하고서야 반드시 창조가 있으며 작자의 개성과 정서가 서서히 스며들게 된다. 시는 반드시 근본으로 삼는 바가 있어야 하는데 자연을 근본으로 하며, 또한 창조하는 바가 반드시 있어야 하는데 창조하므로써 예술이 된다. 자연과 예술이 결합하여, 그 결과는 여전히 실제적인 인생과 세태에 두고서 따로 하나의 우주를 세우는데, 이것은 실을 짜서 비단을 만들고 막돌을 쪼개고 다듬어 조각품을 만드는 것과 같아서, 전혀 공중누각空中樓閣이 아니며 또한 모양 그대로 호롱박을 그리는 것도 아니다. 시와 실제의 인생·세태와의 관계의 묘처妙處는 오직 부즉불리不卽不離(그대로 본뜸도 아니고, 그렇다고 전혀 떨어져 있는 것도 아님)에 있다.〈불리不離〉이기 때문에 진실감(현실감)이 있고,〈부즉不卽〉이기 때문에 신선하며 음미하는 맛이 있다.『형상 밖으로 뛰어넘어 그 묘리를 얻는다 超以象外, 得其圜中』[2]고 하여 둘 중에 하나라도 없으면 안 된다는 것은 사공도司空圖가 본 바와 같다.

어떠한 시라도 각각 스스로 하나의 경계境界를 이룬다. 작자이든 독자이든간에 좋은 시를 마음 속으로 깊이 이해하였을 때는, 한 폭의 화경畫境이나 한 폭의 무대정경이 신선하고 생동감있게 눈앞에 나타나서 그의 정신이나 영혼으로 하여금 끌어당겨 섭생攝生케 하고, 놀란 듯 기쁜 듯 주위를 돌아볼 틈이 없이 순식간에 마치 이 작은 천지간에 홀로 서서〈자족지락自足之樂〉을 갖는 것과 같이 되게 한다. 그외에 이렇게 큰 천지우주와 개인생활 속의 모든 애증과 희비가 삽시간에 연기처럼 없어지고 구름처럼 흩어져 버린다. 순수한 시의 심경心境은 정신을 집중하여 주시하는 것이고, 순수한 시의 마음으로 보는 경계는『홀로 우뚝 서서 모든 주위를 끊은 孤立絶緣』것이다. 마음과 마음이 보는 경계는 물고기가 물에서 노니는 것과 같이 그 틈새가 없다. 우선 임의로 두 편의 짧은 시를 예로 들자.

그대의 집은 어디신가,
이 몸은 횡당에 삽니다만……
배 멈추고 잠시 물어보는 건
혹 같은 고향이 아닌가 해서라오.
君家何處住, 妾住在橫塘.
停船暫相問, 或恐是同鄕.
(崔顥《長干行》)

빈 산에 사람은 보이지 않고,
다만 말소리만 들리네.
석양은 깊은 숲에 찾아들고,
다시 푸른 이끼 위를 비추네.
空山不見人, 但聞人語響.
返景入深林, 復照靑苔上.
(王維《鹿柴》)

이 두 편의 시는 엄연히 무대정경이며 화경畵境이다. 이것은 모두 뒤섞여서 유구하나 유동적인 인생과 세태 속에서 포착한 한 찰나요, 한 단면이다. 본시 한 찰나이지만 예술이 그것에 생명을 불어넣으면 그것은 영원해지고, 시인이 한 찰나 속에서 마음 속 깊이 이해한 것은 일종의 초시간적超時間的인 생명을 얻어 세상의 모든 후세사람들로 하여금 끊임없이 느끼고 이해하게 하는 것이다. 또 본시 한 단면이지만 예술이 완전한 형상을 갖추면 그것은 독립자족적獨立自足的인 소우주가 되어 공간을 초월하며, 동시에 깊이 느끼고 이해하는 무수한 사람들의 마음 속에 형상을 현현顯現시키는 것이다. 시공時空에 제한을 받는 현상(즉 실제적인 인생과 세태)은 본래 한 번 생겨나면 곧 없어지고, 고대 그리스의 철학자가 말한 바『급류에 발을 씻는데 발을 빼서 다시 넣으면 이미 그 물이 아니다』라고 한 것과 같이 다시는 나타나지 않는다. 현상은 유한하고 항상 변하며 순간적으로 바뀌어 진부한 것이 된다. 시의 경계는 이상적理想的 경계境界이며, 시간과 공간 속에서 하나의 미소한 점을 잡아 영구화·보편화시킨 것이다. 시는 무수한 사람들의 마음 속에 계속해서 다시 나타날 수 있으며, 비록 다시 나타난다 해도 진부하지 않다. 이것은 시가 각 감상자의 그때그때의 특수한 성향과 정서 속에서 신선한 생명을 흡수할 수 있기 때문이다. 시의 경계는 찰나 속에서 영원을 보여주고, 작은 티끌 속에서 대천세계大千世界를 드러내며 유한한 가운데에 무한성을 깃들이고 있다.

옛부터 시화가詩話家들은 항상 한두 글자로 시의 이러한 독립자족적인 소우주를 표현해내었다. 엄창랑嚴滄浪(羽)이 말한 〈흥취興趣〉, 왕어양王漁洋(士禎)이 말한 〈신운神韻〉, 원간재袁簡齋(枚)가 말한 〈성령性靈〉은 모두 그 단면만을 얻었을 뿐이다. 왕정안王靜安(國維)이 내건 〈경계境界〉가 비교적 타당한 것 같아서 여기에서는 이를 택한다.

1. 시와 직각直覺

감상이든 창작이든 반드시 시의 경계를 보아야만 한다. 여기에서 〈본다 見〉는 글자가 가장 긴요하다. 무릇 본 바가 경계를 이룬다. 그러나 그 전체가 모두 시의 경계인 것은 아니다. 한 종류의 경계가 능히 시의 경계를 이룰 수 있는지 없는지는 전적으로 〈보는〉 작용 여하에 달려있다. 시의 경계를 만들어내려면, 〈보는〉 것은 반드시 두 개의 중요한 조건을 구비해야 한다.

첫째, 시에서 〈본다 見〉는 것은 곧 〈직각直覺〉(intuition)이다. 〈봄〉이 있으면 〈깨달음〉이 있으며, 깨달음은 〈직각直覺〉이 될 수 있고 또한 〈지각知覺〉(perception)이 될 수 있다. 〈직각直覺〉은 개별사물에 대한 깨달음(knowledge of individual things)을 얻고 〈지각知覺〉은 사물들의 관계에 대한 깨달음(knowledge of the relations between things)을 얻으며, 또한 〈명리적名理的인 지지〉라 칭한다. (크로체Croce : 《Aesthetic》

Chap. I 참조) 예를들어 한 그루의 매화나무를 보고 『이것은 매화이다』 『그것은 겨울에 꽃피는 나무식물이다』 『그것의 꽃향기는 꺾어 꽃병에 꽂거나 타인에게 주어도 좋다』는 등등의 느낌을 갖게 된다. 당신이 느낀 것은 매화와 기타 사물과의 관계이며, 이것은 매화의 〈의의意義〉(뜻 또는 내용)이다. 〈의의意義〉는 관계에서 나타나고, 이 〈의의意義〉를 이해하는 지지知는 모두 〈명리적名理的인 지지知〉로 〈A는 B이다〉라는 공식을 사용하여 나타낼 수 있다. 〈A가 B이다〉라고 인식하는 것은 곧 A를 지각하는 것이며, 느낀 대상 A를 하나의 개념인 B 속으로 귀납시키는 것이다. 〈명리적名理的인 지지知〉로 말하면, A 자체는 뜻이 없고, 반드시 B나 C 등과 관계가 있어야 뜻이 있게 된다. 우리들의 주의는 A 자체에 머무를 수 없고, 반드시 A를 디딤돌로 삼아 A와 유관有關한 B나 C 등으로 뛰어올라야 한다. 그러나 느낀 대상은 그의 의미 외에도 아직 그 자체의 형상이 있다. 정신을 집중하여 매화를 주시할 때 마치 한 폭의 매화 그림을 주시하듯이, 그의 〈의의意義〉나 그것과 기타 사물과의 관계를 사색할 틈이 없이 당신은 정신 전체를 그 자체의 형상에 전적으로 주입할 수 있다. 이때에도 당신은 마찬가지로 느낀 것이 있는데 그것이 곧 매화 자체의 형상形象(form)이 당신의 마음 속에 나타난 〈의상意象〉(image)이다. 이러한 〈각覺〉이 크로체가 말한 〈직각直覺〉이다.

시의 경계는 〈직각〉을 사용하여 나오는 것이며, 그것은 〈직각적인 지〉의 내용이지 〈명리적名理的인 지지知〉의 내용이 아니다. 예를들어 말하면, 위에서 인용한 최호崔顥의 《장간행長干行》을 읽으면, 당신은 반드시 잠깐 사이에 그 그려진 정경情景을 한 폭의 신선한 그림이나 또는 한 막의 생동감있는 희극戲劇으로 생각하고, 당신의 의식 전부로 뒤덮어서 정신을 모아 그것을 관상觀賞하고 즐기면서 그것 이외의 일체의 사물들을 모두 잠시 잊게 되기에 이른다. 이 잠깐 사이에 당신은 『그것은 당대 시인의 오언절구이다』라든가, 『그것은 평성운平聲韻을 사용했다』라든가, 『횡당橫塘은 모처某處의 지명이다』라든가 『나는 일찍이 모르는 사람에 의해 동향同鄕으로 알려졌다』라는 종류의 연상을 함께 가질 수는 없다. 이러한 연상이 발생되자마자 당신은 곧 시의 경계에서 명리名理의 세계와 실제의 세계로 옮겨지게 된다.

이 말이 사고와 연상의, 시에 대한 중요성을 부인하는 것은 결코 아니다. 시를 짓고 시를 읽는 것은 반드시 사고가 필요하며 연상을 일으켜야 하고, 심지어 사고가 주밀周密할수록 시의 경계도 더욱 심오해지고, 연상이 풍부할수록 시의 경계는 더욱 아름다움을 갖추게 된다. 그러나 사고를 하고 연상을 일으킬 때, 당신의 생각은 주위를 달리며 넓게 살펴보고 있기 때문에 결코 동시에 완전한 시의 경계에 도달할 수 없다. 사고와 연상은 단지 일종의 발효작업이다. 〈직각적直覺的인 지지知〉는 항상 〈명리적名理的인 지지知〉로 나아가고, 〈명리적인 지〉는 〈직각적인 지〉를 발효시켜 성숙되게 한다. 그러나 결코 동시에 진행되지 않는데, 마음은 본래 둘이 아니며, 더욱 직각의 특색은 정신을 집중하여 주시하는 데에 있기 때문이다. 한 편의 시를 읽는 것과 한 편의 시를 짓는 것은 항상 힘들고 어려운 사색을 거쳐야 하며, 사색한 후에 하루 아침에 활연관통豁然貫通하면 전체 시의 경계가 마치 신비로운 빛이 나타나듯 갑자기 눈앞에 드러나서 마음이 넓어지고 정신이 상쾌해지며 일체를 잊게 한다. 이런 현상을 일반적으로 이름하여 〈영감靈感〉이라 칭하고, 시의 경계의 돌연한 출현은 모두 영감에서 비롯된다. 영감이란 깃은 결코 어떤 신비스러운 것이 아니고 곧 직각直覺이며, 〈상상想像〉(imagination : 원래 의상意象이 형성된 것을 말한다)이며, 선가禪家에서 말하는 바 〈깨달음 悟〉이다.

하나의 경계가 만약 직각 중에 하나의 독립자족적인 의상意象을 이루지 못한다면, 그것은 아직 완전한 형상形象이 없는 것이며, 아직 시의 경계를 이루지 못한 것이다. 한 편의 시가 만약 하나의 독립자족적인 의상意象을 만들지 못한다면, 그것은 아직 난잡하고 경색되거나 또는 공허한 병통이 있는 것으로 좋은 시라고 할 수 없다. 고전주의학자들은 옛부터 예술은 모름지기 〈전일全一〉(unity)함이 있어야 한다고 주장해왔는데, 실로 그 속에 깊은 이치가 있으며 이것은 곧 독자의 마음 속에 완전한 독립자족적인 경계를 이룰 수 있도록 해야 한다는 것이다.

2. 의상意象과 정취情趣의 계합契合

시의 경계를 산출하고자 할 때 〈봄 見〉이 반드시 갖추어야 하는 두번째 조건은, 본 바의 의상意象이 하나의 정서情緖를 반드시 적절하게 표현해야 한다는 것이다. 〈봄 見〉은 〈보는 사람 見者〉의 주체적 활동이며, 순수하지 못한 것은 피동적으로 접수한 것이다. 우리가 보는 대상은 본래 낯설고 거칠며 산만한 재료들로써 〈보고〉 난 다음에야 특수한 형상形象을 갖추게 되는데, 그래서 〈본다는 것〉은 창조성을 포함한다. 예를들면, 천상의 북두성은 본시 일곱 개의 무질서한 별들로 인근에 있는 별들과 다름이 없으나, 〈보는 사람見者〉의 마음 속에 나타난 것은 바가지 모양의 완전한 형상이었다. 이 형상은 〈보는〉 활동이 그 일곱 개의 어수선한 점에 부여한 것이다. 자세히 분석하면 〈본〉 사물의 형상은 모두 어느 정도 〈봄 見〉이 창조한 것이다. 무릇 〈본다는 것〉은 창조성을 지니고 있으며, 〈봄〉이 직각直覺일 때는 더욱더 그러하다. 정신을 집중하여 관조할 때에는 마음 속에 다만 하나의 완전히 고립된 의상意象만이 있어 비교·분석도 없고, 옆에서의 간섭도 없으며, 결과적으로『사물과 나를 모두 잊게 되어 物我皆忘』동일한 경지에 이른다. 그리하여 나의 정서와 사물의 이미지가 마침내 상호교류하여 부지불각중에 인간의 정서와 사물의 이치가 서로 삼투滲透한다. 비유하건대 높은 산을 주시하면, 우리들은 마치 그 산이 평지에서 솟아 올라와 웅장하고 우뚝한 신체를 곧추세우고 조용하며 장엄하게 모든 것을 내려다보고 있는 것처럼 느낀다. 아울러 우리들도 부지불각중에 숙연히 존경심이 느껴져서 머리를 바로 일으키고 허리를 곧추세워, 마치 그러한 산의 웅위雄偉하게 우뚝 솟은 자태를 모방이라도 하는 듯한 모습을 취하는 것이다. 앞의 이러한 현상은 인간의 정서로써 사물의 이치를 헤아리는 것으로 미학가들은 이를 〈이정작용 移情作用〉(empathy : 感情移入)이라 부르며, 뒤의 현상은 사물의 이치로써 정서에 옮기는 것으로 이를『내적 모방작용 內的模倣作用』(inner imitation)이라 부른다. (朱光潛의《文藝心理學》제3, 4장 참조)

감정이입感情移入은 극단적으로 정신을 집중하여 주시한 결과이며, 그것의 발생여부나 발생할 때의 깊고 얕은 정도는 사람이나 시기 또는 경지에 따라 다르다. 직각直覺에는 감정이입을 발생시키지 않는 것이 있는데 이는 뒤에서 다시 언급할 것이다. 그러나 자연을 감상하며 자연 속에서 시적 경계를 발견하였을 때의 감정이입작용은 항상 중요한 요소가 된다. 산하대지山河大地와 바람·구름·달·별 등은 원래 죽어있는 것인데, 사람들이 이따금 그것들이 감정이 있고, 생명이 있고, 움직임이 있는 것처럼 느끼는 것은 감정이입의 결과이다. 비유하건대 구름이 어찌 능히 날 수 있는가? 샘물이 어찌 능히 달릴 수 있는가? 그러나 우리는 항상『구름은 날고 샘물은 달린다 雲飛泉躍』라고 말한다. 또 산이 어찌 울 수 있는가? 골짜기가 어찌 능히 그에 응하는가? 그러나 우리는 항상『산이 울고, 골짜기는 그에 응한다 山鳴谷應』라고 말한다. 시와 문장의 묘한 표현은 때로 감정이입으로부터 온다. 예를들면『국화꽃이 모두 떨어지니 서리맞은 가지만 오만하게 남은 듯 菊殘猶有傲霜枝』에서의 〈傲〉자,『구름 흩어져 달이 나오니, 꽃은 그림자를 희롱하네 雲破月來花弄影』에서의 〈來〉와 〈弄〉,『주위 산봉우리 음침하여 황혼에 가랑비 내릴 듯 數峯淸苦, 商略黃昏雨』에서의 〈淸苦〉와 〈商略〉,『나뭇가지 위의 달은 배회하며, 이 아쉬운 밤을 헛되이 재는구나 徘徊枝上月, 空度可憐宵』에서의 〈徘徊〉〈空度〉와 〈可憐〉,『서로 바라보아도 싫지 않은 것은 오직 경정산뿐 相看兩不厭, 惟有敬亭山』에서의 〈相看〉과 〈不厭〉 등은 모두 원문에서 정채精彩있는 부분들인데 이는 모두 감정이입의 실례들이다. (산하대지山河大地에서부터 여기까지는《文藝心理學》제3장을 인용하였다.)

  감정이입에서 우리는 내재적인 정취와 외래적인 의상意象이 서로 융합하여 상호 영향을 주고 있음을 알 수 있었다. 비유하건대, 이는 자연풍경을 감상하는 것과 같다. 그 단면을 살펴보면 마음은 풍경을 따라 천변만화千變萬化한다. 물고기가 뛰고 솔개가 나는 것을 보면 흔연히 자득自得하고, 오랑캐의 피리 소리나 저녁 날라리 소리를 들으면 침울하게 마음이 아프다. 또 다른 면을 살펴보면 풍경도 마음을 따라 변화하고 생장하는데, 마음이 천변만화하면 풍경도 따라서 천변만화하여 이별을 안타까워할 때에는 불 밝히는 초(蠟燭)도 눈물 흘리는 듯하고, 흥이 날 때에는 청산도 알고 고개를 끄덕이는 듯하다. 이런 두 가지 형태는 상반되는 듯하나 실은 같은 현상으로 선인들이 말한 바『경치를 대하면 정情이 생기고 정情이 있음에 경치가 생긴다 卽景生情, 因情生景』는 것이 그것이다. 정情과 경景은 상생相生할 뿐만 아니라 서로 결합하여 틈새가 없으며, 정情이 경景을 적절하게 말할 수 있고, 경景도 적절하게 정情을 전달할 수 있으니 이것이 곧 시의 경계이다. 모든 시적인 경계는 반드시 〈정취情趣〉(feeling : 情緒)와 〈의상意象〉(image)의 두 요소가 있어야 한다. 〈정취情趣〉를 간단히 〈정情〉, 〈의상意象〉을 〈경景〉이라 칭한다. 우리는 때때로 정취情趣 속에서 살아가지만 정취를 변화시켜 시로 만드는 것은 매우 드문데, 그것은 정취가 비유는 할 수 있으나 직접 묘사할 수 없는 실제적인 감정이기 때문이며, 또 만약 수식을 덧붙이지 않고 구체적인 경景으로 나아가면 근본적으로 볼 만한 형상이 없다. 우리들이 고개를 들고 바라보거나, 눈을 감고 생각하면 무수한 이미지들이 분분하게 끊임없이 떠오르지만 그 중에도 다만 극소수만이 우연히 시의 이미지가 될 뿐이다. 왜냐하면 분분하게 끊임없이 떠오르는 이미지는 산만하고 잘게 부서진 것이라 하나의 구도를 이루지 못하고 생명을 이루지 못하여, 반드시 정취가 있어서 그것들을 융화하고 연결시켜야 안으로는 생명이 있고 밖으로는 완전한 형상을 갖게 되기 때문이다. 크로체는《미학美學》속에서 이런 이치를 명확하게 설명하고 있다.

예술은 하나의 정취를 하나의 이미지(意象)에 기탁하는 것인데, 정취가 이미지를 떠나거나 이미지가 정취를 떠난다면 모두 독립할 수 없다. 서사시와 서정시의 구별, 희극과 서정시의 구별은 스콜라학파 학자들이 억지로 만든 이론으로 나눌 수 없는 것을 나눈 것이다. 무릇 예술은 모두 서정적인 것이며, 정감적인 서사시이거나 극시劇詩이다.

이는 서정시가 비록 주관적인 정취를 으뜸으로 삼지만, 또한 이미지를 떠날 수 없고, 서사시나 희극이 비록 객관적인 사적事蹟이 만들어낸 이미지를 으뜸으로 삼지만 역시 정취를 떠날 수 없다는 것을 말한 것이다.

시의 경계는 정情과 경景의 결합이다. 우주 속의 모든 사물들은 항상 변화생성하는 중이며, 절대적으로 서로 같은 정취도 없고 또한 절대적으로 서로 같은 이미지도 없다. 정情과 경景은 상생相生한다. 그래서 시의 경계는 창조되는 것이며『생겨나고 또 생겨나서 그치지 않는 生生不息』것이다. 〈경景〉을 자연적으로 생겨나서 자재自在하는 것으로 생각하여 아래를 향해 주우면 얻게 되고, 각각의 사람들에 대해 한 번 이루어지면 불변한다고 생각하는 것은 상식의 착각이다. 아미엘Amiel이 『한 조각의 자연풍경은 일종의 마음이다』라고 말한 것은 옳다. 〈경景〉은 각개인의 성격과 정취의 반영이다. 정취가 같지 않으면 〈경景〉이 비록 같다 할지라도 실은 같지 않다. 비유하건대, 도잠陶潛이 『유연히 남산을 바라본다 悠然見南山』라 하고, 두보杜甫가 『조화는 신령하고 빼어남을 모았고, 음陰과 양陽은 어둡고 밝음을 나누었도다 造化鐘神秀, 陰陽割昏曉』《望嶽》라고 하며, 이백李白이 『서로 바라보아도 싫지 않은 건, 오직 경정산뿐일세 相看兩不厭, 惟有敬亭山』《獨生敬亭山》라 하고, 신기질辛棄疾이 『내가 청산을 보며 많이 이쁘다 하니, 청산도 나를 보고 응당 이러하리라 我見靑山多嫵媚, 料靑山見我應如是』하며, 강기姜夔는 『주위 산봉우리 음침하여 황혼에 가랑비 내릴 듯 數峯淸苦, 商略黃昏雨』이라고 할 때 모두 산의 미美를 본 것이다. 표면상의 이미지는 비록 모두 산인 것 같으나 실제상으로 주의를 기울인 정취가 같지 않기 때문에 각각 다른 경계이다. 그래서 서로 다른 개개인이 보는 세계는 모두 자신이 창조한 것이라고 말할 수 있다. 사물의 의상意象이 그 내포된 바의 깊고 얕음은 사람의 성정性情의 깊고 얕음에 정비례하여 깊은 사람이 사물에 대해 본 바는 역시 깊고, 얕은 사람이 사물에 대해 본 바 또한 얕다. 시인과 일반인의 구별됨은 여기에 있다. 하나의 동일한 세계이지만, 시인에게는 항상 신선하고 흥취있는 경계를 드러내고 일반인에게는 영원도 그렇게 평범하고 무미건조한 혼란체이다.

이런 이치는 시의 감상에도 적용될 수 있다. 정情과 경景이 결합한 경계로 말하면, 감상과 창조는 결코 구별이 없다. 강기姜夔의 사詞 『數峯淸苦, 商略黃昏雨』 일구一句는 정情과 경景이 결합한 경계를 포함하고 있는데, 그가 이 사詞를 쓸 때 반드시 우선 자연 속에서 이런 의경意境을 보고 이러한 정서를 느낀 다음에야 이 아홉 자로 전달하였다. 그런 경계를 볼 때 그는 반드시 그것이 흥취가 있고 창조하는 것도 감상하는 것이라고 느꼈다. 위의 아홉 자는 본래 시라고 할 수 없으며, 일종의 부호라 할 수 있다. 만약 내가 이 아홉 자를 알지 못한다면 이 사詞의 구句는 나에게 뜻이 없으며, 시의 효능도 잃을 것이다. 만약 그 구句가 나에 대해

시의 효능을 만들어낸다면, 나는 필히 이 아홉 자의 부호에서 강기가 원래 보았던 경계를 체득해야 한다. 그의 사구詞句를 읽고 그가 보았던 경계를 볼 때 나는 반드시 정신의 종합적인 작용을 사용하여야 하는데 감상하는 것도 창작하는 것이다.

창조작용이 있기 때문에 내가 본 의상意象(景)과 느낀 정서는 강기가 보고 느낀 것과는 절대로 같을 수가 없고, 또 어떤 다른 독자가 보고 느낀 것과도 절대로 같을 수 없다. 각사람이 이해할 수 있는 경계는 모두 성격·정서·경험의 영향이며, 성격과 정서 그리고 경험은 피차 같을 수 없는 것이므로 자연풍경을 감상하든 시를 읽든 각개인이 대상(object) 속에서 얼마나 취득하는가 하는 것은 타자아他自我(subject-ego)를 보는 중에 얼마나 부여할 수 있는가에 달려있으며, 부여하는 바가 없으면 취득하는 바가 있을 수 없다. 비단 이럴 뿐 아니라 한 편의 시를 당신이 오늘 읽어 얻는 바와 내일 읽어 얻는 바도 완전히 서로 같을 수 없으니, 성격과 정서 그리고 경험은 생생불식生生不息하는 것이기 때문이다. 한 편의 시를 감상하는 것은 한 편의 시를 재창조(recreate)하는 것이며, 재창조할 때마다 때와 상황에 따른 전체적인 정서와 경험에 의해 기초를 쌓아야 하는데, 그래서 매시간 매상황에 재창조한 것은 반드시 모두 신선한 시이어야 한다. 시와 기타 예술은 모두 물질적이고 정신적인 양면성을 갖는다. 물질적인 면은, 마치 인쇄된 시집이 자연적인 시간과 인력의 손해를 보는 것 외에 대체로 고정적이다. 정신적인 면은 곧 정情과 경景이 결합한 의경意境이며 시시각각으로 〈창조·진화〉중이다. 창조는 영원히 재연再演(repetition)할 수 없으며 감상도 영원히 재연할 수 없다. 진정한 시의 경계는 무한한 것이며, 영원히 신선한 것이다.

3. 시의 경계에 관한 몇 가지 구별

정서와 이미지의 결합관계를 이해하면 시경詩境에 관한 몇 가지 중요한 구별을 논의할 수 있다.

첫번째 구별은 왕국유王國維가 《인간사화人間詞話》에서 제기한 〈격도잠陶潛과 사령운謝靈運의 시는 불격不隔하고 안연지顔延之는 조금 격隔하다. 소동파蘇東坡의 시는 불격不隔하고 황산곡黃山谷은 조금 격隔하다. 『못가에 봄풀이 자란다』나 『빈 들보에 제비 집짓던 진흙이 떨어진다』는 등 두 구句의 묘처妙處는 불격不隔함에 있다. 사詞 또한 이와같다. 한 사람의 사詞 한 수로 논하면 구양수歐陽修의 《소년유少年遊》는 봄풀 위에 문을 반쯤 닫은 것을 읊었는데……『봄날 열두 난간에 홀로 기대어 있으니, 깨끗한 연초록 풀들이 멀리 구름에 연하여 있고, 2월과 3월, 천리만리에 행색이 고달프고 수심겨워라』 말마다 눈앞에 있는 듯이 생생하니 이것이 불격不隔이다. 그러나 『사령운의 집은 못 위에, 강엄江淹은 강가에』라는 작품에 이르러서는 격隔이다. 강기姜夔의 《취루음翠樓吟》에 『이 땅엔 의당 사선詞仙이 있어 흰 구름과 황학루黃鶴樓를 안을지니, 그대와 놀며 즐기리. 옥사다리 물끄러미 오래 바라보며, 싱그러운 풀 천리에 무성함을 탄식하노라』는 불격不隔이며, 『술은 맑은 근심을 없애고, 꽃은 영웅적 기상을 녹이네』에 이르러서는 곧 격隔이다.

陶謝之詩不隔, 延年則稍隔矣. 東坡之詩不隔, 山谷則稍隔矣. 『池塘生春草』,『空梁落燕泥』等二句妙處唯在不隔. 詞亦如是. 即以一人一詞論, 如歐陽公《少年遊》咏春草上半闋云,『闌干十二獨凭春, 晴碧遠連雲, 二月三月, 千里萬里, 行色苦愁人』, 語語都在目前, 便是不隔. 至云『謝家池上, 江淹浦畔』則隔矣. 白石《翠樓吟》『此地宜有詞仙, 擁素雲黃鶴, 與君遊戲. 玉梯凝望久, 歎芳草, 萋萋千里』便是不隔, 至『酒祓清愁, 花鎖英氣』則隔矣.

그는 강백석姜白石(姜夔)이 만족스럽지 않았다. 그가 말하기를 『풍격과 운韻은 비록 높으나 마치 안개 속에 가려져 있는 꽃을 보는 듯하여 마침내 한 층의 간격이 있다 格韻雖高, 然如霧裏看花, 終隔一層』고 하였다. 이러한 실례들 중에서 선인들이 일찍이 말하지 못했던 구별을 제기하였으나, 그 이유를 상세히 설명하진 못하였다. 우리들이 본 바에 의하면, 〈격隔〉과 〈불격不隔〉의 구별은 정서와 의상意象(景)의 관계에서 나타난다. 정서와 의상意象이 서로 완전히 결속되어 사람들로 하여금 의상意象

을 보면 정서를 느끼게 하는 것이 곧 불격不隔이다.

　의상意象이 모호·산만하거나 내용이 없고 정서가 천박하거나 거칠면 독자의 마음 속에 명료하고 심각한 경계를 드러나게 할 수 없으니 이것이 곧 격격隔이다. 비유하건대『사령운의 집은 못가에 謝家池上』는『못가에 봄풀이 나고 池塘生春草』의 전고典故를 사용한 것이며,『강엄은 남포의 가에 江淹浦畔』는〈별부別賦〉『봄풀은 푸른색, 봄물은 녹색의 파도, 그대를 남포로 보내니 이 아픔 어이할꼬 春草碧色, 春水綠波, 送君南浦, 傷如之何』의 전고典故를 사용한 것이다. 사령운謝靈運의 시와 강엄江淹의 부賦는 원래 불격不隔한데 어찌 구양수歐陽修의 사詞에 들어가 격격隔하게 되었는가?〈池塘生春草〉나〈春草碧色〉은 모두 매우 구체적인 이미지이기 때문에 아주 새롭고 독특한 정서가 있다. 구양수의 사詞는 봄풀의 연상으로 이러한 명구名句를 억지로 가져다 전고典故로 만들어서〈謝家池上, 江淹浦畔〉두 구句를 이루었기 때문에, 이미지가 명백하지 못하고 정서도 진실하거나 선명하지 못하여 격격隔한 것이다.

　왕국유의 격격隔·불격不隔 분별론分別論은, 격격隔은『안개 속에서 꽃을 봄 霧裏看花』과 같고 불격不隔은『말마다 눈앞에 있는 듯이 생생하다 語語都在目前』라고 하였으니, 논의할 만한 점이 있는 것 같다. 시는 본래〈드러냄顯〉에 편중하는 것과〈숨김隱〉에 편중하는 두 종류가 있다. 프랑스 19세기의 고답파高踏派와 상징파의 논쟁이 이 점에 있었다. 고답파는 왕국유가 말한『말마다 눈앞에 있는 듯이 생생하다』든가 그림·조각과 같이〈드러냄〉을 전력으로 추구하였다. 상징파는 지나치게 명확히 드러나는 것을 싫어하여, 그들의 시는 때로는 왕국유가 말한『안개 속에서 꽃을 봄』이나 바그너의 음악처럼 희미해서 어리둥절하게 된다. 이 두 파의 시는 비록 같진 않으나 각각 격격隔과 불격不隔의 구별이 있고, 각각 좋은 시와 나쁜 시가 있다. 왕국유의『말마다 눈앞에 있는 듯이 생생하다』는 표현의 표준은〈드러냄〉에 너무 편중된 것 같다. 근래에 신시新詩의 작자와 논자 들은 시가 일률적으로 명확해야 하는가의 문제에 대해 격렬하게 논쟁을 했었다.〈드러냄〉은 조천粗淺(조악하며 얕음)으로 흐르기 쉽고,〈숨김〉은 회삽晦澁(내용이 뚜렷하지 않고 껄끄러움)으로 흐르기 쉬운데 이는 모든 사람이 다 아는 병폐이다. 그러나〈드러냄〉에도 조천하지 않은 것이 있으며, 〈숨김〉에도 회삽하지 않은 것이 있는데 종파적인 견해를 갖고 있는 사람들은 이러한 사실을 거의 이해하지 못하는 것 같다. 우리들은 모든 시가 다 〈드러내기〉를 희망할 수 없고, 또 모든 시가 다 〈숨기기〉를 바랄 수 없으니, 이는 생리적이나 심리적인 면에서 사람은 원래 유형상의 차이가 있기 때문이다. 어떤 사람은 시를 시각기관에 편중해서 받아들여 모든 것은 눈으로 잘 보여야 하며, 그래서 시는 드러내야 하고 조형예술과 같아야 한다고 주장한다. 또 어떤 사람은 시를 청각과 근육감각에 편중해서 받아들여, 음악의 박자·가락의 감동을 가장 받기 쉽기 때문에 시가 숨겨져야 하며, 음악과 같기를 요구하여 암시성이 풍부하게 된다. 이른바 이미지(意象)란 것은 반드시 시각에 의해서만 생기는 것이 아니라 각종 감각기관이 모두 이미지를 만들어낼 수 있다. 그러나 대다수 사람들은 이미지를 형성하는 것은 시각에서 비롯되는 것이 가장 많다고 생각하고, 시를 감상할 때나 시를 창작할 때 시각이미지를 가장 중요시한다. 이러한 까닭으로 시가 분명히 드러나게 묘사되기를 요구하는 사람이 다수를 차지한다.

드러난, 즉 윤곽이 분명하고 숨긴, 즉 함축된 바가 깊고 오래가나 그 효능은 원래 같지 않다. 이 점을 포괄해서 말하면, 사경시寫景詩는 드러냄에 적합하고, 언정시言情詩가 기탁한 경치는 비록 여전히 드러냄에 적합하나 그 깃들인 정취는 숨김에 적합하다. 매성유梅聖兪(堯臣)가 시는 모름지기『그려내기 어려운 경치를 그리되, 마치 눈앞에 있는 듯하게 하고, 다함이 없는 뜻을 포함하되 언외에 드러내어야 한다 狀難寫之景, 如在目前, 含不盡之意, 見於言外』고 말한 것은, 경치를 그려내는 데에는 드러내는 것이 마땅하고, 정취를 표현해내는 데에는 숨기는 것이 적합하다는 이치를 본 것이다. 경치를 그려내는 데는 숨기는 것이 부적합한데, 숨김은 회晦(뚜렷하지 않음)에 흐르기 쉽고, 정취를 그려내는 데에는 드러내는 것이 적합치 않은데 드러냄은 천박함으로 흐르기 쉽기 때문이다.

사조謝朓의『남은 저녁 노을 흩어져 고운 비단이 되고, 맑은 강물 고요하여 흰 명주 같네 餘霞散成綺, 澄江静如練』[3]나, 두보杜甫의『가랑비 내리니 물고기 올라오고, 미풍에 제비 비스듬히 나네 細雨魚兒出, 微風燕子斜』[4] 그리고 임포林逋의『드문 그림자 옆으로 비스듬하니 물은 맑고

얕은데, 은은한 매화 향기 풍기니 달은 황혼이네 疏影橫斜水淸淺, 暗香
浮動月黃昏』[5] 등의 시구는 경치를 읊은 시 중의 걸작으로, 그 묘처는 바
로 능히 드러낸 데에 있으니 매성유가 말한『그려내기 어려운 경치를 그
리되, 마치 눈앞에 있는 듯하게 한다』는 것과 같다. 진소유秦少游(觀)의
《수룡음水龍吟》처음의 두 구句『작은 누각은 정원에 이어져 하늘을 가
로지르고, 아래로 수놓은 수레에 장식한 안장이 달려가는 것을 내려다
보노라 小樓連苑橫空, 下窺繡轂雕鞍驟』를 소동파蘇東坡는『13글자가 다
만 한 사람이 말을 타고 누각 앞을 지나는 것을 말했을 뿐』이라고 비난하
였는데, 그것의 결함은 드러나지 않은 데(不顯)에 있다. 정취를 노래한
것으로서 걸작은 고시古詩『걸어 성城의 동문을 나서서, 멀리 강남길 바
라보네. 지난 날 눈바람 칠 때 그님 여기에서 떠나갔지 步出城東門, 遙望
江南路, 前日風雲中, 故人從此去』와 이백의『옥계에 흰 이슬 맺히고, 밤
이 깊어 비단 버선에 스미네. 수정으로 만든 발을 내리고 영롱한 가을달
바라보네 玉階生白露, 夜久侵羅襪, 却下水晶簾, 玲瓏望秋月』[6]이나, 왕창
령王昌齡의『해뜰 무렵 빗자루로 쓸어 금전金殿을 열어놓고, 둥근 부채
와 함께 배회하네. 옥 같은 얼굴도 이젠 까마귀 모습보다 못한가, 까마귀
오히려 소양전 햇살을 싣고 오네 奉帚平明金殿開, 且將團扇共徘徊. 玉顔
不及寒鴉色, 猶帶昭陽日影來』[7] 등의 시들인데, 그 매력은 역시 숨긴 데
에 있으니 매성유가 말한『다함이 없는 뜻을 포함하되 언외에 드러내어
야 한다 含不盡之意見于言外』는 것과 같다.

　왕국유는《인간사화人間詞話》에서 격隔·불격不隔 외에도〈유아지경
有我之境〉과〈무아지경無我之境〉을 논하였다.

　　〈유아지경〉이 있고〈무아지경〉이 있다.『눈물 젖은 눈으로 꽃에게 물어도
　꽃은 말이 없고, 어지러이 떨어지는 붉은 꽃 그네 위로 날아가네』(歐陽修의
　《蝶戀花》)는 사詞나,『어찌 홀로 객사客舍의 매서운 봄추위를 견뎌낼까? 두
　견새 소리에 저녁 햇살 저물어가네』(秦觀의《踏莎行》)는〈유아지경〉이다.
　『동쪽 울타리 아래서 국화꽃 따며, 유연히 남산 바라보네』나『찬 파도 가벼
　이 일어나고, 흰 새는 유유히 내려오네』(元好問《潁亭留別》)는〈무아지경〉이
　다.〈유아지경〉은 나로써 사물을 보니 사물은 모두 나의 색채에 물든다.〈무

아지경〉은 사물로써 사물을 보니 무엇이 나이며 무엇이 사물인지를 알지 못한다.……〈무아지경〉은 사람이 오직 정정(靜)한 속에서 얻는 것이요, 〈유아지경〉은 동동(動)에서 정정(靜)으로 올 때 얻는 것이다. 그래서 전자는 우미하고 후자는 장엄하다.

有有我之境, 有無我之境.『淚眼問花花不語, 亂紅飛過秋千去』『可堪孤館閉春寒, 杜鵑聲裏斜陽暮』有我之境也.『采菊東籬下, 悠然見南山』『寒波澹澹起, 白鳥悠悠下』無我之境也. 有我之境, 以我觀物, 故物皆著我之色彩. 無我之境, 以物觀物, 故不知何者爲我, 何者爲物. ……無我之境, 人唯於靜中得之. 有我之境, 於由動之靜時得之, 故一優美, 一宏壯也.

이 속에서 지적하고 있는 구별은 실제로 매우 정밀하고 미묘한 구별이다. 그러나 근대미학의 관점에서 보면, 왕국유가 사용한 명사名詞는 검토의 필요가 있는 듯하다. 그가 말한『나로써 사물을 보니 사물은 모두 나의 색채에 물든다 以我觀物, 故物皆著我之色彩』는 감정이입이며,『눈물 젖은 눈으로 꽃에게 물어도 꽃은 말이 없고 淚眼問花花不語』의 예로 증명된다. 감정이입은 정신을 집중하여 주시하며 물아의 경지에 빠진 결과로써, 쇼펜하우어가 말한 바 〈자아소실自我消失〉이다. 그래서 왕국유가 말한 〈유아지경有我之境〉은 기실 〈무아지경無我之境〉〈즉 망아지경忘我之境〉이다. 그의 〈무아지경〉의 실례인『찬파도 가볍게 일어나고 흰 새는 유유히 내려오네 采菊東籬下, 悠然見南山』나『동쪽 울타리 아래서 국화꽃 따며, 유연히 남산을 바라보네 寒波澹澹起, 白鳥悠悠下』는 모두 시인이 냉정冷靜한 속에서 맛을 되돌려낸 묘경妙境, 즉『정정(靜)한 속에서 얻은 것 於靜中得之』으로 감정이입을 거치지 않았기 때문에 실은 〈유아지경〉이다. 그것을 〈유아지경〉과 〈무아지경〉이라고 부르 것은『경물을 초월하는 경계 超物之境』와『경물과 함께하는 경계 同物之境』라고 부르는 것보다 못한 것 같은데, 왜냐하면 엄격히 말해서 시가 어떠한 경계에 있더라도 반드시 내가 있어야 하며, 자아의 성격과 정서 그리고 경험이 반영되어야 하기 때문이다.『눈물 젖은 눈으로 꽃에게 물어도 꽃은 말이 없고 淚眼問花花不語』나『나뭇가지 위의 달은 배회하여, 이 아쉬운 밤을 헛되이 재는구나 徘徊枝上月, 空度可憐宵』나『주위 산봉우리 음침하여 황혼에 가랑비 내릴 듯 數峯淸苦, 商略黃昏雨』은 모두 〈동물지경同物之境〉이다. 『솔개는 날아올라 하늘에 닿고 물고기는 연못에서 뛰네 鳶飛戻天, 魚躍於淵』나 『가는 비 동쪽에서 오는데, 좋은 바람이 함께 더불었네 微雨從東來, 好風與之俱』나 『흥이 좀 지나가니 우는 새 흩어지고, 오래 앉아있으니 떨어지는 꽃이 많구나 興闌啼鳥散, 坐久落花多』는 모두 〈초물지경超物之境〉이다.

왕국유는 〈유아지경〉(실제로는 〈무아지경〉 또는 〈동물지경〉)을 〈무아지경〉(실제로는 〈유아지경〉 또는 〈초물지경〉)과 비교하여 품격이 비교적 낮다고 생각하여 『옛사람이 사詞를 지음에 유아지경을 쓴 사람은 많았다. 그러나 일찍이 무아지경을 써내지 못한 것도 아니었으니, 이는 호걸 같은 선비들이 능히 수립할 뿐이었다 古人爲詞, 寫有我之境者爲多, 然未始不能寫無我之境, 此在豪傑之士能自樹立耳』고 말하였다. 그는 무아지경이 유아지경보다 나은 이유를 설명하지 않았다.

영국의 문예비평가 러스킨Ruskin은 서로 같다고 주장하였다. 그는 감정이입으로 쓴 시를 비방하여 〈정감情感의 착각〉(pathetic fallacy)이라고 말하고, 일류시인들은 반드시 이성으로 정감을 억제할 수 있고 그렇지 못한 이류시인들은 정감에 동요되어 정관적靜觀的인 이성을 잃고서 개인의 정감情感을 바깥 사물에 잘못 옮겨놓아 바깥 사물로 하여금 일종의 착오錯誤된 모습을 드러내게 한다고 생각하였다. 그는 다음과 같이 말하였다.

사람들은 세 종류가 있다. 첫번째 종류의 사람은 식견이 확실한데 이는 정감을 일으키지 않기 때문이다. 앵두꽃에 대해서도 단지 순수한 앵두꽃이라 여길 뿐이니, 그것을 사랑하지 않기 때문이다. 두번째 종류의 사람은 식견의 착오이다. 그는 정감을 일으키기 때문에 앵두꽃에 대해서도 그것은 앵두꽃이 아니라 하나의 별이나 태양, 신인神人의 호신용 방패 또는 버려진 소녀가 되기도 한다. 세번째 종류의 사람은 식견이 확실한데, 비록 그가 정감을 일으키더라도 앵두꽃에 대해서는 영원히 그 자체로 하나의 가지에 작은 꽃이며, 그 줄기와 잎을 가지고 있다는 간단명료한 사실로부터 인식하되 많은 연상과 정서가 분분히 그를 둘러싸고 있는 것에 상관하지 않는다. 이 세 종류

사람의 신분의 고하는 대개 다음과 같이 정해진다. 첫번째 사람은 완전히 시인이 아니고 두번째 사람은 이류시인이며 세번째 사람은 일류시인이다. (Ruskin《Modern Painters》Vol. III)

이 말은 이성이 정감을 억제하는 데 중점을 두고 있으며, 다만 단편적인 진리가 있을 뿐이다. 정감 자체는 스스로 그의 진실성이 있으며, 사물은 정감이라는 병풍으로 막아놓고 엿보면 스스로 다른 모습을 드러낸다. 시의 존재는 이런 기본적인 사실에 근거하고 있다. 만약 러스킨의 설에 의한다면, 시의 진리(poetic truth)는 반드시 동시에 과학적인 진리이어야 한다. 이는 분명히 사실과 부합되지 않는다.

우리들이 볼 때, 추상적으로 시의 표준을 정하고 무게를 달아보는 것은 독단적인 결함이 있음을 알아야 한다. 〈동물지경同物之境〉과 〈초물지경超物之境〉은 각각 뛰어난 경계가 있어 한두 마디로 우열을 논하기 어렵다. 비유하건대, 도잠의『동쪽 울타리 아래서 국화꽃 따며 유연히 남산 바라보네 采菊東籬下, 悠然見南山』는 〈초물지경超物之境〉이며,『광활한 밭에 멀리서 온 바람이 부니, 좋은 씨앗이 또한 새싹을 틔우는구나 平疇交遠風, 良苗亦懷新』는 〈동물지경〉이다. 왕유의 시『나루터엔 석양이 남아 있고, 폐허된 마을엔 외롭게 연기가 피어오른다 渡頭餘落日, 墟里上孤烟』는 〈초물지경〉이며,『석양은 새 주위로 내리고 가을 벌판은 인적없이 한가롭다 落日鳥邊下, 秋原人外閒』는 〈동물지경〉인데 모두 각자 묘처妙處가 있어서 실로 그 고하를 품평하기 어렵다.

〈초물지경〉과 〈동물지경〉 역시 각기 깊고 얕음과 고상함과 속됨이 있다. 동시에 〈초물지경〉인 사령운의『골짜기 깊은 숲은 가을빛을 모으고, 구름과 노을은 저녁비를 거두어들이네 林壑斂秋色, 雲霞收夕霏』는 도잠의『가을 산기운 저녁에 더욱 좋고 나는 새들 서로 더불어 돌아오네 山氣日夕佳, 飛鳥相與還』나, 또는 왕속王續의『나무마다 모두 가을색이며, 산마다 저무는 빛이네 樹樹皆秋色, 山山盡落暉』보다 못한 것 같다. 또 함께 〈동물지경同物之境〉인 두보의『시절을 생각하니 꽃이 눈물 흐르게 하고, 헤어짐을 슬퍼하니 새가 마음을 놀라게 한다 感時花濺淚, 恨別鳥驚心』《春望》는 도잠의 『平疇交遠風, 良苗亦懷新』이나 강기의『數峯清苦,

商略黃昏雨』와 같지 않은 듯하다. 이런 두 종류의 다른 경계는 모두 천기天機가 있을 수 있고, 또 사람의 기교도 있을 수 있다.

〈동물지경〉은 감정이입에서 비롯된다. 감정이입은 원시민족이나 갓난아이의 심리의 특색이며, 신화와 종교도 모두 거기에서 비롯된 것이다. 이치를 논해 보면, 고대의 시는 마땅히 〈동물지경〉이 많을 것 같은데 사실은 그 반대로 적용된다. 유럽에서는 19세기부터 시 속에 감정이입한 실례가 많아졌다. 중국시는 위진 이전에는 감정이입한 실례를 찾기가 어렵고 위진 이후에 와서야 점점 많이 생겨났으며, 그것도 사詞와 율시律詩에서 특히 그러하였다. 따라서 우리는 〈동물지경〉이 고시古詩의 특색이 아니라고 말할 수 있다. 〈동물지경〉이 점차 많아져서 시는 혼후渾厚(소박하고 두터움)에서 첨신尖新(예리하고 새로운 것)으로 나아갔다. 이것은 〈동물지경〉의 품격이 비교적 낮다는 것을 증명하는 것 같으나 옛날이나 지금은 각각 그의 장점을 가지고 있어서, 반드시 고인古人이 모두 옳고 후인後人이 모두 그른 것은 아니다. 〈동물지경〉이 고대에 많이 보이지 않은 까닭과 그 주요원인은 고인들이 자연 자체에 크게 주의하지 않았으며, 자연은 다만 비比나 흥興으로 사용되었을 뿐 단독으로 그려낼 가치있는 것이 아니었다는 데에 있다. 〈동물지경〉은 자연을 읊고 노래한 시와 함께 일어났다. 시는 자연 자체를 음영吟詠의 대상으로 삼고, 〈동물지경〉이 있게 됨에 이르러서야, 실로 하나의 완전한 해방이었다. 우리들은 그것이 옛것이 아니라는 까닭으로 경시할 필요는 없다.

4. 시의 주관과 객관

시의 경계는 정취情趣(情 또는 情緖)와 의상意象(景 또는 風景 : 外的世界)의 융합이다. 정취는 느껴서 갖는 것이요, 자아에게서 일어나는 것이며, 경험할 수 있어도 묘사할 수 없는 것이다. 그러나 의상意象은 관조해서 얻는 것이요, 바깥세계에서 일어나는 것이며, 형상形象이 있어 묘사할 수 있는 것이다. 정취는 기본적인 생활경험이요, 의상意象은 기본경험에 대해 일어나는 반성이다. 정취는 자신의 용모와 같고, 의상意象은 거울이 되어 스스로 비춘다. 둘 사이에는 비단 차이가 있을 뿐 아니라 본래부터 극복하기 어려운 한계가 있다. 주관적인 정취로부터 어떻게 능히 이 어려움을 뛰어넘고 객관적인 의상意象에 도달하느냐는 것이 시와 기타 예술이 반드시 정복해야 할 난관이다. 만약 대략 사색을 하여 이 곤란이 마침내 정복된다면 실로 기적이다.

니체의 《비극의 탄생》은 이런 곤란의 정복사征服史라고 말할 수 있다. 우주와 인류생명은 쇼펜하우어가 분석한 것과 같이 의지意志(will)와 의상意象(idea, 또는 表象)의 두 가지 요소를 갖고 있다. 의지가 있으면 요구가 있으며 정감이 있고, 요구와 정감은 모든 고뇌와 비애의 근원이 된다. 인간은 영원히 자아와 그가 지니고 있는 의지로부터 빠져나오지 못하며, 그래서 생명은 영원히 하나의 고통이다. 생명의 고통의 구원자는 곧 의상意象이다. 의상意象은 의지가 밖으로 투사投射된 것 또는 대상화한 것(objectification)으로, 의상意象이 있은즉 사람은 초연한 지위를 취득하여 높은 데 올라 의지가 결사적으로 투쟁하는 것을 내려다보며 언뜻 이런 해괴망측한 형상이 크게 눈과 마음을 즐겁게 할 수 있다는 것을 명철하게 깨닫는다. 니체는 쇼펜하우어의 이런 염세철학에 근거하여 『형상으로부터 해탈을 얻는다』(redemption through appearance)는 설을 발휘하기 위해서 두 개의 그리스신의 이름을 사용하여 의지와 의상의 충돌을 상징하였다. 의지는 주신酒神 디오니소스Dionysos가 되어 끊임없이 약동하는 활력과 열광을 주며, 동시에 변화무상한 고통을 느껴 모든 고통을 만취滿醉에 푹 빠지게 하며, 독한 술과 부인들 그리고 미친 듯한 노래와 부드러운 춤에 곤드레만드레 취하는 것이다. 고통은 디오니소스의 기본 정신이며, 가무는 디오니소스 정신이 표현하는 예술이다. 표상은 태양의 신 아폴로Apollo와 같다. 높은 데 올라 두루 비추면 세계의 모든 사물은 그의 광휘에 의해 형상을 드러내고, 그가 기쁘고 태연하게 마치 단꿈을 꾸듯이 정관靜觀하며 자득自得하면, 일체의 변화는 형상을 취하는 가운데 필연적으로 〈진여眞如〉(Being)가 된다. 고요하고 엄숙함은 아폴로의 기본 정신이며, 조형적인 그림과 조각은 아폴로 정신이 표현한 예술이다. 이 두 가지 정신은 본래 절대적으로 상반되고 상충되는 것으로, 그리스인들의 지혜는 이 충돌을 타파하는 기적을 이루었다.

그들은 아폴로의 밝은 거울로 디오니소스의 고통과 몸부림을 비추었다. 이에 의지를 바깥으로 의상에 투사하고 고통에 형체를 부여하여 장엄하고 우미하게 하였으며, 그 결과 그리스 비극이 생기게 된 것이다. 비극은 그리스인이 〈형상으로부터 해탈을 얻는〉 하나의 길, 즉 방법이었다. 인생과 세상은 결함과 재화災禍와 죄악으로 가득차 있어 도덕적인 관점에서 보면 악惡이지만, 예술적 관점에서 보면 미美일 수도 있다. 비극은 그리스인들이 예술적 관점으로 결함과 재화와 죄악 속에서 본 미적美的 형상이었다.

니체가 비록 비극만을 지칭하였으나 기실 그의 말은 시와 일반예술에도 적용될 수 있다. 그는 매우 분명하게 주관적 정서와 객관적 의상의 틈새와 충돌을 지적하였고 동시에 이러한 충돌의 조화를 구체적으로 설명하였다. 시는 정취가 흘러나온 것이며, 혹자가 말하는 바 디오니소스 정신이 빛을 뿌린 것이다. 그러나 정취는 매양 시로 흘러나올 수 없는데 그 까닭은, 시의 정취는 생경하고 거친 자연적인 정취가 아니라 반드시 냉정한 관조와 융화融化되고 세련된 노력을 거쳐야 하며, 아폴로의 세례를 받아야 하기 때문이다. 일반인들과 시인은 모두 정취를 느끼긴 하나 하나의 중요한 차이가 있다. 일반인이 정취를 느끼는 것은 정취에 구속되어 근심이나 기쁨을 당할 때 스스로 이겨내지 못하는 것 같고, 근심이나 기쁨이 이미 지나치면 다시는 상상 속에 반조返照할 여분을 남기지 못한다. 시인은 정취를 느낀 후에 오히려 주변을 뛰어넘어 냉정하게 그 정취를 의상意象으로 만들어서 관조하며 사색을 즐긴다. 영국의 시인 워즈워드Wordsworth는 항상 스스로 『시는 고요함 속에서 다시 음미함을 거친 정서에서 생긴다』라고 경험을 말했는데 가장 정확한 명언으로, 니체가 한 권의 책으로 말한 이치를 한 마디 말로 표현하였다. 정서를 느껴서 고요한 가운데 음미할 수 있는 것은 시인의 특수한 재능이다. 일반인의 정서는 마치 비 온 후 길가에 고인 물에 흙덩이와 썩은 나무가 섞여서 급하고 널펀지게 흘러내려 그 자취가 없는 것과 같고, 시인의 정서는 마치 겨울못에 물이 고여있는데 앙금이 가라앉아 맑고 투명해서 하늘빛과 구름의 그림자로 찬란하게 눈이 부신 것과 같다. 『고요한 가운데 음미하는 것』은 정서를 여과하는 절차이며, 마음의 묘한 깨달음(妙悟)은 정서의 여과기이다.

느낌을 받았을 때 슬픔과 기쁨·원망과 애정은 서로 상반되며, 다시 음미할 때는 기쁨과 사랑은 당연히 즐거울 수 있고 슬픔과 원망 또한 새롭게 흥미가 있다. 느낌을 받는 것에서 재음미할 때까지는 곧 현실세계에서 시의 경계로 건너가는 것이며, 실용적인 태도에서 미적 태도로 변하는 것이다. 현실세계는 도처에 구속이고 충돌이며, 즐거운 일은 방법을 강구하여 추구하게 되고 비관스러운 일은 두려워 피하게 된다. 시의 경계에서는 세속의 우려는 모두 씻어 청정하게 하고, 즐거운 것과 비관스러운 것도 같이 여기며, 그리하여 서로 충돌하는 것은 각각 자리를 얻어 평안하며 걸림이 없다.

시적 정서는 모두 고요한 가운데 재음미하여 얻어진다. 정감을 느낀다는 것은 능히 들어갈 수 있다는 것이며, 정감을 재음미한다는 것은 능히 나올 수 있다는 것이다. 시인은 정서에 대해서 능히 들어가고 나올 수 있어야 한다. 능히 들어간다는 것으로 말하면 정서는 주관적이며, 능히 나온다는 것으로 말하면 정서는 객관적이다. 능히 들어가되 나오지 못하거나, 능히 나오되 들어가지 못하면 대시인이 될 수 없으며, 그래서 엄격히 말하면 〈주관적〉 또는 〈객관적〉이라는 구분은 시 속에 존재하지 않는다. 예컨대, 반첩여班婕妤의 《원가행怨歌行》, 채염蔡琰의 《비분시悲憤詩》, 두보의 《봉선영회奉先咏懷》와 《북정北征》, 이후주李後主의 《상견환相見歡》 등의 작품들은 모두 지난 날의 고통을 돌이켜보는 것으로, 들어가서 능히 나온 것이니 주관적이고 또한 객관적이다. 도연명의 《한정부閑情賦》, 이백의 《장간행長干行》, 두보의 《신혼별新婚別》 《석호리石壕吏》와 《무가별無家別》, 위장韋莊의 《진부음秦婦吟》 등의 작품들은 모두 『사물을 체득하여 그 미묘함에 들어간 體物入微』 것으로, 나와서 능히 들어간 것이니 객관적이고 또한 주관적이다.

일반인들은 문학상에서 〈고전적〉인 것과 〈낭만적〉인 것의 구분은 기본적이라고 생각하는데, 고전파는 의상意象(景)의 완전함과 우미優美함에 치중하고 낭만파는 정감의 자연유출에 치중하여, 하나는 형식을 또 하나는 실질을 중시하기 때문이다. 크로체에 근거해서 보면, 이러한 구분은 의상意象과 정취를 분리할 수 있다는 오해에서 비롯된다. 크로체는

『일류작품 속에는 고전적인 것과 낭만적인 것의 충돌이 존재하지 않는다. 그 작품은 고전적인 동시에 낭만적인데, 왜냐하면 그것은 정감적이면서 의상적意象的이고 왕성한 정감이 변화하여 생긴 장엄한 의상意象이기 때문이다』라고 말하였다. 모든 예술 중에서 정감과 의상意象을 분리할 수 없는 것으로 가장 두드러진 것이 음악이다. 영국의 비평가 페이터 W. Pater는 『일체의 예술은 음악에 가까워지는 것을 지침으로 한다』고 말하였고, 크로체는 이 말을 인용하여 보충해서 말하기를 『좀더 세밀하고 정확하게 말하면 일체의 예술은 모두 음악이다. 왜냐하면 이렇게 말해야 예술의 의상意象이 모두 정감에서 생긴다는 것을 알 수 있기 때문이다』라고 하였다. 크로체는 고전적·낭만적이라는 구분을 부인하였는데, 기실은 객관적·주관적이라는 구분을 부인한 것이다.

　19세기 중엽 프랑스의 시단에 매우 강력한 주장이 있었는데, 그것은 고답파(Parnasse)의 낭만주의에 대한 반동이었다. 낭만파 시의 특징은 정감의 자연스러운 유출로 이른바 〈상상想像〉도 정서의 영향을 받는다는 것이다. 자아를 떠나서는 정서가 없다고 말할 수 있고, 그래서 낭만파 시는 대부분 시인의 고백으로 볼 수 있다. 고답파는 사실주의寫實主義의 영향을 받아서, 낭만파가 유아주의唯我主義에 편중하여 시가 개인의 괴벽을 폭로하는 것으로 변하게 되는 것을 혐오하였다. 그들은 그러한 양식을 바꾸고자 하여 〈불감동주의不動感情主義〉를 제창하고, 자아의 개성을 버리고 객관적인 위치에 서서 염정유미恬靜幽美한 풍경을 묘사하며 시를 조각과 같이 냉정하고 명백하도록 한다.(낭만파는 음악과 같이 열렬하며 생동적이도록 하여 이와는 상반된다.) 이러한 논쟁이 발생한 후에, 독일철학가들이 항상 제기한 주관적인 것과 객관적인 것의 구분은 비평가들에 의해 문학에 도입되어 일반인들도 문학도 원래 주관적인 것은 정감의 〈표현〉에 치중하고, 객관적인 것은 인생과 자연의 〈재현〉에 치중하는 두 종류가 있는 것으로 생각하게 되었다. 그러나 기실 이 두 종류는 비록 각각의 편향이 있긴 해도 엄격하고 논리적인 구분은 결코 없다. 완전히 주관적인 시는 없다. 왜냐하면 정감의 솔직한 유출은 다만 울고 웃고 찬탄하는 것뿐이며, 만약 시로 표현되려면 반드시 밖으로 투사되어 관조의 대상이 되어야 하기 때문이다. 또한 완전히 객관적인 시도 없다.

왜냐하면 예술은 자연에 대해 취사선택하고 손질해야 하는데, 그러면 반드시 작자의 정서적인 영향을 받아야 한다. 이는 앞에서 이미 말한 바와 같다. 에밀 졸라Emil Zola는 본래 사실주의에 치우친 작가인데, 말하기를 『예술작품은 다만 정감이라는 병풍으로 막아놓고 구멍을 뚫어 엿본 자연의 한 부분이다』라고 하였다. 고답파는 실제로 〈불감동주의〉를 철저히 실현하지 못했을 뿐만 아니라, 그들의 운동도 다만 우담화優曇華(Udambara)가 얼핏 한 번 나타났다가 금방 사라지는 것과 같았고, 또 이는 순수한 객관적인 시가 쉽게 성립되지 않는다는 것을 증명하기에 족하다.

5. 정취와 의상의 결합분량

시의 이상은 정취와 의상意象의 틈없는 결합이다. 그래서 시는 주관적이며 객관적이어야 한다. 그러나 결국은 이상일 뿐 실제적으로 주관적인 것과 객관적인 것은 비록 절대적인 구분은 아닌지라도 정도상의 차이는 있다. 정서와 의상意象사이에는 니체가 지적한 틈과 충돌이 있다. 이러한 틈과 충돌을 타파하는 것이 예술의 주요한 사명이며, 그것들을 완전히 타파해서 정서와 의상意象이 융화하여 꼭 들어맞도록 하는 것이 최고의 이상에 도달한 예술이다. 그것들을 완전히 타파하지 못하면 정서로 출발한 사람은 울고 웃고 찬탄하는 데서 그치고, 의상意象에서부터 출발한 사람은 산만하고 내용이 없는 환상에 그쳐서 마침내 예술로까지 발전하지 못한다. 이런 양극단 사이에 의상意象이 정서보다 풍부한 것이 있고, 또 정서가 의상意象보다 풍부한 것도 있어 비록 완전한 예술은 아닐지라도 그 예술됨은 잃지 않는다.

크로체는 고전적인 것과 낭만적인 것의 구분을 부인하여, 이론상으로 독특한 견해가 있으나 실제상으로 고전예술과 낭만예술은 각기 편중됨이 있다는 것은 못할 말도 아니다. 의상意象이 완전한 형식을 갖추고 있다는 것은 고전예술의 주요한 신조로, 이와같은 표준으로 낭만예술을 본다면 대부분의 작품은 결함을 면치 못하게 되는데, 예를들면 19세기 초의 시인인 코울리지Coleridge와 키이츠Keats 등은 많은 좋은 시가 있으나 모두 미완성 단편斷編들이다. 정감이 생동하는 것은 낭만파 작품의 특색이다. 그러나 뒤의 사실주의 작자는 오히려 주관적인 정감을 배제하고 냉정하고 충실한 서술에 치우쳤다. 〈표현〉과 〈재현〉은 다만 이론상의 충돌일 뿐, 역사적 사실도 작품면에서는 원래 두 종류의 편향성偏向性이 있다는 것을 명확하게 증명하고 있다.

중국시를 살펴보면 위진시대 이전의 고대시는 소박하고 두터운 면이 뛰어나며, 그 정이 깊고 진지하여 문자에 보이는 의상意象은 섭섭葉燮이 《원시原詩》에서 말한 바 『흙으로 만든 그릇으로 땅을 치고, 굴 속에서 한 쌍의 노루 가죽으로 산다 土簋擊壤, 穴居儷皮』와 같이 여전히 원시시대의 간이簡易함과 소박함을 가지고 있었다. 어떤 때는 시인이 자신의 마음 속을 그대로 직접적으로 토로하되 다만 찬탄하고 울고 웃는 것과 같이, 느낀 바가 있으면 즉시 입으로 내뱉어서 그 대상에 대해 노력하지도 않을 뿐 아니라 반성과 재음미도 거치지 않은 것 같다. 다음의 시들을 감상해 보자.

> 저기 기장이 고개 숙이고
> 피까지 자라났네.
> 갈수록 발걸음 늦어지고
> 슬픔은 물결처럼 출렁이네.
> 내 마음 아시는 이, 시름 많다 하시겠지만,
> 내 마음 모르시는 이, 무엇 때문에 그러느냐 하시리이다.
> 아득한 푸른 하늘이시여
> 이는 누구의 탓이나이까?
> 彼黍離離, 彼稷之苗.
> 行邁靡靡, 心中搖搖.
> 知我者謂我心憂, 不知我者謂我何求.
> 悠悠蒼天, 此何人哉.
> 《詩經·王風·黍離》

골짜기에 익모초 있는데
시들고 말았다네.
생이별한 여인 있어
한숨 쉬며 한탄하네.
한숨 쉬며 한탄하네.
간난을 만난 것이라네.
中谷有蓷, 暵其乾矣.
有女仳離, 嘅其歎矣,
嘅其歎矣.
遇人之艱難矣.
《詩經·王風·中谷有蓷》

교만한 자 즐거운 듯
괴로운 이 애처롭네.
푸르른 하늘이여, 푸르른 하늘이여.
저 교만한 자에게 눈총 주고
이 괴로운 이 보살피시길.
驕人好好, 勞人草草.
蒼天蒼天. 視彼驕人,
矜此勞人.
《詩經·小雅·巷伯》

저 북망산에 올라
서울을 뒤돌아보네.
궁궐은 높고높아
백성들 힘들고 피로한데
아득히 멀어 반도 못 미쳤네.
陟彼北芒兮, 噫! 顧瞻帝京兮, 噫!
宮闕崔巍兮, 噫! 民之劬勞兮, 噫!
遼遼未央兮, 噫!

(梁鴻《五噫歌》)

님이여, 강물 건너지 마오.
님께서 끝내 건너다가
물에 빠져 죽으니,
이제 그대 어이하리.
公無渡河, 公竟渡河.
墮河而死, 當奈公何.
《箜篌引》

이런 시들은 실로 위에서 말한 바 지난 날의 고통을 돌이켜 생각하는 것으로, 창작할 때 비통한 정서가 스스로 의상意象을 이루었으나, 보통 의상을 취하여 정서를 상징하는 시와는 저절로 구분이 된다. 《시경》의 비比와 흥興은 의상으로써 정서를 상징하려는 뜻이 있으나, 완전히 상징의 위치에 도달한 것은 일반적으로 매우 적다. 왜냐하면 비와 흥은 다만 하나의 머리말에 불과하고, 본래 하고자 한 말은 마지막에 솔직히 말해 버리기 때문이다. 예를들어 『징경이 우는 소리 강섬에 들리네 關關雎鳩, 在河之洲』는 다만 『아리따운 아가씨는 사나이의 좋은 짝 窈窕淑女, 君子好逑』을 불러일으킬 뿐 이 두 구의 뜻을 대체하거나 완전히 표현할 수가 없다. 『옛날 내가 갈 때, 갯버들 늘어졌지. 지금 나 돌아와보니, 진눈깨비 흩날리네 昔我往矣, 楊柳依依. 今我來思, 雨雪霏霏』같은 시는 정서가 적절히 의상意象에 내포되어 있어 상징의 묘한 경지에 도달했다고 말할 수 있으나, 《시경》 속에 결코 많이 보이지 않는다. 한위漢魏의 작품을 《시경》과 비교해 보면 매우 큰 변화가 있지만, 의상을 운용하는 기교는 여전히 비와 흥의 옛규칙을 벗어나지 못했다. 대략적으로 말하면 비가 흥보다 많다.

부추잎에 맺힌 이슬은,
얼마나 쉽사리 마르나.
이슬은 마르면 내일 아침 또다시 내리는데,

사람 죽어 한 번 가면 언제 다시 돌아오나!

薤上露, 何易晞.

露晞明朝更復落, 人死一去何時歸.

《薤露歌》

희기가 산 위의 눈 같고,

밝기가 구름 사이의 달 같아라.

그대에게 묻노니 두 마음 있다면,

와서 결별합시다.

皚如山上雪, 皎如雲間月.

問君有兩意, 故來相決絶.

(卓文君《白頭吟》)

훨훨 나는 집 앞의 제비,

겨울에는 숨었다가 여름되니 나왔네.

형과 아우 두셋이,

타항에서 떠도네.

翩翩堂前燕, 冬藏夏來見.

兄弟兩三人, 流宕在異縣.

《艶歌行》

아침 구름 사해에 떠있다가,

저녁에 옛산으로 돌아가네.

여행길에 시달리며 먼 고향 생각하니,

슬픈 마음 말할 수도 없네.

朝雲浮四海, 日暮歸故山.

行亦懷舊土, 悲思不能言.

(應瑒《別詩》)

이상은 모두 단지 비比일 뿐이다. 흥興의 예 역시 우연스럽게 만나게 되나, 대부분 눈앞의 자연을 취하고, 풍경을 대하여 정감을 일으킬 뿐 《시경》 가운데 흥에 속하는 시가 미묘하고 다양하게 변화하는 것보다는 못하다. 예를 들어본다.

> 큰 바람 일고 구름 날리듯,
> 위세 천지에 떨치고 고향으로 돌아가네.
> 어떻게 하면 용사를 얻어 사방을 지킬까.
> 大風起兮雲飛揚,
> 威加海內兮歸故鄕,
> 安得猛士兮守四方.
> (漢武帝《大風歌》)

> 강가의 풀은 파릇파릇,
> 동산의 버들은 무성한데.
> 아리따운 누각 위의 여인,
> 창가에 밝게 보이네.
> 靑靑河畔草, 鬱鬱園中柳.
> 盈盈樓上女, 皎皎當窗牖.
> (《古詩十九首》中 第二首)

> 밝은 달 높은 누각 비추고,
> 물결 위에 뜬 달빛 출렁출렁 흔들리네.
> 위에는 수심에 찬 부인 있어,
> 슬픈 탄식에 애처로움이 넘치네.
> 明月照高樓, 流光正徘徊.
> 上有愁思婦, 悲歎有餘哀.
> (曹植《七哀詩》)

> 가을되어 서늘한 기운 있는 듯하니,
> 귀뚜라미 침상가 휘장에서 우네.

경물을 느끼니 하나라 은나라 생각나서,
마음을 슬프게 하노라.
開秋兆凉氣, 蟋蟀鳴牀帷.
感物懷殷憂, 悄悄令心悲.
(阮籍《咏懷詩》)

이 시들은 기구起句에 미약하게 흥興의 의미가 있기는 하나, 그것들을
『그 일을 직접 진술함 直陳其事』의 〈부賦〉로 보아도 가능하다. 한위漢魏
때에 시는 서로 관련이 있는 듯하나 전부가 관련있지는 않은 의상意象을
사용하여 본문의 바른 뜻을 불러일으켰는데, 이미 일종의 전통적인 기교
가 된 것 같다. 어떤 때에는 이런 의상意象이 하나의 군더더기가 되기도
하였는데 본문의 바른 뜻에 절대적으로 필요한 것은 아니었다.

닭이 높은 나무 끝에서 울고,
개는 깊은 담장 안에서 짖네.
떠돌이 아들은 어디로 갔는가?
천히가 바야흐로 태평한데.
鷄鳴高樹巓, 狗吠深宮中.
蕩子何所之, 天下方太平.
(古樂府《鷄鳴》)

달 지자 삼성參星이 가로 비끼고,
북두성은 난간에 걸렸네.
몸소 문에서 맞아서는,
배고파도 식사할 것을 잊는다네.
月沒參橫, 北斗闌干.
親交在門, 饑不及餐.
(古樂府《善哉行》)

공작이 동남쪽을 날아가는데,

5리에 한 번 배회한다네.

13세에 흰 비단 짤 수 있었고,

14세에 옷재단질 배웠다네.

孔雀東南飛, 五里一徘徊.

十三能織素, 十四學裁衣.

《孔雀東南飛》

부들이 내 못에서 자라는데,

그 이파리는 어찌 그리 처져 있는가.

옆에서 인의를 행할 수 있어도,

스스로 아는 것보다는 못하지.

蒲生我池中, 其葉何離離.

傍能行仁義, 莫若妾自知.

(古樂府《塘上行》)

첫 두 구의 도입부는 모두 본문과 전혀 관련이 없으며, 그것들의 기원이 호적胡適이 말한 바와 같이 이미 있는 민가의 시초라고 말하는 것은 《국풍國風》이래의 전통적인 기교를 그대로 사용한 것이라고 말하는 것보다 못하다.《국풍》의 이미지 도입부는 원래 비흥比興을 사용하였는데, 뒷날 그 근본을 잊고 비흥의 쓰임이 있는지 없는지를 살펴보지도 않고, 다만 의례적으로 그 장면을 어물쩡 넘길 뿐 맞지 않더라도 관계치 않았다.

한위漢魏 때의 시에 이와같이 무의미한 이미지를 제한없이 사용한 예는 그렇게 많지 않다. 다른 면에서 보면, 이 시기의 시는 의상意象의 기교를 사용하여 《시경》보다 진보하였다.《시경》은 다만 의상을 머리말로 사용하였을 뿐이나, 한위 때의 시는 작품 속 또는 작품 끝에 의상을 삽입시켜 정서를 더욱 두드러지게 부각시켰다. 이릉李陵의 《소무에게 주는 시 與蘇武詩》를 예로 들어보자.

좋은 때 다시 오지 않고,

이별은 순간에 있네.

병영의 넓은 길 옆에서,

손을 잡고 떠나길 주저하네.

올려다보니 뜬구름 달리고,

갑자기 서로 멀어지리.

풍파에 한 번 제자리 잃어버리면

각각 하늘 한모퉁이에 있게 될 것을.

이제 얼마나 오랫동안 헤어져야 하나

또다시 잠시 섰네.

아침 바람 속에 떠나게 하려고

천한 이 몸이 그댈 보내네.

良時不再至, 離別在須臾.

屏營衢路側, 執手野踟躕.

仰視浮雲馳, 奄忽互相踰.

風波一失所, 各在天一隅.

長當從此別, 且復立斯須.

欲因晨風發, 送子以賤軀.

　　중간의『올려다보니 뜬구름 달리고』이하 4구는 흥과 비의 용도를 겸하고 있으며, 의상意象과 정서가 우연스레 서로 만나고, 만난즉 틈이 없이 합치되었다. 이외에 위문제魏文帝의《연가행燕歌行》은 원망하는 여인이 거문고로 슬픔을 드러내는 것을 묘사한 후, 갑자기『밝은 달 교교히 침상을 비추고, 은하수 서쪽으로 흐르는데 밤은 아직 반도 안 되었네. 견우직녀 멀리서 서로 바라보는데, 그대 홀로 무슨 죄로 강의 다리에 제한되어 있느뇨 明月皎皎照我床, 星漢西流夜未央,牽牛織女遙相望, 爾獨何辜限河梁』4구로 이어나갔는데 묘하게 정情과 경景이 부합하고 있다. 이렇게 때와 경우에 따라 의상의 비와 흥을 사용하는 작법은, 고정적으로 첫 몇 구에 비흥을 사용하는 기계적인 방법을 타파하였으니 실제로 일종의 진보였다. 또 한위조의 시에는 전편을 의상으로써 정서를 함축하여 본뜻을 말하지 않고, 본 뜻이 저절로 드러나게 하는 것이 점차 있게 되었는데, 반첩여班婕妤의《원가행怨歌行》은 가을 바람이 불어와 버리게 된

부채에 자기의 원정怨情을 의탁한 것으로 그 대표적인 예이다. 이러한 작법도《국풍》속에 조금 있다.

중국의 고시古詩는 대부분 정서가 의상意象보다 풍부하다. 시 예술의 진화발전은 다방면으로 살펴볼 수 있는데, 만약 정서와 의상의 배합이라는 측면으로 본다면, 중국 고시의 진화는 3단계로 나눌 수 있다. 처음에는 정서가 점차 의상을 정복하고, 중간은 정복의 완성이며 그뒤에는 의상이 무성하게 일어나서 거의 독립자족적인 경계를 이루며 스스로 정서를 불러일으키는 것이다. 첫째 단계는 정情으로 인해서 경景을 생기게 하거나, 또는 정情으로 인해 문장을 생기게 하는 것이며, 둘째 단계는 정情과 경景이 부합되고, 정情과 문장이 함께 무성하며, 셋째 단계는 풍경이나 문장을 대하면 정情이 일어나는 것이다. 이런 진화의 단계는 시대로써 개략적으로 구분할 수 없겠으나 대략 말해 보면, 한위漢魏 이전이 첫째로서 자연계가 갖고 있는 의상은 다만 인물 이야기의 그림이 산수로써 배경을 삼는 것과 같이 다만 받쳐주는 역할을 할 뿐이었다. 다음으로 한위시대가 그 둘째인데《고시십구수》·소무蘇武와 이릉李陵의 증답시·조씨曹氏 3부자三父子의 작품 속에서 정서와 의상이 항상 혼용하여 흔적이 없는 경계에 도달하였고, 도연명의 손에 이르러서는 정경합일情景合一이 최고봉에 달하였다. 육조六朝시대가 그 셋째로, 사령운과 사혜련이 정情을 산수山水에 이입시켜 자연경물의 묘사가 보조적인 지위에서 중요한 지위로 격상하였는데, 마치 산수화가 회화에서 큰 주류를 이루게 되어 뒷날 점차 염려艶麗의 길로 쏠리게 된 것과 같다. 만약 정서를 논한다면, 중국시에서 가장 염려한 것은《국풍》을 넘는 것이 없는 듯한데, 그래도 〈염려艶麗〉두 글자를《국풍》에 붙이지 않고 제나라·양나라 사람들의 작품에 붙이는 것은 그들이 특별히 단어의 조탁彫琢과 수사修辭를 즐겨 의상을 위한 의상을 사용한 까닭이다.

변화의 관건은 부賦였다. 부는 경물景物을 늘어놓는 데 치중하여 시인의 주의를 점차 내면의 변화로부터 자연계의 변화방면으로 이끈다. 부의 발생으로 중국에는 대규모의 묘사시가 있게 되었고, 또 중국시는 점차 정서가 의상보다 풍부하던《국풍》에서부터 의상이 정서보다 풍부한 육조인六朝人의 아름다운 작품으로 변화하였다. 한위시대에 부가 가장 흥성하여 시가 부에서 받은 영향도 점차 수사를 늘어놓는 데로 힘을 쓰며, 의상을 운용할 때에도 정서에 반드시 필요한 것을 표현하기 위해서가 아니라 그 자체의 아름다움을 위한 때문으로,《맥상상陌上桑》《우림랑羽林郎》과 조식曹植의 《미녀편美女篇》 등은 모두 단순호치丹脣皓齒와 화려한 복장이나 의상을 힘껏 늘어놓아 그 좋은 예가 된다. 육조시대 사람들은 이런 경향을 발전시켰을 뿐이다.

일반 비평가들은 육조인들과 당대의 온정균溫庭筠·이상은李商隱 일파의 작품에 대해서 항상 차별하였다. 실은 시의 좋고 나쁨은 하나의 절대적인 표준으로 측량키 어렵다. 시의 최고의 이상은 정경합일情景合一이라고 말할 수 있을 뿐이다. 고시에는 모름지기 정情으로 출발하며 경景에는 전혀 주의하지 않은 작품이 많이 있으며, 위진시대 이후의 시에는 모름지기 경景에서 출발하며 경景 자체에만 머무는 것 외에는 정서가 경景을 빌어 표현되는 예는 별로 없다. 이 두 부류의 시는 정경합일하여 틈이 없는 경지에 도달한 표준으로 생각할 수 없으며, 또 격조 높은 시라고도 할 수 없다. 이제 짧은 시 몇 수를 그 예로 들어본다.

(1)
님이여, 강물 건너지 마오.
님께서 끝내 건너다가
물에 빠져 죽으니,
이제 그대 어이하리 !
公無渡河, 公竟渡河.
墮河而死, 當奈公何 !
《箜篌引》

(2)
이를 어이하리 !
세상 사람들은 어찌 그리 제한하는지,
근심스레 당신만을 생각합니다.
奈何許 !

天下人何限,
慊慊祇爲汝!
《華山畿》

(3)
옛날 내가 떠날 때,
갯버들 늘어졌었지.
지금 나 돌아오니,
진눈깨비 흩날리네.
昔我往矣, 楊柳依依.
今我來思, 雨雪霏霏.
《詩經》

(4)
사람들 틈에 농막짓고 살아도,
수레 시끄러이 찾는 자 없노라.
그대에게 어찌 그런가 묻노니,
마음이 멀어지니 땅도 스스로 외지구나.
동쪽 울타리 아래 국화꽃 따면서,
유연히 남산을 바라보노라.
가을 산기운 저녁에 더욱 좋고,
나는 새 짝지어 집으로 돌아오네.
이 속에 참뜻 있으려니
말하고자 하나 이미 말을 잊었다네.
結廬在人境, 而無車馬喧.
問君何能爾, 心遠地自偏.
採菊東籬下, 悠然見南山.
山氣日夕佳, 飛鳥相與還.
此中有眞意, 欲辨已忘言.
(陶潛《飮酒》)

(5)

강남은 연잎 따기 좋아라.

연잎은 주욱 이어 물 위에 떠있네.

물고기들 연잎 사이로 노니는데,

연잎 동쪽에서 놀고,

연잎 서쪽에서 놀고,

연잎 남쪽에서 놀고,

연잎 북쪽에서 노닌다네.

江南可采蓮, 蓮葉何田田!

魚戲蓮葉間, 魚戲蓮葉東,

魚戲蓮葉西, 魚戲蓮葉南,

魚戲蓮葉北.

《江南》

(6)

칙륵천,

음산 아래.

하늘은 둥근 천막과 같이,

사방의 평야를 덮었네.

하늘은 푸르디푸르고,

들은 가없이 넓구나.

바람 불어 풀이 누우니 소와 양떼 보이네.

敕勒川, 陰山下.

天似穹廬, 籠蓋四野.

天蒼蒼, 野茫茫.

風吹草低見牛羊.

《敕勒歌》

이상 6편의 시 중에 (3)(4)의 두 편만이 정경합일情景合一하여 경치가 정취를 전달하기에 충분하다고 할 수 있다. ⑴⑵는 순수하게 정감에서 출발하여, 정감이 언어로 솔직하게 흘러나왔다. 자연히 장단이 맞기 때문에 풍경에 기탁할 필요가 없는 것이다. ⑸⑹은 순수하게 경치를 묘사한 것으로, 작자가 의식적으로 의상으로써 정서를 상징한 것이 아니고 의상이 뛰어나게 아름다워 스스로 하나의 정서를 이룬 것이다. 6편 모두 시의 뛰어난 경지로 비록 정경情景이 배합된 방법과 분량은 절대로 같지 않으나, 각각 신선하고 완전한 경지를 이루었으며, 작자의 마음 속의 가치있는 말(정서 또는 의상)이 적절하게 표현되어 가치적인 면에서 서로 뒤지지 않으려 하는 것은 바로 이런 까닭에서이다.

우리들이 중시한 점은 원리에 있지 역사적인 발전에 있지 않기 때문에, 다만 육조시대 이전의 고시를 몇 가지 예로들어 대략 정서와 의상의 배합관계를 설명하였을 뿐이다. 실제로 각시대의 시는 모두 이런 방법으로 분석할 수 있을 것이다.

당나라 사람들의 시와 오대五代 및 송나라 사람들의 사詞를 정서와 의상의 배합의 관점으로 연구하는 것이 더욱 적절할 것이다.

부록 I. 정취상에서의 중국시와 서양시의 비교

시의 정취情趣는 시간과 장소에 따라 다르며, 각민족 각시대의 시는 각각 그 특색이 있다. 그러한 것들을 살펴보고 함께 비교하는 것은 매우 흥미있는 연구이다. 우선 중국시와 서양시를 비교해 보면, 그것들은 정취상에서 흥미있는 여러 가지 같은 점과 차이점이 있다. 서양시와 중국시의 정취는 모두 몇 종류의 보편적인 제재題材에 집중되며, 그 중에서 가장 중요한 것은 ⑴인륜人倫 ⑵자연 ⑶종교와 철학 등 몇 가지이다. 이러한 단계에 의해서 살펴보자.

⑴ 인륜

서양에서 인륜에 대한 시는 대부분이 연애가 중심이 되어있다. 중국시도 애정을 노래한 것이 매우 많지만 애정 때문에 다른 인륜을 말살하지는 않는다. 친구의 우정과 군신君臣간의 은총과 의로움은 서양시에서는

그다지 중요하지 않으나 중국시에서는 거의 애정과 동등한 위치를 갖는
다. 굴원屈原이나 두보杜甫·육유陸游 등의 충군애국애민忠君愛國愛民
의 감정을 없애버린다면 그들 시의. 정화精華는 반 이상 상실될 것이다.
옛날 시나 사詞를 주석하던 사람들은 항상 연애시에다 충군애국의 기치
를 달았는데, 예를들면 모장毛萇이 주석한 《시경詩經》은 수많은 남녀상
열男女相悅의 시를 시사時事를 풍자하는 시로 보았던 것이다. 장혜언張
惠言[1]은 온정균溫庭筠[2]의 《보살만菩薩蠻》14장을 『선비가 때를 만나지
못한 것을 느껴 쓴 작품 感士不遇之作』이라고 말하였다. 이러한 것은 확
실히 견강부회함이 있다. 근래에는 오히려 극단으로 치달아서 진정한 충
군애국의 시도 애정의 기치를 달기도 하는데, 예를들어 《이소離騷》《원
유遠游》와 같은 작품을 애정시로 간주하는 것이다. 이것도 견강부회함을
면치 못한다. 서양시를 본 학자들은 애정이 서양시에서 그렇게 중요한
것을 보고 애정이 중국시에서도 매우 중요해야 할 것이라고 생각한다.
그들은 중국과 서양의 사회정황과 윤리사상이 본래부터 다르며, 연애가
예전의 중국에서는 실제로 현대 중국인들이 생각하는 것과 같이 그렇게
중요하지 않았다는 것을 모른다. 중국시에서 인륜을 서술하는 시를 전체
적으로 계산해 보면 친구와의 교우에 관한 것이 남녀의 연애에 관한 것
보다 훨씬 많으며, 수많은 시인의 문집 속에 증답贈答하고 수창酬唱하는
작품이 대부분을 차지한다. 이능李陵과 소무蘇武, 건안칠자建安七子, 이
백과 두보, 한유韓愈와 맹교孟郊, 소식蘇軾과 황정견黃庭堅, 납란성덕納
蘭性德과 고정관顧貞觀 등의 교우는 고금에 미담으로 전해왔으며, 서양
시인 중에서 괴테와 쉴러, 워즈워드와 코울리지, 키이츠와 셸리, 베를레
느와 랭보 등은 비록 교우관계가 돈독하였지만 그들의 시집 속에서 교유
의 즐거움을 펼쳐낸 시는 극히 드물다.

중국시에서 연애는 서양시에서보다 덜 중요하였는데 그 몇 가지 원인
이 있다.

첫째, 서양사회는 표면상으로는 비록 국가를 기초로 하지만 골간은 개
인주의에 기울어져 있다. 애정은 개인의 생명 중에서 가장 중요한 일이
라서 끝까지 발전하면 다른 사람과 사람의 관계를 덮어버린다. 한 시인
의 연애의 역사를 다 말하면 그건 때때로 그의 생명의 역사를 말하는 것

이며, 이는 근대에서는 더욱더 그러하다. 중국사회는 표면상으로는 비록 감정을 기초로 하지만 그 골간은 오히려 겸선주의兼善主義를 중시하고 있다. 문인들은 종종 반생半生의 세월을 관직이나 떠돌이로 보냈기 때문에 『아내는 다른 현縣에서 살게 되는 老妻寄異縣』것이 다반사였다. 그들이 아침저녁으로 접촉하는 사람은 부녀자들이 아니라 동료나 문우文友였다.

둘째, 서양은 중세 기사도의 영향을 받아 여자의 지위가 비교적 높고 교육도 비교적 완전하여 학문과 정취상에 종종 남자와 담합談合할 수 있어서 중국에서는 친구와의 즐거움을 취하나, 서양에서는 종종 부인이나 여자에게서도 즐거움을 얻을 수 있다. 중국은 유가사상의 영향을 받아 여자의 지위가 낮다. 부부의 애정은 항상 윤리관념에서 일어나기 때문에 실제적으로 뜻이 같고 도道가 합하는 즐거움은 쉽게 얻을 수 없다. 더구나 중국사회에서 이상理想은 공명사업功名事業에 있기 때문에 여자의 치맛자락에서 헤어나지 못하는 것은 유가에서 하나의 수치스러운 일로 간주한다.

셋째, 동양과 서양의 연애관은 매우 큰 차이가 있다. 서양인은 연애를 중시하여 〈연애지상주의〉라는 말도 있다. 중국인은 결혼을 중시하고 연애를 경시하였으며, 진정한 연애는 종종 뽕나무밭에서 발견된다. 의욕을 잃고 무료하며 비관悲觀·염세적인 사람이라야 공공연히 성색聲色, 즉 가무와 여색에 정을 기탁하였는데 수양제隋煬帝나 이후주李後主와 같은 몇몇 풍류적인 천자天子들은 모두 세상사람들의 책망을 받았다. 서양시인들은 연애중에 인생을 실현하고, 중국시인들은 종종 연애중에서 다만 인생을 소일함을 구할 뿐이라고 말할 수 있다. 중국시인들은 착실하여 애정은 다만 애정일 뿐이지만, 서양시인들은 멀리 앞을 내다보며 애정 속에 어느 정도의 인생철학과 종교적 정서가 있다.

이것은 결코 중국시인들이 정에 깊지 못하다고 말하는 것이 아니다. 서양의 애정시는 대부분 결혼 전에 씌어지기 때문에 용모를 칭찬하여 애모의 정을 호소하는 것이 가장 많고, 중국의 애정시는 대부분 결혼 후에 씌어지기 때문에 가장 뛰어난 것은 석별惜別과 애도哀悼의 시이다. 서양의 애정시는 〈사모思慕〉에 가장 뛰어났는데 셰익스피어의 14행체시나

셸리와 브라우닝 등의 단시短詩는 훌륭한 경지에 이른 사모시이다. 중국
의 애정시는〈원정怨情〉에 가장 뛰어났는데《권이卷耳》《백주柏舟》《초
초견우성迢迢牽牛星》, 조비曹조의《연가행燕歌行》, 양나라 현제玄帝의
《탕부추사부蕩婦秋思賦》그리고 이백의《장상사長相思》《원정怨情》《춘
사春思》등은〈원정怨情〉의 훌륭한 경지이다. 전체를 종합해서 보면 서
양시는 솔직率直한 묘사가 주류를 이루며 중국시는 완곡婉曲함이 뛰어
나고, 서양시는 심각한 묘사가 중국시는 미묘한 묘사가 뛰어나며, 서양
시는 나열이 중국시는 간결함이 뛰어나다고 말할 수 있다.

(2) 자연

중국에서는 서양에서와 마찬가지로 시인의 자연에 대한 애호가 비교
적 늦게 일어났다. 최초의 시는 모두 인간사에 편중되었으며, 우연히 자
연을 다루었다고 하더라도 최초의 화가가 산수를 인물화의 배경으로 이
용한 정도에 지나지 않으며 흥미나 관심의 중심도 자연 자체에 있지 않
았다. 그러한 것을 살펴볼 수 있는 것은《시경》이 가장 좋은 예이다.『꾸
완꾸완 우는 저 징경이, 물가 모래톱에 있네 關關雎鳩, 在河之洲』는 다
만『아리따운 아가씨는 군자의 좋은 짝 窈窕淑女, 君子好逑』을 두드러지
게 하기 위한 것이며,『갈대는 우거지고 이슬 맺혀 서리되네 蒹葭蒼蒼,
白露爲霜』는 다만『내 마음의 그님은 물 건너 계신다네 所謂伊人, 在水
一方』를 두드러지게 하기 위한 것이다. 자연은 인간사에 비교하면 광대
하여, 흥취가 사람으로 말미암아도 이로써 더 깊고 넓은 뜻이 내포된 것
을 얻는다. 그래서 자연정취가 흥기한 것은 시의 발달사 중에서 하나의
큰 사건이었다. 이 대사건은 중국에서는 진송晉宋 사이 약 5세기 전후에
일어났으며, 서양에서는 낭만주의 운동의 초기, 즉 18세기 전후에 일어
났다. 그래서 중국 자연시의 발생은 서양에 비해 약 1천3백 년이나 빠르
다. 일반적으로 시를 말하는 사람들은 육조시대를 가볍게 보는데 필자는
이것이 최대의 잘못이라고 생각한다. 육조시대는 중국의 자연시가 발흥
한 시기이며, 중국시가 음악에서 이탈하고 문자 자체에서 음악을 구하던
시기였다. 육조에서부터 비로소 중국시는 음률에 대한 전문적인 연구가
있게 되었고 새로운 형식을 창조했으며, 새로운 정취를 찾았고 비교적
정밀하고 아름다운 경지가 있게 되었으며 철리哲理를 받아들여 시의 내

용을 넓혔다. 이 몇 단계로 말하면 육조는 중국시의 낭만주의 시기라고 할 수 있으며, 이것의 중국시에 대한 중요성 또한 서양시에서의 낭만주의 운동 못지 않았다.

중국의 자연시와 서양의 자연시를 서로 비교하면 애정시와 마찬가지로 중국시는 완곡함·미묘함·간결함이 뛰어나고 또 서양시는 솔직함·심각함·나열성이 두드러지게 나타난다. 본래 자연미에는 두 종류가 있는데 그것은 강건미剛健美와 유약미柔弱美이다. 강건미는 높은 산, 큰 바다, 광풍狂風, 폭우, 깊고 어두운 밤, 끝없는 사막 등이고 유약미는 청풍명월淸風明月, 암향暗香, 드문 그림자(疏影), 푸른 고등 같은 산빛과 아름다운 눈과 같은 호수 등을 꼽을 수 있다. 옛사람의 시에『준마는 가을 바람에 기북으로 달리고, 살구꽃 봄비에 젖는 강남 駿馬秋風冀北, 杏花春雨江南』이라고 하였는데, 이 시는 위의 두 종류의 미의 뛰어난 경치를 포괄하고 있다. 예술미도 강유剛柔의 구별이 있는 바 요내姚鼐는《여노결비서與魯絜非書》[3]에서 이미 상세히 논술하였다. 시에서는 이백과 두보, 사詞에서는 소식과 신기질辛棄疾 같은 사람들이 강성미剛性美의 대표이며, 시에서의 왕유와 맹호연, 사에서의 온정균과 이후주 등이 유성미柔性美의 대표이다. 중국시 자체에 이미 강유의 구별이 있는데 만약 이를 서양시와 비교한다면, 서양시는 강剛에 중국시는 유柔에 치우칠 것이다. 서양시인들이 애호한 자연은 큰 바다, 광풍, 폭우, 깎아지른 듯한 절벽과 황량한 골짜기, 일광日光 등이며 중국시인들이 애호한 자연은 맑은 계곡과 드문드문 난 버들, 미풍微風과 가랑비, 호수의 빛과 산색山色, 월광月光 등이다. 이는 물론 일부분만을 말했을 뿐이다. 서양에 유성미의 시가 없지는 않았으며 중국에도 강성미의 시가 없지 않았으나, 서양시의 유柔와 중국시의 강剛은 모두 그들 본래의 특징은 아니다.

시인의 자연에 대한 애호는 세 종류로 나눌 수 있다. 가장 천박한 것은 〈감관주의感官主義〉로써 미풍을 사랑하되 그 시원하고 상쾌함 때문이고, 꽃을 사랑하되 향기와 색깔의 아름다움 때문이며, 새소리·물소리를 사랑하되 청각에 유쾌하기 때문이며, 푸른 하늘과 녹수綠水를 사랑하되 시각을 유쾌하게 하기 때문이다. 이것은 건전한 사람이 본래 갖고 있는 성향으로 대개 시인은 어느 정도의 〈감관주의〉를 지닐 수밖에 없다. 근대 서양의 〈퇴폐주의〉로 불리우는 시인들은 이러한 감관주의를 오로지 중시하여 시 속에서 색色·소리·향기·맛을 최대한으로 펼쳐놓았다. 이런 기호嗜好는 때때로 개인의 괴벽怪癖에서 비롯되기 때문에 품격 높은 시라 할 수 없다. 시인의 자연에 대한 애호의 두번째는 정취의 묵계黙契적인 결합이다.『서로 바라보아도 싫지 않는 건 오직 경정산뿐이네 相看兩不厭, 惟有敬亭山』『평평하고 넓은 밭에 먼 바람부니 좋은 묘 또한 새싹을 품는구나 平疇交遠風, 良苗亦懷新』『만물을 고요히 바라보니 모두 스스로 득의得意하여 사계절의 좋은 흥취를 사람과 함께 즐기네 萬物靜觀皆自得, 四時佳興與人同』등의 시에서 표현된 태도는 모두 이에 속한다. 이는 다수의 중국시인들이 자연을 대하는 태도이다. 세번째는〈범신주의汎神主義〉로 대자연 전체를 신령神靈의 표현으로 간주하여 그 속에서 불가사의한 묘체妙諦를 보고 인간을 초월하며 때때로 인간을 지배하는 힘을 느낀다. 자연의 숭배는 이에서 일종의 종교가 되어 극히 원시적인 미신과 지극히 신비적인 철학을 포함하게 된다. 이것은 다수 서양시인들의 자연에 대한 태도이며 중국시인 중에서 매우 적은 사람이 이 경계에 도달하였다. 도연명과 워즈워드는 유명한 자연시인으로 그들의 시는 대부분이 서로 비슷하다. 두 사람을 비교해 보면, 중국과 서양시인들의 자연에 대한 태도에 큰 차이가 있음을 알 수 있다. 우선 도연명의 《음주飮酒》라는 시를 예로 들어보자.

동쪽 울타리 아래 국화꽃 따면서
유유히 남산을 바라본다.
가을 산기운 저녁에 더욱 좋고
나는 새 서로 더불어 돌아오네.
이 속에 참뜻 있으려니
말하고자 하나 이미 말을 잊었다네.
採菊東籬下, 悠然見南山.
山氣日夕佳, 飛鳥相與還.
此中有眞意, 欲辨已忘言.

여기에서 그가 자연에 대해『책을 읽기 좋아하나 깊은 해석을 구하지 않는다 好讀書不求甚解』는 태도를 취하고 있음을 알 수 있다. 그는『너무 오래 새장 속에 갇혀있기 久在樊籠裏』를 싫어하고『뜰과 숲에 속된 정이 없음 園林無俗情』을 좋아하였기에『반듯하니 3백여 평의 대지에 조촐한 여덟·아홉 칸의 초가집 方宅十餘畝, 草屋八九間』의 우주에서 살면서『사람들 또한 말 있으되, 마음에 맞으면 족하기 쉽다 人亦有言, 稱心易足』는 것을 느꼈다. 그의 흉금胸襟이 이와같이 넓고 한적閑適하였기 때문에『멀리 증성산曾城山을 바라볼 때 緬然睇曾邱』항상『흔연히 마음에 맞는 것이 있었다. 欣然有會意』그러나 그는 말하고자 하지 않았으니 이것이 워즈워드나 일반 서양시인들과 가장 크게 다른 점이었다. 워즈워드도〈속정俗情〉을 싫어하고 산을 사랑하였으며, 또 능히〈낙천지족樂天知足〉하였으나 그는 깊이 생각하는 사람이었으며 종교적 정감이 풍부한 사람이었다. 자신의 경험을 자술自述하기를『바람에 따라 흔들리는 지극히 평범한 한 송이의 꽃이, 나에게 눈물로도 표현할 수 없는 그렇게 깊은 사상을 일으킬 수 있었다』라고 하였다. 그는 또《청탄사廳灘寺》시에서『하나의 정령精靈은 일체의 깊은 사색자와 모든 사색대상을 떨쳐버린 곳에 있으며, 또한 일체 사물 속에서 돌고 있다』고 깨달은 바를 말하였다. 이러한 깨달음과 신비주의는 중국시인들이 자연과 묵계하며 서로 안락하는 태도와는 확연히 다르다. 중국시인은 자연 속에서 다만 자연을 듣고 볼 수 있을 뿐이지만, 서양시인은 자연 속에서 가끔 일종의 신비스러운 거대한 힘을 보기도 한다.

   (3) 철학과 종교

중국시인은 어째서 애정 속에서 단지 애정만을 보고 자연 속에서 자연만을 보았을 뿐이며, 어째서 한층 깊은 깨달음을 얻지 못한 것일까? 이는 철학사상의 평이함과 종교적 정서의 담백함에 귀결될 수밖에 없다. 시가 비록 철학을 토론하고 종교를 선전하는 도구는 아닐지라도 그의 이면에 만약 철학과 종교가 없다면 깊고 넓은 경지에 도달하기 어렵다. 시를 한 그루의 꽃나무라고 한다면 철학과 종교는 토양에 비할 수 있으니, 토양이 비옥하지 않으면 뿌리가 깊을 수 없고 꽃도 무성할 수가 없다. 서양시는 중국시에 비해 깊고 넓은데 이것은 꽃나무의 뿌리와 줄기를 배양

할 깊고 넓은 철학과 종교가 있었기 때문이다. 플라톤과 스피노자가 없었다면 괴테와 워즈워드와 셸리 등이 표현한 이상주의와 범신주의汎神主義가 생겨나지 못했을 것이며, 종교가 없었다면 그리스의 비극과 단테의 《신곡神曲》과 밀턴의 《실락원失樂園》은 창조되기 어려웠을 것이다. 중국시가 황량한 토양 위에서 뜻밖의 진귀한 꽃과 풀을 키워내었으니 실로 경탄할 만한 성과이기는 하지만, 서양시와 비교하면 부족한 점이 있다. 필자는 중국시를 좋아하며 신운神韻의 미묘함과 격조格調의 고아高雅함은 서양시도 미치지 못한다고 느끼고 있다. 그러나 깊고 넓으며 위대한 점을 말하면 결국 그것을 옹호할 방법이 없어진다.

민족성으로 보면 중국인들은 고대 로마인과 매우 유사하여 도처에서 견실하게 나아가며, 실질에 편중되어 현묘玄妙한 환상에 힘쓰지 않았다. 그래서 철학은 윤리의 신조信條가 현저히 발달하였으나 체계적인 현학玄學은 적막하여 들은 바가 없으며, 문학은 인간사와 사회문제에 관한 작품은 현저히 발달하였으나 허구성虛構性의 작품은 마치 새벽별처럼 드물다.

중국의 민족성은 가장 〈실용적〉이고 가장 〈인도적人道的〉이다. 이것은 장점이기도 하지만 동시에 단점이 되기도 한다. 장점이라는 것은 인간을 본위로 하였기 때문에 사람과 사람의 관계가 가장 중요하며, 중국 유가사상이 인간사에 치중하였으므로 느슨한 사회가 의외로 2천여 년 동안의 안정을 향유할 수 있었던 것이라 하겠다. 또 단점이라 본다면, 〈인본주의〉와 〈현세주의〉를 지나치게 중시하여 더욱 고원高遠한 공상을 할 수 없었기 때문에 고원한 곳을 향해 구할 수 없었던 까닭이다. 사회가 이미 안정된 후 처음에는 앞으로 나아갈 수 없고, 그 다음에도 앞으로 나아갈 수 없기 때문에 그 고유한 안정을 잃어버린다.

필자가 중국 철학사상이 평이하다고 말했는데 노장老莊의 철학도 잊은 적이 없었다. 그러나 노장철학은 유가에 비해 실로 심오하지만 서양 철학가에 비해서는 여전히 인간사에 편중되어 있다. 그들은 인간사를 많이 떠나지 않고서 사상의 본질과 우주의 근원을 궁구窮究하였던 것이다. 그들의 중국시에 대한 영향은 비록 매우 크지만 두 가지 원인 때문에 이 영향은 완전히 만족스러운 것은 아니었다. 첫째, 철학에는 쉽게 전수할 방법과 체계적인 분석이 있으나 주관적인 오묘함은 쉽게 전수할 수 없다. 노장철학은 전부 주관적인 오묘함에 의할 뿐 서양철학가들이 명료하고 체계적인 분석으로써 다른 사람을 위해 해설하는 것과 같은 것이 없었기 때문에, 그들의 사상이 후세에 전해진 것은 다만 그 찌꺼기일 뿐이다. 노장의 학문이 유전되어 도가道家의 말로 되었기 때문에 중국시가 노장의 영향을 받았다고 말하는 것은 도가의 영향을 받았다고 말하는 것보다 못하다. 둘째, 노장철학은 허무를 높이고 노력을 경시한다. 그러나 시나 철학을 불문하고 만약 서양인들이 중시하는 〈견지堅持하는 노력〉이 없다면 내면적으로 깊이 성찰하고 연구할 수 없다. 노자와 장자 두 사람 스스로 만든 것은 비록 깊을지라도 그들의 가르침을 받은 사람은 오히려 얕은 곳에 안주하는 경향이 있다.

우리가 노장의 영향을 받은 시를 한 번 연구해 보게 되면 이러한 이치를 알 수 있을 것이다. 중국시인의 대다수는 유가儒家 출신으로 도연명이나 두보가 그 두드러진 예가 된다. 그러나 다음의 네 시인은 노장의 영향을 받은 바가 가장 깊은데, 유교화된 중국시를 빌어서 특별히 다른 경지를 열었다. 이들은 《이소離騷》와 《원유遠游》의 굴원屈原(작자를 굴원으로 가정한다), 《영회시詠懷詩》의 완적阮籍, 《유선시游仙詩》의 곽박郭璞과 《일출입행日出入行》《고유소사古有所思》《고풍古風》59수의 이백 등이다. 우리는 그들을 통칭하여 〈유선파시인游仙派詩人〉이라고 부를 수 있겠다. 그들이 표현한 사상은 어떠한가? 굴원은 《원유》에서 다음과 같이 말하고 있다.

천지의 무궁함을 생각하며
인생에서 길이 애써야 함을 슬퍼하노라.
지나간 일, 나 미치지 못하고
앞으로 올 일 나 듣지 못하네.
·····································
아득히 허정虛靜하여 편안하고 유쾌하며
담박澹泊하니 하는 바 없이 스스로 득의得意한다.
적송자가 티끌 떨치고 신선되었다 함을 듣고

원컨대 그의 장생법 이어받기를.

惟天地之無窮兮, 哀人生之長勤.

往者余弗及兮, 來者吾不聞.

....

漠虛靜以恬愉兮, 澹無爲而自得.

聞赤松之淸塵兮, 願承風乎遺則.

완적은 《영회시》에서

지나간 날 나 미치지 못하고

앞으로 올 날 나 머물게 하지 못하네.

원컨대 신선이 사는 태화산에 올라

적송자와 함께 노닐고자.

去者余不反, 來者吾不留.

願登太華山, 上與松子游.

라고 하였고, 곽박은 《유선시》에서

시절의 변화가 사람을 생각케 하니

이미 가을인데 다시 여름을 바란다.

회해淮海⁴⁾는 작은 날짐승도 변화시키는데

우리의 삶은 홀로 변화하지 못하고

죽음을 면치 못하는구나.

비록 신선이 사는 단계丹谿로 오르고자 하나

구름과 용은 내가 부릴 수 없는 것.

時變感人思, 已秋復願夏.

淮海變微禽, 吾生獨不化.

雖欲騰丹谿, 雲螭非我駕.

이라고 하였으며, 이백은 《고풍》에서

황하수는 동쪽 바다로 달리고
해는 서해에 떨어지네.
흘러가는 물과 세월은
표연히 서로 기다리지 않는다네.
....
그대 마땅히 구름과 용을 타고
경치를 마시고 광채 속에 머물러야 하리.
黃河走東溟, 白日落西海.
逝川與流光, 飄忽不相待.
....
君當乘雲螭, 吸景駐光彩.

라고 읊었는데, 이 몇 구절의 시가 표현한 태도는 일치하며 모두 염세주
의로부터 초세주의超世主義로의 변화의지가 보인다. 그들이 염세하는
원인은 세상의 무상無常함과 인간 수명의 짧음 외에 다른 것이 없다. 그
들의 세상초월의 방법은 모두 도가에서 연단煉丹하여 목숨을 연장하고
학을 타고 신선이 되는 전설에서 따온 것이다. 그러나 이것은 다만 일종
의 바람일 뿐 그들은 모두 선경仙境을 실현하지 못하였으며 그들이 바라
던 극락을 누리지 못하였다. 그래서 굴원은 말하기를

고양씨는 아득하니 먼데
나의 갈 길 어찌할꺼나.
高陽邈以遠兮, 余將焉兮所程?

라고 하였고, 완적은

불로초 뜯어도 돌아갈 곳 없고
신선과는 뜻이 맞지 않으니,
지금에 이르러 실로 느끼는 바 있어

오랫동안 주저하게 하는구나.

采藥無旅返, 神仙志不符.

逼此良可感, 令我久躊躇.

라고 하였으며, 곽박은『비록 신선이 사는 단계로 오르고자 하나, 구름과
용은 내가 부릴 수 없는 것 雖欲騰丹谿, 雲螭非我駕』이라 읊었고, 이백은

나 신선을 생각하나

신선은 푸른 바다 동쪽 모퉁이에 있다네.

바닷물은 차고 바람은 잦아

흰 파도 산을 이루어 봉래산 뒤집으며,

큰 고래 물줄기 뿜어 건널 수 없다네.

망연히 마음을 달래니 구슬 같은 눈물만 흐를 뿐.

我思仙人, 乃在碧海之東隅.

海寒多天風, 白波連山倒蓬壺.

長鯨噴涌不可涉, 撫心茫茫淚如珠.

이라 읊었는데, 그들은 모두 현세에 만족하지 못하고 다른 세계를 갈구
하고 있다. 이런 갈구는 서양의 종교적 정서와 매우 유사하며 이치상으
로는 마땅히 하나의 화려하고 엄숙하며 찬란한 이상세계를 만들어낼 수
있을 것이지만, 그들의 이상은 모두 유산流産되고 만다. 그들의 현세에
대한 슬픔과 고달픔은 아주 분명하지만 다른 세계에 대한 상상은 극히
모호하다. 그들의 선경仙境은 때로는 〈푸른 구름 속 碧雲裏〉에 있고 때
로는 〈푸른 바다 동쪽 모퉁이 碧海之東隅〉에, 때로는 서왕모西王母가 살
고 있는 요지瑤池에 있으며 이백의 계산에 의하면 〈하늘 멀리 3백리 去
天三百里〉에 있다. 선경에는 옥황상제가 있고 생황을 불며 그를 시종하
는 말끔한 동자들과 부용을 지니고 있는 영비靈妃가 있다. 왕교王喬·안
기생安期生·적송자赤松子 등은 선계仙界의 〈사도使徒들〉이다. 선경에
서는 또 인간세에서 진귀한 것으로 생각되는 것들이 풍부하여『옥으로
만든 잔으로 신선들의 음료수를 하사하는 玉杯賜瓊漿』것이 보이고『금

과 은으로 만든 누대가 보일 뿐 但見金銀臺』이라서 신선들의 호사스러움을 상상할 수 있다. 신선들도 구름 덮인 산과 숲 속의 샘이 있는 아름다운 경치에 정을 두고 있어서 『푸른 계곡이 천 길이나 되고 青溪千餘仞』『구름이 마루와 들보 아래에서 일어나며 雲生梁棟間』『물총새가 난꽃과 능소화를 희롱하는 翡翠戲蘭苕』것 등이 두고두고 완상할 가치가 있는 것이 된다. 신선의 가장 큰 행복은 장수長壽로, 곽박은 『천 살에 젖먹이가 된다 千歲方嬰孩』고 하였는데, 이는 오히려 짧고 이백의 신선은 『한 번 식사하면 1만 년이 지나간다 一餐歷萬歲』라고 하였다. 신선은 매우 큰 능력이 있어서 능히 『대지를 자루에 넣고 주둥이를 동여맬 수도 있고 囊括大塊』『경치를 들이마시고 광채 속에 머무를 수 있으며 吸景駐光彩』『손을 휘저어 거친 나무를 꺾을 수 揮手折荒木』있다. 등선登仙하는 방법은 구름을 타고 학을 부리는 것인데, 때로는 약을 캐고 연단煉丹하며 〈진인眞人〉에게 『오래 꿇어앉아 비결秘訣을 물어야 長跪問寶訣』한다.

이러한 선계仙界의 경지는 노장老莊의 허무주의에서 출발하였으며 아울러 도가의 유세遺世, 즉 세상을 등지는 사상을 취하였다. 그들 후세의 도가가 비록 노자의 학문에 기탁하여 스스로 중시하였지만, 도가사상과 노자철학 사이에 근본적으로 서로 용납할 수 없는 점이 있음을 알지 못했다. 노자는 『사람의 큰 우환은 몸이 있음에 있다 人之大患在于有身』고 생각했기 때문에 『욕망을 없이 하여 그 묘함을 보는 것 無欲以觀其妙』을 처세의 비결로 삼았으나, 도가는 오히려 필사적으로 장수하기를 구하였으며 아름다운 누각이나 집, 옥으로 만든 잔과 신선의 음료수 등의 호사번화함을 잊을 수 없었다. 세상을 초월하여도 욕망을 초월하지 못한 것이 유선파游仙派 시인들의 모순이었다. 그들의 모순은 다만 이것뿐만 아니라, 표면상에는 비록 세상을 초월하기를 바라고 있으나, 실제로는 오히려 유가의 세상을 아름답게 밝히려는 소위 선치주의善治主義 또는 숙세주의淑世主義적인 색채를 여전히 농후하게 지니고 있어서 결국 중국 민족 특유의 인도적人道的 정신을 버릴 수 없었다는 것이다. 굴원·완적·이백 등은 모두 본래 제세우민濟世憂民의 큰 포부를 가졌었다. 완적은 호號를 창광猖狂(미쳐 날뛴다는 뜻)이라 하였으나 《영회시詠懷詩》 속에서는 여전히 『생명은 얼마인가. 슬퍼하고 한탄하며 각자 노력해야 할지니 生命幾何時, 慷慨各努力』라고 권고하고 있다. 이백은 《고풍》에서 뜻을 말하면서 『나의 뜻은 문장을 찬술하는 데에 있으니, 빛을 드리워 천년 봄을 비추리라 我志在刪述, 垂輝映千春』고도 말하였다. 그들은 본래 세상을 맑게 하려는 뜻과 염원이 있었는데 세상사의 어려움과 인간수명의 짧고 촉급促急함을 보고 노장의 허무청정虛無淸静으로 도피하여 도가의 유세遺世를 배웠다. 그들이 바라는 선경은 아득하여 이를 수가 없으며 『비록 신선들이 사는 단계丹谿에 오르고자 하여도, 구름과 용은 내가 부릴 수 없는 것』이고 『망연히 마음을 달래니 구슬 같은 눈물 흐를 뿐』이어서 사람 사는 세상에 돌아가 한때의 환락을 마음껏 추구하고 술과 여인에게 정을 맡겨버린다. 『멀리 날아가려 해도 머무를 곳이 없어 이리저리 떠다니며 소요하는 欲遠集而無所止兮, 聊浮游以逍遙』 것이 굴원에 있어서는 비분강개의 말이었으나, 완적과 두보에 있어서는 세상을 살아가는 책략이 되었다. 이러한 시인들은 해가 지고 길이 막혀 어떻게도 할 수 없는 고통을 가지고 있다. 숙세淑世에서 염세厭世로 가고, 염세이기 때문에 초세超世하기를 구하는데, 세상을 초탈하기는 불가능하기 때문에 완세玩世(세상을 멸시하여 안중에 두지 않음)에 떨어지고 완세하기 때문에 마침내 근심과 고통이 없을 수 없다. 그들의 일생은 이런 모순과 충돌 속에서 배회하고 있다. 진정한 대시인은 반드시 이러한 모순과 충돌 속에서 배회를 하고, 이 모순·충돌과 싸워 이겨서 평온을 얻는다. 단테·셰익스피어·괴테는 일찍이 방황하고 배회하였는데, 그들이 완적이나 이백 등의 시인보다 뛰어난 까닭은 그들은 최후의 평온을 얻었으나 완적·이백 등은 배회에서 끝났다는 데 그 원인이 있다.

중국의 유선파 시인들은 어찌하여 배회에서 끝났는가? 이것은 위에서 말한 철학사상의 평이함과 종교적 정서의 담박하고 엷음에 귀결된다. 철학사상이 평이하기 때문에 충돌 속에서 조화를 찾아낼 방법이 없었고, 심령을 기탁할 만한 이상세계를 조성할 수 없었다. 종교적 정서가 담박하고 엷기 때문에 〈견지堅持하는 노력〉이 결핍되어 현세에서 일시적인 안일을 탐하며 마음 없이 이상세계에 기탁하기를 구하고 위안을 찾는다. 굴원·완적·이백 등은 중국시인 중에서 비교적 고개를 들어 고원高遠한 곳을 들여다본 사람들로, 일반 시인들이 평상적으로 접하지 못하는 경계에 들어가서 탐험하였으나, 민족성의 짐이 하도 무거워서 하늘 반쯤을 막 날아오르다가 땅에 떨어지곤 하였다. 그래서 서양 시인들의 다른 세계에 대한 갈구는《신곡神曲》《실락원》《파우스트》등의 걸작을 만들어내었으나, 중국 시인의 다른 세계에 대한 갈구는 다만《원유遠游》《영회시詠懷詩》《유선시游仙詩》와《고풍古風》등과 같은 간단하고 자잘한 단편시만을 생산해냈을 뿐이다.

노장철학과 도가학설 외에 중국시에 대한 불교의 영향도 매우 깊다. 애석하게도 이 영향은 아직 자세히 연구되지 않았다. 우리가 우선 주의해야 할 점은 불교의 영향을 받은 중국시는 대부분 선취禪趣만 있었지 불리佛理는 없었다는 것이다. 불리는 진정한 불교철학이며, 선취는 승려들이 산사山寺에 정좌靜坐하여 불리를 마음으로 깨닫는 운치나 흥취를 말한다. 불교가 한대漢代부터 중국에 전입되어 위진 이후에야 비로소 그것을 시부詩賦로 읊은 것이 보이는데, 손작孫綽[5]의《유천태산부游天台山賦》가 그 효시이다. 진晉나라 사람 중에 천성으로 논한다면 도연명이 불교를 배우기에 가장 합당하였다. 그래서 혜원慧遠이 힘을 다해 그와 교유하려고 하여 백련사白蓮社에 그를 맞아들였으며, 그는 술을 마신다는 조건으로 허락했고 뒤에『눈살을 찌푸리며 되돌아갔으니 攅眉而去』불교를 하찮게 여긴 태도가 있었던 것 같다. 그러나 그는 혜원의 의론議論을 듣고 그것이『사람으로 하여금 깊은 반성을 하게 한다 令人頗發深省』라고 말했다. 당시 불학佛學이 이미 성행하였기 때문에 도연명은 무의식 중에 어느 정도의 영향을 받았을 것이다. 그는《여자엄등소與子儼等疏》에서

어려서 거문고와 책을 배웠는데 틈틈이 한가롭고 조용한 것을 좋아하였으며, 책을 펼쳐 마음에 얻은 것이 있으면 흔연히 끼니를 잊었다. 수목의 그늘이 교차하고 때때로 새 울음 소리가 바뀌는 것을 보면 또한 기쁘고 즐거웠다. 일찍이 말하기를 오뉴월에 북쪽 창 아래에 누워 서늘한 바람이 불어오는 것을 맞으면서 스스로 속세 떠난 태고적 사람이라 하였다

少學琴書, 偶愛閑靜, 開卷有得, 便欣然忘食. 見樹木交蔭, 時鳥變聲, 亦復歡然有喜. 嘗言五六月中, 北窓下臥, 遇涼風暫至, 自謂羲皇上人.

라고 말하였는데, 이는 선기禪機를 꿰뚫은 말이다. 그의 시도 이런 경지를 묘사한 것이 극히 많다. 도연명 이후 중국시인으로 불교의 영향을 가장 깊이 받고 성취가 가장 큰 사람은 사령운謝靈運·왕유王維·소식蘇軾 세 사람을 든다. 이들의 시는 오직 불리佛理만을 말한 것은 극히 적고 도처에서 일종의 선취禪趣를 드러낸다. 이들의 전집을 자세히 감상해 보면 이와같은 총체적 인상을 받을 수 있을 것이다. 시구를 지적하여 예를 들어보면 사령운의『흰 구름은 그윽한 바위 품고, 초록의 대나무 맑은 물결을 더욱 아름답게 한다 白雲抱幽石, 綠篠媚淸漣』『빈 관사에 소송과 쟁의가 끊이고, 빈 뜰엔 까치가 날아오네 虛館絶諍訟, 空庭來鳥鵲』와 왕유의『난간에서 일어나니 우는 새 흩어지고, 오래 앉아있으니 낙화가 많다 興闌啼鳥散, 坐久落花多』『지팡이에 의지하여 사립문 밖에 서서, 바람 맞으며 저녁 매미 소리 듣노라 倚杖柴門外, 臨風聽暮蟬』그리고 소식의『배가 사람 없이 움직이니 언덕나루 저절로 이동하고, 내가 누워 책을 읽어도 소는 알지 못하지 舟行無人岸自移, 我臥讀書牛不知』『문을 두드려도 응답이 없어 지팡이에 기댄 채 강물 소리 듣는다 敲門都不應, 倚杖聽江聲』등의 시구의 경지는 모두〈선취〉를 말한 것이다.

　그들에게〈선취〉가 있고〈불리佛理〉가 없는 까닭은 시가 본래 이치를 설명하기에 적당하지 않기 때문이며 동시에 그들이 흠모한 것은 불교가 아니라 불교도였기 때문이다. 진晉나라 이후 중국시인의 대부분은〈속세 바깥의 교유〉가 있었는데 사령운에게는 혜원이, 왕유에게는 원공瑗公과 조선사操禪師가, 소식에게는 불인佛印이 있었다. 그들은 이러한 고승의 말과 풍채를 매우 흠모하여 항상『뜬인생에서 반나절의 한가함 浮生半日閑』을 틈내어 사찰로 가서 참선의 맛을 이해하고 음미하거나, 또는 선사와 함께 몇 마디의 재미있는 말을 교환하기도 하였다. 시경詩境과 선경禪境은 본래 서로 통하기 때문에 시인과 선사는 항상 말없이 서로 교분을 맺을 수 있는 것이다. 중국 시인들의 자연에 대한 기호嗜好는 서양시보다 수천 년이나 빠른데 그 원인을 살펴보면 불교와 관계가 있다. 위진魏晋의 승려들에게 산수의 경치가 뛰어난 곳을 골라 사찰을 짓는 풍기風氣가 있었으며 자연미를 가장 먼저 본 사람도 승려였다. (중국 승려의 자연에 대한 기호는 어쩌면 인도 승려의 영향을 받았을지 모른다. 인도의 바라문교도들에게는 산수의 경치가 뛰어난 곳에 은거하는 풍조가 있었는데《샤쿤탈리(沙恭達那 : Shakuntala[6])》가 그 증거이다.) 승려가 먼저 자연미를 보았고, 시인은 그들과의 속세를 떠난 교유에서 이러한 새로운 취미를 배웠다. 〈선취〉 중의 가장 큰 요소는 고요한 정靜 속에서 자연에서 얻는 묘오妙悟로서 중국 시인들이 불교에서 가장 큰 힘을 얻은 것은 바로 이 점에 있다. 그러나 그들은 비록 참선에 뜻을 두었지만 마음없이 부처를 생각하는 것은 불리佛理 속에서 소일하고자 할 뿐 불교를 신봉하여 철저하게 깨닫고 철저하게 해탈하기를 구하지 않았으며, 입산해서는 참선하고 하산해서는 여전히 그의 관직의 일을 보며 술과 고기를 먹고 처자식에 미련을 두었다. 본래 불교의 묘의妙義는『따로 언어·문자를 세우지 않고, 본성을 보아 부처가 됨 不立文字, 見性成佛』에 있으니, 시가는 결국 하나의 먼지 묻은 장애임을 면할 수 없다.

불교는 중국시의 정취의 근저根底를 확대했을 뿐 철리哲理의 근저를 확대하지는 못했다. 중국시의 철리적 근저는 시종 유가와 도가 외에는 없었다. 불학佛學은 외래철학인데 중국시인의 구미에 맞는 것은 도가의 말과 표면적으로 약간 유사하기 때문이었다. 진대 이후 일반사람들은 불교와 도가를 하나로 보고 신선이 되는 것을 성불成佛로 생각했다. 손작孫綽의《유천태산부游天台山賦》와 이백의《승려 애공에게 드리는 시 贈僧崖公詩》는 부처와 노자가 원래부터 서로 통할 수 있다고 생각하였으며, 한유韓愈도 이단사설異端邪說을 몰아치면서 역시 부처와 노자를 동일한 것으로 생각하였다. 노자는 비록 허무를 숭상하였으나 적멸寂滅을 밝혀 말하지 않았다. 그는 철저한 개인주의자로서《도덕경道德經》속의 대부분은 세상물정에 밝은 사람의 경험담이다. 그래서 뒤에 와서는 신불해申不害나 한비자韓非子 등의 형명법률刑名法律의 학문으로 흘러갔으나 불교는 중생을 널리 구제하는 것을 종지宗旨로 삼았다. 노자는 인류가 원시시대의 우매愚昧함으로 되돌아가야 한다고 주장하나 불교는 사람마다 마음을 밝혀 본성을 보기를 가르치는데, 노자의『성현聖賢의 지혜를 끊어버린다 絶聖棄智』는 요지로 생각해 보면 불교도 또한 끊어버리는 측에 속한다. 이렇게 보면 노자와 부처는 근본적으로 서로 용납할 수 없다. 진晉나라와 당唐나라 사람들이 부처를 노자에 합치기를, 그들의 도道(道家의)를 노자에다 합친 것과 같이 한 것은 이러한 모순을 전혀 생각하지 못했기 때문이다. 더욱 이상한 것은 유가儒家의 시인들도 종종 부처를 믿는다는 것이다. 백거이白居易와 원진元稹은 본래 철저한 유생이었는데 백거이에게는『나는 불교를 배웠으나 신선을 배우지 않았으니 돌아간 즉 마땅히 도솔천으로 돌아가리 我學空門不學仙, 歸則須歸兜率天』라는 시가 있고, 원진은《견병遣病》이라는 시에서『하물며 일찍이 부처를 스승으로 섬겨 이 몸을 집으로 하였더라 況我早師佛, 屋宅此身形』고 하였다. 중국인들은 원래『종교를 믿기를 좋아하나 깊은 이해를 구하지 않는 好信教而不求甚解』습관이 있으며, 이러한 적당히 건성으로 타협하는 정신에도 본래 좋은 점이 있으나, 심오한 철리와 종교성이 있는 열렬한 기구祈求와는 서로 용납되지 않는다. 중국시가 그윽하고 아름다운 경지에 도달하였으나 위대한 경지에 도달하지 못한 것은 바로 이러한 이유 때문이다.

제10장

중국시의 리듬과 성운聲韻의 분석

—〈운韻〉을 논함—

(下)

가 있으나, 시를 짓는 훈련과 기교가 없기 때문에 할 말이 있어도 말하지 못하고 그래서 시를 짓지 못하고 마는데, 이것이 정감·사상과 언어가 두 가지 일임을 증명하는 것이 아닌가?

대답 : 우리는 〈시의〉가 근본적으로 매우 모호한 명사라고 생각한다. 크로체는 〈시의〉가 있으되 능히 시를 짓지 못하는 사람은 〈벙어리 시인〉이라는 별명을 붙였다. 실제로 진정한 시인은 벙어리가 아니며, 〈시의〉는 환각과 허영심의 산물이다. 사람들마다 모두 자기가 시인이라는 허영심을 갖고 마음 속에 우연히 모호하고 희미한 한 줄기의 느낌이 생기면, 그것을 환각이라 믿고 매우 정묘한 시의라고 생각한다. 우리들은 하나의 사물에 대해 정확하게 인식해야 하는데 그래야 능히 그것이 갑 아니면 을이라고 단정할 수가 있는 것이다. 마음 속 한 줄기의 느낌에 대하여, 만약 이미 매우 정확하게 인식하였다면 자연히 언어가 있어 그를 능히 표현하거나 혹은 간접적으로 암시하게 되고, 만약 분명하게 인식하지 못했다면 그것이 〈시의〉라고 단정할 이유도 없는데 마치 밤에 그림자를 보고 그것이 귀신이라고 단정할 이유가 없는 것과 같다. 물이 모이면 자연히 도랑을 이루고, 뜻이 이루어지면 자연히 붓이 따른다.『동쪽 울타리 아래에서 국화꽃 따며 유연히 남산을 바라본다 采菊東籬下, 悠然見南山』또는『문을 두드려도 대답이 없어, 지팡이에 기대어 강물 소리를 듣노라 敲門都不應, 倚杖廳江聲』또는『바람 건듯 일어나 못의 봄물 주름지우네 風乍起, 吹皺一池春水』와 같은 명구들은 감정 및 사상과 언어의 분열된 흔적이 있는가? 그것들은 모호하고 희미한 정감과 사상이 뚜렷하고 확실한 언어로 변한 것인가?

질문2 : 드문드문한 몇 가지 예로써 일체의 시를 포괄할 수 없다. 손이 가는 대로 쓰어지는 것도 있고, 고심하여 찾아내는 것도 있다. 고심하여 찾아낼 때에는 정감과 의상은 우선 매우 모호하고 희미해서 잡을 듯도 하고 잡지 못할 듯도 하다. 작자는 모름지기 정신집중하여 재삼재사 사색하고 퇴고하여야 모호하고 희미한 것을 뚜렷하고 확실한 것으로 바꾸고 잡지 못할 것을 잡을 수 있는 것으로 변화시킬 수 있다. 무릇 글을 써본 경험이 있는 사람들은 모두 이 점을 인정할 것이다.

대답 : 이 말은 조금도 틀리지 않다. 사상은 본래 계속적으로 연관지으

며 앞을 향해 발전해가는 것이며, 의심과 곤란함을 해결하고 잘못된 것을 고쳐나가려는 노력이다. 그것은 활쏘기와 같아서 그 뜻은 적중하는 데에 있지만, 적중하지 않는 것도 다반사이다. 우리들이 〈심사尋思〉(깊게 곰곰이 생각함)하는 것은, 모호하고 희미한 것을 뚜렷하고 확정적인 것으로 변화시키고, 잠재의식과 의식 주변의 것들을 의식의 중심으로 옮기는 것이다. 이런 절차는 사진을 찍을 때 거리를 조정하는 것과 같이 흐릿하고 초점이 맞지 않는 음영陰影을 점차 뚜렷하고 초점이 맞는 것으로 변화시킨다. 시는 전체가 모두 자연유출적인 것일 수가 없으니 잠재의식과 의식 주변의 것을 찾는 일이 때로는 필요하기 때문이며, 시를 짓는 것도 완전히 직각直覺과 영감에 의지할 수는 없는데 이런 탐색에는 때로 극히 전일專一한 주의력과 견인불발의 의지가 필요하기 때문이다. 그러나 명백히 해야 할 것은 이러한 작업은 결국 〈심사尋思〉이지, 결코 정감과 사상은 본래 분명하고 확실한데 언어는 여전히 모호하고 희미하다는 그런 것이 아니며, 〈심사〉 위에다 다시 〈심언尋言〉(말을 찾는 것)의 작업을 더해야 한다. 다시 사진 찍는 것으로 비유하면 우리들이 시문詩文을 지을 때, 계속적으로 거리를 조정하면서 찌으려 하는 형상은 정감 및 사상과 언어가 서로 융화하며 관통하는 유기체이다. 만약 정감과 사상의 거리조정이 적당해지면 언어의 거리도 자연히 적당해진다. 우리는 결코 두 번 찍는 절차를 낭비할 필요가 없으니, 먼저 정감과 사상의 거리를 조정하고 다시 언어의 거리를 조정하면 된다. 우리는 보통 언어를 찾고 있다고(언어의 거리를 조정하고 있다고) 생각하는데 사실은 동시에 정감과 사상이 뚜렷해지고 확정되도록(정감과 사상의 거리를 조정) 노력하고 있는 것이다.

질문3 : 우리가 시문을 지을 때 힘들여 쓴 글도 능히 그 뜻을 전달하지 못하고 반드시 몇 번의 수정을 거친 후에야 적당한 자구字句를 만나게 된다. 수정의 필요는 〈심사〉와 〈심언尋言〉이 두 가지 다른 일이라는 것을 증명한다. 먼저 〈심사〉하고 뒤에 〈심언〉하는 것이 보통의 경험이다.

대답 : 수정은 〈심사〉하는 문제의 한 가지이다. 수정은 거리를 조정하는 것으로써 조정되는 것은 언어뿐만이 아니라 동시에 의경意境도 조정된다. 예를들어 한유가 가도賈島의 『스님이 달밤에 문을 민다 僧推月下

門』를 『스님이 달밤에 문을 두드린다 僧敲月下門』로 확정한 것은 다만 언어의 진보일 뿐 아니라 동시에 의경意境의 진보이기도 하다. 여기에서 의 〈민다 推〉는 일종의 의경이며 〈두드린다 敲〉도 일종의 의경인데, 먼 저 〈敲〉의 의경이 있는데 〈推〉자가 생각난 것이 아니라 〈推〉자가 적당치 않아서 다시 〈敲〉자를 찾아내어 고친 것이다. 필자의 경험으로 비추어 보면, 필자가 작문을 하면 항상 수정하며, 수정할 때마다 그 말이 분명하 지 않다는 것을 발견하는데 그 원인은 사상의 혼란에 있었다. 사상을 조 리있게 분명히 하면 말도 자연히 분명해진다. 심사는 반드시 동시에 심 언이며, 심언 또한 반드시 동시에 심사이다.

6. 고문古文과 백화白話

질문 : 당신의 이번 말은 언어에 지나치게 편중하고 문자를 경시한 듯 하며, 언어는 살아있는 것이고 문자는 죽은 것으로 생각하고 있다. 당신 은 시문을 지을 때 반드시 백화를 사용해야 한다고 주장하는 듯하다. 예 전의 많은 문학작품들은 모두 당시에 유행하는 언어를 사용하지 않고도 그 가치는 여전히 마멸되지 않았다. 민가를 제외하고는(민가가 전부 당시 의 유행언어를 사용했는지도 의문이지만) 대부분의 중국 시문들은 모두 고 문으로 씌어졌다. 만약 당신의 정감 및 사상과 언어의 일치설에 의한다 면 그것들은 모두 당신의 기준에 부합되지 않는다. 당신은 백화운동에 맹목적으로 부화뇌동하는 것 같다.

대답 : 우리는 이 죄명을 감당할 수가 없다. 문자의 고금古今으로 문자 의 사활을 결정하는 것은 백화문을 제창하는 사람들의 편견이다. 자전 속에 흩어져 있는 문자는 그것이 고문古文이든 금문今文이든 관계없이 모두 죽은 것이다. 생명이 있는 담화나 시문 속에 끼어있는 문자는 그것 이 고문이든 금문이든 논할 필요없이 모두 살아있는 것이다. 우리가 이 미 말한 바와 같이 문자는 다만 일종의 부호일 뿐이며 그것의 정감과 사 상과의 관련은 전부 습관에 의하여 조성된다. 당신이 습관적으로 현재 유행하는 문자로 사고를 하면 그것으로 시문을 지을 수 있고, 당신이 고

대문자로 사고하는 것이 습관화되어 있다면 그것으로 시문을 짓는다 해도 안 될 것이 없다. 예전의 독서인들은 아침저녁으로 고서 속에서 살아왔으며, 고대문자는 그들에게 있어 현대문자보다 어려운 것이 결코 아니었고, 심지어 현대문자에 비하여 더욱 편리하였다. 그래서 고대문자는 그들에게 살아있는 언어가 될 수 있었다. 이는 마치 외국어를 배워 매우 능란한 경지에 이르러서 외국어로 감정과 사상을 전달하는 것이 오히려 중국어를 사용하는 것보다 편리할 때가 있는 것과 같다. 그러나 이것은 다만 작자의 입장에서 말했을 뿐이다. 독자의 입장에서 말해 보자. 고대문자로 시문을 짓는다면, 고대문자의 훈련을 받지 못한 군중들에게는 자연히 불편한 것이 된다. 여기에서 우리는 또 전달과 사회영향의 문제로 돌아간다. 시는 이미 전달을 가장 요긴한 일로 삼기 때문에 군중의 이해 편리라는 측면을 돌아보지 않을 수 없다. 또 작자의 관점으로 보면, 현대인은 현대인의 생활방식과 특수한 사고체계가 있으며, 현대언어는 이런 생활방식과 사고체계와 밀접하게 서로 관련되어 있기 때문에 고문을 여전히 사용할 수 있다고 인정하더라도, 우리는 시문을 지을 때 유행언어를 사용하는 것이 친절한 일이라고 주장한다.

본래 문자의 고금에 대한 분별도 다만 비교적이지 절대적이진 않다. 우리들이 현재 사용하고 있는 문자의 대부분은 허신許慎의 《설문해자說文解字》 속에 있는 것이며, 또 수많은 글자의 용법이 있는데 현재와 2천년 전이나 큰 차이가 없다. 현재 전해지고 있는 글자는 반 이상이 고대에 이미 있었던 것이며, 고대에 있었던 글자 중의 많은 글자가 현대에서는 이미 유행하지 않는다. 고대문자 중에서 현재까지 유전流傳되어 오는 것이 있고 그렇지 않는 것이 있는데 그 원인은 수요의 변천 또는 습관의 변천에 있다. 습관은 원래 양성할 수 있는 것이라서, 일부 옛글자의 부활은 언어의 발전사에서 항상 볼 수 있는 자연현상인데 서구의 많은 시인들은 항상 부활한 옛글자를 쓰기 좋아하였다. 현대의 일반 중국인이 말할 때 사용하는 어휘는 매우 궁핍한데 새로운 글자를 만드는 것 이외에 일부 옛글자를 부활시키는 것도 일종의 구제방법이 아닐 수 없다.

현대인이 시문을 지을 때 주고周誥나 은반殷盤과 같은 힐굴오아詰屈聱牙(글뜻이 어렵고 막혀서 매우 읽기가 거북함)한 것은 배울 필요가 없고 전달의 편리만을 위하면 된다. 그러나 백화를 제창하는 사람이 표방한 『시짓기를 말하듯이 한다 做詩如說話』라는 구호는 위험성이 있다. 일상적인 생각은 얕고 난잡하여 시로 들어갈 수 없으며, 시로 들어가는 생각은 반드시 세련화를 거쳐야 하므로 일상적인 생각에 비해서 비교적 정밀하고 미묘하게 정리되어 있다. 언어는 생각의 결정체이며, 시의 언어 또한 일상의 언어와 구별된다. 어떤 나라나 할 것 없이 모두 〈말하는 언어 口頭言語〉와 〈쓰는 언어 書面言語〉는 매우 큰 차이가 있다. 말을 할 때는 되는 대로 지껄여서 사상과 언어는 비교적 얕고, 시문을 쓸 때는 고려할 여유가 있어 사상과 언어도 비교적 치밀하다. 산문은 마땅히 말하는 것보다 정련되어야 하고, 시는 산문보다 더욱 정련되어야 한다. 이 〈정련精鍊〉이라는 것은 두 방면에서 볼 수 있는데 하나는 의경에서이며 또 하나는 언어에서이다. 전적으로 언어에 대해서 말하면 주의해야 할 점이 두 가지 있다. 첫째는 문법인데, 말할 때는 일반적으로 구句마다 문법적인 규율을 준수할 필요가 없으나 시문을 지을 때는 문법에 대해서도 비교적 신중해야 한다. 둘째는 용자用字로서, 말할 때 사용하는 글자는 어떠한 나라에서나 한계가 있어 보통 수천 자에 불과하나 시문을 쓸 때는 자전속의 글자는 대부분 사용될 수 있다. 자전을 뒤적이며 말하는 사람은 없으나, 어떠한 나라를 막론하고 교육을 받은 사람이 시문을 읽을 때도 자전을 뒤적이지 않을 수 없으니 이 간단한 사실이 〈서면언어書面言語〉가 〈구두언어口頭言語〉에 비해 풍부하다는 것을 증명할 수 있다.

〈서면언어〉가 〈구두언어〉보다 비교적 보수적인데, 말하는 것은 유동적이며 쓴 것은 고정화되기 때문이다. 〈서면언어〉는 진부한 규칙을 버리지 않으려는 경향이 있으니 이것이 일종의 결점인 동시에 편리한 점이다. 여기에서 결점이라고 말하는 것은 굳어져 언어의 활성을 잃기 쉽기때문이며, 편리하다고 말하는 것은 언어가 유동변화하는 속에서 하나의 고정된 기초를 잡고 있기 때문이다. 역사상에 이 결점을 중시하는 사람이 있었으며, 이 편리한 점을 중시하는 사람도 있었다. 이 편리한 점을 중시한 사람들은 〈서면언어〉의 특성을 보호하고 취하면서 〈구두언어〉와의 거리를 유지하였다. 시 방면에서 이런 태도를 극단적으로 밀고 나간 사람은 시는 특수한 〈시적인 문자〉가 있다고 주장하였다. 이 논조는 유럽의 고전주의시대에 가장 강력한 세력을 차지하였다. 다른 일파는 〈서면언어〉의 보수적인 결점에 중점을 두고 힘을 다해 〈구두언어〉로써 〈서면언어〉를 활성화하여 그들의 거리를 최대한으로 단축하려 하였다. 이것이 시 방면에서의 〈백화운동〉이다. 중국의 시는 현재 백화운동 시기에 있다. 유럽의 문학사에서도 수 차례의 백화운동이 있었다. 가장 중요한 것으로는 두 가지가 있는데 그 하나는 중세기의 음유시인들과 단테 Dante가 제창한 것이며, 또 하나는 낭만주의 시기에 워즈워드 등이 제창한 것이다. 단테는 토착어를 골라 시를 썼으며, 동시에 토착어의 토속성을 버리기를 주장하여 각지역의 토착어를 함께 선별하여 가장 정련되고 순수한 부분을 골라 〈정련된 토착어〉(the illustrious vulgar)를 만들어서 시를 짓는 데 사용하였다. 필자는 이런 주장은 깊이 생각해 볼 가치가 있다고 느낀다.

총괄하면 시는 당연히 살아있는 언어를 사용해야 한다. 그러나 살아있는 언어가 반드시 〈구두언어〉는 아니며, 〈서면언어〉도 살아있다. 대체로 말하면 시에서 사용하는 것은 반드시 〈서면언어〉이어야 하며 〈구두언어〉이어서는 안 된다. 왜냐하면 시를 쓸 때에는 생각이 본래 비교적 정련되기 때문이다.

제5장

시와 산문

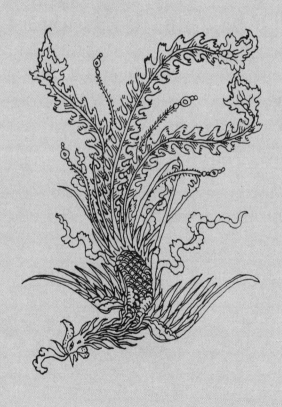

표면적으로는 시와 산문의 구별이 쉽게 보이나, 만약 보다 자세히 따져보면 일반적으로 알고 있는 구별은 모두 예외가 있어 문제가 발생하게 됨을 면할 수 없다. 아리스토텔레스로부터 이 문제는 수많은 논쟁을 불러일으켰다. 역사적인 경험으로 보아, 그것은 해결하기에 매우 어렵다. 시와 산문의 구별을 이해하려는 것은 시와 산문의 정의를 내려, 시는 무엇이며 산문은 무엇인가라는 것을 설명해야 하는 것과 다를 바 없다. 이것은 쉬운 일이 아니다. 그러나 이 문제는 시학을 연구하는 사람이 회피할 수 있는 것도 아니다. 우리는 지금 몇 개의 중요한 견해를 모아서 토론을 하여 하나의 비교적 합리적인 견해를 얻을 수 있을지 살펴보자.

1. 음률과 풍격상의 차이

중국에는 고대에『운韻이 있는 것은 시이며, 운이 없는 것은 산문이다 有韻爲詩, 無韻爲文』라는 설이 있었는데, 근래에 우리는 외국시의 대부분이 운이 없음을 발견하게 되었다. 따라서 이러한 말을 다소 변화시켜서『음률이 있는 것은 시이며, 음률이 없는 것은 산문이다』라고 말하지 않을 수 없게 되었다. 그러나 이 말은 오로지 형식에 착안한 것으로 실제로는 분석을 견디내지 못한다. 아리스토텔레스는 일찍이 말하기를, 모든 시는 반드시 음률이 있을 필요가 없으며, 음률이 있다고 해서 모두가 다 시인 것은 아니라고 하였다. 시대에 뒤떨어지고 세상물정 모르는 선비가 썩은 옛 전고典故와 낡은 가락을 쌓아서 5언시 8구를 지어놓고, 스스로 시를 지었다고 말한다. 장회소설章回小說 속에는 몇 구의 운문을 항상 삽입시켜 어떤 배역 또는 줄거리를 논평하고, 앞쪽에도 정중하게『뒤에 시 한 수가 있습니다』라는 문구를 표시해 놓는다. 일반인이 마음 속에 생각하는 시는 대부분 이와같다. 그러나 우리는 제갈량도 팔괘의八卦衣(8 패卦를 그려넣은 옷)를 입었는지 모르나, 팔괘의八卦衣를 입은 사람이 반드시 제갈량인 것은 아니라는 점을 명백히 하고자 한다. 전체가 실속없는 형식에 의지하고 있는 《백가성百家姓》[1]·《천자문》 한방漢方의 맥결脈訣과 시대에 뒤떨어진 선비의 시첩시試帖詩[2] 등과 같은 것들은 시에 포함될 수 있고, 산문의 명저인 《사기史記》, 유종원의 《산수유기山水遊記》《홍루몽》, 플라톤의 《대화집》《신·구약성서》 같은 것들은 비록 음률은 없으나 시적인 풍미가 있는 작품인데, 반대로 시의 범위 밖에 놓여진다. 이러한 견해는 확실히 공격하지 않아도 스스로 무너진다.

또 다른 견해는 시와 산문은 풍격면에서 반드시 구별이 있다는 것이다. 산문은 서사敍事와 설리說理에 편중하여, 그의 풍격은 당연히 단도직입적이며 명백하고 유창하며 자연스럽다. 시는 서정에 편중하여 그의 풍격은 높고 화려하거나 평이담백平易淡白함에 관계없이 시가 당연히 갖추어야 하는 존엄성을 반드시 유지해야 한다. 17, 8세기의 고전주의 작가들은 그래서 시는 당연히 특수한 시어가 있어야 하며, 산문이 사용하는 언어에 비해서 고귀해야 한다고 주장한 것이다. 셰익스피어는 비극 《맥베드》에서 맥베드 부인이 칼로 임금을 시해하는 것을 서술하였는데, 요한슨Johanson은 칼이라는 단어를 쓰지 말았어야 했으며, 칼이란 백정이 사용하는 것인데 황제를 시해하였고, 또 시극詩劇 속에서 칼이란 단어를 사용함으로써 존엄성을 손상시켰다고 비판하였다. 이 말은 비록 다소 우습긴 하지만, 일부 사람들의 심리를 대표할 수 있다. 일반인의 관점에서 보면 산문과 시 사이에는 응당 일정한 한계가 있어 서로 넘어서는 안 되기 때문에 산문이 시와 같은 제량齊梁시대 사람들의 작품들은 큰 결함이 있으며, 또 시가 산문과 같은 한유韓愈나 송대宋代의 일부 시인들의 작품도 좋은 시가 아니다.

이러한 논의도 수정되지 않을 수 없다. 뷔퐁Buffon이 말한 『풍격이 곧 인격이다』라는 것은 결코 실속없는 형식이 아니다. 모든 작품에는 각기 그의 특수한 실질과 특수한 형식이 있는데, 그것이 예술품으로 되는 것은 실질과 형식이 융화·혼합하는 데에 있다. 품격이 높은 시와 산문은 이런 경계에 도달할 수 있다. 우리는 실질을 떠날 수 없는데 근거없이 이론을 세워서 시와 산문이 풍격상에서 다르다고 말한다. 시와 산문의 풍격이 다른 것은 이 시와 저 시의 풍격이 다른 것과 똑같다. 그래서 풍격은 시와 산문을 구별하는 좋은 표준이 되지 못한다.

그 다음에 근거없이 이론을 내세워 시가 풍격상에서 산문보다 높다고 말할 수도 없다. 시와 산문은 각각 묘한 경지를 갖고 있어서 시는 실로 산문이 가질 수 없는 풍미를 만들어낼 수 있고, 산문도 시가 가질 수 없는 풍미를 만들어낼 수 있다. 예증할 수 있는 것이 매우 많으나 우선 두 가지를 들어본다. 첫째는 시인이 산문의 전고典故를 인용하여 시에 쓸 때, 시의 풍미는 언제나 원래 산문이 갖고 있던 미묘함과 심각함보다 못하다. 다음에 《세설신어世說新語》를 예로 든다.

환공桓公이 북쪽으로 정벌하러 가다가 금성金城을 지나면서 전에 낭야를 다스릴 때 버드나무를 심은 것이 모두 이미 열 아름이나 되는 것을 보고 한숨지으며 말하기를, 『나무는 오히려 이와같은데, 사람은 어찌 이럴 수가 있겠는가 ! 』하면서 나뭇가지를 잡고 눈물을 주르륵 흘렸다.

桓公北征, 經金城, 見前爲琅琊時種柳皆已十圍, 慨然曰, 『木猶如此, 人何以堪 ! 』攀枝執條, 泫然流涕.

이 한 단락의 산문은 몇 글자 되지 않는 글로 인물이 갖추고 있는 감상感傷을 다 표현하였는데 얼마나 간단하면서도 그 뜻이 깊은가 ! 유신庚信은 《고수부枯樹賦》에서 그것을 운문으로 옮겼다.

옛날 버드나무 심어놓고,
한수漢水의 남쪽을 못 잊어하였더니
지금 보니 하늘하늘,
강물이 슬프네.
환공이 듣고 탄식하기를,
『나무도 오히려 이와같은데, 사람은 어찌 이럴 수 있을까』하였네.
昔年種柳, 依依漢南.
今看搖落, 悽愴江潭.
桓大司馬聞而歎曰,
『樹猶如此, 人何以堪』

이 운문은 《세설신어》의 글자를 약간 바꾸었으나, 원문에 비해 어느
면으로는 섬세하고 교묘하면서도 또 한편으로는 다소 딱딱하다. 원문의
단도직입적이며 가볍게 하늘거리는 멋은 《고수부》의 정연하고 율격에
맞는 자구에서 대부분 없어져 버렸다. 이외에 신기질辛棄疾의 사詞인
《초편哨遍》은 장자莊子의 《추수秋水》편의 대의를 취하였고 용어도 대부
분 장자에서 취했다.

객이 있어 넓은 황하에게 물었다. 모든 개천이 황하로 몰려들어, 흐르는
물이 커져 양쪽 기슭이나 언덕을 분별할 수 없었다. 이와같아서 하백은 혼연
히 기뻐하며 천하의 아름다움이 모두 자기에게 있다고 생각했다. 아득한 바
다에서 동쪽으로 바라보다가 머뭇거리며 약(若 : 北海神)을 향해 경탄하며 말
했다. 『내가 당신을 만나지 않았더라면 오래도록 대방가(大得道者)의 비웃음
을 면치 못했을 것입니다.』

有客問洪河, 百川灌雨, 涇流不辨涯涘. 於是焉河伯欣然喜, 以爲天下之美盡
在己. 渺溟, 望洋東視, 逡巡向若驚歎謂.『我非逢子, 大方達觀之家, 未免長見
悠然笑耳.』

자르고 배합하여 이와같이 교묘하게 하였는데, 실로 홀로 장인의 마음
을 가졌다. 그러나 끝내는 산을 빌려 새를 가둔 느낌을 면하지 못하였으
며, 장자 원문의 그 드높고 익살스런 기개도 이 교묘함 속에서 소실되어
버렸다.

그 다음 시사적詩詞的인 산문의 서序가 시 자체보다 뛰어날 때도 있
다. 《수선조水仙操》의 서序와 본문을 예로 든다.

백아는 성련成連에게서 거문고 타는 것을 배웠는데 3년 만에 성취하였다.
그러나 정신이 고요하고 감정이 전일한 데까지는 이르지 못하였다. 성련이
말하기를 『내가 배운 바로는 사람의 감정을 옮길 수가 없다. 나의 스승인 방
자춘께서는 동해 속에 계시다』하고 양식을 주어 따르게 하였다. 봉래산에
이르러 백아를 남겨놓으며 『나는 나의 스승을 뵈려 한다』라고 말하고 배를
저어 가고는 열흘이 지나도록 돌아오지 않았다. 백아는 마음이 슬퍼서 목을

빼고 사방을 둘러보았으나 바닷물이 솨솨 하는 소리만 들릴 뿐, 산림은 깊고 짙으며 새들은 무리지어 슬피 울었다. 하늘을 올려다보며 탄식하기를『선생께서는 나에게 정감情感을 옮기려 하였도다』하고서 곧 거문고를 끌어당겨서는 노래를 지었다.『동정호만이 흘러 나를 감싸는데, 배를 저어 가고는 신선은 돌아오지 않네. 형체를 봉래산에 옮겨놓고서, 탄식하며 수궁을 슬퍼해도 신선은 돌아오지 않네.』

　伯牙學琴於成連, 三年而成. 至於精神寂寞, 情之傳一, 未能得也. 成連曰, 『吾之學不能移人之情, 吾師有方子春在東海中.』乃賚糧從之. 至蓬萊山, 留伯牙曰, 『吾將迎吾師』刺船而去, 旬日不返. 伯牙心悲, 延頸四望, 但聞海水汨没, 山林窅冥, 群鳥悲號, 仰天歎曰, 『先生將移我情』乃援琴而作歌, 『繄洞庭兮流斯護, 舟楫逝兮仙不還. 移形素兮蓬萊山, 歊欽傷宮仙不還.』

이상의 서문은 얼마나 아름답고 절묘한가! 가사歌詞는 음악과 짝하는 것이라 원래 시가 묘할 필요가 없으며, 그 뜻도 다 이해할 수가 없다. 그러나 이해할 수 있는 것을 말하더라도 서문에 비해 훨씬 차이가 난다. 이밖에도 도연명의《도화원桃花源》시나 왕희지의《난정시蘭亭詩》그리고 강기姜夔의《양주만揚州慢》사詞 등은 비록 아주 좋을지라도 풍미의 뛰어남은 서문에 비해 좀 떨어지는 것 같다. 이러한 실례들은 시의 풍격이 반드시 산문보다 높을 필요는 없다는 것을 증명할 수 있다.

2. 실질상의 차이

형식은 이미 시와 산문을 구분하는 데 충분하지 않다. 그러면 실질은 어떠한가? 시는 시의 제재가 있고, 산문은 산문의 제재가 있다고 많은 사람들은 믿고 있다. 대체로 말해서 시는 서정抒情과 흥을 돋우어 마음을 달래는 데 적당하고, 산문은 사물을 묘사하고 어떠한 사실이나 이론을 설명하는 데 적당하다. 머리J. M. Murry가《풍격론》에서 말하기를『만약 원초적인 경험이 정감적인 것에 기울어져 있다면, 시 또는 산문으로 표현하는 것의 반은 시기時機와 기풍氣風에 달려있다고 나는 믿는다.

그러나 만일 정감이 특별히 심후하고 매우 절실하다면 시로 표현하는 동기가 우세를 차지할 것이다. 나는 셰익스피어의 14행 시집이 산문으로 씌어질 수 있다고 상상할 수 없다』라고 하였다. 산문이 그 특수한 제재가 있다는 데에 이르러서는 그는 매우 철저하게 말하였다. 『어떠한 문제에 대한 정확한 사고는 반드시 산문으로 해야 한다. 음운音韻으로 구속하는 것은 반드시 용납될 수 없다』 또 『한 국가나 탈주범 또는 방안의 모든 기물器物 같은 것은 그것을 묘사함에 정밀하고 세세하게 하려면 반드시 산문으로 해야 한다』라든가 『풍속희극風俗喜劇이 표현하는 그 심정은 반드시 산문을 사용해야 한다』 또는 『산문은 풍자하는 데 가장 적합한 도구이다』라고 하였는데, 여러 사실들을 고증해 보면 이 말도 매우 타당성이 있다. 가장 좋은 언정言情의 작품은 모두 시 속에서 찾아야 하며, 뛰어난 서사敍事·설리說理의 작품은 산문 속에서 찾아야 한다.

실질에 중점을 두는 사람은 또 더 나아가 심리면에서 시와 산문의 차이를 찾는데, 산문을 이해하는 것은 대부분 이지理智에 의해서이며 시를 이해하는 것은 대부분 정감에 의해서라고 생각한다. 이 두 가지 이해는 곧 〈지식know〉과 〈정감feel〉으로 구분된다. 알 수 있는 사람은 대부분 비유할 수 있고, 느낄 수 있는 사람은 대부분 뜻을 이해해야 한다. 도연명의 『동쪽 울타리 아래에서 국화꽃 따며, 유연히 남산을 바라본다 采菊東籬下, 悠然見南山』라는 시를 예로 들어보자. 자구字句로 말하면 극히 간단하여 만약 독자에게 아느냐고 묻는다면 대부분이 안다고 말할 것이다. 나아가 무엇을 아느냐고 묻는다면 그들의 대답은 두 가지밖에 없는데, 시원스레 글자의 뜻을 해석하며 보통어로 번역해내는 것이 아니면 『언어의 바깥에 있는 뜻 言外之意』을 발휘하는 것이다. 전자는 〈지식〉으로 글자의 뜻만을 말하며, 후자는 때때로 〈정감〉인데 글자 배후의 정서를 체득하는 것이다. 글자의 뜻을 보면 두 구의 시는 많은 분란을 일으킬 정도는 아니며, 정서로 말하면 인자仁者가 인仁을 보고 지자智者가 지智를 보는 것과 같이 각각 다를 것이다. 산문은 사람이 능히 알기(知)를 요구하며, 시는 능히 느끼기(感)를 요구한다. 앎(知)은 정확함을 귀하게 여기기 때문에 작자가 한 부분을 말하면 독자도 반드시 바로 한 부분을 보아야 하고, 느낌(感)은 풍부함을 귀하게 여기기 때문에 작자가 한 부분을 말하면 독자는 이 부분 밖에서 다른 많은 것들을 보아야 하는데 이것이 소위 『하나를 보고 열을 헤아리는 것 擧一反三』이다. 이로 인해서 문자의 효능은 시 속에서와 산문 속에서도 같지 않다. 산문 속에서는 〈직술直述〉(state)하고 있어 독자는 본뜻을 중시하고 시 속에서는 〈암시暗示〉(suggest)하고 있어서 독자는 연상을 중시한다. 로스J.L.Lowes 교수는 《시의 규칙과 반항》이라는 책에서 이와같이 주장하였다.

대체로 이 말은 매우 이치에 맞지만 실제로는 많은 반증도 있다. 우리는 시와 산문의 구별이 정감情感과 이지理智의 구분 위에 나타날 수 있다고 말할 수 없다. 산문이 다만 이론적 설명에 적합하다는 것은 전통적인 편견이다. 무릇 진정한 문학작품은 시나 산문을 막론하고 그 이면에는 반드시 그의 특수한 정서가 있어야 한다. 많은 소품문小品文이 서정시라는 것은 모두 공인된 사실이다. 다시 근대소설을 보며 생각해 보자. 시로 표현한 정서의 그 어떤 종류를 소설 속에 표현할 수 없겠는가? 나는 위에서 인용한 머리J.M.Murry의 말, 즉 한 사람의 작가가 시 또는 산문으로 그의 의경意境을 표현할 때, 대부분은 당시의 기풍氣風(또는 풍속)에 달려있다는 말을 굉장히 신뢰한다. 호머와 셰익스피어가 만일 현대에 태어났다면 반드시 소설을 썼을 것이며, 도스토예프스키·프로스트·로렌스 등이 만일 고대 그리스나 이솝시대에 태어났다면 반드시 서사시나 비극을 썼을 것이다. 시가 이치를 설명함에 부적합하다는 것은 비교적 정확하지만, 우리가 명백히 해야 할 것은 시는 서정성을 제외하고도 어느 정도 이지적理智的인 요소도 있으며, 다만 다른 점은 정情과 리理가 혼융일체가 되어 쉽게 분리할 수 없다는 것이다. 다시 말해 희랍의 비극과 셰익스피어의 비극 속에 〈리理〉가 없다고 말할 수 있는가? 단테의 《신곡》과 괴테의 《파우스트》 속에는 〈리理〉가 없는가? 도연명의 《형영신形影神》과 주희朱熹의 《감흥시感興詩》 같은 작품 속에는 〈리理〉가 없는가?'다음에 아주 간단한 하나의 예를 들어보면 같은 정情과 리理가 시에도 표현될 수 있으며, 또한 산문에도 표현될 수 있음을 알게 된다.《논어論語》에

내가 냇물가에 서서 말하였다. 『가는 것은 이와같은데, 주야에 그치지 않

는도다.』

予在川上曰, 『逝者如斯夫, 不舍晝夜.』

하였는데, 이 한 단락의 산문이 이백의 《고풍古風》에서는 다음과 같이
표현되었다.

앞물과 뒷물은
예나 지금이나 연이어 흐르고
새사람은 옛사람 아니라서
해마다 다리 위에서 노니는구나.
前水復後水, 古今相續流.
新人非舊人, 年年橋上遊.

이 두 가지 실례에서, 산문이 정서를 표현할 수 없고 시가 리理를 말할
수 없다고 우리는 말할 수 있는가? 머리 J.M.Murry는 시가 묘사에 적합
하지 않다고 말하였는데, 아마 레싱Lessing의 영향을 받았으며 수많은
자연풍경의 묘사가 시로 씌어있다는 것을 망각한 것 같다. 또 시가 풍자
와 풍속희극에 적합치 않다고 말했는데 서구에서 풍자와 풍속희극으로
유명한 아리스토파네스나 지로두Jean Giraudoux · 모리악 등이 대부분 시
의 형식을 채용했다는 것을 망각하였다. 제재의 성질로 시와 산문을 구
별하는 것도 절대적으로 신뢰할 수 없음을 여기에서 알 수 있다.

3. 시와 산문의 구별을 부인함

음률과 풍격의 기준으로는 이미 시와 산문을 충분히 구별지을 수 없으
며, 실질의 차이도 근거로 삼기에는 충분하지 않다. 그러면 우리는 시와
산문의 구별을 근본적으로 부인하지 않는가? 어떤 사람들은 이것이 유
일한 출구라고 생각하고 있다. 그들에 의하면 시와 상대되는 것은 산문
이 아니라 과학이며, 과학은 사물의 이치를 서술한다. 시와 산문의 문학

성을 살펴보면 사물의 이치에 따라 생겨나는 정서를 표현한다. 무릇 순문학純文學적 가치를 지닌 작품은 모두 시이다. 이는 그것이 시의 형식을 갖고 있든 그렇지 않든지 관계없다. 우리는 항상 플라톤의《대화집》《신·구약성서》육조인의 서신書信이나 유종원의 산수유기山水遊記, 명대 사람들의 소품문小品文,《홍루몽》등의 산문작품을 모두 시라고 말하는데 그것들은 모두 순문학이기 때문이다. 아리스토텔레스의 시론은 이러한 견해를 이용한 것이다. 그는 음률을 시의 요소로 간주하지 않았으며, 시의 특수한 효능은 〈모방〉에 있다고 생각하였다. 그가 말하는 모방은 근대인들이 말하는 〈창조〉나 〈표현〉에 매우 가깝다. 무릇 창조성이 있는 문자는 모두 순문학이며, 순문학은 모두 시이다. 쉴러Schiller는 『시와 산문을 구별하는 것은 저속한 착오이다』라고 말했으며, 크로체는 〈시와 비시非詩〉(poetry and non-poetry)의 구별로 시와 산문의 구별을 대체해야 한다고 주장했다. 소위 시란 일체의 순문학을 포괄하고, 〈비시非詩〉는 일체의 문학적 가치가 없는 문자를 포괄한다.

이런 관점은 이론상으로는 원래부터 그의 특수한 견해가 있으나, 실제로는 순문학의 범위 안에서 시와 산문은 여전히 구분되는 바 이 점 또한 부인할 수 없다. 이 구분을 부인하는 것은 문제를 해결하는 것이 아니라 문제를 도피하는 것이다. 만약 좀더 폭넓게 말하면, 순문학은 모두 시일 뿐만 아니라 모든 예술도 시라고 부를 수 있다. 우리는 항상 왕유의『시 속에 그림이 있고 그림 속에 시가 있다 詩中有畵, 畵中有詩』라고 말하는데 사실 모든 예술이 정묘한 곳에 도달하게 되면 반드시 시의 경계가 있는 것이다. 우리는 심지어 한 개인이나 하나의 사건, 사물의 모습 또는 한 조각의 자연풍경이 시적 의미를 갖고 있다고 말한다. 시라는 글자의 고대 그리스어에서의 의미는 〈제작한다〉는 뜻이다. 그래서 무릇 제작 또는 창작해낸 것은 모두 시라 부를 수 있는데 문학이거나 회화 또는 기타 예술이거나 관계없다. 크로체는 시와 산문의 구분을 부인할 뿐 아니라 시와 예술과 언어를 큰 차이가 없다고 간주하는데, 그들 모두가 서정적이며 표현적表現的이기 때문이다. 그래서 시학과 미학과 언어학은 그의 학설에서는 하나의 동일한 문제이다. 이런 관점의 의도는 예술의 전일성全一性을 중시하는 데 있고, 그 결점은 너무 공허한 데 있는 바 종합을 지나치게 중시하고 분석을 천시한 까닭이다. 시와 모든 예술, 시와 순문학에 공통된 요소가 있음은 우리가 인정하였다. 그러나 서로 같은 속에서도 필경 같지 않은 것이 있음을 알아야 한다. 예를들면 왕유의 그림과 시와 산문·서신은 모두 함께 일종의 특수한 풍격을 갖추고 있으며, 그의 개성이 표출되어 나온 것이다. 그러나 시에서 나타나는 정묘한 것이 반드시 그림에 다 나타나지는 않으며, 또 산문이나 서신에도 다 나타나지는 않는다. 우리는 이러한 서로 다른 점이 무엇인지를 연구해야 한다.

4. 시는 음률이 있는 순문학이다

우리가 이미 위에서 살펴본 바와 같이 시와 산문의 구분은 단지 형식만으로 볼 수 없고, 그렇다고 단지 실질(情과 理의 차이)만으로도 볼 수 없다. 이론상으로는 제3의 가능성이 있는데 이는 형식과 실질 두 방면을 동시에 보아야 한다는 것이다. 만약 이러한 관점을 취한다면 우리는 시의 정의를 〈시는 음률을 갖추고 있는 순문학〉이라고 말할 수 있다. 이러한 정의는 음률을 갖추고 있되 문학적 가치가 없는 진부한 작품과, 문학적인 가치는 있으되 음률을 갖추지 않는 산문작품을 모두 배제시키고 오직 형식과 실질 두 면이 시를 이루기에 부끄럽지 않은 작품만을 받아들이게 된다. 이 말은 우리가 제4장에서 주장한 정감과 사상은 평행일치하며 실질과 형식은 불가분하다는 설과 서로 부합된다. 우리의 문제는 어떻게 순문학 속에 시의 형식을 갖춘 것이 있는가 하는 것이다. 우리의 대답은 시의 형식은 실질적인 자연적 수요에 기인한다는 것이다. 이 대답은 시는 시의 특수한 실질적인 면이 있다고 자연스레 가정한다. 만약 우리가 한 걸음 나아가 시의 본질적인 특수성은 어디에 있는가? 어떻게 해서 시는 일종의 특수한 형식(음률)을 필요로 하는가? 라고 묻는다면, 우리는 위에서 다만 본질로부터 착안하여 없앤 정情과 리理의 구분으로 돌아갈 수 있다. 우리는 다음과 같이 말할 수 있다. 대체로 말해 산문의 효용은 서사敍事·설리說理에, 시의 효용은 서정抒情·견흥遣興(흥을 돋우어 마음을 달램)에 기울어져 있다. 사물의 이치는 단도직입적이며 한 번

가면 남음이 없으나, 정서는 낮게 왕복하고 구성지며 다함이 없다. 단도 직입적인 것은 〈서술어기敍述語氣〉를 중시하는 데에 적합하고 구성지며 다함이 없는 것은 〈감탄어기感歎語氣〉를 중시하는 데 적합하다. 서술어 속에서는 일은 문사文詞에 다 표현되고 이치는 뜻에 다 드러나며, 감탄 어 속에서는 언어는 정감의 축소형으로 정情은 문사文詞에 넘치기 때문에 독자는 소리로 인해서『거문고 줄 밖에서 나는 소리 絃外之響』를 생각할 수 있다. 바꾸어 말하면, 사리事理는 모름지기 문장의 뜻만을 따라 이해할 수 있고, 정서는 반드시 문자의 성음聲音으로부터 체험해야 한다. 시의 정서는 얽히고 설켜서 끝이 없으며, 올라갔다 내렸다가 하면서 왕복하는 것이며, 시의 음률도 이와같다. 한 가지 실례를 들어 설명하면, 《시경》 가운데

> 옛날 내가 떠날 때,
> 갯버들 늘어졌었지.
> 지금 나 돌아와 보니,
> 진눈깨비가 흩날리네.
> 昔我往矣, 楊柳依依.
> 今我來思, 雨雪霏霏.

라고 하였는데, 이 4구를 현대 산문으로 번역하면『예전에 내가 떠날 때, 갯버들이 봄바람에 하늘거렸었는데 지금 돌아와 보니 시절은 이미 큰 눈이 내릴 때였다 從前我走的時候, 楊柳還正在春風中搖曳. 現在我回來, 天已經在下大雪了』가 된다. 원시原詩의 뜻은 비록 대략 그대로 있지만 그 정감은 어디로 갔는지 알 수 없다. 뜻은 남아있으나 정情은 존재하지 않는데 번역문에는 원문의 음절이 남아있지 않기 때문이다. 실질과 형식은 본래 평행하며 일관된 것이므로 번역문이 원래의 시와 같지 않음은 형식에서뿐만이 아니라 실질도 역시 일치하지 않는다. 예를들면 〈依依〉를『봄바람에 하늘거렸다 在春風中搖曳』로 번역한 것은 매우 힘을 기울였으며, 글자를 비교적 많이 낭비하였으나 함축성은 오히려 적다. 〈搖曳〉는 다만 융통성 없는 물리적인 것이나, 〈依依〉는 농후한 인정미가 있

다. 시가 산문에 비해서 번역하기가 힘든데, 시는 음에 편중하고 산문은 뜻에 편중하며 뜻은 번역하기 쉬우나 음은 번역하기 쉽지 않은 까닭이다. 이런 실례는 시와 산문에 확실한 구분이 있음을, 그리고 시의 음률은 정감의 자연적인 요구에 기인한다는 것을 증명할 수 있다.

이 설―시는 음률이 있는 순문학이라는―은 다른 각설에 비해 비교적 타당성이 있는데 필자 개인도 예전에는 이렇게 주장하였다. 그러나 근래 자세히 사실을 분석해 보니 그것도 큰 차이가 없으며, 또 엄밀한 논리성이 없다는 것을 느꼈다. 여기에서 특히 주의해야 할 필요가 있는 두 가지의 중요한 사실이 있다.

첫째는, 있고없고는 절대적인 구분이지만 음률로 말하면 시와 산문의 분별은 다만 상대적일 뿐 절대적이 아니다. 우선 시로 말하면, 시는 반드시 고정된 음률이 있어야 한다는 것은 전통적인 신조이다. 종전의 사람들은 그 사실에 대해 회의하지 않았으나, 자유시·산문시 등 새로운 양식이 일어난 이후에 우리는 그에 대해 수정할 필요성이 있음을 짐작하게 되었다. 자유시가 생겨난 것은 본래 매우 오래되어서 고대 그리스에도 있었다고 한다. 근대 프랑스 시인이 자유시체를 많이 사용하였는데 이미 지즘 시인(imagistes)들이 일어난 후에야 자유시는 하나의 대규모적인 운동이 되었다. 결국 그것은 무엇인가? 프랑스의 음운학자 그라망 Grammant에 의하면, 프랑스어 자유시는 3대 특징이 있다고 한다. 첫째는 프랑스시의 가장 통용되는 알렉산드리아격은 각행이 12음으로 고전파는 4번으로 나누고 낭만파는 3번으로 나누는데, 자유시는 3번에서 6번으로 나눌 수 있다. 둘째, 프랑스시는 통상 aabb식의 〈평운平韻〉을 사용하며, 자유시는 abab식의 〈착운錯韻〉이나 abba식의 〈포운抱韻〉 등을 섞어 사용할 수 있다. 셋째, 자유시는 각행이 알렉산드리아격의 규칙에 구속받지 않으며, 한 편의 시 속의 각행은 장단을 자유로이 조절할 수 있다. 이에 비추어 보면, 자유시는 원래 있던 규정된 운율에다 변화를 더한 것에 불과하다. 중국시에서 왕상기王湘綺의 《팔대시선八代詩選》 가운데 《잡언雜言》은 자유시로 볼 수 있다. 근대의 상징적인 자유시는 그레망의 세 가지 조건에 맞지 않는 것이 많으며, 운을 사용하지 않는 것도 있다. 영어의 자유시는 일반적으로 더욱 자유롭다. 그 리듬은 바람이 수면에 불어 물결을 생기게 하는 것과 같은데, 한 번의 바람으로 생기는 물결이 하나의 단위를 스스로 이루고 이것이 한 장章에 해당한다. 바람은 오래 불 수도 있고 잠시 불 수도 있으며, 물결도 오랠 수 있고 짧을 수도 있으며, 2행·3행·4행·5행 모두가 한 장을 이룰 수 있다. 각장으로 말하면, 자행字行의 배열도 파동리듬의 이치에 근거하여 하나의 리듬이 한 행을 차지하고, 장단과 경중이 일정하게 규정된 운율이 없으며 수시로 변화할 수 있다. 이로 비추어 보면, 그건 규정된 운율이 전혀 없는 것 같다고 말할 수 있으나, 그렇다고 산문이 아닌 것은 결국 장과 행으로 나눌 수 있고, 장과 장, 행과 행은 여전히 기복을 가지며 호응하기 때문이다. 그것은 산문이 물 흘러가듯이 곧장 일사천리로 써내려가는 것이 아니라 여전히 왔다갔다 왕복하는 경향이 있다. 그것은 일종의 내재율이 있으나, 보통 시처럼 그렇게 정제되고 뚜렷하지 않을 뿐이다. 산문시는 자유시에 비해 한 등급 낮다. 그것은 다만 시의詩意가 있는 소품문小品文 또는 산문을 이용해 시의 경계를 표현한 것으로, 여전히 시가 항상 사용하던 수사와 곡조를 사용하나, 음률은 거의 완전히 존재하지 않는다. 이로써 음절을 논해 보면, 시는 매우 엄격히고 분명한 규율로부터 분명하지 않은 규율을 거쳐 규율이 없는 데에까지 이르게 된다는 것을 알 수 있다.

다음으로 산문을 논해 보면 산문도 운율이 있을 수 없다는 것은 결코 아니다. 시는 산문보다 일찍 나왔으며, 지금 사람들은 산문으로 쓰지만 옛사람들은 시로 썼다. 산문은 시로부터 해방되어 나온 것이다.

초기의 산문형식은 시와 별다른 차이가 없었다. 영국을 예로들면, 초오서Chaucer로부터 셰익스피어에 이르기까지 시는 이미 매우 훌륭하였으나 산문은 여전히 매우 둔하며 무거웠고 수사구조도 시의 습관을 탈피하지 못하였다. 17세기 이후에야 영국에는 유창하고 간편한 산문이 있게 되었다. 중국 산문의 발전사도 이와 유사하다. 진한秦漢 이전의 산문에는 항상 음률이 섞여있었다. 손이 가는 대로 몇 가지 예를들어 살펴보자.

지금 저 옛 음악은 한 무리의 사람이 함께 나아갔다가 물러났다가 하며 보조가 잘 맞추어져 화평하고 순정純正하면서도 너르다. 현악기와 관악기를 박자에 맞게 울리고 두드린다. 개막할 때 북을 두드리고 끝날 때 종을 울린다. 악기 〈相〉으로 끝마무리를 조절하고 악기 〈雅〉로 빠른 동작을 조절한다. 군자가 이에 해설하고 옛일을 말하였는 바 수신·제가·치국·평천하 아님이 없다. 이것이 곧 옛음악이 생기게 된 까닭이다.

今夫古樂, 進旅退旅, 和正以廣, 弦匏笙簧, 會守拊鼓. 始奏以文, 復亂以賦. 治亂以相, 訊疾以雅. 君子於是語, 於是道古, 修身及家, 平治天下. 此古樂之發也.《禮記·樂記》

도는 충(빈 것)이지만, 이를 활용하면 혹은 차지 않으며 깊고깊어 만물의 대종大宗같이 보인다. 그 날카로움을 누르고, 그 분분함을 풀고 그 빛을 순화화고 그 티끌에 동화케 하니 깊고 고요하여 무엇인가 있는 것같이 보인다. 내(道)가 누구의 아들인지를 모르겠는데 천제보다는 앞선 것 같다.

道冲而用之, 或不盈. 淵乎似萬物之宗. 挫其銳, 解其紛, 和其光, 同其塵, 湛兮似若存. 吾不知誰之子, 象帝之先.《老子》

내게 큰 나무가 있는데 사람들은 이를 가죽나무라 부른다. 그 큰 나무토막은 울퉁불퉁해서 먹줄을 칠 수가 없고, 작은 가지는 뒤틀리고 굽어서 자를 댈 수가 없다. 길가에 서있어도 목수는 돌아보지 않는다. 지금 자네의 말은 크지만 쓸모가 없어 뭇사람들이 아무도 듣지 않는 것이네.

吾有大樹, 人謂之樗. 其大本臃腫而不中繩墨, 其小枝卷曲而不中規矩. 立之途, 匠者不顧. 今子之言, 大而無用, 衆所同去也.《莊子·逍遙游》

이들은 모두 산문이지만 음률이 있다. 중국문학 중에서 가장 특별한 체재는 부(賦)이다. 그것은 시와 산문의 경계선상에 있는 것으로 유창하고 분방하여 한 번 쏟아내듯이 하는 것은 산문과 같으며, 다양한 변화 속에서 여전히 약간의 음률을 갖고 있는 것은 또한 시와 같다. 수당隋唐 이전의 대부분의 산문은 모두 시와 부의 영향을 벗어나지 못하여, 매우 뚜렷하게 운을 사용하였고, 비록 운을 사용하지 않았더라도 여전히 부의 화려한 수사와 정제된 구법句法의 단락을 갖고 있었다. 당唐의 고문 운동은 실제로 산문해방 운동이다. 그 이후 유창하고 간편한 산문은 점차 우세를 차지했으나 시부의 산문에 대한 영향은 명청明清대에 이르러서도 아직 완전히 소멸되지 않았는데, 사륙변려문四六騈儷文이 그 증거가 될 수 있겠다. 현재 백화문 운동이 진행중이라 중국 산문의 장래가 일부 음률을 섞어 사용하게 될지의 여부는 아직 예언할 수 없지만, 유럽 전쟁 이후에 일어난 〈다음산문多音散文〉(polyphonic prose)을 불가능하다고 할 수는 없다. 플렉춰Fletcher는 그것의 중요성을 『정치상에서는 유럽 전쟁에, 과학상에서는 라듐의 발명에 못지 않다』라고 말하였는데, 비록 좀 심하게 말하였지만 어쨌든 그것이 주의할 가치있는 운동이었음은 부정할 수 없다. 로웰A.Lowell 여사의 말에 의하면 『다음산문은 시가 가지고 있는 모든 소리, 즉 음절·자유시·쌍성·첩운·돌림소리와 같은 것들을 응용한다. 그것은 모든 리듬을 응용할 수 있으며 때로는 산문의 리듬을 함께 사용할 수 있다. 그러나 통상 한 종류의 리듬을 긴 시간 동안 사용할 수는 없다. ……운韻은 파동치는 리듬의 끝에 놓을 수도 있고, 서로 긴밀히 물리게 할 수도 있으며, 먼 거리를 두고 서로 호응케 할 수도 있다.』바꾸어 말하면 〈다음산문〉 속에는 극히 규격적인 시구나 어느 정도 규격적인 자유시구自由詩句 그리고 전혀 규격이 없는 산문구散文句도 섞일 수 있다는 말이다. 나는 이러한 양식은 중국에는 이미 옛날부터 있어온 것이며, 부賦가 가장 빠른 〈다음산문多音散文〉이라 말할 수 있다고 생각한다. 유럽의 〈다음산문〉 운동을 보면 장래에 중국 산문이 반드시 음률을 완전히 버릴 것인지 단정할 수가 없다. 〈다음산문〉과 같은 부는 중국에서 장구한 역사를 가지고 있을 뿐만 아니라, 중국의 문자에는 쌍성과 첩운이 매우 많아서 〈다음多音〉의 길로 가기에 쉽기 때문이다.

위에서 논술한 사실을 전체적으로 보면, 시와 산문을 그 형식적인 면에서 구별한다는 것은 상대적이지 절대적인 것은 아니다. 두 개의 원을 그려도 겹치지 않을 수 없는데 시를 음률이 있는 원에 넣고 산문을 음률이 없는 원에 넣어서 피차 한계가 분명하고 삼엄하여 서로 침범하지 못하게 하여도, 시는 정제된 음률에서 무음률로 갈 수가 있고 산문도 음률이 없는 곳에서 음률이 있는 곳으로 갈 수 있다. 시와 산문의 사이에 넓게 겹치는 경계선이 있는데, 이 위에 시가 있으나 산문에 가까워서 음률이 그다지 명확하지 않으며, 또 산문이 있으나 시에 가까워서 어느 정도 찾아볼 만한 음률이 있다. 그래서 우리는 〈음률있는 순문학〉이 시의 정확한 정의라고 말할 수가 없다.

다음으로 이 정의는, 모종의 형식이 어떤 종류의 내용의 자연적인 요구라고 가정하고 있는데 이 부분을 좀더 깊이있게 토론할 여지가 있다. 우리는 우선 매우 알기 쉬운 사실을 제시한 후에 한 걸음 더 나아가 그 원리를 토론해 보자. 다음에 이백과 주방언의 작품을 예로든다.

피리 소리 오열하는 듯,
진나라 궁녀 꿈 깨어 누대 위의 달 바라보네.
누대 위의 달
해마다 버들을 비추는데,
파수가에서 이별을 서러워하네.
낙유원에서는 맑은 추석인데
함양 옛길에는 고향 소식 끊어졌네.
고향 소식 끊어지고
서풍 불고 석양은
한나라 무덤과 궁궐을 비추네.
簫聲咽, 秦娥夢斷秦樓月. 秦樓月, 年年柳色, 灞陵傷別. 樂遊原上清秋節,
咸陽古道音塵絶. 音塵絶, 西風殘照, 漢家陵闕.
(李白《憶秦娥》)

향기 좋아라.
술독 앞에 옥 같은 사람.
그 사람 옥과 같은데,
비취색 날개의 금색 봉황,
궁내에서 차려입었네.
교태롭고 수줍어서 미간을 찡그리며,
사람 만나면 낮은 소리로 상사곡을 부르네.
상사곡,
소리소리마다
꽃같이 붉은 원망이요,

수풀처럼 짙은 근심이라네.

香馥馥, 樽前有個人如玉. 人如玉, 翠翹金鳳, 內家裝束. 嬌羞愛把眉兒蹙,
逢人祇唱相思曲. 相思曲, 一聲聲是, 怨紅愁綠.

(周邦彦《憶秦娥》)

이 두 편의 사詞는 뛰어난 작품이다. 정서는 서로 같지 않으나 이백의
사는 비장하고 영웅의 기세가 있으며, 주방언의 사는 화려하고 완전히
여성적이다. 그러나 형식상에 있어서는 모두 《억진아憶秦娥》의 곡조에
맞추어 넣은 것으로 소리와 운을 맞추었고 구句 속의 평측도 중요한 차
이가 없다. 이로써 알 수 있는 바 형식과 실질은 절대적으로 필연적인 관
계가 없다. 어느 나라나 고정적인 시의 형식은 그다지 많지 않다. 비록
씌어진 정서와 의상意象이 무궁하게 변화할지라도 마찬가지이다. 프랑
스의 시는 대부분 압운된 알렉산드리아격을 사용하고, 영시英詩에서 가
장 통용되는 형식도 평운오절격平韻五節格(heroic couplet)과 무운오절
격無韻五節格(blank verse) 두 종류만 있을 뿐이다. 유럽의 시격詩格 가
운데 가장 엄격한 것도 14행시체(sonnet)보다 못하며, 성격이 다른 수많
은 시인들도 이 격식을 함께 사용해서 천차만별의 의경意境을 표현한다.
중국의 전통적인 시 형식도 불과 4언고시·5언고시·7언고시·5언율
시·7언율시·절구 등 몇 종류가 있을 뿐이다. 사의 곡조는 비교적 많지만
만萬씨[3]의 《사율詞律》과 모毛씨의 《전사명해塡詞名解》 등의 책에 실려
있는 것에 의하면 불과 3백여 종이며, 상용하는 것은 그 절반도 안 된다.
시인들은 이 유한한 형식으로 천변만화하는 정서와 의상意象을 표현한
다. 만약 형식과 내용이 절대적으로 필수적인 관계가 있다면, 각각의 시
는 반드시 하나의 격률을 스스로 창조해야지 결코 낡은 틀에 매달려서는
안 될 터이다.

우리는 시의 기원을 논할 때 이미 상세히 설명하였던 바와 같이 시의
형식을 대부분 노래·음악·춤의 동일기원의 흔적으로 본다. 시의 형식
은 전통을 답습하는 것이지 시인 개개인의 그 당시의 어떤 생각에 의해
특별히 창조되는 것은 아니다. 시는 완전한 자연유출물이 아니고, 민가
도 민가의 전통적인 기교가 있으며 옛것에 대한 보수성이 매우 강하다.

그것도 불필요한 글자를 끼워 맞춰서 숫자만 채우고, 의미가 적당치 않은 글자를 써서 운을 맞추려고 하여 기존의 민가의 격식을 모방한다. 이는 곧 민가의 형식도 이미 만들어진 것이고 외적이며 전통을 답습하는 것이지 자연유출의 결과는 아니라는 것을 말해 준다.

5. 형식의 전통답습설은 〈정서·사상 및 언어의 일치설〉과 충돌하지 않는다

이 말은 앞장의 〈정서·사상 및 언어의 평행일치설〉과 서로 충돌하지 않겠는가? 표면적으로는 그들이 서로 용납하지 않는 듯하나 깊이있게 생각해 보면, 형식의 답습설을 인정하는 것은 〈정서·사상 및 언어의 일치설〉을 승인하는 것과 결코 서로 어긋나지 않는다.

첫째, 시의 형식은 언어규율화의 한 종류로 그 지위는 문법과 같다. 언어에 규율화의 필요가 있는 것은 정서와 사상에 규율화의 필요가 있다는 데서 비롯된다. 문법과 음률은 인류가 자연에 대해 이용하고 정복한 결과이며 혼란 속에서 만들어낸 조리인 것이다. 그것들은 처음에는 배워 익힌 습관이지만 능숙하게 운용하는 사람의 손에서는 습관이 자연스러움으로 변한다. 시인이 시를 지을 때 음률에 대한 입장은, 외국어를 배우는 사람의 문법에 대한 입장과 같아서 모두 이미 정해져 있는 규율을 취해 배우고 연구한다. 이것은 처음에는 어느 정도 곤란함을 겪기도 하지만 오래잖아 가벼운 짐수레를 끌고 아는 길 가듯 운용이 자유자재로워지는 것이다. 모든 예술의 학습은 그 매개체의 곤란을 극복하는 과정을 거쳐야 하는데, 특별히 시에서의 음률만이 그러한 것은 아니다.『마음이 하고자 하는 바를 따를지라도 법도를 넘지 않는다 從心所欲, 不逾矩』는 것은 모든 예술의 성숙한 경지인데, 만약 고정된 음률을 따르면서 마음 속으로는 정서와 사상이 적절하게 표현되지 않았으며, 정서와 사상과 언어 사이에 여전히 약간의 균열의 흔적이 있다고 느낀다면, 그것은 예술이 아직 성숙되지 않았기 때문이다.

둘째, 시는 일종의 언어이며, 언어는『나고 또 나며 멈추지 않는다. 生

生不息』또한 무無에서 유有를 낳는 것이 아니다. 언어의 문법은 항상 변천되고 있으며, 어떠한 언어의 문법역사도 이를 증명할 수가 있다. 그러나 어떠한 종류의 변천도 하나의 고정된 기초 위에서 출발하며 또한 그것은 여태까지 다만 진화의 과정이었지 혁명은 아니었다. 시의 음률과 문법도 마찬가지로 원래 습관이다. 그러나 이것은 진화시키는 출발점으로서의 습관이다. 시의 음률은 각나라마다 몇 개의 고정된 모형이 있으며, 이 모형들도 때와 장소에 따라 변천한다. 개개의 시인들은 항상 이미 이루어진 모형의 범위내에서 정서의 자연적인 요구에 따라 늘였다가 줄였다가 한다. 율시律詩의 변천사라는 입장에서 본다면, 이것은 이미 지나간 역사가 걸어간 큰길이다. 중국을 예로들면 4언율시에서 5언율시로, 5언율시에서 7언율시로, 시에서 부賦로, 사詞로, 곡曲으로, 탄사彈詞로, 또 고시古詩에서 율시律詩로 변천하였는데 뒷단계는 앞단계와 같지 않으나 여전히 어느 정도 전단계를 답습하고 있다. 우주의 모든 것은 항상 변하고 있다. 그러나 변하는 속에 여전히 변하지 않는 것이 있다. 우주의 모든 것은 피차 서로 다르다. 그러나 다른 가운데에 또한 서로 같은 것이 그 안에 있다. 언어의 변화와 시의 음률의 변화는 이러한 공리公理 중의 하나에 불과히다. 시의 음률은 변화될 필요가 있는데, 이는 고정된 형식으로는 생성·변화·발전하는 정서와 사상에 대처할 수 없기 때문이다. 만약 정서와 사상과 언어가 일치하지 않을 수 있다면, 정서·사상이 변하는데 언어가 변하지 않아도 그 정서·사상을 표현할 수 있다면, 어떠한 정서와 사상도 몇 개의 고정된 모형 속에 귀납시킬 수 있을 것이며, 시의 형식도 변화될 필요가 없게 된다. 그러나 변화란 반드시 고정된 모형으로부터 출발하는 것이기 때문에 이렇게 변하고 저렇게 변해도 후대의 모형이 전시대의 모형과 서로 크게 차이가 나지 않는다. 바꾸어 말하면, 시는 그래도 하나의 〈형식〉을 갖고 있다는 것이다. 이것은 인류의 정서와 사상이 그 변하는 중에도 여전히 변하지 않고 바뀌지 않는 하나의 기초가 있기 때문이다. 그래서 〈형식〉이 존재한다는 것과 그것을 응용하는 것이, 정서와 언어가 평행일치하는 것이 아니라는 증거가 될 수는 없다.

6. 시의 음률 자체의 가치

시의 음률 문제에 관해서는 역사적 사실을 존중해야지 단순히 독단적으로 다루어서는 안 된다. 시의 영역은 점차 축소되고 좁아졌고 산문의 영역은 날이 갈수록 확대되었는데, 이는 인정하지 않을 수 없는 역사적인 사실이다. 호머가 서사체로 쓴 것, 소포클레스와 셰익스피어가 비극 체제로 쓴 것들을 현대인은 모두 산문소설로 쓰고, 아리스토파네스와 모리악이 음률이 있는 희극喜劇 형식으로 쓴 것을 현대인들은 산문희극散文戱劇으로 쓴다. 심지어 예전에는 서정시로 썼던 것을 현대인은 산문소품문으로 쓴다. 현재 시의 형식으로 편지를 써서 논문을 비평하는 사람이 아직도 있는가? 고대 로마시대의 학자들과 그들의 모방자들은 시로 편지를 써서 글을 논하는 일이 다반사였다. 필자는 서지마徐志摩가 만약 육조시대에 태어났다면 아마 부부賦의 체제로 《사성死城》이나 《농득화불개濃得化不開》를 썼을지도 모른다고 생각한다. 머리J.M.Murry가 《풍격론風格論》 가운데서 말하기를, 한 작가가 시 또는 산문을 이용해서 그의 감정과 사상을 표현한다면 대부분 당시의 풍기에 의해 결정된다고 하였다. 그리고 그는 이 시대에서 소설을 애호하는 것은 건강한 취미이며, 시를 애호하는 것은 약간 건강치 않은 취미라고 생각했다. 이 말은 매우 이치에 맞는 말이다.

그러나 진리는 때때로 양면성을 지니고 있다. 시의 형식이 설사 전통을 답습한 것으로 지금까지 계속적으로 유전되어 왔다고 할지라도 자연히 그 내재적 가치는 있기 마련이다. 시는 미래에도 산문에 의해 완전히 소멸되지는 않을 것이다. 예술의 기본원칙은 『변화를 정제된 것에 기탁하는 것 寓變化於整齊』이다. 시의 음률의 장점 가운데 하나는 하나의 정연한 것을 주어 기초로 삼게 하고, 당신으로 하여금 변화시키게 할 수 있다는 데 있다. 산문을 쓰는 것은 곧 변화인데, 이렇게 변하고 저렇게 변해도 여전히 고정적인 형식이 없음에 불과하다. 시는 다양하게 변화할 수 있는 격률이 있어 시의 형식은 산문보다 더욱 풍부하다.

작가의 입장에서 말하자면, 이미 이루어진 규율을 따른다는 것은 일종의 난점이기는 하나, 기술의 난점을 이겨내는 것이 예술창조의 즐거운 일이며, 시를 읽는 쾌감도 항상 능란하고 교묘하며 어려운 데서 일어난다. 수많은 사율詞律을 분석해 보면 매우 복잡하기는 하나 대사인大詞人의 손에서 운용되면 그렇게 자연스러울 수가 없다. 매우 힘들고 억지 같은 것을 극히 자연스러운 것으로 변화시키는 것이 우리를 경탄케 하는 것이다. 이와 함께 많은 시학가詩學家들이 말하는 바와 같이 난점을 가지고 있는 이러한 음률은 매인 곳 없이 호방하기만 한 감정과 상상을 절제케 하여 수습할 수 없는 방일함에 이르지 않도록 할 수 있다. 감정과 상상은 본래 약간은 거친 성질을 갖고 있으나, 시 속에 씌어지면 다소 냉정해지며 엄숙하고 정돈되는데 이것은 곧 음률이 단련해내는 것이다.

규율이 있는 음조가 적당한 시간 계속되면 항상 최면작용이 일어나게 된다. 이러한 경우는『요람을 흔들며 부르는 노래 搖床歌』가 그 극단적인 실례가 된다. 일반적인 시가는 비록 완전히 잠이 들게 할 필요는 없지만 적어도 씌어진 의미와 세상의 허다한 실용적인 연상 사이를 갈라놓아서 독립자족적인 세계를 이루게 할 수는 있다. 시에서 사용되는 언어 전부가 일상생활의 언어인 것은 아니므로 독자도 일상생활의 실용적인 태도로써 그에 대처하지 않고 정신을 집중하여 순수한 의상意象(이미지)을 관조할 수 있다. 하나의 일례를 늘면《서상기西廂記》가운데 다음과 같은 사詞가 있다.

> 부드러운 살결, 그윽한 향기 그리움 가득 안고,
> 봄이 세상에 이르니 꽃은 색을 희롱하네.
> 이슬방울 떨어지니 모란꽃이 피려 하네.
> 軟玉溫香抱滿懷,
> 春至人間花弄色.
> 露滴牡丹開.

이 사는 실로 남녀의 사사로운 일을 묘사하여 음란하기까지 하나 독자가 그 어휘의 아름답고 미묘함과 음률의 조화로움을 감상할 때는 때때로 그 음란함을 잊어버린다. 이 단락을《수호지水滸志》의 반금련과 서문경 이야기, 또는《홍루몽》속의 가련賈璉과 포이가鮑二家의 이야기와 비교해 보면 우리는 곧 음률의 효능을 엿볼 수 있을 것이다. 같은 이치로, 여러 가지 비참하거나 음란하거나 추악한 자료들을 산문으로 쓰면 그 비참·음란·추악함을 버리지 못하는데 시의 형식을 빌게 되면 어느 정도 그것을 미화시킬 수 있다. 예를들어 어미가 자식을 죽이는 것, 부인이 남편을 죽이는 것, 여식이 아비를 따르는 것, 아들이 어미를 취하는 것 등의 이야기는 실제생활 속에서 통한과 혐오를 불러일으키기 쉽다. 그러나 그리스 비극이나 셰익스피어의 비극 속에서는 극히 장엄하고 찬란한 예술적 이미지를 이루고 있는데, 이는 그것들이 시로 표현되어 일상언어와 한 층의 격차가 있게 되어, 사람들로 하여금 현실을 보고 실질적인 태도로 그들에게 대처하는 데까지 이르지 않도록 하며, 그래서 우리들의 주의력이 아름답고 묘한 이미지와 조화로운 음률에 흡수되어 버리기 때문이다. 미학의 용어를 빌어 표현하면 음률은 〈거리距離〉를 제조하는 도구로서 평범하고 초라한 것을 이상세계로 올려놓는다.

이외에도 음률의 최대가치는 당연히 그 음악성에 있다. 음악 자체는 농후한 미감美感을 만들어내는 예술로 그것과 시의 관계는 다음장에서 상세히 논하겠다.

제6장

시와 음악

―리듬(節奏)―

역사상에서 시와 음악은 매우 오랜 연원이 있으며, 그 기원은 시와 음악은 원래 춤과 함께 삼위일체의 혼합예술이었다. 소리·자태·의미는 서로 호응하고 서로 밝혀 셋 모두 리듬을 떠날 수 없으니 이것이 그들의 공동운명이 되었다. 문화가 점점 진보되자 이 세 가지 예술이 분립되었는데, 음악은 소리를 전적으로 취하여 매체로 삼으며 그 조화를 중시하고, 춤은 손발의 형태를 전적으로 취하여 매체로 삼으며 그 자태를 중시하고, 시가는 언어를 전적으로 취하여 매체로 삼으며 그 의미를 중시하였다. 이 세 가지가 비록 분립하였으나 리듬은 여전히 공통요소로 남아 있어 그들의 관계는 언뿌리는 끊어졌으나 그 실마디가 연결되어 있듯이 서로 이어져 있다. 시와 음악의 관계는 더욱 밀접하여 시는 항상 노래할 수 있고, 노래는 항상 음악과 짝한다. 독일의 음악가 바그너Wagner가 〈악극樂劇〉[1] 운동을 선양한 이후부터 〈시극詩劇〉[2] 〈악곡樂曲〉은 손을 잡고 함께 나아가며 서로 어우러져 빛을 내었다. 여기에 다시 춤이 첨가되므로써 시·음악·춤은 원시시대의 결합을 거의 회복하게 되었다.

그 성격을 논한다면 모든 예술 중에서 시와 음악이 가장 가깝다. 그들은 시간예술로 회화나 조각이 다만 공간을 빌어 형상을 드러내는 것과는 다르다. 리듬은 시간이 길게 뻗어나가는 중에 가장 잘 드러나는 까닭에 어떤 다른 예술보다도 시와 음악 속에서 가장 중요하다. 시와 음악이 사용하는 매체는 그 일부분이 같다. 음악은 다만 소리를 사용하고 시는 언어를 사용하는데, 소리도 언어의 중요한 성분의 하나이다. 소리는 음악 속에서 리듬과 음조音調의 〈조화〉(harmony)를 빌어서 그 효용을 나타내며, 시 속에서도 마찬가지이다.

시와 음악이 역사상의 연원에서나 성격상에서 유사하기 때문에 일부 시인과 시론가들은 힘껏 시와 음악의 접근을 꾀하고 있다. 페이터Pater 는《문예부흥론》에서 말하기를『일체의 예술은 음악에 가장 가까이 접근하는 것을 최고의 목표로 삼는다』라고 하였다. 그의 생각은, 예술의 최고 이상은 실질과 형식이 혼융하여 흔적이 없는 상태라는 것이다. 이 주장은 시 쪽에서의 호응자가 더욱 많다. 영국의 스윈번Swinburne과 프랑스의 상징파 시인들은 소리를 중요한 위치에 올려놓았는데, 베를레느 Verlaine는 시를 논하는 시 가운데서 큰 소리로 외치기를 『음악이여 ! 모든 것보다 높도다 !』라고 하였다. 또 일부 상징파 시인들은 〈착색着色된 청각〉(colour—hearing)이라는 일종의 심리적 변태가 있어 소리를 듣기만 하면 색깔을 본다. 그들은 이러한 현상에 근거하여 〈통각설統覺說〉(correspondence : 보들레르의 같은 제목의 14행시 참고)을 주장하며, 자연계의 현상인 소리·색·냄새·맛·촉각 등이 접촉하는 것은 그 표면상으로는 비록 각각 다르다고 할지라도 사실은 서로 호응하며 서로 교감할 수 있고 서로 상징할 수 있다고 생각하는 것이다. 그래서 많은 이미지(意象)는 모두 소리를 빌어 환기할 수 있다고 생각한다. 상징주의 운동은 이론상으로 브레몽H.Bremond의 〈순수시純粹詩〉 이론으로 발전되어 갔다. 시는 직접적으로 감정을 흔드는 것이며 이지理智의 길을 빌어서는 안 된다. 그것은 음악과 같이 전적으로 소리로써 사람을 감동시켜야 하며 의미는 긴요하지 않은 성분이다. 이 설은 미학 중의 형식주의와 약속이나 한 듯 합치되는데 언어 중에서 다만 소리가 갖고 있는 것은 〈형식적 성분〉이기 때문이다. 근래 중국시인 중에 상징파를 모방한 시인이 있는데 이들의 음과 뜻의 우열을 논하는 논쟁은 매우 열렬하다. 본장에서는 시와 음악의 차이점을 분석하는 것으로부터 착수하여 음과 뜻, 어느것이 중요한 문제인지 하나의 답안을 찾아볼 것이다.

　시와 음악의 기본적인 유사점은 그것들이 모두 소리를 사용한다는 점이다. 그러나 그것들도 기본적인 차이점이 있으니 음악은 다만 소리를 사용할 뿐인데, 그가 사용하는 소리는 리듬과 멜로디 두 가지의 순수한 형식성분이며, 시가 사용하는 소리는 언어의 소리로써 언어의 소리는 반드시 의미를 동반한다. 시는 의미가 없을 수 없으며, 음악은 비교적 저급한 〈표제음악〉(programme music)을 제외하고는 내세울 만한 의미가 없다. 시와 음악의 모든 차이는 모두 이 기본적 차이에서 비롯된다. 이 차이는 본래 얕고 가까워서 이해하기 쉬운 것인데 많은 사람들은 그것을 잊고 극단적으로 치우치거나 오류에 빠져버린다. 우리는 우선 이러한 기본 차이점을 세워놓고 시와 음악의 공동운명 —리듬— 을 분석해 보자.

1. 리듬[절주節奏]의 성질

리듬은 우주 속 자연현상의 하나의 기본원칙이다. 자연현상이 피차 전부 같을 수는 없지만 또한 전부 다를 수도 없다. 전부 같거나 전부 다르다면 리듬이 있을 수가 없으니 리듬은 같고 다른 것이 서로 이어지고, 서로 뒤섞이며 서로 호응하는 데에서 발생하기 때문이다. 춥고 더움, 밤낮의 반복, 새롭고 진부한 것의 신진대사新陳代謝, 암수의 조화, 바람과 파도의 기복, 산과 계곡의 교차, 수량의 많음과 적음 그리고 현묘한 이치에서 비롯되는 반정反正의 대칭, 역사상의 흥망성쇠의 순환에 이르기까지 모두 리듬의 이치가 그 속에 있다. 예술은 자연을 반조返照하는 것이니 리듬은 모든 예술의 영혼인 셈이다. 조형예술에 있어서는 짙고 옅음(濃淡)과 성기고 촘촘함(疏密) 그리고 음양陰陽이 조화로우며, 시가·음악·춤 등 시간예술에 있어서는 고저장단高低長短과 빠르고 느린 것이 서로 호응한다.

사람에게 있어서 리듬은 자연적인 요구이다. 인체 중 각종 기관의 기능, 즉 호흡과 순환 등등은 모두 한 번 일어나고 한 번 숨는 듯이 하면서 냇물이 쉬지 않고 흐르는 것과 같이 스스로 리듬을 이룬다. 이러한 생리의 리듬은 또 심리의 리듬을 일으키는데, 이것이 정신력의 차고 이지러짐과 주의력의 긴장緊張과 해이解弛이다. 숨을 들이쉴 때 영양이 갑자기 증가하고 맥박이 뛸 때 근육이 긴장해서 정신력과 주의력도 따라서 분발한다. 그리고 숨을 내쉴 때 영양이 잠시 멈추고 맥박이 잠잠할 때 근육이 느슨해져서 정신력과 주의력 또한 따라서 하강한다. 우리들이 바깥세계를 지각할 때 정신력과 주의력의 왕성함과 집중을 필요로 하게 되는데, 그래서 항상 부지불식중에 자연계의 리듬과 내면의 리듬이 서로 호응하기를 희구하는 것이다. 때로는 자연계에서 본래 리듬이 없는 현상도 내면의 리듬을 빌어 리듬을 만든다. 예를들어 종·시계·엔진 등이 내는 소리는 본래 단조로워 높낮이나 기복이 없는데, 우리들이 들을 때는 강약과 장단이 서로 나누어져 있다고 느끼는 것이다. 이것은 매우 자연적인 것으로 호흡과 순환에 기복이 있고, 정신력에 차고 이지러짐이 있으며 주의력에 긴장과 해이함이 있어서, 동일한 소리도 주의력이 긴장되었을 때는 무겁게 들리고, 주의력이 느슨해졌을 때는 가볍게 들리게 된다. 그래서 한 가지 음률의 단조로운 소리를 계속해서 내면 듣는 사람으로 하여금 일정한 규칙이 있는 리듬을 듣도록 할 수 있다.

이 간단한 사실로 리듬을 다음과 같이 구별할 수 있다. 리듬에는 〈주관적인 것〉과 〈객관적인 것〉 두 종류가 있다. 우리들이 듣는 종이나 시계의 리듬은 완전히 주관적인 것이며, 객관적인 기초는 없다. 자연현상은 본래 각각 객관적인 리듬이 있는데 우리들이 듣는 리듬은 그것과 완전히 부합될 필요는 없다. 예를들면 서로 인접하고 있는 두 음의 고저가 1 : 3 인 경우가 있고, 또 서로 인접하고 있는 두 음의 고저가 1 : 5인 경우가 있을 때 동일한 하나의 음을 전자에서 들으면 비교적 높고 후자에서 들으면 상대적으로 낮은데, 이는 인접한 음의 고저에서 받는 영향이 같지 않기 때문이다. 이것은 동일한 포성을 총성과 함께 들을 때와 우뢰 소리와 함께 들을 때 생기는 인상에 높고 낮은 차이가 있는 것과 같다.

주관적인 리듬의 존재는 바깥 사물의 리듬이 내재적인 리듬을 받아서 바뀔 수 있다는 것을 증명한다. 그러나 내재적 리듬이 바깥 사물의 리듬을 받아 바뀐다는 것도 항상 일어날 수 있는 일이다. 시와 음악의 감동을 주는 성질은 이런 종류의 변화의 가능성으로부터 비롯된다. 유기체는 본래 환경적응을 매우 잘하며 또 모방은 동물의 가장 원시적인 본능이다. 옆사람이 웃는 것을 보면 자기도 따라서 웃고, 옆사람이 공을 차는 것을 보면 자기의 다리도 그에 따라 뛰고 싶어서 움직인다. 산을 볼 때에는 우리들은 모르는 사이에 가슴을 밀고 고개를 세우며, 수양버들이 바람결에 하늘거리는 것을 볼 때에는 자기도 모르는 사이에 마음이 가벼워지고 시원해진다. 이러한 것은 지극히 보편적인 경험이다. 바깥 사물의 리듬도 마찬가지로 나의 근육과 관련기관에 바짝 다가와 그것에 적응하고 그것을 모방한다. 소리의 리듬만을 살펴보면, 소리는 장단과 고저와 경중과 질서疾徐(빠르고 느림)가 서로 연속되는 관계이다. 이러한 관계는 항상 변화하며, 듣는 사람들이 쏟는 노력과 심신의 활동도 그에 따라서 변화한다. 이로 인해 듣는 사람의 마음 속에서 저절로 발생하는 일종의 리듬과 소리의 리듬은 서로 평행한다. 어떤 높고 촉급促急한 곡조를 들으면, 마음과 근육도 역시 이에 따라 일종의 높고 촉급한 활동을 하며, 낮으며 느리고 부드러운 곡조를 들으면 마음과 근육도 이에 따라 낮으며 느리고 부드러운 활동을 한다. 시와 음악의 리듬은 항상 어떤 〈모형pattern〉이 있어서 변화하는 중에서도 정연한 것이 있고, 유동하고 생성발전해도 오히려 항상 출발점으로 되돌아오기 때문에 우리는 그것이 규율이 있다고 말한다. 이 〈모형〉이 마음 속에 각인되어 심리적인 〈모형〉을 형성하면서 우리들은 부지불식중에 이 〈모형〉에 비추어 보고 적응하며, 마음을 쓰고 주의력의 긴장과 해이, 근육의 신축을 조절할 준비가 된다. 이러한 준비를 심리학적인 용어로 〈기대 또는 예기豫期〉(expectation)라고 한다. 일정한 규율이 있는 리듬은 모두 반드시 심리상에 인상을 남겨 〈모형〉으로 될 수 있고, 또 반드시 기대를 생기게 할 수 있다. 기대에 맞고 맞지 않음은 리듬의 쾌감과 불쾌감의 원천이다. 예를들어 평측이 서로 반복되는 한 편의 시를 읽는데, 평성을 읽을 때 우리는 저도 모르게 측성이 다시 올 것임을 기대하고, 측성을 읽을 때는 저도 모르게 평성이 다음에 올 것임을 기대한다. 기대는 부단히 생기면서 부단히 실증해 주기 때문에 생각한 것과 같은 쾌감을 발생시킨다. 그러나 전체가 생각한 바와 똑같고 또 융통성 없음과 단조로움을 면치 못하게 되면 정연한(정제된) 중에서도 변화가 필요하게 되고, 변화가 있을 때 기대가 적중되지 않아서 생기는 놀람도 적지 않을 것이다. 그것은 단조로움을 제거할 뿐 아니라 주의력도 환기시킬 수 있으니, 코울리지가 비유한 〈계단오르기〉[3]와 같이 한 걸음 한 걸음 위로 올라갈 때 하나의 계단이 특별히 높거나 혹은 특별히 낮다는 것을 문득 발견하여 주의력이 갑자기 환기되는 것이다.

위의 분석으로 보면, 바깥 사물의 객관적인 리듬과 심신의 내재적 리듬은 서로 영향을 끼쳐, 결과적으로 마음 속에 생기는 인상은 주관적인 리듬이다. 시와 음악의 리듬도 바로 이런 종류의 주관적인 리듬으로, 그것은 마음과 사물이 교감한 결과이지 물리적인 사실이 아니다.

2. 리듬의 어울림과 불협화

심신의 내재적 리듬과 객관적 리듬은 서로 변화시킬 수 있지만, 그것도 한도가 있다. 즉 내재적 리듬이 바깥 사물의 리듬에 영향을 준다는 입장에서 보면, 우리는 규칙적인 종 소리와 시계 소리로부터 리듬을 들을 수 있으나 변화한 거리의 시끌벅적 뒤섞인 소리 속에서는 리듬을 듣지 못한다. 종 소리와 시계 소리를 실제 소리보다도 조금 높게 혹은 조금 낮게 들을 수는 있어도 천둥 소리나 모기 소리로 듣지는 못한다. 그리고 바깥 사물의 리듬이 내재적 리듬에 영향을 준다는 입장에서 보면, 그것은 적응과 모방이라는 원칙에 의해서 바깥 사물의 리듬의 모형을 마음 속에 각인하는데, 이 모형은 마음의 감응력感應力에 반드시 적합해야 하는 바 지나치게 높거나 긴 소리와 너무 혼잡한 소리, 또는 지나치게 낮거나 짧은 소리와 지나치게 단조로운 소리는 모두 심신의 자연적인 요구에 위배된다.

이상적인 리듬은 생리나 심리의 자연적인 요구, 즉 근육의 수축과 이완의 정도, 주의력의 해이와 집중의 기복, 그리고 마땅히 있을 것으로 예기한 만족과 놀라움 등에 적합해야 한다. 이른바 〈어울림〉과 〈불협화〉의 구별은 이러한 조건으로부터 생겨난다. 만약 사물의 기복이나 리듬이 심신의 내재적인 리듬과 평행일치한다면, 심리적인 면은 부자연스러움을 면할 수 있고 유쾌함을 느낄 수 있으니 이것이 〈어울림〉이며, 그렇지 않으면 곧 〈불협화〉이다. 리듬의 쾌감은 적어도 일부분은 스펜서Spencer가 말한 것과 같이 정신력의 절약에서 일어난다.

물리학 방면에서 보면 소리가 서로 차이가 나는 그런 관계는 본래 수량數量의 비례만으로도 나타낼 수 있는데, 〈어울림〉과 〈불협화〉에 관계 없이 〈어울림〉과 〈불협화〉는 그것이 생리나 심리에 대하여 발생하는 영향이다. 예를들어 경희京戲나 고서鼓書와 같은 음악을 들을 때 만약 연주자의 예술이 완벽하다면, 우리는 매글자의 음의 장단과 고저와 급서急徐가 모두 적절하고 훌륭하여 한 푼이라도 더할 수 없고 한 푼이라도 뺄 수 없다고 느낄 것이다. 만약 어느 구절이 한 박자 또는 몇 박자 떨어져 이치적으로 좀 높게 혹은 좀 낮게 나왔다면, 우리들의 온몸의 근육은 일종의 불유쾌한 진동을 맹렬히 느낀다. 통상적으로 우리들이 음악이나 노래를 들을 때 손과 발로 박자를 맞추는데, 사실은 온몸의 근육이 모두 박자를 맞추는 것이다. 박자를 맞출 때 온몸의 근육과 마음의 주의력은 이미 하나의 〈모형〉을 형성하며, 이미 예측되는 기대를 잠복潛伏시켜 놓고 또 이미 하나의 적응방식을 준비한다. 듣는 음조가 근육이 맞추는 박자와 서로 합치되고, 주의력의 해이와 집중에 알맞게 조절되며, 준비한 적응방식과 어그러짐이 없으면 우리는 〈어울림〉을 느낄 수 있지만, 그렇지 않으면 〈불협화〉를 느끼게 된다. 시에서의 〈어울림〉과 〈불협화〉도 이와 같이 구별된다. 예를들면 다음과 같다.

> 나를 버리고 가시는 님 어제 붙잡아 둘 수 없었고,
> 내 마음 혼란스럽게 하는 사람으로 오늘 번뇌와 근심 많네.
> 棄我去者昨日之日不可留,
> 亂我心者今日之日多煩憂.

이 두 구절의 시는 읽을 때도 입에 순조롭고 들을 때도 귀에 순조롭다. 입과 귀에 순조롭다는 것은 심신의 자연적인 요구에 적합한 것이니 이것이 〈어울림〉이다. 만약 아랫구를 『今日之日多憂』나 『今日之日多煩惱』로 고쳐 읽는다면, 그 뜻은 비록 심하게 변동되진 않으나 곧 입에 순조롭지 않고 귀에 순조롭지 않음을 느끼게 될 것이니 이것이 곧 〈불협화〉이다.

한 곡조의 음악 또는 한 구절의 시마다 하나의 특수한 리듬모형이 있을 수 있어 〈모형〉을 이루는데, 만약 생리나 심리의 자연적 요구에 크게 위반되지 않는다면 마음 속에 새겨질 수 있고 근육계통으로 스며들어 리듬에 따라 응분의 효과를 발생시킨다. 그래서 〈어울림〉과 〈불협화〉는 그 리듬이 고정된 전통적인 모형을 그대로 답습하는지 그렇지 않은지를 중시하지 않는다. 옛날 중국의 시나 사를 말하는 사람들은 〈측측평평측, 평평측측평〉식의 모형을 삼가 준수하는 것이 〈어울림〉이며, 그렇지 않으면 〈불협화〉라 생각하였는데 그것은 잘못된 견해이다. 그들은 〈어울림〉과 〈불협화〉를 완전히 물리적인 사실로 간주할 뿐 그것들이 실제로 생리나 심리에 대해 발생시키는 영향이라는 사실을 알지 못했다. 또 시에 있어서도 소리는 의미의 영향을 받는데, 그의 장단·고저·경중 등의 분별은 시 속에서 표현한 정서情緖에 따라가는 것이지, 본래부터 죽은 공식은 아니다. 예를들어 제5장에서 인용한 이백李白과 주방언周邦彦의 《억진

아憶秦娥》두 수는 비록 같이 하나의 곡조曲調를 사용했지만 리듬은 절대로 같지 않다. 다만 시를 이해하지 못하는 사람은 『音塵絕, 西風殘照, 漢家陵闕』이백과 『相思曲, 一聲聲是, 怨紅愁綠』주방언의 형식이 같은 사구詞句를 같은 리듬으로 읽을지는 모르겠다. 시의 리듬은 결코 규정된 악보로 만들어질 수 없다. 이미 규정된 악보에 의탁했더라도 각각의 시의 리듬 또한 규정된 악보가 지시하는 리듬이 결코 아니다. 포프Pope와 키이츠Keats는 모두 〈평운오절격平韻五節格〉(heroic couplet)을 사용했고, 밀턴Milton과 브라우닝Browning은 모두 〈무운오절격無韻五節格〉(blank verse)을 사용했으며, 도연명과 사령운은 오언고시를, 이백과 온정균은 칠언율시를 사용했는데 그들의 리듬이 모두 같은가? 이것은 극히 얕아서 쉽게 드러나는 이치인데 우리들이 특별히 제기하는 것은 옛날이나 지금의 국내외의 많은 사람들이 구체적인 시詩를 떠나서 근거없이 소위 〈성조보聲調譜〉라는 것을 강구했기 때문이다.

음악의 리듬은 악보화할 수 있어도 시의 리듬은 악보화할 수 없다. 악보화할 수 있는 것은 반드시 순수한 형식의 조합이어야 하며, 시의 소리조합은 문자의미의 영향을 받기 때문에 순수한 형식으로 간주할 수 없다. 이것도 시와 음악의 중요한 차이 중의 하나이다.

3. 리듬과 정서의 관계

소리와 정서의 긴밀한 관계는 고금의 국내외 시인들이 항상 노래하듯 담론한 것이다. 《악기樂記》가운데 한 단락이 가장 철저하다.

음악이란 음音으로 말미암아 생기는 것으로, 그 음은 사람의 마음이 외물外物에게 느낌을 받는 데에서 일어난다. 이런 까닭에 비애한 감정이 마음 속에서 일어나면 그 소리가 초조하고 나지막해지고, 즐거운 마음이 일어나면 그 소리는 넓고도 느긋하며, 기쁜 마음이 일어나면 그 소리는 높고도 흥분되며 명랑하고, 성난 마음이 일어나면 그 소리는 거칠고 사납다. 공경하는 마음이 일어나면 그 소리는 곧으면서도 청백淸白하고, 사랑하는 마음이 일어나면 그 소리는 화기롭고 온유하다. 이러한 여섯 가지 반응은 사람의 천성이 다르기 때문이 아니라 외물에 자극을 받아 마음이 움직였기 때문이다.

樂者音之所由生也,　其本在人心之感於物也.　是故其哀心感者其聲噍以殺, 其樂心感者其聲嘽以緩,　其喜心感者其聲發以散,　其怒心感者其聲粗以厲,　其 敬心感者其聲直以廉,　其愛心感者其聲和以柔. 六者非性也, 感於物而後動.

서양철학 중에서 〈음악표정설音樂表情說〉을 내세운 사람으로는 쇼펜하우어가 가장 뚜렷하다. 그의 음악에 대한 정의는 〈의지意志의 객관화〉이며, 그가 말하는 〈의지〉란 정서도 포함한다.

소리와 정서의 관계는 매우 원시적이며 보편적이다. 사양師襄이 기문고를 타면 노닐던 물고기가 나와서 듣는다는 것은 일종의 전설일 뿐이다. 미국의 심리학자 쇼엔Schoen의 실험에 의하면, 동물은 확실히 음조의 변화에 따라 여러 종류의 정서와 동작을 보인다. 각 종류의 음악은 각각 한 종류의 특수한 정서를 표현한다. 고대 그리스인들도 이러한 사실에 주의하여 당시 유행하던 일곱 종류의 음악을 분석하였는데 E조調는 안정감이 있고, D조는 열렬하며, C조는 화기롭고 사모하는 듯하며, B조는 슬프고 원망하는 듯하고, A조는 고양시키며, G조는 가볍고, F조는 방종하다고 생각하였다. 아리스토텔레스는 C조를 가장 중시하였는데, 이는 C조가 청년들을 도야시키는 데 가장 적절하다고 생각했던 까닭이다. 근대 영국의 음악이론가 파우어E.Power의 연구결론도 이와 대단히 유사하다.(상세한 것은 주광잠 저 《문예심리학》 부록 제3장 〈성음미聲音美〉를 참조할 것) 이러한 사실의 생리기초는 과학실험을 거쳐 자세히 검토되어야 할 것이나 대략적인 내용은 미루어 생각할 수 있을 것이다. 높고 촉급한 음은 근육과 관련기관을 긴장되고 격앙케 하기 쉽고, 낮고 완만한 음音은 해이하고 편안하게 하기 쉽다. 연상聯想에도 영향이 있다. 어떤 소리가 맑고 깨끗하면 쾌락한 정서를 연상시키기에 용이하고, 어떤 소리가 무겁고 탁하고 어두우면 우울한 정서를 연상시키기에 쉽다.

이상은 다만 독립된 음조音調로써 말한 것이다. 여러 가지 음조가 배합·대비되고 연속적으로 이어 내려가면서 파동이 일어나면 곧 리듬이 생긴다. 리듬은 음조의 움직이는 형태로 정서에 대한 영향은 매우 크다.

리듬은 정서를 전달하는 가장 직접적이고 가장 힘있는 매개체라고 할 수 있는데 리듬 자체가 정서의 중요한 부분이기 때문이다. 우리들의 생리와 심리에는 자연의 리듬이 있어 근육의 신축이나 주의력의 긴장과 해이에 의해 일어나는데 이미 상술上述한 바와 같다. 이것이 정상적인 상태의 리듬이다. 감정이 한 번 발동하면 호흡·순환 등의 작용들이 교란되어 근육의 신축과 주의력의 긴장·해이가 갑자기 원상태를 변화시키며 원상태의 리듬도 이에 따라 변화한다. 바꾸어 말하면 어떤 종류의 감정이라도 그것의 특수한 리듬을 갖고 있다. 인류의 기본적인 정서는 대체로 같으며, 그 정서들이 일으키는 생리의 변화와 리듬도 자연히 하나의 공통되는 모형을 가지게 된다. 기쁘면 웃고 슬프면 울고 부끄러우면 얼굴과 귀가 빨개지고, 두려우면 손발이 떨리는데 이것은 쉽게 보이는 현상이다. 미세하여 쉽게 관찰·지각될 수 없는 리듬은 이러한 것에서 유추되어야 하며 또 유추될 수 있다. 음악가나 시인의 정서는 직접적으로 소리와 리듬에 드러나고, 듣는 사람은 적응과 모방의 원칙에 의해 이 소리와 리듬을 받아들여 심신 전체에 스며들어 퍼지게 하는데, 그래서 부분이 전체를 연상시킨다는 원칙에 의거해서, 리듬에 항상 수반되는 정서를 환기시킨다. 이러한 과정 ——표현과 수용——은 모두 이지적인 사고를 빌릴 필요가 없는 것으로, 소리가 사람을 느끼게 하는 것은 마치 전류가 흐르는 것이나 메아리가 소리에 응하는 것과 같이 가장 직접적이며 가장 힘있기 때문이다.

정서란 원래 감동(느낌을 받아 움직인다)의 뜻을 포함하고 있다. 정서가 발생할 때 생리와 심리의 전체기관들이 감동을 받을 뿐만 아니라 각종 정서들은 반응하여 동작할 준비를 하는 경향이 있는데, 예를들면 무서울 때 도피 준비를 하는 경향이 있고, 성났을 때 공격할 준비를 하는 경향이 있는 것이다. 생리방면(특히 근육계통)의 이러한 동작의 준비와 경향을 심리학에서는 〈동작추세動作趨勢〉(motor sets)라고 부른다. 리듬이 정서를 일으키는 것은 통상 우선 그의 특수한 〈동작추세〉를 격동시키는 것이다. 우리들이 소리와 리듬을 들을 때 주의력을 조절해야만 할 뿐만 아니라 전체 근육과 관련기관 모두 조용히 들으면서 듣는 리듬에 맞추어 동작할 준비를 한다. 어떤 리듬이 그에 상응되는 〈동작추세〉를 격동시키게 되므로 그것이 항상 수반하는 정서를 불러일으키는 것이다. 그러나 리듬은 추상적인 것이지 구체적인 상황이 아니기 때문에 일상생활 속의 분노·두려움·질투·혐오 등과 같은 구체적인 정서를 만들어내지 못하고 다만, 흥분·당황·기쁨·측은함·평정·경건·희구·그리움 등과 같은 모호하고 어렴풋한 추상적인 윤곽을 일으킬 수 있을 뿐이다. 바꾸어 말해서, 순수한 소리와 리듬이 환기시키는 정서는 대부분이 대상이 없기 때문에 분명하고 고정적인 내용이 없으며, 그것은 형식화된 정서이다.

시는 소리 외에 문자의 의미가 있는데 그 문자의 의미로부터 하나의 구체적인 상황을 기탁해낸다. 이로 인해서 시가 표현하는 정서는 대상이 있으며 구체적이고 의미도 있게 되는 것이다. 예를 들어 두보의《석호리 石壕吏》《신혼별新婚別》《병거행兵車行》등의 작품 속에서 표현된 것은 추상적인 비통과 측은함이 아니라, 전란 때 병역兵役으로 고향을 떠나고 처자식과 생이별하는 고통이며, 도연명의《정운停雲》《귀전원거歸田園 居》등의 작품 속에 표현된 것은 추상적인 기쁨이나 평정함이 아니고, 안빈낙도安貧樂道이며 자연스레 서로 묵계한 사람들의 겸손하고 담백한 흉금이거나 즐거운 감정이다. 우리들은 시를 읽을 때 항상 처지를 바꿔놓고 생각해 보며 사물을 깊숙이 체득하고 시인이나 시 속의 주인공이 표현하는 정서를 나누어 맛본다. 이러한 구체적인 정서의 전염과 침윤浸 潤은, 그 힘을 순수한 소리와 리듬에서 얻는 것이 많다. 시와 음악은 비록 같이 리듬을 사용하지만 사용하는 리듬은 다른데, 시의 리듬은 의미의 지배를 받고 음악의 리듬은 순수형식적인 것으로 의미를 싣지 않는다. 시와 음악은 비록 같이 정서를 생산하지만 생산하는 정서의 성질은 같지 않으니 시는 구체적인 것이며, 음악은 추상적인 것이다. 이러한 차이는 매우 기본적이며 쉽게 없어지지 않는다. 바그너가 악극樂劇 속에서 이러한 차이를 해소하여 시와 음악을 한 용광로 속에 용해시키려고 하였다. 그러나 실제로 악극을 듣는 사람은 음악에 주의하면 동시에 시에 주의하기 어렵고, 시에 주의를 기울이면 동시에 음악에 주의하기 어렵다. 악극이란 말도 아니고 노새도 아닌 것(非驢非馬)으로 큰 모순을 갖고 있는 것이다.

4. 언어의 리듬과 음악의 리듬

시는 일종의 음악이며 언어이다. 음악은 다만 순수형식의 리듬이 있을 뿐 언어의 리듬은 없지만 시는 둘 다 있다. 이 차이는 매우 중요하다. 위의 두 절節에서 이미 대략 그 단서를 보였고 이제 특별히 자세한 분석을 더하겠다.

우선 언어의 리듬을 분석해 보자. 언어의 리듬은 세 가지 영향이 합하여 이루어진 것이다. 첫째, 발음기관의 구조이다. 호흡에는 일정한 길이가 있기 때문에 한숨에 우리가 말해낼 수 있는 글자의 음흡도 제한이 있다. 호흡은 한 번 일어나고 한 번 숨기 때문에 말 중에 각 글자의 음의 장단과 경중도 일률적일 수가 없다. 전혀 의미가 없는 한 단락의 글자를 읽어도 어느 정도의 억양과 멈추고 바뀌는 것을 면할 수 없다. 이러한 리듬은 완전히 생리적인 영향으로부터 오는 것이지 정감이나 이해와는 서로 관계가 없다. 그 다음은 이해의 영향이다. 의미가 완성되었을 때 소리는 멈추어야 하고, 의미에 경중이 있고 기복이 있을 때는 소리도 따라서 경중과 기복이 있어야 한다. 이해에서 일어나는 이러한 리듬은 모든 언어가 공유하는 것으로 산문에서 더욱 쉽게 발견된다. 셋째는 정감의 영향이다. 정감에 기복이 있어서 소리도 그에 따라서 기복이 있으며, 정감에 왕복과 선회가 있어서 소리도 그에 따라 왕복과 선회가 있다. 정감의 리듬과 이해의 리듬은 비록 항상 서로 보완하면서 나아가며 쉽게 분리할 수는 없지만 동일한 것은 아니다. 연설에 비유해 보면, 어떤 사람들은 우선 연설원고를 숙독한 후에 연단에 올라가 외워 말하는데 비록 조리가 정연하고 분명하며 자구字句를 고려하여 사용할지라도 듣는 사람은 그리 감동하지 않는다. 또 어떤 사람은 미리 준비하지 않고 때에 맞추어 말이 되는 대로 내뱉으며, 그때의 감정에 따라 흥이 나고 생각이 나는 대로 말을 하여 때로는 유창하며 듣기 좋기는 하나, 그후 신문에서 그 연설문을 읽어보면 매우 평범하고 난잡하기만 하다. 전자의 경우가 중히 여긴 것은 다만 이해의 리듬이며, 후자의 경우가 중히 여긴 것은 정감의 리듬이다. 이해의 리듬은 융통성이 없고 의미에 편중해 있으며, 정감의 리듬은 민활하고 말투에 편중해 있다.

이상의 분석에 비추어 보면, 언어의 리듬은 완전히 자연적인 것으로 그것을 지배하는 외래의 형식은 없다. 음악의 리듬도 이와같은가? 그렇지 않은가? 옛날의 음악이론가의 답변은 긍정적인 것 같다. 영국의 스펜서와 프랑스의 그레트리Gretry는 일찍이 음악은 언어에서 비롯되었다고 주장하였다. 자연언어의 성조聲調와 리듬이 약간의 변화를 거쳐 가창歌唱하게 되었고, 악기의 음악은 가창의 성조와 리듬을 모방하여 발전되어 왔다는 것이다. 그래서 스펜서는 말하기를 『음악은 광채화光彩化된 언어』라고 하였다. 바그너의 악극운동은 『음악은 정감을 표현한다』는 설에 근거하여 문자의미가 없는 음악과 문자의미가 있는 시극詩劇을 함께 혼합시켰다.

이 일파의 학설은 근래 이미 다수의 음악이론가들에 의해 버려졌다. 독일의 발레세크Walleschek와 슈툼프Stumpf, 프랑스의 드라크로와 Delacroix 등은 음악과 언어는 근본적으로 같지 않고, 음악은 결코 언어에서 비롯되지 않았다고 주장한다. 음악이 사용하는 음에는 일정한 분량이 있고 그의 음계는 단속적이며, 한 음과 그 옆음은 급수로써 차례로 올리거나 차례로 내려 피차 고정된 비례를 이룬다고 생각하였다. 언어가 사용하는 음은 일정한 분량이 없이 저음으로부터 고음까지 한 줄로 쭉 이어져서, 성대가 가능한 범위내에서는 우리는 어떠한 음도 골라 사용할 수 있으며, 앞음과 뒷음도 고정적인 비례를 이룰 필요는 없다. 이것은 다만 음의 고저를 지칭하고 있지만 음의 장단도 또한 이와같다. 이뿐만 아니라 우리가 이미 재삼 말했지만 언어는 모두 의미를 갖고 있으며, 언어를 이해한다는 것은 그 의미를 이해한다는 것이다. 순수음악은 의미를 갖고 있지 않으며 음악을 감상한다는 것은 소리의 형식적 관계, 예를들어 기승전결이나 서로 호응하는 것 등에 편중한다. 한 마디로 말하면 언어의 리듬은 자연적이며 규칙이 없고 직솔적이며 항상 변화하는 경향이 있다. 음악의 리듬은 형식화된 것, 규칙적인 것, 선회하는 것이며, 항상 정제整齊되려는 경향이 있다.

시는 노래에서 기원하고 있고 노래와 음악은 서로 짝하기 때문에 음악의 리듬을 보존하고 있으며, 또 시는 언어의 예술이기 때문에 언어의 리듬도 포함하고 있다. 음절로 말하면, 시는 〈상반되는 것의 동일함〉으로 철학가들이 말하는 것과 같이 자연 속에 인위人爲가 있고 속박 속에 자유가 있으며, 정제整齊됨 속에 변화가 있고 답습 속에 창신創新함이 있으며 『마음이 하고자 하는 대로 따라도 從心所欲』 오히려 『틀을 넘지 않을 不踰矩』 수 있다. 시의 어려움이 여기에 있고 묘함 또한 여기에 있다. 시를 음악이나 어떤 순수한 소리조직으로 바꾸어 놓으려는 것은 머리를 자르고 꼬리만 남겨놓고서 여전히 유기적인 생명을 유지하려는 것과 다름이 없다. 음악이 명백하게 표현하지 못하는 것을 시는 명백하게 표현할 수 있는데 바로 이런 까닭으로 시는 음악이 갖지 못하는 요소, 즉 문자의미를 갖는다. 지금 시가 지니고 있는 특수한 요소를 없애고 다만 억지로 음악이 할 수 있는 기능만 발휘하게 한다면, 시가 잘할 수 있을지는 말할 것도 없고 설사 잘한다고 하더라도 시를 음악의 부속물로 만드는 데에 불과하다. 그러나 우리는 시의 음악적 성분을 결코 경시해서는 안 된다. 시의 음악성을 감상할 줄 모르는 사람은 시의 정교함과 미묘함에 대해 결국 생소하게 될 것이다. 우리가 특별히 중시하는 논점은 시가 이미 언어를 사용하였기 때문에 언어의 특성을 보존하지 않을 수 없으며, 의미를 떠나서 소리만을 오로지 주장해서는 안 된다는 것이다.

5. 시의 가송歌誦 문제

시의 리듬은 음악적이며 또한 언어적이다. 이 두 종류의 리듬의 분배 정도는 시의 특성에 따라 다른데, 순수한 서정시는 노래에 가까워서 음악적 리듬이 종종 언어적 리듬보다 중시되고, 극시劇詩나 서사시는 말하는 것에 가까워서 언어적 리듬이 음악적 리듬보다 중시된다. 그것도 시대에 따라 달라서 옛날에 노래한(歌) 것을 지금은 읊는데(誦), 노래하는 것은 음악적 리듬을 중시하고 읊는 것은 언어적 리듬을 중시한다.

시를 읊는 것(誦詩)은 서양에서는 이미 일종의 전문적인 예술이 되었다. 연극학교에서는 시낭송을 필수과목으로 하여 공공오락이나 문인의 집회에는 항상 시낭송하는 순서가 있었다. 시를 낭송하는 어려움은 시를 짓는 어려움과 마찬가지로 한편으로는 음악의 형식화된 리듬을 보존해야 하고, 한편으로는 언어적 리듬을 고려해야 하는데 이것은 규율과 타협하는 속에서 활발한 생기를 표출해야 함을 말한다. 필자 자신이 유럽에서 본 것들을 예로 들어보겠다. 프랑스에서의 시낭송법은 국립연극원에서 통용되는 것을 기준으로 하는데, 프랑스 국립연극원은 시극詩劇을 연출하는 외에 시낭송 프로가 항상 있다. 영국은 국립연극원은 없고 올드빅Old Vic 연극학원의 세익스피어 반班의 송시극誦詩劇 방법이 하나의 표준이 되며, 이외에 사적인 시낭송 집단도 적지 않다. 시인 먼로H. Monro가 살아있을 때(그는 1932년에 타계했다) 매주 목요일 저녁에 영국 시인들을 그가 런던에서 연 〈시가서점詩歌書店〉에 초청하여 자신들의 시를 낭송하도록 하였다. 내가 이러한 곳에서 받은 인상은 서양사람들의 시낭송 방법도 일정하지 않다는 것이었다. 대략적으로 살펴보면, 연극원은 언어적 리듬에 편중하고 시인들은 대부분 음악적 리듬에 편중하였다. 이런 두 종류의 낭송법은 〈희극적戲劇的 낭송〉(dramatic recitation)과 〈가창적歌唱的 낭송〉(singsong recitation)이라는 이름으로 불려진다. 어떤 시인들은 〈희극적 낭송〉을 근본적으로 반대하면서 시의 음률의 효능은 실제생활의 연상을 잠재우고 일종의 티끌 한 점도 물들지 않은 심경을 조성하며, 듣는 사람들이 정신을 집중하여 시의 이미지와 음악에 도취하도록 하는 데에 있다고 생각한다. 언어적 리듬은 매우 현실적이며 실제생활의 연상을 쉽게 일으키기 때문에 정신을 분산케 한다. 그러나 〈희극적 낭송〉도 매우 유행하였는데, 그것의 장점은 감정을 표현해내는 데 있다. 또 어떤 사람들은 〈희극식〉과 〈가창식〉을 겸해서 언어와 음악의 충돌을 조화시키려고 하였다. 예를들면 다음과 같다.

Tomórrow is our wédding day.

이 시귀는 유행하는 언어에서는 〈´〉표 한 것과 같이 다만 두 개의 악센트가 있을 뿐이다. 그러나 〈강약격強弱格〉(또는 경중격 : iambic)의 규칙으로 보면 강약이 서로 이웃하여 4개의 악센트가 있게 된다.

Tomórrow iś our wédding dáy.

이렇게 읽으면, 본래 강하게 읽어서는 안 되는 음도 억지로 강하게 읽어서 언어의 맛을 잃어버린다. 그러나 만약 완전히 유행어의 리듬에 따른다면 시의 음률성을 잃어버린다. 그래서 일반적으로 시낭송자는 조화를 꾀하여 아래와 같이 읽는다.

Tomórrow is our wédding dáy.

이것은 음악리듬 중에서 하나의 악센트(is)를 없애므로써 언어에 적합하도록 하였으며, 언어리듬 중에 하나의 악센트(day)를 더하여 음률에 적합하도록 하였다. 이렇게 되면 두 종류의 리듬에 모두 어긋나지 않는다. 이것은 다만 지극히 비근한 예일 뿐이다. 시낭송의 기술은 그 정교하고 미묘한 곳에 이르면 구름이 하늘을 떠가며 모이고 흩어지는 것 같은 자연스런 묘미가 있다. 이것이 형체의 흔적에서 구하기 쉽지 않다는 것으로 이른바『신기하고 오묘한 도道를 밝히는 것은 그 사람에게 달려있다 神而明之, 存乎其人』[4]고 하는 것이다.

중국인들은 시낭송에 대해 연구하지 않은 것 같으며 스님이 경을 읽는 것과 비슷하게 종종 자기 마음대로 하여 언어적 리듬에도 적합하지 않고 음악적 리듬에도 적합하지 않다. 그러나 일반적으로 옛시를 흥얼거리는 방법을 살펴보면, 음악적 리듬이 언어적 리듬보다 비교적 중시되었으며, 내용은 극히 서로 달라도 형식이 같은 시는 종종 같은 양식의 곡조로 읽혀졌다. 중국시는 한 구마다 약간의 〈띄어읽기〉(逗 또는 頓)로 나누는데 이 〈띄어읽기〉는 리듬을 표시하는 효과가 있으며, 프랑스시의 〈휴지休止〉(cesure)와 영시의 〈逗 또는 節〉(foot)에 가깝다. 습관상 〈두逗〉의 위치는 일정하다. 5언시의 구는 항상 두 개의 〈띄어읽기〉로 나누는데 제2자와 제5자에 두며, 가끔 제4자에서 조금 띄어읽을 때도 있다. 7언시의 구는 통상 3개의 〈띄어읽기〉로 나누는데, 제2자와 제4자 그리고 제7자에 두며 가끔 제6자에서 조금 띄어읽을 때도 있다. 띄어읽는 부분을 읽을 때 소리는 대개 높아지고 길어져서 리듬을 만들어내는데, 이 리듬은 대부분 음악적인 것이지 언어적인 것은 아니다. 예를들어 『한나라의 문황제는 높은 누대를 갖고 있다 漢文皇帝有高臺』에서 〈文〉자는 뜻으로는 띄어읽을 수 없으나 음으로는 마땅히 띄어읽는다. 또 『기러기 소리 수심에 차서 차마 듣지 못하겠는데 구름 낀 산을 하물며 나그네되어 지나네. 鴻雁不堪愁裏廳, 雲山況是客中過』에서 〈堪〉〈是〉두 허자虛字는 뜻으로는 띄어읽지 못하나 음으로는 띄어읽어야 하며, 『긴 밤 호각 소리 슬퍼서 홀로 읊조리는데, 중천의 달빛 좋아도 누가 쳐다보나 永夜角聲悲自語, 中天月色好誰看』에서 〈悲〉〈好〉두 글자는 언어의 리듬에서는 마땅히 길게 끊어야 하고 〈聲〉〈色〉두 글자는 끊어읽어서는 안 되지만, 음악적 리듬에서의 〈끊어읽기〉는 〈悲〉〈好〉에 두지 않고 반대로 〈聲〉〈色〉에 두어야 한다. 다시 가헌稼軒 신기질辛棄疾의 《심원춘沁園春》을 예로 들어본다.

> 술잔이여, 내게 오라.
> 오늘 아침 일어나
> 이 몸 점검해 보리니.
> 일 년 내내 술을 심하게 마셨더니
> 목구멍이 타는 솥과 같구나.
> 지금은 다만 잠을 즐기고 싶을 뿐
> 드르렁 코고는 소리가 천둥 소리 같도다.
> 그대『유영劉伶은 통달한 사람, 취한 후 죽어 묻혀도 무엇을 애달퍼하리』
> 라고 말하진 않더라도
> 그대를 우리의 지기知己로 삼았는데
> 이렇게 말을 한다면
> 진실로 각박하고 무정하리.
> 杯汝前來, 老子今朝, 點檢形骸.
> 甚長年抱渴, 咽如焦釜, 於今喜眩, 氣似奔雷.
> 汝(或漫)說劉伶, 古今達者, 醉後何妨死便理.
> 渾如此(或許), 歎汝於知己, 眞少恩哉.

이 사詞는 대화체를 사용하였기 때문에 언어적 리듬을 이용하여 읽을 수 있다. 그러나 원래 사율詞律의 구두법句讀法에 의하면 마땅히 크게 바꾸어야 한다. 예를들어 〈杯汝前來〉은 〈杯, 汝前來〉로 읽어야 하고, 〈老子今朝, 點檢形骸〉는 〈老子今朝點檢形骸〉로 읽어야 하며, 〈汝說劉伶, 古今達者〉는 〈汝說, 劉伶古今達者〉로 읽어야 한다.

신시新詩가 일어난 이후 옛날의 음률은 대부분 버려졌으나, 일부 시인들은 여전히 음절에 주의하는 것 같다. 신시는 아직 초창기라 상황이 극히 문란하며 하나의 원칙을 도출해내기가 매우 어렵다. 대체로 말하면 신시의 리듬은 언어적인 것에 기울어져 있다. 음악적 리듬이 신시 속에 하나의 지위를 가지고 있는지, 또 그 지위를 가져야 하는지 아닌지는 대가들의 허심탄회한 토론과 연구를 기다려야 할 것이며 편견과 독단은 도움이 되지 않는다.

제7장

시와 그림

—레싱의 〈시화이질설詩畵異質說〉을 평함—

1. 시화동질설詩畫同質說과 시악동질설詩樂同質說

소동파가 왕유를 칭찬하기를 『왕유의 시를 음미해 보면 시 속에 그림
이 있고, 왕유의 그림을 보면 그림 속에 시가 있다 味摩詰之詩, 詩中有
畫, 觀摩詰之畫, 畫中有詩』[1]라고 하였는데, 이는 명언이기는 하나 좀 다
듬어져야 하며 표현상에 어색한 부분이 있는 것 같다. 누구의 시라 하더
라도 만약 그것이 진실로 시라면 그림이 없겠는가? 또 누구의 그림이라
도 만약 그것이 진실로 그림이라면 시가 없겠는가? 고대 그리스의 시인
시모니데스Simonides가 말하기를 『시란 소리가 있는 그림이며, 그림은
소리 없는 시이다』라고 하였으며, 송대宋代의 화론가畫論家 조맹영趙孟
𤧬도 이러한 말을 하였는데 거의 한 자도 차이가 나지 않는다. 이렇게
모의謀議하지 않아도 합치되는 것은 시화동질설詩畫同質說이 동서고금
에 하나의 보편적인 신조였음을 증명한다. 로마의 시론가詩論家 호레이
스Horace가 말한 『그림이 이와같으니 시 또한 그러하다』(Ut pictura,
poesis)란 말은 시와 그림을 이야기하는 사람들이 더욱 흥미있게 말하는
바이다. 이치는 본래 매우 간단하다. 시와 그림은 함께 예술이며, 예술은
모두 정취情趣의 심상화心象化 혹은 심상心象의 정취화情趣化이다. 정
취만 있어도 시가 될 수 없고 심상만 있어도 그림이 될 수 없다. 정취와
심상이 결합·융화해야 시가 이로부터 나오며 그림도 이로부터 나온다.

말은 비록 이렇게 하지만 시와 그림은 결국에는 두 종류의 예술이며,
서로 같은 중에도 같지 않은 것이 있다. 작자의 입장에서 보면, 동일한
정취가 포화된 심상을 똑같이 시와 그림에 표현할 수 있는가? 매개체가
다르고 훈련과 수양도 달라서 시를 지을 수 있는 사람이 모두 반드시 그
림을 그릴 수 있는 것은 아니고, 그림을 그릴 수 있는 사람이라고 해서 반
드시 시를 지을 수 있는 것도 아니다. 시와 그림에 동시에 뛰어난 사람이
라 하더라도 그림으로 표현할 수 있는 것을 모두 시로 표현할 수 있는 것
은 아니며, 시로 표현할 수 있는 것을 반드시 그림으로 표현할 수 있는
것도 아니다. 독자의 입장에서 보면 그림에서 색채를 사용하는 것은 직

접적이며, 감각기관에서 가장 중요한 것은 눈이고, 시가 형태와 색채를 사용하는 것은 문자를 빌어서 부호로 삼기 때문에 간접적이며, 감각기관에서는 눈 이외에 귀도 동등하게 중요하다. 시는 비록 볼 수 있을지라도 그림은 오히려 들을 수 없다. 감각의 경로가 다르기 때문에, 일어나는 심상과 정취 또한 자연히 모두 다 같을 수는 없다. 이러한 것은 모두 매우 명백한 사실이다.

시의 자매격인 예술의 하나는 회화이며, 또 하나는 음악이다. 플라톤은 《이상국가론》(Politeia)에서 시를 논했는데 회화로써 비교하였다. 물체는 이데아idea의 현현現顯(appearance : 드러나는 것)이며, 시인과 화가는 다만 물체를 모방할 뿐으로, 철학이 이데아를 탐구하는 것과는 다르다. 그래서 시와 회화는 다만 〈현현現顯의 현현現顯〉〈모방의 모방〉〈진실과 이중으로 격해 있는 것〉일 뿐이다. 이것은 한편으로 시와 회화는 구체적인 형상을 묘사한다는 데 중점을 둔 것이고, 또 한편으로는 예술의 자연모방설로 발전되었다. 전자는 옳으나 후자는 예술의 창조성을 멸시하여 많은 오해를 낳았다. 아리스토텔레스는 《시학》에서 그의 스승의 견해에 대하여 핵심을 찌르는 답변을 은근히 해놓았다. 그는 시는 다만 현현現顯을 모방할 뿐 아니라 더욱 중요한 것은 그 현현을 빌어 이데아에 깃들이는 것이라고 생각하였다. 『시는 역사보다도 철학에 훨씬 가깝다』고 하였는데, 이것은 곧 시는 진실성이 더욱 풍부하다는 것으로 역사는 다만 특수한 현상(드러난 현상)만을 기재할 뿐이지만 시는 특수한 현상 속에서 공통되는 현상(이데아)을 보기 때문이다. 그가 이러한 이상주의의 길로 가게 된 것은 그가 시와 비교한 것이 회화가 아니라 음악이었기 때문이다. 그가 볼 때 시는 음악과 동류의 예술이었는데 그 둘은 리듬과 언어와 조화의 세 가지를 매개로 하기 때문이었다. 《정치학》에서 그는 음악을 〈가장 모방성이 풍부한 예술〉이라고 말했으나, 일반적인 이치로 말하면 음악은 모든 예술 중에서 가장 모방성이 없는 것이다. 아리스토텔레스의 〈모방〉은, 플라톤이 지적한 바 다만 베끼는 〈모방〉과는 다르며 그 함의는 현대어의 〈표현表現〉과 퍽 가깝다. 음악은 표현성이 가장 풍부하다. 음악으로써 시를 비교했기 때문에 아리스토텔레스는 시의 〈표현〉이란 말의 효용을 능히 알 수 있었다.

시를 회화에 견주게 되면 현현現顯된 것을 모방한다는 데 치우치기 쉬우며 사실주의로 돌아가기 쉽고, 시를 음악에 견주게 되면 자아를 표현한다는 데 치우치기 쉬우며 이상주의에 빠지기 쉽다. 이러한 구별은 비록 진부하긴 하지만 오히려 기본적이다. 코울리지가 『한 사람이 태어나면 그는 플라톤파가 아니면 아리스토텔레스파이다』라고 적절하게 말했다. 우리는 이 말을 빌어서 『한 시인이 태어나면 그는 회화에 치중하지 않으면 음악에 치중하게 되고, 객관적인 재현再現에 치중하지 않으면 주관적인 표현表現에 치중한다』라고 말할 수 있다. 치중한다든가 치우친다고 말하지만 사실 이 두 경향이 서로 조화되고 절충되는 경우도 매우 많다. 역사상에서 이 두 경향이 각각 극단으로 달려 두 개의 대립을 형성하였는데 하나는 고전파와 낭만파의 논쟁이며, 또 하나는 프랑스의 고답파와 상징파의 논쟁인데 진정한 대시인들은 대부분 이러한 충돌을 조화시켜 시 속에 그림도 있고 음악도 있게 하며, 형상을 재현하는 동시에 자아를 표현할 수도 있었다.

2. 레싱의 시화이질설詩畫異質說

시의 회화화繪畫化와 시의 음악화는 근본적으로 다른 관점이다. 비교해서 말하면, 〈시의 음악화〉는 19세기에 이르러서야 성행했는데 이전의 학자들은 대부분 시와 회화의 밀접한 관계를 특히 중시하였었다. 시화동질설詩畫同質說이 서양에서 얼마나 오래되었고 보편화되었으며, 또 시론詩論에 끼친 이점利點과 폐해弊害가 어떠했는지는 미국의 인문주의의 창도자인 배비트Babbitt가 《신新 라오콘Laocoon》이라는 책 속에서 이미 상세히 설명하였기에 복잡하게 서술할 필요는 없겠다. 이 책은 18세기 독일학자인 레싱의 《라오콘Laocoon》을 계승하여 지은 것이다. 이것은 근대 시화이론詩畫理論에 관한 문헌 중에 가장 중요한 저작이다. 이전 사람들은 모두 시화동질을 믿었는데, 레싱이 풍부한 예증을 들면서 매우 감동적인 웅변으로 시화詩畫가 결코 동질이 아님을 설명하였다. 각종 예술은 사용하는 매체가 다르고 각기 다른 제한이 있으며, 각기 특수한 효용이 있기 때문에 서로 섞이는 것을 용납하지 않는다. 우리는 우선 개괄적으로 레싱의 학설을 소개하고, 그후에 그것을 시와 회화를 토론하는 기점起點으로 삼으려 한다.

라오콘은 16세기에 로마에서 발굴해낸 조각인데, 한 명의 노인(라오콘)과 그의 두 아들이 두 마리의 큰 뱀에게 휘감겼을 때의 고통과 그 발버둥치는 모습을 표현하고 있다. 그리스의 전설에 의하면, 그리스인들이 도망간 왕비 헬레나를 빼앗기 위해 군대를 일으켜 트로이를 공격하기를 10년 동안 계속했으나 성공하지 못했다. 최후로 그들은 후퇴하는 척하고 큰 목마를 성 밖에 남겨놓았는데 그 뱃속에는 정예부대가 숨어있었다. 트로이인들은 목마를 보고 신의 선물로 생각하고 성 안으로 옮겼다. 밤이 이슥해지자 목마 속에 있던 병사들이 일제히 나와 성문을 열고 성 밖에 숨어있던 병사들이 이 기회를 타서 들어와 성을 공략한다. 목마를 성 안으로 옮길 때 트로이의 제관祭官인 라오콘은 극력 반대하며 목마는 그리스인들의 간계奸計라고 말했다. 이 충고가 그리스를 편들던 바다의 신神 포세이돈을 노하게 하여 라오콘이 제사를 집전할 때, 바다에서 두 마리의 무서운 큰 뱀이 제단으로 올라와서 라오콘과 그의 두 아들을 목졸라 죽였다. 이것은 바다의 신이 그들에게 내린 징벌이었다.

이 이야기는 로마의 서사시인 버어질Virgil의 《아에네이드Aeneid》 제2권에 있는 아주 유명한 부분이다. 16세기 로마에서 발견된 라오콘 조각은 이러한 서사시를 기초로 하고 있다. 레싱은 이 시와 조각을 서로 비교해 보고 몇 개의 중요한 차이점을 발견했으며, 이 차이점을 해석하기 위해 시화이질설詩畫異質說을 제창하였다.

서사시에 의하면 라오콘은 휘감겨 있을 때 큰 소리로 울부짖는데, 조각에서 그의 얼굴 표정은 다만 경미한 탄식을 표현하여 그리스 예술의 특수한 고요함과 엄숙함을 지니고 있을 뿐이다. 조각가는 왜 시인이 묘사한 울부짖음을 표현하지 않았을까. 그리스인들은 시 속에서는 고통을 표현하기를 주저하지 않았지만 조형예술에서는 오히려 고통이 만들어내는 얼굴 표정과 근육이 경련하는 험한 모습을 영원히 피하였다. 고통의 느낌을 표현하면서도 그들은 여전히 형상의 아름다움을 추구하고 있는 것이다. 『라오콘이 입을 벌리고 울부짖는 것을 상상해 보고 그 인상이 어뗗게 표현되어 있는지를 보라.……얼굴 각 부분은 보기에도 끔찍하고 흉악한 모습을 드러내지 않을 수 없다. 더 말할 필요가 없지만 입을 크게 벌린 것은 그림 속에서는 하나의 검은 점이요, 조각에서는 하나의 구멍에 불과할 뿐 지극히 불유쾌한 인상을 유발시킬 것이다.』 문자의 묘사에서 이 울부짖음이 동일한 효과를 발생시키지 않는 것은, 노골적으로 눈앞에 펼쳐놓고 추악한 모습을 드러내는 것을 결코 피하지 않았기 때문이다.

그 다음 서사시에 의하면 두 마리의 큰 뱀이 허리를 세 번, 목을 두 번 휘감았는데, 조각에는 다만 양허벅지를 감고 있을 뿐이다. 이는 조각가가 전신의 근육에서 라오콘의 고통을 표현하기 위해서인데 만약 서사시에 따라 뱀이 허리와 목을 감도록 했다면 근육에서 표현되는 고통을 볼 수 없었을 것이다. 마찬가지 이치로 서사시에서는 라오콘은 제관의 옷과 모자를 착용하고 있었으나, 조각가는 라오콘 부자를 발가벗겨 놓았다. 『한 벌의 옷으로 시인이 결코 무슨 의미를 숨길 수 없다는 데 대해 우리의 상상은 능히 그 진상을 파악할 수 있다. 서사시 속에서 라오콘이 옷을 입었는지 나체였는지는 물론이고, 그의 고통이 온몸의 각 부분에 표현되고 있다는 것을 우리는 상상할 수 있다.』 그러나 조각에 있어서는 고통이 일으키는 사지와 근육의 비틀림과 경련을 눈앞에서 매우 생동적으로 보여주어야 하는데 옷을 입으면 모든 것이 가리워져 버린다. 이런 면에서 우리는 시인과 조형예술가의 재료에 대한 취사선택이 크게 다르다는 것을 알 수 있다. 레싱은 이렇게 다른 이유의 원인을 캐어보고는 다음과 같이 결론지었다.

만약 회화와 시가 사용하는 모방매체나 부호가 완전히 같지 않다면, 이는 곧 회화는 공간상에 존재하는 형태와 색채를 사용하고, 시는 시간상에 존재하는 소리를 사용한다는 것을 말한다. 만약 이러한 부호와 그들이 대표하는 사물이 서로 합당해야 한다면, 본래 공간 속에서 서로 병립하는 부호는 공간 속에서 서로 병립하는 사물의 전체 또는 부분을 표현하는 데 다만 적당할 뿐이며, 본래 시간상에서 서로 이어져 계속되는 부호는 시간상에서 서로 이어져 계속되는 사물의 전체 또는 부분을 표현하기에 적당할 뿐이다. 전체 또는 부분이 공간 속에서 서로 병립하는 사물을 〈물체body〉라고 부르는데, 이 때문에 물체와 보여지는 그들의 속성은 회화의 특수한 제재題材가 된다. 전체 또는 부분이 시간상에서 서로 이어져 계속되는 사물을 〈동작action〉이라고 부르는데, 이 때문에 동작은 시의 특수한 제재가 된다.

바꾸어 말하면 그림은 다만 정물靜物을 묘사하는 데 적당하고, 시는 동작을 서술하는 데 적당할 뿐이라는 것이다. 그림이 정물을 묘사하는 데에만 적당하다는 것은, 정물의 각 부분이 공간 속에서 동시에 함께 존재하며 그림이 사용하는 형태와 색채도 이와같기 때문이다. 감상자가 한 폭의 그림을 보는데 그림 속의 각 부분에 대해서 한번 보자마자 능히 이해가 된다. 이러한 정물은 시에 적당하지 않은데 시의 매체는 시간상 서로 이어져 계속되는 언어로서, 만약 정물을 묘사한다면 본래는 횡적이었던 것을 종적인 것으로 바꾸어야 하고, 본래 공간 속에서 서로 병립되어 있는 것을 시간상에서 서로 이어져 계속되는 것으로 바꾸어야 하기 때문이다. 하나의 탁자를 예로들면 화가는 호젓이 몇 번의 붓놀림으로 그림을 그려낼 수 있으며, 사람들이 한 번 척 보면 그것이 탁자라는 것을 알 수 있다. 만약 언어로 묘사한다면 당신은 어떤 점으로부터 시작하여 순차적으로 말해가면서 그것이 얼마나 길고 넓으며 어떤 형상이며, 또 어떤 색인지 등등을 두루 설명해야 하고, 독자들이 그것이 탁자라는 것을 곧 이해할 수 있을지도 확신할 수 없으며, 그의 마음 속에서 일차적인 번역의 수속을 거쳐 언어가 표현한 종적이고 직접적인 것을 횡적으로 풀어 진열해야 한다.

시는 다만 동작을 서술하기에 적당한데, 동작은 시간의 직선상에서 선후로 서로 이어져 계속되며, 시가 사용하는 언어와 소리도 이와같아서 듣는 사람이 한 단락의 이야기를 처음부터 끝까지 어느 단계까지 말을 하고 어느 단계까지 동작을 해야 모든 것이 매우 자연스러워지기 때문이다. 이러한 동작은 그림에는 적당하지 않은데, 한 폭의 그림은 다만 시간상의 어느 한 점만을 표현할 뿐이고 동작이란 그 점이 길게 쭉 뻗어나간 직선이기 때문이다. 예를들어 『내가 허리를 굽혀서 개를 때리려고 돌멩이를 하나 주워들었더니 개가 보고 달아났다』라는 것은 언어를 사용해서 서술하면 매우 쉽지만, 이러한 간단한 줄거리를 그림으로 그린다면 열폭 스무 폭을 한꺼번에 그려서 나란히 늘어놓더라도 보는 사람이 일목요연하게 이해하기 어려울지도 모른다. 보는 사람도 마음 속에서 일단 여과과정을 거쳐서 동시에 병렬並列된 자잘한 단편들을 하나로 엮어서 완전한 작품으로 만들어야 한다. 부심여溥心畬 씨는 일찍이 가도賈島의 『홀로 가니 못 밑에 그림자 있고, 나무에 기대어 자주 쉬네 獨行潭底影, 數息樹邊身』라는 두 시구를 화제畫題로 삼고 여남은 폭에다 그림을 그렸는데 결국에는 『못 밑의 그림자 潭底影』와 『나무에 기댄 몸 樹邊身』과 같은 것들만을 그렸을 뿐이다. 시 속에서 『홀로 간다 獨行』의 『간다 行』와 『자주 쉰다 數息』의 『쉰다 息』의 의미는 마침내 전할 방도가 없다. 이것이 레싱의 『그림은 동작을 서술하기에 적당하지 않다』는 것의 좋은 예증이다.

레싱 자신이 든 예증은 호머의 서사시에 많이 나온다. 호머가 정물을 묘사할 때에는 하나의 보편적인 형용사만을 사용하는데 한 척의 배가 다만 〈비었다〉든가 〈검다〉든가 또는 〈빠르다〉든가 하는 표현과, 한 여인이 〈아름답다〉 또는 〈장중하다〉는 등이다. 그러나 그가 동작을 서술할 때에는 매우 상세한데, 가는 배를 서술할 경우에는 돛대를 세우고 돛을 걸고 키를 잡는 섯에서부터 닻을 올리고 물을 빼는 것까지 서술하며, 옷 입는 것을 서술할 경우에는 신을 신고, 모자를 쓰고 투구와 갑옷을 입는 것에서 허리띠를 두르고 검을 차는 것까지 서술한다. 이러한 실례들은 모두 호머가 시는 서술에 적당하지 묘사에는 적당치 않다는 이치를 잘 알았다는 것을 증명한다.

3. 그림은 어떻게 서술하며, 시는 어떻게 묘사하는가

그러나 여기까지 설명하면 의문이 생기지 않을 수 없다. 그림은 절대로 동작을 서술할 수 없으며, 시는 절대로 정물을 묘사할 수 없는가? 레싱이 근거로 한 라오콘의 조각은 동작을 서술한 한 폭의 그림이 아니었던가? 그가 인용하기를 좋아하던 호머의 서사시 속에도 아킬레스의 방패와 같은 유명한 정물묘사도 많이 있지 않았던가? 레싱도 이 문제를 살펴보고 일찍이 매우 흥미있는 대답을 하였다.

　물체는 다만 공간만을 점유하고 있는 것이 아니라 시간도 점유하고 있다.
그들은 계속적으로 존재하고 있으며, 계속적으로 존재하는 매순간 속에서
일종의 다른 형상 또는 다른 조합(組合)을 드러낼 수 있다. 이러한 다른 형상
또는 조합 속에서 각각의 물체는 모두 앞선 것의 결과이며, 뒤에 올 것의 원
인이 되어 그것은 마치 동작의 중심점을 형성하는 것과 같다. 이 때문에 회
화도 동작을 모방할 수 있다. 그러나 단지 간접적으로 물체를 이용해서 동작
을 모방할 수 있을 뿐이다.
　또 다른 면에서 보면, 동작은 그 근본되는 바가 없을 수 없는데, 반드시 사
물과 관계를 일으켜야 한다. 동작을 하는 사물이 물체가 된다는 측면에서 본
다면, 시도 물체를 묘사할 수 있다. 그러나 다만 간접적으로 동작을 이용해
서 물체를 묘사할 수 있을 뿐이다. 그 병렬된 조합 속에서 회화는 다만 동작
과정중의 어느 순간을 이용할 수 있을 뿐인데, 이 순간을 선택했다면 반드시
암시성이 가장 풍부한 것을 정해야 그 전후를 매우 명백하게 표현할 수 있을
것이다. 마찬가지 이치로 그 계속되는 서술 속에서 시도 물체의 어느 한 속
성을 이용할 수 있을 뿐인데, 이 속성을 선택하였다면 그 묘사된 물체의 가
장 구체적인 전체 이미지를 환기하도록 해야 하는데, 이것이 특히 주의해야
할 점이다.

　다시 말해서, 회화가 동작을 서술할 때에는 반드시 동動을 정靜으로
변화시켜서 정적靜的인 면으로써 모든 전동작의 과정을 표현해야 하며,
또한 시가 정물을 묘사할 때에는 반드시 정靜을 동動으로 변화시켜서 시
간상의 연속으로써 공간 속의 확대를 암시해야 한다.
　우선 회화가 어떻게 동작을 서술할 수 있는지를 설명해 보자. 한 폭의
그림은 하나의 이야기를 처음부터 끝까지 모두 서술하지 못하고, 다만
전체 중에서 어느 한 단락을 선택하여 보는 사람으로 하여금 하나를 보
이면 셋을 헤아릴 수 있도록 해야 한다. 이것이 어떻게 가능한지는 레싱
자신의 말로써 해석하는 것이 가장 좋겠다.

예술가는 끊임없이 변화되는 자연 속에서 다만 한순간을 포착할 뿐이다. 더욱이 화가는 어떤 한 관점으로 이 순간을 운용할 수 있을 뿐이다. 그의 작품은 눈앞의 구름이나 연기처럼 한번 놓으면 사라져 버리는 것이 아니라 오랫동안 반복해서 완미해야 하는 것이다. 그래서 이 순간과 이 순간을 포착한 관점을 적절하게 선택하려면 마음 속으로 많은 궁리와 구상을 해야 한다. 가장 잘된 선택은 상상력을 가장 자유롭게 운용할 수 있도록 해야 한다. 우리들이 보면 볼수록 상상력은 더욱더 계발되고 상상력이 계발되는 바가 많을수록, 우리도 눈앞에서 보는 진실을 더욱 믿게 된다. 어느 한 정서의 생성과정 속에서 이런 영향을 발생시키되 그 정점(climax)을 지나치지 않도록 하는 것이 가장 어렵다. 정점에 도달하면 더이상은 진일보할 수 없으니, 정점을 눈앞에 펼쳐놓게 되면 곧 상상의 폭이 차단되어 상상력은 이미 감각기관에서 얻은 인상 밖으로는 더이상 진일보할 수 없다. 그래서 한층 더 낮고 미약한 이미지로 퇴보할 수밖에 없게 되어 시각의 완전한 미적 표현을 드러내는 데에 도달할 수 없다. 예를들어, 만약 라오콘이 다만 미미하게 탄식만 했다면, 상상은 그가 울부짖는 것을 들을 수 있을 것이다. 그러나 만약 그가 울부짖었다면 상상은 다시 위로 한 단계 나아가기를 바랄 수 없을 것이며, 만약 이래로 내려간다면 아직도 그렇게 큰 고통에 이르지 않았다고 생각할 수밖에 없고 그래서 흥미도 감소할 수밖에 없을 것이다. 라오콘이 울부짖는 것을 표현할 때, 상상은 다만 그의 신음을 듣는 것뿐만 아니라 그가 죽어서 거기에 눕게 될 것까지도 생각한다.

간단히 말해서, 그림이 선택하는 하나의 순간은 마땅히 장차 정점에 도달하려 하나 아직은 정점에 도달하기 전이어야 한다.『뿐만 아니라 이 순간은 예술로써 표현되어 길고도 오랫동안 존재되기 때문에, 그것이 표현하는 것은 한번 놓으면 사라져 버리는 것으로 생각되게 해서는 안 된다.』대단한 인내심이 있는 사람도 영구히 울부짖을 수 없으며, 그렇기 때문에 조각가는 라오콘의 울부짖음을 표현하지 않고 겨우 미미한 탄식을 표현할 뿐이니, 이 미미한 탄식은 오랫동안 참을 수 있기 때문이다. 레싱의 보편적인 결론은 회화와 기타 조형예술은 지극히 강렬한 정서 또는 사건 중의 가장 긴장된 국면을 표현하기에는 적당치 않다는 것이다.

다음으로 시는 물체를 묘사함에 적당치 않은데, 만약 물체를 묘사하고자 하더라도 반드시 동작을 서술하는 방식을 채택하여야 한다. 레싱이 열거한 예는 호머의 서사시 속에서 묘사된 아킬레스의 방패였다. 이 방패는 가로와 세로가 불과 3, 4척이었으나 그 바깥쪽 면은 산천, 강과 바다, 큰 행성行星, 봄날의 파종, 여름의 술빚음, 겨울의 목축, 혼인과 상제喪祭, 전쟁과 심판 등의 각종 풍경이 새겨져 있다. 호머가 이러한 풍경을 묘사할 때 결코 출납장부를 넘기듯이 한 번에 계산을 끝내고, 또다시 계산하는 것처럼 하지 않았다. 그는 단지 화신火神이 이 방패를 만들 때 어떻게 이러한 풍경들을 점차 새겨 만들었는지를 서술했을 뿐이며, 그래서 본래는 비록 물체를 묘사한 것이었을지라도 오히려 동작을 서술하는 것으로 바꾸어 사람들로 하여금 읽어서 건조하거나 딱딱하게 느끼지 않도록 하였다. 중국의 묘사시의 경우는 정靜을 동動으로, 묘사를 서술로 변화시킨 것이다. 다음과 같은 시구들은 거의 상례常例이다.

작은 못에는 봄풀이 자란다.
池塘生春草.

탑의 기세가 물이 솟아오르는 듯, 고고하게 천궁天宮에 우뚝 섰네.
塔勢如湧出, 孤高聳天宮.

구름 같은 귀밑머리가 눈 같고 향기나는 뺨을 재려 하네.
鬢雲欲度香顋雪.

수많은 나무가 서호의 차고 푸르른 물을 누르고 있네.
千樹壓西湖寒碧.

별빛 흔들흔들 떨어지려 하네.
星影搖搖欲墜.

레싱은 시는 물체를 묘사함에 적당치 않다는 설을 주장하며, 물체의

미美에 대해서 시는 다만 간접적으로 암시할 수 있을 뿐이지 직접적으로 묘사해낼 수 없다고 생각했다. 미美는 정태靜態이며 각 부분들의 배합과 조화에 기인하는데 시는 전후로 계속되는 언어를 사용하기 때문에 각 부분으로 하여금 동일한 평면상에서 조화된 배합을 드러내게 하기에 쉽지 않다. 물체의 미를 암시하는 방법은 두 가지가 있다. 첫째 미가 발생시키는 영향을 묘사하는 것이다. 가장 좋은 예는 호머의 서사시 속에서 묘사한 헬레네Helene이다. 헬레네는 희랍 신화 속에서의 절세미인으로, 호머가 그녀를 묘사함에는 결코 그녀의 얼굴이 어떻고 눈썹이 어떻고 복장이 어떻고 하는 등등은 언급하지 않고 다만 병사들이 성 아래에 있을 때 그녀가 성문 쪽으로 와서 트로이의 노인들과 이야기하는 상황을 서술하고 있을 뿐이다.

이 늙은이들이 헬레네가 성문 쪽으로 다가오는 것을 보고 서로 이렇게 수군거렸다. 『트로이군과 그리스군이 그렇게 오랫동안 숱한 고초를 겪으면서 싸운 것도 저 여자를 위해서라면 그럴만도 하겠다. 정말이지 하늘의 여신같이 어여쁘구나!』《일리아드Ⅲ》

레싱은 계속하여 『노인들로 하여금 그 엄청난 피와 눈물을 전쟁터에 뿌려도 억울해하지 않겠다고 인정하게 한 것보다 더 생동적인 미적 이미지가 있겠는가』라고 묻는다. 중국의 시에서 『돌아보며 한 번 웃으니 백 가지 미태가 넘치고, 분으로 화장한 육궁의 미녀들이 무색하게 되었노라 廻眸一笑百媚生, 六宮粉黛無顔色』나 『모든 군사들이 통곡하며 흰 비단을 갖추고, 모자를 찌르듯 한 번 성내니 얼굴이 붉어졌구나 痛哭六軍俱縞素, 衝冠一怒爲紅顔』에서와 같은 방법은 시의 영향으로써 미를 암시한 것이다.

물체의 미를 암시하는 다른 방법은 〈미〉를 변화시켜 〈매력〉(媚 charm)이 있도록 하는 것이다. 〈매력〉이란 〈유동적인 미〉(beauty in motion)를 말한다. 레싱은 이탈리아의 시를 예로 들었으나 우리는 적당한 중국시를 예로 들어보자. 《시경·위풍衛風》에 미인을 묘사한 《석인碩人》이라는 시가 있다.

손은 부드러운 띠싹과 같고
살결은 엉긴 기름 같기만 하네.
목덜미는 흰 나무좀 같고
가지런한 이빨은 박씨와도 같네.
매미 같은 이마, 나비 눈썹에다
교태로이 웃을제 입매가 어여쁘고
곱고도 이뻐라, 그 눈매여!
手如柔荑, 膚如凝脂.
領如蝤蠐, 齒如瓠犀.
螓首蛾眉, 巧笑倩兮, 美目盼兮.

이 시의 앞 다섯 구는 융통성 없이 많은 글자를 낭비하여 미인을 눈앞에 생동적으로 그려내지 못했다. 우리는 띠싹·엉긴 기름·나무좀(누에 번데기)·박씨와 같은 것들을 모아서 미인의 이미지를 만들어낼 방법을 모른다. 그러나 『교태로이 웃을제 입매가 어여쁘고, 곱고도 이뻐라, 그 눈매여! 巧笑倩兮, 美目盼兮』의 두 구절 여덟 글자는, 한 미인의 자태와 빼어난 모습을 매우 생동적으로 그려내었다. 이러한 차이는 앞의 다섯 구는 다만 물체의 속성만을 일일이 열거하였을 뿐이며, 뒤의 구절은 정태静態를 동태動態로 변화시킨, 다시 말해서 묘사한 것은 정지된 미가 아니라 유동적인 〈매력〉이라는 데에 있다.

총괄해서 정리해 보면, 시와 그림은 그 매개체가 다르기 때문에 하나는 동작을 서술하는 데에 적당하고, 또 하나는 정물을 묘사하는 데에 알맞다. 그러므로 『그림은 이와같고 시 또한 그러하다』라는 옛말은 결코 정확하지가 않다. 시와 그림은 이미 이질異質이기 때문에 각각 그 한계가 있어 서로 침범해서는 안 된다. 《라오콘》의 부록 속에서 레싱은 그의 뜻을 천명하였다.

나는 각각의 예술의 목표가 그 성질에 가장 가까운 것이어야지 다른 예술도 할 수 있는 것이어서는 안 된다고 생각한다. 플루타르크의 비유가 이러한 이치를 매우 잘 설명하고 있다고 느낀다. 어느 사람이 열쇠로 사립문을 부수고 도끼로 문을 연다면, 그것은 이 두 가지 용구를 잘못 사용한 것일 뿐 아니라 용도를 잃어버린 꼴이 된다.

4. 레싱 학설의 비평

레싱의 시화이질설詩畵異質說의 요점은 위에서 서술한 바와 같다. 그의 예술이론에 대한 공헌은 매우 크며 이는 세상에 공인된 바이다. 그 요점은 대략 세 가지로 나눌 수 있다.

첫째, 이전의 시화동질설이 두리뭉실하게 뒤섞였음을 명백하게 지적하였다. 각종 예술은 동일한 것 속에도 같지 않은 것이 있으며, 각각의 예술은 그의 특수한 편리함과 특수한 제한을 드러내면서 자기의 정도正道를 향해 발전해야지 주위로 넓게 치달아 뒤섞이고 혼잡하게 될 필요가 없다. 그로부터 예술은 이론상에서 명확한 구분이 있게 되었다. 그의 결론이 완전히 정확한지 아닌지는 논하지 않더라도 ㄱ의 정신은 과학에 가까운 것이었다.

둘째, 그는 유럽에서 예술과 매체(회화에서의 형形과 색色, 문학에서의 언어와 같은)의 중요한 관련성을 최초로 찾아낸 사람이다. 예술은 마음 속에서 잉태되어 자라온 정서와 이미지일 뿐 아니라 반드시 물리적인 매체를 빌어 전달되는 구체적인 작품이 되어야 한다. 어떠한 종류의 예술의 특성은 어느 정도 그의 특수한 매체의 제한을 받는다. 이런 시각은 현대에서 크로체 미학에 대한 반응 때문에 점차 세력을 차지하고 있다. 레싱이 1백여 년 전에 이미 크로체 학파의 미학을 대신해서 정곡을 찔렀던 것 같다.

셋째, 레싱은 예술을 논하면서 결코 추상적으로 오로지 작품 자체에만 착안한 것이 아니라 작품이 독자의 마음 속에 불러일으키는 활동과 영향을 고려하였다. 예를들면, 그는 주장하기를 그림은 하나의 이야기의 흥미가 고조된 클라이막스를 선택하기에는 적당하지 않은데 이는 독자의 상상력이 진전될 방법이 없기 때문이다. 또 시는 한 물체의 각각의 다양한 형상을 일일이 묘사하기에 적당하지 않은데, 이는 독자가 얻는 것이 일직선상에서 전후가 계속 이어지는 이미지이고, 물체에는 이러한 이미지가 본래부터 하나의 평면상에 존재하기 때문에 독자는 직선으로부터 번역하여 본래의 평면으로 되돌아가야 한다는 것이다. 그렇게 되면 원형이 변화될 수밖에 없고 진상眞相을 잃게 된다는 것이다. 독자의 관점에서 예술을 논하는 방법은, 근대의 실험미학적이고 문예심리학적인 것이다. 레싱은 이러한 기풍을 연 사람이라고 할 수 있다.

그러나 레싱은 비록 새로운 기풍의 개척자이지만, 또한 옛기풍의 계승자였다. 그는 서양 2천여 년의 〈예술은 모방〉이라는 구관념을 근본적으로 탈피하지 못하였다. 그는『시와 그림은 모두 모방예술이다. 모방하는 것이므로 모방에 상응하는 법칙을 따라야 한다. 그러나 그들이 사용하는 모방매체가 다르기 때문에 각각 특수한 법칙이 있다』라고 하였다. 이런 〈모방〉의 관념은 희랍인이 전해 내려온 것이다. 레싱은 희랍작가에 가장 경도되었는데 아리스토텔레스의《시학》은 지적할 만한 결점이 없다고 생각했고, 유클리드의 기하학도 그 중의 하나이다. 그가『시는 다만 동작을 서술하는 데에 적당하다』라고 한 것은 아리스토텔레스의『모방의 대상은 동작』이라는 말에서 연유된 것이다. 아리스토텔레스가 논술한 시는 희극과 서사시에 편중되어 있으니, 특별히 동작을 중시한 것은 사실 이상할 까닭이 없다. 근대시는 날이 갈수록 서정과 사경寫景(풍경묘사)의 두 갈래로 발전하고 있어서『시는 동작을 모방한다』는 설은 이미 완전하게는 적용시킬 수 없다. 이러한 신경향은 레싱시대에 점차 드러났으며, 19세기에 이르러서는 종속적인 것이 주도적으로 되었으니 아마도 레싱이 예상치 못한 바일 것이다. 조형예술로 논하면, 경물묘사를 중시한 것은 오히려 레싱 이후에서야 흥기하였다. 레싱이 본 그림과 조각─고대 희랍의 부조浮彫나 꽃병에 그린 그림, 나아가 르네상스시대의 종교와 전설을 서술한 작품 등─은 모두 그로 하여금 유럽의 조형예술의 전통이 동작의 서술을 중시하는 쪽으로 나아가고 있다고 이해하도록 했어야 했다. 그는 이러한 사실을 묵살하고 그림은 동작을 서술하는 데에 적당하지 않다고 주장했으니 의외의 일이었다.

레싱은《라오콘》에서 작품과 매체와 재료의 관계를 이야기하였고, 예술의 독자의 심리에 대한 영향을 말하였으나 작품과 작가의 관계에 대해서는 시종일관 말이 없었다. 작가의 감정과 상상, 매체를 운용하고 재료를 단련하는 경영과 구상활동은 그가 보기에는 작품의 미추美醜에 그렇게 많이 영향을 주는 것 같지는 않다.

예술에 대한 그의 견해는 매우 조악하고 천박한 사실주의寫實主義인 듯하다. 조악하고 천박한 상식을 신임하는 많은 사람들처럼 그는 예술의 미는 자연미를 그대로 베낀 것이라고 생각하였다. 뿐만 아니라 자연미는 다만 물체의 미에 국한되고 물체의 미는 다만 형식의 조화調和일 뿐이다. 형식의 조화는 본래 물체에 이미 존재하는데, 조형예술은 다만 그것을 베껴서 작품을 아름답게 한다. 이로 인하여, 레싱은 희랍의 조형예술은 완전히 아름다운 형상을 본래 갖추고 있는 재료를 사용하여 추악하고 비루한 자연을 힘껏 피하려는 것이라고 생각하였다. 라오콘 조각상의 작가는 라오콘을 소리지르도록 하지 않았는데 이는 소리를 지를 때의 얼굴 근육의 굴곡이나 입이 벌어지는 것이 대단히 추악하여 보기에 좋지 않기 때문이었다. 그는 그가 숭배했던 아리스토텔레스가 일찍이 예술은 추악한 재료를 사용할 수 있다고 명백히 말한 것을 잊어버렸고, 그가 높이 숭배하고 인정하였던 고전예술도 주신酒神 바쿠스의 시종인 사티로스Satyrs나 반인반마半人半馬의 켄타우로스Centaurs 등의 무리와 같은 추악한 재료를 항상 사용했다는 것을 간과하였으며, 모든 비극과 희극에는 추악한 성분이 내재하고 있다는 것을 깨닫지 못하고, 심지어 라오콘 조각상 자체도 추악한 성분이 결코 없지 않다는 것을 주의하지 못하였다. 그래서 매우 독단적으로 말하기를, 『모방이라는 입장에서 보면 그림은 추악함을 표현할 수 있지만, 예술이라는 입장에서 보면 추악함을 표현하기를 거절한다』라고 하였다. 이 말을 살펴보면, 예술은 마땅히 모두가 모방인 것은 아닌데 이 둘의 구별이 어디에 있는지를 그는 설명하지 않았다. 그는 이상적인 미는 인체에만 존재하며, 조형예술은 최고의 미를 목적으로 하기 때문에 인체미를 모방하는 데에 치중해야 한다고 믿었다. 화조화가나 산수화가는 예술가일 수 없다는 것이니, 화조花鳥와 산수山水는 근본적으로 이상적인 미에 도달할 수 없기 때문이다.

이러한 논의는 이미 이상한 것이다. 그러나 〈예술미는 자연미의 모방〉

이라는 신조는 레싱으로 하여금 더욱 이상한 결론에 도달하도록 밀어붙인다. 미는 다만 물체에 한정될 뿐이며, 시는 근본적으로 물체를 묘사할 수 없기 때문에 시 속에는 미가 있을 수 없다는 것이다. 레싱은 조형예술에만 미가 있다고 보고 시를 토론할 때는 시종 시와 미를 연계시켜 함께 말하는 일이 없었으며, 다만 시가 어떻게 물체의 미를 운용하는가를 탐구할 뿐이었다. 그의 결론은 다음과 같다. 시는 물체의 미를 직접적으로 표현할 방법이 없으니, 이는 물체의 미란 평면상의 형상의 조화 및 배합이며 시는 언어를 매체로 하여 이러한 평면상의 배합을 잘라서 직선식의 배합으로 만들어서 처음부터 끝까지 서술해야 하는데, 이렇게 되면 본래 있던 미의 형상이 전도顚倒되고 어지럽게 뒤섞이기 때문이라는 것이다. 물체의 미는 조형예술의 전매특허로써 시 속에서는 다만 영향과 동작을 이용하여 암시할 수 있을 뿐이라는 것이다. 그는 조형예술을 논의할 때에는 독자가 상상력을 운용하는 것을 허가하였으나, 시를 논의할 때에는 그와 같은 상상력이 독자로 하여금 시가 주는『전후로 계속 이어지는 연속적인 이미지』를 평면상의 배합으로 원상복귀시킬 수 있다는 것을 망각하였다. 레싱의 관점으로 본다면, 작가와 독자는 눈앞의 형상에 대해 다만 한 가지 맛을 피동적으로 받아들일 뿐 창조와 종합을 더할 수는 없다. 이것은 그의 근본적인 착오였다. 이 오류 때문에 그는 하나의 공통적인 특질을 찾아내어 모든 예술을 총괄하지 못했으며, 시와 그림이 함께 예술이라는 하나의 층 위에서 기본적인 공통점을 갖고 있다는 사실을 보지 못했던 것이다. 《라오콘》속에서 그는 시종일관 시와 예술을 대립적인 것으로 보고 예술은 형식의 〈미〉가 있으나 시는 다만 〈표현〉(동작을 지칭)이 있을 뿐이라고 하였다. 이렇게 하여 〈미〉와 〈표현〉은 분리되어 두 가지 일이 되고 서로 관련없게 되어버렸다. 〈미〉라는 것은 순수하게 〈형식적〉이고, 〈기하도형적〉인 것으로 의미상에는 〈표현〉하는 바가 없으며, 〈표현〉은 〈서술적〉이고 〈동작모방적〉인 것으로 〈형식〉상에는 소위 〈미〉가 없다. 레싱은 비록 이와같이 단정짓지는 않았지만 이것이 그의 추리가 피할 수 없는 결론이다. 우리가 알고 있기로 예술이론 방면에서 이런 류의 착오에 빠지는 경우는 레싱 한 사람뿐만이 아니며, 대철학가 칸트 같은 사람도 이와같은 착오를 면치 못했다. 현재에 이르기까지 〈미〉와

〈표현〉의 논쟁은 아직도 종결되지 않았다. 크로체의 〈미는 곧 표현〉이라는 논설은 이 난관을 관통하는 길일지도 모른다. 모든 예술은 시나 그림을 막론하고 첫걸음은 마음 속에서 본 하나의 완전한 이미지(意象)이어야 하며, 이 이미지는 반드시 그때 그 장소의 정서를 적절하게 표현할 수 있어야 한다. 정서와 이미지가 서로 적절하게 결합되면 이것이 곧 예술이며 표현이고, 또한 미인 것이다. 우리는 예술이 전달되어 작품이 되기 전으로 말하면 크로체의 학설이 확실히 레싱보다 강하다고 믿는다. 적어도 그것은 외부로부터 받은 인상이 반드시 창조적인 상상력을 거쳐야 예술이 된다는 것을 고려하였고, 자연미와 예술미를 같은 것으로 오인하지도 않았으며, 〈미〉와 〈표현〉 사이에 뛰어건널 수 없는 도랑을 남겨놓지도 않았다.

예술이 전달매체의 제한을 받는다는 것은 실로 부정할 수 없는 일이다. 그러나 예술의 최대의 성공은 언제나 매체의 곤란성을 극복하는 데에 있다. 화가는 형과 색을 사용하여 언어와 소리의 효과를 낼 수 있고, 시인은 언어와 소리를 사용하여 형과 색의 효과를 낼 수 있는데, 이것은 항상 있을 수 있는 일이다. 우리들이 두보나 소동파 등의 제화시題畵詩를 대강 읽어보면, 화가들이 그들과 비슷하게 하나의 줄거리 있는 사건을 이야기하고 있다는 것을 알 수 있을 것이다. 우리들이 다만 도연명·사령운·왕유·위응물 등 경관을 묘사함에 뛰어난 시인들의 시집을 대강 읽어보기만 한다면, 시 속에 그림보다 더 정교하고 치밀한 그림이 있다는 것을 알 수 있을 것이다. 매체의 제약이 화가로 하여금 하나의 고사故事를 말하지 못하게 할 수 없으며, 또한 시인으로 하여금 물체를 묘사하지 못하게 할 수도 없다. 그리고 매체의 제약성을 살펴보면 각종 예술은 자신의 특수한 매체를 사용하는데 어찌 제약이 없겠는가? 형태와 색채는 형태와 색채의 제약이 있어서 그림은 1만 리나 되는 넓은 풍경을 지척에 기탁해야 하고, 언어는 언어의 제약이 있어서 시는 한정된 언어로 무궁한 뜻을 담아야 한다. 그림은 물체로써 동작을 암시하고 시는 동작으로써 물체를 암시하니, 이것이 어찌 매체의 곤란을 극복하는 것이 아니겠는가. 매체의 곤란을 이미 정복할 수 있다면, 레싱이 말한『그림은 다만 묘사에 적당하고, 시는 다만 서술에 적당하다』는 공식은 결코 더이상 정밀·정확하지 않다.

하나의 학설이 정밀·정확한지 그렇지 않은지는 도처에서 사실적인 인증印證을 받을 수 있는지, 또 이를 이용해서 모든 관련있는 사실들을 해석하되 빈틈이 없는지의 여부를 살펴야 한다. 만약 우리들이 레싱의 학설을 응용해서 중국의 시와 그림을 분석한다면 곤란함을 면치 못할 것이다. 중국화는 당송 이후에는 경물묘사에 치중하였는데, 이는『그림은 단지 묘사에 적당하다』는 설을 실증하는 듯하다. 그러나 레싱은 산수와 화조花鳥에 대해서 본래부터 경시하였으며 그것들은 이상적인 미에 도달할 수 없다고 생각하였으나, 중국화는 오히려 이러한 제재들에 공력을 쌓고 있다. 그는 그림은 자연을 모방하는 것이며, 그림의 미는 자연미에서 온다고 생각하였다. 그러나 중국인들은『옛 그림들은 뜻을 그렸지 물체를 그리지 않았다 古畵畵意不畵物』든가『그림을 논하되 형체의 닮음만을 논한다면 그 견해는 아동과 같은 것 論畵以形似, 見與兒童隣』이라고 말하였다. 레싱은 그림은 시간상의 한순간을 표현하며, 그 기세는 반드시 조용히 멈추어 있어야 하기 때문에 희랍 조형예술의 최고이상은 정숙(calm)과 안식(repose)이라고 생각하였으나, 중국의 화가는 육법六法 중에서 〈기운생동氣韻生動〉[2]을 으뜸으로 중시하였다. 본래부터 중국의 전통은 〈문인화文人畵〉를 존중하고 〈원체화院體畵〉를 경시하였는데 문인화의 특색은 정신적인 면에서 시와 가깝고, 그려낸 것은 결코 실물이 아니라 의경意境이며, 바깥에서 오는 인상을 피동적으로 받아들이는 것이 아니라 그 인상을 감정과 흥취에 녹여 만드는 것이다. 한 폭의 중국화는 비록 물체를 묘사한 것일지라도 우리들이 볼 때에는 오히려 레싱의 기준을 사용하여 원래 실물의 공간에 진열되어 있는 형상을 그림의 공간 속에서 여전히 마찬가지로 진열하기를 요구할 수 없다. 바꾸어 말하면, 우리들이 중점을 두는 것은 결코 한 폭의 진경산수화眞景山水畵나 실제적인 인물이 아니라 하나의 심경心境이며, 〈기운생동〉하는 도안圖案이다. 이런 말은 중국화에 대해서는 다만 기초적인 상식일 뿐이지만, 레싱의 학설은 이런 기초적인 상식과도 충돌하지 않을 수 없다.

그 다음으로 시에 대해서 레싱은, 시는 다만 동작을 서술하기에 적당할 뿐이라고 생각했는데, 이것은 그가 근거로 삼았던 대부분의 서양시들이 극시劇詩와 서사시敍事詩였기 때문이었으나 중국시는 본래부터 서사를 특별히 중시하지 않았다. 서사시는 중국에서 존재하지 않았다고 말할 수 있으며 희극도 일찍부터 시와 분리되었다. 중국시, 특히 서진西晉 이후의 시는 본래 경물묘사에 편중하였으니 레싱의 학설과는 뚜렷하게 상반된다. 중국의 경물묘사를 주로 하던 시인들은 항상 정靜을 동動으로, 묘사를 서술로 변화시켰는데 이런 점에서 보면, 레싱의 말은 매우 정확하다. 그러나 이것도 보편적인 원칙이 될 수 없다. 사실상 레싱이 반대한 『사물의 형상을 일일이 묘사하는』 작법은 중국시 속에서도 항상 매우 훌륭한 효과를 내고 있다. 사물을 묘사한 대다수의 부賦는 이러한 방법을 사용하고 있으며, 율시와 사곡詞曲 속에서도 항상 발견된다. 일반적으로 쉽게 떠오르는 시구들을 살펴보자.

넓은 사막에 외롭게 피어오르는 연기 곧고
긴 황하에 떨어지는 해는 둥글다.
大漠孤烟直, 長河落日圓
(王維《途使至塞上》)

푸른 구름 흐르는 하늘
누런 낙엽 떨어진 대지
가을빛은 물결에도 이어져
물결 위엔 치운 안개 파랗다.
산에는 저녁 햇살 비추고 하늘은 수면에 접해 있네.
아름다운 풀은 정情이 없고
더욱이 햇살의 바깥에 있구나.
碧雲天, 黃葉地, 秋色連波, 波上寒烟翠.
山映斜陽天接水. 芳草無情, 更在斜陽外.
(范仲淹《蘇幕遮》)

한 줄기 시내에 이슬비 내리고,
성 안 가득 바람에 날리는 버들개지.

매실이 누렇게 익을 때 오는 비라네.

一川烟雨, 滿城風絮, 梅子黃時雨.

(賀鑄《青玉案》)

드문드문한 그림자 옆으로 기울어져 있고

물은 맑고도 얕은데,

그윽한 향기 떠서 움직이니

달은 황혼 무렵이라네.

疏影橫斜水淸淺, 暗香浮動月黃昏.

(林逋《山園小梅》)

마른 등걸과 노목에 앉아 황혼에 우는 까마귀

작은 다리 밑 흘러가는 물가에 인가人家가 있고

옛길에 서풍 부니 말이 마르는데.

석양의 서쪽 아래

애끊는 사람 하늘가 저편에 있네.

枯藤老樹昏鴉, 小橋流水人家, 古道西風瘦馬.

夕陽西下, 斷腸人在天涯.

(馬致遠《天淨沙》)

이러한 실례 중에서 시인들은 모두 경물을 묘사하고 있으며, 또 일일
이 사물을 살피는 방법을 사용하고 있으나 결코 정靜을 동動으로, 묘사
를 서술로 변화시키지 않았는데, 그렇다면 레싱은 이러한 시구들이 독자
의 마음 속에 또렷한 그림을 불러일으킬 수 없다고 말할 수 있는가? 그
것들이 좋은 시라는 사실을 부인할 수 있는가? 예술은 변화무궁한 것인
데, 몇 개의 간단하고 고정적인 공식으로 귀납하기란 쉽지 않다.

제8장

중국시의 리듬과 성운聲韻의 분석
—〈성聲〉을 논함—

(上)

1. 〈성聲〉의 분석

소리는 물체의 진동에서 일어난다. 물체의 진동은 공기의 진동을 만들어내고 공기의 진동으로부터 귀의 고막의 진동을 일으켜 청각을 이루면서 소리가 된다. 이러한 진동은 바람이 물을 출렁이게 하고 그 기복起伏이 물결을 이루는 것과 같아서 〈소리결聲浪〉이나 〈음파音波〉라는 명칭이 생겨나게 되었다. 물체에 있어서는 진동으로부터 〈소리결〉이 생기고, 지각에서 소리결로부터 자극을 받아 소리에 대한 지각이 생긴다. 소리결은 물결과 같이 장단·고저·소밀疏密(성글고 촘촘함) 등 각종 차이가 생기며, 소리가 각각 다른 것은 여기에서 연유한다.

첫째, 장단長短은 음의 길이(length · quantity · duration)라고도 한다. 예를들면 동일한 건반을 누르는 데 1초 동안 누를 때와 2초 동안 누를 때에 나는 소리는 차이가 있다. 이런 차이가 곧 장단으로 음파가 진동하는 시간의 길고 짧음에 따라 길 때는 장음이, 짧을 때는 단음이 발생한다. 음의 장단은 물리학에서는 시간으로 계산하고, 음악에서는 박자로 계산한다. 이것은 소리에서 이해하기 가장 쉬운 구분이다.

둘째, 고저高低는 또 음의 높이(pitch)라고도 하는데, 제2옥타브의 C음과 제3옥타브의 C음을 탄주하였을 때나 피리에서 충沖음과 태太음을 불었을 때와 같이 소요되는 시간은 같을지라도 발생하는 소리는 여전히 구별된다. 이러한 구별이 고저이며 음파의 진동의 빠르고 늦음에 기인하는데 진동이 빠르면 진동수가 많아서 소리가 높고, 진동이 느리면 진동수가 적어서 소리가 낮다. 제2옥타브 C음(C_2)의 진동수는 129.33이며 제3옥타브 C음(C_3)의 진동수는 C_2의 2배인 258.65이다. 그래서 C_3가 C_2보다 높다.

셋째, 경중輕重 또는 강약强弱으로 음의 세기(stress, force)라고도 한다. 예를들면 동일한 건반을 누르는 데 힘을 주어 누르는 경우와 가볍게 누르는 경우, 그 발생하는 소리는 같지 않으며, 동일한 글자를 읽을 때 무겁게 읽고 가볍에 읽음에 따라 발생되는 소리도 같지 않다. 이러한 구별이 곧 경중이며 음파 진폭의 크고 작음에서 기인하는데, 크면 무겁고 작으면 가볍다.

이상의 세 가지 구별을 물리학에서 통상 사용하는 도표로 표시하면 다음과 같다.

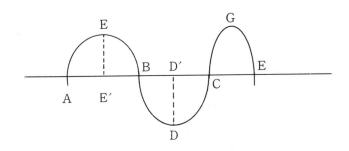

AEB, BDC＝파장＝음의 길이
AB, BC＝음파진동속도＝음의 높이
EE′, DD′＝음파의 진폭＝음의 세기

이외에 음질(quality)이라는 구별이 있는데, 예를들면 고저·장단·경중이 같은 음도 피아노에서 낼 때와 피리에서 낼 때 그 음은 같지 않으며, 또 고저·장단·경중이 같은 음을 갑이 낼 때와 을이 낼 때에도 각각 다르다. 이러한 음질의 차이는 발음체의 구조와 상황이 다른 데에 기인하며, 음파로 말하면 파문波紋의 굴곡과 모양이 다른 데서 비롯되는데 위의 그림에서 AEB선과 CGF선은 분명히 다르다.

소리를 녹음시켜 레코드판을 만드는 것은 이런 몇 개의 음파의 이치에 근거한 것이다.『레코드판에 새겨진 무늬가 소리의 전체인데, 그것의 성기고 촘촘함은 소리의 고저이고 깊고 얕은 곳은 소리의 강약이며, 그것의 길고 짧음은 소리의 장단이며, 높고 낮은 사이의 굴곡은 음질이다.』
(劉復《四聲實驗錄》의 말을 인용)

2. 음音의 각종 구별과 시의 리듬

소리는 시간상 수직적으로 끝없이 이어지는 것으로 그것에 박자가 생겨나려면 하나의 기본조건이 있어야 하는데, 그것이 곧 시간적인 간격(time-intervals)이다. 간격이 있어야 기복이 있을 수 있고, 기복이 있어야 리듬이 있을 수 있다. 하나의 음의 갖는 시간이 수직적으로 끊임없이 이어진다면, 예를들어 같은 힘으로 계속해서 하나의 건반을 누르면서 오랫동안 변화가 없다면 리듬이 있을 수 없다. 만약 리듬을 만들어내려면 시간의 연장직선을 반드시 단속선으로 나누어서 간격과 기복을 조성해야 한다. 이러한 간격과 기복도 약간의 규칙이 있고 몇 개의 고정적인 단위도 있어야 하며 전후의 차이가 너무 멀어서도 안 된다. 예를들어 5개의 계속되는 음이 1 : 5 : 4 : 3 : 9의 비율을 이루어 기복이 난잡하여 질서가 없어도 리듬을 생산할 수가 없다. 리듬이란 것은 소리가 『대체로 서로 같은 시간의 단락』 속에서 발생하는 기복이다. 이 『대체로 서로 같은 시간의 단락』이 곧 소리의 단위이며, 중국시에서의 구두句逗(구 끊어읽기)나 영시의 행行과 음보音步(foot) 같은 것이다. 기복은 장단 · 고저 · 경중의 세 방면에서 드러날 수 있는데, 이 세 종류의 구분과 리듬의 관계는 다음과 같은 도표로 나타낼 수 있다.

─────────── 음파가 시종일관 단조로워 리듬이 없음.
─ ─ ─ ─ ─ ─ 기복이 난잡 · 무질서하여 리듬이 없음.
─ ── ─ ── ─ 장단이 서로 반복되며, 리듬이 보임.
ΛΛΛΛΛΛΛ 고저가 서로 반복되며, 리듬이 보임.
── ━━ ── ━━ 경중이 서로 반복되며, 리듬이 보임.

시의 리듬은 통상 이 세 가지로 조직되어 이루어지는데 음질과 리듬의 관계 유무에 대해서는 뒤에서 다시 논하기로 한다. 언어의 성질이 다르기 때문에 각 나라의 시 리듬은 장단 · 고저 · 경중 3요소에 대해 각각 그 치중하는 바가 다르다. 고대 그리스시와 라틴시는 모두 장단에 편중하여 하나의 장음長音을 읽는 시간이 두 개의 단음短音을 읽는 시간과 거의 같다. 장음과 단음이 규칙적으로 서로 반복하여 매우 분명한 리듬을 보여준다. 버어질Virgil의 유명한 시구를 예로든다.

Quadrupe— | dante pu— | trem Soni— | tu quatit | ungula | Campum

모두 6음보이며 각 보步마다 세 개의 음을 갖고 있는데 첫음은 길고, 둘째·셋째 음은 짧다. 두 개의 단음은 하나의 장음과 같다. 그래서 최후의 한 음보는 비록 두 개의 음을 갖고 있을지라도 모두 장음으로 읽기 때문에 읽는 데 소요되는 시간은 여전히 다른 음보와 대략 같다. 장음을 〈—〉, 단음을 〈∨〉의 기호를 사용하여 라틴시의 장단음식의 6음보를 표시하면 다음과 같다.

—∨∨—∨∨—∨∨—∨∨—∨∨— —.

이런 장단상간식長短相間式(장단이 서로 반복되는 형식)은 그리스시와 라틴시에 공통되는 것으로, 서로 다른 점은 라틴시는 음보 중에서 장음이 동시에 중음重音인데, 그리스시의 음보에서는 장음은 동시에 고음高音이라는 것이다. 그리스 문장과 라틴 문장의 장음長音은 모두 고정적인데, 그래서 하나의 음은 음보 속에서 길어야 적당하고 어기語氣 중에서도 마땅히 길어야 하는데, 이것은 음악적인 리듬과 언어적인 리듬의 충돌이 매우 적다는 것을 말한다.

근대 유럽 각국의 시에서 장단의 기초는 이미 버려졌고(롱펠로우·윌리암 모리스 등이 그리스시와 라틴시의 장단격을 이용해서 시험해 보았으나 성공한 것 같지 않다) 그것을 대체한 것이 경중輕重이며 더욱이 게르만계 언어였다. 예를들면 영어에서 시의 음보는 〈경중격輕重格〉(iambic)이 가장 보편적으로 통용되었다. 중음重音은 경음輕音보다 반드시 길어야 할 필요는 없으며, 고저의 문제는 독자가 시문의 뜻을 보아서 그것을 기준으로 하여 신축성 있게 조정하였으므로, 글자의 음 자체는 결코 절대적이거나 고정적인 고저가 없었다. 이는 음보의 경중에는 규칙이 있으나, 어기語氣의 경중은 규칙이 없어서 음보에서 무거워야 할 음이 어기 속에서 반드시 무거운 것은 아니고, 음보에서 가벼워야 할 음이 어기 속에서 반드시 가벼운 것도 아니기 때문인데, 이것은 음악적 리듬과 언어적 리듬이 때때로 충돌을 면치 못한다는 것을 말한다. 그러면 셰익스피어의 유명한 구절을 예로 들어본다.

To be | or not | to be ; | that is | the ques— | tion

이것은 경중오보격輕重五步格을 사용한 것으로 제5보는 한 음이 많으며, 제1보 · 제3보의 중음重音은 또한 장음인데 읽을 때 제2보나 제4보다 비교적 길게 읽는다. 그러나 영시에서는 이러한 장단의 구별을 그다지 중요시하지 않는다. 제4보의 어기語氣의 중음은 첫음(that)에 있는데 음보의 중음은 오히려 둘째음(is)에 있다. 만약 엄격하게 음률에 의거해서 읽는다면, 〈is〉는 마땅히 경음에서 중음으로 변해야 한다. 본래 경음인데 중음으로 변화시켜야 한다면 음조도 낮은 데서 높게 올려야 한다. 그러나 상례로 말하면 음의 고저의 영시英詩 음률에 대한 영향은 매우 미약하다. 이렇게 글자의 음으로 보步를 나누는 방법을 통상 〈음조제音組制〉(syllabic system)라고 부른다. 근대의 영시는 〈음조제〉를 버리고 〈중음제重音制〉(accent system)로 고쳐 사용하는 경향이 있는데, 이것은 매 행에 몇 개의 음보가 있는지 또는 몇 개의 자음字音이 있는지를 관계치 않고, 다만 몇 개의 중음이 있는지만을 관심에 둔다. 예를들면, 한 행에는 통상 5개의 중음이 있으며 글자음은 10개 또는 15개에 제한될 필요가 없이 얼마가 되든지 자유롭고 신축성 있게 할 수 있는데, 때로는 2개의 중음 사이에 네댓 개의 경음을 들 수도 있다. 이렇게 해서 영시의 리듬에 대한 장단의 영향은 더욱 미세해졌다.

프랑스시는 이러한 〈음조제〉나 〈중음제〉를 사용하지 않고 〈휴지休止〉(cesure)를 사용하였는데, 매휴지 속의 글자음 수는 일정하지 않다. 프랑스시에 가장 보편적으로 통용되는 격식은 〈알렉산드격〉(Alexandrine)이며 매행이 12음인데 휴지休止로 나누고, 보步로는 나누지 않는다. 〈휴지〉의 수와 위치는 고전격과 낭만격의 구별이 있는데, 고전격은 매행에 4개의 〈휴지〉가 있고 제6음과 제12음은 반드시 쉬어야 하며, 제6음(중간

휴지) 전후에 각각 한 번씩 쉬는데 그 위치는 고정되어 있지 않다. 라신느 Racine의 유명한 구절을 예로든다.

Heureux | qui satisfait | de son hum— | ble fortune. |

낭만격의 매행은 다만 3개의 〈휴지〉가 있을 뿐인데, 제12음은 반드시 쉬어야 하고, 나머지 두 번의 휴지休止의 위치는 고정되어 있지 않다. 위고Hugo의 시를 예로 들어보자.

Il vit un oeil | tout grand ouvert | dans les ténèbres. |

각 휴지休止의 자음字音의 수가 일정하지 않기 때문에 〈음보音步〉라고 볼 수가 없다. 불어의 음절과 영어의 음절의 중요한 차이는, 영어에는 중음이 많은데 불어에서는 자음의 경중의 구별이 매우 미세하여 거의 흐르는 물과 같이 평탄하며 큰 파랑이 없다. 그러나 휴지休止의 위치를 읽을 때, 소리도 자연적으로 높아지고 길어지며 무겁게 되어서 프랑스시의 리듬도 앞은 누르고 뒤는 올린다.(先抑後揚) 앞에서 인용한 라신느의 시구는 음률학자인 그라멘트Grammant의 측정에 의하면, 음의 길이·음의 세기·음의 높이를 합하여 함께 아래와 같은 비율을 이룬다.

Heureux qui satisfait de son humble fortune.
2   $3\frac{1}{3}$ 1 1 1 3 1   1   3 1   1   3

그래서 프랑스시의 리듬의 기복은 음의 길이와 세기·높이 이 세 종류의 영향을 받는데, 이는 영시가 음의 세기에 치중하는 것과는 다르다. 바꾸어 말하면, 경중의 구별이 프랑스시 속에서 결코 그렇게 분명한 것은 아니다.

요컨대, 유럽시의 음률에는 세 개의 중요한 유형이 있다. 첫째 유형은, 매우 고정된 시간의 단락이나 음보를 단위로 하여 장단이 서로 반복하는 것에서 리듬을 보고, 자음字音의 수와 양이 모두 고정되어 있는 것으로

그리스시와 라틴시가 이에 속한다. 둘째 유형은, 비록 음보의 단위가 있
더라도 매음보는 다만 자음의 수를 규정할 뿐(여전히 신축성이 있다) 자음
의 장단과 분량에 구속되지 않으며, 음보내에서 경음과 중음이 서로 반
복하면서 리듬을 이루는데 영시가 이에 속한다. 셋째 유형의 시간 단락
은, 더욱 비고정적이며 매단락 중에 자음의 수와 양은 모두 신축성이 있
어서 이러한 단락은 음보가 아니라, 휴지休止이다. 매단락의 자음은 앞
은 누르고 뒤를 올림(先抑後揚)으로써 리듬을 조성하는데, 소위 억양이
란 장단·고저·경중을 합하여 가리키는 것으로 여기에 속하는 것은 프
랑스시이다. 영시는 게르만어 계통의 시를 대표하고, 프랑스시는 라틴어
계통의 시를 대표한다.

3. 사성四聲이란 무엇인가

우리는 많은 지면을 할애하여 유럽시의 음률을 살펴보았는데, 이는 중
국시의 음률의 성격이 도대체 어떠한지를 비교하여 설명하는 방법으로
가장 적합한 것이기 때문이었다. 중국시에서 음률의 연구는 본래부터 성
聲(자음子音)과 운韻(모음母音)의 두 요소로 나누어 왔다. 이 두 요소가
중국시의 음률을 모두 포괄하는지 이밖에 다른 요소가 있는지는 뒤에서
자세히 논하기로 하고, 여기서는 우선 聲의 성질을 분석해 보자.

聲은 곧 평상거입平上去入이다. 앞에서 말했지만 소리의 리듬은 장
단·고저·경중 세 방면에서 나타날 수 있다. 이른바 평상거입은 결국
장단이나 고저나 경중의 차이인가? 실제로 사람마다 그가 태어나고 자라
온 지역의 4성을 가려내는 데 어떤 곤란함이 있다고는 느끼지 않는다. 그
러나 분석해 보면, 4성 각각의 요소와 그 차이를 단정한다는 것은 극히
어려운 일이다. 이러한 곤란은 두 개의 원인이 있는데 하나는 각 지역의
발음의 차이이다. 우리들은 통상 대체적으로 차별없이 〈4성〉이라고 말하
지만, 남방음의 4성은 평상거입인데 북방음에는 입성이 없어 4성은 음평
陰平·양평陽平·상上·거성去聲이 된다. 또 더 자세히 분석해 보면 꾸
왕뚱(廣東)은 9성, 쩌지앙(浙江)·푸지엔(福建) 등에는 8성, 지앙쑤(江

蘇) 등지에는 7성, 서남의 각 지역과 각 성省에는 5성이며, 북방에는 단지 4성이 있을 뿐이다. 만약에 장단·고저·경중을 표준으로 삼아 4성을 분석한다면, 각 지역의 독법讀法은 한 가지가 아닐 것이며(예를들면 모두 같은 평성이지만 뻬이징(北京) 사람은 츠엉뚱(成都) 사람이나 우차앙(武昌) 사람보다 비교적 짧게 읽고, 입성은 보통 매우 짧은데 차앙싸(長沙) 사람들은 비교적 길게 읽는다) 그러므로 보편적인 결론을 얻기가 매우 어렵다. 또 하나는 각 소리마다 시간적으로 이어지기 때문에 같은 하나의 성聲이라도 앞이 높고 뒤가 낮거나 앞이 가볍고 뒤가 무겁거나 또는 고저·경중이 불규칙적인 파문波紋을 이루어서 단순히 고저·경중으로 그것을 형용해낼 수가 없다는 것이다. 이것도 4성을 연구하는 데 곤란한 원인의 하나이다.

우선 장단을 말해 보자. 4성은 확실히 장단의 구별이 있다. 어떤 사람들은 장단 이외에는 다른 구별이 있는지를 알아내지 못한다. 고염무顧炎武는 《음론音論》에서 말하기를 『평성은 가장 길고, 상성과 거성은 그 다음이며, 입성은 말 막히듯이 그치고는 여음이 없다 平聲最長, 上去次之, 入側諷然而止, 無餘音矣』라고 하였는데, 근래의 많은 사람들이 이 설을 도입하고 있다. 전현동錢玄同은 『평상거입이란 하나의 음을 소리로 내면 장단이 있으므로 넷으로 나눈 것이다 平上去入, 因一音之留聲有長短而分爲四』《文字學·音篇》 하였고, 오경항吳敬恒은 말하기를 『소리는 장단이다. ……장단이란 것은 음은 같으나 소리를 내는 시간이 같지 않은 것이다 聲爲長短, ……長短者音同而留聲之時間不同』 하였으며, 역작림易作霖은 박자도 함께 들어 4성을 말하였는데 『4성이란 무엇인가. 그것은 박자관계이다. 예를들어 하나의 음을 연주하는 데 한 박자를 연주할 때는 都(평성平聲 : du)와 같이하고 1/4박자를 연주할 때에는 篤(거성去聲 : du)과 같이해서 시간적으로 4종의 다른 소리가 나누어져 나온다. 이것이 평상거입의 4성이다 四聲是甚麼?…它是拍子關係, 譬如奏一音, 奏一拍便像都, 奏1/4拍便像篤, 就時間上分出四種不同的聲音, 就是平上去入的四聲』라고 하였다.

4성에 장단의 구별이 있다는 것은 부정할 수 없는 사실이지만 이 장단의 양은 실제로는 정할 수가 없다. 첫째로 각 지역의 발음이 같지 않으며, 둘째로 동일한 지역에서도 사람마다 발음이 다르며 심지어 한 개인이 서로 다른 상황에서 동일한 글자에 대해 발음하는 것도 일치되지 않는다. 입성이 가장 짧다는 것은 통례인데, 그러나 유복劉復의《사성四聲실험록》에 의하면 뻬이징인들이 내는 입성은 오히려 평성보다 길고, 우차앙(武昌)·차앙싸(長沙)의 입성도 특별히 길다. 뻬이징(北京)의 거성은 평성보다 길고 차앙싸(長沙)와 쩌지앙(浙江)의 거성은 평성보다 짧다. 이것이 유복劉復이 얻은 결과이다. 그러나 고원高元의 연구에 의하면 뻬이징의 양평성陽平聲은 1박이고 음평성陰平聲은 반박자이며 상성은 1박, 거성은 3/4박으로 거성은 양평성보다 짧았다. 영국인 존스D.Jones와 꾸왕뚱(廣東) 호형당胡炯堂의 연구에 의하면, 꾸왕뚱의 평성은 상성·거성과 한 박자와 반 박자의 차이가 난다. 그러나 유복의 실험에서는 이렇게 크게 차이가 난 것 같지 않다. 이러한 결과는 우리에게 두 가지 사실을 말해 준다. 첫째 소리는 같을지라도 지방에 따라서 장단은 같지 않다는 것이며, 둘째 수많은 측정결과는 서로 충돌하고 있고 소리의 장단을 측정하기 쉽지 않으며, 4성의 장단의 비율은 지금까지도 해결되지 않은 문제임을 알 수 있다. 이로써 보면 4성은 비록 장단의 차이인 것 같지만 실제로 장단의 차이만은 아닌데, 이것은 4성의 장단에 결코 정해진 분량이 없기 때문이다.

다음으로 고저를 살펴보자. 4성에는 고저의 차이가 있는데 종전에는 이를 홀시하여 생략해 버린 것 같다. 근대의 언어학자들에 이르러서야 그 중요성을 인정하였다. 유복劉復은 고저가 4성의 가장 중요한 차이점, 심지어 유일한 차이점이라고 생각하였다. 그는 『4성은 고저의 차이에서 만들어진 것이라고 나는 인정한다. ……우리들의 귀가 듣는 4성의 구별은 다만 높고 낮고 오르고 내리는 차이일 뿐이며, 실제로 장단에 차이가 있다 하더라도 차이라고 할 수 없다 我認定四聲是高低造成的, ……我們耳朶裏所聽見的各聲的區別, 祇是高低起落的區別, 實際上長短雖然有些區別, 却不能算得區別』라고 말하였다. 또 경중에 대해서는 4성과 절대적으로 무관하다고 인정하였다.(뒤에서 자세히 논술할 것이다) 4성에 고저의 구별이 있다는 것은 대체로 문제가 되지 않으며, 문제가 되는 것은 고저를 측정하는 것이다. 만약 하나의 소리가 그의 습관적인 음의 길이내에서 시종일관 똑같은 음의 높이를 유지한다면 고저를 측정하기에 용이할 것이다. 예를들어 제2옥타브의 C음과 제3옥타브의 C음의 차이는 매우 분명하며, 또한 매우 순수하다. 4성의 고저는 판정하기가 어려운데 이것은 각 지방의 발음이 같지 않을 뿐 아니라, 각 4성의 소리는 그의 습관적인 음의 길이내에서 일률적으로 똑같은 음의 높이를 유지할 수 없어서 어떤 때는 전고후저前高後低하고 어떤 때는 전저후고前低後高하며 또 어떤 때는 기복이 고르지 않기 때문이다. 만약 선으로 표시해 본다면, 음의 높이가 지나는 길은 평평한 직선이 아니라 불규칙적인 곡선이다. 잠시 유복의 《사성실험록》에 실려있는 뻬이징(北京)의 4성을 예로들면 다음과 같다.

北京四聲의 高低와 長短

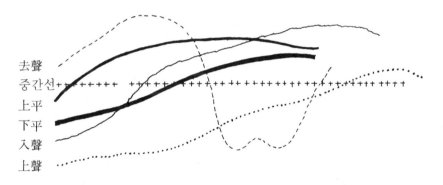

그림 중의 중간선(＋＋＋＋……)은 4성의 최고점과 최저점의 중간에 있으며, 길이는 시간의 장단을 표시한다.

조원임趙元任의 《국음신시운國音新詩韻》에 의하면 오성五聲의 표준 독법讀法은 다음과 같다.

음평성陰平聲은 높고 고르다. 양평성陽平聲은 중간음에서 일어나 매우 빨리 올라가며 끝부분에서의 고음은 음평성과 같다. 상성上聲은 저음으로부터 일어나 미미하게 다시 하강하며, 최저음에서는 잠시 멈추고 끝에 가서는 높이 일어났다가 순간적으로 끝난다. 거성去聲은 고음에서 시작하여 곧장 아래로 떨어진다. 입성入聲은 음평성과 음의 높이가 같은데 시간은 그것의 반이나 1/3밖에 되지 않는다.

陰聲高而平. 陽聲從中音起, 很快地揚起來, 尾部高音和陰聲一樣. 上聲從低音起, 微微再下降些, 在最低音停留些時間, 到末了高起來片刻就完. 去聲從高音起, 一順儘往下降. 入聲和陰聲音高一樣, 就是時間祇有它一半或三分之一那麼長.

조원임趙元任의 음평성은 유복劉復의 상평上平이며, 양평성은 하평下平이다. 조원임의 해석과 유복의 도표를 비교해 본다면, 상평·하평은 대략 서로 부합되나 나머지 세 성聲은 서로 들쑥날쑥이다. 만약 유복이 실험하여 얻어낸 12개 지방의 4성의 도표로 본다면 각 지방의 4성의 고저와 기복은 각각 다르다. 그러나 매우 분명한 점이 하나 있는데, 그것은 동일한 성음聲音의 고저가 앞뒤로 일률적이 아니어서 어느 성聲은 높고 또 어느 성聲은 낮다라고 개괄적으로 말할 수는 없고, 다만 어느 성聲이 어느 단계에서 높고 또 어느 단계에서는 낮다라고 말할 수 있을 뿐이다. 각 성聲의 내부에는 비교적 높고 또한 비교적으로 낮은 부분이 있기 때문에 4성의 구별도 완전히 높거나 낮다고 말하기 어렵다.

마지막으로 경중에 대해서 말해 보자. 종전의 사람들은 4성을 분류함에 대부분 경중과 강약의 표준에 치중하였다. 4성에 관한 가장 빠른 해석은 당대唐代의 승려 신공神珙이 《원화운보元和韻譜》를 인용한 말일 것이다.

> 평성은 슬프나 평안하고, 상성은 세차면서 들어올리며,
> 거성은 맑으며 멀고, 입성은 바르고 촉급하다.
> 平聲者哀而安, 上聲者厲而擧,
> 去聲者淸而遠, 入聲者直而促.

유행하고 있는 《사성가결四聲歌訣》은 다음과 같이 말하고 있다.

평성은 평안하게 말하니 오르내림이 없고,

상성은 높이 소리치니 맹렬하고 강하다.

거성은 분명하며 슬프고 먼 듯이 말하고,

입성은 짧고 재촉하듯 급히 거두어들인다.

平聲平道莫低昂, 上聲高呼猛烈強.

去聲分明哀遠道, 入聲短促急收藏.

위의 두 문장의 말투에 의할 것 같으면, 평성과 거성은 비교적 가볍고 상성과 입성은 비교적 무거운 것 같다. 고염무는《음론音論》에서

무겁고 촉급한즉 입성·상성·거성이 되고, 가볍고 더딘 것은 평성이 되었다.

其重其急則爲入爲上爲去, 其輕其遲則爲平.

라고 하였는데, 이 말에 따르면 세 개의 측성仄聲은 모두 평성平聲보다 무겁다. 최근에 왕광기王光祈는『평성이 측성보다 강하다』(《中國詩詞曲之輕重律》을 참조할 것)고 인정하였다.

4성과 경중의 유관설有關說을 부인하는 사람도 있다. 고원高元의 연구에 의하면, 경중은 지앙쑤(江蘇)의 7성聲에 특별히 중요하며 그 나머지 지역에서는 그 영향이 매우 미세하다. 유복劉復은《사성실험록》에서 강약 또는 경중과 4성과의 유관설을 절대적으로 부인하였다. 그 이유는『어떠한 성聲이든지 강하게 읽을 수도 있고 약하게 읽을 수도 있으나 그 성聲은 불변 無論那一聲都可以讀強, 也都可以讀弱, 而其聲不變』이기 때문이라는 것이다. 이 말은 다소 납득하기 어려운 부분이 있는 것 같다. 우리들의 문제는『어떤 하나의 성聲이 강하게 읽거나 약하게 읽으므로 인해 다른 성聲이 변하는가 아닌가?』하는 것이 아니라『어떤 한 음의 4성에 강약의 비교가 있는가 없는가?』하는 것이다. 우리는 유복의 말을 모방하여『어떠한 성聲이든지 높게 읽을 수도 있고 낮게 읽을 수도 있으나 그 성聲은 불변』이라고 말할 수 있다. 남자의 소리는 여자의 소리보다 낮으며 글자의 소리의 고저는 그 뜻에 따라 신축성이 있음은 사실이다. 우리

들은 이에 의거하여 성聲과 고저의 유관설有關說을 부인할 수 있는가？ 유복의 실험은 강약을 완전히 배제하였는데 필자의 견해로는 그가 신임한 음향측정계는 근본적으로 소리의 강약을 측정할 수 없는 것이 아닐까 한다. 강약의 흔적은 파도무늬의 깊고 얕음(深淺)에 해당된다. 음향측정계는 가는 붓 끝으로 반들반들한 종이 위에 음파의 무늬를 그려나가는 것이며, 그 그리는 속도가 매우 빠른데 측량할 수 있는 깊고 얕은 정도를 어떻게 알아볼 수 있겠는가？

전체적으로 말하면 4성을 발음할 때 내는 힘에는 강약이 있으며, 그래서 얻은 음에는 저절로 경중의 차이가 있게 된다. 상성과 입성을 읽으면 평성과 거성을 읽을 때보다 비교적 힘이 많이 들어가는데, 이는 더 무겁기 때문으로《원화운보元和韻譜》와《사성가결四聲歌訣》에서 지적한 바와 같다. 그러나 이것은 또한 억측으로 각 지역의 발음이 같지 않고 동일한 성聲의 경중도 들쑥날쑥하기가 쉬우니 정밀한 측정과 실험을 기다려 단정내려려 할 것이다. 요컨대 4성은 비록 경중의 차이가 있는 것 같으나 경중의 비례는 여전히 문제로 남아있다.

고원高元은 4성을 일러 다음과 같이 말하였는데, 현재의 입장으로 보면 4성에 대한 가장 타당성 있는 정의일지 모른다.

> 4성은 동일한 성聲(자음子音)과 운韻(모음母音) 속에서 음의 길이 · 음의 높이 · 음의 세기의 세 종류가 변화하며 서로 혼합된 결과이다.
>
> 四聲在同一聲(子音)韻(母音)中音長, 音高, 音勢三種變化相乘之結果.

그러나 이 정의는 시의 음률연구에 큰 가치가 있으나, 특별히 문제가 되는 것은 각 성聲의 음의 길이 · 음의 높이 · 음의 세기가 정해진 분량이 없을 뿐만 아니라 시간과 지역에 따라 변동되기 때문이다.

4. 사성과 중국시의 리듬

이상으로 4성을 분석해 보았는데, 모두 독립된 음으로만 말하여 문제는 이미 매우 복잡해졌다. 시 속에서 음은 독립적이지 않고 모두 약간의 다른 음들과 합해져서 하나의 조組와 구句를 이루기 때문에 4성의 문제는 더욱 복잡해진다.

첫째, 음조音組 안에서 각 음의 장단·고저·경중은 모두 문장의 뜻과 어기語氣(어투)에 따라 신축성이 있다. 뜻을 중시할 때에는 소리도 자연히 따라서 길고 높고 무거워지며, 뜻을 중시하지 않을 때에는 소리도 자연히 그에 따라 짧고 낮고 가벼워진다. 이와 마찬가지로 하나의 글자를 한 음조音組 속에서는 길게 높게 또는 무겁게 읽고, 다른 음조 속에서는 짧게 낮게 또는 가볍게 읽는 것은 전적으로 문장의 뜻과 어투에 의한 것이다. 예를들면 같은 〈子〉자가 〈子書〉 속에 있을 때는 〈扇子〉 속에 있을 때에 비해 더 길고 더 높고 더 세게 읽으며,[1] 마찬가지로 〈又〉자가 〈他又來了〉 속에 있을 때가 〈他來了又去了〉 속에 있을 때보다 더 길고 높고 세게 읽는다.[2] 독립음에서 분석하여 나온 장단·고저·경중을 시 속에서 응용해 보면 완전히 변할 수 있다.

둘째, 뜻의 무겁고 가벼운 영향 외에 한 음조 속의 각 음의 장단·고저·경중은 때때로 인접한 음의 영향을 받아서 미세하게 신축한다. 이것은 두 종류로 나눌 수 있다. 그 첫째는 두 음이 서로 인접하였을 때 앞의 음이 뒤의 음으로 미끄러져 들어가는데 순조로운 것도 있고 걸리는 것도 있다. 대개 쌍성과 첩운의 두 음을 읽을 때 가장 순조로우며, 갑성甲聲이 그와는 성질이 다른 을성乙聲으로 들어가거나(예를들면 순음脣音이 후음喉音으로 들어가는 것) 갑운甲韻이 그와는 성질이 다른 을운乙韻으로 들어갈 때(예를들면 개구음開口音에서 촬구음撮口音[3]으로 들어가는 것) 비교적 힘이 든다. 예를들면 〈玉女〉(yù nǔ)의 玉과 〈玉山〉(yù shān)의 玉, 〈堂堂〉(táng táng)의 첫째음 堂과 〈堂廟〉(táng miào)나 〈堂宇〉(táng yú)의 당堂은 모두 대략 구별이 된다. 그 둘째는 각국의 언어 리듬은 그 태반이 선억후양先抑後揚의 경향이 있으며(영시의 iambic 리듬이 가장 우세하며, 프랑스시는 휴지休止에서 대략 올리는데, 모두 그 증거가 될 수 있다) 중국언어에는 첩음자疊音字가 많은데 두 글자가 동성동운同聲同韻이지만, 장단·고저·경중에는 여전히 약간의 차이가 있다. 예를들면 〈關關〉〈凄凄〉〈蕭蕭〉〈冉冉〉〈蕩蕩〉〈漠漠〉 등과 같은 것은 모두 선억후양

先抑後揚한다. 이 두 종류는 비록 매우 미세하지만 리듬에 대해서는 여전히 약간의 영향이 있다.

셋째, 앞절에서 분석한 바와 같이 4성은 순수하게 장단·고저 또는 경중으로 구별되는 것이 아니며, 평측이 서로 반복하는 것이 곧 장단·고저 또는 경중이 서로 반복되는 것으로 인정되어서는 안 된다. 시의 습성으로 미루어 본다면, 평성은 음평陰平·양평陽平으로 나누어지지 않고 측성은 상上·거去·입성入聲을 포함한다. 장단·고저·경중의 세 방면에서 음평陰平·양평성陽平聲은 이미 뚜렷하여 상·거·입성과 피차 큰 차이가 있다. 만약 〈平平〉이 일음일양一陰一陽이고, 〈仄仄〉이 일상일입一上一入이면 장長과 단短·고高와 저低·경輕과 중重은 어느 정도 상쇄작용을 거치지 않을 수 없으며, 그 결과 〈平平〉과 〈仄仄〉으로 하여금 장단·고저·경중에서 결코 큰 차이가 없게 한다.

위에서 논술한 여러 가지 이유로 인하여, 서양시의 장단·고저·경중으로 중국시의 평측을 비교하는 것은 〈平平仄仄平〉을 〈長長短短長〉〈輕輕重重輕〉 또는 〈低低高高低〉로 간주하는 것이 되어 반드시 미로에 빠지고 말 것이다. 왕광기王光祈는 《중국시사곡의 경중률中國詩詞曲之輕重律》에서 다음과 같이 말하였다.

질적質的인 면에서는 평성이 측성보다 강하다. 평성의 글자를 살펴보면 발음의 처음은 이미 매우 웅장하며 계속 연장하는 사이에도 시종 그 고유의 강도를 유지할 수 있다. 이런 까닭에 필자가 중국 평성의 글자를 근대 서양 언어의 중음重音과 고대 그리스 문장의 장음長音과 비교하여 평측 두 성聲을 제시하는 것은, 중국시사곡의 〈경중률輕重律〉이라는 학설을 이루기 위함이다.

在質的方面, 平聲則強於仄聲. 按平聲之字, 其發音之初, 既極宏壯, 而繼續延長之際, 又能始終保待固有之強度. 因此, 余將中國平聲之字, 比之近代西洋語言之重音, 以及古代希臘文之長音, 而揚出平仄二聲爲造成中國詩詞曲 〈輕重律〉之說.

왕광기는 음악이론을 연구하는 학자인데 그의 말은 사람을 실망케 한다. 음의 세기(결코 〈질質〉이 아님)면에서 평성이 반드시 측성보다 강한 것이 아님은 앞에서 설명한 바와 같다. 평측이란 분류는 서양시의 장단과 경중으로써 비교할 수 없는 것이며 하나의 사실로써 이를 증명할 수 있다. 그리스시·라틴시 중에서 한 행이 전부 장음이거나 전부 단음일 수 없으며, 영시英詩 중에서 한 행이 전부 중음이거나 경음일 수 없다. 만약 전체 행이 다만 한 종류의 음이라면 리듬이 있을 수가 없다. 그러나 중국시 속에서는 한 구가 모두 평성일 수 있으니 〈關關雎鳩〉〈修條摩蒼天〉〈枯桑鳴中林〉〈翩何姍姍其來遲〉 등과 같은 것들이며, 또 한 구가 전부 측성일 수 있으니 〈窈窕淑女〉〈歲月忽已晩〉〈伏枕獨展轉〉〈利劍不在掌〉 등과 같은 것들이다. 이러한 시구들은 비록 평측이 서로 반복되지는 않지만, 그래도 기복과 리듬이 있어서 읽어보면 여전히 읊조리기에 자연스럽다. 고시는 구 속에서 근본적으로 평측이 조화되지 않으나, 간단히 리듬으로 말할 것 같으면 대부분 율시보다 낫다. 이는 고시가 비교적 자연스러운 데 비해 율시는 왕왕 격조에 속박되기 때문이다. 이러한 사실로부터 4성이 중국의 리듬에 끼친 영향은 매우 미약함을 알 수 있다. 왕광기가 평측 두 성聲으로 〈경중輕重〉을 삼고 기타 유사한 기도企圖를 하는 것은 학문적인 이론에서나 사실면에서 모두 근거가 없는 것이다.

필자는 4성이 중국시의 리듬에 끼친 영향이 매우 미약하다고 말했고, 또 그것을 그리스시·라틴시의 장단이나 영시의 경중과는 비교할 수 없다고 말했지만, 전혀 영향이 없다고는 말하지 않았다. 대체로 두 개의 서로 다른 현상이 규칙적으로 교체되면서 기복이 생기면 어느 정도는 리듬의 효과를 만들어낸다. 평성과 측성의 차이가 대체 어디에 있는지는 실로 문제가 된다. 그러나 그것이 차이가 있다는 것은 문제가 되지 않는다. 이와같이 분명하게 구별되어 있는 두 종류의 성음聲音이 규칙적으로 교차되며 일어나고 숨고 하여 자연적으로 리듬을 만든다. 중국의 율시는 이러한 리듬을 고정적인 모형으로 제작하여 만든 것이다. 이 모형은 본래 죽은 것이며, 그것이 정한 형식적인 리듬은 구체적인 시 속에서 반드시 언어의 리듬에 따라 변해야 한다. 평측이 완전히 같은 두 수의 시라 하더라도 리듬은 반드시 같을 필요는 없다. 그래서 성조보聲調譜 같은 종류의 작품은 사람에게 잘못하여 해를 주는 것이다. (제6장 참조)

5. 사성과 음질音質

　전현동錢玄同・오경항吳敬恒・고원高元 등은 주음부호注音符號(또는 주음자모注音字母)를 제창하고 4성이 적용되지 않는다고 생각하여 그것을 폐기할 것을 주장하였다. 호적胡適은『가장 오래된 광주어廣州語의 9성으로부터 점차 감소하여 뒤에 일어난 북부北部와 서부西部의 4성에 이르렀다』는 사실에 근거하여『이러한 추세는 마땅히 다시 앞으로 나아갈 것이며 4성이 완전히 소멸되는 지경에까지 갈 것이라고 단언하였다.』(고원高元《국음학國音學》의 호서胡序를 보라.) 그는『신시를 말한다 談新詩』라는 문장에서『사보詞譜와 곡보曲譜의 여러 가지 속박을 뒤집어엎고, 평측과 장단에 구속되지 말자 推翻詞譜, 曲譜的種種束縛, 不拘平仄, 不拘長短』라고 주장하였다.

　필자가 보기로는, 언어의 변천은 일종의 자연현상으로 풍토와 습관・생리구조 그리고 심리와 성격 등의 요소가 그 배후에서 지배하고 있으며, 결코 세 명의 학자가 폐기하자고 노래하거나 보호하여 지키자고 주장하는 것에 의해 좌우될 수는 없다. 간단화는 어음語音과 문법의 공통적인 추세이기는 하나〈간단화簡單化〉로 인해〈제로화〉에 도달할 것을 추측하는 것은 지나치게 대담한 예언인 것 같다. 영어문법을 예로들면, 앵글로색슨시대로부터 시작하여 현재에까지 점차 계속적으로 간단화되어 오고 있는데, 우리는 이로 미루어 영문법이 완전히 소멸될 지경에까지 갈 것이라고 단정할 수 있겠는가?

　우리가 언어를 연구하는 것은, 마치 어떤 자연현상을 연구하는 것과 같이 사실을 받아들여 그 사실로써 옳고 그름을 논해야 할 것이며, 독단과 예언은 모두 위험한 일이다. 사실대로 말하면, 성음聲音의 구별은 깨뜨릴 수 없이 견고하게 존재하고 있다. 언어를 연구하는 학자는 이 구별을 분석하고 해석해야 하며, 시를 연구하는 사람은 그것이 시 속에서 어떠한 기능과 효용이 있는지를 연구해야 한다.

　앞에서 4성과 장단・고저・경중의 관계를 분석하여 얻은 결과로 보면,

4성에 비록 리듬의 성질이 전혀 없는 것은 아니지만 이러한 리듬의 성질이 결코 명확하게 확정되어 있지 않다는 것을 알 수 있다. 그렇다면 4성은 시에 대하여 리듬 외에 또 다른 기능과 효용이 있는가? 시의 리듬은 4성에서 개략적으로 드러나보이는 것 외에 다른 형성원인이 있는 것인가? 이것은 두 개의 다른 문제인데 우선 첫째 문제를 토론해 보자.

시와 음악에서 리듬과 조화(〈和諧〉harmony)[4]는 확연하게 나누어져야 한다. 예를들면 방앗간의 엔진 소리나 철공소의 망치 소리는 모두 리듬은 있으나 조화는 없고, 오래된 절의 종 소리나 깊은 숲 속의 한 줄기 바람 소리는 조화는 있을 수 있으나 반드시 리듬이 있는 것은 아니다. 리듬은 자연적으로 조화를 돕는 것이지만 조화는 리듬에만 한정되지 않으며, 그 요소는 〈음질音質, 또는 음색音色〉(〈調質〉tone quality)의 귀를 즐겁게 하는 성질이다. 이것은 단음單音과 복음複音에서 모두 발견된다. 리듬은 성음聲音에서 단순히 종적인 기복관계일 뿐이지만 조화는 이와 동시에 음악소리에서 발견되며, 따라서 횡적인 관계를 포함한다. 예를들면 피아노 소리가 바이올린 소리와 함께 연주되면 북 소리와 함께 연주되는 것보다 더 화성적和聲的이며, 비록 그렇더라도 리듬은 같을 수 있다. 4성은 리듬성을 포함할 뿐 아니라 음질상의 분별도 있다. 대체로 책을 많이 읽는 사람이라면 4성을 들을 수 있어 어느 글자가 무슨 성聲인지를 이해함에 있어서 조금도 곤란함이 없으나, 많은 언어학 전공학자들은 4성의 장단·고저·경중관계를 단정하지 못하고 있다. 이것은 4성에서 가장 판별하기 어려운 것이 그 리듬성이며, 가장 판별하기 쉬운 것이 그 음질 또는 조화성이라는 것을 증명한다.

일반인들은 4성이 중국언어의 특수한 현상이라고 생각한다. 이런 견해는 완전히 옳은 것은 아니다. 예를들어 영어의 모음을 말하자면, a의 장음은 상성인데, e·i·o·u의 장음은 모두 거성이다. 그리고 e·i·u의 단음은 모두 입성이다. 독립적인 모음에는 평성이 없으나 모음과 비음鼻音(m, n)이 서로 맞붙어 있을 때, 만약 중음重音이 아니라면 때때로 음평陰平으로 읽는다. 〈Stephen〉의 〈phen〉, 〈London〉의 〈don〉, 〈phantom〉의 〈tom〉과 같은 것이 그러하다. 자음을 만국음표萬國音標식으로 발음할 때에는 모두 입성이 되고(b는 博(박 bo)과 같이 읽고, p는 潑(발

po)과 같이 읽는다), 보통의 독법讀法을 사용하면 b·c·l은 모두 상성에 가깝고, d·g·k·p는 모두 거성에 가까우며, f·s·m·n은 상성으로 시작하여 음평陰平으로 끝난다. 이런 음질의 분류를 영어에서는 〈tone quality〉라고 부르고, 불어에서는 〈timbre〉라고 부른다. 서양의 시론가 詩論家들은 그것을 항상 〈시의 비리듬적인 성분〉(non-rhythmical element of verse)이라고 칭한다.

시는 성음聲音을 중시하는데 한편으로는 리듬과 장단·고저·경중의 기복에서, 한편으로는 음질과 글자음 자체의 화성和聲이나 음과 뜻의 조화에서 찾는다. 시 속에서 음질의 가장 보편적인 응용은 쌍성雙聲·첩운疊韻에 있다.

쌍성(alliteration)은 같은 성뉴聲紐(자음子音)의 글자를 중첩하여 사용한 것이다. 고대 영시에서는 각운을 사용하지 않고, 매행마다 전후 두 부분으로 나누어 앞부분의 한두 글자와 뒷부분의 한두 글자로 쌍성을 이루게 하여 산만한 음을 같은 성뉴의 글자를 빌어서 서로 연결하여 일관되게 하였으니, 다음의 예와 같다.

Ḃeowulf waes Irame ḃlaed wide sprang.

시의 전후 두 부분에 b와 w의 쌍성을 사용해서 연결시키고 있다. 이러한 쌍성에는 운韻의 효용이 있어 어떤 때에는 〈수운首韻〉(beginning rhyme)과 〈미운尾韻〉(end rhyme)으로 부르며 서로 상대적이다. 근대 서양시는 대부분 각운이 있어, 반드시 쌍성을 사용하여 수운首韻을 만들 필요가 없으나, 그래도 항상 쌍성을 사용해서 화해和諧를 만들어낸다. 중국의 글자는 모두 단음單音이기 때문에 쌍성자가 매우 많은데 국풍의 제1편에 〈雎鳩〉(ju jiu) 〈之洲〉(zhi zhou) 〈參差〉(cenci) 〈輾轉〉(zhan zhuan) 등의 쌍성자가 있다.

첩운(assonance)은 같은 운뉴韻紐(모음母音)의 글자를 중첩 사용한 것이다. 고대 불어는 첩운으로 각운하였다. 《롤랑의 노래》는 bise와 dire를 사용해서 운을 이루었다. 근대 서양시는 행 끝의 모음이 서로 같은 것 외에 모음 뒤의 자음이 반드시 서로 같아야 한다는 조건을 더하였는데, 예를들면 dire와 cire, bise와 mise는 운을 이루지만 dire와 bise는 운을 이루지 못한다. 근대 중국어에서 비음鼻音을 갖고 있는 글자 외에는 모든 글자들이 순수한 모음으로 끝이 나기 때문에 서양시의 용운用韻의 둘째 조건은 중국시에서는 의미가 없으며, 첩운과 압운押韻은 근본적으로는 같지만 보통 압운은 압운하는 구의 끝 한 글자에 국한될 뿐이다. 중국문자는 대부분이 모음으로 끝나기 때문에 운이 같은 글자가 유난히 많으며 압운과 첩운은 가장 쉬운 일이다.

쌍성과 첩운은 문자 자체에서 화성和聲이 드러나기를 요구하는 것이다. 시인들은 이러한 기교를 사용하여 어떤 때에는 소리의 조화(和諧) 외에는 특별히 구하는 바가 없기도 하고, 어떤 때에는 소리의 조화뿐만 아니라 그 의미와 조화되기를 바라기도 한다. 시 속에서 각 글자의 음과 뜻이 만약 서로 조화된다면 그것은 가장 이상적인 시이다. 음률을 연구하는 것은 이 최고이상에 대한 추구이며, 어느 경지에까지 이르는가는 전적으로 작가의 자질의 높고 낮음과 수양의 깊고 얕음에 달려있다. 각 국의 문자에는 모두 의성어擬聲語(해성자諧聲字 : onomatopoetic words)[5] 가 있다. 의성어는 음音 속에서 뜻을 드러내며 음과 뜻이 조화된 극단적인 예이다. 예를들면 영어의 murmur · cuckoo · crack · ding－dong · buzz · giggle 등과 같은 것이다. 중국문자의 의성어는 세계에서 가장 풍부하다. 그것은 육서六書 가운데 가장 중요하고 가장 원시적인 부분으로, 江 · 河 · 噓 · 嘯 · 嗚咽 · 炸 · 爆 · 鐘 · 拍 · 砍 · 唧唧 · 蕭蕭 · 破 · 裂 · 貓 · 釘 등 손가는 대로 적어도 끝이 없을 정도이다. 의성어가 많으면 음과 뜻이 조화되기가 쉬워서 시를 짓는 데 매우 편리하다. 서양의 시인들은 때때로 고심하여 뒤져보고 나서야 뜻을 암시하는 하나의 소리를 찾을 수 있었는데, 중국시에서 뜻을 암시하는 소리는 사용하고자 생각만 하면 얼마든지 활용할 수 있다. 서양시에서 평론가 또는 주석가가 쌍성 · 첩운 또는 음과 뜻이 조화되는 글자를 만나면 특별히 이것을 지적해내어 매우 귀한 것으로 간주한다. 중국시에서 이러한 실례는 일일이 다 거론할 수가 없다.

음과 뜻의 조화를 의성어에서만 찾으려 할 필요는 없다. 어떤 때는 한 글자의 음과 그 뜻이 비록 직접적인 관계가 없더라도 음질(음색)에 의해서 뜻을 암시할 수도 있다. 성뉴聲紐는 발음 부위와 방법이 같지 않으면 발생하는 영향도 따라서 다르게 되며, 운뉴韻紐는 개구開口·제구齊口·합구合口·촬구撮口와 장단의 구별도 각각 특수한 상징성이 있다. 이제 예를 들어 증명해 보자. 〈委婉〉(wěi wǎn : 부드럽고 완곡함)과 〈直率〉(zhí shuài : 솔직함), 〈清越〉(qīng yuè : 은은하고 말쑥함)과 〈鏗鏘〉(kēng qiāng : 쟁쟁함, 악기 소리), 〈柔懦〉(róu nuò : 연약·나약)와 〈剛強〉(gāng qiáng : 강직), 〈局促〉(jú cù : 좁고 옹색함)과 〈豪放〉(háo fàng : 호방·소탈), 〈沉落〉(chèn luò : 떨어지다)과 〈飛揚〉(fēi yáng : 높이 날다), 〈和藹〉(hé ai : 부드럽고 상냥함)와 〈暴躁〉(bào zào : 조급하고 사나움), 〈舒徐〉(shū xú : 한가함)와 〈迅速〉(xùn sú : 신속) 등은 비단 그 뜻이 상반될 뿐만 아니라 소리에 있어서도 대략 차이가 보인다.

음률의 기교는 암시성이나 상징성이 뛰어난 음질(음색)을 선택하는 데에 있다. 예를 들면 말이 달리는 것을 형용할 때는 쟁쟁하면서 빠르고 급한 자음字音을 많이 사용하는 것이 어울리고, 물이 흐르는 것을 형용할 때는 원활하고 경쾌한 글자음을 많이 사용하는 것이 어울린다. 슬픈 감정을 표시할 때는 낮고 어두운 글자음을 많이 쓰는 것이 좋고, 즐거운 감정을 표시할 때는 쾌활하고 맑은 자음을 쓰는 것이 좋다. 한유韓愈의《청영사탄금가廳穎師彈琴歌》(穎師의 거문고 연주를 들으며)의 첫 4구를 분석해 보자.

> 조잘조잘 어린 소녀들이 친밀히 속삭이고,
> 기쁘고 원망스러움을 서로 주고받는 듯.
> 갑자기 변하여 기세가 세차지고,
> 용사가 전쟁터로 나가는 듯.
> 昵昵兒女語, 恩怨相爾汝.
> 劃然變軒昂, 猛士赴戰場.

위의 시에서 〈昵昵〉〈兒〉〈爾〉와 〈女〉〈語〉〈汝〉〈怨〉 등의 글자는 혹은 쌍성이고 혹은 첩운이며 혹은 쌍성이면서 첩운을 겸하고 있어서, 읽어 보면 매우 화성미和聲美가 있다. 각 글자의 음은 모두 원활하고 가벼고 부드러우며, 자음子音에는 딱딱한 소리나 마찰음·폭발음이 들어있지 않고, 〈相〉자 이외에는 한 글자도 개구호開口呼의 음이 없다. 그래서 첫 두 구는 어린 소녀들이 소곤대는 정감을 전달하기에 적당하다. 뒤의 두 구는 그 정경이 변전하는데 성聲과 운韻도 이에 따라서 변전한다. 맨 처음의 〈획劃〉 자음字音은 매우 갑작스럽고 칼로 자르는 듯하여, 한 막의 온유한 희극이 맹렬한 희극으로 돌변하는 것을 아주 적절하게 전달하고 있다. 각운은 개구양평성開口陽平聲(앙昻·장場)으로 변하면서 앞 두 구의 폐구상성운閉口上聲韻(어語·여汝)과는 강렬한 대조를 보이며, 〈용사가 전쟁터로 나가는 猛士赴戰場〉 호탕한 기개를 매우 적절하게 전달한다. 이러한 짧은 예를 통해서 4성의 효용이 음질에 있으며, 음질은 조화된 인상을 만들어낼 수 있고 음과 뜻이 함께 병행하도록 할 수 있다는 것을 알 수 있다. 시를 짓는 것은 반드시 성조보聲調譜에 의하여 평측을 조절할 필요는 없지만, 실제적으로는 가끔 평성을 사용해야 할 곳에 측성의 글자로 바꿀 수 없으며, 측성을 써야 할 곳에 제멋대로 평성으로 바꿀 수도 없다. 백거이白居易의 《비파행琵琶行》을 예로 들어보자.

> 굵은 줄은 소나기 쫙쫙 내리는 듯.
> 가는 줄은 절절히 속삭이는 듯
> 쫙쫙 절절 높은 소리 낮은 소리 어우러져 탄주하니
> 크고 작은 구슬들이 옥쟁반에 떨어져 구르는 듯하네.
> **大弦嘈嘈如急雨, 小弦切切如私語.**
> **嘈嘈切切錯雜彈, 大珠小珠落玉盤**

제1구의 〈嘈嘈〉(cáo)는 결코 측성자로 바꿀 수 없으며, 제2구의 〈切切〉(qiè)도 절대로 평성자로 바꿀 수 없다. 제3구는 6개의 설치마찰음舌齒摩擦音을 연이어 사용하면서 〈切切錯雜〉는 소리의 짧고 급한 것을 형언하였는데, 만약 평성 또는 상성, 후음喉音 또는 아음牙音으로 바꾸어 사용했다면 효과는 절대로 이와같지 않을 것이다. 제4구는 〈盤〉(pán)자로 운을 하였는데 제3구에서 만약 평성 〈彈〉(tán)을 거성 〈奏〉(zòu)자로 바꾼다면, 뜻은 비록 대개 같을지라도 들어보면 순조롭지가 않다. 제4구의 〈落〉(락.luò)자도 〈墮〉(타.duò)나 〈墜〉(추.zhuì) 등의 글자보다 나은데 입성이 거성보다 비교적 칼로 자른 듯 시원하고 활달하기 때문이다. 우리들이 만약 세심하게 분석해 본다면, 대개 좋은 시란 평성과 측성이 반드시 최적의 위치에 놓여있으며 그 평성과 측성의 효과가 결코 같지 않다는 것을 알 수 있다. (가장 좋은 분석재료는 소리를 형용한 시문詩文으로, 《장자莊子·제물론齊物論》의 인뢰人籟·천뢰天籟 부분,《문선文選》의 〈음악〉류의 부부賦, 이기李頎가 음악을 들으며 쓴 시, 구양수歐陽修의《추성부秋聲賦》, 원곡元曲의《추야오동우秋夜梧桐雨》와 같은 것들이다.)

평측의 조화가 만들어내는 영향은 결코 쌍성·첩운에 뒤지지 않는다. 호적胡適은 《신시를 말한다 談新詩》에서 쌍성·첩운에 치중하고 평측과 각운脚韻을 경시하였다. 그는 다음과 같이 말하였다.

시의 음절은 전적으로 두 개의 중요한 부분에 달려있다. 첫째는 어기語氣 즉 어투의 리듬이며, 둘째는 각구의 내부에서 사용한 글자의 자연적인 조화이다. 구 끝의 각운이나 구 속의 평측은 모두 중요하지 않은 일이다. 어기가 자연스럽고 용자用字가 조화로우면 구의 끝에 각운이 없어도 문제가 되지 않는다.

詩的音節全靠兩個重要分子. 一是語氣的節奏, 二是每句內部所用字的自然和諧. 至於句末韻脚, 句中的平仄, 都是不重要的事. 語氣自然, 用字和諧, 就是句末無韻也不要緊.

이 밑에 그는 몇 편의 신시新詩를 인용하여 쌍성·첩운의 중요성을 증명하였다. 그의 말은 그가 말한 〈사용한 글자의 조화〉가 전적으로 쌍성·첩운에 있고, 〈구 끝의 각운이나 구 속의 평측〉은 〈사용한 글자의 조화〉 이외의 일이며, 그래서 사람들로 하여금 중요하지 않다는 오해를 불러일으키기 쉬운 것 같다. 그러나 기실 각운도 일종의 첩운이며, 쌍성은 고대 영시 속에서도 운으로 사용되었다. 쌍성·첩운·압운과 평측을 조절하는 것은 모두 〈음질〉을 선택하고 배합하는 기교이다. 만약 조화를 논한다면 각운이나 평측도 쌍성·첩운에 뒤떨어지지 않는 것 같다. 마찬가지로 〈음질〉의 현상 속에서 쌍성·첩운을 취하고 압운과 평측조절의 중요성을 부인한다면 공정성을 잃은 것과 같다.

　요컨대 4성의 〈음질〉의 차이는 장단·고저·경중 등의 분류보다 비교적 분명하며, 그것의 리듬에 대한 영향은 비록 매우 미약하지만 조화를 조성함에 대해서는 그 효용이 매우 크다.

제9장

중국시의 리듬과 성운聲韻의 분석

—〈돈頓〉을 논함—

(中)

1. 〈돈頓〉의 구분

중국시의 리듬은 4성에 쉽게 나타나지 않으며, 전체가 평성이거나 전체가 측성인 시구에도 여전히 리듬이 있는데 그것은 대부분 〈돈頓〉[1](休止, 쉼자리)에 달려있다. 〈돈頓〉은 〈두逗〉 또는 〈절節〉이라고도 부른다. 그것의 중요성을 종전에는 그다지 주의하지 않았던 것 같다. 〈돈〉은 어떻게 생겨나는가? 대체적으로 말하면, 각 마디의 말은 하나의 완성된 의미를 표현하고자 하며, 의미가 완성되면 음도 자연적으로 멈추거나 쉰다. 하나의 완전한 마디가 멈추는 것은 통상적으로 마침표(.)를 사용하여 표시한다.

> 나는 온다.
> 我來.
> 나는 이쪽으로 온다.
> 我到這邊來.
> 나는 이쪽으로 와서, 이 사람들이 무엇을 토론하는지 듣는다.
> 我到這邊來, 廳廳這些人們在討論甚麼.

이 세 마디의 말은 길고 짧음이 같지 않으나, 모두 최후의 한 글자에 이르러서 멈추는데 그렇지 않으면 그 의미는 완성되지 않는다. 세번째 구는 복합구로서 두 개의 독립할 수 있는 의미를 포함하고 있다. 일반적으로 독립된 의미가 완성되는 단계에까지 말이 이르면 대체로 멈출 수 있으며, 비록 그렇다 하더라도 완전히 정지할 수는 없다. 이러한 보충구의 멈춤은 통상 쉼표(,)를 사용하여 표시한다. 이치상으로는 우리들이 말을 하거나 책을 읽을 때 쉬는 자리, 또는 마치는 자리에 아직 이르지 않았을 때는 멈추어서는 안 된다. 그러나 실제상으로는 항상 한 마디 말 속의 글자들을 몇 개의 조組로 나누고, 서로 인접한 몇 글자를 자연스럽게 한 조에 귀속시켜서 마음대로 상하이동할 수 없도록 한다. 각조는 스

스로 하나의 소단위를 형성하여 잠시 쉴 가능성이 있는 것이다. 위의 세
번째 문장은 〈−〉로써 쉬는 표시를 삼아 다음과 같이 구분할 수 있다.

我到−這邊來,−廳廳−這些−人們−在討論−甚麼.

이런 각각의 소단위에서 잠시 쉴 가능성은, 평소 말하는 중에 좀 느리
게 말하면 느끼게 되고 좀 빨리 말하면 휙 지나가 버린다. 그러나 시를
읽을 때 만약 하나의 곡조를 잡으면 쉴 자리는 매우 쉽게 나타난다. 아래
의 시구들은 통상 다음과 같이 끊어읽는다.

저 험한 산을 올라가니,
내 말이 헐떡이네.
황금 술통에 술을 따라,
이로써 오래 생각하지 않도록 할꺼나.
陟彼−崔嵬, −我馬−虺隤.
−我姑−酌彼−金罍, −惟以−不永懷.

강을 건너며 부용을 따니,
난초 핀 연못엔 향기로운 풀이 많네.
涉江−采芙−蓉, −蘭澤−多芳−草.

꽃이 떨어져도 머슴아이는 돌아오지 않고,
산새 울어도 나그네 오히려 잠자고 있네.
花落−家僮−未歸, −鳥啼−山客−猶眠.

긴 밤 호각 소리에 슬퍼 홀로 훌쩍이는데,
하늘 한가운데 달빛 좋아도 누가 볼까.
永夜−角聲−悲自−語, −中天−月色−好誰−看.

오경에 북 소리 호각 소리 비장한데,

삼협의 별 비친 강물에 그림자 흔들리네.

五更－鼓角－聲悲－壯, －三峽－星河－影動－搖.

여기에서 우리가 특별히 주의해야 할 것은, 말할 때의 돈頓과 시를 읽을 때의 돈頓은 하나의 중요한 차이가 있다는 것이다. 말할 때의 돈頓은 의미상의 자연적인 구분을 중시하는데, 〈彼崔嵬〉〈采芙蓉〉〈多芳草〉〈角聲悲〉〈月色好〉와 같은 조組들은 반드시 이어서 읽어야 한다. 시를 읽을 때의 돈頓은 성음聲音상의 정제整齊된 단락을 중시하여, 때때로 의미상에서는 연결되지 않는 글자가 성음聲音상에는 연결될 수가 있는데, 〈采芙蓉〉을 〈采芙－蓉〉으로 읽을 수 있고 〈月色好誰看〉을 〈月色－好誰看〉으로, 〈星河影動搖〉를 〈星河－影動搖〉로 읽을 수 있다. 그러니까 4언시는 매구마다 두 번 쉬고, 5언시는 매구마다 표면적으로는 두 번 반 쉴 것 같으나 실제로는 세 번 쉬며, 7언시는 매구마다 표면적으로는 세 번 반 쉴 것 같으나 실제로는 네 번 쉬는데, 이것은 마지막 한 자가 특별히 길어져서 하나의 돈頓이 되기 때문이다. 이렇게 보면 중국시는 한 번의 돈頓이 보통 두 글자를 포함하며, 홀수자(5언시·7언시)의 시구는 구의 끝 한 자의 음이 길어져 하나의 돈頓이 된다. 그래서 돈頓은 영시英詩의 〈음보音步〉에 해당한다.

말할 때의 돈頓과 시를 읽을 때의 돈頓은 같지 않다. 말하는 것은 완전히 자연적인 언어 리듬을 사용하고, 시를 읽는 것은 어느 정도 형식화된 음악 리듬을 뒤섞어야 하기 때문이다. 호적胡適이 《신시를 말한다 談新詩》에서 시의 〈멈추고 바뀌는 단락 頓挫段落〉을 〈자연적인 리듬〉으로 본 것은 생각해 볼 여지가 있는 것 같다. 그가 든 예를 보면 다음과 같다.

바람은 매화 꽃망울 터뜨리고

비는 매화를 살찌우네.

風綻－雨肥－梅.

강에 일어난 파도

하늘과 함께 용솟음친다.

江間－波浪－兼天－湧.

이 두 구의 시는, 습관적인 옛시의 구두법句讀法에 의하면 마땅히 이렇게 돈頓해야 한다. 그러나 이러한 돈법頓法은 의미에 의한 자연적인 구분이라 말할 수 없다. 왜냐하면 의미상으로 말하면 〈肥〉자와 〈天〉자에서는 모두 띄울 수 없기 때문이다.

시 속에 하나의 형식화된 리듬이 있다는 것은 부인할 수 없다. 그러나 동시에 시를 읽는 사람과 시를 짓는 사람 모두 형식화된 리듬을 완전히 신임해서는 안 되며, 자연적인 언어의 리듬과 가까워지도록 방법을 강구해야 한다. 우리는 앞에 열거한 예에서 완전히 형식화된 리듬을 사용하여 돈하였는데, 이러한 돈법은 결코 불변하는 것이 아니며 시를 읽는 사람마다 모두 늘이고 줄일 자유가 있다.

涉江－采芙蓉.

風綻－雨肥梅.

中天－月色好－誰看.

江間－波浪－兼天湧.

비교적 언어의 리듬에 가까우며, 또 일찍이 사용되어 온 것이다. 만약 형식화된 리듬을 엄수하여 의미에 의한 자연적 구분과 크게 차이가 난다면 들어서 오히려 순조롭지 않음을 느끼게 되는데, 아래와 같은 예들은 습관적인 돈법에 의한 것이다.

매화와 같이 땅에 떨어지고,
버들개지같이 바람에 날린다.
似梅－花落－地, －如柳－絮因－風.

마지막 보낼 때 눈 날리고,

돌아와 장례지내는 곳에는 구름도 없네.

送終－時有－雪, －歸葬－處無－雲.

조용히 대나무를 좋아하여 때때로 성 밖의 절로 오고,

홀로 봄을 찾아 우연히 계곡의 다리를 지났다.

靜愛－竹時－來野－寺, －獨尋－春偶－過溪－橋.

관성자, 즉 붓은 고기 먹을 관상 없고,

중간에 네모진 구멍 있는 공방형, 즉 돈은 절교하자는 편지가 있기 마련.

管城－子無－食肉－相, －孔方－兄有－絶交－書.

（黃庭堅《戲呈孔毅夫》）

이에 비해 아래의 돈법頓法이 비교적 자연스러운 것 같다.

似梅花－落地, －如柳絮－因風.

送終時－有雪, －歸葬處－無雲.

靜愛竹－時來－野寺, －獨尋春－偶過－溪橋.

管城子－無食肉－相, －孔方兄－有絶交－書.

　그러나 이러한 예들은 결국 음절상에 결함이 있게 되는데, 언어의 리듬과 음악 리듬의 충돌이 매우 현저하여 음을 고려하면 뜻이 고려되지 않고, 뜻을 고려하면 음이 고려되지 않기 때문이다. 중국시의 습관에는 두 글자가 하나의 음조音組를 이루는데 이 두 글자가 곧 동시에 하나의 의조義組가 되어야 한다. 만약 세 글자가 하나의 의조義組를 이룬다면 5언시나 7언시에 관계없이 가장 좋기로는 구의 끝에 놓는 것이며, 이렇게 해야 앞부분(머리)이 무겁고 뒷부분(다리)이 가벼운 결함을 면할 수 있다. 예를들면 다음과 같다.

5언 {
涉江－采芙蓉.
似梅花－落地.
}

7언 {
暗香－浮動－月黃昏
獨尋春－偶過－溪橋.
}

5언과 7언의 각각에서 앞뒤 두 구를 비교해 보면 뒷구는 확실히 머리가 무겁고 다리는 가벼워서 언어의『앞은 누르고 뒤는 올리는 先抑後揚』일반적인 경향에 위배된다.

2. 〈돈頓〉과 영시英詩의 〈보步〉, 프랑스시의 〈휴지休止〉와의 비교

중국시에서 돈頓은 통상 2개의 글자음을 가지며, 영시의 〈음보音步〉에 해당한다고 앞에서 말한 바 있다. 그러나 이것이 영시의 〈음보〉와 다른 점이 하나 있다. 〈음보〉는 경중이 서로 반복되기 때문에 리듬이 있으며 보통은 선경후중先輕後重이지만 선중후경先重後輕도 가능하지 않은 것은 아니다. 중국시의 〈돈頓〉은 절대로 선양후억先揚後抑일 수 없고 반드시 선억후양先抑後揚이어야 하는데, 이러한 억양은 불완전하게 경중에 나타나며 동시에 장단·고저·경중의 세 방면에도 불완전하게 나타난다. 각 〈돈〉의 두번째 자는 첫번째 자에 비해 비교적 길고 높고 무겁게 읽는다. 이 점에서 말한다면, 중국시의 돈이 만들어내는 리듬은 프랑스시의 휴지와 매우 가깝다. 엄밀하게 말하면 중국시의 음보는 〈돈〉자를 써서 호칭하며 다만 옛명사를 따라 사용하고 있지만 결코 합당하지 않은데, 이는 실제적으로 소리가 〈돈〉의 위치에 이르면 결코 멈출 필요가 없기 때문이다. 다만 대충 연장하고 높이고 힘을 줄 뿐이다. 이 점에서 말하면, 그것은 프랑스시의 돈 〈휴지休止〉와 조금 다른 것 같은데, 프랑스시는 〈휴지〉(더욱이 중간휴지中間休止)의 위치에 도달하면 왕왕 실제로 대충 가볍게 멈추기 때문이다.

영시의 〈보步〉와 중국시·프랑스시의 〈돈頓〉 속에서 장단長短은 모두 정해진 기준이 없다. 영시의 각 음보가 두 개의 글자음을 갖고 있다는 것도 우연스레 3단음보單音步 또는 1단음보를 끼워넣어 변화를 생기게 할 수도 있다. 예를들면 이와같은 것이다.

Shadowing | moré beau− | ty in | their ai− | ry brows.

제1음보는 세 음을 갖고 있으며, 의심할 바 없이 제3음보의 짧고 급하며 중시되지 않는 두 개의 음보보다 길다. 프랑스시의 휴지의 장단은 때때로 현저하게 크며 낭만격은 더한데, 이는 휴지의 수는 고정되어 있지만 위치는 고정되어 있지 않기 때문이다.

J'aime | la majesté | de la souffrance | humaine.
(인간 고통의 존엄성을 사랑한다.)

세번째 〈휴지〉가 특별히 길고 첫번째 휴지가 특별히 짧은 것이 뚜렷하다. 중국시의 돈頓은 글자상으로는 비록 신축성이 작은 것 같으나, 읽어보면 장단의 차이가 여전히 매우 큰데 이것은 전부 언어의 자연적인 리듬과 글자음 자체의 음색에 의해 결정된다.

念天地−之悠悠, −獨愴然−而淚下.
(천지의 유유함을 생각하니 홀로 슬퍼 눈물 흐른다.)

〈念天地〉돈은 〈之悠悠〉돈보다 길 수 없고, 〈獨愴然〉돈도 〈而淚下〉 돈보다 짧을 수 없다.

尋尋−覓覓, −冷冷−清清, −悽悽−慘慘−戚戚. (李清照《聲聲慢》)
(속속 갈피갈피 으쓱으쓱 서늘서늘 으스스 부르르 덜덜)

7개의 첩자疊字가 각각 하나의 돈頓을 점하고 있지만 장단은 대략 같지 않으며, 입성의 첩자는 자연히 평성과 상성의 첩자보다 짧다.

근래에 시를 논하는 사람들은, 가끔 각 돈의 장단에 신축성이 있다는 것을 모르고 많은 오해를 불러일으켰다. 어떤 사람은 돈을 박자로 보았는데, 음악 속의 박자는 일정한 장단長短이 있으며, 시 속의 돈은 일정한 분량의 장단이 없어서 함께 논할 수 없다는 것을 몰랐던 까닭이다.

중국시는 읽을 때 장단에 신축성이 있고 돈에 도달하면 반드시 올리는 두 가지 이유 때문에, 4성의 구별이 리듬에 미치는 영향은 더욱더 미세하다. 이러한 사실은 중국시의 성률聲律을 연구하는 사람들이 주의해야 할 부분이다. 그것은 중국시의 리듬은, 첫째로 돈의 억양에서 살펴야 하고, 평측이 서로 반복하는 것은 그 다음이라고 우리에게 명백히 알려주고 있다. 이런 이치를 이해한다면, 평측으로 영시와 독일시의 〈경중률輕重律〉을 비교하는 것은 사실상 견강부회임을 알 수 있을 것이다.

3. 돈頓과 구법句法

중국의 시와 문장에는 옛날부터 〈구두句讀〉라는 것이 있었다. 〈두讀〉는 〈두逗〉로 읽으며, 지금 말하고 있는 〈돈頓〉과 가까우나 약간 다르다. 〈돈〉은 완전히 음의 멈춤(쉼)이며, 〈두讀〉는 뜻의 멈춤도 겸하고 있다. 예를들어 『關關雎鳩, 在河之洲. 窈窕淑女, 君子好逑』에서 짝수의 구는 〈구句〉이며, 홀수의 구는 종전 사람들이 〈구句〉라고 잘못 인식하고 있었으나 실제로는 〈두讀〉이다. 〈句〉[2](sentence)는 반드시 하나의 완성된 의미를 가져야 하며, 〈두讀〉는 하나의 미완성된 의미를 가질 뿐 아니라 잠시 멈출 수 있는 〈사구辭句〉(phrase)[3] 또는 〈자구子句〉(clause)[4]를 포함한다. 다만 음으로만 말하면, 〈關關〉〈窈窕〉 등은 모두 〈돈頓〉할 수 있다. 그러나 엄격하게 말하면, 중국시의 〈두讀〉는 고대에서부터 음에 편중하였지 뜻을 그렇게 중시하지 않았던 것 같다. 위의 〈鳩〉자는 뜻에 있어서는 본래 〈돈〉해서는 안 되는데 〈돈〉하는 까닭은 여전히 소리의 단락에 편중하고 있기 때문이다.

이외에 『펄펄 나는 저 꾀꼬리, 내 뜰 앞의 나뭇가지에 쉬고 있다 翩翩

黃鳥, 息我庭柯』(陶淵明 《停雲》其四)『다행히 거문고 있어 노래곡조 뜯
으니, 마음 속 정을 이해시킬 수 있도다 幸有絃歌曲, 可以喩中懷』『어찌
뛰어난 재주를 채찍질하여 먼저 요로를 점거하지 않는가 何不策高足, 先
據要路津』『사람들 틈에 농막짓고 살아도, 수레 시끄러이 찾는 자 없다
네 結盧在人境, 而無車喧』『궁전에서 나누는 비단은 본래 가난한 집 여
자에게서 나온다 彤庭所分帛, 本自寒女出』『마침내 천하의 부모 마음으
로 하여금 아들 낳기를 중시하지 않고 딸 낳기를 중시하게 하였네 遂令
天下父母心, 不重生男重生女』(白居易, 《長恨歌》) 등과 같이 무수한 예가
있으나 일일이 다 열거할 수가 없다.

　이렇게 뜻으로 나눌 수 없는 하나의 문장을 두 부분으로 나누어 성음
聲音으로 하여금 규율있는 단락을 이루게 하는 것은 매우 재미있는 현상
이다. 우리는 그것으로 서양시의 〈상하관련격上下關聯格〉(enjambement)
과 비교할 수 있다. 서양시의 단위는 행行(line)으로 각행이 반드시 한 구
句일 필요는 없이 윗행의 뜻이 아래행까지 쭉 내려와서 총체적으로 그
뜻을 완성시킬 수 있다. 셰익스피어의 시를 예로든다.

　　…… and blessed are those
　　Whose blood and judgment are so well commingled
　　That they are not a pipe for fortune's finger
　　To sound what stop she please.

　네 행이 단지 한 구이며, 각행의 마지막 한 자는 그 의미상에 있어서
멈출 수가 없기 때문에 통상적으로 다음행까지 연이어서 단숨에 읽는다.
최후의 마침표(즉 하나의 문장이 완성된 곳)는 오히려 행의 끝에 있는 것
이 아니라 행의 중간 허리에 있다. 행의 끝에서 쉬어읽지 않는데 어찌 행
을 나눌 수 있겠는가? 이것은 전적으로 〈무운오절격無韻五節格〉의 각행
이 5개의 음보를 요구하여 윗행의 음보수가 충분하면, 그 다음의 글은 다
음행으로 이동하여 쓰고 이하 뒷행에서도 마찬가지로 하기 때문이다. 이
러한 분배가 어찌 리듬을 드러낼 수 있겠는가? 그래서 모두 각행의 오음
보에 무겁고 가벼운 억양이 있는 것이다. 중국시는 구句를 단위로 하는

데 매구마다 대부분이 4언·5언 또는 7언이다. 대다수의 시 속에서 하나의 구가 끝나면 의미도 완성되고 소리도 멈춘다. 그래서 표면적으로 보면 중국시는 〈상하관련〉의 현상이 없는 것 같다. 그러나 사실상으로는 여전히 있는데 위의 많은 예로써 증명이 된다. 그것이 서양시의 〈상하관련격〉과 다른 것은, 서양시에서 행의 끝에 의미가 완성되지 않았을 때 성음도 멈출 수 없으며 반드시 다음행과 단숨에 연속해서 읽어야 하는데, 중국시는 한 구의 끝에서 의미가 비록 완성되지 않았더라도 성음은 반드시 멈추어야 한다는 데에 있다. 적어도 습관적인 구두법句讀法이 이와 같으니 그것이 합리적인가 불합리적인가 하는 것은 별도의 문제이다.

고대 시가詩歌에서 대부분 홀수는 〈두讀〉 짝수는 〈구句〉인데, 초사楚辭에서는 〈두讀〉 후에 항상 〈혜兮〉와 같은 〈츤자襯字〉(운을 맞추기 위해 더 넣는 글자)를 더하여 소리음이 조금 머무르며 길어지는 것을 표시한다.『초목이 시들고 임의 늙으심이 안타까워라 惟草木之零落兮, 恐美人之遲暮』『문득 돌아보고 눈물 흘리며 높은 산언덕에 미녀 없음이 서러워라 忽反顧以流涕兮, 哀高丘之無女』『나는 풍륭(雲神 또는 雷神)시켜 구름을 타고서 복비(복희씨의 딸로 洛水의 신이 되었음) 있는 곳 알아내도록 하였네 吾令豐隆乘雲兮, 求宓妃之所在』(屈原《離騷》)와 같은 구는 모두 츤자襯字 〈혜兮〉를 빌어서 전후를 분명하게 구분짓는다. 이러한 구들은 의미상에서 본래부터 조금 쉴 수가 있다. 그러나 초사에서는 또 본래 나눌 수 없는 구를 〈兮〉자를 사용하여 두 개의 〈돈頓〉으로 나누는 것도 있는데,『상제를 삼가 위로하노라 穆將愉兮上皇』《九歌·東皇太一》『어찌 옥같이 아름다운 꽃들과 춤추시지 않나 蓋將把兮瓊芳』《九歌·東皇太一》『새벽에 나는 장강과 상수 건너서 旦余濟兮江湘』《九章·涉江》등은 동사와 목적어를 갈라놓고,『슬픔 중에는 생이별보다 슬픈 것이 없고 悲莫悲兮生別離』《九歌·小司命》『부용을 나무 끝에서 뽑노라 搴芙蓉兮木末』《九歌·湘君》『내 패옥 예수澧水 강변에 두고 遺余佩兮澧浦』등은 〈兮〉자를 전치사 〈於〉자로 사용하여 목적어와 나누며,『때는 자주 얻지 못하는 것 時不可兮驟得』《九歌·湘夫人》『임만이 홀로 백성의 주재자이시리 荃獨宜兮爲民正』《九歌·小司命》등은 동사와 보조동사를 갈라놓고,『원수沅水와 상수 파도 없게 하고 令湘沅兮無波』《九歌·湘君》『제 임을 기다려도 돌아오지 않네 望夫君兮歸來』『그대 나를 사모하며 나의 아리따운 모습 좋아하네 子慕予兮善窈窕』《九歌·山鬼》등은 보족어와 보족되는 부분을 자르며,『방주의 두약을 캐다 採芳注兮杜若』《九歌·湘君》『긴 칼의 옥고리를 어루만진다 撫長劍兮玉珥』《九歌·東皇太一》『잠양포 아득한 물가를 바라보며 望涔陽兮極浦』《九歌·湘君》등은 〈兮〉를 소유사 〈之〉로 사용하여 지시되는 명사와 분리시키는데, 모두 의미상에서는 용납되지 않는 것으로 작자가 이러한 구두句讀를 사용하는 까닭은 전적으로 성운聲韻의 단락을 위주로 삼기 때문이다.

이런 경향은 사詞 중에서 더욱 현저하다. 사詞에는 보조譜調가 있어 어느 글자에 이르면 쉬고 어느 글자에 이르면 멈추어야 하는데 모두 일정한 격률에 의한다. 그러나 사詞 중의 돈頓은 항상 소리음의 단락을 표시할 뿐 의미와는 관계가 없다. 예를들어『43년 전 남으로 내려오기 전을 생각하며, 양주이북의 전화戰火를 기억하노라 四十三年, 望中猶記, 烽火揚州路』(辛棄疾《永遇樂》)는 〈記〉자에서 쉬고,『수정베개 한 쌍, 그 곁에 떨어진 비녀가 있다 水精雙枕, 傍有墮釵橫』는 〈枕〉자,『더욱이 밝은 달이 그네 그림자 담장 너머로 드리우는 것을 어이 견디리 那堪更被明月, 隔牆送過秋千影』(張先《靑門引》)는 〈月〉자,『꿈 속에 바람 따라 1만 리를 가서 임 계신 곳 찾으려는데, 그만 꾀꼬리 소리에 깨고 말았네 夢隨風萬里, 尋郎去處, 又還被, 鶯呼起』(蘇軾《水龍吟》)는 〈里〉자와 〈被〉자,『却笑東風, 從此便熏梅染柳 동풍을 비웃어도 이로부터 매실 익게 하고 버들 짙게 물들게 하네』는 〈風〉자,『다만 청루의 탕아라는 불행한 이름만 얻었구나 謾贏得靑樓, 薄幸名存』(秦觀《滿庭芳》)[5]는 〈樓〉자,『두 자루의 칼로도 자르기 어려운 이별의 수심이 천 갈래 만 갈래 얽혀있네 算祇有幷刀難剪, 離愁千縷』는 〈剪〉자,『한 소리는 원망하는 듯 붉은 꽃이며 수심에 찬 듯 푸른 초목이라 一聲聲是, 怨紅愁綠』는 〈是〉자,『이 한 쌍의 제비가 어찌 사람의 말을 하리요 這雙燕何曾, 會人言語』는 〈曾〉자에서 쉬는 것들은 모두 사의 뜻에는 통하지 않으나 음률에는 필수적이다. 우리들은 읽기에 습관이 되고 듣기에 습관이 되어 성음聲音이 그런 대로 쓸 만하다고 느끼면 문장의 뜻에 결함이 있다 하더라도 대강 지나가 버린다.

위에서 든 많은 예들은, 중국의 시詩와 사詞가 서양시의 〈상하관련격

上下關聯格〉과 유사한 구가 있다는 것을 증명할 수 있으나, 의미상 비록 상하가 관련될지라도 소리는 습관적으로 쉬는 곳에서 쉰다. 이러한 쉼은 완전히 형식적인 것으로, 일반적인 시구詩句에서 두 글자가 돈을 이루는 것과 같다. 서양시가 〈상하관련〉될 때 윗행의 끝에서는 반드시 쉬어야 할 필요가 없고, 중국시에서 〈상하관련〉될 때는 윗구의 끝에서 반드시 쉬어야 하는데 이 사실도 중국시의 리듬에 대한 돈頓의 중요성을 증명하기에 충분하다.

4. 백화시의 돈頓

옛시의 돈頓은 완전히 형식적이고 음악적이며, 의미와는 항상 괴리되었다. 대체로 5언시의 구는 하나의 구두법句讀法이 있고, 7언시의 구도 다른 하나의 독법이 있어서 거의 천편일률적이며 그 내용의 분위기나 뜻과는 무관하다. 이런 독법이 만들어내는 리듬은 바깥으로부터 오는 것이지 내재적인 것이 아니며, 전통을 따르는 것이지, 특수한 의경意境을 표현할 수 있는 것이 아니다. 자연히 뛰어난 사람의 운용運用에 의해서 리듬도 어느 정도 탄력성을 갖게 되어 음과 뜻으로 하여금 어느 정도의 조화에 도달하게 할 수 있다. 그러나 어떠한지를 막론하고 다만 인습의 철장 속에 갇혀있을 뿐 큰 자유는 있을 수 없다. 고체시는 그래도 구법句法의 변화, 장단의 신축, 운의 전환에 있어 이러한 결점을 보충할 수 있으나 율시는 도처에서 구속을 받는다. 리듬은 정서나 분위기를 잘 따라갈 수 없는데 이것은 확실히 옛시의 근본적인 결점이다.

이 결점을 보완하는 것이 백화시의 목적 가운데 하나이다. 그것은 전통의 속박을 해제하고 자유와 자연을 쟁취하기 위하여 옛시의 구법과 장법章法 · 음률音律을 일제히 타파하였다. 이렇게 하여 〈돈頓〉이 근본적으로 문제가 되었다. 옛시의 〈돈頓〉은 하나의 고정된 빈 틀로서 어떠한 시에도 굴레를 씌울 수 있으며, 음의 돈이 반드시 뜻의 돈일 필요는 없다. 백화시가 만약 여전히 〈돈〉으로 나눈다면 그것은 어떠한 독법이어야 할까? 만약 언어의 자연적인 리듬을 사용해서 음의 돈이 곧 뜻의 돈이 되도록 한다면 결과는 하나의 고정적인 음악 리듬이 없게 되고, 이것은 말하자면 음의 〈율律〉(격률)이 없다고 말할 수 있으며, 시의 리듬은 근본적으로 산문의 리듬과 다름이 없게 된다. 그러면 그것은 왜 산문이 아닌가 하는 것이 또 문제가 된다. 만약 옛시와 같이 곡조를 끌어 읽어서 그것으로 하여금 하나의 형식적인 음악 리듬이 있게 한다면 더욱 많은 난점이 있게 된다. 첫째 옛시의 결점을 보완하지 않았으며, 또는 백화로 옛시를 썼다고 말할 수 있다. 둘째, 곡조를 끌어서 유행하는 언어를 읽으면 부자연스럽게 들리며 어느 정도 희극적인 맛이 있음을 면치 못한다. 셋째, 호적胡適이 《신시를 말한다 談新詩》에서 말한 바와 같다.

> 백화 속의 다음多音의 글자는 문언보다 훨씬 많으며, 또 두 글자의 연합에 그치지 않는다. 따라서 때때로 세 개의 글자를 한 절로, 혹은 네댓 글자를 한 절로 하는 것이 있다.
>
> 白話裏的多音字比文言多得多, 並且不止兩個字的聯合. 故往往有三個字爲一節或四五個字爲一節的.

이것은 사실이며, 그 원인은 문언은 허자虛字를 생략하나 백화는 생략하지 않기 때문이다. 백화문의 허자는 대부분 〈돈〉의 꼬리부분에 있는데 예를 들어보면 다음과 같다.

> 문 밖에 한 사람의 찢어진 옷을 입은 늙은이가 앉아있다.
>
> 門外－坐着－－一個－穿破衣裳的－老年人

위에서와 같이 허자虛字는 본래 가볍게 미끄러지듯 지나가야 하는데, 중국의 옛시 리듬의 선억후양先抑後揚의 경향에 따라 오히려 힘을 주고 높이며 길게 연장해야 한다면, 듣는 사람으로 하여금 경중이 도치된 감각을 느끼도록 함을 면할 수 없다. 또 각돈의 글자수의 차이가 종종 매우 커서 곡조를 끌어서 읽어도 규칙적인 리듬을 생산하기가 매우 힘들다.

제10장

중국시의 리듬과 성운聲韻의 분석

—⟨운韻⟩을 논함—

(下)

1. 운韻의 성질과 기원

중국학자들이 시의 음절을 토론할 때 여태까지는 성聲과 운韻의 두 단계로 나누어 말하였다. 4성에 대해서는 이미 앞에서 분석하였다. 운韻에는 두 종류가 있는데 하나는 구句 속에서 압운하는 것이며, 또 하나는 구 끝에서 압운하는 것이다. 그것들은 실제로 모두 첩운이지만, 중국시와 문장의 습관에서는 구 속에서 서로 이웃하는 두 글자가 운을 이루는 것을 〈첩운疊韻〉이라 하고, 구 끝의 글자가 운을 이루는 것을 〈압운押韻〉이라 한다.

운韻과 성聲은 밀접한 관계가 있다. 옛 영시에서는 쌍성이 운韻의 효용을 가지고 있었다.(제8장을 자세히 볼 것) 완원阮元의 말에 의하면, 제량齊梁 이전에 〈운韻〉은 근대의 〈성聲〉과 〈운韻〉의 두 의미를 함께 포함하였다고 한다. 제량 때에는『운이 있는 것을 문文, 운이 없는 것을 필筆이라고 한다 有韻爲文, 無韻爲筆』라는 말이 있었으나, 소명태자昭明太子가 가려뽑아 책으로 만든 것을《문선文選》이라고 하였는데 그 속에는 압운하지 않은 문장이 매우 많다. 완원은《문운설文韻說》에서 이러한 사실에 근거하여 다음과 같이 결론지었다.

양대梁代에서는 항상 말하기를 소위 운韻이라는 것은 실로 압운한 각운을 지칭하였으며, 또한 장구章句 속의 성운聲韻도 겸하여 가리킨 것이니, 즉 옛 사람들이 말한 바 궁우宮羽는 지금 사람들이 말하는 평측인 것이다. ……성운聲韻이 변하여 4·6체가 되었는데, 또한 장구章句 중의 평측만을 논하였지 더이상 압운押韻을 하지 않았다. 4·6체는 운문의 극치이니 운이 없는 문장(無韻之文)이라고 말해서는 안 된다. 소명태자가 뽑은 각운을 하지 않은 문장은 본래 짝수글자와 홀수글자가 상생相生하여 소리가 있는 것으로 이른 바 운이다.

梁時恒言所謂韻者固指押韻脚, 亦兼指章句中之聲韻, 即古人所言之宮羽, 今人所言之平仄也. ……聲韻流變而成四六, 亦祇論章句之平仄, 不復有押韻

也. 四六乃韻文之極致, 不得謂之爲無韻之文也. 昭明所選不押韻脚之文, 本皆奇偶相生, 有聲音者, 所謂韻也. (《揅經室續集》卷三)

이 학설은 매우 주의할 만한 가치가 있는데, 그것은 중국의 운문 속에 각운脚韻을 맞추지 않은 종류가 있다는 것을 매우 명백하게 지적해내었기 때문이며, 부賦와 사륙변려문四六騈儷文이 이와같은 것들이다. 〈운韻〉은 고대에서는 〈성聲〉과 〈운韻〉을 함께 포함하였는데 하나의 증거가 있다. 종영鍾嶸의 《시품詩品》 가운데 『고당에 술을 놓고 置酒高堂上』나 『밝은 달이 높은 누각을 비추네 明月照高樓』와 같은 것은 운韻이 좋기로 으뜸이다. 『若〈置酒高堂上〉〈明月照高樓〉爲韻之首』라고 하였는데 그가 말한 〈운韻〉이란 확실히 〈성聲〉을 가리킨다. 그러나 완阮씨는 소명昭明이 고른 것들이 모두 〈운문韻文〉이라고 말하였는데 이것도 의아스럽다. 왜냐하면 〈서序〉〈론論〉〈서書〉〈전箋〉 중의 수많은 문장은 각운을 하지 않았을 뿐만 아니라, 또한 〈기우상생奇偶相生〉도 강구하지 않았기 때문이다. 우리들이 사용하고 있는 〈운〉의 현재의 의미는 오직 〈각운을 하는 것〉만을 지칭한다. 중국문자는 비음鼻音을 제외하고는 모두 모음으로 마치며, 소위 동운同韻이란 모음이 같은 것만을 말한다. 서양시의 동운자同韻字는 모음 뒤의 자음도 반드시 같아야 한다. 그래서 중국시에서는 동운자가 매우 많아서 압운하는 것이 비교적 쉽다.

운은 중국에서 가장 일찍이 발생하였다. 지금까지 전해오는 고서적의 대부분은 운이 있다. 시경이 운문이라는 것은 말할 필요가 없고, 기사記事와 설리說理의 저술들, 《서경書經·대우모大禹謨》의 〈제덕광윤帝德廣潤〉 부분, 이훈伊訓의 〈성모양양聖謨洋洋〉 부분, 《역경易經》의 〈단彖〉〈상象〉〈잡괘雜卦〉 등, 《예기禮記·곡례曲禮》의 〈行前朱鳥而後玄武〉 부분, 《樂記》의 〈今夫古樂〉과 〈夫古者天地順而四時當〉 부분에서 《노자老子》《장자莊子》에 이르기까지 모두 운韻을 사용한 흔적이 있다. 고대문학에서 가장 명확한 구별은 음악을 반주로 하느냐 그렇지 않느냐 하는 것이지, 운이 있느냐 없느냐 라는 문제는 오히려 그 다음이었다. 시와 산문의 구별은 결코 운의 유무에 있지 않았던 것이다. 시는 모두 노래할 수 있고 노래는 반드시 음악을 반주로 해야 하나, 산문은 음악을 수반하지 않는다. 그러나 운운韻은 있을 수가 있는 것이다. 운운韻의 기원은 어떠한가. 이전 사람들의 견해는 매우 다양하다. 가장 보편적인 것으로는 운문이 기억하기에 편리하다는 것이다. 장학성章學誠은 다음과 같이 말하였다.

홍범 9주와 황극의 도道는 훈고의 종류로서 운운韻이 있는 것이니, 풍간諷諫하고 읊기에 편하고자 하며 뜻을 잊지 않기 위함이다. ……후세의 수많은 잡예백가雜藝百家들이 그 작품들을 읊음에 모두 5언이나 7언을 사용하여 가요歌謠로 발전되었으니 모두 기억하여 읊기에 편하고자 함이요, 시인의 도리에 합당한 것은 아니다.

演疇皇極, 訓詁之韻者也, 所以便諷誦, 志不忘也. ……後世雜藝百家, 誦拾名數, 率用五言七字, 演爲歌謠, 咸以便記誦, 皆無當於詩人之義也. 《文史通義 詩教 下》

그러나 이러한 견해는 다만 운운韻의 효용을 지적해내었을 뿐 반드시 운의 기원을 설명할 수 있는 것은 아니다. 장학성章學誠이 예로 든 것은 모두 설리說理와 기사記事의 응용문이며 대부분『책에다 산문으로 쓴 筆之於書』것이다. 인류는 문자를 발명하기 전에 이미 노래를 부르고 춤을 추었으며, 한 부분 운운韻이 있는 문학이 이미 입가에 살아있었기 때문에 시가의 운은 반드시 실용문의 운 이전에 있었다. 따라서 운의 기원은 반드시 원시시가에서 찾아야 한다. 원시시가의 운도 일찍이 기억하기 편하게 하는 효용이 없지는 않았으나, 그 주요한 생성요인은 노래·음악·춤이 나누어지지 않았을 때 한 절의 악조樂調(음악의 곡조)와 춤의 한 스텝의 정지나 휴지休止를 하나하나 밝히고 각 절의 악조樂調 끝에 동일한 악기의 중복되는 소리에 서로 호응하기 위한 것으로 사용되지 않았겠는가 한다.(제1장 제5절 참조) 그래서 운은 노래와 음악과 춤의 기원이 같다는 하나의 흔적이며, 주요한 효용은 여전히 음절의 전후호응前後呼應과 화성和聲(harmony)의 조성에 있다.

2. 무운시無韻詩와 운운韻 폐지운동

중국시는 고래古來로부터 운韻을 사용하는 것을 상례로 하여 왔다. 시에 간혹 운을 사용하지 않는 것이 있는데 대부분 특별한 원인이 있다. 고염무顧炎武는 일찍이 《일지록日知錄》에서 유운有韻과 무운無韻의 구별을 반대하였다.

옛사람의 글은 자연의 조화이다. 자연적이면서 음音에 맞기 때문에 비록 운이 없는 문장이라도 때때로 운이 있다. 만약 그렇지 않으면 비록 운이 있는 문장이 때때로 운을 사용하지 않더라도 마침내 운으로써 뜻을 해치는 일은 없다.《시경》의 3백 편은 운韻이 있는 문장이다. 시 한 편에 두세 구는 운을 사용하지 않은 것이 있는데『저기 저 낙수를 바라보니, 그 물결 굽이치며 깊고도 넓도다 瞻彼洛矣, 維水決決』[1]와 같은 것이 그러하다. 한 편에 장章 전체가 운을 사용하지 않은 경우도 있는데《사제思齊》의 4장・5장과《소민召旻》의 4장이 그러하며, 시 한 편 전체가 운이 없는 것도 있으니《주송周頌》의 《청묘清廟》《유천지명維天之命》《호천유성명昊天有成命》《시매時邁》《무武》등이 그러하다. 혹자는 여성餘聲으로 서로 협조協調하나 본문의 문장 속에 들어가지 않았다고 생각하는데, 이것이 곧 이른바 운韻으로써 뜻을 해치지 않는 것이다. …… 태사공太史公 사마천司馬遷이 찬贊을 지었는데 때때로 한 번씩 운을 사용하였고, 한대漢代의 악부는 오히려 운을 사용하지 않은 것이 있다. 이에 근거해 보면, 글의 유운有韻과 무운無韻은 모두 자연에 순응하는 것이다. 시詩는 실로 운을 사용하며 문장 또한 반드시 운을 사용하지 않는 것은 아니다. 동한東漢 이래 무운無韻에 속하는 문文과 유운有韻에 속하는 시詩로 양분하여 문장이 날로 쇠미해졌는데, 모두 여기에 말미암지 않음이 없었다.

古人之文, 化工也. 自然而合于音, 則雖無韻之文而往往有韻. 苟其不然, 則雖有韻之文而時亦不用韻, 終不以韻而害義也. 三百篇之詩, 有韻之文也. 乃一章之中有二三句不用韻者, 如『瞻彼洛矣, 維水決決』之類是矣. 一篇之中有全章不用韻, 如《思齊》之四章五章, 《召旻》之四章是矣, 又有全篇無韻者如《周頌》《清廟》《維天之命》《昊天有成命》《時邁》《武》諸篇是矣. 說者以爲當有餘聲, 然以餘聲相協, 而不入正文, 此則所謂不以韻而害意者也. …… 太史公作

贊, 亦時一用韻, 而漢人樂府反有不用韻者. 據此則文有韻無韻, 皆順乎自然.
詩固用韻, 而文亦未必不用韻. 東漢以降, 乃以無韻屬之文, 有韻屬之詩, 判而
二之, 文章日衰, 未始不因乎此.

고염무顧炎武의 요지는 시와 문장을 유운有韻과 무운無韻으로 나누어
서는 안 된다는 데에 있으며, 그 이유는 시가 운을 사용하지 않을 수 있
고 문장이 운을 사용할 수 있기 때문이라는 것이다. 원칙상으로 본다면
이 말은 틀리지 않다. 그러나 실제로 말해 보면 무운시無韻詩는 중국에
서 극히 적은 특별한 예인데 이로써 원칙을 깨뜨리기에는 충분하지 않
다. 그가 든 예도 의문의 여지가 있다. 두세 구에서 운을 사용하지 않고
그 나머지는 모두 운을 사용한 것은 여전히 용운用韻의 변격變格이다.
《주송周頌》에는 빠진 글이 많고, 또 제재와 풍격이 실용문에 가까우며
보통의 서정시와는 차이가 있다. 고염무는 〈여성상협餘聲相協〉의 설을
반대하지 않는데, 소위 〈여성상협餘聲相協〉이란 문구 자체에서는 비록
용운用韻하지 않았지만 노래할 때에는 여전히 하나의 운이 맞는 여성餘
聲을 더하는 것이다.

중국 역사상에 폐운廢韻을 시험해 본 두 번의 실례가 있다. 첫번째는
육조 때의 사람들이 유율무운有律無韻(音律은 있으되 韻이 없는)의 문장
으로 불경佛經 속의 음률이 있는 부분(예를들면 〈게偈〉나 〈행찬行讚〉)을
번역하였던 것이며, 두번째는 현대의 백화시白話詩 운동이다. 불경의 번
역자들은 대부분 인도의 승려였는데 외국인이 중국문자를 사용한다는
것이 어쨌거나 어느 정도의 곤란함을 면치 못했을 것이며, 또 불경 번역
은 대부분 원문에 충실하여 본뜻이 시를 짓는 데에 있지 않고 운을 사용
하면 문자에 구속되어 진의眞意를 잃게 되니 운을 사용하지 않아도 이상
할 게 없다. (중국의 승려가 스스로 지은 〈게偈〉에는 일찍이 운을 사용하였으
니 《육조단경六祖壇經》이 그 증거이다.) 송인宋人의 시들은 불경의 영향을
매우 많이 받았으며, 또한 그들의 대부분은 문자유희를 좋아하였기 때문
에 소동파蘇東坡 같은 사람들도 불경의 〈게偈〉를 모방하였다. 그러나 여
태까지 한 시인이 〈게偈〉체를 모방하여 무운시無韻詩를 지었다는 사실
은 들어보지 못했다. 백화시는 지금 맹아기에 있으며 그의 폐운廢韻의

시도는 확실히 서양시의 영향을 받은 것이다. 그러나 백화시가 운을 사용한 예도 매우 많다. 이후에 신시新詩의 변천은 어떠할 것인가는 대충 짐작하여 예언할 성질의 것이 아니다. 우리들은 지금 운이 이전의 중국시 속에서 어떻게 그처럼 뿌리를 깊게 내렸는지를 토론하고 있을 뿐이다. 이 문제가 해결되면 우리는 장래의 중국시와 운의 관계가 어떠할지를 대략 추측할 수 있을지 모른다.

3. 운韻은 왜 중국시에서 특히 중요한가

시와 운은 본래 필연적인 관계가 없다. 일본시는 현재에 이르기까지 운이라는 것은 없다. 고대 그리스시는 전혀 운을 사용하지 않았다. 라틴시는 처음에는 운을 사용하였으나 후기에 이르러서는 운과 유사한 끝소리(收聲)가 있게 되어 대부분 종교적인 송신시頌神詩(신을 찬송하는 시)나 민간가요에 사용되었다. 고대 영시에서는 다만 쌍성雙聲을 〈수운首韻〉으로 사용했을 뿐 각운을 맞추지 않았다. 현재에 있는 증거에 의하면, 시가 용운用韻하는 것은 유럽 고유의 것이 아니라 바깥 세상으로부터 전해진 것이다. 운이 유럽에 전해진 것은 빨라도 서력 기원 이후이다. 16세기 영국학자인 아스캄Ascham이 저술한 《교사론教師論》에 의하면 서양시에 운을 사용한 것은 이탈리아에서 시작되었으며, 이탈리아는 흉노와 가가우조의 〈야만족 속습俗習〉에서 채택하였다고 한다. 아스캄은 박학하기로 유명한 사람이라 그의 말은 어느 정도 근거로 삼을 만한 것이다. 흉노의 영향이 유럽의 서부에까지 미친 것은 기원후 1세기 전후였고 흉노가 로마에 침입한 것은 5세기였다. 운이 처음에 유럽에 전해지자 한때를 풍미하였다. 독일의 서사시 《리벨룽겐의 노래》와 프랑스 중세의 수많은 서사시는 모두 운을 사용하였다. 단테Dante의 《신곡神曲》은 유럽 제일의 위대한 유운시有韻詩이다. 르네상스 이후에 유럽의 학자들은 복고에 기울어져 그리스와 라틴의 고전 명저가 모두 운을 사용하지 않았음을 보고, 운을 〈야만인의 놀이〉라고 욕하였다. 밀턴Milton의 《실락원》의 서序에는 페늘롱Fénelon이 프랑스 학원에 보낸 편지에서 시에 운을 사용하는 것을 힘껏 공격하였다. 17세기 이후에 운을 사용하는 풍기가 또 성행하였다. 프랑스의 낭만파 시인들은 특히 운을 다듬는 데 노력을 기울이기를 좋아하였다. 비평가 생트 뵈브Sainte Beuve는 운을 노래하는 시를 짓고 운을 가리켜 〈시 속의 유일한 화성和聲〉(harmony)이라고 하였다. 시인 뱅빌Bainville은《프랑스 시학》에서 용운用韻을 잘하는 것을 시인의 최대 재간으로 보았다. 근대의 〈자유시〉가 일어난 이후 운은 예전만큼 그렇게 성행하지 못했다. 서구에서 운의 역사를 총괄적으로 보면 그의 흥쇠는 반은 당시의 기풍에 의해 결정되었다.

시가 운을 사용해야 하는지 그렇지 않은지는 각국 언어의 개성과도 매우 밀접한 관계가 있다. 예를들어 영시와 프랑스시를 비교하면, 운이 프랑스시에 대한 것은 영시에 대한 것보다 더 중요하다. 프랑스시는 옛부터 지금까지, 산문시나 일부 자유시를 제외하면 무운시無韻詩를 발견하기란 그리 쉽지 않다. 자유시는 대부분이 여전히 운을 사용하고 있으며, 음운학자인 그라망Grammant의 견해에 의하면 자유시는 산만해지기 쉬워서 전적으로 운韻에 의지하여 일관되이 연결되어야 완전해질 수 있다는 것이다. 영시에서 장편대작長篇大作은 대부분 무운오절격無韻五節格(blank verse)을 사용하지 않는 것이 비교적 적게 보이지만 절대적으로 없는 것은 아니다. 만약 행을 단위로 해서 영시의 명작들을 통계해 본다면 실제로 무운시無韻詩가 유운시有韻詩보다 많다. 시인 중에 소위 〈장엄체莊嚴體〉에 도달하고자 하는 사람은 왕왕 운을 사용하지 않으려 하는데, 이는 운이라는 것이 섬세하고 교묘하여 풍격을 상하게 함을 면할 수 없기 때문이다. 그리고 운은 각 구의 끝에서 하나의 유사한 소리로 되돌아가는 까닭에 크게 열고 크게 합하는 리듬과도 서로 용납되지 않기 때문이다. 밀턴의《실락원》은 전혀 운을 사용하지 않았다. 셰익스피어는 그의 비극 속에서 〈무운오절격無韻五節格〉을 많이 사용하였다. 그의 조기早期 작품 중에는 우연스레 막이나 장이 끝날 때 몇 개의 운韻이 있는 말을 끼워넣었으나 만년에 이르러서는 전혀 사용하지 않았다. 프랑스의 가장 유명한 비극작가인 코르네이유Corneille와 라신느Racine의 작품 중에는 오히려 용운用韻하지 않은 것이 없고, 서정시 작가 위고Hugo·라마르틴느Lamartine·말라르메Mallarmé 같은 이들은 하나같이 용운

用韻하였으니 더 말할 필요가 없다. 운의 영국과 프랑스의 시에 대한 차이는 이 간단한 통계 속에서 볼 수 있다.

이 차이의 원인은 추적해 볼 만한 가치가 있다. 프랑스어에서의 어음의 경중의 분별은 영어음의 경중의 분별보다 그렇게 명확하지 않다. 이것을 라틴계 언어와 노르만계 언어의 중요한 차이점이라 할 수 있다. 영어음은 경중이 분명하고 음보音步 또한 매우 정제되어 있기 때문에 리듬은 경중이 서로 반복되는 속에서 드러나기 쉽고 반드시 각운의 호응을 빌릴 필요는 없다. 프랑스어에서의 음은 경중이 불분명하고 쉬는 곳(頓, 休止)마다 장단이 일률적이 아니기 때문에, 리듬은 경중의 억양에 쉽게 드러나지 않으며 각운이 서로 호응하는 것은 리듬적이고 화성和聲적인 것을 증가시키는 효용이 있다.

우리는 이미 운의 영시·프랑스시에 대한 차이와 그 원인을 명확히 이해하였으니 운의 중국시에 대한 중요성을 알기 어렵지 않다. 중국시를 영시·프랑스시와 비교하면 중국음의 경중은 그다지 분명하지 않아서 프랑스시와 매우 유사하나 영시와는 다르다. 제8장에서 이미 설명한 바와 같이 중국시의 평측이 서로 반복되는 것은 장단이나 경중 또는 고저가 서로 반복되는 것과는 정확하게 일치하는 것이 아니며, 한 구 전체가 평성이거나 측성이더라도 여전히 리듬이 있을 수 있기 때문에 리듬이 평측의 상호반복에서 보이는 것은 매우 경미하다. 리듬은 4성에서 드러나기 쉽지 않기 때문에 다른 요소에서 찾아야 한다. 앞장에서 말한 〈돈頓〉이 그것이요, 〈운韻〉도 그러한 요소이다. 〈운韻〉은 가고 또다시 돌아오며 홀수·짝수가 서로 섞이고 전후가 서로 호응하는 것이다. 운은 소리가 고르고 직선적인 한 편의 문장 속에서 리듬을 만들어내는데, 예를들면 경극京劇과 고서鼓書의 박판拍板을 고정된 시간단위 속에서 치는 것은 박자를 확실히 할 뿐 아니라 노래의 리듬을 증강시킬 수도 있다. 중국시의 리듬이 운에 의지하는 것과 프랑스시의 리듬이 운에 의지하는 이유는 서로 같다. 경중은 불분명하고 음절은 산만하기 쉬우니 반드시 운의 메아리를 빌어 하나하나 밝혀주고 호응케 하며 일관되게 해야 한다.

4성의 연구는 제량齊梁시대에 가장 성행하였으나 제량 이전의 시인들이 4성의 구별을 몰랐던 것은 아니며, 구句 속에서 무의식적으로 4성을 조절하여 다만 그 자연적인 흐름을 구하고자 하였다. 그들은 반드시 운을 사용하여 각운 한 글자의 평측에 대해서 매우 엄격하게 강구하였으니 평에는 평성을, 측에는 측성을 압운하여 파격적인 것은 매우 적었다. 이러한 사실도 운이 중국시의 리듬에 대해 4성보다도 비교적 중요하다는 것을 증명할 수 있다.

4. 운韻과 시구詩句의 구조

일반적인 시를 살펴보면, 운의 최대효능은 제각기 흩어진 소리들의 연계성을 찾아 일관되게 하여 하나의 완전한 곡조를 이루게 하는 데에 있다. 그것은 구슬을 꿰는 실과 같으며 중국시에서 이런 구조는 쉽게 발견할 수 있다. 뱅빌Bainville은 《프랑스 시학》에서 『우리들이 시를 들을 때 다만 각운한 한 글자만을 듣게 되면 시인이 표현하고자 한 영향도 모두 이 각운한 글자로부터 발효되어 나온다』라고 하였는데, 이 말은 서양시보다 중국시에 대해서 더욱 정확한 것 같다. 제9장에서 말하였지만, 서양시는 항상 〈상하관련격〉을 사용하여 앞행과 뒷행을 연이어서 단숨에 읽기 때문에 행의 끝 한 글자를 끊어읽을 필요가 없다. 즉, 반드시 끝글자를 중시할 필요없이 가볍게 미끄러지듯 해도 좋으며, 그것의 청각에 대한 영향이 행 안의 다른 글자의 음과 차이가 크지 않기 때문에 운이 있든 없든 중요하지 않다. 중국시는 대부분 구가 하나의 단위가 되는데 구 끝의 한 글자가 음과 뜻의 두 면에서 〈돈頓〉할 필요를 갖는다. 비록 우연히 〈상하관련격〉을 사용한 시가 있더라도 〈구句〉 끝의 한 글자는 뜻으로는 〈돈頓〉하지 않아도 음은 반드시 〈돈頓〉해야 한다.(제9장을 자세히 볼것) 구 끝의 한 글자는 중국시에서 반드시 〈돈頓〉해야 하는 글자이며, 그래서 그것은 전체 시의 음절에서 가장 중시하는 곳이다. 만약 가장 중시하는 그 음에 하나의 규칙이 없다면 음절은 난잡하게 되고 전후가 일관되는 하나의 완전한 곡조를 이루지 못할 것이다. 예를들어 《불소행찬경佛所行讚經》은 5언 무운시無韻詩로 변역한 것인데 그 몇 구절을 읽어보자.

그때 아름다운 여자의 일행이 우타의 설법을 기쁘게 듣고, 그 뛸 듯이 기쁜 마음을 더하니 마치 채찍으로 좋은 말을 때리는 듯. 태자의 앞으로 나아가 각각 여러 가지 솜씨를 바치네. 노래하며 춤을 추거나 말하며 웃고 하는데, 눈썹을 올리고 흰 치아를 드러내며, 아름다운 눈매로 서로 곁눈질하기도 하고, 날아갈 듯 가벼운 옷에 하얀 몸을 드러내고 요염스레 흔들며 천천히 걷는다. 친한 척하나 점차 멀어진다. 욕정이 그 마음을 채우고 겸하여 대왕의 말도 받드네. 느릿느릿 걸으며, 숨겨지고 비루한 것을 가리고 부끄러운 마음을 잊네.

爾時婇女衆, 慶聞優陀說, 增其踊悅心, 如鞭策良馬, 往到太子前, 各進種種術, 歌舞或言笑, 揚眉路白齒, 美目相眄睞, 輕衣見素身, 妖搖而徐步, 詐親漸習遠. 情欲實其心, 兼奉大王言, 漫行婇隱陋, 忘其慚愧情.

이미지적인 면에서 보면 이런 재료는 좋은 시를 이룰 수 있으나, 음절적인 면에서 살펴보면 그것은 흩어진 모래로써 읽으면 조화된 느낌을 받기 어렵다. 이것을 곽박郭璞의 유선시遊仙詩와 비교해 보자.

가을바람 서남쪽으로 불고
잠잠한 파도 출렁거려 비늘같이 일어나네.
선녀는 날 돌아보고 웃는데
산뜻하고 눈부시게 옥 같은 치아를 보이네.
때마침 건수(중매인)가 없으니
그녀를 취하려면 누구를 보내야 할까.
閶闔西南來, 潛波渙鱗起.
靈妃顧我笑, 粲然啓玉齒.
蹇修時不存, 要之將誰使.

이로써 운의 중국시의 음절에 대한 중요성을 알 수 있다.

5. 옛시의 용운법用韻法의 병폐

옛부터 중국시인의 용운用韻의 방법은 고시古詩·율시律詩와 사곡詞曲의 세 종류가 있다. 고시의 용운用韻은 변화가 가장 많은데 그 중에서도 《시경詩經》이 으뜸이다. 강영江永이 《고운표준古韻標準》에서 《시경》의 용운방법을 통계해 보았는데 수십 종이나 되었다. 예를들면 연구운連句韻(연운連韻은 양운兩韻에서 일어나 쭉 12구에 이르러서야 멈춘다)·간구운間句韻·일장일운一章一韻·일장역운一章易韻·격운隔韻·3구견운三句見韻·4구견운四句見韻·5구견운五句見韻·격수구요운隔數句遙韻·격장미구요운隔章尾句遙韻·분응운分應韻·교착운交錯韻·첩구운疊句韻 등등(강江씨의 예는 무척 많으니 참고 바람) 그 변화가 복잡다단하여 서양시보다 심하였고, 한위漢魏의 고풍古風(즉 古詩)의 용운방법은 점차 좁아져서 오직 전운轉韻[2]만이 매우 자유스럽고, 평운과 측운은 여전히 겸용할 수 있었다. 제량齊梁의 성률聲律의 기풍이 성행한 이후 시인들은 차츰 좁은 길로 가게 되어, 한 구 건너 압운하고 운은 반드시 평성으로 하며(율시도 우연히 측성으로 압운하는 것도 있기는 하나 이는 예외이다) 〈철저하게 한 장을 한 운으로 압운하는 것一章一韻到底〉이 율시의 고정된 규율을 이루었다. 철저하게 하나의 운으로 압운한 시의 음절은 가장 단조로우며, 성정性情과 경물의 곡절과 변화를 따르지 못하기 때문에 율시는 뛰어날 수 없고 배율排律 중에는 뛰어난 작품이 가장 적다. 사곡詞曲도 고정된 보조譜調(일종의 樂譜로 정해진 律調)가 있으나 전운轉韻을 허용하는 악보들도 있을 뿐 아니라, 사詞의 측성은 세 운을 통용할 수 있고 곡曲은 4성의 운이 모두 통용될 수 있어서 비교적 신축성이 풍부하다.

중국 옛시의 용운법에서 가장 큰 병폐는 운서韻書에 구속되어 각 글자의 발음이 시대와 지역에 따라 변한다는 것을 고려하지 않은 데에 있다. 현재 유행하고 있는 운서의 대부분은 청조淸朝의 패문운佩文韻으로, 패문운은 송대 평수平水의 유연劉淵이 만들고 원元나라 사람 음시부陰時夫가 고증하여 정한 평수운平水韻에 근거한 것이며, 평수운의 106운韻은 수隋(육법언陸法言의 《절운切韻》)·당唐(손면孫愐의 《당운唐韻》)·북송北宋 《광운廣韻》 이래의 206운韻을 합병하여 만든 것이다. 따라서 우리들이 현재 사용하고 있는 운은 적어도 상당 부분이 수당시대의 것일 터이다.

이것은 곧 현재 우리가 운을 사용하는 것은 여전히 대부분의 글자의 발음이 1천여 년 전과 같다고 가정하고 있다는 것을 말하는 것으로, 언어사言語史를 조금이라도 알고 있는 사람이라면 이런 가정이 얼마나 황당무계한 것인가를 알 수 있을 것이다. 고대에서 같은 운이었던 수많은 글자가 현재에는 이미 같은 운이 아니다. 시를 짓는 사람이 이 간단한 이치를 이해하지 못하고 여전히 맹목적으로(또는 귀가 먹어서) 〈溫〉〈存〉〈門〉〈呑〉 등의 음을 〈元〉〈煩〉〈言〉〈番〉[3] 등의 음과 압운하고, 〈才〉〈來〉〈台〉〈垓〉 등의 음을 〈灰〉〈魁〉〈態〉〈玫〉[4] 등의 음과 압운하는데, 읽어보면 조금도 순조롭지 않으며 압운하지 않은 것과 다를 바가 없다. 이런 방법은 실제로 용운의 본래 의도를 없애버린 것이다.

이런 병폐는 이전 사람들도 보았다. 이어李漁는 《시운서詩韻序》에서 매우 철저하게 논의하였다.

고운古韻으로 고시古詩를 읽으면 불협화되는 바가 있는데, 운을 맞추어 거기에 나아가는 것은 그 시가 이미 이루어져 있기 때문에 옛사람을 일으켜 바꾸기를 요청할 수 없는 것이니 부득불 옛사람의 입을 닮아서 읽어야 하는데 이는 이득이 되지 않는다. 만약 옛사람을 지금에 있게 한다면 그 소리는 또한 반드시 지금 사람의 입과 같아야 할 것이다. 지은 시가 반드시 『징경이 우는 소리, 물가 모래톱에 있네. 아리따운 아가씨는 사나이의 좋은 짝』처럼 몇 개의 운이 맞는 시로 되어야 하고, 『굵고 가는 베옷에 바람이 차갑구나. 나는 옛사람 생각하여, 나의 마음을 얻었네』와 같은 시는 반드시 다시는 짓지 말아야 한다는 것은 풍風을 〈孚金反〉(fim)으로 해서 심心에 운을 맞추어야 한다는 것이다. 또 반드시 『메추리가 쌍쌍이 날고, 까치도 짝을 지어 노니는데, 사람으로 좋은 데가 없는데도 형이라고 하다니』와 같은 시를 다시는 지어서는 안 된다는 것은 형兄을 〈虛王反〉(huang)으로 발음하여 강疆에 운을 맞추도록 하기 때문이다. 내가 이미 지금에 태어나서 지금 사람이 되었는데 어찌 《관저關雎》의 듣기 좋은 시를 배우지 않고 《녹의綠衣》나 《순분鶉奔》이 운을 하는 것을 억지로 본받아서 천하 사람의 말에 부자연스럽고 또 귀에 거슬리게 하겠는가?

以古韻讀古詩, 稍有不協, 即叶而就之者, 以其詩之旣成, 不能起古人而請

易, 不得不肖古人之吻以讀之, 非得已也. 使古人至今而在, 則其爲聲也, 亦必同於今人之口. 吾知所爲之詩, 必盡如『關關雎鳩, 在河之洲. 窈窕淑女, 君子好逑』數韻合一之詩, 必不復作『綌兮綌兮, 凄其以風, 我思古人, 實合我心』之詩, 使人協『風』爲『孚金反』之音, 以就『心』矣. 必不復作『鶉之奔奔, 鵲之疆疆, 人之無良, 我以爲兄』之詩, 使人協『兄』爲『虛王反』之音, 以就『疆』矣. 我旣生於今時而爲今人, 何不學《關雎》悅耳之詩, 而必强效《綠衣》《鶉奔》之爲韻, 以聱天下之牙而并逆其耳乎?

전현동錢玄同은 《신청년新靑年》에서 더욱더 통쾌하게 욕하였다.

　그 일파는 자기가 소학에 어느 정도 통달했기 때문에 고시古詩를 짓기 시작하는데 고의로 〈同〉〈蓬〉〈松〉의 글자로 압운한 중간에 〈江〉〈窓〉〈雙〉 등의 글자를 끼워넣어 고시에서 〈東〉과 〈江〉이 같은 운임을 알고 있다는 것을 드러내고, 또 고의로 〈陽〉〈康〉〈堂〉의 글자로 압운한 중간에 〈京〉〈慶〉〈更〉 등의 글자를 끼워넣어서 고음古音의 〈陽〉과 〈庚〉이 같은 운임을 이해하고 있다는 것을 드러낸다. 모두가 자기를 옛사람이라고 생각하지 않는가? 당신은 대작大作의 각 글자를 고음古音으로 읽을 수 있는가? 만약 그렇지 못하다면 다른 글자들은 모두 현재의 음으로 읽고 이 〈江〉이나 〈京〉의 몇 글자는 하나하나 고음으로 읽는다는 말인가?

　那一派因爲自己通了一點小學, 於是做起古詩來, 故意把押〈同〉〈蓬〉〈松〉這些字中間, 嵌進〈江〉〈窓〉〈雙〉這些字, 以顯其 懂得古詩〈東〉〈江〉同韻 故意把押〈陽〉〈康〉〈堂〉這些字中間, 嵌進〈京〉〈慶〉〈更〉這些字, 以顯其懂得古音〈陽〉〈庚〉同韻. 全不想你自己是古人嗎? 你的大作個個字能讀古音嗎? 要是不能, 難道別的字都讀今音, 就單單挹這〈江〉〈京〉幾個字讀古音嗎?

이 이유는 반박할 수 없는 것으로 시가 만약 운을 사용한다면 반드시 현대어의 음을 사용해야 할 것이며, 그렇게 해야 운이 마땅히 가져야 할 효과를 낼 수 있을 것이다.

제11장

중국시는 왜 〈율律〉의 길로 가게 되었는가

−시에 대한 부賦의 영향−

(上)

1. 자연진화의 궤적

중국시의 체재 중에 가장 특별한 것은 율체시律體詩이다. 그것은 외국시의 체재에는 없는 것으로 중국에서도 위진 이후에야 일어났다. 그리고 일어난 이후 그 영향은 매우 넓었고 컸다. 수많은 시집 중에서 율시가 큰 부분을 차지한다. 각 조정의 〈시첩시試帖詩〉는 모두 율시를 정체正體로 하였다. 당 이후의 사詞·곡曲은 실제로 율시의 화신이다. 율시의 영향은 또 산문 방면에도 파급되었는데 사륙문四六文이 그 명확한 예증이다.

근래 사람들이 율시를 비판하더라도 율시의 흥기는 중국시의 발전사 상에서 하나의 중대한 사건이며 이는 부인할 수 없는 것이다. 율시는 당대唐代에 극히 성했으나 창시자는 진晉·송宋·제齊·양梁시대의 시인들이다. 당나라의 많은 시인들은 육조 시인들을 사숙私淑한 제자들이다. 초당사걸初唐四傑[1]은 말할 필요 없고 두보도 매우 솔직하게 인정하였다.

사령운謝靈運과 사조謝朓가 능히 잘하였음을 누가 알며, 더욱이 음갱陰鏗과 하손何遜이 어떻게 고심하며 마음을 썼는지를 누가 배울까.
熟知二謝將能事, 頗學陰何苦用心.[2]

그러나 당나라 진자앙陳子昂으로부터 육조를 배척하는 운동이 일어났다. 진자앙은 《동방공東方公에게 주는 편지 與東方公書》에서

저는 일찍이 한가할 때 제량齊梁 사이의 시를 보았는데, 문체가 화려하고 번화함을 다투고 있으나 흥을 기탁하는 것은 모두 단절되어 버려 매양 길게 탄식만 하였습니다.
僕嘗暇時觀齊梁間詩, 彩麗競繁, 而興奇都絶, 每以永歎.

하였고, 이백의 〈좋은 시구 佳句〉는 비록 『때때로 음갱과 흡사하였다 往往似陰鏗』[3]라고 할지라도 그 근본을 잊지는 않았다.

『건안建安 때부터 기려綺麗함은 귀하지 않았다 自從建安來, 綺麗不足珍』[4]라는 한 마디를 사용해서 육조시인들을 흑백을 가리지 않고 비판하였다. 뒷날 일반적인 시론가들은 왕왕 진자앙陳子昂과 이백李白을 따라 〈기려綺麗〉라는 두 글자를 육조인의 큰 죄상으로 보았고, 한결같이 성당盛唐을 추존하였다. 그들은 마치 당시唐詩가 평지에서 천둥 소리처럼 일어났다고 생각하는 것 같다. 역사가가 시의 시기를 나누는 데에도 때때로 육조를 하나의 단락에 넣고 당대도 다른 하나의 단락에 넣는데, 마치 두 단락의 중간에 하나의 아주 분명한 한계선이 있다고 생각하는 것 같다. 이렇게 육조를 비하시키고 당대를 높이 평가하는 전통적인 방법은 육조에 대해서 불공평할 뿐만 아니라 역사의 연속성을 분명하게 인식하지 못한 소치에서 비롯된 것이다. 공정한 입장에서 논해 보면, 만약 우리들이 육조시와 당시를 하나의 평면상에 나란히 펼쳐놓고 본다면 육조시는 당시에 비해 조금 손색이 있을 것이다. 육조의 시인들은 새로운 방향으로 가면서 새로운 풍격의 시도에 노력하고 있었으니 자연히 수많은 결점이 없을 수 없었다. 그러나 만약 육조시와 당시를 하나의 역사선상에 종縱으로 놓고 본다면, 당대의 사람들은 육조인들의 계승자로서 육조인이 창업하고 당인唐人들은 다만 그 성과를 공고히 발전시켰을 뿐이다. 대개 시의 격조는 당대로부터 비로소 구비되었다고 말하지만, 기실 당시의 격조는 모두 육조시의 격조로부터 변화발전되어 나온 것이다.

　문학사는 본시 억지로 시기를 나눌 수 없는 것인데, 만약 반드시 나누어야 한다면 중국시의 변천은 다만 두 개의 큰 관건이 있을 뿐이다. 그 첫째는 악부樂府·5언시五言詩의 융성인데 고시 19수로부터 일어나 도연명에서 멈춘다. 그것의 가장 큰 특징은《시경詩經》의 변화다단한 장법章法[5]·구법句法[6]과 운법韻法을 변화시켜 하나의 규율로 정제整齊하였으며,《시경》의 저회왕복低徊往復(음률이 맴돌며 반복하여 구성짐)하며 일창삼탄一唱三歎[7]하는 음절을 솔직·평담하게 변화시켰다.《시경·진풍秦風》의《겸가蒹葭》를 살펴보자.

　　갈대는 우거지고
　　이슬맺혀 서리되네.

내 마음의 그 님은
물 건너에 계시네.
강물 거슬러 오르면
길은 멀고 험하며
물길 따라 건너면
어인 일로 물 한가운데 머무네.
蒹葭蒼蒼, 白露爲霜.
所謂伊人, 在水一方.
溯洄從之, 道阻且長.
溯游從之, 宛在水中央.

갈대는 무성하고
이슬은 아직 아니 말랐네.
내 마음의 그 님은
강가에 계신다네.
물길 거슬러 오르면
길은 험하고 또 힘들며
물길 따라 건너면
어인 일로 물 속 모래땅에 머무네.
蒹葭淒淒, 白露未晞.
所謂伊人, 在水之湄.
溯洄從之, 道阻且躋.
溯游從之, 宛在水中坻.

갈대는 우거지고
이슬도 멎지 않네.
내 마음의 그 님은
강기슭에 계시네.
물길 거슬러 오르면
길은 멀고 돈다네.

물길 따라 건너면

어인 일로 물 속 작은 섬에 머무네.

蒹葭采采, 白露未已.

所謂伊人, 在水之涘.

溯洄從之, 道阻且右.

溯游從之, 宛在水中沚.

이 3장의 시와 고시 19수의《섭강채부용涉江采芙蓉》을 비교해 보자.

강물에 들어가 연꽃을 따네.

연못에는 아름다운 꽃 많으이.

꽃 따서 누구를 주려니,

그리운 사람 먼 곳에 있는 것을.

돌아서서 고향을 바라보니,

길은 멀어 그저 아득하기만 하고.

서로 마음은 하나인데 떨어져 살아서,

애달픔 속에 이 몸을 마칠거나.

涉江采芙蓉, 蘭澤多芳草.

采之欲遺誰, 所思在遠道.

還顧望舊鄕, 長路漫浩浩.

同心而離居, 憂傷以終老.

두 시를 비교해 보면 이러한 변화된 풍미風味를 이해할 수 있다. 두 시의 정감과 경지는 대략 서로 비슷하나 쓰는 방식은 완전히 다르다. 《겸가》는 3장으로 동일한 줄거리를 반복해서 서술하고 있으나, 《섭강채부용》은 단지 하나의 장으로 하나의 정감세계를 완전히 묘사하였으며, 전자는 저회왕복低徊往復하며 정감이 얽히어 다함이 없는데, 후자는 하나의 기세로 끝까지 이르며 처음의 말을 다시 사용하지 않았다. 전자는 장구章句가 장단으로 신축성이 있으나 후자는 정제된 5언이다. 이러한 큰 변화는 시와 노래의 분리에서 연유된 것이다. 《시경》은 반 이상이 음악을 반주하고 노래할 수 있는 것이었지만, 한위漢魏 이후에는 시는 점차 음악으로 반주하지 않고 노래할 수도 없게 되었다.

두번째 변화의 큰 관건은 율시의 흥기로써, 사령운謝靈運과 〈영명시인 永明詩人〉[8]들에서 일어나 명明·청淸에 이르러 멈추었는데 사詞와 곡曲 은 율시의 여파일 뿐이다. 그것의 최대 특징은 한위시漢魏詩의 혼후고졸 渾厚古拙함을 버리고 정밀함(精)과 이쁨(妍)과 새로움(新)과 교묘함(巧) 을 추구한다는 것이다. 이러한 정연신교精妍新巧는 두 방면에서 드러나 는데 하나는 자구간字句間의 의미의 배우排偶이며, 또 하나는 자구간의 성음聲音의 대장對仗[9]이다. 위에서 인용한 《섭강채부용涉江采芙蓉》과 설도형薛道衡[10]의 《석석렴昔昔鹽》을 비교해 보자.

　　늘어진 버들은 금빛의 둑을 덮고
　　어린 천궁의 잎은 다시 가지런해졌네.
　　부용꽃 핀 연못에 물이 넘치고
　　꽃잎은 복숭아꽃·오얏꽃 핀 사잇길로 나네.
　　뽕따는 진씨댁 처녀, 베짜는 두가댁 아낙네.
　　관산에서 떠돌이 그 님과 이별하고
　　바람 불고 달 떴을 때 빈 방 지킨다네.
　　항상 천금 같은 웃음을 거두어버리고
　　길게 두 눈의 눈물 드리우네.
　　뒷면에 새긴 용은 거울을 보지 않으니 숨어버리고
　　휘장에 수놓은 봉황은 항상 내려져 있네.
　　불안한 마음은 밤 까치처럼 놀라 깨고
　　피곤해 누워도 잠들지 못하고 새벽닭을 생각한다네.
　　어두운 창에는 거미줄 걸리우고
　　빈 들보엔 제비집 진흙이 떨어지네.
　　지난해에 대북代北을 지나고
　　올해엔 요서에 가네.
　　한 번 가서 소식 없으니
　　그대 어이 말발굽을 아낄 수 있으리.

垂柳覆金堤, 麛蕪葉復齊.

水溢芙蓉沼, 花飛桃李蹊.

探桑秦氏女, 織綿竇加妻.

關山別蕩子, 風月守空閨.

恒歛千金笑, 長垂雙玉啼.

盤龍隨鏡隱, 彩鳳逐帷低.

飛魂同夜鵲, 倦寢憶晨鷄.

暗牖懸蛛網, 空梁落燕泥.

前年過代北, 今歲往遼西.

一去無消息, 那能惜馬蹄.

비교해 보면 이 변화의 의미를 알 수 있을 것이다. 두 시 모두 이별 후의 그리움을 표현하였는데, 한대漢代 사람들은 조용히 몇 마디로 말하면서, 말을 돌리지 않고 수식도 않으며 한숨에 쭈욱 나아가 순박하면서 자연스럽고 의미는 무궁하다. 설도형薛道衡은 사방팔방에 손을 대어 색칠해 놓고 구마다 대구하여 정교하다. 그의 자연에 대한 관찰도 한대의 사람들보다 정밀하고 세세하다. 그는 색채와 분위기에 신경을 썼으며 사람들에게 항상 소홀해지는 경물을 중시하여 경치와 정감의 조화를 꾀했다. 저 유명한『어두운 창에는 거미줄 걸리우고 빈 들보엔 제비집 진흙이 떨어지네 暗牖懸蛛網, 空梁落燕泥』의 연聯은 새로운 시대의 정신을 가장 잘 보여준다.

이 두 가지 큰 변화 중에서 율시의 흥기가 더욱 중요하다. 그것은 자연예술로부터 인위예술로, 조탁을 하지 않는 것에서 의도적인 수식으로의 변천이다. 만약 〈국풍國風〉이 민가의 전성기이며, 한위시대가 고풍古風의 전성기 또는 민가의 모방기라고 한다면, 진송제량晉宋齊梁시대는 문인시의 정식적인 성립기라고 할 수 있을 것이다. 자연예술에서 인위예술로, 민간시에서 문인시로, 혼후순박함에서 정연신교精姸新巧함으로 변화하는 것은, 진화의 자연적인 추세이며 인력으로 촉진시키거나 저지하기에 쉽지 않은 것이다. 우리는 제량齊梁 이후의 시가 성률聲律에 구속되어 점차 고풍을 잃고 있다고 싫어하지만 시험삼아 묻건대 성률이 비록 존재하지 않았더라도 제량 이후의 시가 〈국풍〉이나 한위의 5언시와 똑같았겠는가? 율시에 폐단이 있다는 것은 숨길 필요가 없지만, 목구멍에 음식이 걸릴 게 두려워 식사를 하지 않을 수는 없는 것이며, 어떠한 시의 체제라도 평범한 시인의 손에 떨어지면 모두 폐단이 있게 된다. 율시가 형식에 구속되어 있는 것은 기껏해야 서구시의 14행시체(소네트sonnet)와 같은 것에 불과하다. 페트라르카·셰익스피어·밀턴·키이츠 등이 14행시체를 사용해서 지은 시를 우리들은 얕볼 수 있겠는가? 또 두보나 왕유 등이 율체로 지은 시를 멸시할 수 있겠는가?

성률의 이와같은 큰 운동은 반드시 그 기초가 되는 하나의 진화의 자연적인 궤도가 있는데, 결코 부인들이 전족하는 것과는 같지 않으며, 소수인들의 환상과 기벽으로 말미암아 추진되어 널리 조성된 풍기이다. 그것은 당연히 존재이유가 있으며, 시학을 연구하는 사람들은 그 원인과 결과의 단서를 찾아내어야지 다만 왕세정王世貞[11]처럼 《강감綱鑑》(성률의 가치나 규칙을 기록한 책)을 비판하며 스스로 판단하는데 매우 숙련되었다고 자처하여 시비是非를 말해서는 안 될 것이다. 과학의 첫째 임무는 사실을 직접 받아들이는 데에 있으며, 둘째는 인과를 설명하고 원리를 연역해내는 일로써 옹호하거나 또는 공격하는 것은 더욱 부차적인 일이다. 여기에서는 이런 태도에 근거하여 중국시가 어떻게 하여 율律의 길로 가게 되었는지를 살펴보자.

2. 율시의 특색은 음과 뜻의 대우對偶에 있다

중국시가 율의 길로 가는 데에 있어서 가장 큰 영향을 미친 것은 〈부賦〉이다. 부賦는 원래 시의 한 체재이다. 한대 이전의 학자들은 부를 시의 특별한 종류(別類)로 생각하였다. 《모시서毛詩序》에서는 부를 〈육예六藝〉 중의 하나로 생각하였고, 《주관周官》에서는 〈육시六詩〉의 하나로 열거하였다. 반고는 《양도부兩都賦》의 서序에서 『부란 옛시의 한 흐름賦者, 古詩之流』이라고 말하였다. 《한서漢書·교사지郊祀志》에 의하면, 부와 시는 한무제가 설립한 악부에 함께 속했다. 제량 때에 이르러 유협은《문심조룡文心雕龍》에서『부는 시에서 나왔다 賦自詩出』고 인정하고 있다. 부의 전성기는 한대에서부터 양대梁代까지로, 수당 이후에는 비록 대를 이어 작가들이 있었으나 종전과 같이 그렇게 줄기차지는 않았다. 뒷사람들은 점차 시와 부를 분리하여 부를 산문의 한 방면으로 돌려버렸다. 예를들면, 요내姚鼐의《고문사류찬古文辭類纂》은 원래 산문선집으로, 시가는 그 속에 없으나 〈사부詞賦〉는 매우 중요한 위치를 차지하고 있다. 근래의 문학사가들도 왕왕 이러한 오해를 따라서 〈사부詞賦〉를 시가 부문에 넣어 설명하고 있지 않다. 호적胡適도《백화문학사白話文學史》에서 사부를 완전히 없애버렸는데, 이는 백화문학을 중시한 까닭 때문이라고 말할 수 있으며, 육간여陸侃如와 풍원군馮沅君이 지은《중국시사中國詩史》도 사부에 대한 부분을 조금도 남겨놓지 않았는데, 이로써 사부의 중국시체의 발전에 대한 중요성을 홀시했음을 면치 못하고 있는 듯하다.

무엇을 부賦라고 부르는가? 반고가《양도부兩都賦》서序에서 말한 『부는 고시의 한 흐름』이라고 한 것과,《예문지藝文志》에서 말한 『노래하지 않고 읊는 것을 부라고 한다 不歌而誦, 謂之賦』라고 한 것이 가장 오래된 정의이다.

유협은《전부詮賦》편에서

부賦는 포鋪이다. 문채를 포진鋪陳하여, 사물을 체현體現하고 뜻을 묘사한 것이다.

賦者鋪也. 鋪采摛文, 體物寫志也.

하였고, 유희재劉熙載는《예개藝概》의《부개賦概》에서

부賦는 정서와 일이 뒤섞이어 그윽한 데서 생기는데, 시로써는 적절하게 구사할 수 없기 때문에 부를 지어서 포진鋪陳하는 것이다. 이것은 천태만상이 층층이 드러나고 번갈아 나타나는 것에 대해서 뱉듯이 표현해도 통하지 않음이 없고, 그 통하는 것이 혹시라도 다하지 않는다.

賦起於情事雜沓, 詩不能馭, 故爲賦以鋪陳之, 斯於千態萬狀層見迭出者吐

無不暢, 暢無或竭.

하였는데, 부의 의미와 효용은 이미 여기에 다 포함되어 있다. 이를 귀납해 보면, 부는 다음과 같은 세 가지 특징이 있다.

(1) 체재를 보면, 부는 시에서 나왔기 때문에 시를 떠나서 말해서는 안된다.

(2) 작용면을 보면, 부는 경물을 형용하는 시로 뒤섞여 아련하며 다단多端한 정서상태를 묘사하기에 적당하고, 화려함과 늘어놓기를 귀하게 여긴다.

(3) 성질면을 보면, 부는 읊을 수는 있으되 노래할 수는 없다.

(2)와 (3)은 부가 일반 서정시와 다른 까닭을 말한 것으로 비록 나누어서 말하였지만 실은 서로 관련이 있다. 부는 대부분 사물을 묘사하는데, 사물은 번잡하고 다단하기 때문에 묘사하려면 늘어놓아야 한다. 그래야 정서상태를 곡진하게 드러낼 수가 있다. 늘어놓아야 하기 때문에 편폭은 비교적 길고, 수사는 비교적 화려하며 자구의 단락도 길고 짧고 울퉁불퉁하여 가지런하지 않기 때문에 읊기에는 적합하지만 노래하기에는 적합하지 않다. 일반 서정시는 음악에 가깝지만, 부는 비교적 그림에 가까워서 시간적으로 길게 이어지는 언어로 공간상에 함께 존재하는 사물의 양태를 표현한다. 시는 본래 〈시간예술〉인데, 부는 어느 정도 〈공간예술〉이다.

부는 일종의 대규모 묘사시描寫詩이다. 《시경》 속에 이미 수많은 초기 형태의 부가 있다. 예를들면 《정풍鄭風·대숙우전大叔于田》은 사냥하는 장면과 겉치레를 늘어놓고 자세하게 진술하고 있다.

대숙이 사냥을 나갔다네.
네 필의 말이 끄는 수레를 타고,
고삐 잡길 새끼 꼬는 듯,
바깥쪽 두 필 말은 춤추는 듯.

숙이 마른 늪가에 있네.

몰이꾼들 여기저기 불 지피네.

옷을 벗고 호랑이를 맨손으로 잡아,

임금께 바치었나니.

원컨대 숙이여, 거듭하지 마소서.

당신 몸 상하지 않게 조심하세요.

大叔于田, 乘乘馬,

執轡如組, 兩驂如舞.

叔在藪, 火然具擧,

檀裼暴虎, 獻于公所.

將叔無狃, 戒其傷女.

그리고 《소아小雅·무양無羊》은 농가에서의 소와 양의 자태를 묘사하고 있다.

어느 누가 임에게 양이 없다 했나.

3백 두의 양떼가 여럿이라오.

어느 누가 임에게 소 없다 했나.

입이 검은 황소만 해도 90필이 되네.

저 양떼들 돌아오네.

사이좋게 서로서로 뿔을 모으고,

저 소들이 돌아오네.

반지르한 귀에 귀를 서로 모으며.

誰謂爾無羊, 三百爲羣.

誰謂爾無牛, 九十其犉.

爾羊來思, 其角濈濈.

爾牛來思, 其耳濕濕.

어떤 건 골짜기로 내려도 가고

어떤 건 연못에서 물을 마시지.

누운 것, 움직이는 것 가지가지라네.

저 목동이 돌아오네.

도롱이와 삿갓을 어깨에 메고,

먹을 것도 함께 지고서.

서른 가지 털빛 많은 소들은

제사에 쓰이기 부족함이 없네.

或降于阿, 或飮于池,

或寢或訛. 爾牧來思,

何蓑何笠, 或負其餱,

三十維物, 爾牲則具.

이 작품이 만약 한위시대 이후 사람의 손에서 창작되었다면 이러한 제 재는 장편의 부부賦로 씌어질 수도 있었을 것이다. 《대숙우전大叔于田》은 사마상여의 《상림부上林賦》나 양웅揚雄의 《우렵부羽獵賦》에 비교될 수 있고, 《무양無羊》은 예형禰衡의 《앵무부鸚鵡賦》나 안연지顔延之의 《자 백마부赭白馬賦》에 비교될 수 있을 것이다. 시가 반드시 부賦로 흐르게 되는 것은 인간의 자연에 대한 관찰이 거칠고 간단한 것에서 점차 정미 精微한 것에 이르고, 문자의 구사가 압축되고 엄숙한 것에서 점차 거리 낌 없이 방종한 것으로 바뀌기 때문이다. 《시경》 속에서 몇 마디 말로 다 할 수 있는 것이 뒤에 와서는 장편이 아니면 안 되게 되었다.

시가 이미 흘러가서 부가 되었으니, 맴돌고 반복하여 구성진 음절도 유창하고 직술하게 변하였다. 중국시의 변화에 가장 큰 관건은 시경에서 한위악부·5언시로의 변화에 있음은 이미 말한 바와 같다. 이런 변화 속 에 하나의 매개체가 있는데 그것이 곧 《초사楚辭》이다. 《초사》는 사부詞 賦의 비조鼻祖이며, 어느 정도 국풍의 유풍流風과 여운餘韻을 갖고 있으 나, 그 음절은 이미 물결무늬와 같지 않고 직선과 같으며 그 기교도 이미 간략·질박함을 떠나서 늘어놓고 펼쳐놓기를 좋아했다. 악부·5언시는 대담하게 시경의 형식을 버렸는데 이는 《초사》가 그를 대신해서 길을 열 었기 때문이다. 따라서 시에 대한 사부辭賦의 영향은 다만 율시에서뿐만 아니라 고풍古風[12]도 그 영향으로 말미암아 생겨난 것이다.

부賦는 시와 산문의 중간에 있는 것이다. 그래서 부는 시의 면밀함은 있으되 시의 함축성은 없고, 산문의 유창함은 있으되 산문의 단도직입적인 맛은 없다. 부의 제재는 절대적으로 운문의 형식이 필요한 것은 결코 아니다. 순자荀子의 문장은 대부분 매우 화려하여 《부편賦篇》이나 《성상成相》은 비록 부의 체제를 사용하고 있을지라도 실제로는 그의 다른 논문들과 큰 차이가 없다. 주진周秦의 제자諸子들에는 수많은 산문이 있는데 부체賦體로 쓸 수 있다. 《장자莊子・제물론齊物論》을 그 예로 들어본다.

무릇 땅이 내뿜는 기운을 바람이라 이름한다. 이것은 일어나지 않을 뿐 일단 일어나면 뭇 구멍이 노해 울부짖게 된다. 너는 홀로 긴 바람 소리를 듣지 못했느냐. 산림의 숲과 1백 아름이나 되는 큰 나무의 구멍들이 코 같고, 입 같고, 귀 같고, 되 같고, 우리 같고, 절구와도 같다. 물 흐르는 소리, 화살 나는 소리, 나오는 소리, 들어가는 소리, 외치는 소리, 곡 소리, 아득히 먼 소리, 새 우는 소리 등등이 있다. 앞의 것이 윙하고 외치면 뒤의 것이 웅하고 뒤따라 외친다. 작은 바람에는 작게 울리고 센 바람에는 크게 울린다. 사나운 바람이 그치면 뭇 구멍이 비게 된다. 너는 홀로 나뭇가지가 하늘거리는 것을 보지 못하였느냐?

夫大塊噫氣, 其名爲風. 是唯無作, 作則萬竅怒喝. 而獨不聞之翏翏乎? 山林之畏隹, 大木百圍之竅穴, 似鼻・似口・似耳・似枅・似圈・似臼. 似洼者・似汚者・激者・謞者・叱者・吸者・叫者・嚎者・宎者・咬者・前者唱于而隨者唱喁. 冷風則小和, 飄風則大和, 厲風濟則衆竅爲虛, 而獨不見之調調之刁刁乎?

이 산문은 송옥宋玉의 손에서는 《풍부風賦》로 씌어질 수 있었고, 구양수歐陽修의 손에서는 《추성부秋聲賦》로 씌어질 수 있었다. 부는 운문이 진화하여 산문으로 되는 과도기의 연결선과 같은 것이다. 그래서 역대의 문선가文選家들은 〈사부詞賦〉류에 대해서 매우 주저하였던 것이다. 부는 본래 시에서 나왔으며 그의 영향도 동시에 시와 산문의 두 방면에 흘러 들어갔다. 시와 산문의 변려화駢儷化는 모두 부賦에 기원하고 있어서, 중국 산문의 변천추세를 살펴보려 한다면 부賦도 가볍게 볼 수 없다.

시와 산문의 변려화가 부賦에 기원하고 있다고 어떻게 설명할 수 있는가? 부는 횡단면橫斷面의 묘사에 치중하여 공간 속에서 어지러이 널려 있고 대치되는 사물과 정서를 모두 고스란히 내놓으려 하기 때문에 대우對偶의 길로 가기에 가장 쉽다. 위에서 인용한 《무양無羊》시는 이미 대우對偶의 흔적이 있다. 시인들은 실제로는 의식적으로 짝을 지어 묘사할 필요는 없지만, 소와 양을 동시에 묘사하고자 할 때 자연히 그것을 둘씩 둘씩 마주하여 비교하게 된다. 문자의 대우는 자연적인 사물의 대우對偶를 번역한 것에 불과하다. 만약 반고의 《양도부兩都賦》나 장형張衡의 《양경부兩京賦》·좌사左思의 《삼도부三都賦》의 작법을 대략 분석해 본다면 이러한 이치를 이해할 수 있을 것이다. 그것들은 모두 동서남북·상하좌우·사면팔방으로 펼쳐놓았고, 또 각 방향의 진기하고 풍부한 것들을 힘을 다해 묘사·과장하고 있다.(그 동쪽에는 무엇무엇이 있고, 또 서쪽에는 무엇무엇이 있다는 것과 같이) 이것은 당나라의 장조張璪가 소나무를 그릴 때 두 개의 붓을 잡고 일시에 그려나가되 한쪽은 살아있는 가지를 그려 춘색을 머금게 하고, 한쪽에는 마른 가지를 그려 가을빛이 쓸쓸하게 한 것과 같이, 이렇게 양쪽으로 그려내면[13] 대우對偶는 당연한 결과이다.

본래 각종 예술은 모두 대칭을 중시한다. 책상 위의 화병, 대문 앞의 돌로 만든 짐승(돌사자나 해태 같은), 잔치 때의 붉은 초 그리고 묘 앞길의 소나무나 측백나무 등은 모두 짝을 이루며 대칭이 되는데 만약 우수리로 둔다면 보는 사람들로 하여금 무엇인가 결함을 느끼게 하지 않을 수 없을 것이다. 그림과 조각과 건축은 모두 대칭을 원칙으로 한다. 음악은 본래 종적인 것은 있으되 횡적인 것은 없지만 억양과 돈좌頓挫(멈춤과 바뀜)도 때때로 대우·대칭의 이치에 맞는다. 미학가들은 이러한 대우·대칭의 요구가 리듬과 마찬가지로 생리적 작용에서 일어난다고 생각한다. 인체의 각 기관과 근육의 구조도 모두 좌우대칭이다. 바깥 사물이 만약 좌우대칭이면 신체의 좌우 양쪽에 소요되는 힘도 서로 평형이 되어서 쉽게 쾌감을 일으킨다. 문자의 대우는 이러한 생리적인 자연적 경향과도 관계가 있다.

제2장에서 이미 말하였지만, 부賦는 〈은隱〉에 근원해 있고, 은隱(은유,

수수께끼)은 일종의 해諧(해학)이며 약간의 문자유희적인 성분을 갖고
있다. 부賦를 지어 수수께끼를 할 때, 사람들은 이미 문자 자체의 미묘함
에 대해 어느 정도 의식하고 있었으며, 그래서 그것을 가지고 놀이를 하
였던 것이다. 대우와 대칭은 자연적인 요구이다. 사람들은 그것의 미묘
함을 느끼고, 그래서 최대한으로 그것을 사용하였다. 만약 예술이 정신
력이 풍부하게 흘러나오는 것이라면, 부賦는 문자가 풍부하게 흘러나오
는 것이라고 할 수 있다. 율시와 변려문도 이와같다.

서양시인들은 일반적으로 모두 중국시인들에 비해서 열거하기를 좋아
한다. 그들의 수많은 중편시들은 사실 모두 부賦이다. 그레이Thomas
Gray(1716~1771)의 《묘지의 노래》, 밀턴John Milton(1608~1674)의
《쾌락자》와 《깊은 생각에 잠긴 사람》, 셸리Shelley(1792~1822)의 《서풍
가 Ode to the West wind》, 키이츠John Keats(1795~1821)의 《야앵가
Ode to a Nightingale》 그리고 위고Victor Hugo(1802~1885)의 《높은
산에서 들은 말》과 《나폴레옹 속죄음》 등의 작품이 그 좋은 예이다. 서양
의 예술도 평소에 대칭을 중시하였는데 그들의 시는 어찌하여 대우對偶
의 길로 가지 않았는가? 이것은 문자의 성질이 다르기 때문이다.

첫째, 중국의 문자는 모두 단음이라서 구는 정제되고 획일화되기 쉽
다. 〈我去君來〉(나는 가고 그대는 온다)나 〈桃紅柳綠〉(복숭아꽃은 붉고 버
들은 푸르다)는 다소 비교가 되며 대우를 이룬다. 서양의 문자는 단음자
와 복음자가 서로 뒤섞여, 뜻은 대칭이 되더라도 구는 들쭉날쭉하여 대
칭이 되기 쉽지 않다. 셸리의 예를 들어본다.

음악은 부드러운 목소리가 죽을 때
추억 속에서 떨리고,
향기는 달콤한 제비꽃이 병들 때
그들이 활기 띠던 느낌 속에서 살아있네.
Music, when soft voices die,
Vibrates in the memory.
Odours, when sweet violets sicken,
Live within the sense they quicken.

그리고 테니슨Alfred Tennyson(1809~1892)의 시를 보자.

긴 불빛은 호수를 건너 흔들리고,
난폭한 폭포는 영광 속에 뛰어오르네.
The long light shakes across the lakes,
And the wild cataract leaps in glory.

모두 대우對偶가 되나 중국 율시와 같은 효과를 낼 수 없는데, 이는 의미는 비록 서로 짝을 이루며 대우가 되지만 소리는 서로 대칭이 되지 않기 때문이다. 예를들면 〈光〉과 〈瀑〉 두 글자는 중국문장에서는 음과 뜻이 모두 서로 대칭이 되지만, 영문에서 〈light〉와 〈cataract〉는 뜻은 비록 대칭이 되긴 하나 음은 많고 적음이 달라서 대칭이 될 수 없다. 〈사마상여司馬相如〉와 〈반고班固〉가 비록 모두 고유명사이기는 하나 서로 대칭이 될 수 없는 것과 같다.

둘째, 서양문장의 문법은 엄밀하여 중국문장의 자구字句의 구조가 자유로이 신축전도伸縮顚倒될 수 있어서 그 대구對句를 매우 정교하게 할 수 있는 것과는 다르다. 예를들면 『붉은 콩을 앵무새가 쪼다 남은 낱알갱이, 벽오동에 봉황이 서식하던 오래된 가지 紅豆啄餘鸚鵡粒, 碧梧棲老鳳凰枝』와 같은 두 시구는 만약 원문의 구조에 의해 영어문장이나 프랑스어 문장으로 직역한다면 전혀 의미가 없을 것이지만, 중국어 문장 속에서는 오히려 그 정련된 맛을 잃지 않으니, 이는 중국어 문법의 구조가 비교적 느슨하고 간략하여 탄력성이 있기 때문이다. 다시 예를들면 『드문드문한 그림자 옆으로 기울어져 있고 물은 맑고도 얕은데, 그윽한 향기 떠서 움직이니 달은 황혼 무렵이네 疏影橫斜水淸淺, 暗香浮動月黃昏』와 같은 시구는 하나의 허자虛字도 없으며 각 글자는 모두 하나의 정경을 가리키고 있어서, 만약 서양문장으로 번역하려 하면 관사나 전치사와 같은 허자를 많이 더해야 할 것이다. 중국어 문장에서는 관사나 전치사를 사용하지 않을 수 있을 뿐 아니라, 주어나 동사 또한 생략할 수 있다. 좋은 시에서는 이러한 생략은 항상 있는 일이며 또한 의미의 애매성도 다소 발생한다. 단순히 문법만으로 말하면, 중국어 문장은 서양 문장에 비해 비교적 시에 적당한데, 이는 중국어 문장이 정연되고 단촐하게 짓기에 쉽기 때문이다.

문자의 구조와 습관은 가끔 사상에 영향을 미칠 수 있다. 대우문對偶文을 오래 사용하게 되면 마음 속에 무의식적으로 대우를 구하는 습관이 길러져서 사물을 관찰함에 도처에서 대칭을 구하게까지 되는데, 〈靑山〉을 말하면 자신도 모르게 〈綠水〉를 떠올리며 〈才子〉라고 말하면 저절로 〈佳人〉을 생각하게 되는 것이다. 중국 시문의 변려체는 처음에는 자연현상과 문자의 특성에 의해 만들어진 것인데, 뒤에 가서 문인들이 대우를 구하는 심리습관이 더해져서 본래보다 더욱 심화되었다.

예술상의 기교는 모두 자연으로부터 인위적인 것으로 변해서 된 것이다. 옛사람들의 시문은 본래 질박하고 자연스러웠는데, 후인들은 질박함과 자연스러움조차 배우려 하지 않았으니 그 나머지는 생각만 해도 알수 있다. 변려체의 발전도 이와같다.《시경》속에 이미 우연하게도 이러한 대구가 있는데 다음과 같은 예들이다.

> 올망졸망 마름풀을 이리저리 찾는다.
> 아리따운 아가씨, 자나깨나 그리네.
> 參差荇菜, 左右流之.
> 窈窕淑女, 寤寐求之.
> 《周南 · 關雎》

> 쓰라린 일 겪음이 많고 많으며,
> 수모를 당한 일도 적지 않다네.
> 覯閔旣多, 受侮不少.
> 《邶風 · 柏舟》

> 손은 부드러운 띠싹 같고
> 살결은 엉긴 기름 같네.
> 手如柔荑, 膚如凝脂.

《衛風·碩人》

그 옛날 내가 갈 때,
갯버들 늘어졌었지.
지금 나 돌아와 보니,
진눈깨비가 흩날리네.
昔我往矣, 楊柳依依.
今我來思, 雨雪霏霏.
《小雅·鹿鳴·采薇》

이러한 실례에서 시인들은 무심히 대우對偶를 구한다. 《초사楚辭》에
이르러 점차 대우에 뜻을 두게 되었다. 《구가九歌》 중의 《상군湘君》을
살펴보자.

벽려를 물 속에서 캐고,
부용을 나무 끝에서 뽑노라.
마음이 같지 않으면 중매만 애쓰고,
정 깊지 않으면 끊어지기 쉬워라.
돌 많은 여울은 졸졸졸,
비룡은 가볍게 훨훨.
사귄 정 두텁지 못하면 원한만 깊어지는데,
약속 지키지 않고 내게 틈 없다 하누나.
采薜荔兮水中, 搴芙蓉兮木末.
心不同兮媒勞, 恩不甚兮輕絶.
石瀨兮淺淺, 飛龍兮翩翩.
交不忠兮怨長, 期不信兮告余以不閒.

몇 구를 이어서 대우를 하고 있는데 결코 무심히 나온 것은 아니다. 그
러나 비록 대우를 하였을지라도 오히려 질박함을 잃지 않았다. 한나라
사람들은 비록 사부詞賦를 중시하였으나, 사마상여·매승枚乘·양웅揚

雄 등과 같은 작가들은 모두 정제되고 유창한 운문 속에서 우연히 변어騈語(짝글)를 사용했을 뿐 그 정교함을 구하지 않았다. 매승의 《칠발七發》을 예로 들어보자.

> 용문의 오동나무는 높이가 1백 척이지만 가지가 없다.
> 가운데는 막혀서 꼬불꼬불하고,
> 뿌리는 무성하여 여러 갈래로 나누어져 있다.
> 위로는 천인의 깎아지른 듯한 봉우리가 있고
> 아래로는 1백 척의 계곡에 임했다.
> 여울물이 거슬러 흐르기도 하고, 또한 출렁이는도다.
> 龍門之桐, 高百尺而無枝.
> 中鬱結之輪囷, 根扶疏以分離.
> 上有千仞之峯, 下臨百尺之溪.
> 湍流溯波, 又澹淡之.

일단은 비록 작가가 대우를 의식한 것이 보이기는 할지라도 정제된 속에서도 트이고 시원한 맛이 있으며, 화려하나 지나치지 않고, 잘 배열되어 있으나 딱딱하지 않다. 이후의 반고·좌사·장형과 같은 사람들도 점점 수식을 늘여 길게 나열하게 되었으나, 그래도 한나라 사람들의 질박고졸質樸古拙한 풍미는 잃지 않았다. 위진 이후 풍기가 더욱 변하여 마치 하루하루가 바뀌는 듯하였다. 포조鮑照의 《무성부蕪城賦》를 예로 들어보자.

> 저 채색된 문과 수놓은 휘장
> 노래하고 춤추던 궁궐터,
> 아름다운 연못과 옥같이 푸른 나무들,
> 사냥하고 낚시하던 곳의 별관,
> 吳·蔡·齊·秦 각 나라의 음악과
> 어룡魚龍이나 백마白馬와 같은 각종 오락이나 기예들
> 모두 그 향기 그치고 재도 없어졌으며

그 광채와 음향도 끊어졌네.

낙양의 아리땁던 여인네와

남국의 미인들,

난초 같은 마음에 비단 같은 살결

옥 같은 용모에 붉은 입술은 모두

검은 돌에 혼을 묻어

뼈 없어지고 티끌이 되었으니,

총애받던 때의 즐거움과

총애를 잃고 이궁離宮에 있을 때의 쓰라림을 어찌 기억할 수 있으리.

若夫藻扃黼帳, 歌堂舞閣之基.

璇淵碧樹, 戈林釣渚之館.

吳蔡齊秦之聲, 魚龍爵馬之玩,

皆薰歇燼滅, 光沈影絶.

東都妙姬, 南國麗人,

蕙心紈質, 玉貌絳唇,

莫不埋魂幽石, 委骨窮塵,

豈憶同輿之愉樂, 離宮之苦辛哉!

여기에 한부漢賦와 같지 않은 점이 몇 가지 있다. 첫째, 연자탁구鍊字琢句(자구를 단련하여 조탁함)함이 현저하며 더욱이 비유격의 사용이 많은데 〈璇淵碧樹〉〈玉貌絳唇〉〈埋魂〉 등과 같은 것이다. 둘째, 소리와 색깔과 냄새와 맛의 표현을 중시하고 있는데 〈藻〉〈黼〉〈碧〉〈絳〉〈薰〉〈燼〉〈光〉〈影〉〈歌〉〈聲〉과 같은 것으로 사부詞賦의 화려함은 이러한 데서 비롯된다. 셋째, 구법句法이 점차 사륙문의 형태로 나아가고 있는데 이것은 구의 글자수가 4·6으로 계속 이어지며 아래위가 서로 짝을 이루는 것을 말한다. 넷째, 소리 방면에서도 점차 대구하는 추세인데 특히 구 끝의 글자가 그러하다. 〈基〉와 〈館〉, 〈聲〉과 〈玩〉과 같은 것이다. 이러한 점이 모두 〈율부律賦〉의 특색이다. 제량시대에 율시는 많이 보이지 않았으나 율부는 수두룩하다. 양梁의 원제元帝·강엄江淹·유신庾信·서능徐陵 등의 작품은 뜻이 깊고 수사가 아름다울 뿐 아니라, 성음聲音도 심약沈約이 말한 것과 같이 『앞에 뜬소리가 있으면 뒤에 절절한 음향이 있다. 前有浮聲則後有切響』

사부詞賦가 변천되어 온 흔적을 전체적으로 보면 3단계로 구분지을 수 있다.

(1) 간략하고 짧으면서 정제된 묘사시가 장편의 유창하고 화려한 운문으로 되었다. 형식을 보면 부는 시와 산문의 한계를 부수었으며, 또는 시가 진화하여 미술산문美術散文으로 되는 관건이라고 말할 수 있다. 이 단계에서 부賦는 비록 우연히 짝글을 짓지만 정교하기를 구하지는 않았다. 음조音調 방면에서는 아직 의식적으로 대칭을 구한 흔적은 없다. 풍격은 아직 고대문예의 질박함을 지니고 있다. 한대漢代의 부賦가 그 예이다.

(2) 기교가 점점 정교해지며 이미지는 점차 참신해지고 수사는 점차 풍부·화려해지며, 작가들도 의미의 대우를 구할 뿐 아니라 점차 성음聲音의 대칭과 조화를 구한다. 위진魏晉의 부賦가 그 좋은 예이다.

(3) 기교가 성숙해져서 한위의 고졸질박古拙質樸한 맛은 완전히 사라졌으나, 문장이 매우 맑고 화려하며 소리도 매우 시원하고 소리·색깔·냄새·맛의 활용도 농후해져서 사륙변려문四六駢儷文의 전형이 성립되었으며, 전고典故와 비유격을 운용하는 풍기도 나날이 성해갔다. 이 단계에서 예전의 부賦는 이미 율부律賦로 변했다. 송宋·제齊·양梁·진陳시대의 작품이 그 예이다.

이러한 변화의 과정 속에서 가장 주의할 가치가 있는 한 가지 사실은, 의미의 대우對偶를 강구하는 것이 성음의 대우를 강구하기 전에 있었다는 것이다. 의미의 대우는 초사楚辭와 한부漢賦에 이미 항상 보였으나, 성음의 대우는 위진 이후에야 점차 원칙으로 되어갔다. 이러한 사실로써 성음의 대우는 의미의 대우를 모범으로 삼는다는 것을 추측할 수 있다. 사부詞賦를 짓는 사람들은 우선 의미의 대우 속에서 전후대칭의 원칙을 보았고, 그후에 그것을 성음의 방면으로 진행시켰다. 의미가 갖고 있는 기미는 대부분 시각視覺에 관련되고, 소리는 전부 청각에 관련된다. 사람들의 청각은 본래 시각에 비해서 다소 느리기 때문에 시에서는 소리가 비록 뜻보다 앞서지만 기교를 강구하는 데 있어서는 오히려 의미가 소리보다 앞선다.

3. 부賦의 시에 대한 세 가지 영향

부의 변화는 대개 위에서 말한 것과 같은데 이제 부의 시에 대한 영향을 말해 보자. 여기에 관해서는 가장 주의할 가치가 있는 것이 다음의 세 가지이다.

첫째, 의미의 대우는 부가 시보다 앞선다. 시는 오랜 옛날에도 대구對句가 있었음을 앞에서 설명하였거니와 그것들은 의식적으로 만들어낸 것이 아니다. 만약 우리들이 시대의 순서에 따라서 부와 시를 비교한다면 부가 의식적으로 대우를 구했던 것은 시보다 빠르다는 것을 알 수 있다. 한대漢代 사람들이 부를 지으면서 수십 구를 연이어서 대구를 하는 것은 이미 다반사이다. 매승의 《칠발七發》, 반고의 《양도부兩都賦》, 좌사의 《삼도부三都賦》 등의 작품들은 모두 대구한 것이 그렇지 않은 산구散句보다 많다. 그러나 시에서는 대구가 다만 예외적인 것일 뿐이었다. 《상산채미무上山採蘼蕪》와 《맥상상陌上桑》 등의 시는 대구를 연이어 사용한 것이 많다. 그러나 그것들은 자연스러울 뿐 아니라 엄격한 짝글(騈語)이 아니다. 《상산채미무上山採蘼蕪》는 새로운 사람과 옛사람을 대비시키면서 그려나가기 때문에 대칭은 본래부터 준비되어 있었던 것이다. 만약 같은 소재가 부가賦家의 손에 떨어졌다면 틀림없이 그와같이 질박하지 않았을 것이다. 본래 대구로 처리하기 쉬운 소재인데 시인이 대구로 처리하지 않았다는 이 한 가지만으로도 한대의 사람들이 시를 지음에 부의 영향을 크게 받지 않았다는 것을 알 수 있다. 《맥상상陌上桑》의 『청색실로 조롱의 끈을 만들었다 青絲爲籠系』라는 단락은, 비록 부의 펼쳐놓기에 가깝지만 사물을 일일이 따져서 본래 중첩되기 쉬운데, 만약 그것을 동시대의 사물을 일일이 묘사하는 부(예를들면 좌사의 《촉도부蜀都賦》의 〈孔雀群翔, 犀象竟馳〉 아래 문장)와 비교해 보면 공졸工拙의 분별이 뚜렷하게 드러난다. 위진의 부는 이미 한대의 부賦와는 멀어졌으나 시는 그래도 한인漢人의 풍골風骨을 약간 지니고 있다. 조식曹植의 《낙신부洛

神賦》와 《칠계七啓》는 얼마나 섬세하고 아름다운 문장인가. 그러나 그의 시는 그래도 여전히 한시漢詩의 웅혼질박雄渾質樸함을 어느 정도 지니고 있으며, 비록 그렇더라도 이러한 웅혼질박함은 이미 인위적인 것이며 모방하고 따져서 얻은 것이다. 조식은 어쨌든 부賦의 작가이며 시인으로 그의 시는 신시대를 예고하고 있으며, 그 조짐을 드러내고 있다. 예를들면 《정시情詩》[14]의 『처음 나갈 때 서리 얼더니 지금은 흰 이슬이 마르네 始出嚴霜結, 今來白露晞』는 엄연히 율구律句이며, 《공연시公宴詩》[15]에서는 4연을 계속 대구對句하고 있는데, 사령운謝靈運과 포조鮑照의 단서를 이미 열었고 『붉은 부용이 푸른 연못을 덮었다 朱華冒綠池』라는 것이 있다. 이것은 구의 각 글자마다 조탁한 흔적이 있다. 보잘 것 없는 한 글자가 때때로 시대의 정신을 보여주곤 하는데 육기陸機의 『서늘한 바람이 굽은 회랑 있는 방을 에워싸네 涼風繞曲房』[16]의 〈繞〉자, 장협張協의 『응결된 서리가 높고 큰 나무를 놀라고 두렵게 하는 듯 凝霜竦高木』[17]의 〈竦〉자, 사령운의 『흰 구름이 깊은 바위를 품고, 푸른 대나무가 맑은 샘물을 곱게 한다네 白雲抱幽石, 綠篠媚清泉』의 〈抱〉자와 〈媚〉자, 포조의 『나뭇잎 떨어지니 강에는 추위가 건너고, 기러기 돌아오니 바람은 가을을 보내네 木落江渡寒, 雁還風送秋』의 〈渡〉와 〈送〉과 같은 것은 모두 의식적으로 힘써 참신함을 구했으며, 한대漢代의 시에서는 결코 찾아볼 수 없는 것이다. 《목란사木蘭詞》의 시대는 이미 고증할 수 없으나 『찬바람에 야경 소리 전해 들리고 차가운 달빛은 갑옷을 비추네 朔氣傳金柝, 寒光照鐵衣』 『창가에서 구름 같은 머리 빗고, 거울 앞에 가서 장식을 붙였네 當窓理雲鬢, 對鏡貼花黃』와 같은 구를 보면 위진 이전의 작품은 아닌 것 같다. 사령운과 포조로부터 시작되어 시가 부의 작법을 이용하는 것이 점차 성해졌다. 율시의 제1보는 다만 의미의 대우를 구하는 것으로 사령운과 포조가 이 운동의 선구자들이다. (당시에는 비록 〈律〉이라는 명칭은 없었지만, 〈律〉의 사실은 있었다.) 한대의 부는 이미 대우를 중시하였으나 시는 여전히 대우를 중시하지 않았으며, 위진 이후에는 시도 대우의 길로 가게 되었을 뿐 아니라 대우를 집대성한 두 명의 대시인, 사령운과 포조는 모두 동시에 사부가詞賦家였다. 이러한 사실로 보면 시의 대우가 부의 대우에 기원하고 있다고 추측하는 것은 결코 견강부회한 일이아니다.

둘째, 성음聲音의 대우에 있어서도 부가 시보다 앞선다. 조비曹丕는 《전론典論》에서 이미 소리의 청탁을 구별하였고, 육기陸機는 《문부文賦》에서 이미『성음이 교대로 바뀐다 聲音迭代』는 설을 제창하였는데 모두 심약沈約의『앞에 뜬소리가 있으면 뒤에는 절절한 음향이 있다 前有浮聲, 則後有切響』는 설보다 한참 이전이다. 위진 이후의 사람들이 말하는 바 〈文〉은 〈筆〉과 서로 대對가 되는데 〈筆〉은 산문이며, 〈文〉은 오로지 운문을 지칭하는 것으로 사詞·부賦·시가詩歌를 포함한다. 그러나 육기의 시대에서 〈聲音迭代〉의 이론을 실행한 것은 다만 사부詞賦뿐이었으며, 시가는 각운을 제외하고는 평측의 대칭에 구속받지 않았다. 육기의 《문부文賦》, 포조의 《무성부蕪城賦》와 같은 작품은 모두 대체로 평측대칭의 성조聲調를 사용하였으며, 시에 있어서는 사령운과 포조 등이 비록 전편全篇에서 대우의 방법을 사용하였으나 음성에 대해서는 다만 구의 끝 한 글자의 평측을 고려하였지, 구 속에서 의식적으로 평측의 대칭을 구한 흔적은 없다. 영명永明시대의 시인들은 비록 구 속의 각 글자의 성률을 강구하였지만 결국 하나의 이론에 불과하였는데, 심약 자신도 시를 지었으나 팔병八病의 규칙을 범한 것이 매우 많았다. 구 속의 성음의 대우는 영명시대의 시인들로부터 그 단서를 열었으며 수당에 이르러서야 율시의 통례가 이루어졌다.

사부詞賦가 음과 뜻의 대칭을 강구하는 것이 시보다 이른 이유가 있다. 사부詞賦는 사물을 체험하여 상세히 말하는 데 그 뜻이 있으며, 본래 맑고 곱고 아름다운 것을 귀하게 여긴다. 시의 큰 뜻은 서정抒情과 질박고졸質樸古拙함에 있는데 한대 이후에 풍기가 되었다. 사부詞賦는 일반 시가에 비해 민간예술과 더 멀리 떨어져 있고 문인화文人化된 정도도 더 깊다. 그 작가들의 대부분은 문장을 직업으로 하는 문인들이며, 한위의 부는 이미 어느 정도 문인들이 재능을 뽐내는 의미가 있다. 양웅揚雄에게는 이미 〈조충소기雕蟲小技〉(시문을 짓는 일이 벌레를 새기는 작은 기예와 같이 수식과 화려함에 빠지는 것을 말함)라고 조롱하는 말이 주어져 있다. 음률과 대우對偶는 이러한 〈조충소기〉의 한 측면이다. 그러나 비록 〈소기小技〉라고 말하지만 그 재미는 충분하다. 그들이 쓰면 쓸수록 진보하고 재미가 있어서 뒤에 가서는 어떠한 곳에서라도 뽐내거나 희롱하고

자 하게 되니, 이는 마치 어린아이가 처음으로 한 마디 말을 할 수 있게 되어서 잠시도 입에서 떠나지 않거나, 새 장난감이 생겨서 잠시도 손에서 떼지 못하는 것과 같다. 그들이 사부 방면에서 음과 뜻의 대칭의 아름답고 묘함을 보았다면 그것들을 각종 체재에 미루어 적용하였을 것이다. 예술은 본래 어느 정도 유희성과 익살을 가지고 있다. 쉽게 하기 힘든 곳에서 정교함을 드러내는 것은 종종 유희성과 익살스런 취미에서 비롯된다. 사부와 시가의 음과 뜻의 대우는 표현하기 어려운 곳에서 정교함을 드러내는 의미가 있다. 육조사람들의 작품을 완전히 이해하려면 이 점을 소홀히 해서는 안 된다. 진송晉宋시대에는 이미 〈교련巧聯〉[18]이나 〈타원打諢〉[19]을 하는 오락적인 기예技藝가 있었는데, 『천하에는 습착치가, 온 세상에는 도안 스님의 명성이 자자하네 四海習鑿齒, 彌天釋道安』나 『태양 아래 순욱(號, 雲鶴)이며, 구름 사이에는 육운陸雲(字, 士龍)이라네 日下荀雲鶴, 雲間陸士龍』와 같은 연련이 당시에는 모두 좋은 글이라 하여 전파되었다. 진송晉宋의 문인들의 취미를 이로써 추측하기 어렵지 않으며 음률의 대우에 대한 연구도 자연히 중요한 일이 되었다.

셋째, 율시 방면도 부와 마찬가지로 의미의 대우가 성음의 대우보다 앞선다. 〈율시律詩〉라는 명사는 당나라 초에 이르러 출현했는데 일반적으로 학자들은 그것이 송지문宋之問과 심전기沈佺期 두 사람에 의해 제창되었다고 한다. 그러나 율시는 진송시기에 이미 하나의 사실로 이루어졌었다. 만약 의미의 대우만을 말한다면, 이미 위에서 말한 바와 같이 《시경詩經》과 《초사楚辭》 속에서도 매우 많은 예가 있으며, 한위시대의 시는 말할 필요도 없다. 그러나 한위 이전에는 대구對句가 시 한 편 속에서 다만 적은 부분을 차지할 뿐이며, 대우對偶도 공교工巧하게 되기를 구하지 않았고 대부분 자연스럽게 나왔다. 작가들은 또한 반드시 대우하는 데에 마음을 쓸 필요가 없었으며, 더욱이 대우를 하나의 정격定格으로 생각하지 않았다. 대우가 전편에서 공교한 시는 사령운의 시집[20]에서 비로소 자주 발견된다. 만약 그의 5언시를 통계해 본다면, 대구한 것이 대구하지 않은 것보다 많다는 것을 알 수 있을 것이다. 그의 《등지상루登池上樓》를 예로 들어보자.

숨어있는 이무기의 그윽한 자태 아름답고,

날으는 기러기 멀리 소리를 떨치네.

이무기는 하늘에 있으면서 구름 뜬 게 부끄럽고,

기러기는 강에 살면서 바다 깊은 것을 부끄러워하네.

덕을 베풀려 해도 지혜가 졸렬하고,

물러가 농사지으려 해도 힘이 부족한데,

녹을 좇아 먼 바닷가에 이르고,

병으로 누워 빈 숲만 바라보네.

침상에 누웠으니 시절의 변화에 어두워,

잠시 발을 걷어 바라볼 뿐.

귀를 기울이면 파도 소리 들리고,

눈을 들면 높고 험한 산.

초봄의 풍경에 바람이 바뀌고,

새로운 햇빛은 음지를 변하게 하네.

연못가에는 봄풀이 자라고,

정원의 버들나무에는 우는 새가 바뀌었구나.

많이들 오가는 모습에 빈가幽歌[21]가 슬프고,

풀들 무성하니 초사[22]가 느껴져 오네.

떨어져 사니 세월 길게 느끼기 쉽고,

무리를 떠나 있으니 안심되지 않네.

지조를 지키는 것 어이 옛날에만 있으리,

홀로 있어도 근심 없으니 지금에도 있음일세.

潛虯媚幽姿, 飛鴻響遠音.

薄霄愧雲浮, 栖川怍淵沈.

進德智所拙, 退耕力不任.

徇祿反窮海, 臥痾對空林.

衾枕昧節候, 褰開暫窺臨.

傾耳聆波瀾, 擧目眺嶇嶔.

初景革緖風, 新陽改故陰.

池塘生春草, 園柳變鳴禽.

祁祁傷豳歌, 萋萋感楚吟.

索居易永久, 離群難處心.

持操豈獨古, 無悶徵在今.

배율排律[23)]과 매우 흡사하나 엄격한 배율에 도달하지 않은 것은, 의미는 비록 대우가 되어 있으나 소리는 평측의 대우가 되지 않고 평성은 항상 평성을, 측성은 항상 측성을 대對하고 있기 때문이다. 이러한 체재는 사령운으로부터 발단된 후 당시에 매우 유행하였다. 포조鮑照·사조謝脁·왕융王融 등의 시집을 뒤져보면 대우對偶의 기풍이 흥성했음을 알 수 있다. 그러나 이런 대우는 모두 다만 의미상에 한정되어 있다. 전편에 의미가 대우되고 그 위에 다시 성음의 대우가 더해져서 엄연하게 율시가 된 작품은 양대梁代에 와서야 출현하였다. 이런 신운동의 공신 ── 좀 이상하지만 ── 은 사성팔병四聲八病을 제창한 심약沈約이 아니라 그와 동시대의 하손何遜이다. 하손의 시집 속에서 비로소 매우 정연된 5언율시가 나타나기 시작하였다. 그의 시를 살펴보자.

가을바람에 나뭇잎 떨어지고

소슬하니 관현의 소리 맑구나.

무덤을 바라보며 함께 대작하며 노래하고

장막을 향해 빈 성에서 춤을 추노라.

적막하여라. 처마 밑은 너르고,

하늘하늘 휘장은 가볍게 날리네.

음악이 끝나 서로 돌아보며 일어나니,

날은 저물고 소나무 측백나무 소리뿐.

秋風木葉落, 蕭瑟管絃清.

望陵歌對酒, 向帳舞空城.

寂寂檐宇曠, 飄飄帷幔清.

曲終相顧起, 日暮松柏聲.

《銅雀伎》[24)]

저녁 새는 이미 서쪽으로 건너가고,

저녁 노을 또한 반이나 스러졌네.

바람 소리 촘촘한 댓가지를 흔들고,

물그림자는 긴 다리를 출렁이게 하네.

나그네는 근심과 생각이 많으니,

치운 강가가 더욱 적막하구나.

그대들의 정, 낙양에서 더욱 깊어

나 생각노니 돌아가 풀 베고 물고기나 잡고저.

언제나 이 숙원과 맞아떨어져서

각각 다른 길에 자신의 뜻 펼쳐볼까.

夕鳥已西渡, 殘霞亦半消.

風聲動密竹, 水影漾長橋.

旅人多憂思, 寒江復寂寥.

爾情深鞏洛, 予念返漁樵.

何因宿歸願, 分路一揚鑣.

《夕望江橋示蕭諮議楊建康江主簿》[25]

　이렇게 뜻과 음이 모두 대칭되는 시는 심약沈約의 시집 속에서는 오히려 찾기가 쉽지 않다. 하손 이후 5언율시를 가장 왕성하게 지었던 사람으로 음갱陰鏗을 들고 있는데, 범운范雲·왕융王融·양원제梁元帝 등도 항상 5언율시를 썼다. 양대의 5언율시는 당대의 5언율시와 다른 점이 하나 있는데, 이것은 각운을 할 때 일정하지 않게 평성으로 압운한다는 것이다. 사령운·포조(의미의 대우對偶)와 하손·음갱(성음의 대우)은 율시의 4대 공신이다. 당대의 시인들이 율시를 강구함에는 그들로부터 받은 영향이 가장 크며, 그래서 두보杜甫는『사령운과 사조가 능히 잘하였음을 누가 알며, 더욱이 음갱과 하손이 어떻게 고심하며 마음을 썼는지를 누가 배울까 熟知二謝將能事, 頗學陰何苦用心』라고 한 것이다. 7언율시가 일어난 것은 비교적 늦은데 북주北周 유신庾信의 《오야제烏夜啼》가 가장 빠른 예이다. 당의 송지문과 심전기의 손에 이르러서야 하나의 격식을 갖추게 되었다. 당나라 사람이 말하는 율시는 절구絶句를 안에 포함하고 있는데, 그것은 절구가 비록 의미의 대우를 반드시 말하지 않더라도 항상 성음의 대우를 말하기 때문이다. (어떤 사람은 〈絶〉의 뜻이 〈截〉를 가리키며, 절구는 율시의 첫연과 둘째연 또는 마지막 연을 잘라서 취하는 것이라고 말한다.) 진陳과 수隋시대에 이미 매우 훌륭한 5언절구가 지어졌는데 그것은 다음과 같다.

산 속에는 무엇이 있나?
꼭대기에 흰 구름이 많지.
다만 스스로 즐길 수 있을 뿐,
감히 손에 쥐어 그대에게 건네줄 순 없다네.
山中何所有, 嶺上多白雲.
只可自怡悅, 不堪持贈君.
(陶弘景[26]《答詔》)

봄들어 겨우 일곱 날,
집 떠난 지 이미 두 해.
돌아갈 날짜가 기러기 떠난 후가 된다면,
꽃 앞에서 고향 생각나겠네.
入春才七日, 離家已二年.
人歸落雁後, 思發在花前.
(薛道衡[27]《人日思歸》)

모두 매우 뛰어나고 절묘하다. 이러한 작품은 당 시인들의 시집 속에서도 골라내기 쉽지 않다.

4. 율시의 대우對偶가 산문 발전에 끼친 영향

좀 이상하겠지만, 중국의 산문이 음과 뜻의 대우對偶에 주의한 것은 오히려 시보다 빨랐다.《맹자孟子》《순자荀子》《노자老子》등의 책 속에는 항상 전편全篇에 구를 수사학적으로 배열한 것이 있다. 이것은 대개 작가의 사상이 풍부하거나 동시에 다방면의 가능성을 고려하기 때문에, 문장의 구성이 자연히 대우가 되는데 이것은 사부詞賦의 경물묘사가 대우의 경향을 쉽게 띠게 되는 것과 동일한 이치이다. 한나라 사람의 저작들은 역사서를 제외하고는 대부분 변려문이 산문보다 많다. 이것은 한편으로는 주진周秦의 여러 학자들의 유풍遺風을 계승한 것이며, 또 한편으로는 어느 정도 사부의 영향을 받은 것이다. 좌구명左丘明의 《춘추전春秋傳》과 사마천司馬遷의 《사기史記》와 같은 역사서는 중국 산문이 대우對偶를 벗어나 직솔直率한 것으로 나아가는 최대의 원동력이 되었다. 이런 작가는 진한秦漢시대에서는 시대의 조류에 반대하는 사람들이었다. 역사서에 가장 시기가 빠르고 솔직하며 유창한 산문이 있다는 것도 일리가 있는데, 역사는 모름지기 사실을 서술하고, 사실을 서술하는 문장은 경쾌한 것을 중요시하며 딱딱하고 막힌 것을 가장 기피하지만, 대우체對偶體는 그 딱딱하고 막힌 데로 흐르기 쉽기 때문이다. 청조淸朝의 고문운동 작가들은 좌구명·사마천·반고를 가장 추앙하였는데, 이는 이러한 고전이 준 것이 가장 순수한 산문이었기 때문이다.

문장의 대우는 한나라의 부에서 규모가 크게 갖추어졌다. 위진 이후 한대의 산문이 본래 갖추고 있던 초기의 대우에 더욱 가세하였다. 육조의 산문이 사부의 영향을 받았다는 것은 아주 분명하다. 위진대의 사람들은 편지 속에서 이미 매우 정연된 변어騈語(짝말)를 썼다. 조비曹丕의 《여조가령오질서與朝歌令吳質書》와 조식曹植의 《여양덕조서與楊德祖書》를 예로 들어보자.

> 고상한 대화를 하며 마음을 즐겁게 하고
> 아쟁을 슬피 켜며 귀를 순하게 하며,
> 북쪽 들로 달리고,
> 남쪽의 여관에서 식사를 했었죠.
> 달달한 외를 맑은 샘물에 띄우고,
> 붉은 오얏을 찬물에 담그기도 했죠.
> 高談娛心, 哀箏順耳.

馳騁騁北場, 旅食南館.
浮甘瓜於清泉, 沈朱李於寒水.

옛날 중선 왕찬王粲은 한남에서 독보적 존재였고,

공장 진림陳琳은 하삭에서 명성을 드날렸으며,

위장 서간徐幹은 청토에 이름을 날렸고,

공간 유정劉楨은 바닷가 쪽에서 그 문장을 떨쳤었죠.

덕련 응창應瑒은 북위에서 흔적을 드러내었고,

그대는 서울에서 높임을 받았지요.

이때를 당해서 사람마다 신령스런 뱀의 구슬을 쥐고 있다고 스스로 말하였고,

집집마다 형산의 보옥을 갖고 있다고 스스로 말했습니다.

昔仲宣獨步於漢南, 孔璋鷹揚於河朔,

偉長擅名於青土, 公幹振藻於海隅,

德璉發跡於北魏, 足下高視於上京.

當此之時, 人人自謂握靈蛇之珠, 家家自謂抱荊山之玉.

우리들이 한 번 생각해 보자. 앞의 문과《상산채미上山采薇》[28]《서북유부운西北有浮雲》[29] 시는 동일한 작가이며, 뒤의 산문과《공후인箜篌引》《명도편名都篇》《증백마왕표贈白馬王彪》등의 시 또한 동일한 작가인데 시와 산문의 풍미風味의 차이가 얼마나 되는가! 산문 속에서 변문과 대우를 중시하는 이런 풍미가 양梁나라에 와서는 더욱 심해졌다.〈소詔〉와〈령令〉〈소疏〉와 〈표表〉등과 같은 응용문應用文(실용문)에서《문심조룡文心雕龍》등의 저술문著述文에 이르기까지 모두 변려문駢儷文을 일반적인 규범으로 하였다. 우리는 다만 당시의 문집이나 선본選本을 뒤져 볼 뿐이지만, 산문의 변려화──또는〈사부화詞賦化〉──가 어느 정도에 이르렀는지 알 수 있다.

위진 이후의 산문이 사부의 영향을 받아 뜻과 음의 대우를 중시했다는 것은 많은 사람들이 인정하는 바이지만, 위진 이후의 시가 사부의 영향을 받아 뜻과 음의 대우를 중시하였다고 말하는 것은 듣는 사람이 회의

적일지도 모른다. 그러나 사실은 거기에 있으니 강변強辯할 필요가 없다. 의미의 대우와 성음의 대우는 모두 사부에서 발원되었으며 뒤에 시와 산문의 두 방면으로 나누어졌다. 산문 방면의 대우의 지류는 당唐의 고문운동에 의해 차단되었고, 시 방면의 대우의 지류는 당唐의 율시운동(또는〈시첩시試帖詩〉운동, 시첩시는 율시를 기본으로 하는데 당대에서 비롯되었다)으로 인해 크게 흥성하였는데 본래의 사부의 정통적인 흐름인 호탕한 기세는 삭감되었다. 이러한 변천의 궤적은 매우 분명하여 세심하게 추적해 보면 그 연원을 일목요연하게 알 수 있을 것이다.

제12장

중국시는 왜 〈율律〉의 길로 가게 되었는가

—성률의 연구는 왜 제량시대 이후에 특별히 성행하였나?—

(下)

1. 율시의 음운音韻은 인도 범음梵音의 반절反切의 영향을 받았다

율시는 두 가지 큰 특징이 있는데 하나는 의미의 대우對偶이며, 또 하나는 성음聲音의 대우이다. 우리들이 앞에서 얻은 결론은 다음과 같다.

(1) 의미의 대우와 성음의 대우는 모두 잡다한 사물을 묘사하는 부賦에서 비롯되었다.

(2) 부의 변천 중에 의미의 대우는 비교적 일찍 일어났고, 성음의 대우는 의미의 대우로부터 발전해온 것인데, 이것은 대칭의 원칙이 의미 방면으로부터 성음의 방면으로 확대된 것임을 말한다.

(3) 시의 의미의 대우와 성음의 대우는 부의 영향을 받은 것이다. 〈율부律賦〉는 〈율시〉보다 이르고, 율시 방면에서도 성음의 대우는 의미의 대우보다 비교적 늦게 일어났다.

역사적으로 보면 운韻에 대한 연구는 성聲에 대한 연구보다 앞선 것 같다. 중국에서는 시가 있으면서부터 운이 있었다. 성에 대한 연구가 언제 일어났는지에 대해서는 정론이 없으나 일반인들은 그것이 제齊의 영명永明시대(5세기 말)에 비롯되었다고 생각한다.《남사南史·육궐전陸厥傳》에 다음과 같은 말이 있다.

영명 때에 문장이 성행하였다. 오흥吳興의 심약沈約·진군陳郡의 사조謝朓·낭야琅邪의 왕융王融은 기질의 유사함으로써 서로 도왔다. 여남汝南의 주옹周顒은 성운을 잘 알았다. 심약 등의 시문은 모두 궁상宮商, 즉 음률을 사용하고 평상거입 4성을 운용하였는데, 이로써 운을 제약하고 평두平頭·상미上尾·봉요蜂腰·학슬鶴膝[1] 등이 있게 되었다. 다섯 글자 중 음운은 모두 달랐으며 두 구 속에서 음률도 같지 않았고 증감할 수도 없었다. 세상에서 이를 부르기를 〈영명체〉라고 하였다.

(永明)時, 盛爲文章. 吳興沈約, 陳郡謝朓, 琅邪王融, 以氣類相推轂. 汝南周顒善識聲韻. 約等文皆用宮商, 將平上去入四聲, 以此制韻, 有平頭, 上尾, 蜂腰, 鶴膝. 五字之中, 音韻悉異, 兩句之內, 角徵不同, 不可增減. 世呼爲.

〈 永明體 〉

주옹이 일찍이《사성절운四聲切韻》을 지은 바 있고, 심약이《사성보四聲譜》를 지었는데 이 두 책은 성운관계 서적의 시조가 된다. 그러나 안타깝게도 지금은 전해지지 않고 있다. 일반인들이 성률이 영명 때에 일어났다고 생각하는 것은 대부분 이러한 역사적 사실에 근거한 것이다. 그러나 실제로 성聲을 나누어 구별한 것은 중국 언어만의 고유성으로 중국에 시가 있을 때부터 운이 있었고 또한 성이 있었다. 우리가 여기에서 토론하려고 하는 것은 『운이 성보다 앞섰는가 그렇지 않은가라는 문제가 아니라, 운에 대한 연구가 성에 대한 연구보다 앞섰는가 그렇지 않은가』라는 문제이다. 성에 대한 연구는 두 종류로 나눌 수 있는데, 하나는 각운脚韻의 성을 연구하는 것이며, 또 하나는 구 속의 각 글자의 성을 연구하는 것이다. 운의 성을 연구하는 것은 운을 연구하는 것과 마찬가지로 오래되었다. 《시경》과 한·위나라 사람들의 작품을 펼쳐보면, 평운平韻은 대부분 평운으로 압운하였고 측운仄韻은 대부분 측운으로 압운하였다. 예를들어 국풍의 첫번째 시인 관저關雎는 앞 두 장은 일률적으로 평성운을 사용하였고, 제3장은 일률적으로 입성운을, 제4장은 상성운을, 제5장은 거성운을 사용하였다. 이것이 옛사람들도 일찍이 각운자脚韻字에서 성聲을 논하였다는 증거이다. 구 속의 각 글자의 성음을 연구한 것은 제량시대에 일어난 것 같다. 제량 때에야 비로소 성률을 논하는 전문서적이 나왔고, 제량 때의 시인들도 작품 속에서 성음의 대우를 강구하였다.

성률의 연구는 왜 제량시대에 특별히 성행하였는가? 앞 편에서 설명한 부賦의 영향이 중요 요인의 하나이다. 부는 제량시대에 이르러서야 그 정련된 단계에 도달하였고, 의미의 대우 외에 성음의 대우도 강구하게 되었다. 시와 부는 그 기원이 같고, 성률의 퇴고推敲가 부에서 시로 전염되어 왔다는 것은 당연히 가능한 일이다. 이러한 변천은 점차 형성된 것으로, 제량 때 와서야 정점에 도달했다고 하더라도 그 맹아기는 한위시대에 이미 움트고 있었다. 이런 장시간의 발전 속에서 시와 부는 동시에 매우 큰 외래의 영향을 받게 되는데 이것이 불교경전의 번역과 범

불교가 언제 중국에 들어왔는지는 정론이 없다. 그러나 불경의 번역은 동한東漢 때 일어났으며《위서魏書·석노지釋老志》와《수서隋書·경적지經籍志》에 그 증거가 있다. 명제明帝가 채음蔡愔과 진경秦景을 인도에 사신으로 파견하여《사십이장경四十二章經》을 구해오고, 섭마등攝摩騰·입법란笠法蘭과 같은 인도 승려 몇 사람을 데리고 낙양으로 돌아와 백마사白馬寺를 세우고 불경을 번역하게 하였다. 이후 인도의 승려들이 끊임없이 중국에 들어와서 불경번역과 전도사업을 하였다. 수나라에 와서는 불경은 이미 2390부 이상 번역되어 나왔다. 이러한 대규모의 인도문화의 수입은 중국문화사상 가장 큰 대사업이었다. 그것의 철학·문학·예술 그리고 정치·풍속에 대한 영향은 역사가들의 상세한 연구를 기다려야 할 것으로, 이전의 서적들은 이 방면에 대해서 대부분 너무 소홀하였다. 우리는 지금 다만 자음字音의 연구만을 이야기하고 있다. 범음의 수입은 중국학자들이 자음을 연구하는 것을 촉진시킨 최대의 원동력이었다. 중국인들은 범문梵文을 아는 것으로부터 가장 먼저 병음문자拼音文字(즉 표음문자表音文字 또는 음절문자音節文字·음소문자音素文字)와 만나게 되었고, 하나의 자음은 원래 성모聲母(즉 子音)와 운모韻母(즉 母音)가 합해서 이루어진다는 것을 의식하게 되었다. 본래 두 글자의 음을 빨리 읽어 한 음으로 합성하는 것이 중국문자에 항상 발견되던 현상이었다.《이아爾雅》에는 이미『불률을 붓(筆)이라고 한다 不律謂之筆』라는 말이 있다. 그러나 한대의 유생들이『뜻과 음을 주석할 때는 다만 어떤 글자는 어떤 음과 같이 읽는다 某字讀若某音』는〈비황가차譬況假借〉[2]를 사용할 뿐이었지, 두 음을 합해서 하나의 음으로 하는 현상인 반절反切을 만들어 사용하지는 않았다.《안씨가훈顔氏家訓·음사편音辭篇》과 육덕명陸德明의《경전석문서록經典釋文序錄》에 의하면 반절은 위나라의 손염孫炎에서부터 시작되었다. 장태염章太炎의 설명에 의하면, 응소應邵가 주석한《한서漢書·지리지地理志》에는 이미『점음墊音은 도徒와 협浹의 반절이다』『동음潼音은 장長과 답畓의 반절이다』라는 예가 있는데, 이것은 반절이 동한東漢에서 비롯되었다는 것을 말한다. 어쨌든 반절은 한위 사이에 비로소 시작되었으며, 당시에는 여전히 신발명품이었기 때문에『고귀한 지방관들도 반절을 이해하지 못하

고 괴이하게 생각했다. 高貴鄕公不解反語, 以爲怪異』《顔氏家訓·音辭篇》
반절은 본래 표음이 아닌 문자에 표음의 방법을 응용한 것이다. 만약 음을 표시하는 이러한 병음문자摒音文字의 계시啓示를 받지 않았다면, 중국학자들은 본래 병음이 아닌 중국문자 속에서 병음의 이치를 발견하기는 어려웠을 것이다. 그래서 반절은 의심할 바 없이 범음梵音의 영향을 받은 것이다. 반절이 한위 사이에 일어난 것이 인도 승려들이 중국에 와서 불경번역활동이 크게 성행한 후라는 것도, 반절이 범음의 병음방식을 중국문자에 응용한 것임을 증명할 수 있다. 정초鄭樵가《통지通志》에서, 절운切韻의 학문이 서역에서 일어났다고 말한 것은 맞는 말이다. 진례陳澧는《절운고切韻考》에서 반절은 한대에 일어났으며 36자모字母는 당대唐代에 일어났다고 생각하면서 《통지》가 잘못되었음을 단정하였다. 그러나 실제로 반절의 36자모가 체계적인 조리가 있다고 할지라도 반절이 자모와 동시에 일어났다고 할 필요가 없다는 것을 그는 이해하지 못했다. 그는 반절이 곧 병음방식임을 이해하지 못했으나 중국인들은 병음의 이치가 범음의 입수로부터 일어나기 시작했음을 알고 있다.

반절은 범음이 중국 글자음의 연구에 영향을 끼친 최초의 실례이지만, 범음이 중국 글자음의 연구에 끼친 영향은 다만 반절에 한정되지는 않는다. 범음의 연구는 글자음을 연구하는 학자들에게 하나의 중대한 자극과 체계적인 방법을 제공하였다. 범음이 수입되고서부터, 중국학자들은 자음과 모음이 복합된 원칙을 의식하였고 대규모로 성음聲音상의 여러 가지 문제를 연구하였다. 동한東漢에서부터 수당隋唐에 이르기까지 글자음 연구의 상황은 우리들의 현재 상황과 매우 유사하였다. 청조淸朝의 수많은 소학가小學家들이 운韻의 음에 극히 주의를 하였으나 그들이 바친 수많은 연구의 결과는 오히려 현대 학자들이 대략 섭렵하여 얻은 바의 정밀하고 정확함에는 미치지 못하는데, 이는 그들에게는 없었으나 우리들에게는 서양어음학西洋語音學의 본보기가 있기 때문이다. 글자음에 대한 연구는 육조인六朝人들이 한나라 사람들보다 한 단계 더 나아갔는데, 이것은 한나라 사람들에게는 없었으나 한대 이후의 사람들에게는 범음이 있어서 비교의 자료로 활용할 수 있었기 때문이다. 제량시대의 음운연구의 전문서적은 모두 어느 정도 범음연구의 자극을 받아 이루어진 것이다. 예를들면 사성의 분별은 결코 심약沈約의 발명이 아니라 반절연구의 당연한 결과였다. 반절의 아랫글자(反切下字)는 두 가지의 효용이 있는데, 하나는 동운同韻(즉 같은 모음으로 소리를 거둔다)을 가리키며, 또 하나는 같은 음질音質(즉 함께 평성이거나 기타 성)을 지시한다. 예를들면 〈公, 古紅反〉에서 〈古〉는 〈公〉과 함께 〈見〉뉴紐에 있고 같은 자음字音으로 쓰이며, 〈紅〉은 〈公〉과 같은 모음으로 소리를 마칠 뿐만 아니라 이 모음에서도 반드시 함께 평성에 속한다. 사성의 분별은 중국 글자음에 본래부터 있던 것인데, 이러한 분별을 의식하고 조목조목 분석을 가한 것은 대개 반절에서 비롯되었으며, 이러한 분별을 시의 기교에 응용한 것은 진송晉宋에서 시작되어 제齊의 영명永明시대에서 극히 성하였다. 당시 범음 수입의 영향으로 인해서 음운을 연구하는 풍기가 성행하였는데, 영명시인들의 음률운동은 이런 풍기하에서 온양醞釀되어 이루어진 것이다.

2. 제량시대의 시는 문사文詞 자체에서 음악을 드러내기를 구하였다

중국시가 제량시대에 율律의 길로 가게 된 것은, 부부賦의 영향과 범음梵音의 영향 외에도 더욱 중요한 원인이 하나 있는데, 그것은 악부시樂府詩가 쇠망한 이후 시가 가사歌詞는 있으되 가조歌調가 없는(有詞而無調)시기로 전입轉入하였다는 것이다. 가사와 가조가 병립하여 나누어지기 이전에는 시의 음악은 가조상에 나타났는데, 가사가 이미 가조와 분리된 이후에는 시의 음악은 가사의 문자 자체에서 나타났다. 음률의 목적은 가사의 문자 자체에서 시의 음악을 드러내고자 하는 데에 있다.

영명永明의 율시운동이 일어난 후 숱한 반대의 목소리들을 야기시켰다. 종영鍾嶸은《시품詩品》에서『옛날에 말하던 시송詩頌이란 모두 악기의 반주가 있었기 때문에 궁상각치우 5음으로 조절하지 않으면 조화되지 않았다. ……지금은 이미 악기의 반주를 받지 않는데 어찌 성률에서 취하겠는가? 古曰詩頌, 皆被之金竹, 故非調五音無以諧會. ……今旣不被管絃, 亦何取于聲律耶?』라고 하였는데,《시품》중에는 본시 오류가 많은 바 이것도 그 일단一端이다. 고시古詩는 항상 의식적으로 5음을 조절한 것은 아니지만, 악기로 반주되었기 때문에 음이 악기의 음악에 나타난, 즉 문자에 반드시 나타날 필요는 없었다. 지금의 시는 성률을 취하며, 음악의 반주를 받지 않기 때문에 음은 악기의 음악에 나타나지 않은, 즉 문자에 반드시 드러나야 한다. 이런 이치를 이해하기 위해 각국의 시가의 음과 뜻이 이합離合하는 진화과정의 보편적인 예를 살펴보자. 음과 뜻의 관계로 말하면 시가의 진화역사는 네 시기로 나눌 수 있다.

(1) 음은 있고 뜻이 없는 시기(有音無義時期)

이것은 시의 가장 원시적인 시기이다. 시가가 음악과 춤과 기원을 같이하며 그 공통적인 생명은 리듬에 있다. 노래 소리가 음악과 춤의 리듬에 호응하는 것 외에 어떤 의미를 포함할 필요가 없다. 원시민가의 대부분이 이와같으며 현대의 아동이나 야만민족의 노래가 그 증거가 된다.

(2) 음이 뜻보다 중요한 시기(音重於義時期)

역사상에서 시의 음은 모두 뜻보다 앞서는데 음악의 성분은 원시적이며, 언어의 성분은 뒤에 부가된 것이다. 바꾸어 말하면, 시는 본래 곡조曲調는 있으나 가사歌詞가 없었는데 뒤에 가서야 가사를 곡조에 붙였으며 곡조에 붙인 가사는 본래 의미가 없다. 그러나 뒤에 가서 점차 그 의미가 있게 되었다. 가사의 효용은 원래 리듬에 응할 뿐이었는데, 후에 문화가 점차 진보되고 시가의 작가들이 점점 음악의 리듬과 인사人事·사물의 형태와의 관련성을 찾아내어 사물의 형태와 감정을 음악에 억지로 비교해서 가사로 하여금 리듬만 있게 할 뿐 아니라 의미도 있게 하였다. 비교적 진화된 민속가요의 대부분은 이 종류에 속한다. 이 시기에서 시가는 음악과 언어를 융합시키려 한다. 가사는 모두 노래할 수 있으며, 노래를 할 때 언어는 그의 고유한 리듬과 음조를 버리고 음악의 리듬과 음조에 끌려간다. 그래서 시의 음조와 가사의 두 성분 중에서 음조가 주요소가 되고 가사는 보조요소가 된다. 가사가 통속적인 것을 취하여 때때로 매우 거칠고 상스럽더라도 우연히 성정性情이 흘러넘치는 가작이 있을 수도 있다.

(3) 음과 뜻이 분화하는 시기(音義分化時期)

이것은 민간시가 진화하여 예술시로 되는 시기이다. 시가의 작가는 전민중으로부터 하나의 특수한 계급을 이룬 문인으로 변한다. 문인들이 시를 지을 때 최초에는 모두 민간시를 기본으로 하여 유행하고 있는 음조를 따라 사용하다가, 유행하고 있는 가사를 개조하고 문채文彩와 수사修辭의 완전무결함을 최대한 추구한다. 문인시는 처음에는 대부분 그래도 노래할 수 있었으나, 중점을 두는 부분이 이미 가조歌調, 즉 노래의 음조에서 가사로 바뀌어, 뒤에 가서는 오로지 가사만을 강구할 뿐 다시는 가조에 주의하지 않았다. 그래서 가조에 의해 가사를 채워넣던 시기는『가사만 있고 가조歌調는 없는 시기 有詞無調的時期』로 넘어간다. 이 시기에 이르면 시는 더이상 노래할 수 없게 된다.

(4) 음과 뜻의 합일 시기(音義合一時期)

가사와 가조歌調가 이미 분립分立되어 시에는 문자만 있지 음악은 더이상 있지 않는다. 그러나 시는 본래 음악에서 나왔기 때문에 어느 정도까지 변하거나를 막론하고 음악과 완전히 절연絶緣할 수는 없다. 문인시는 비록 노래할 수 없을지라도 그래도 읊조릴 수는 있어야 한다. 노래(歌)와 읊음(誦), 즉 낭송의 차이는 노래는 음악 또는 곡조曲調의 리듬과 음조에 따를 뿐 언어의 리듬과 음조를 따를 필요가 없고, 낭송은 언어의 리듬과 음조에 치중하여 언어의 리듬과 음조로 하여금 약간의 형식화된 음악적인 리듬과 음조를 지니게 한다는 데에 있다. 음악의 리듬과 음조(가조歌調에 나타나는)는 가사歌詞와 떨어져 독립될 수 있으나, 언어의 리듬과 음조는 가사의 문자 자체에서 드러나야 한다. 문인시는 이미 음악의 곡조를 떠난 것이지만 오히려 여전히 리듬과 음조가 요구되는데, 그래서 부득불 가사의 문자 자체에 음악적인 노력을 기울이지 않을 수 없는 것이다. 시의 성률 연구가 비록 여기에서 비롯되는 것은 아닐지라도(왜냐하면 가사와 가조가 나누어지지 않았을 때, 가사는 이미 가조에 끌려갈 필요가 있음을 면할 수 없었기 때문이다) 이로부터 비로소 성행되었다. 유럽의 각국에서는 시인들이 의식적으로 문자 자체에서 음악을 드러내었는데 그 기원은 비록 매우 오래되었지만 기교의 성숙은 19세기에 있었으니, 상징파가 주도한 〈순수시 운동〉은 문자의 성음聲音을 의미보다 더 중요시하였는데 이것이 시인이 문자 자체에서 음악을 구한 하나의 극단적인 예이다.

이 네 가지 시기는 각국의 시가가 진화되면서 공통적으로 거친 궤적이다. 중국시도 이 보편적인 공식 중의 한 실례가 될 것이다. 시의『음은 있으되 뜻이 없는』시기는 현행 소수의 동요 외에는 이미 증거로 할 만한 역사적인 흔적이 없는데, 이는 문자가 기재한 시는 모두 가사가 있는 시에 국한되기 때문이다. 문자로 기록된 시가 보이는 가장 이른 것은《시경》이다.《시경》속의 시들은 대부분 노래할 수 있고, 노래하면 반드시 곡조가 있으며 곡조와 가사가 비록 서로 합하여 조화되더라도 오히려 분리할 수 있는데, 현재의 가사와 악보와의 관계와 같다. 반고班固는《예문지藝文志》에서

　　상서에 이르기를『시는 뜻을 말하고 노래는 길게 말하는 것』이라고 하였다. 그래서 슬프거나 즐거운 마음이 느껴지면 노래하고 읊조리는 소리가 나온다. 그 말(言)을 읊조리는 것을 일러〈시〉라 하고, 그 소리(聲)를 길게 노래하는 것을〈노래〉(歌)라고 한다
　　《書》曰,『詩言志, 歌永言』故哀樂之心感而歌咏之聲發. 誦其言謂之〈詩〉, 咏其聲謂之〈歌〉

라고 하였는데, 소위〈言〉은 가사이며〈聲〉은 음악의 곡조이다. 현재《시경》에는 다만〈言〉만 있고〈聲〉은 없어서《시경》이 발생한 시대에〈言〉과〈聲〉의 관계가 도대체 어떠하였는지 단정하기 매우 어렵다. 만약 일반 민속가요를 제사나 향연의 시와 비교해 본다면, 우리는《시경》시기는 그래도 음이 뜻보다 중시된 시기였음을 추측할 수 있다. 그것의 최대효용은 노래를 반주하는 음악에 있었기 때문에 음악의 곡조를 떠난 가사란 애초부터 홀로 존재할 가능성은 없었던 것 같다. 공자가 산시刪詩한 것은 이미『선왕先王의 족적이 사라지고 시가 없어진 王迹息而詩亡』후였으며, 소위『시가 없어졌다 詩亡』는 것은 자연적으로『곡조가 없어졌다 調亡』는 것을 가리킬 뿐『가사가 없어졌다 詞亡』는 것을 가리키지 않는다.《사기史記》에는 비록『시 3백 편을 공자가 모두 현으로 연주하며 노래하였다 詩三百篇, 孔子皆絃歌之』라는 전설이 있으나,《논어論語》에 실려있는 공자가 시를 논하는 말로 보면 그는『시를 배우지 않으면 더불어 말할 수 없다 不學詩, 無以言』《季氏篇》라는 것에 치중하고 있다. 시를

읊되 능히『정치에 종사하고 從政』『사신으로서 단독으로 응대할 專對』[3] 수 있어야 하며, 시의 요지要旨는『생각함에 사특함이 없음 思無邪』[4]에 있고, 시를 배우는 효용은『부모를 모시고 事父』『임금을 모시며 事君』『풀과 나무와 새와 짐승들의 이름을 많이 알도록 多識於草木鳥獸之名』[5] 함에 있으니, 공자의 흥미는 이미 시의 가사에 편중되어 있으며 어느 정도 문인적인 기호嗜好를 지녔던 것 같다. 본래 그의 시대에는 시의 곡조가 이미 산실散失되었고, 그가 헤아리고 파악했던 것도 다만 가사뿐이었다. 이것은 《시경》이 공자시대에서는 이미 음이 뜻보다 중시되던 시기에서 음과 뜻이 분화된 시기로 전이轉移되었음을 말해 준다. 뒤의 제齊·노魯·한韓 삼가시학三家詩學은 모두 훈고해석에 편중되어 시의 곡조에 관심을 갖는 사람은 더욱 없어졌다.

시는 한대에 이르러 악부樂府로 되었다. 반고는 《한서漢書》에서 악부의 기원을 아래와 같이 기록하였다.

(무제가) 악부를 세워 시를 수집하고 밤에 읊었다. 이에 대代·조趙·진秦·초楚 지방의 민요가 있게 되었다. 이연년李延年을 협률도위協律都尉로 삼고 사마상여 등 수십 명을 천거하여 시부를 짓게 하고, 율려律呂를 따져 팔음八音의 곡조에 맞도록 하여 19장의 노래를 짓기도 하였다.

(武帝) 立樂府, 採詩夜誦, 於是有代趙秦楚之謳. 以李延年爲協律都尉, 多擧司馬相如等數十人造爲詩賦, 略論律呂以合八音之調, 作十九章之歌. 《禮樂志》

이때 상방上方이 하늘과 땅에 지내는 제사들을 일으키며 음악을 만들고자 하여 사마상여 등으로 하여금 시송詩頌을 짓도록 하였는데, 연년延年이 이 뜻을 받아 지은 시를 현絃으로 노래하여 새로운 소리의 곡조(新聲曲)를 만들었다.

是時上方興天地諸祠, 欲造樂, 令司馬相如等作詩頌, 延年輒承意絃歌所造詩, 爲之新聲曲. 《李延年傳》

이 말로 보면 〈악부〉는 원래 음악과 시가를 관장하던 일종의 관청이었다. 그의 직무는 세 가지로 각 지방의 민가를 수집하고(가사와 가조歌調를 함께 수집하였으며 가조를 곡절曲折이라고 불렀다) 새로운 가사를 제작하며 새로운 가조를 가사에 맞게 제작하는 것이었다. 뒷날 이 관청에서 수집한 것과 제작한 시가와 곡조를 통칭해서 〈악부〉라고 불렀다. 악부는 두 종류의 큰 재료를 갖고 있는데, 하나는 민간가요로서 곽무천郭茂倩의 《악부시집樂府詩集》 가운데 《고취곡사鼓吹曲辭》《횡취곡사橫吹曲詞》《상화가사相和歌辭》《청상곡사清商曲辭》《신곡가사新曲歌辭》 등과 같은 것이며, 또 하나는 문인이나 악사樂師들이 만든 것으로 공적을 노래하고 덕을 칭송하거나(歌功頌德) 신에게 고하며 복을 기원하는 작품들로써 《악부시집》 가운데의 《교묘가사郊廟歌辭》《연사가사燕射歌辭》 등과 같은 것이다. 이러한 두 종류의 재료는 《시경》 가운데의 〈풍風〉〈아雅〉〈송頌〉에 해당된다. 만일 공자가 수백 년 뒤에 태어났다면 소위 〈대·조·진·초 지방의 민요 代趙秦楚之謳〉는 자연히 〈대풍代風〉〈조풍趙風〉 등으로 들어갔을 것이며, 《안세방중가安世房中歌》《교사가郊祀歌》와 같은 작품들은 《한송漢頌》에 들어갔을 것이다.

악부는 초기에는 그래도 『음이 뜻보다 중시되는 시기』에 속했다. 곡조가 있는 것은 비록 모두 다 가사가 있지는 않을지라도 가사가 있는 것은 모두 반드시 곡조가 있었다. 이미 악부라는 관청이 있어서 그 일을 전담하였기 때문에 가사는 입으로만 전수되던 예전과는 달리 모두 책 속에 기록되어졌다. 기록되는 방법은 근대와 같이 가사 옆에 주를 붙이는 공척보工尺譜[6]와 같을지 모르겠다. 심약은 《송서宋書》에서 한漢의 《요가饒歌》[7]가 난해한 원인을 규명하여 말하기를 『악사樂師들은 소리로써 서로 전하기 때문에 그 뜻을 다시 해석할 수가 없다 樂人以聲音相傳, 訓詁不可復解』라고 하였고, 명明의 양신楊愼은 《악곡명해樂曲名解》에서 심약의 말을 빌어 주해하기를 『옛날의 음악을 기록할 때에 큰 글자는 가사이며 작은 글자는 소리인데 소리와 가사가 함께 쓰여졌기 때문에 흥취에 이를 수 있었다 凡古樂錄, 皆大字是詞, 細字是聲, 聲詞合寫, 故致然耳』라고 하였는데, 대개 옳은 말이다. 본래 성음聲音을 가장 중요시하였기 때문에 가사를 확실히 보존한다는 것에는 유의하지 않았다.

악부는 한위漢魏의 5언·7언고시古詩를 배태시킨 매개체이다. 고시가 이미 성립되자 악부는 〈음이 뜻보다 중시되던〉 시기에서 〈음과 뜻이 분화되는〉 시기로 전입轉入하였다. 악부가 고시로 변해간 최대의 원인은 관청 악부 안에서 악사樂士와 문인文人에 각각 전담직책이 있었다는 것이다. 곡조를 제작하는 사람은 가사를 제작하지 못하고, 가사를 제작하는 사람은 곡조를 제작하지 못하니, 곡조와 가사는 두 가지 일로 되어 피차가 분립될 가능성이 있었다. 후인들 중에 음악에 흥미가 기울어진 사람은 곡조를 취하면서 가사는 버리고, 문학에 흥미가 기울어진 사람은 가사를 취하고는 곡조를 버렸다. 악부가 처음 설립되었을 때는 악사가 본래 주체였고 문인은 다만 부속되었다. 이연년은 협률도위協律都尉였는데 모든 것은 그에 의해 통솔되었다. 악부에서 수집한 것은 대부분 가사와 곡조가 함께 갖추어진 것이다. 종묘제사의 음악이나 노래는 처음에는 《방중악房中樂》《문시무文始舞》(이는 모두 한나라 사람이 전 왕조의 음악의 곡조를 따라 사용한 것) 등의 음악을 이어서 이미 있던 음악의 곡조를 채용하였으나, 이미 있던 곡조가 새로운 시대에 적합하지 않게 되자 개조할 필요가 생겼다. 사마상여와 같은 문인들의 직무는 원래 대개 곡조의 악보에 의거해서 가사를 새롭게 하는 것이었다. 새로운 감정과 새로운 사실은 옛 곡조로는 다 전달할 수 없기 때문에 새로운 곡조가 필요하게 된다. 새로운 곡조를 악보화할 때 반드시 먼저 가사를 짓고 후에 곡조를 제작해야 했다. 《한서·이연년전》에서 말한 바『사마상여가 시송詩頌을 짓고 이연년이 이 뜻을 받아서 지은 시를 현絃으로 노래하여 〈새로운 소리의 곡조 新聲曲〉를 만들었다』고 하였는데, 악사가 이미 문인의 곡조가 바뀜을 들었으니 가사가 먼저 있고 음악이 뒤에 맞추었으며, 가사가 점차 주체로 변하고 음악의 곡조는 반대로 부속적인 위치로 하강하였음을 알 수 있다. 이러한 변동은 매우 중요한데 가사가 곡조를 떠나 독립하는 선성先聲이기 때문이다.

악부는 성공할 수 있었는가, 문인과 악사가 합작할 수 있었는가. 사마상여와 이연년과 같이 서로 돕고 보충하여 쌍방의 장점을 잘 드러내는 것은 쉬운 일이 아니다. 한의 악부제도는 애제哀帝 때 폐지되었으며 문인들은 악사와 합작하지 않더라도 여전히 시를 짓는 취미는 남아있어 음악의 곡조가 시가의 필수적인 반려라는 것을 아예 인정하지 않고 독립적으로 음악의 곡조를 사용하지 않는 시가를 지었다. 한대漢代와 위대魏代 사이의 수많은 시인들은 본래부터 악부에 얽매이지 않고 항상 악부시의 체제를 모방하고 악부시의 재료를 수집하였으며 심지어 악부시의 옛제 목으로 시를 지었는데, 이러한 시들이 악부의 정신과 차이가 많았더라도 그래도 〈악부〉라고 불렀다. 『청청하반초青青河畔草』는 본래 멀리 헤어 져 서로 그리워하는 것을 말하였는데 제목은 《음마장성굴飲馬長城窟》이 되었다. 그래서 당의 원진元稹도 『비록 옛제목을 사용했지만 옛뜻이 전 혀 없는 것이 있으니, 《출문행出門行》은 이별을 말하지 않았고 《장진주 將進酒》는 특별히 열녀를 쓴 것과 같은 것이 그것이다 其有雖用古題, 全 無古義者, 若 《出門行》 不言離別, 《將進酒》 特書烈女之類是也』[8]라고 하 였다. 이는 마치 상인이 옛집을 세내어 새 상점을 열고 다른 종류의 물품 을 파는데, 오히려 옛상점 주인의 간판을 빌어서 손님을 끌며 장사하는 것과 같다. 한위인漢魏人들에게 이러한 일이 있는 것은, 음악의 곡조를 버리고 시를 짓는 신운동이 아직 완전히 성공하지 않았기 때문이다. 일 반 사람들은 아직도 시는 반드시 음악의 곡조가 있어야 한다고 생각하여 본래는 독립적으로 지어졌던 시가에 하나의 곡조의 명칭을 붙였다. 한위 이후에 신운동은 완전히 성공하여 시가는 음악의 곡조를 완전히 벗어버 리고 독립하였다. 시가 곡조를 벗어나 독립한 시기는 문인시가 정식으로 성립된 시기이다. 총괄적으로 말해서 악부가 고풍古風, 즉 고시古詩로 바뀌어 변한 것은 3단계를 거쳤다. 첫째는 『곡조로부터 가사를 정하는 것 由調定詞』이고, 둘째는 『가사로부터 곡조를 정하는 것 由詞定調』[9] 셋 째는 『가사는 있지만 곡조는 없는 것 有詞無調』이다. 이 3단계는 뒤에 가 서 사詞와 희곡戱曲의 두 방면에서도 복잡하게 변천한다.

  시가 이미 음악의 곡조를 떠났다면 더이상 노래할 수 없는데, 시의 문 자 자체로 하여금 약간의 음악성을 드러내게 할 새로운 방법이 없다면 시가 되기에 실패할 것이다. 음악은 시의 생명인데 예전에 외재적外在的 곡조인 음악을 이미 버렸기 때문에 시인들은 부득불 문자 자체에서 음악 적인 노력을 하지 않을 수 없으니 이것이 성률운동의 중요 요인 중의 하 나이다. 제량齊梁시대는 곡조를 떠나 가사를 짓는 운동에 가장 적당한 성공시기였기 때문에 당시 성률운동은 가장 성행하였다. 제량시기는 위에서 말한 음과 뜻의 이합離合역사에서 네번째 시기로서 시가 외재적인 음악을 떠나 문자 자체의 음악을 중시하는 시기였다.

이제 전장과 본장의 말을 총결하여 『중국시는 왜 율의 길로 나아갔는가』라는 문제에 대해 간단하게 요약해서 답해 보자.

(1) 성음聲音의 대우는 의미의 대우에서 일어났으며, 이 두 특징은 우선 부에서 드러나고 율시는 부의 영향을 받았다.

(2) 동한東漢 이후 불경의 번역과 범음梵音의 연구로 인해서 음운의 연구는 매우 발달하였다. 이것은 시의 성률운동에 대해서 하나의 강렬한 자극제가 되었다.

(3) 제량齊梁시대에 악부시가 문인시로 넘어가는 최후의 단계에 이르렀다. 시는 가사가 있으되 곡조가 없는 것으로 외재적인 음악은 소실되고 문자 자체의 음악이 일어나 그것을 대체하였다. 영명永明의 성률운동은 이러한 진화의 자연적인 결과였다.

부록Ⅱ. 시의 음률의 변호를 대신하여——호적의《백화문학사白話 文學史》를 읽은 후의 의견

역사를 기록하려면 취사선택을 하지 않을 수 없는데, 호적 선생의《백화문학사》는 그의《사선詞選》과 같이 우리를 놀라게 하는 바라면 선택하여 취한 것에 있지 않고 재단裁斷한 것에 있다. 우리는 그가 왕범지王梵志와 한산자寒山子를 하나의 장章으로 다루었다는 데에 놀라지는 않으나 수많은 중요한 시인, 즉 진자앙陳子昂·이기李頎·이하李賀와 같은 시인들을 언급하지 않았다는 사실이 의아스럽다. 우리는 그가 책 전체의 5분지 1을《불교의 번역문자 佛敎的翻譯文字》에 할애한 것에는 놀라지 않으나, 운문韻文을 설명하면서 한위육조의 부賦《북산이문北山移文》《탕부추사부蕩婦秋思賦》《한정부閑情賦》《귀거래사歸去來辭》등의 작품을 죽은 문학으로 열거하는 사실에 놀란다. 우리는 24페이지에 걸쳐《공작동남비孔雀東南飛》를 고증한 것에는 놀라지 않으나 다만 몇 마디로《고시십구수古詩十九首》를 결론짓고 중국시가의 기원인《시경》에 대해 한 마디도 하지 않은 것에 놀란다. 그러나 만약 우리가 그에 근본원칙을 인정하고 그의 관점을 취한다면, 그의 이 책은 중국문학사에 가치있는 공헌을 한 셈이 될 것이다. 그는 민간문학이 문인의 시사詩詞에 끼친 영향의 흔적을 착색된 붓으로 그려내었다. 많은 사람들이 이 책에 불만이 있더라도 이 하나의 특색은 이 책을 수십 년 동안 살아있게 하였다. 그러나 우리들이 볼 때 그의 근본원칙은 잘못된 것이다. 그의 근본원칙은 무엇인가? 한 마디로 말해서『시 쓰는 것을 말하듯이 한다 做詩如說話』는 것이다. 이 구호는《백화문학사》의 출발점일 뿐 아니라 근래 신시운동新詩運動의 출발점이기도 하다. 《백화문학사》는 백화시운동白話詩運動의 하나의 중요한 사건에 불과하다. 이 사건에 대해서 말한다면, 시를 쓰는 것은 말하는 것과 다르다. 이 문장에서 나는 이 이유를 설명할 것이니 호적 선생과 시에 관련된 일반학자들에게 가르침을 받고자 한다.

저자부기著者附記

본래부터 시를 논하는 사람들은 〈시詩〉라는 글자의 의미에 대해서 매우 모호하게 사용하여 어떤 사람은 너무 넓게 보고 어떤 사람은 너무 좁게 보았다. 가장 넓은 의미로 말하면, 언어 자체가 곧 시라는 것이니 언어는 감정과 사상의 표현이며, 살아있는 언어는 모두 창조적이며 기교를 갖추고 있기 때문이다. 그래서 우리는 모든 예술적 표현을 〈언어〉로 볼수 있으며 시는 모든 예술이 함께 공유하는 특질이다. 그러므로 우리는『그림 속에 시가 있다』고 말하고 바그너의 음악은 매우 농후한 시적 이미지(詩意)를 가지고 있다고 말하며, 심지어 한 개인 또는 한 동작이 시적 풍미風味를 지니고 있다고 말하는 것이다. 이탈리아 학자인 크로체는 모든 예술은 직각直覺의 서정적인 표현이며 언어도 그 중의 한 종류라고 생각하였다. 그는 언어학과 미학을 하나로 보았다. 이것이 〈시詩〉라는 글자를 가장 넓게 사용한 예이다.

그 다음으로 넓은 의미로 말하면, 순문학은 모두 시라는 것이다. 플라톤의《대화집》《신약新約》《구약舊約》또는 유종원柳宗元의《산수잡기山

문이다. 영국의 시인 셸리는『시와 산문의 구분은 비속한 구분이다』라고
말하였고, 크로체는《19세기 유럽문학논문집》에서『〈시와 비시非詩〉의
구분으로 〈시와 산문〉의 구분을 대체할 것』을 주장하였다. 이것이 〈시〉
라는 글자를 그 다음으로 넓게 사용한 예이다.

이 두 가지 의미는 형식을 홀시하고 실질적인 내용에 편중되어 이론상
으로는 비난할 수는 없으나 실제적으로 응용할 때 많은 불편함이 있게
되는데, 이는 마치 장씨張氏나 이씨李氏를 〈장씨〉〈이씨〉로 부르려 하지
않고 단지 〈사람〉으로 부르려고 하는 것과 같아서 너무 뒤섞여 있고 너
무 포괄적이며 불확실하다. 〈시〉라는 글자의 가장 좁은 의미는 오직 형
식상으로 시와 산문을 구별하여 시의 형식을 갖춘 모든 문자를 통상 시
로 간주한다. 시골 서당의 훈장이 낡은 전고典故와 케케묵은 문구를 쌓
아놓고, 익살스런 사람이 옆집의 처녀를 희롱하여 7언4구를 써놓고 자기
도 시를 썼다고 말한다. 〈시〉라는 글자의 이러한 사용법은 가장 불합리
하다. 만약 여기에 의한다면 이백·두보의 시집은《삼자경三字經》《백가
성白家姓》《7언잡자七言雜字》나 한방의 맥결脈訣 같은 것과 동일한 수
준이 된다.

이 문장에서 나는 〈시〉라는 글자의 가장 상용하는 의미를 사용하되,
그것이 오로지 음률을 갖추고 있는 순문학을 가리키며 형식과 내용 쌍방
에서 시詩인 문학작품을 지칭하기를 제의한다. 이 의미가 확정되면, 우
리는 이제 왜 순문학 속에 음률이나 시의 형식을 사용해야 하는 부분이
있는지, 또 이러한 순문학작품이 어떻게 산문과 달라야 하는지를 연구하
고자 한다.

먼저 나의 미학적 입장을 표명하자면, 시인의 본령本領은 보고 말하는
데에 있다. 일반인들은 본 것을 〈실질〉이라 부르고, 말하는 것은 〈형식〉
이라 부른다. 실질이란 언어가 표현한 감정과 사상이며, 형식이란 감정
과 사상이 나타나는 언어로써 실질이 앞이고 형식이 뒤이며, 감정과 의
사가 원인이면 언어는 결과인데 그들은 우선 감정과 의사가 있고 난 후
에 언어를 사용해서 그것을 표현해낸다고 생각한다. 이것은 동서고금에
널리 퍼져 있는 큰 오류이다. 시에 관한 수많은 무의미한 논쟁은 모두 여

기에서 비롯되었다. 우리는 먼저 이 오류를 바로잡아야겠다.

시에는 음과 뜻이 있는데 그것은 언어와 음악이 합해져서 만들어진 것이다. 시의 성질을 명백하게 하기 위해서 우선 언어의 성질과 음악의 성질을 명백히 해야 한다. 언어는 무엇인가? 일반적으로 언어학자들은 말하기를 『언어는 사상과 감정을 표현하는 것』이라 하는데, 이 정의를 자세하게 분석해 보면 전혀 의미가 없다. 그것의 잘못은 〈표현〉이라는 말에 있다. 〈표현〉은 타동사로서 그것이 가리키는 동작은 반드시 주동자主動者와 피동자被動者가 있어야 한다. 예를들어 『고양이는 쥐를 잡는다』에서 고양이는 주동자이고 쥐는 피동자이며, 『잡는다』는 것은 동작을 표시한다. 『언어는 사상과 감정을 표현한다』라고 말할 때 언어와 사상·감정의 관계는 『고양이가 쥐를 잡는다』라고 말할 때의 고양이와 쥐의 관계와 같은가? 언어는 속에 있는 것을 표(表)면에 뒤집어내어(現) 사람들이 볼 수 있게 할 수 있는가? 고양이는 쥐를 떠나서도 홀로 설 수 있는데 언어는 오히려 사상과 감정을 떠나서는 독립할 수 없다. 무엇을 사상이라고 하는가? 그것은 마음이 사물에 느낌을 받았을 때의 목과 혀 기타 언어기관의 활동이다. (이것은 행동심리학의 주장으로 내가 이전에 반대했었는데, 최근 그것이 크로체의 〈직각즉표현直覺卽表現〉설說과 은근히 부합되는 것이 있음을 발견하고 이 문제에 대해 다시 생각을 거듭한 바 이것이 확실하다는 것을 느꼈다.) 무엇을 감정이라고 하는가? 그것은 마음이 사물에 의해 느낌을 받았을 때의 각종 기관(근육과 혈맥 등) 변화의 총칭이다. 옛날의 심리학자는 『웃음은 기쁨으로부터, 울음은 슬픔으로부터 비롯된다』라고 말하였는데, 제임스는 그에 반대하여 『기쁨은 웃음으로부터, 슬픔은 울음으로부터 비롯된다』라고 말했다. 실로 이 두 설은 모두 정확하지 않으며 우리는 마땅히 『웃음은 기쁨이요, 울음은 슬픔이다』라고 말해야 한다. 이것은 정감과 그의 표현은 원래 두 가지로 분리할 수 있는 것이 아니라는 것을 말한다. 언어는 감정이 기관에 발생시키는 변화의 일종으로 목과 혀, 기타 언어기관의 변화이다. 이렇게 볼 때 언어와 사상·감정의 관계는 매우 밀접하다. 그러나 이러한 관계는 첫째 인과의 관계가 아니며, 둘째 공간상의 안과 밖의 관계도 아니며, 셋째 시간상의 선후의 관계도 아니다. 그래서 『정감은 앞에 언어는 뒤에 있고 사상과 감정은 실질

(내용)이요 언어는 형식』이라는 견해는 근본적으로 잘못된 견해이다. 각종 예술에서 사상·감정과 언어·실질과 형식은 모두 동일한 순간에 무르익어서 이루어진다. 세상에 사상과 감정이 없는 언어는 없고, 또 언어가 없는 사상·감정이란 있을 수 없다. 『말로써 뜻을 전달한다 以言達意』는 말은 정확하지 않은 말이다.

언어와 사상·감정의 진정한 관계가 이와같은데 어찌해서 『사상·감정은 앞에 언어는 뒤에 있으며, 사상·감정은 속에 언어는 겉에 있고, 사상·감정은 원인이며 언어는 결과』라고 대다수 사람들이 잘못 인식하게 되었는가? 언어는 사상과 감정이 발동할 때의 수많은 기관의 변화 가운데 하나이다. 그러나 그것은 다른 기관변화와 조금도 같지 않다. 기타 기관변화는 시간과 장소에 따라 동시에 소멸되는데 언어는 문자를 빌어서 흔적을 남길 수 있다. 사상·감정이 지나가면 언어의 소리도 소멸되고 흩어지나 문자는 홀로 존재할 수 있다. 일반인들은 형태와 소리를 대치시킬 수 있는 부호를 문자라고 부르는데 실은 문자에도 살아있고 죽은 차이가 있다. 문자의 생명은 사상과 감정이다. 통상 자전字典 가운데 산재해 있는 낱글자들은, 모두 특수하고 구체적인 상황 속에 수반되는 사상과 감정을 잃어버려 피와 살이 없는 마른 뼈가 되었는데 이것이 죽은 문자(死文字)이다. 각 개인의 특수하고 구체적인 상황에서 하는 말이나 쓰는 시는 사상과 감정이 그 속에 충만하니 이것이 살아있는 문자(活文字)이다. 살아있는 문자는 살아있는 언어를 떠날 수 없고 자기에게 절실한 사상·감정을 떠날 수 없으나, 죽은 문자는 살아있는 언어에서 잘라낸 불완전한 지체肢體와 같은데 자전 속의 낱글자가 그것이다. 연蓮자를 예로 들어보자. 만약 당신의 애인을 〈연〉이라 한다면, 당신이 〈연〉이라고 부를 때 수반되는 사상과 감정은 자전 가운데의 〈연〉자 아래에서 찾을 수 없다. 〈연〉자는 당신의 입에서는 살아있는 문자이지만 자전 속에서는 죽은 문자이다. 일반인들은 문자에 살아있고 죽은 두 종류가 있다는 것을 모르고, 문자라면 곧 자전 속의 낱글자로 생각하여 죽은 문자를 모든 문자로 오인誤認한다. 그들은 살아있는 사람이 하는 말이나 지은 시가 있기 이전에, 세상에 먼저 하나의 자전이 있었다고 생각한다. 이 자전 속의 글자가 그들이 말하는 문자이며, 그들이 말하는 언어이다. 그들은 사람들이 말하거나 시를 쓸 때 마치 처녀들이 반짇고리에서 붉은색 실과 흰색 실을 가려내어 꽃을 수놓는 것과 같이 자전 속에서 글자를 찾아내어 배합한다고 생각한다. 이렇게 해서 언어와 사상·감정은 두 개의 분리된 것으로 변하여 수시로 끌어들여 합칠 수 있고 마음대로 갈라놓을 수 있어서, 세상에는 먼저 독립된 사상·감정이 있은 연후에 독립된 언어로 표현할 수 있다고 한다. 우리가 만약 조금 더 사색해 보면 이런 오류는 분명하고 쉽게 드러난다.

이런 말은 제목과 동떨어진 듯하지만 실은 이 글의 출발점이다. 사상·감정과 언어를 분리시킬 수 없고 실질과 형식을 분리시킬 수 없다는 것을 이해하면, 그들 사이에 선후先後·표리表裏·인과因果 등의 관계는 결코 있을 수 없다. 이런 연후에야 시에는 음률이 있어야 하며 산문과 다른 이치가 있어야 한다는 것을 한 걸음 더 나아가 토론할 수 있다.

시와 산문의 구별은 형식에만 있는 것이 아니며 또 실질에만 있는 것도 아니고, 형식과 실질 두 방면에서 동시에 드러난다. 형식면을 고찰해 보면 산문의 리듬은 솔직하고 규율이 없으며, 시의 리듬은 올라갔다 내려갔다 하는 왕복규율이 있다. 실질면을 살펴보면 산문은 일을 서술하고 이치를 설명하는 데 적합하며, 시는 성정性情을 노래하고 읊으며 흥취興趣를 드러내는 데 적합하다. 시와 산문의 구별을 명백히 하려면, 반드시 먼저 정취情趣와 사리事理의 구별을 이해해야 한다. 사리는 단도직입적이며 앞으로 나아가되 여운이 없고, 정취는 왔다갔다 왕복하며 구성짐이 끝이 없는 것이다. 단도직입적인 사리는 서술적인 어투를 사용해야 하고 구성져 끝이 없는 정취는 경탄적인 어투를 사용하는 것이 적합하다. 서술어 속에서 사리事理는 언사言辭에 다 드러나고, 경탄어 속에서 언어는 다만 정감이 축약된 글자일 뿐 정감이 글에 넘친다. 그래서 독자는 상상에 의하여 현絃 밖의 소리(絃外之聲)를 들을 수 있다. 이것이 시와 산문의 근본적인 차이이다.

이런 이치는 하나의 가벼운 예로 설명할 수 있다. 젊은 미인을 보았다고 하자. 만약 이런 경험을 하나의 일(事)로써 서술한다면, 당신은『나는 한 명의 젊은 미인을 보았다』고 말할 것이다. 말을 이미 하자마자 일을 다 서술하였다. 또 만약 그것을 이치(理)로써 설명한다면, 당신은『그녀는 나이가 젊다. 그래서 아름답다』라고 말한 것이며, 이는 이미 말을 하자마자 이치를 설명한 예가 된다. 다시 무슨 말을 덧붙일 필요가 없이 사람들은 당신의 뜻을 완전히 이해할 수 있으며 당신이 말한 언어 이외의 다른 의미를 얻을 수 없을 것이다. 그러나 만약 당신이 그녀를 한번 보자마자 그녀를 사랑하게 되고 감정이 움직였다면 당신은 다만『나는 그녀를 만났다』『그녀는 젊어서 아름답다』라든가, 또 심지어『나는 그녀를 사랑한다』라고 말하더라도 일이나 마음을 다 처리했다고 할 수는 없다. 왜냐하면『나는 그녀를 사랑한다』는 말은 나머지 두 말과 마찬가지로 하나의 일을 서술한 것이지 감정을 읊은 것이 아니기 때문이다. 만약 당신이 진실로 그녀를 사랑한다면 당신은 이 순간에 그녀를 기억할 것이고 한순간이 지나도 그녀를 기억할 것이다. 당신은 생각하고 또 생각하며 그리워하다가 일종의 특수한 어투를 사용하고서야 마음에 사무쳐 끝이 없는 이러한 느낌을 전할 수 있을 것이다. 《좌전左傳》환공桓公 2년에『송나라의 화부독華父督이 공부孔父의 처를 길에서 보고 눈으로 멀리 전송하며 말하기를 「아름답고도 자태가 산뜻하도다」宋華父督見孔父之妻于路, 目逆而送之曰「美而艷」』라고 기록되어 있는데, 이 몇 자 되지않는 글자로 화부독이 타인의 처에 침 흘리고 있는 모습을 잘 그려내었다. 산문 중에서는 절묘한 필치라고 할 수 있으나 어쨌든 시라고 말할 수 없는데, 이는 전문장의 어투가 서술적이지 경탄적이지 않기 때문이다. 《시경・정풍鄭風》시를 한 번 보자.

　동문 밖에 나서보니,
　각시들 떼를 지어 구름 같구나.
　각시들 떼지어 구름 같다 하지만,
　내 마음 그곳에 있지도 않네.
　흰 저고리 쑥색 두건의 내 님,
　나를 즐겁게 해주길 바랄 뿐.
　出其東門, 有女如雲.
　雖則如雲, 匪我思存!

縞衣綦巾, 聊樂我員.

작은 성문 나서보니,
각시들 떼지어 띠꽃 핀 듯하네.
띠꽃같이 모여있다 하지만,
내 마음 그곳에 두지 않네.
흰 저고리 붉은 수건의 내 님,
나와 함께 즐겁길 바라네.
出其闉闍, 有女如荼.
雖則如荼, 匪我思且!
縞衣茹蘆, 聊可與娛.
《出其東門》

이 시가 씌어지게 된 사건은 《좌전》에 기록된 화부독의 이야기와 매우
유사하나, 이것은 시이다. 그 어투가 경탄적이며 그 음절은 올라갔다 내
려갔다 맴돌고 왕복하면서, 하나의 일을 서술한 것이 아니라 감정을 드
러내었기 때문이다.

서술어에서 작자는 자기의 절실한 감정을 노출시키지 않을 수 있을 뿐
아니라 심지어 거짓말을 할 수도 있다. 예를들어 가령 당신이 어느 한 여
자를 사랑하지 않는다고 하더라도『나는 당신을 사랑한다』라고 말할 수
있으며, 다른 사람은 단순하게 이 문자상으로부터 당신의 감정의 진위眞
僞와 심천深淺을 알아차릴 수 없다. 경탄어에서는 감정이 글에 나타나서
다른 사람도 문자상으로부터 당신의 감정의 정도를 어느 정도 살펴서 측
량할 수 있다. 위에 예로든 《출기동문出其東門》의 작자는 우리들의 시대
와 비록 매우 멀고, 그 역사를 알 수 없지만, 그는 구름같이 띠꽃같이 많
은 여자들에 대해서 깊고 진지한 감정이 없는데, 이는 그가 다만 그녀들
과 즐기고자 하는 희망만을 표시하여 음절 방면에서도 구성지고 애절한
기색이 보이지 않기 때문이다. 《시경·주남周南》 가운데 실린 시를 그와
비교해 보자.

도꼬마리 뜯고 뜯어도,
바구니에 차질 않네.
아아, 그님 생각에
바구니를 길가에 놓고 말았네.

험한 산을 올라가니
내 말이 헐떡이네.
황금 술통에 술을 따라서,
이로써 오래 생각지 않도록 할꺼나.

높은 언덕 오르려니
내 말이 허덕이네.
술잔에 술을 따르니
내 맘의 쓰라림을 달래나 볼까.

바위산 오르려니
내 말은 병들고,
내 종은 늘어지네.
아아, 어찌할꺼나.

采采卷耳, 不盈頃筐.
嗟我懷人, 寘彼周行.

陟彼崔嵬, 我馬虺隤.
我姑酌彼金罍, 維以不永懷.

陟彼高岡, 我馬玄黃.
我姑酌彼兕觥, 維以不永傷.

陟彼砠矣, 我馬瘏矣.

我僕痛矣, 云何吁矣.

《卷耳》

이 시도 애정을 묘사한 것으로 우리 작자의 신세를 알 길이 없으나, 다만 그녀의 감정이 《출기동문》의 작자보다 백 배나 진지하다는 것을 알 수 있다. 그녀의 피로함은 갈수록 더해지는 것 같고, 그녀의 소리도 갈수록 처절해지는 것 같아서, 마지막 장에서는 그녀의 힘이 다하고 목이 쉰 정황이 더욱 생생하게 드러난다. 이것이 진실한 감정이 흘러나온 문장이다.

그렇다면 시는 절대로 일을 서술하거나 이치를 설명할 수 없는가? 시에도 설리說理적인 것이 있으나, 시에서의 이치는 붉게 달아오른 정감과 찬란한 이미지 속에서 융화되어, 추상적이고 감정이 아직 포화되지 않은 이치는 결코 말하지 않는다. 또 시에도 서사敍事적인 것이 있으나, 시에서의 일(事)이란 감정의 확대경을 거친 것으로, 완전히 객관적이고 건조한 일은 결코 서술하지 않는다. 〈철학시〉나 〈서사시〉는 표면상으로 비록 설리·서사인 듯하지만 실제로는 모두 서정抒情이다. 대개 〈철학시〉로 호칭되는 작품을 만약 당신이 철학적 관점으로 본다면, 그 〈이치〉는 종종 매우 평범하거나 심지어는 황당하기까지 하다. 그러나 그들 속의 최상의 것은 여전히 〈시詩〉임을 잃지 않으니, 이것은 필경에는 작가의 감정의 이치를 이겼기 때문이다. 이러한 도리는 영국의 17세기의 〈철학파시〉와 프랑스 19세기 뷔니 A. de Vigny의 작품을 조금 관심을 기울여 읽어보면 알 수 있다. 《목란사木蘭辭》 《공작동남비孔雀東南飛》 《장한가長恨歌》 등등과 같은 서사시의 작가들은, 대부분 호탕한 감정과 강개慷慨한 기백의 찬송자가 아니면 탄식하는 사람들로 그들 대부분이 여전히 〈경탄적인 어투〉를 사용하고 있다. 엄격히 말해서 일체의 예술은 모두 주관적이고 서정적이다.

시의 생명은 그 정취에 있다. 만약 정취가 없다면, 비록 매우 높고 깊은 사상과 폭넓은 학문이 있다고 하더라도 결코 좋은 시를 써낼 수 없을 것이며, 잘해도 고인古人의 이름이나 이치를 되씹거나 책상자를 뒤집을 뿐이다. 엄우嚴羽는 그의 시화詩話에서 매우 깊고 예리한 말을 하였다.

시에는 별다른 재료가 있으니 책과도 관련이 없고, 시에는 별다른 정취가 있으니 이치와도 관련이 없다. 그러나 책을 많이 읽지 않고 궁리를 많이 하지 않으면 그 지극함에 이를 수 없다. 소위 이치의 길을 밟지 않고 말의 통발에 떨어지지 않는 것이 뛰어난 것이다. 시란 성정을 읊는 것이다. 성당의 시인들은 오직 흥취에 있을 뿐이었는데, ……근래의 여러 공公들은 기이하고 특별한 것으로 해석을 하여 마침내 문자로 시를 쓰고, 재주와 학문으로 시를 쓰며, 의론하는 것으로 시를 쓰게 되었다. 어찌 공교하지 않겠는가마는 마침내 고인들의 시가 아니다. 대개 한 사람이 노래하면 세 사람이 찬탄하는 시에는 부족함이 있다.

夫詩有別材, 非關書也. 詩有別趣, 非關理也. 然非多讀書, 多窮理, 則不能極其至. 所謂不涉理路, 不落言筌者, 上也. 詩者, 吟詠情性也. 盛唐諸人惟在興趣, ……近代諸公乃作奇特解會, 遂以文字爲詩, 以才學爲詩, 以議論爲詩. 夫豈不工, 終非古人之詩也. 蓋於一唱三嘆之音, 有所歉焉.

『문자로 시를 쓰고, 재주와 학문으로 시를 쓰고, 의론하는 것으로 시를 쓴다』는 말은 중국의 수많은 시인들의 대체적인 병통을 말한 것으로 유독 송대 사람만 그러한 것은 아니다. 이 길로 가는 시인 중에 상품上品에 있는 것은 다만 한유가 쓴 〈압운문押韻文〉(압운한 문장)과 같을 뿐이며, 하품下品으로 떨어지는 것은 글짓는 장인匠人이 전고典故를 쌓아놓고서 초라하고 궁상맞은 것을 뽐내는 것을 면치 못한다. 호적은 《백화문학사》에서 한유韓愈를 이같이 비평하였다.

한유는 유명한 문장가인데, 그는 문장을 짓는 방법으로 시를 썼기 때문에 그 뜻은 종종 유창하고 통달하여, 육조와 초당시인들의 살랑살랑 교태를 부리는 추태를 일소一掃하였다. 이러한 『문장을 쓰듯 시를 짓는』 방법은 최고의 경계에 이르면 『말하듯 시를 짓게 되는 作詩如說話』 위치에 도달하는데, 이것이 송대 시인들의 『시짓기를 말하는 것과 같이』 하는 풍기를 열었다. 뒷사람들이 말하는 바 〈송시宋詩〉는 기실 어떤 현묘玄妙한 것도 없이, 다만 『시짓기를 말하는 것과 같이』 하는 것을 뿐이다. 이것이 한유의 시가 특별히

뛰어난 점이다.(p.414)

호적 선생의 책 전체는 은근히『시짓기를 말하는 것과 같이 한다 作詩如說話』라는 기준을 함축하고 있어서 그는 특별히 한유와 송대 시인들의 그러한 재능을 찬양하고 있다. 사실『시짓기를 문장짓듯이 하는 것 作詩如作文』과『시짓기를 말하듯 하는 것』은 모두 한유와 송대 시인들의 특별히 뛰어난 장점이 아니다. 문장을 짓는 것은 말하는 것처럼 할 수 없으니, 말하는 것은 프랑스의 극작가 모리악 F. Mauriac(1885~1970)이 말한 바 산문을 쓰는 것과 같아서 그 용도는 서사敍事와 설리說理에 있으며, 그 의미는 단도직입적이어서 한 번 말하면 남는 것이 없는 것을 귀하게 여기고, 그 리듬은 솔직하고 유창한 것을 중시한다. (호적 선생의 산문도 이와 같다.) 시를 쓰는 것은 그렇지 않아서 정취가 있어야 하며, 한 사람이 선창先唱하면 세 사람이 찬탄하는 그런 음률이 있어야 하고 구성져서 다함이 없어야 한다.《시경》은 시 중에서 최상품인데 만약〈作詩如說話〉의 기준으로 비평한다면 지나치게 비경제적임을 면치 못한다. 왕풍王風의《서리黍離》를 살펴보자.

저 기장 잘 익어 고개 숙이고,
저기 피까지 자라났네.
갈수록 발걸음은 무거워지고,
마음에 슬픔은 풀 길 없이 출렁이네.
내 마음 아시는 사람이면
시름 그득하다 하시겠지만
내 마음 속 모르는 사람이라면
무엇 때문에 그러느냐 하리라.
아득하게 푸른 하늘이시여
이는 누구의 탓이나이까?
彼黍離離, 彼稷之苗.
行邁靡靡, 中心搖搖.
知我者謂我心憂.

不知我者謂我何求.
悠悠蒼天, 此何人哉.

저 기장 잘 익어 고개 숙이고
저기 피이삭도 여물었네.
걷는 걸음 더욱 무거워지고
마음은 시름에 취한 듯.
내 마음 아시는 사람이라면
시름이 많다 하시겠지만.
내 마음 속 모르는 사람이라면,
나더러 무엇을 구하려 그러냐고 하리.
아득히 푸르른 하늘이시여
이는 누구의 탓이나이까?
彼黍離離, 彼稷之穗.
行邁靡靡, 中心如醉.
知我者謂我心憂.
不知我者謂我何求.
悠悠蒼天, 此何人哉.

저 기장 잘 익어 고개 숙이고
저기 피도 익어 열매 맺었네.
그것 보니 발걸음만 무거워지고
마음 속은 슬픔에 터질 것 같네.
내 마음 아시는 사람이라면,
시름젖어 그렇겠노라 하시겠지만,
내 마음 속 모르는 사람이라면,
무엇을 구하려 그러냐고 하리라.
아득히 푸르른 하늘이시여,
이는 누구의 탓이나이까?
彼黍離離, 彼稷之實.

行邁靡靡, 中心如噎.
知我者謂我心憂.
不知我者謂我何求.
悠悠蒼天, 此何人哉.

이 시의 제 2,3장은 모두 두 글자만을 바꾸면서 〈苗〉〈穗〉〈實〉세 글자가 시간의 변천을 지시하고 있으며, 〈醉〉〈噎〉두 글자가 운을 맞추었을 뿐 의미상으로는 증가된 것이 없다. 말을 할 때 누가 이와같이 중복하겠는가? 만약 『시짓기를 말하듯이』 한다면, 한 마디 말을 왜 두세 번 말해야 하겠는가? 문장을 짓는 것과 말하는 것은 모두 뜻을 전달하는 것을 귀하게 여기며 호적 선생이 높이 평가하는 〈유창통달流暢通達〉을 잘하려면 중복을 가장 기피해야 한다. 시를 짓는 것은 감정을 말하기 위한 것인데, 감정이 심각하면 심각할수록 더욱더 구성지고 음절도 따라서 더욱 오르내리면서 왕복하며, 그 언어도 뜻으로 말하면 중복이 되나 성정으로 말하면 중복이 아니며 엄우가 인정하는 〈일창삼탄一唱三嘆〉의 음이 있게 된다. 호적 선생의 말에 의하면, 한유는 『문장으로 8대에 쇠약해진 도를 일으켰을 뿐 文起八代之衰』 아니라 시로도 이와같다. 한유의 『시짓기를 문장짓듯이 함 作詩如作文』은 송나라 사람들의 『시짓기를 말하듯이 한다 作詩如說話』는 풍조를 열었으며, 후세에 끼친 영향도 매우 컸다고 하는데 이는 정확한 말이며, 호적 선생은 이것이 그의 특별히 뛰어난 점이라고 말하면서 그의 영향을 좋은 것으로 생각하였다. 그러나 결과는 정반대이다. 한유는 엄우가 말한 『문자로 시를 쓰고, 재주와 학문으로 시를 쓰며, 의론하는 것으로 시를 쓰는 것 以文字爲詩, 以才學爲詩, 以議論爲詩』의 창시자라 할 수 있다. 그것은 당唐에서 송宋으로 바뀌는 하나의 중요한 관건關鍵이며, 또한 중국시의 운명이 쇠락하는 관건이기도 하다.

시는 본래 기호嗜好와 성정의 일이기 때문에 그 궁극적인 것을 보면 다만 신령한 마음의 묘오妙悟에 의할 뿐, 다른 사람이 나와 뜻이 같지 않을 때 나는 다만 기호가 다르다고 말할 뿐이지 말로 논쟁하기는 매우 어렵다. 그러므로 〈송시宋詩〉에 관하여 우리는 다만 〈인상파印象派〉비평가의 방법을 사용해서 개인의 느낌과 생각만을 한담閑談한다. 근대의 수

많은 사람이 송시를 높이 평가하더라도 나는 송대 사람의 작품을 감상할 때는 전체적으로 당시唐詩에서 송시로 변하면서 그 맛이 짙은 데서 담박淡泊한 데로, 넓은 맛에서 좁은 맛으로, 깊은 맛에서 얕은 맛으로 변했다고 느낀다. 시는 본래 전적으로 시대로써 말할 수 없으니 당대에도 나쁜 시가 있고, 송대에도 좋은 시가 있다. 송시의 취할 만한 점은 대부분 여전히 당시唐詩의 유풍流風이요 여운餘韻이며, 송시가 당시를 떠나서 스스로 기풍을 이룬 것은 엄우嚴羽가 말한 바『以文字爲詩, 以才學爲詩, 以議論爲詩』이며, 호적 선생이 말한『시짓기를 말하듯이 하는 것 作詩如說話』이다. 〈흥취興趣〉와 〈일창삼탄지음一唱三嘆之音〉은 모두 송시의 단점이다. 송시의 흥취는 문인의 성벽性癖의 표현이다. 이러한 성벽 중에서 가장 큰 성분은 〈해학〉이며, 가장 결핍된 성분은 〈엄숙〉이다. 수창酬唱의 기풍은 송대에서 가장 성행했는데 이 수창시酬唱詩에서 문인들은 모두 자신의 재능을 드러내기 좋아하였다. 소동파蘇東坡는 시를 지으면서 화운和韻하기를 좋아했고, 사詞를 지으면서 회문체回文體[1] 쓰기를 좋아했는데, 이는 한유가 기이한 글자와 험운險韻을 좋아한 성벽과 같다. 그들은 어느 정도 문자로써 유희하면서, 어느 정도 문자상에서 재기才氣를 드러내어 압운한 것이 공교工巧하면 공교할수록 말도 더욱 멋지며, 자기는 더욱 즐겁고 옆사람도 더욱 칭찬하며 감상하게 된다. 요컨대 송대 사람들은 다소 어느 정도는 〈타유시打油詩〉[2]를 쓰는 정신으로 시를 썼다. 소동파의 유명한 시구『갑자기 하동의 사자후를 들으니, 주장자를 손에서 떨어뜨리고 마음은 망연자실하였네 忽聞河東獅子吼, 柱杖落手心茫然』『사람 없이 배가 가니 언덕이 저절로 이동하고, 나는 누워 책을 보니 소는 알지 못하리 舟行無人岸自移, 我臥讀書牛不知』『시인이 늙어가니 앵무새들 있고, 젊은 공자들 돌아오니 제비들 바쁘다 詩人老去鸚鸚在, 公子歸來燕燕忙』와 같은 시나 황산곡黃山谷의 명구名句인『관성자, 즉 붓은 고기 먹을 관상은 없고, 공방형 즉 구멍난 동전은 절교하는 편지를 쓰게 한다네 管城子無食肉相, 孔方兄有絶交書』『돌은 내가 아주 아끼는 것이니, 소가 거기다 뿔 갈게 하지 마시게. 소가 뿔 가는 건 그래도 괜찮으나 소가 싸워 나의 대밭 상할까 두려우이 石吾甚愛之, 勿使牛礪角, 牛礪角尙可, 牛鬪殘我竹』등이 그 좋은 예이다.

타유시打油詩를 쓰는 것은 말하는 것과 같을 수 있는데, 그것은 본래 문자유희일 뿐 끝없이 구성진 정감도 없고, 〈일창삼탄一唱三嘆〉의 음도 있을 필요가 없기 때문이며, 그것이 운韻을 사용하는 것도 이것으로 유희로 삼기 때문이다. 호적 선생이 이미 『시짓기를 말하듯이 한다』는 기준을 정해 놓고 역사상에서 두루 이 기준에 합당한 작품을 찾았는데, 가장 합당한 것이 타유시打油詩임을 발견하였기 때문에 특히 왕범지王梵志와 한산자寒山子를 존숭하였다. 그는 말하기를 『후세에 전해오는 위진魏晋시대 시인의 몇몇 백화시는 모두 조소嘲笑와 유희의 작품에 불과하여 후인들의 타유시打油詩와 같다』라고 하였다. 그는 심지어 종영鍾嶸의 『도연명의 시가 응거應璩에서 나왔다』는 설에 부화뇌동하여 『응거는 백화해학시白話諧謔詩를 지었고, 좌사左思도 백화해학시를 지었는데 도연명의 백화시, 즉 〈책자責子〉나 〈만가挽歌〉 같은 시도 해학시이다. 그래서 종영은 그가 응거에서 나왔다고 말한 것이다』[3]라고 하였다. 그는 〈두보杜甫〉 1장에서도 두보의 해학에 편중하였으며, 뿐만 아니라 타유시의 역사적 연원淵源에 대해 아래와 같이 매우 훌륭한 결론을 내리고 있다.

시《북정北征》은 좌사의《교녀嬌女》와 닮았고,《강촌羌村》은 도연명과 가장 가깝다. 종영은 도연명의 시가 응거應璩와 좌사에게서 나왔다고 말했는데 두보 시도 그들과 같이 어느 정도 연원관계가 있다. 응거는 해학시를 썼고 좌사의《교녀》도 해학시인데, 도연명과 두보는 모두 해학적인 멋이 있는 사람들이라 궁핍함을 호소하고 힘든 것을 말하지만 이러한 어느 정도의 해학을 포기하려 하지 않았다. 그들은 이렇게 어느 정도 농담하고 타유시打油詩를 쓰는 해학이 있었기 때문에 비록 궁핍하고 배고픈 중에 있었지만 발광하고 타락하는 데까지는 이르지 않았던 것이다. 이것이 그들 몇 사람의 공통점이며, 뿐만 아니라 함께 백화해학시의 연원관계를 이룬다.

《北征》象存思的《嬌女》,《羌村》最近于陶潛, 鍾嶸說陶詩出于應璩左思, 杜詩同他們也都有點淵源關係. 應璩做諧詩, 左思的《嬌女》也是諧詩, 陶潛與杜甫都是有詼諧風趣的人, 訴窮說苦都不肯抛棄這一點風趣. 因爲他們有這一點說笑話做打油詩的風趣, 故雖在窮餓之中不至于發狂, 也不至于墮落. 這是他們幾位的共同之點, 又不僅僅是同做白話諧詩的淵源關係呵(p.324)

우리들이 위에서 말한 바, 송대 시인들도 다소 타유시를 쓰는 정신을 가지고 시를 썼다. 이 방면에서 그들은 한유의 제자이지 도연명이나 두보의 제자는 아니다. 왜냐하면 그들은 문자 방면에 기울어져 해학을 발휘하였으나, 도연명과 두보는 다만 엄숙한 인생태도 속에서 우연히 어느 정도 해학적인 풍취風趣를 노출시켰기 때문이다. 그러나 송인宋人들도 『시짓기를 말하듯이 하는 作詩如說話』 기준에 조금 합치되었기 때문에 호적 선생은 한유를 비평할 때 그들도 매우 칭찬하였던 것이다.

시는 본래 어느 정도 해학이 있어야 하나 골자는 오히려 엄숙하고 심각해야 한다. 어느 정도 해학이 있어야 한다는 것은, 모든 예술은 유희와 밀접한 관계가 있기 때문에 실제 인생의 바깥에서 다른 이미지의 세계를 열어 관조하도록 제공하기 때문이며, 골자가 엄숙하고 심각해야 한다는 것은 시는 지극히 깊은 성정의 유출이기 때문이다. 해학이 지나친 사람은 시를 쓸 수가 없고, 지나치게 엄숙한 사람도 시를 쓸 수 없는데 도연명과 두보는 이 두 성분을 매우 적절하게 배합하였다. 도연명의《만가挽歌》와《책자責子》는 그의 전집 중에서 대표작품이라 할 수 없으며, 더욱이 완전히 타유시打油詩로 취급할 수도 없으나 비록 그렇다고 하더라도 도연명의 시는 모두 해학적 풍취가 있다. 두보의《북정北征》과《강촌羌村》도 마찬가지이다. 이 몇 편의 시는 호적 선생이 보기에 다만 해학이 있을 뿐이나, 기실은 그것들 모두 매우 엄숙하고 극히 침통한 애가哀歌이다. 송인의 대부분은 이러한 침통과 엄숙이 결핍되었으나, 그들도 다만 침통과 엄숙이 결핍되었을 때에야 타유시와 유사한 작품을 썼으며, 그들도 때로는 매우 호방하고 혹은 매우 완곡한 경지에 도달할 수 있었는데 사詞 방면에서 더욱 그러하였다.

해학은 베르그송이 말한 것과 같이 이지理智에서 나오고 이지로 들어가는 것이며 정감의 유출은 아니다. 우리가 타유시를 시로 생각하지 않는 것은 베르그송이 희극喜劇을 순수한 예술로 인정하지 않는 것과 같은 이치이다. 타유시는 시가 아니며, 우리는 타유시를 쓰는 것이 말하는 것과 같기 때문에 시를 쓰는 것이 말하는 것과 같다고 단정할 수 없다. 호적 선생의 착오는 왕범지王梵志와 한산자寒山子 등의 타유시打油詩를 시라고 인정하고, 이러한 타유시를 짓는 것은 이미 말하는 것과 같아서 시를 짓는 것도 이런 정도에 불과할 뿐이라고 생각하는 데에 있다. 그는 또 도연명과 두보의 시집 중에서 몇 수(또는 몇 구)의 해학적 풍취가 있는 시를 골라내어 비늘 하나와 부리 하나로 한 마리의 물고기와 새를 개괄하면서 도연명과 두보의 정신을 바로 이러한 『시짓기를 말하듯이 한다』라는 구절에서 볼 수 있다고 말한다. 호적 선생이 타유시라고 인정하는 도연명의《만가挽歌》를 살펴보자.

> 태어나면 반드시 죽게 마련,
> 일찍 죽는 것도 제 운명이리.
> 엊저녁엔 같은 사람이었으나,
> 오늘 아침엔 명부冥符에 이름 있더라.
> 영혼과 정기精氣는 흩어져 어디로 가나.
> 시체는 텅 빈 관에 맡겨질 것.
> 아이들 아비 찾아 울고,
> 벗들은 나를 어루만지며 통곡하겠지.
> 득실은 이제 다시 따지지 않고,
> 시비도 어찌 알 수 있으리.
> 천년만년 후에는 그 누구도
> 잘 살고 못 살았는지 알지 못하리라.
> 오직 살아 생전의 한은
> 충족하게 술 마시지 못한 것뿐.
> 有生必有死, 早終非命促.
> 昨暮同爲人, 今旦在鬼錄.
> 魂氣散何之, 枯形寄空木.
> 嬌兒索父啼, 良友撫我哭.
> 得失不復知, 是非安得覺.
> 千秋萬歲後, 誰知榮與辱.
> 但恨在世時, 飮酒不得足.

그리고 사람들에게 가장 전송傳誦되는 왕범지王梵志의 타유시打油詩를 보자.

범지가 버선을 뒤집어 신었더니,
사람들 모두 잘못됐다고 말하네.
차라리 당신들 눈을 찌를지라도
내 다리 감출 수 없다네.
梵志翻著袜, 人皆道是錯.
乍可刺爾眼, 不可隱我脚.

비교해 보면 서로의 차이가 얼마나 먼지 보라! 호적 선생은《만가》를 해학시의 예로 인용하고 은근히『오직 살아 생전의 한은, 충족하게 술 마시지 못한 것뿐 但恨在世時, 飮酒不得足』에 방점으로 작은 동그라미 표시를 하였다. 그 시가 해학적인 이유는 해학이 대개 이 두 구에 있음을 말한 것인데, 이같은 해석법은《만가》전체의 엄숙하고 침통한 어기語氣를 없앨 뿐 아니라 도연명의 성정과 품격도 오해되었다.

시를 쓰는 것은 결코 말하는 것과 같지 않다. 말로 할 수 있으면 다시 시를 쓸 필요가 없다. 시의 사상과 감정은 특수하기 때문에 시의 언어도 특수하며, 각종 사상과 감정은 모두 다만 한 종류의 언어가 있기만 하면 표현(나는 〈표현〉을 하나의 자동사로 사용하며 영어의 〈appear〉와 같다)할 수 있는데 한 글자를 보태면 너무 많고 한 글자를 줄이면 너무 적으며 하나의 격조格調를 바꾸면 경계境界가 전부 달라진다. 각국의 문학 중에서 모종某種의 격조는 모종의 사상과 감정을 표현하기에 적당하고, 모종의 체재體裁는 모종의 효과를 불러일으키기에 적당하다는 등 때때로 일정한 원칙이 있다.《후산시화後山詩話》에서는 이러하였다.

두보의 시와 한유의 문장은 법도로 삼을 만하다. 시와 문장은 각각 그 체體가 있는데 한유는 문장으로 시를 쓰고, 두보는 시로 문장을 쓰기 때문에 정교하지 못하다.
杜之詩, 韓之文, 法也. 詩文各有體, 韓以文爲詩, 杜以詩爲文, 故不工耳.

오직 운문으로 말하면, 5언고시는 질박·무성한 데에 적합하고 7언고
시는 웅건하고 자유로운 데 적합하며, 율시는 정밀하고 자세한 묘사에
적합하고, 절구絶句는 한 번 지나가면 가버리는 단편적인 정경情景을 꽉
붙잡는 데 적합하다. 시와 사詞의 구분은 더욱 쉽게 나타난다. 사는 다만
맑고 아름다운 소품小品에 적합하여 사를 짓는 데 습관이 된 사람이 시
를 지으면 왕왕 기골氣骨이 없게 되고, 시를 짓는 데 습관이 된 사람이
사를 지으면 왕왕 거칠고 생경生硬하다.《왕직방시화王直方詩話》에 다
음과 같이 실려있는데 정확한 논술이다.

소동파가 일찍이 그가 지은 짧막한 사詞를 조무구晁無咎[4]와 장문잠張文
潛[5]에게 보이며 말하기를『진소유秦少游[6]와 어떠한가』라고 하였더니, 두 사
람 모두 대답하기를『진소유의 시는 짧은 사와 같고 선생의 짧은 사는 시와
유사합니다』라고 하였다.

　　東坡嘗以所作小詞示無咎, 文潛曰,『何如少游』二人皆對云,『少游詩似小
詞, 先生小詞似詩』

대개 시는 모두 산문으로 번역할 수 없으며 또 외국어로 번역할 수도
없는데, 이는 시 속의 음과 뜻은 둘 다 중요하여 뜻은 번역할 수 있으나
음은 번역할 수 없기 때문이다. 성공한 번역작품은 창조품이지 번역작품
이 아니다. 호적 선생이 든 불교번역문학의 실례 중에서, 나는 시라고 부
를 수 있는 게偈를 한 편도 찾을 수 없었다. 이는 게는 본래 기억하기 편
하도록 시의 형식을 사용하였기 때문에 본래부터 시일 필요는 없었으며,
게다가 원문의 음절은 번역한 문장 속에서 완전히 드러날 수가 없었다.
곽말약郭沫若 선생이 일찍이 《시경》의 몇 편을 선택하여 백화문으로
번역해서 《권이집卷耳集》을 만들었다는 것을 기억하는데, 지금 필자의
손에 없기는 하지만 아마도 틀림없이 대실패작이었을 것이다. 시는 다만
외국어로 번역할 수 없을 뿐만 아니라 모국어 중의 다른 체재나, 또는 다
른 시대의 언어로도 번역할 수 없다. 왜냐하면 언어의 음과 뜻은 시대에
따라 변천하여 현대문의 음절을 고문에 필요한 음절로 대체할 수 없

고, 현대문의 자의字義에 의한 연상도 고문의 자의에 의한 연상을 대체
할 수 없기 때문이다.《시경》을 예로 들어보자.

　　　옛날 내가 떠날 때,
　　　갯버들 늘어졌었지.
　　　지금 나 돌아와 보니,
　　　진눈깨비 흩날리네.
　　　昔我往矣, 楊柳依依.
　　　今我來思, 雨雪霏霏.

이 4구를 백화문으로 바꾸어 보면 다음과 같다.

　　　예전에 내가 떠날 때, 갯버들이 봄바람에 하늘거렸는데, 지금 돌아와
　　보니 이미 진눈깨비 내리는 날씨였다.
　　　從前我去時, 楊柳還在春風中搖曳. 現在我回來, 已是雨雪天氣了.

　　산신히 억지로『시짓기를 말하듯이 한다』는 기준에 맞출 수 있으나 이
는 시라고는 할 수 없다. 일반인들은 혹시 번역문과 원문의 내용은 대략
같으며 같지 않은 것은 다만 형식뿐이라고 말할지도 모른다. 그러나 기
실은 그 내용도 결코 같지 않다. 번역문은 원문의 애절하고 구성지며 감
개感慨가 다함이 없는 느낌을 잃어버리는데, 이는 원문의 오르내리며
왕복하는 음절을 잃어버렸기 때문이다. 오로지 뜻으로 말해 보면〈依
依〉라는 두 글자는 번역할 방법이 없는데 번역문 속의〈在春風中搖曳〉
는 단지 비경제적이고 부정확한 연장延長에 불과하며,〈搖曳〉도 단지 딱
딱한 물리적인 현상일 뿐인데〈依依〉는 짙고 두터운 인정을 지니고 있
다. 원문은 경탄적인 어투를 사용하고 있고 번역문은 서술적인 어투를
사용하고 있다. 이런 어투의 차이와 어휘를 사용하고 구를 만드는 차이
는 모두 번역자의 감정이 원작자의 감정과 합치될 수 없기 때문에 비롯
된다. 만약 사상과 감정이 완전히 서로 같다면, 사용하는 언어도 반드시
완전히 같을 것이다. 시를 잘 말하는 사람이 시를 읽는다는 것은 시인 자

신의 언어로써 시인의 사상과 감정을 번역하고 있는 것이라고 말할 수 있는데 이것은 일종의 창작행위이다. 시는 번역할 수 없다. 따라서 시를 짓는 것은 말하는 것과 다름을 알 수 있다.

이상에서 한 말은 시에는 음률이 있으나 산문에는 음률이 없다는 기본 원리에 관한, 그리고 『시짓기를 말하듯이 하는 것』에 대한 나의 비평이었다. 이제는 음률 자체에 관한 몇 개의 중요한 문제를 토론해 보고, 중국시가 왜 성운聲韻을 강구하는 길로 가게 되었는지를 연구해 보자.

중국시의 음악은 성聲과 운韻에 있으며, 역사적으로 운의 연구가 성의 연구보다 앞서는데 우리들은 우선 운에 대하여 얘기해 보자. 옛날에『운이 있는 것은 시이고, 운이 없는 것이 문文이다 有韻爲詩, 無韻爲文』라는 말이 있었는데 시와 운문은 거의 동의자同義字였다. 그러나 사실상 〈운문〉은 다만 시의 형식일 뿐 시에 부합되기에는 부족하다. 중국문학의 진화의 흔적을 세계문학과 비교하면 정상적인 궤도에 반대되는 부분이 많은데 운이 그 중의 하나이다. 운은 중국문학사에서 가장 일찍 발생하였으며, 현존하는 옛서적의 대부분엔 운이 있다.《시경》은 말할 필요도 없고 서사叙事와 설리說理의 저술인《서경書經》《역경易經》《노자老子》등도 모두 용운用韻한 흔적이 있다. 들리는 바에 의하면, 일본시는 지금까지 소위 운이라는 것이 없다고 한다. 서양문학에서 희랍·라틴시는 모두 용운用韻을 하지 않았고, 운은 중세기에 일어났는데 듣건대 흉노匈奴로부터 전해졌다고 한다. 운이 처음으로 유럽에 들어갔을 때에는 매우 성행하였다. 프랑스와 독일의 가장 초기의 서사시(10세기 이후에 씌어졌다)는 운의 흔적이 있다. 단테의《신곡神曲》(14세기)은 일부분 운을 사용하여 성공한 시이다. 16세기 이후 학자들은 문예부흥의 영향을 받아, 희랍과 라틴의 시가 운을 사용하지 않은 것을 보고 운에 대해서 심하게 공격하였는데, 밀턴의《실락원失樂園》의 서序에는 운을 매도하는 말이 있다. 근대시가 운을 사용하는 것이 퍽 유행하였으나, 여전히 운을 공격하는 운동이 있었는데 프랑스의 철학자 페늘롱Fènelon의 〈프랑스 학원에 보내는 서신〉이 그 유명한 예이다. 영문에서 〈장려체壯麗體〉(또는 장엄체壯嚴體)를 쓰고자 하는 시인들은 모두 운을 사용하려 하지 않는다. 셰익스피어의 비극과 밀턴의《실락원》은 모두 무운오절격無韻五節格을 사용하여 씌어졌다. 프랑스시는 간간이 운을 사용하지 않는 것이 있는데 용운用韻하는 것이 보편적이다.

일본시와 서양시는 모두 운을 사용하지 않아도 되는데 중국시도 운을 사용하지 않을 수 있는가? 운은 중국에서 항상 시와 연결되어 있어서 시가 있으면 운이 있다. 성聲의 연구는 뒤에 일어났는데 서양의 진화순서와는 상반된다. 어떤 사람은 옛날 채련시采蓮詩가 중국에서 유일하게 운을 사용하지 않은 시라고 말하는데 기실 그 첫 두 구인『강남엔 연잎 따기 좋아라. 연잎은 쭉 이어 물 위에 떠있네 江南可采蓮, 蓮葉何田田』도 운을 사용한 것이다. 중국 역사상에 운을 반대한 운동이 두 번 있었다. 그 첫번째는 당대唐代 사람들이 불경의 〈게偈〉를 번역하면서 규율이 있는 문자를 사용했으나 운은 사용하지 않았던 것이고, 두번째는 근대 백화시 운동이다. 이외에 시인들이 운을 사용하지 않은 적은 없었다. 송대의 시인들은 불경의 영향을 받아 오행진五行陣이나 팔문진八門陣과 같이 문자유희를 두루 편력하였으나, 오히려 〈게偈〉체를 모방한 운을 사용하지 않은 시는 한 편도 짓지 않았다. 백화시는 초기에는 운을 사용하지 않았으나 뒤에 가서 용운用韻하는 경향이 있게 되었다. 그래서 우리는 다음과 같이 말할 수 있다. 당대 사람들이 경전과 〈게〉를 번역할 때와 백화시의 초기에 용운하지 않은 것은, 모두 의식적으로 옛것을 개혁하고 창신創新하려고 한 것이지 결코 언어의 자연적인 경향에 순응한 것은 아니다. 중국 언어의 자연적인 경향은 운의 길로 가는 것이다. 이 일에 대해 우리는 이렇게 해석하는 이유를 찾아야 한다.

시와 음악은 한 가지이며, 그 생명은 전적으로 리듬rhythm(절주節奏)에 있다. 리듬은 기복起伏과 경중輕重이 서로 교차하는 현상으로 매우 보편적인데, 예를들면 호흡과 순환의 일동일정一動一静, 사시四時의 교차, 단체행동의 동시적인 움직임과 멈춤 등은 모두 리듬에 따르고 있다. 우리들이 말을 할 때 성조聲調는 감정의 변화에 따라 경중과 장단長短을 달리하는데, 어떤 때는 무겁게 어떤 때는 가볍게 말해야 하고 또 어떤 때는 길게 어떤 때는 짧게 말해야지 마음대로 대강대강 해서는 안 된다. 이러한 경중과 장단의 기복이 곧 언어의 리듬이다. 산문과 시는 다같이 리듬이 있어야 하나 산문의 리듬은 직솔유창하며 규칙을 지키지 않고, 시의 리듬은 맴돌며 왕복하면서 규칙을 준수한다. 이런 구별은 이미 위에서 상세히 설명하였다. 중국시와 서양시는 모두 리듬이 있으나 그들 사이에는 중대한 차이가 있으니, 서양시의 리듬은 성聲 방면에 치우쳐 있고 중국시의 리듬은 운韻 방면에 치우쳐 있는데 이것은 문자구조의 차이에서 비롯된다. 서양의 문자는 복음複音(즉 다음절多音節)이 많아서 한 글자에 음이 많을 때 각음의 경중은 자연히 일치할 수 없는데, 서양시의 음절音節(metre)이란 곧 이러한 경중이 서로 반복되는 규칙을 말한다. 예를들면 영시에 가장 보편적인 10음구十音句(pentametre)의 음절은 〈경중 경중경중경중경중〉식式을 취하고, 프랑스시의 가장 보편적인 12음구十 二音句(alexandrine)의 음절은 〈고전식〉과 〈낭만식〉으로 나눌 수 있는데, 〈고전식〉은 12개 음 중에 4개의 중음重音이 있으며 그 2째와 4째 중음은 반드시 6째음과 12째음에 있어야 하고, 나머지 두 중음은 임의로 이동할 수 있다. 그리고 〈낭만식〉의 12개 음 속에는 다만 3개의 중음이 있을 뿐이며 3째 중음을 반드시 최후의 음인 12째음에 두어야 하는 것을 제외하고는 중음의 위치는 마음대로 변화시킬 수 있다. 그러나 통상 중음을 6째음에다 놓기를 피하는데 이는 〈고전식〉과 혼동될까 해서이다. 이를 보면 서양시의 리듬은 음절의 경중이 서로 교대로 반복하는 곳에서 가장 현저함을 알 수 있다. 중국문자는 모두 단음單音이며, 각 글자의 음도 모두 독립적이기 때문에 경중의 차이를 볼 수가 없다. 예를들어『밝은 달이 높은 누각을 비춘다 明月照高樓』를 읽을 때, 우리는 어떤 글자의 음을 특히 중시하여〈중경경중증〉 또는 〈경중중경경〉식으로 읽을 수 없으나, 서양시의 음절은 오히려 이와같이 경중이 서로 반복하는 것 같다. 중국시가 서양시의 음절에 해당하는 것은 〈성聲〉이다. 성은 통상 평상기입平上去入으로 나누는데 상上·거去·입入 세 가지 성은 합해서 측성이 된다. 〈성聲〉이란 무엇인가? 음성학적 관점에서 분석해 보면, 그것은 세 가지 다른 요소가 합하여 이루어진 것이다. 첫째는 장단의 차이로, 평성平聲에서 입성入聲으로 가면 음조音調는 점차 장음長音에서 단음短音으로 된다. 둘째는 고저의 차이로, 평성에서 입성으로 가면 음조는 점차 저음에서 고음으로 된다. 셋째는 음색의 차이로, 평성의 주음主音이 갖는 자음子音[7]과 측성의 주음이 갖는 자음의 진동수가 같지 않다. 음색은 경중과 무관하며, 경중과 관계있는 것은 장단과 고저뿐이다. 서양의 고대 희랍시와 라틴시는 장단음이 서로 반복되는 데서 음절이 발견되는데 근대언어는 경중으로 장단을 대신한다. 중음重音은 대략 장음에 해당하고 경음은 대략 단음에 해당하며, 중음은 통상적으로 비교적 높고 경음은 비교적 낮다. 중국문자의 평성을 오로지 낮게 말하면 당연히 매우 가벼운데, 평성은 길기 때문에 그 가벼운 것을 잃는다. 그리고 측성자를 오로지 높게 말하면 당연히 매우 무거운데 측성은 짧기 때문에 그 무거움을 잃어버린다. 한 마디로 말하면, 중국시의 리듬은 서양시와 같지 않아서 소리의 경중상에서는 그렇게 뚜렷하게 드러나지 않는다.

그 다음으로 서양시의 단위는 〈행行〉이다. 각 〈장章〉은 약간의 행으로 나뉘는데 각행이 반드시 한 구句일 필요는 없으며, 한 구의 시는 한 행에 못 미칠 수도 있고 연결되어 몇 개의 행으로 될 수도 있다. 행이란 다만 음의 단계일 뿐 뜻의 단계는 아니라서 서양시를 낭송할 때 매행의 맨 끝의 한 음에서 항상 멈추어 쉴 필요가 없다. 매행의 끝음은 이미 멈추어 쉴 필요가 없기 때문에 그것을 특별히 중시할 필요가 없다. 또 그것을 반드시 특별히 중시할 필요가 없기 때문에 리듬과 율격에 대한 영향도 비교적 작아서 반드시 조화를 도울 운이 있어야만 하는 것도 아니다. 중국시는 그렇지 않다. 중국시는 항상 4언·5언·7언으로 구를 이루며 매구는 서양시의 한 행에 해당되면서 오히려 완전한 의미를 갖고 있다. 구句는 음의 단계이며, 또한 뜻의 단계이다. 각구의 끝글자는 뜻의 정지점이면서 음의 정지점이기 때문에 중국시를 읽어나갈 때 구의 끝글자에 이르면 대개 멈추어 쉬어야 하며, 심지어 길게 연장하기까지 하는데 각구의 끝글자를 멈추거나 연장해야 하기때문에 그것은 전체시에서 음악적으로 가장 중요한 부분이다. 만약 이 한 글자에 용운用韻을 하지 않고 다른 중요한 한 음에 때로는 평성을, 때로는 〈합구음合口音〉을 사용한다면 전체시의 리듬은 이로 말미암아 난잡하고 무질서하게 될 것이다. 중국시는 대부분 쌍구雙句에서는 용운을 하나, 단구單句에서는 용운하는 것이 마땅하지 않은데 이에는 두 가지 이유가 있으니, 한편으로는 변화를 정제整齊된 것에 맡기고자 하는 것이고, 다른 한편으로는 주의력을 부단히 계속적으로 풀고 죄고 일경일중一輕一重의 효과를 거두기 위한 것이다. 중국시의 경중의 리듬은 단구에서는 압운하지 않고 쌍구의 압운에서 나타난다고 말할 수 있다. 운은 중국시에서 필수적인 것이기 때문에 그것은 매우 일찍 발생하였고, 그래서 한두 번의 반대운동은 이런 자연적인 경향을 전환시킬 수 없었다. 프랑스시의 음절의 경중은 영시의 그것보다 현저하지 못하기 때문에 프랑스시의 용운用韻은 영시의 용운보다 비교적 보편적인데, 이것이 우리들의 학설을 방증傍證해 준다.

중국시는 운을 사용해서 리듬을 뚜렷이 드러내는데, 이는 중국문자의 특수한 구조 때문에 그렇게 된 것이다. 역대 시인들의 용운방법은 율시律詩와 고시古詩의 두 종류로 나눈다. 율시는 쌍구에서 평성운을 사용한 것이 많고, 단구에서는 다만 구를 시작할 때 간혹 운을 사용한다. 고시의 용운의 변화는 비교적 많아서 구마다 용운하여 일운도저一韻到底(한운을 끝까지 사용함)할 수 있고, 율시가 쌍구에서 용운하는 것처럼 할 수 있으나 반드시 평성에 한정되지는 않는다. 그의 최대의 특징은 환운換韻될 수 있는 데에 있다. 중국시는 운에서 중점적으로 리듬이 드러나는데, 율시는 일운도저하고 리듬이 가장 단조로우며 정감의 변화에 따라 변할 수 없기 때문에 율시는 뛰어날 수 없다. 배율시排律詩가 뛰어난 작품이 가장 적은데 이는 딱딱해지기 쉽기 때문이다. 고시는 운을 바꿀 수 있기 때문에 리듬에 변화가 있어서 정감의 기복 또는 사고 방향의 전환을 곡진하게 표현할 수 있다. 이동천李東川[8]의 《고의古意》를 예로 들어보자.

남아로 태어나 원정가기를 일삼으니,
어려서부터 유주幽州·연국燕國의 나그네였네.
말 달리는 전장에서 승부를 도박하며
이 한몸 가벼이 여겼지.
적을 죽일 땐 감히 앞에 나서는 자 없고,
수염은 뻣뻣이 서 고슴도치 털 같다.
누런 먼지 이는 산기슭에 흰 구름 나는데,
은혜를 갚지 못하면 돌아가지 않으리.
요동땅 젊은 부인은 15세,
항상 비파를 타며 노래와 춤이 뛰어났지.

지금은 피리로 출새곡出塞曲을 연주하니,

삼군三軍의 군사들 눈에 눈물이 비오듯 하네.

男兒事長征, 少小幽燕客.

睹勝馬蹄下, 由來輕七尺.

殺人莫敢前, 須如蝟毛磔.

黃雲隴底白雲飛, 未得報恩不能歸.

遼東小婦年十五, 慣彈琵琶解歌舞.

今爲羌笛出塞聲, 便我三軍淚如雨.

이 시의 정감과 이미지는 대개 세 번의 전환을 거치는데, 각 전환에는 모두 운을 바꾸었다. 『누런 먼지 이는 산기슭에 黃雲隴底』두 구는 5언 측운구仄韻句의 뒤에서 7언 평운구平韻句로 힘차게 바꾸었는데 더욱 음미해 볼 만하다. 평성은 비교적 심장深長하고 격앙하여 이런 〈유연객幽燕客〉의 호탕한 정서와 기백을 전달하는 데 적합하다. 뒤에서는 정감이 다시 처연하게 변하기 때문에 다시 측운으로 돌아갔다. 다시 이하李賀의 《유월六月》[9)이라는 시를 살펴보자.

비단을 재단하고,

소상강의 대를 베어 치마를 만드니

드문드문한 서리 떨치고,

대자리는 가을 구슬 같다.

불타는 듯한 붉은 해 동녘을 열고,

햇무리는 수레바퀴같이 위에서 배회하여,

적제赤帝가 화룡火龍을 타고 온다네.

裁生羅, 伐湘竹, 帔拂疏霜簟秋玉.

炎炎紅鏡東方開, 暈如車輪上徘徊, 啾啾赤帝騎龍來.

이 6구의 시는, 전 3구는 청량한 이미지를 묘사하였고 후 3구는 뜨거운 열의 이미지를 묘사하였다. 전 3구는 측운仄韻을 사용하였는데 후 3구는 갑자기 세 개의 평운平韻을 겹쳐 사용하였다. 마치 6월 하늘의 태양이 매우 장렬하게 동쪽에서 홀연히 뛰어오르는 모양을 적절하게 형용하고 있다. 앞에서 언급한 채련시采蓮詩를 보자.

강남은 연잎 따기 좋아라.
연잎은 쭈욱 이어 물 위에 떠있네.
물고기들 연잎 사이로 노니는데
연잎 동쪽에서 노닐고
연잎 서쪽에서 노닐고
연잎 남쪽에서 노닐고
연잎 북쪽에서 물고기 노닌다네.
江南可采蓮, 蓮葉何田田.
魚戲蓮葉間,
魚戲蓮葉東, 魚戲蓮葉西,
魚戲蓮葉南, 魚戲蓮葉北.

이 시의 첫 두 구는 운을 사용하였으나 그 뒤는 갑자기 운을 사용하지 않았는데, 어떤 사람은 이것을 중국 유일의 무운시無韻詩라고 생각하였다. 그러나 사실 무운시라고 말하는 것은, 후반부의 각구마다 환운換韻하였다고 말하는 것보다 못하다. 이렇게 일정한 기준이 없는 음절은 물고기가 종잡을 수 없게 노닐고 있는 상태를 묘사하기에 아주 적절하다. 평성의 글자를 연이어 사용해서 구를 마치고(역주 : 蓮·田·間·東·西·南) 최후의 구에서 갑자기 소리가 짧고 촉급한 측성인 〈북北〉자로 구를 마쳐서, 물고기가 노닐 때 유유히 유영遊泳하다가 갑자기 멈추며 방향을 전환하곤 하는 모습을 더욱 정채롭게 그려내었다.

이상에서 다만 되는 대로 몇 가지의 짧은 예를 끄집어내어, 운이 감정을 전달하는 데 도움을 줄 수 있다는 사실을 설명하였는데 대가들의 작품 속에서도 수시로 이러한 예를 발견할 수 있다.

운韻의 존재 이유는 이와같다. 이제 성聲을 설명해 보자. 우리는 위에서 성의 원래적 요소를 분석하였으며, 중국시의 리듬이 성의 경중면에서는 그렇게 현저하게 드러나지 않는 이치를 설명하였으나 성이 절대적으로 리듬을 표출할 수 없다고는 결코 말하지 않았다. 평측이 서로 사이를 두는 것은 일종의 질서의 변화이며, 변화가 있으면 리듬이 있게 된다. 그러나 중국시에서 성의 리듬은 운의 리듬과 같이 그렇게 선명하지 않다. 역사상으로 보면 운의 연구는 성의 연구보다 앞선 것 같으며, 중국에서는 시가 있으면 곧 운이 있다. 성의 기원이 대체 언제부터인가 하는 문제에 대해서는 여태까지 정론이 없으나 많은 사람들은 제齊의 심약沈約에서 비롯된 것으로 생각하였다. 그러나 실은 성은 언어가 본래부터 가지고 있는 것으로 시가 있으면 곧 운이 있고, 또 시가 있으면 성이 있다. 나는 결코 운韻이 성聲보다 앞서는지 그렇지 않은지를 토론하는 것이 아니라 운의 연구가 성의 연구보다 앞서가는가를 토론할 뿐이다. 성의 연구는 두 종류로 나눌 수 있다. 하나는 운의 성聲을 연구하는 것이며, 또 하나는 각 글자의 성을 연구하는 것이다. 운의 성을 연구하는 것은 운을 연구하는 것과 마찬가지로 오래되었다.《시경》과 한위漢魏 때의 시인의 작품을 보면, 평운은 반드시 평운으로 압운하였고 측운은 반드시 측운으로 압운하였는데 이것이 가장 좋은 증거이다. 각 글자의 성을 연구한 것은 제량齊梁시대에서 비롯되었으며, 제량시대에서야 음률을 논하는 전문서적이 있었고 제량의 시인의 작품에서 비로소 율시의 음절과 많이 유사해졌다. 우리가 앞으로 말하는 성은 각 글자의 성을 말하는 것이지, 운의 성만을 지칭하는 것은 아니다.

사조謝朓와 심약沈約 이후부터 시를 지을 때 성률을 논하는 것이 점차 하나의 풍기를 이루었다. 율시가 평측을 논하는 것은 실로 매우 엄격한데 왕어양王漁洋[10]은 《고시평측론古詩平仄論》에서 고체시도 평측을 조절해야 한다고 말하였다. 후세에 사곡詞曲이 성률을 가혹할 정도로 요구하여, 평성을 음양陰陽으로, 측성은 상거입上去入으로 나누어 논해야 했으며, 심지어 청탁清濁과 〈개구開口〉〈제구齊口〉〈합구合口〉〈촬구撮口〉[11]로 구별하여 논하기에 이르렀다. 그러나 성률의 영향이 비록 크지만, 공격하는 사람들은 종영鍾嶸에서 호적胡適에 이르기까지 항상 당당하게 말하였다. 문자는 대부분 자연의 궤적軌迹을 따라 진화하는데, 성률과 같은 큰 운동은 당연히 작은 발에 전족(纏)하는 것과 같을 수가 없고 한두 사람의 환상에서 점차 확산되어 풍기를 이루었으니 이는 당연히 존재 이유가 있다. 역사를 말하는 사람들은 마땅히 앞에 원인이 있고 뒤에 결과가 있는 그 실마리를 정리하고 이해해야지, 왕세정王世貞이 《강감강목綱鑑》을 비판하며 스스로 매우 숙련되고 통달했다고 자임自任하면서 시비是非를 판결하는 것을 배워서는 안 된다. 그들은 제량사람들이 성률을 사용함으로써 시를 속박하였다고 욕만 해서는 안 되며, 성률이 왜 제량시대에 맹렬히 성행하였는지를 반드시 연구해야 하며, 그것의 존재 이유가 무엇인지를 물어야 한다. 나는 여기에서 하나의 답안을 제시하려 하는데 비록 감히 스스로 옳다고는 할 수 없으나 대강의 격식을 갖출 수는 있을 것이다.

종영鍾嶸이 《시품詩品》에서 다음과 같이 말하였다.

옛날에 말하던 시송詩頌은 모두 악기로 반주되었기 때문에 오음五音, 즉 궁·상·각·치·우로 조절되지 않으면 조화되고 합치되지 않았다. ……지금에는 이미 악기로 반주되지 않는데 어찌 또다시 성률에서 취하겠는가?

古曰詩頌, 皆被之金竹. 故非調五音, 無以諧會. ……今旣不被管弦, 亦何取乎聲律耶?

《시품》 속에 간간이 오류가 있는데 이것이 그 단면이다. 옛날의 시에서는 오음五音을 조절하지 않았는데 이는 악기에 의해 반주되었기 때문이며, 지금 시에서 성률을 취하는 것은 반주되지 않기 때문이다. 이러한 이치를 이해하기 위해서는 우선 시와 음악의 이합離合의 역사를 알아야 한다.

위에서 말하였지만 시에는 음이 있고 뜻이 있으며 시는 언어와 음악이 합성된 것으로, 시의 성질을 이해하려면 우선 반드시 언어의 성질과 음악의 성질을 연구해야 한다. 앞에서 언어의 성질은 이미 분석하였고 음악의 성질은 본문에서 자세히 논할 바가 아니므로, 시와 서로 관계가 있는 부분만을 간략히 설명하겠다. 음악은 언어와 서로 떨어질 수 있는가? 이것은 예로부터 음악이론가들이 가장 격렬하게 논쟁하였던 문제이다. 한 학파의 학자에 의하면, 음악의 기원은 언어에 있다. 언어의 성조聲調는 정감에 따라 기복이 있으며 언어의 배면에는 이미 일종의 잠재된 음악이 있는데, 음악가는 언어에 이미 내재된 음악에다가 치장과 윤색을 더하였을 뿐이다. 최초의 음악은 노래이며 노래는 언어가 정감화情感化된 것이며, 악기가 탄주彈奏하는 음악은 노래에서 기인하였다고 한다. 이 이론에 의하면 음악은 시가로부터 나왔으며, 시가와 마찬가지로 정감을 표현하는 것이 된다. 이것을 음악이론에서는 통상 〈표현설〉이라고 부르며 철학가 쇼펜하우어와 스펜서, 음악가 바그너 등이 이 학설의 대표자이다. 그러나 근래 〈형식파〉와 〈과학파〉의 음악이론가들은 이 설에 대해 매우 불만이다. 독일의 한슬리크Hanslick의 설에 의하면, 음악은 비록 정감을 격동시킬 수 있지만 정감을 〈표현〉할 수는 없으며, 음악은 다만 일종의 형식미일 뿐이라고 한다. 음악이 이미 정감의 표현이 아니라면 언어에서 기인한다고 말할 수 없다. 독일의 발라쉐크Wallaschek의 연구에 의하면, 야만민족이 부르는 노래의 곡조는 추호도 의미가 없는데 그들이 그 곡조를 부르고 듣기 좋아하는 것은 그 음조가 잘 어울리기 때문이라고 한다. 동요도 이와같다. 그로세E. Grosse는 그의 《예술기원론》에서 『원시의 서정시에서 가장 중요한 성분은 음악이며, 의미는 오히려 그 다음이다』라고 하였다. 독일의 쉬툼프Stumpf와 프랑스의 들라크르와Delacroix는 음악이 언어에 기인한다는 설을 반대했다. 그들에 의하면 음악의 곡조의 고저에는 정해진 기준이 있으나 언어의 고저에는 정해진 기준이 없다. 음악에 사용되는 음은 정량定量이 있고 음계音階가 단속적인데 반해, 언어에 사용되는 음은 정량이 없고 음계가 한 줄로 쭉 연관되어 있어 단속적이지 않다. 그래서 언어는 음악을 생기게 할 수 없으며, 음악은 언어를 떠나 독립적이다. 이 설에 의하면, 시가는 음악에서 기원하였고 언어는 뒤에 부가된 성분이라는 것이다.

　야만민족의 노래 곡조를 보면, 후자의 학설의 증거가 비교적 충분하고 역사상에서 시의 음이 뜻에 우선하며, 음악의 성분은 원시적인데 언어의 성분은 뒤에 보태어진 것이다. 원시민중에게는 정감적인 생활이 이지적인 생활보다 더 중요한데 이치적으로 보아도 당연하다. 뒤로 오면서 이지理智가 점차 열리고 시의 〈뜻〉의 성분도 점차 확대되었다. 시의 음과 뜻의 이합을 분석해 보면 네 시기로 나눌 수 있다.

　(1) 시에 음은 있고 뜻은 없는 시기(有音無義時期)

가장 원시적인 시로 동요와 미개화된 민족의 가요가 이 종류에 속한다. 시가 아직 음악과 분리되지 않았다.

(2) 시가 뜻으로써 음으로 나아가는 시기(以義就音時期)

시의 정식 성립기로 비교적 진화된 민족가요가 이에 속한다. 언어가 음악 속으로 들어왔으나 자기 본래의 음조를 잃어버리고 이전에 이미 있던 노래의 곡조에 끌려가기때문에 음악이 주가 되고 언어는 보충역할을 한다.

(3) 시가 뜻을 중시하고 음을 경시하는 시기(重義輕音時期)

이는 시를 짓는 사람이 전체 민중에서 개인으로 변하는 시기로 시인도 이에 따라 종전에 이미 있던 노래의 곡조를 버리고 점차 독립된 시가를 지었으며, 시는 이에 따라 노래할 수 없는 것으로 점차 변하였고 음악의 성분도 언어의 성분과 점차 분리되었다. 이 시기에 비로소 〈시 없는 곡조〉와 〈곡조 없는 시〉가 있게 되었다.

(4) 시가 문자 자체의 음을 중시하는 시기(重文字本身的音時期)

이것은 시를 짓는 것이 문인계급이라는 특별한 직업으로 되는 시기이다. 시와 음악의 곡조가 완전히 분리되었다. 종전의 시의 음악은 대부분이 음악의 곡조상에 드러났는데, 지금은 음악의 곡조를 사용하지 않기 때문에 문자 자체에서 음악을 드러낼 방법이 없게 되었다. 종전에 시의 언어는 반드시 음악의 곡조에 따라 노래하였는데 이제는 다만 낭송할 수 있을 뿐이다. 낭송하는 리듬은 완전히 언어 자체적이지는 않고 또 완전히 음악적이지도 않으며, 언어적 리듬과 음악적 리듬의 조화이다. 예술은 이 시기에서 자연유출적인 것으로부터 자각적이고 의도적이며 조작적인 것으로 변하여 성률에 대한 연구가 가장 크게 확대되었다.

이것이 시와 음악이 이합하는 하나의 공식으로 중국시도 이 공식 가운데 하나의 실례일 뿐이다. 시가 음이 있고 뜻이 없는 시기는 중국에서는 이미 상고할 수 없으나 일반적인 연극광들의 경극에 대한 기호嗜好는 원시 대중들이 어떻게 음악의 곡조를 좋아하면서 문사文詞는 돌아보지 않는가를 우리들이 상상하는 데 도움을 줄 수 있다. 중국시의 역사는 위의 두번째 시기에서부터 일어났다. 《시경》과 《악부가사樂府歌辭》의 대부분은 노래할 수 있는 것으로 노래는 각각 곡조가 있으며, 곡조와 시사詩詞가 비록 서로 결합하더라도 오히려 분립할 수 있으니 마치 지금의 가사·

악보와 같다.『시가 뜻으로써 음에 나아갈 때 詩以義就音』는 각 마지
막 구의 끝 한 음이 가장 관건인데, 구 속의 각 글자의 음의 고저장단은
곡조에 따라 바뀔 수 있어, 평성자平聲字를 높고 짧게 노래하면 측성자
로 바꿀 수 있고, 측성자를 길게 노래하면 평성자로 바꿀 수 있다. 그래
서 한위이전의 시는 운韻만을 연구하였지 성聲을 그다지 연구하지 않았다.

한위漢魏는 중국시 변천의 하나의 큰 관건으로 〈이의취음以義就音〉에
서『뜻을 중시하고 음을 경시하는 것 重義輕音』으로 가는 과도적 시기이
다. 한위 이전의 시의 작자는 민중이었기 때문에 작자의 성명이 기록되
지 않았는데, 한위 이후의 시의 작자는 대부분이 시인으로 작자의 성명
은 대부분 고증할 수 있다. 한위 이전의 시는 거의 정감이 자연유출된 것
으로 질박하고 온후하였는데, 한위 이후의 시는 거의 문인들이 옛시나
민가를 모방하여 지은 것으로 의도적으로 예술적 단련을 하였기 때문에
점차 섬세하고 정교해졌다. 엄우嚴羽는 위진 이전에는 지적할 만한 명구
名句가 없으며, 위진 이후에야 명구가 있다고 말하였는데 그 원인이 곧
여기에 있다. 한위 이전의 시는 대부분 노래할 수 있었고 대부분이 각각
음악의 곡조를 가지고 있었는데, 한위 이후의 시는 점차 음악의 곡조를
떠나 독립하였으며 노래할 수 없었다. 이 최후의 분별이 더욱더 중요한
데 그것이 음률의 기원이다. 당의 원진元稹은《악부고제서樂府古題序》
에서 다음과 같이 말하였다.

《시경》은 주대周代까지《이소離騷》는 초대楚代에까지 올라간다. 이후에
시는 24종류의 이름으로 흘러왔는데 부賦 · 송頌 · 명銘 · 찬贊 · 문文 · 뢰誄 ·
잠箴 · 시詩 · 행行 · 영咏 · 음吟 · 제題 · 원怨 · 탄嘆 · 장章 · 편篇 · 조操 ·
인引 · 요謠 · 구謳 · 가歌 · 곡曲 · 사詞 · 조調 등은 모두 시인의 6의六義
여분餘分이며 작자의 뜻이다. 조操 이하 8가지 이름은 모두 교묘제사郊廟祭
祀 · 군대 · 접빈接賓 · 길흉 · 고락苦樂 등에서 기인하였다. 음성에 있는 것
은 소리에 인해서 가사를 헤아리고, 음조를 살펴 노래에 맞도록 하였으며,
구법句法의 장단과 성운聲韻의 평측의 차이는 모두 법도에 맞고 맞지 않음
에서 비롯되었다. 그리고 거문고에 특별히 관계된 것은 〈조操〉와 〈인引〉이며,
민간에서 채취한 것은 〈구謳〉와 〈요謠〉이며, 곡절함을 갖추고 있는 것은 총

체적으로 〈가歌〉〈곡曲〉〈사詞〉〈조調〉라고 부르는데, 이것은 모두 『음악이 있고 나서 음악으로 말미암아 가사를 정하는 것 由樂以定詞』이지 『가사를 선택하여 음악을 맞추어 넣는 것 選詞以配樂』이 아니다. 〈시〉로부터 아래로 9종의 이름은 일에 속하여 짓는 것으로 비록 붙인 이름은 다르지만 모두 시라고 해도 가능하다. 뒤의 음악에 밝은 사람이 왕왕 그 가사를 채취하여 노래의 곡조를 헤아리는 것은 모두 가사를 선택하여 음악을 맞추어 넣는 것이지, 음악으로 말미암아 가사를 정하는 것이 아니다. 편찬한 것으로 보면 〈시〉이하 17종의 이름은 모두 〈악록樂錄〉 또는 〈악부樂府〉 등의 제목으로 편집되며, 〈요취鐃吹〉〈횡취橫吹〉〈교사郊祀〉〈청상淸商〉 등의 가사가 〈악지樂志〉에 있는 것을 제외하고 그 나머지 〈목란木蘭〉〈중경仲卿〉〈사수四愁〉〈칠애七哀〉 등과 같은 것은 모두 다 반드시 악기에 의해 퍼뜨려지는 것이 아님이 분명하다. 후에 문인들 중에 음악에 통달한 사람이 적어져서 다시는 이와같이 따로 음악을 맞추어 넣지 않게 되었다. 그러나 흥이 일어나면 제목을 기록하되 왕왕 구두句讀의 장단을 겸하여 시가와 다르게 하였다.

《詩》訖于周, 《離騷》訖于楚. 是後, 詩之流爲二十四名. 賦·頌·銘·贊·文·誄·箴·詩·行·詠·吟·題·怨·嘆·章·篇·操·引·謠·謳·歌·曲·詞·調, 皆詩人之六義之餘, 而作者之旨. 由操而下八名, 皆起于郊祭·軍賓·吉凶·苦樂之際. 在音聲者, 因聲以度詞, 審調以節唱. 句度短長之數, 聲韻平上之差, 莫不由之準度. 而又別其在琴瑟者爲〈操〉〈引〉, 采民甿者爲〈謳〉〈謠〉, 備曲度者, 總得謂之〈歌〉〈曲〉〈詞〉〈調〉, 斯皆由樂以定詞, 非選詞以配樂也. 由詩而下九名, 皆屬事而作, 雖題號不同, 而悉謂之爲詩, 可也. 後之審樂者, 往往采取其詞, 度爲歌曲, 蓋選詞以配樂, 非由樂以定詞也. 而纂撰者, 由詩而下十七名, 盡編爲〈樂錄〉〈樂府〉等題, 除〈鐃吹〉〈橫吹〉〈郊祀〉〈淸商〉等詞在《樂志》者, 其餘〈木蘭〉〈仲卿〉〈四愁〉〈七哀〉之輩, 亦未必盡播于管絃, 明矣. 後之文人, 達樂者少, 不復如此配別, 但遇興紀題, 往往兼以句讀短長, 爲歌詩之異.

당나라 사람들은 시를 지으면서 고악부의 옛제목을 계속 사용하였는데, 원진은 이러한 방법을 반대한 것 같다. 그래서 이 문장에서 〈노래歌〉와 〈시〉의 차이를 설명하였다. 그는 후세의 문인들이 이미 고악부의 곡조를 이해하지 못하면 그러한 곡조의 제목을 시의 제목으로 삼아서는 안 된다고 생각하였다. 그는 『비록 옛제목을 사용하지만 전적으로 옛뜻이 아닌 것이 있으니,〈출문행出文行〉이 이별을 말하지 않고〈장진주將進酒〉가 특별히 열녀를 이야기하는 것 등과 같은 것 其有雖用古題, 全無古義, 若〈出門行〉不言離別,〈將進酒〉特書烈女之類是世』이 생겨나기에 이르렀다고 생각하였다. 원진이 말한 〈시의 24종류의 이름〉은 한위 때의 일이며, 그가 말한 〈조操 이하 8종류 이름〉은 총괄해서 〈노래歌〉로 칭할 수 있는데 이것이 진정한 악부이며, 모두 음악의 곡조를 가지고 있는 것이다. 또 그가 말한 〈시 이하 9종의 이름〉은 통칭하여 〈시〉라고 할 수 있으며, 지금에 말하는 시의 기원이며, 본래 음악의 곡조가 없는 것인데 뒷사람들이 곡조를 더한 것이다. 한위시대는 시 방면에서 이전의 것을 받고 뒤를 열었는데, 한편으로는 고시가 음악을 짝하는 유풍을 보존하고 있으니 원진이 말한 바 〈조操 이하 7종의 이름〉이 이에 속하고, 또 한편으로는 특별히 새로운 길을 열었으니 다만 『일에 속하여 지을 屬事而作』뿐 반드시 『음악으로 말미암아 가사를 지을 由樂定詞』 필요가 없다는 것이다. 한위시대에 이런 신운동은 완전히 성공하지는 못했고, 일반인들도 시는 반드시 음악의 곡조가 있어야 한다고 생각했기 때문에 종종 본래 음악의 곡조가 없던 시를 빌어 하나의 악곡樂曲을 만들었다. 그러나 한위시대 후 신운동은 마침내 완전히 성공하여 시는 차츰 음악의 곡조로 완전히 탈피하여 독립하였으며, 『가사를 선택하여 음악을 맞추어 넣는 것 選詞以配樂』도 돌아보는 사람이 적었다. 어떤 시인들은 여전히 고악부의 제목을 사용하여 제목으로 삼았다. 이것은 마치 새로 상점을 양도받은 상인이 옛날 간판을 그대로 하고서 새로운 상점을 연 것과 같은데 새로운 상점의 물품과 옛상점의 물품은 전혀 다른 것이다.

시가 이미 악곡을 떠났고 노래할 수 없는데, 만약 새로운 방법으로 시의 문자 자체에서 약간의 음악을 드러내지 못한다면 시가 되지 못하게 되고 시를 짓는 것이 말하는 것으로 변하게 됨을 면치 못할 것이다. 음악은 시의 생명인데 종전의 악곡의 음악이 이미 없어졌기 때문에 시인은 부득불 시 자체에서 음악을 구해야 하는데, 이것이 성률이 발생하게 된 원인이다. 제량齊梁 때는 악부와 시가 교체되는 시기에 해당되므로 성률의 운동이 특별히 제량 때에 성행하였다. 제량은 위에서 말한 시의 음과 뜻이 이합하는 역사에서 4번째 시기로 시가 문자 자체의 음악을 중시하던 시기였다.

서양시의 발전사도 중국시와 서로 참조하여 증명할 수 있다. 중세기 시인의 대부분은 〈노래하는 사람(歌人), 즉 음유시인〉이었는데, 프랑스의 《롤랑의 노래》와 기타 서사시는 모두 이런 가인이 샤를르Charles 대제大帝의 업적에 근거하여 지은 것이다. 그들이 여행하는 곳은 일정하지 않아 어떤 곳에 도착하면 봉건지주의 대문을 두드려서 집에 들어가 시가를 노래하고서 술과 고기를 대접받았다. 비교적 호사스런 왕족이나 제후들의 주변에는 이러한 음유시인들이 따라다니면서 주연을 베풀 때 오락을 제공하는 것이다. 그들은 대개 중국의 설서가說書家[12] (내가 어렸을 때에는 이러한 민중예술가들이 가두에서나 집 안에서 공연하는 것을 들을 수 있었으나, 지금은 애석하게도 모두 없어져 버렸다)들이 노래하고 고사故事를 말할 때 매우 간단하고 소박한 곡조에 의지하는 것과 매우 흡사하다. 근대 북유럽과 스코틀랜드 민간에서 크게 유행하고 있는 발라드ballad라는 것이 있는데, 이러한 민가의 이야기는 아주 간단하고 언어는 매우 질박하며, 대부분 음악의 곡조에 의지하는데 때로는 춤이 따를 때가 있다. 그러나 대체적으로 유럽시는 16세기 이후에 위에서 말한 제4시기에 도달하여 시인들은 대부분 의식적으로 시를 지었고 시사詩詞 이외에 음악의 곡조가 없어서 모름지기 그 자체에서 음악을 드러내었다. 프랑스의 위고 Hugo, 영국의 테니슨Tennison은 모두 음률 방면에 뛰어난 사람들이었다.

서양시와 중국시가 문자 자체에서 음악을 구하는 시기에 도달했으나 한 가지 큰 차이점이 있으니, 이것이 우리가 특별히 주의를 기울여야 할 가치가 있는 것으로, 곧 시를 낭송하는 예술이다. 시가 노래할 수 없게 된 이후 서양에서는 시를 낭송하는 예술이 일어났으나 중국에서는 이에 관한 연구가 크게 결핍되었는데, 시를 낭송하는 예술이 없으면 시는 다만 벙어리문자일 뿐이며, 시를 낭송하는 예술이 있으면 시는 비로소 살아있는 언어이다.

시를 짓는 것은 말하는 것과 다르며, 시를 낭송하는 것은 말하는 것과 더욱 다르다. 시는 언어와 음악이 합성된 것이다. 언어는 언어의 리듬이

있고 음악은 음악의 리듬이 있다. 언어의 리듬은 솔직하고 유창한 것을
중시하고 시의 리듬은 저회底徊하며 구성진 것을 중시하여 이 두 종류의
리듬은 서로 충돌한다. 시는 도대체 어떤 종류의 리듬을 사용하여 낭송
해야 하는가? 프랑스의 송시법誦詩法은 여태까지 국립극장의 낭송법을
기준으로 하고 있다. 영국의 극장은 보통 시를 낭송하지 않고 있으며, 올
드빅Old Vic극장의 시극詩劇을 낭송하는 방법이 비교적·믿을 만하다.
현대 영국시인인 먼로Monro는 런던에서 송시단체를 조직하여 매주 목
요일 저녁에 현대 영국시인들을 초청하여 그들 자신의 작품이나 이전의
시인들의 작품을 낭송하게 하고 있다. 내가 이곳에서 시를 낭송하는 것
을 듣고 얻은 인상은, 극장은 대부분 음악의 리듬에 편중되어 있고 시인
자신은 음악의 리듬에 편중된 사람이 있으며, 또 음악의 리듬과 언어의
리듬을 조화시키는 방법이 있는 사람도 있었다. 순수하게 언어의 리듬을
사용하는 것은 여태까지 듣지 못했는데 삼류극장의 어릿광대가 해학시
(타유시打油詩와 유사함)를 읽을 때조차도 순수하게 언어의 리듬을 사용
하지 않았다. 이런 이치는 하나의 짧막한 예를들어 설명하면 가장 좋다.
예를들어 영시《말 탄 취한醉漢의 노래》가운데

① To—morrow is our wedding day
(∪ : 輕音, - : 重音)

라는 구가 있는데, 한 구의 시는 유행언어 중에 다만 두 개의 경중의 음
이 있을 뿐으로 ①에서 장단표시가 제시한 것과 같다. 만약 완전히 언어
의 리듬으로 이 시구를 낭송한다면, 시의 규율이 있는 리듬을 완전히 잃
어버리게 될 것이다. 이 시는 〈경중격輕重格 : iambic〉으로 씌어졌으며
음률을 논하는 것은 마땅히 경중이 서로 사이를 두는 4개의 음절이 있어
야 한다.

② To—morrow is our wedding day

만약 이러한 방식으로 낭송한다면, 본래 무겁게 할 필요가 없는 음(is

같은)을 무겁게 해야 하기 때문에 언어의 활발한 느낌을 딱딱하고 단조로운 올가미에 가두어버리는 오류를 면치 못한다. 우리들은 어떻게 이러한 리듬의 충돌을 조정할 수 있겠는가? 일반적으로 낭송을 잘하는 시인들은 대부분 다음과 같이 낭송한다.

③ To—morrow is our wedding day

이것이 음악의 리듬 속에서 하나의 중음 〈is〉를 버리고 언어에 합치됨을 구하는 것이며, 또한 언어의 리듬 속에서 하나의 중음 〈day〉를 보태어 음악에 합치됨을 구한 것이다. 이렇게 하면 언어와 음악은 서로 방해되지 않는다.

이렇게 보면, 시는 비록 노래할 수는 없으나 여전히 낭송할 수 있어야 하고 낭송은 반드시 언어 자체를 떠나 독립된 음절이 있어야 하며 말하는 것과 같을 수는 없다. 중국은 예전부터 사학私學에서 책을 읽는 것은 본래 낭송이었으며 약간의 노래하는 맛을 가지고 있었는데 문인들이 시를 낭송하는 것도 이와같다. 그래서 이치적으로 보면 응당 시를 낭송하는 예술이 발달해야 하는데, 사실을 고찰해 보면 그다지 발달하지 않았다. 사학의 학동이나 문인들이 시를 낭송하는 것은 거의 다 매우 단조롭고 천편일률적인 곡조를 사용하고 있으며, 빠르고 느리고 낮은 리듬에 대해 여태까지 정밀하고 자세하게 고려하지 않았다. 내가 시를 논하고 문장을 논한 수많은 저작들을 번역한 바에 의하면, 옛사람들이 〈음음〉과 〈소소〉를 매우 좋아했다는 것만 보았을 뿐 아직 〈음〉 〈소〉, 즉 읊조리는 방법을 따진 전문서적은 하나도 보지 못하였으니 이는 대개 그들이 뜻으로써 그렇게 하였기 때문일 것이다. 현재 행해지고 있는, 책을 읽고 시를 낭송하는 곡조가 도대체 어떻게 일어났는지 자세히 고찰할 수 없다. 호적 선생은 승려들이 경전을 염송念誦하는 데에서 비롯되었다고 생각하는 것 같다.

대개 경을 염송하는 방법은 음조와 리듬을 읽어야 하는 것인데, 이것은 고대중국에는 없었던 것이다. 이 방법이 서역으로부터 전래되어서 중국에 두루 전해졌는데 비단 승려들이 경을 읽을 때 곡조가 있게 되었을 뿐 아니라, 꼬마들이 책을 읽고 과거를 준비하는 서생들이 팔고문八股文을 읽을 때에도 모두 곡조에 따라 흥얼거렸으니 이것은 인도의 영향이었다.

　大槪誦經之法, 要念出音調節奏來, 是中國古代所沒有的. 這法子自書西域傳進來, 後來傳遍中國, 不但知尙念經有調子, 小孩念書, 秀才讀八股文章, 都嘆出調子來, 都是印度的影響.

시를 낭송함에 곡조가 있는 것은 아마도 종전의 시를 노래하던(歌詩) 영향을 받은 것일지도 모르겠는데 호적 선생이 『고대중국에는 없었던 것』이라고 말한 것은 어떤 근거가 있는지 알 수 없다. 그러나 뒷날 학동이나 서생 들이 흥얼거리는 곡조가 승려들이 경을 염송念誦하던 영향을 받았다는 것은 사실인 것 같다.

경을 염송하는 식의 곡조는 실제로 매우 단조롭다. 그것은 물론 일찍이 존재할 이유가 없지 않았지만, 시의 음절은 마땅히 약간의 최면성을 지녀서 듣는 사람으로 하여금 현실세계를 잊고 예술의 미에 정신을 집중하도록 해야 한다. 이런 원리는 베르그송이 이미 매우 명확하게 설명하였다. 그러나 그것은 마침내 언어의 리듬을 지나치게 소홀히 하였다. 시의 모습은 시를 낭송할 때 높고 낮으며 빠르고 느린 수많은 변화상에서 드러난다. 한무제의《이부인가李夫人歌》를 예로 들어보자.

맞는가 !
아닌가 !
서서 바라보니
가볍게 나는 듯 어찌 그리 비척거리며 오는 것이 더딘가 !
是耶 ! 非耶 !
立而望之, 翩何姍姍其來遲 !

결구에 7개의 평성자를 사용했으니 음절은 본래 매우 느리며, 낭송할 때 성조상에서 시 속의 머뭇거리며 기대하는 모습을 표출할 수 있어야 한다. 예를들어《목란사木蘭辭》와 같은 것은 시낭송을 연구하는 데 있어서 가장 좋은 예이다. 이 시는 시 전체의 음절이 극히 빠르며, 『만 리 길을 군대를 쫓아 달리고 萬里赴戎機』이하 6구와 『부모님은 딸이 돌아온다는 말 듣고 耶娘聞女來』이하 12구는 더욱더 빠르다. 그러나 『부모님 부르시는 소리 들리지 않고, 오직 들리느니 황하의 물 출렁이는 소리 不聞耶娘喚女聲, 但聞黃河流水聲濺濺』와 『부모님 부르시는 소리 들리지 않고, 오직 들리느니 연산 오랑캐 말의 울음 소리 不聞耶娘喚女聲, 但聞燕山胡騎聲啾啾』라는 4구는 느려야 한다. 시 전체의 어기語氣는 환희스러운 것인데 『부모님은 딸 돌아온다는 말 듣고』이 단락은 더욱더 그러하다. 그러나 처음의 『한숨에 또 한숨 쉬며 唧唧復唧唧』이하 16구는 오히려 약간의 우수가 서려있는 느낌이 들어야 한다. 이러한 부분들을 만약 경전 읽는 곡조와 마찬가지로 흥얼거린다면 시를 낭송하는 것이 아니다.

감상하는 중에 깃들어 창조하는 것이 있다. 종이 위에 씌어진 시는 다만 일종의 부호일 뿐으로 부호를 이해하려면 글자를 아는 것만으로는 불충분하며 글자 속에서 의경意境을 보아야 하며, 음악을 들어야 하고 그 정취를 음미해내어야 한다. 시를 낭송할 때는 이러한 의경과 음악과 정취를 성조 속에서 전달해야 한다. 이러한 공부가 실제로 창조적인 것이다. 독자가 만약 이 경지에 도달하지 못하면 감상한다고 말할 수 없으며, 시 속의 하나하나의 글자들은 독자들에게 있어서 단지 냉담한 외국어일 뿐이고, 그 자신도 종횡으로 뒤섞여 있는 부호들을 볼 뿐이지 시를 음미할 수는 없을 것이다. 시를 잘 낭송할 수 있는 것이 시를 감상하는 중요한 일이다. 서양인들은 이런 예술에 대한 연구가 매우 정미精微한데, 중국인들은 비록 시를 짓는 측면에서의 음률은 강구하였으나 시를 낭송하는 측면에서의 음률은 강구하지 않았으니, 이것이 시의 음률이 점차 경직되어간 주요원인이다. 음률을 연구하는 사람들이 이 방면에서 많은 연구를 하여 시를 낭송하는 방법과 이론을 전문적으로 강구한 책을 쓰기를 바라면서, 시를 읽는 일반독자들이 참고할 만한 것을 이상에서 대략 적어보았다.

역주譯註

【역주譯註】

[제1장]

1) 堯는 처음에 陶지방에 봉해졌다가 뒤에 唐지방으로 옮겼기 때문에 陶唐氏라고 하고 唐堯라고 칭한다. 舜은 처음 虞에 봉해졌기 때문에 有虞氏라고 하고 虞舜이라고 한다.

2) 〈甘棠〉이나 〈何彼襛矣〉는 둘 다 〈召南〉에 속하는 작품으로, 〈甘棠〉은『우거진 팥배나무, 자르지도 베지도 마라. 召伯께서 쉬시던 곳이니 蔽芾甘棠, 勿剪勿伐, 召伯所茇』라고 하여 周 召公의 遺德을 추모하는 것이라 하였고, 〈何彼襛矣〉는

활짝 피어난 저 꽃은
산매자의 꽃이라네.
의젓하고 고요한
공주의 수레로다.

활짝 피어난 저 꽃은
복숭아꽃 오얏꽃 같구나.
平王의 손녀시요
제후의 아들이라.

고기를 낚으려면 어찌해야 하나.
실을 꼬아 줄을 삼네.
제후의 공자와
平王의 손녀라네.

何彼襛矣, 唐棣之華.
曷不肅雝, 王姬之車.

何彼穠矣, 華如桃李.
平王之孫, 齊侯之子.

其釣維何, 維絲伊緡.
齊侯之子, 平王之孫.

라고 하여 周 武王의 왕녀이며 文王의 손녀《毛傳》라고 하였다. 즉 平王을 文王
으로 제후를 襄公으로 해석하고 있다.

3) 阮元(1764－1849) 淸代의 학자. 字는 伯元, 號는 雲臺·江蘇儀征人,
湖廣·兩廣·雲南 총독. 杭州에〈詁經精舍〉廣州에〈學海堂〉을 창립. 학자들
을 모아 편집 발행에 종사하여《經籍纂詁》를 주편,《十三經注疏》를 校勘하였다.

4) 경적을 훈고함에 古代의 吉金·石刻에서 天文·地理·曆算에 이르기까
지 모두 고증하였다.

5) 京戱 또는 京劇이라고 하는데, 중국의 주요한 전통극 중의 하나이다. 이
때의 京은 北京을 말한다. 西皮·二黃을 주요 곡조로 한 徽調·漢調가 북경에
들어와 결합되어 이루어진 것이다.

6)《召南·江有汜》대개 강 있는 지방으로 나섰던 행상인이 첩을 버리고 고
향으로 돌아가려 할 때 첩이 애처로운 심정을 노래한 것으로 해석한다.

7)《周南·麟之趾》

8) 제3장 제5절 註 참조. 양홍은 東漢(후한)의 문학가로 字는 伯鸞. 가난하
였으나 박학하였다. 처 孟光과 霸陵山에 은거하였는데 일이 있어 낙양을 지나
다가 궁실이 화려하고 사치스러운 것을 보고〈五噫歌〉를 지어 풍자하였다가
조정의 미움을 사게 되었다. 성명을 바꾸고 齊魯로 도망가서 뒤에 고용살이를
하며 쌀을 찧었다. 처 맹광은 밥상을 차릴 때마다 감히 쳐다보지 못하고 밥상
을 눈 높이까지 받쳐들었다(擧案齊眉)는 고사가 있다.〈五噫歌〉는 5구로 되어
있는데 각구의 끝에 噫!(한탄하는 소리)를 따로 추가하였기 때문에〈五噫歌〉
라고 한다.

9) 딸랑딸랑·땡그랑·땅 등의 의성어이거나 아무 의미없는 후렴조의
소리이다. 《靑山別曲》의 후렴인 『얄리얄리 얄라성 얄라리 얄라』나 《井

邑詞》의 『어긔야 어강됴리 아으 다롱디리』 또는 《動動》의 『아으 동동다
리』가 그 좋은 예이다. 이러한 것은 《봉양화고가》와 마찬가지로 악기 소리인
경우도 있고, 樂律에 맞추어 아무런 뜻없이 부르는 소리 또는 감탄사인 경우도
있다.

10) 중국 가극음악의 한 형식으로 한 사람이 노래를 부르면 여러 사람이 따
라 부르는 것.

11) 운을 맞추기 위해 글자를 더 넣는 형식.

12) 중국 시가에서는 脚韻으로 押韻하는 것을 말한다.

13) 우리의 高麗俗謠가 음악이 반주된 형식으로 가요집에 남아있는데, 그
중 《動動》은 그 후렴구가 『아으 동동다리』로 동동은 북소리가 둥둥 나는
것을 擬音한 것이다. 月令體의 13聯으로 된 이 가요는 각연의 끝에 북소리
〈둥둥〉과 다른 악기 소리인 〈다리〉를 둠으로써 각연에 공통적인 요소를 제
공하여 하나의 틀로 묶는 기능을 한다.

14) 抗戰版本과 增訂版本에는 아직 출판되지 않았다고 했으나 全集으로 묶
을 때는 이를 삭제, 이미 출판된 듯한데 아쉽게도 역자는 구해 보지 못했다.

[제 2 장]

1) 《書經·湯誓》湯王이 無道한 夏의 桀王을 쳐부수어야 할 취지를 밝히면
서 모든 백성이 걸왕에 대해 지탄하는 바를 인용한 글.

2) 《漢書·陳遵傳》『……술항아리 골계는 배 부분이 불룩한 큰 병 같다. 鴟
夷滑稽, 腹如大壺』 또 沈欽韓이 《漢書疏證》에서 崔浩의 《漢記音義》를 인용하
여 말하기를 『골계는 술을 담는 그릇으로 술을 흘려보내지만 하루 종일 끝이
없다 滑稽, 酒器也, 轉注吐酒, 終日不已』고 하였다. 《史記·滑稽傳》索隱에서
崔浩의 말을 인용하여 骨稽라고 읽고, 입을 열어 말을 하면 문장을 이루며, 그
말이 다함이 없는 것이 마치 〈골계〉에서 술이 흘러나오는 것과 같다고 하였다.

3) 胡適 《白話文學史》 제14장 두보 p.324, 『陶潛與杜甫都是有詼諧風趣的人,
訴窮說苦, 都不肯抛棄這一點風趣. 因爲他們有這一點說笑話做打油詩的風趣,
故雖在窮餓之中不至於發狂, 也不至於墮落.』

4) 庾詞에서 〈庾〉는 창고·곳집(倉)이다. 그래서 유름庾廩은 쌀창고를 말한
다. 중국 최대의 謎語(수수께끼) 창고는 묘사시로서의 詠物賦이다. 그래서 《文

心雕龍》에서도 荀子의 <u>鼅</u>賦를 謎語의 발단으로 잡고 있다. 이 〈賦〉라는 글자에
는 두 가지 의미가 있다. 첫째는 斂藏(거두어 숨긴다)의 뜻으로,《說文解字》에
는『賦, 斂也』《方言》에는『賦, 藏也』라고 한 것이며, 둘째는 敷衍(길게 늘인
다)의 뜻으로,《釋名・釋典藝》에『賦者, 敷也, 敷布其義謂之賦』라 한 것이 그
것이다. 이 둘을 종합・정리해 보면, 부賦는 뜻을 숨기면서 요모조모 묘사하여
마치 수수께끼 풀이하듯이 함을 말한다. 특히 첫째의 斂藏의 의미가 庾에 통한
다. 즉 庾詞란 글자의 뜻을 숨긴 말로 곧 隱語인 것이다. 周密의《齊東野言》에
『古之所謂庾辭, 即今之隱語, 而俗所謂謎』라 한 것은 이러한 연원을 가지고 있다.

5) 漢代 趙曄의《吳越春秋》에 黃帝시대에 産生되었다는 〈彈歌〉를 기록하였
다.『대나무를 베어서, 탄알 쏘는 활을 만들었지. 탄알은 흙덩이에서 나와 날으
는 탄알이 야수를 맞추었네.』즉, 탄환을 제조하는 것에서부터 수렵하는 과정
을 매우 간단하고 정련된 언어로 표현하였다.

6) 〈원정䂝井〉은《石傳》宣公 12년에 나오는 말로『물이 마른 우물枯井』〈경
계庾癸〉는 軍中에서 양식과 식수를 구하는 隱語. 庚은 서쪽에 위치해서 곡식을
주관하고 癸는 북쪽에 있어서 물을 주관하기 때문. 춘추시대 때 吳王 夫差가
晉・魯 등의 나라와 會盟했을 때 오나라 대부 申叔儀가 魯대부 公孫有山 氏에
게 양식을 구걸했다.(哀公 13년)

7) 射覆(석복・석부) : 덮어 가린 물건 알아맞히기로 占卜에 가까운 유희.
《漢書・東方朔傳》에『임금께서 일찍이 모든 술수가들로 하여금 물건 알아맞히
기를 하려고, 사발 밑에 물건을 놓고 가린 다음 알아맞히도록 하였으나 모두
알아맞히지 못하였다. 동방삭이 스스로를 칭찬하여 말하기를「제가 일찍이 주
역을 배웠으니 알아맞혀 보겠습니다」하였다. 上嘗使諸數家射覆, 置守宮盂下,
射之, 皆不能中. 朔自贊曰「臣嘗受易, 請射之」』

그리고 그 注에『數家란 술수가이다. 덮은 그릇 아래에 물건을 놓고 알아맞
히게 하기 때문에 석복이라 한다 數家, 術數之家也. 於覆器之下而置諸物, 令闇
射之, 故云射覆』고 하였다. 그외에 魏의 管輅, 晉의 郭樸에도 射覆에 관한 故事
가 있다.

8)《좌전》僖公 5년에『(晉 獻公이) 복언卜偃에게 묻기를「공격하는 것이 성
공하겠는가」라고 하니, 복언이「능히 공략할 수 있습니다」하였다. 그래서「언
제인가」라고 물으니 대답하여 말하기를『동요에「병자일丙子日 아침에 尾星이

보이지 않으리. 같은 색의 군복이 얼마나 장엄하고 화려한가! 괵의 기를 뺏는다네. 鶉星이 밝게 나타나니 天策星은 어둡고 빛이 없네. 火星(즉 鶉星)이 높이 올라갔을 때 군사일이 성공하고 괵공은 도망 간다네」라고 하였으니 9월과 10월 사이가 아니겠습니까? 병자일 아침에 태양은 尾星 부근에 있고 달은 天策星 부근에 있으며 鶉星은 남방에 있으니 바로 그때입니다. (晉獻公) 問於卜偃曰,「吾其濟乎?」對曰,「克之」公曰,「何時?」, 對曰『童謠云「丙之晨, 龍尾伏辰, 均服振振, 取虢之旗. 鶉之賁賁, 天策焞焞, 火中成軍, 虢公其奔」其九月, 十月之交乎? 丙子旦, 日在尾, 月在策, 鶉火中, 必是時也』晋獻公이 괵을 치려고 虞나라에게 길을 빌려달라고 청했다. 이에 虞의 대부인 宮之奇가 간했으나 듣지 않고 假道하였다. 이 인용문은 진헌공이 괵의 수도 上陽을 포위하고 대부복언에게 묻고 복언이 답한 내용이다.

《詩經·鄘風》의 〈鶉之奔奔〉:『메추라기 쌍쌍이 날고, 까치도 쌍쌍이 날아다니네요. 사람으로 옳은 데가 없는데도, 내 형이라 해야 하다니 鶉之奔奔, 鵲之疆疆. 人之無良, 我以爲兄』라는 내용과 무관하다. 衛의 宣公이 죽자 宣姜의 아들인 朔이 뒤를 이었는데, 이가 곧 惠公이다. 선강은 배다른 庶子(伯昭·公子頑)와 通情하였는데, 이 시는 대체로 惠公의 입장에서 宣姜과 頑의 淫亂無道한 행실을 풍자한 것으로 해석되고 있다.

그래서 朱光潛 선생이『메추라기 쌍쌍이 날고 鶉之奔奔』라고 한 것은『鶉星이 밝게 나타나니 鶉之奔奔』로 바꾸는 것이, 비록 그 동요의 제목을 〈鶉之奔奔〉으로 압축한 점은 문제삼지 않더라도 좀더 정확할 것이다.

9) 왕안석의 新法이 반대에 부딪혔기 때문에 〈간사한 것을 판별하는 것에 관한 논문〉을 읽고서 느낌이 일어났는데 그 느낌은 무엇일까라는 농담반 진담반의 질문에《시경》가운데 나오는 구절을 인용하여 대답하기를(그 본뜻과는 다르겠지만)『아, 소리없이 우노라! (또는「아! 나는 진실한데」) 나를 믿어주지 않는도다!』라고 하여, 왕안석의 심정을 이해 또는 풍자하였다.

10) 고대에 사형에 처할 때 죄인을 짚(藁)에 앉게 하고 도마 또는 다듬잇돌(椹 또는 砧) 위에 엎드리게 해서 작두나 도끼(鈇)로 참斬했다고 하는데, 鈇는 夫(장부·남편)와 음이 같다. 그래서 은어 藁椹(砧)은 夫를 의미한다. 또는 고목(藁)으로 만든 도마(椹, 砧)는 풀 찌는 도구이며, 작두(鈇)는 풀을 써는 도구로 농가에서 常用하는 것으로 해석하기도 한다. 宋의 唐庚의 시에『아이들은

배가 고파 성내기도 그쳤고 마누라는 추위 지아비를 바라본다 兒餒嗔即罷, 妻
寒望檣砧』(《眉山唐先生文集》券22 自笑詩)라고 한 바 있다. 또『山이 아래위
로 겹쳐있으니 〈出〉이며 〈大刀頭〉는 큰 칼의 윗부분이 반달처럼 생기기도 하
지만 칼 끝부분에 고리(環)가 달려있는데, 이것은 돌아온다(還)는 의미이며
본래 거울은 원형인데 깨어져 반쪽(半)이 된 거울(破鏡)은 半月을 상징하니
이를 묶으면『보름이면 돌아온다』는 뜻이 된다. 이지러져 반쪽이 없는 달(破
鏡)이 다시 하늘에 오르면 둥근 달이 되니(깨어진 거울이 합쳐져 둥글게 되니)
님이 돌아올 것을 기대하며 갈망하고 있음을 암시하고 있다. 宋代 許顗의《許
彥周詩話》에 개략적인 설명이 있다.《역대시화》

11) 일명 僞詩라고도 한다.

12) 처음에 나온 실은 얽혀있기 때문에 前亂이라 하였고, 고치를 데치면 정
돈되기 때문에 後治라 했다.

13)《新唐書·陽貴妃傳》『양귀비는 여지를 좋아하여 반드시 싱싱한 것을 얻
으려 하였기 때문에 말을 타고 가져오도록 하였는데 수천 리를 달려가서 맛이
변하기 전에 서울에 도착하였다. 妃嗜荔支, 必欲生致之, 乃置騎傳送, 走數千
里, 味未變, 已至京師』또 杜牧의 시에서도《過華清宮絶句》에『一騎紅塵妃子
笑, 無人知是荔支來』(한 마리 말 붉은 먼지에 달려오니, 양귀비 웃는데, 이는
여지가 왔기 때문임을 아는 이 없다네)라고 했는데, 동파는 荔支의 모습을
양귀비와 비교하면서 자세히 묘사하였다. 이 시의 원제는《四月十一日初食荔
枝》이다.

14) 두 부분으로 짝을 이루고 있는 成句나 격언·속담 같은 것으로 절반만
말하고 뒤의 뜻은 자연히 추측할 수 있도록 하는 말이다.『토끼 꼬리는 자라지
못한다 兔子尾巴長不了』와 같은 것을 이른다.

15) 同音異義語의 활용기교로서 하나의 말이 두 가지 뜻을 가진다.

16) 南朝樂府民歌는 대부분《樂府詩集》의 清商曲辭 속에 남아있는데 이 청
상곡사는 吳聲歌曲과 西曲歌의 두 종류가 있으며, 그외에 민간의 祭歌인《神弦
歌》가 있다. 여기에서 인용하고 있는 〈讀曲歌〉〈子夜歌〉〈華山畿〉등은 모두
吳聲歌曲에 속한다. 〈讀曲歌〉는『元嘉 17년(서기 440년)에 袁后가 죽자 百官
들은 감히 노래를 부를 수 없었다. 혹 酒宴에 몰래 曲을 읽으며 낮게 읊조릴 수
있을 뿐이어서 이것으로 이름하였다』《古今樂錄》고 하였고,《宋書·樂志》에서

는 『민간에서 彭城王義康을 위해 지은 것으로 그 노래는 「죽을 죄인은 劉將軍인데 劉義康을 잘못 죽였네」라는 노래이다』라고 하여 두 기록은 서로 다르게 전한다. 讀曲은 대개 樂曲의 반주가 없는 徒歌로 〈獨曲〉으로 불리어졌을 가능성이 있다. 모두 89수가 전해진다.

17) 《宋書·樂志》에 『晋 孝武(376~396 재위) 太元中, 琅玡의 王軻집에 鬼歌인 子夜歌가 있었다』고 했고, 《唐書·樂志》에는 『晋에 子夜라는 여자가 있어 이 노래를 지었는데 노래가 지나치게 슬펐다』고 했다. 〈子夜歌〉는 晋·宋·齊 때에 유행했던 戀歌로 혼을 녹일 듯한 염정을 묘사하고 있다. 그 뒤로 四季의 특징을 따라 行樂을 읊은 〈子夜四時歌〉나 〈大子夜歌〉〈子夜警歌〉〈子夜戀歌〉 등은 모두 〈子夜歌〉의 變曲이다.

18) 《古今樂錄》에 『宋 少帝(423~424) 때의 懊惱의 一曲이며, 역시 變曲이다. 少帝 때에 南徐의 한 선비가 華山 근처에서 雲陽으로 가는데 客舍에서 18,9세된 여자를 보고 마음으로 좋아했으나 인연을 만들지 못해 마침내 마음의 병을 얻었다. 모친이 그 까닭을 묻자 사실대로 모친에게 말했다. 모친은 아들을 위해 華山으로 찾아가 그 여자를 만나 모든 사실을 말하였다. 그 여자는 이를 듣고 감동하여 무릎덮개를 벗어주면서 요 아래에 깔고 자게 하면 나을 것이라 했다. 며칠 지나자 과연 차도가 있었는데 선비가 갑자기 요를 들어올렸다가 무릎덮개를 보고서 껴안고는 끝내는 그것을 삼켜서 죽게 되었다. 숨이 끊어지려 하자 모친에게 말하기를 「장례 때 수레에 실어 華山을 넘게 해주십시오」라고 하여 모친이 그의 뜻을 따랐다. 여자의 집 문 앞에 이르자 소가 앞으로 나아가려고 하지 않았으며 때려도 움직이지 않았다. 그 여자는 「목욕하고 화장할 때까지 잠시 기다리세요」라 하고 나와서 노래하기를 「화산 땅에서, 님께서 나 때문에 돌아가셨거늘 홀로 살아 누구를 사랑하리! 기쁨이 사랑을 느끼실 때와 같다면, 관은 나를 위해 열리리 華山畿, 君旣爲儂死, 獨活爲誰施. 歡若見憐時, 棺木爲儂開」라고 하였다. 그러자 관은 노래에 응답하듯이 열렸고 여자도 마침내 관 속으로 들어가니 집사람들이 두드려도 어찌할 수가 없었다. 이에 合葬하고 神女冢이라고 하였다.』 이 〈華山畿〉의 愛情故事는 〈孔雀東南飛〉에서 仲卿夫婦의 비극적인 자살 뒤의 일과 혼합되어 사용되고 있다. 『두 집안에서 서로 합장하자 하여, 華山 가에 합장을 했다네 兩家求合葬, 合葬華山傍』라는 기록이 있다.

19) 주광잠은 炭과 歡만을 쌍관어로 보았으나, 역자는 이에 추가하여 灰와 悔를 쌍관어로 보았다.

20) 晋의 襄陽人, 字는 彦威. 박학하고 문장에 뛰어났으며, 특히 역사에 밝았다. 그때 桓溫이 신하로서 不義함을 보고 蜀을 정통으로 하는《漢晋春秋》를 지어 은근히 諷諫하였다. 지금은 전해지지 않는다.

21) 晋의 승려. 形貌는 매우 陋醜하였으나 神智가 聰敏하였다. 鄴에 들어가 佛圖澄을 스승으로 삼았다. 난을 피해 襄陽에 가서 檀溪寺를 세웠는데 秦의 苻堅이 양양을 취해 道安을 얻고 기뻐 말하기를『내가 10만 병사로 양양을 취하여 한 사람 반을 얻었는데 安公이 한 사람이요 습착치는 반 사람이다 吾以十萬師取襄陽, 得一人半, 安公一人, 習鑿齒半人也』라고 하였다. 魏晋의 沙門들이 大師의 근본으로 생각하며 석가만큼 존경하여 姓을 釋氏로 하였다.

[제 3 장]

1) 情趣와 意象은 서로 對가 되는 용어로서, 情趣는 內部的·主體的 요소이며, 意象은 대상에서 오는 이미지image, 즉 外來的·客體的 요소이다. 또 이를 간략하게 표현하면 情趣는 情이요, 意象은 景이다. 本書에서는 情趣를 情緒로 번역하거나 간혹 정취 그대로 사용하며 意象은 意象과 이미지로 풀이한다. 王世德은 意象을 주관적인 情意와 外在物象의 결합이라고 하였다. 예술가가 창작하기 전에 반드시 주관적 情意로 사물을 感受하는데 두뇌 속에〈意象〉이 형성된 후에야 예술표현의 물질적 수단을 빌어 예술작품 속의 形象으로 外化시킨다. 이 형상도 주관적 情意와 外在物象의 결합이며 작가의 두뇌 속의〈심미적 意象〉의 物化된 표현이다. 이를 감상자의 입장에서 보면, 주관적 情意(생활경험을 기초로 한)와 예술작품 속의 형상이 결합한〈심미적 意象〉을 형성한다.(《美學辭典》정리)

그리고 蔡鎭楚는《中國詩話史》(p. 27)에서 意象을 주관적인 意와 객관적인 象의 유기적 통일이라고 한 것도 이런 맥락이다.

意象의 구성내용을 밝히기 위해 용어를 조합하였지만, 기실 본래 내면에 있던 意가 발동하려면 象의 熱電子를 感受하지 않을 수 없으니, 意象의 일차적 형성요인은 外來的이라 할 수 있으며 그래서 景으로 표시한다. 그리고 주광잠은 意象을 쇼펜하우어의《意志와 表象으로부터의 세계》에서의 表象과 동

일한 개념으로도 사용하고 있다.(제3장 제4절 참조)

그러나 意象을 표현하고 전달하는 문제에 있어서, 原意象 A에서 비유(직유와 은유 포함)되고 연상되어 B意象·C意象 등으로 外延된다. 이러한 意象을 繼起意象이라고 한다. 이 意象이 언어구조상에 표현되는 형태를 대개 3단계로 나눌 수 있다. 그 첫째가 意象의 直譯 즉 직접적인 전달이고, 둘째가 비유에 의한 간접적인 전달이며, 셋째가 비유의 세계에 진입하여 다만 그 비유성을 가진 意象만을 표현하는 繼起的 전달이다. 이 3단계는 중국 古代에 賦·比·興으로 구분하는 것과 대개 비슷하다.(《중국문학의 종합적 이해》제11−15장)

2) 司空圖《24詩品·雄渾》環中은《莊子·齊物論》에『樞始得其環中, 以應無窮』이라 하여 지도리의 고리가 그 虛함으로써 용도를 얻어 無窮함을 말하는데, 주광잠은 여기서 圜(둘러싸고 제한함)으로 하여『일상생활 또는 세속의 일의 妙理를 얻는다』는 뜻으로 생각한 듯하다.

3)《晚登三山還望京邑》

4)《水檻遣心》

5)《山園小梅》

6)《玉階怨》

7)《長信秋詞五首》其三. 가을에 부채가 쓸모없게 되는 것과 같은 신세로 전락한 궁녀가 제왕의 은총(日影)을 받지 못함을 한탄하면서, 까마귀가 昭陽殿을 날면서 햇살을 받는 것보다 못하다고 비유하고 있다. 古樂府歌辭인《怨歌行》『新裂齊紈素, 皎潔如霜雪. 裁爲合歡扇, 團團似明月. 出入君懷袖, 動搖微風發. 常恐秋節至, 涼飆奪炎熱. 棄損篋笥中, 恩情中道絶』참조.

[부록 I]

1) 張惠言(1761~1802) 清代의 경학가이자 문학가. 관직은 진사·한림원편수관.《周易》《儀禮》《禮》를 깊이 연구. 詞를 논할 때 比興을 강조하여 뜻이 隱晦하였다. 散文은 간결하여 陽湖派의 우두머리가 되었다.《茗柯文編》《茗柯詞》《詞選》《七十家賦鈔》등의 저술이 있다.

2) 溫庭筠(약 812~866) 唐의 詩人·詞人. 本名은 岐, 字는 飛卿. 官運이 없어 國子助教에 머무름. 시는 화려하며 사는 閨情을 노래하여 풍격이 濃艶하다. 文集은 없어지고 詞 66수가《花間集》에 전한다.

3) 《復魯絜非書》로 하는 것이 맞다. 이 편지문 속에서 〈陽剛〉과 〈陰柔〉의 美에 대해 논술하고 문장의 예술풍격과 작자 개성의 관계를 설명하였다. 그리고 〈陽剛〉과 〈陰柔〉가 결합하는 것이 좋다고 강조하였다. 요내는 淸의 散文家로 劉大槐에서 학문을 닦아 桐城派의 주요작가가 되었다. 그는 또 〈考據〉와 〈詞章〉을 수단으로 하여 유가의 〈義理〉를 천명해야 한다고 주장했으며, 古文의 〈格律聲色〉을 模擬함으로써 古文의 〈神理氣味〉를 모의해야 한다고 주장하였다.

4) 《國語》에 『조간자가 말하기를 「참새는 바다에 들어가 대합이 되고 꿩은 淮에 들어가 조개가 된다. 큰 자라와 악어나 물고기와 작은 자라 등도 탈바꿈하지 않음이 없는데 오직 사람만은 그렇지 못하니 슬프도다!」라고 하였다. 趙簡子曰, 雀入于海爲蛤, 雉入于淮爲蜃. 黿鼉魚鱉, 莫不能化, 唯人不能, 哀夫』

5) 孫綽(314~371) 字는 興公, 孫楚의 손자. 東晉의 玄言詩의 대표작가.

6) 샤쿤탈라Shakuntala : 인도의 敍事詩 《마하바라타Mahabkarata》 가운데 나오는 故事. 聖者와 仙女 사이에서 태어나 숲 속에 버려진 아름다운 샤쿤탈라와 용감한 황제 두쉬안타Dushyanta와의 애정 이야기인데, 인도의 가장 유명한 극작가인 칼리다사Kalidasa(대개 그의 生卒年代를 6세기로 잡는다)가 각색·개조하여 구성과 수사면에서 더욱 치밀하여지고 아름다워졌다. 여기에서는 샤쿤탈라를 주워 키운 숲 속의 隱者(또는 聖者, 中國名으로는 康發)를 지칭하고 있는 것 같다.

[제 5 장]

1) 한 자로 된 성씨 408개. 두 자로 된 성씨 30개를 묶어서 만든 책으로, 4언 운문으로 씌어져 있다.

2) 唐代 進士의 과거시험에서 明經의 방법으로 경서 중의 어떤 글자(보통 석자)를 선택하여 낸 문제에 대하여 그 경서의 글을 총괄하여 답안을 작성하던 것을 〈試帖〉〈帖經〉이라고 했는데, 여기에서 비롯되었다. 대개 5언6운이나 5언 8운의 排律인데 古人의 詩句나 成語를 제목으로 삼아 앞머리에 〈賦得〉두 글자를 놓으며 韻의 제한이 엄격했다. 淸代에는 더욱 엄해졌으며 내용도 직접·간접으로 歌功頌德한 것이 대부분이었다. 賦得詩라고도 한다.

3) 萬樹 《詞律》 20권 660調의 1180여 體를 싣고 있다.

[제 6 장]

1) 樂劇 : 노래극. 가사인 시에 음악이 따르고 이를 극으로 구성한 것이다.

2) 詩劇 : 長詩로 극을 구성하여 공연하는 것이다.

3) 같은 높이의 계단을 오르더라도 각계단마다 주관적으로 그 높이를 다르게 느낄 수 있다. 이는 시의 이해와 감상의 차원에서도 계속적인 주의력 환기가 필요함을 설명한 것이다.

4)《周易·繫辭 上》

[제 7 장]

1) 六朝 謝赫(齊梁시대)의《畫品》(宋代에서부터는《古畫品錄》이라 칭했다)에서 주장한 회화(특히 人物畫)이론. 六法은 ①氣韻生動 ②骨法用筆 ③應物象形 ④隨類賦彩 ⑤經營位置 ⑥轉移模寫를 말한다. 이 중 氣韻生動은 Bushell의《Chinese Art》와 Binyon의《Dainting in the Far East》에서 〈rhythmic Vitality〉로 번역되고 있다.

[제 8 장]

1)《子書》(諸子의 책)의 〈子〉는 諸子를 통칭하는 명사로 사용되지만, 〈扇子〉(부채)의 〈子〉는 접미사로 사용된다.

2)『他又來了』는『그는 또 왔다』라고 하여 하나의 부사로 사용되지만,『他來了又去了』는『그는 왔다가 갔다』라는 의미로 한 문장에서 句나 節을 연결하는 접속사로 사용되었다.

3) 한 글자의 韻의 모음 부분을 우선『開口呼』와『合口呼』로 나누고, 다시 각각『넓은 음 洪音』과『가는 음 細音』으로 나누어『開口』『齊口』(또는 齊齒)『合口』『撮口』의 네 가지가 된다.

開口呼 : 韻頭가 없고, 韻腹이 i · u · y가 아닌 것.

(예) 〈大〉(ta), 〈可〉(kə), 〈蘭〉(lan) 등.(운복을 주요 모음이라고도 함)

齊齒呼 : 韻頭 또는 韻腹이 i인 것.

(예) 〈天〉(tien), 〈比〉(pi) 등

合口呼 : 韻頭 또는 韻腹이 u인 것.

(예)〈光〉(kuaŋ),〈古〉(ku) 등

撮口呼 : 韻頭 또는 韻腹이 y인 것.

(예)〈學〉(eye),〈魚〉(y)

(王力《漢語音韻學》참조)

4) 원문의〈和諧〉를《增訂版》(1947년)에서는 melody(선율·아름다운 곡조· 가락 등)로 표시하였고,《全集版》(1984년)에서는 harmony(調和·和聲·諧 調 등)로 표시하였는데, 음악에서 리듬과 대비되어 사용되는 표현으로는 melody가 정확하겠으나〈和諧〉의 계속되는 用例를 살펴보면〈調和〉나〈和聲〉의 뜻이 더 적합하여 이를 택한다. 예문에서 나오는 종 소리나 한 줄기 바람 소리 는 선율이 있는 소리이기는 하지만, 두 개 이상의 선율(melody)이 함께 어울 려 나올 때(피아노 소리와 바이올린 소리와 같이) 그 선율의 아름다움은 곧 調 和·和聲(harmony)의 아름다움을 갖기 때문이다. 그리고 雙聲·疊韻을 말할 때에도 그것은 문자 자체에서 조화로움을 구하는 것으로 이해된다.

5) 주광잠이 말하는 諧聲字는 英語表記로 보아도 擬聲語임이 틀림없는데, 그는 六書 중의〈諧聲〉(또는〈形聲〉)까지를 언급하고 있다. 이때의〈諧聲〉은 둘 이상의 글자가 합치되어 음과 뜻을 함께 취하는 造字方法으로, 주광잠은 그 속의 聲部에서 의성어 비슷한 요소를 찾고 義部에서 그 의미를 찾을 수 있다고 생각하여 굳이 諧聲字로 쓴 것 같다. 江과 河는〈諧聲〉(즉 形聲)의 대표적인 글자인데, 앞의 義部를 뗀〈工〉과〈可〉는 강물이 흘러가는 소리를 표시한 것이 라 한다. 뒤에 예로든 많은 글자들도 모두 形聲字이지만 그 속에서 擬聲的인 요소를 찾아보면 쉽게 이해될 것이다. 猫는 앞 義部는 동물을 나타내고 뒤 苗 (miao)는 고양이 우는 소리를 본떴다.

[제 9 장]

1)〈頓〉은 멈추다·쉬다는 뜻으로〈頓號〉는 문장에서 병렬관계인 단어 또는 구 사이의 멈춤을 표시하는 부호를 말한다. 대체로 우리말의〈모점(ヽ)〉(내림글 씨〈縱書〉의 문장에서 문장의 의미가 조금 중단되어 쉬는 자리에 쓰는 부호 또 는 숫자의 세 자리마다 구분하는 데 쓰는 부호)과 같으며 休息符 또는 休止 符 라고도 한다. 여기에 대해〈逗號〉나〈讀號〉그리고〈標點〉은〈쉼표〉(, : comma)를 의미한다. 그리고〈標點〉은 위의 모든 句讀點을 의미하기도 한

다. 〈頓〉과 〈逗〉는 그 의미가 서로 유사하나 구두점으로서의 차이가 있기 때문에 〈頓〉그대로 사용하며, 가끔 〈休止〉나 〈쉼자리〉로 번역하였다.

2)·3)·4) 朱光潛의 분류는 지금 우리의 분류와는 다르다. 혼동을 피하기 위해 아래에 비교해 두고, 본문에서는 朱光潛식 표기법에 따른다.

朱光潛		영 어		한국어
句	—	sentence	—	문장(文章)
子句 ⎫ ⎬ 讀 辭句 ⎭	—	clause	—	절(節)
	—	phrase	—	구(句)

즉, 우리말의 〈절〉은『주어와 술부를 갖추었으나 독립적으로 쓰이지 못하고 문장의 일부인 것』이며, 〈구〉는『둘 이상의 단어가 모여 절이나 문장의 일부분이 되는 말의 토막을 말한다.』

5) 杜牧의《遣懷》시『十年一覺揚州夢, 贏得靑樓薄倖名』과 비교해 보라.

[第10章]

1)《詩經·小雅·瞻彼洛矣》

2) 轉韻 : 顧炎武《日知錄》의《論古詩用韻之法》을 보면『轉韻의 시초에 連用과 隔用의 구별이 있어 그 변화가 뒤섞이기 때문에 하나의 체로 구속할 수 없다. 상하가 각자 운한 것……, 앞머리와 끝에 하나의 운을 사용하고 중간에 다른 운을 사용한 것……, 장章의 반을 건너서 운을 사용한 것……, 앞머리에 두 개의 운을 제시하고 아래에서 나누어 이어받은 것 등은 모두 시의 변격이다. 그러나 자연스러움에서 나오지 않은 것이 없으며 의도적으로 그렇게 한 것은 아니다 轉韻之始, 有連用隔用之別, 而錯綜變化, 不可以一體拘, 有上下各自爲韻……, 有首末自爲一韻, 中間自爲一韻……, 有隔半章自爲韻……, 有首提二韻, 而下分二節承之, ……此皆詩之變格, 然莫非出於自然, 非有意爲之也』라고 하였는데, 대개 轉韻은 몇 구를 하나의 운으로 이어받아 쓰다가 다른 운으로 轉換해서 쓰는 것을 말한다.

3) 위의 여덟 글자는 모두 平水聲의 上平聲 元音이다.

4) 여덟 글자는 모두 平水韻의 上平聲 灰韻이다.

[第11章]

1) 王勃(649~676)·楊炯(650~693？)·盧照隣(637？~689？)·駱賓王(640？~684？) 등을 일컫는다.

2)《解悶十二首》其七.

3)『與李十二白同尋范十隱居』杜甫가 李白을 평하면서 『이백에 좋은 시구가 있는데 때때로 음갱과 흡사하였다 李侯有佳句, 往往似陰鏗』라고 한 것

4) 李白《古風》其一.

5) 古典詩歌의 구성조직은 은연중에 일정한 법칙이 있는 것 같은데 그것을 章法이라고 한다. 이것은 일종의 배치법이다. 대개 起承轉結 또는 起額頸尾 등으로 나누어 분석한다.

6) 句內에서의 언어조직에 관한 것. 즉 造句法則을 말하는데, 좁게는 7언시는 4·3 또는 2·2·3, 5언시는 2·3으로 나누는 음절(또는 音組) 구성에서부터 넓게는 평측의 用韻對句法까지도 포함할 수 있다. 일반적으로 전자를 말하는데, 〈音調의 리듬〉에 의한 방법과 〈의미적인 리듬〉에 의한 분절방법으로 나눈다.

7) 한 사람이 노래하면 세 사람이 따라서 和唱하며 감탄함.《禮記》『壹倡而三歎, 有遺音者矣.』그 注에 『倡, 發歌句也. 三歎, 三人從歎之耳.』뒤에 詩句의 정감이 풍부한 것을 말함.

8) 南朝 齊나라 武帝의 연호(483~493). 沈約·謝朓·王融 등이 聲律을 강조하며 四聲八病說을 준수하여 새로운 詩體를 이루었는데, 이를 永明體라고 하며, 近體詩 형성에 큰 영향을 끼쳤다.

9) 통칭하여 對偶(또는 對仗·對章)라고 하며 章句가 서로 짝을 이루는 것을 말한다. 한자가 단음절어이고 동시에 네모형이기 때문에 서로 비슷하거나 반대되는 語句를 나란히 놓아서 형식적으로는 整齊되고 내용은 풍부하게 된다. 이 對偶는 의미상의 排偶와 聲音상의 對仗으로 나눈다. 이후로는 〈의미의 대우〉와 〈성음의 대우〉로 부른다.

10) 薛道衡(540~609) 隋의 시인. 字는 玄卿. 北齊와 北周에서 관리생활을 하였으며 隋代에 司隷大夫를 지냈음. 楊廣의 無道함을 풍자하다가 煬帝에게 自盡을 명받고 죽음. 그의 시는 화려하나 소수의 변새시는 웅건하다. 對偶와 平仄에 주의하여 初唐의 격조가 있다. 원래 문집이 있었으나 散佚되고 明人이 편집한《薛司隷集》이 있다.

11) 王世貞(1526~1590) 明人. 字는 完美, 호는 鳳洲·弇州山人, 저서로는 《藝苑厄言》이 있다.

12) 古風은 詩體의 이름으로, 古詩·古體詩를 말한다.

13) 본문에서는 『雙管齊下』라고만 씌어져 있으나 내용의 편의를 위해 역자가 追記하였다. 唐 張璪, 字는 文通. 樹石山水에 뛰어났다. 당시 이름을 떨치던 畢宏이 그가 두 개의 붓으로 동시에 두 종류의 소나무를 그리는 것을 보고 어디서 배웠느냐고 하자 『밖으로는 조화를 스승으로 삼고 안으로는 마음의 근원을 얻었다 外師造化, 中得心源』라고 대답하였더니 필굉이 붓을 놓았다 한다. 指畫도 창작하였다. 저서에는 《繪畫鏡》이 있다. 《歷代名畫記》 참조.

14) 遙役을 나간 사람의 돌아가기를 바라는 정을 읊은 시.

15) 曹丕를 따라 銅雀園에서 연회를 할 때 쓴 시로, 王粲·劉楨·阮瑀·應瑒 등도 《公宴詩》가 있는 바 모두 그때 酬唱한 것. 아마 曹丕의 《芙蓉池作》에 화답한 것인 듯하다. 4연이란 『明月澄淸影, 列宿正參差. 秋蘭被長坂, 朱華昌綠池. 潛魚躍波, 好鳥鳴高枝. 神飆接丹穀, 輕輦隨風移』를 말한다.

16) 《擬明月何皎皎》 擬古詩 12首의 6번째.

17) 《雜詩》 其二.

18) 시를 짓되 대구를 하면서 하나의 연을 교묘하게 짓는 것.

19) 연극에서 재치를 발휘하여 웃기는 것.

20) 원래 詩集이 있었으나 散佚되고, 明나라 사람이 편집한 《謝康樂集》이 있다.

21) 《詩經·豳風·七月》 『봄날은 길고길어 흰 쑥 뜯는 이도 많아라. 아낙네들 마음 들떠 시집 가길 바란다네. 春日遲遲, 采蘩祁祁. 女心傷悲, 殆及公子同歸』

22) 《楚辭·招隱士》 『왕손은 놀러 가서 돌아오지 않는데, 봄풀은 돋아나서 무성하기만 하네. 王孫遊兮不歸, 春草生兮萋萋』

23) 律詩를 임의로 연장한 것으로, 보통 10句 이상의 율시이며 처음과 끝 두 구씩을 제외하고는 모두 對句를 해야 한다.

24) 《銅雀妓》 또는 《銅雀臺》라는 곡조를 빌어 曹操를 追念하는 것으로 되어 있으나 기실은 20여 세 연상의 친구인 范雲을 애도하는 시.

25) 석양에 강 위의 다리를 바라보며 蕭·楊·江 세 친구에게 보인 시.

26) 陶弘景(452~536) 字는 通明, 梁陳 때의 사람으로 梁武帝의 총애를 받아

山中宰相이라 불리었다. 禪·圖纖·음양오행·천문지리 등과 文學과 書法에
뛰어났다.《答詔》의 원명은《詔問山中何所有賦詩以答》

27)本章 註10 참조.

28)《善哉行》을 제목으로 하고 있는데, 이는《相和歌·瑟調曲》의 歌辭이다.
이 4언시의 처음이『上山采薇』로 되어 있어서 이를 취한 것이다.

29)《雜詩》의 두번째 시.

[제12장]

1)모두 八病에 속하며, 그외에 大韻·小韻·旁紐·正紐가 있다.

2)《顔氏家訓·音辭篇》『鄭玄注六經, 高誘解呂覽, 淮南, 許愼造說文, 劉熙製
釋名, 始有譬況假借以證字音耳. 而古語與今殊別, 其間輕重淸濁, 猶未可曉. 加
以外言, 內言, 急言, 徐言, 讀若之類, 益使人疑.』여러 가지 해석이 있는데 急氣
緩氣, 음의 넓고 좁음(洪細), 모음(元音)의 장단 등으로 추측할 뿐 정확한
설은 없으나 상황을 비유해서 읽는다는 데는 거의 공통적이다. 다만 반절이 유
행되기 전 讀若이나 直音法보다 앞선 원시적 讀音法임은 확실하다. 이것은 발
음이 비슷한 다른 글자를 빌어서 表音하기 때문에 假借를 붙여 사용한 듯하다.

3)《論語·子路》『子曰 誦詩三百, 授之以政, 不達. 使於四方, 不能專對, 雖
多, 亦奚以爲?』

4)《論語·爲政》『詩三百, 一言以蔽之, 曰思無邪.』

5)《陽貨》『子曰, 小子何莫學夫詩, 詩可以興, 可以觀, 可以群, 可以怨. 邇之
事父, 遠之事君, 多識於鳥獸草木之名.』

6)工尺이란 樂工들이 사용한 간단한 부호로서, 合(和)·四·一·上·尺·
工·凡 7聲을 工尺이라 하였다. 서양의 CDEFGAB나 도레미파솔라시와 부합
한다. 또는 管色譜·笛色譜라고도 하는데 궁상각치우를 대신하는 것이다.

7)短簫鐃歌라고 하며, 징을 두드리며 부르는 노래로 軍樂의 하나로서 개선
곡이다. 蔡邕의《禮樂志》에『漢樂四品, 其四曰短簫鐃歌, 軍樂也』라고 하였고,
崔豹의《古今注》에『短簫鐃歌, 軍樂也. 黃帝使岐伯所作, 所以建武揚德, 風勸戰
士,《周禮》所謂王大捷則令凱樂, 軍大獻則令凱歌者也. 漢樂有黃門鼓吹, 天子
所以宴樂群臣, 短簫鐃歌, 鼓吹之一章耳, 亦以賜有功諸侯』라고 하여 軍樂에서
의 凱樂임을 말하고 있다. 또 郭茂倩의《樂府詩集》에서는『황문고취·단소요

가·횡취곡을 함께 鼓吹라고 부르는데 그 사용되는 바가 다를 뿐이다. 漢에
《朱鷺》등 22곡(지금 18곡만 존재)이 고취에 배열되어 있는데 이것을 鐃歌라
고 한다. 黃門鼓吹, 短簫鐃歌與橫吹曲, 得通名鼓吹, 但所用異爾. 漢有朱鷺等二
十二曲, 列於鼓吹, 謂之鐃歌』

8) 元稹《樂府古題序》

9) 元稹도 上記 序에서 시의 다른 이름 24개를 들고 그 중에서 시와 음악과
의 관계를 간단하지만 적절하게 설명하고 있는데, 이는 宋詞의 기원 및 성격규
정에도 도움이 된다. 즉 첫번째의 『由調定詞』는 『在音聲者, 因聲以度詞, 審調
以節唱, 句度短長之數, 聲韻平上之差, 莫不由之準度.……斯皆由樂以定詞, 非
選調以配樂』으로서 노래의 곡조를 따라서 가사를 짓는 것이며, 뒷날 宋詞(曲
子詞)를 설명하는 좋은 문장이 된다. 그리고 두번째의 『由詞定調』는 『後之審
樂者, 往往採取其詞, 度爲歌曲. 蓋選詞以配樂, 非由樂以定詞也』와 같이 그냥
읊조리는 시, 즉 徒詩 또는 聲詩·歌詩 등은 가사를 먼저 짓고 난 다음에 음악
을 맞춘다는 것을 설명하고 있다.

〔부록 Ⅱ〕

1) 일종의 雜體詩로 거꾸로 읽어도 통하는 시를 말하며, 또 銅鏡 같은 것에
써서 돌리며 읽어도 뜻이 통하는 것도 있고 중앙에서 사각으로 뻗치면서 읽는
것도 있다. 대개 晋의 傅咸·溫嶠 등에서 시작되었다고 하며, 劉勰의 《文心雕
龍·明詩篇》에『回文所興, 道原爲始』라는 기록도 있다. 文字遊戱에 속한다.

2) 唐의 張打油의 《雪詩》에서 유래된 雜體詩의 일종으로, 평측과 韻에 구애
받지 않고 俚語(俗語)를 쓰는 통속적인 해학시.《雪詩》『江上一籠統, 井上黑窟
籠. 黃狗身上白, 白狗身腫.』또는 打狗詩라고도 한다.

3)《白話文學史》제8장, p131.

4) 晁補之(1053~1110) 蘇門四學士의 한 사람으로 산문에 뛰어났으며, 《鷄
肋集》이 있다.

5) 張耒(1054~1114) 역시 소문사학사의 한 사람. 시에 뛰어났으며 백거이
와 張籍의 영향을 받아 평담하고 유창하였다. 사회모순도 반영하였다.

6) 秦觀(1049~1100) 북송의 詞人. 字가 小游. 號는 淮海居士, 소문사학사의
한 사람으로 남녀의 사랑과 感傷的인 婉弱한 詞를 썼다.《淮海集》이 있다.

7) 子音(consonant), 즉 輔音을 말하며 元音(vowel : 母音)과 對과 되는 용어이다. 子音과 母音으로 번역해서 쓰는 것은 다소 정확하지 않으나 이해의 편의를 위해 子音과 母音으로 사용한다.

8) 李頎(690～751) 唐代詩人. 籍官이 정확하지 않으며 일설에는 東川人이라 한다. 開元 때 진사 新鄕縣尉를 지냈다. 변새시의 풍격이 호방하여 7언歌行에 뛰어났다.

9) 《河南府試十二月樂詞》중 六月詩.

10) 王士禎(1634～1711) 淸代 詩人. 字는 子眞, 貽上, 號는 阮亭, 漁洋山人. 관직이 진사에서 刑部尙書까지 이르렀다. 神韻說을 제창.《帶經堂集》《漁洋山人精華錄》등이 있다.

11) 제11장 참조.

12) 講史·評話·平話라고도 하며, 唱과 대사를 사용하여 《三國志演義》《水滸傳》등의 시대물·역사물을 이야기하는 사람을 일컫는다.

【저자후기】

《시론詩論》은 1947년 이후 단독으로 인쇄하지 않았다. 작년에 삼련서점三聯書店에서 필자에게 《시론》을 재판再版하자고 건의하였는데 그들의 성의에 대해 매우 감사한다.

내가 과거에 쓴 것들 중에서 스스로 생각하기에 공을 많이 들였고, 비교적 독창적인 견해가 있는 것은 이 《시론》이라고 생각한다. 필자는 이런 시도에서 서양시론을 이용해서 중국 고전시가를 해석하였고 중국시론으로 서양시론을 검증하였으며, 중국시의 음률과 뒷날 왜 율시의 길로 가게 되었는지에 대해서도 탐색하고 분석하였다.

이번에 재판을 준비하는 과정에서 친구들의 도움으로 필자가 30년대 중반에 썼으나 이미 분실하였던 문장을 발견하고, 그 중 두 편인 〈중국시와 서양시의 정취상의 비교 中西詩在情趣上的比較〉와 〈시의 음률의 변호를 대신하여 替詩的音律辯護〉를 보충하여 해당되는 장章 절節 뒤에 부록으로 달았다. 그리고 과거의 판본 속의 잘못된 글자들은 장융계張隆溪 동지의 도움을 받아 일일이 수정하였다.

친구들의 열렬한 도움에 대해 이 자리를 빌어 충심으로 감사를 표한다.

1984년 4월 21일

일반적으로 중국문학을 배우고 익히는 데 있어서 대개 시대별·장르별·작가별 또는 그 영향관계 등으로 접근을 시작하는데, 이것은 어쩌면 지극히 당연한 일인지도 모른다. 국내의 중국문학 槪說書들은 대개 이러한 양식을 따르고 있다. 그러나 수 년 동안 중국문학에 대한 학습과 연구를 계속하면서도 그 주위를 맴도는 듯한 느낌을 받게 되는 것은 웬일인가. 몇 년 전, 함께 중국의 시와 詩論을 공부하던 사람들이 자신이 국내나 현대 서양의 文藝思潮나 文學一般에 대한 소양이 깊지 않아서 接近方法의 一新을 통한 새로운 認識의 地平을 확대하지 못하고 있는 것 같다고 자탄하는 소리를 들은 적이 있다. 이는 물론 개인적인 문제이겠지만 어쩌면 중국문학사의 저변을 貫流하는 그〈무엇〉또는 총체적 이론에 대한 목마른 호소인지 모른다. 이 朱光潛의《詩論》은 적어도 그 일부분의 공허감을 채워줄 수 있으리라고 역자는 믿는다. 이《詩論》은 중국의 시와 詩論에 관련된 제반분야를 論理的이고 思辯的으로, 종합적이고 비교적으로 치밀하게 분석——역사적 사실들의 나열이거나 이론들의 再整理가 아니라——하여 시의 본질적인 문제, 즉〈시의 詩다움〉에 대해 우리로 하여금 開眼케 할 만한 설득력을 지니고 있다. 이러한 분석을 위하여 朱光潛은 歷史學·社會學·民俗學·心理學 등의 방계학문을 도입하여 종합·비교하며 폭넓게 인용하면서 때로는 비판을 하고 때로는 절충을 꾀하고 있다. 그는 三聯書店版《詩論》〈後記〉(1984년 : 88세)에서 말하기를 자신의 著作 중에서 공을 많이 들였고 비교적 독창적인 견해를 가진 것이 이《詩論》이라고 스스로 自評하고 있다. 이 原著가 나온 지 이미 약 60년 되었는데 새삼스레 번역할 가치가 있는지 의문을 가질 법도 하지만 譯者가 寡聞한 탓인지는 몰라도 지금껏 中國論에 관하여 이 책을 능가할 만한 詩論書가 없다고 생각하여 번역에 착수한 것이다.

역자가 이 책을 처음 입수한 版本은 台北 正中書局影印本(1962년 초판, 85년 12판본)으로 번역이 끝날 즈음에 다시《朱光潛全集》(총5권 1987. 8

술 제3권)과 台湾 開明書局版《詩論》을 참고하면서〈中西詩在情趣上的比較〉와〈替詩的音律辯護〉및〈後記〉를 추가하였다. 그리고 原著의〈陶淵明〉은 그 이후 도연명에 관한 많은 연구업적이 나왔기에 생략하였다.

이 原著의 書名이《詩論》인데 국내 국문학계에서 같은 書名의 단행본도 있고, 또《中國詩論》(車柱環著)이란 書名도 이미 나와있으나 著者의 본의도를 살려 書名을《詩論》으로 했다.

附記할 것은 국내에 이미 朱光潛 선생에 관한 번역문이 나와 있으니 (①〈朱光潛의 詩論을 평함〉張世祿著, 李章佑譯, 韓國中語中文學會《中語中文學》제8집, 1987. 4. ②《美學入門—談美》朱光潛著, 孫貞淑譯, 螢雪出版社 1987. 8) 참고하면 本書를 이해하는 데 도움이 될 것이다.

번역과정중에 다소 힘들었던 점은 그의 많은 著書가 다만 몇 편의 美學 및 哲學 번역서, 그것도 꼭 필요할 때만을 제외하고는 단 하나의 註도 붙이지 않았다는 것이다. 本書에서는 보충설명이 필요하다고 생각되는 부분에는 반드시 譯註를 달아보았으나 적절한지 확신할 수 없으며, 또한 다느냐 마느냐의 갈등도 없지 않았다. 안타까운 일은 각 章이나 節에 관련된 몇몇 著書와 論文類 들을 보았으나 그 끝부분에 일목요연하게 정리하지 못했다는 것이다. 다음에 기회가 있으면 폭넓게 정리해 볼 생각이다.

朱光潛 선생은『성공한 번역작품은 창조품이지 번역작품이 아니다』라고 했는데, 譯著의 무딘 붓끝이 原著의 含意를 얼마나 정확히 전달하게 될지 실로 두렵다. 다만 스스로 흥미있고 가치있게 읽었으니 필요로 하는 독자들과 함께 그 즐거움을 나눌 수 있기를, 그리고 삼가 독자 諸賢들의 叱正을 바란다. 이 자리를 빌어 이 책의 출판을 기꺼이 맡아주신 東文選 辛成大 사장님과 편집·교정에 세심한 주의를 아끼지 않은 편집부 여러분께 감사드린다.

1991년　鄭相泓

【朱光潛簡譜】

1897년 9월 19일 ; 安徽省 桐城縣 몰락한 지주 가정에서 출생. 부친은 시골 私塾의 敎師. 14세까지 부친의 가르침을 받으며 구학문(四書五經·《古文觀上》《唐詩三百首》《史記》《通鑑輯覽》《西廂記》《水滸傳》)을 익혔고, 과거시대의 策論과 時文을 지었다.

1911년(15세) ; 洋學堂에 입학. 반 년 후 桐城派 古文家 吳汝綸이 설립한 桐城中學에 들어가서 姚鼐의 《古文辭類纂》을 배우고 국어교사로 宋詩派 詩人인 潘季野로부터 舊詩에 깊은 흥취를 느낌.

1916년(20세) ; 중학교 졸업 후, 고향에서 소학교 교원이 됨. 北京大學의 〈國故〉를 흠모했으나 가세가 빈궁하여 학비가 들지 않는 武昌高等師學校 中文科에 입학. 실망하고 1년 후 홍콩대학에서 교육학을 공부.

1918년(22세)~1922년(26세) ; 홍콩대학에서 영국의 언어와 문학·생물학과 심리학을 익힘.

1922년(26세) ; 홍콩대하 졸업 후 當年 여름 吳淞中學에서 영어를 가르치며 교내 간행물인 《旬刊》의 主編을 겸함. 江浙전투로 吳淞中學이 파괴되자 다시 浙江의 春暉中學에서 영어를 가르치며 匡互生·朱自清·豐子愷 등과 교유. 匡互生은 毛澤東과 함께 공부하였던 無政府主義者로 春暉中學의 교무주임이었는데 교장의 전제적인 行態에 반대하여 건의하였다가 받아들여지지 않자 사표를 냈다. 朱光潛도 동의, 春暉中學을 떠나서 상해로 갔다. 夏丏尊·章錫琛·豐子愷·周爲群 등도 상해로 오고 葉聖陶·胡愈之·周子同·陳之佛·劉大白·夏衍 등도 가세하여 立達學園을 창립. 교육의 자주독립을 주창하며 북양군벌의 전제적인 교육을 반대하였다. 이와 함께 開明書店(開明은 啓蒙의 뜻으로 中學生을 위주로 한 靑年을 대상으로 함. 뒤에 葉聖陶가 靑年書店이란 이름으로 계속했으며 지금의 中國靑年出版社의 前身임)을 창설하여 간행물 《一般》(뒤에 《中學生》으로 改名)을 발행. 朱光潛의 대부분의 저술은 청년들을 위한 것으로 모두 開明書店에서 발행되었다.

1925년(29세) ; 소련을 거쳐서 英國에 官費留學·에든버러Edinburgh

대학에서 영문학·철학·심리학·유럽고대사·예술사 등을 공부.

1929년(33세)~1933년(37세) ; 에든버러대학 졸업. 런던대학 대학원에 진학하였으며 파리대학에서 드라크로와 교수의 《藝術心理學》을 들음. 이때 《文藝心理學》을 쓸 구상. 《悲劇心理學》으로 박사 논문을 쓸 것을 계획함. 프랑스 스타스프르대학에서 《悲劇心理學》(英文)으로 박사학위 취득. (대학 출판부에서 출판) 이 사이 開明書店의 간행물 《一般》에 원고를 보내어 《청년에게 보내는 12통의 편지 給青年的十二封信》를 출판(1929.3). 《詩論》 초고 완성(1931)《變態心理學派別》1929년 완성. 1930년 開明書店出版. 《變態心理學》商務印書館 출판(1930). 《談美》(12통의 편지 이후 13번째의 편지로 1932년 11월 開明出版社 출판). 스스로 《文藝心理學》의 축소판이라고 함.

1933년 ; 가을 귀국. 中國研究院歷史所에 있던 친구 徐中舒의 소개로 당시 北京大 文學院長 胡適에 의해 北京大 西洋語 教授로 강의(西洋名著選讀·文學批評史). 또 北京大 中文科와 朱自清이 主任으로 있던 清華大 中文科 大學院에서 《文藝心理學》과 《詩論》으로 강의. 그리고 1년 동안 中央藝術院에서 《文藝心理學》 강의(在佛時의 친구 除志摩의 요청으로).

1936년(40세) ; 《文藝心理學》 開明書店에서 출판. 《孟實文鈔》출판(良友圖書公司에서).

1937년(41세) ; 《文學雜誌》主編. (京派 즉 당시 문예계의 舊知識人들과 海派, 즉 左聯의 대립 속에서 京派는 〈新月〉 시기에 전성기였는데 徐志摩가 비행기 사고로 죽자 쇠약해졌다. 이때 胡適과 楊振聲 등이 京派를 다시 振作시키기 위해 沈從文·周作人·兪平伯·朱自清·林徽音·朱光潛 등과 8인편집위원회를 조직하여 《文學雜志》를 창간하였는데 朱光潛이 主編을 맡았다. 그러나 이 잡지는 京派에만 국한되지는 않았고, 어느 정도 左派色彩가 있던 朱自清·聞一多·馮至·李廣田·何其芳·卞之琳 등도 기고하였다. 抗日戰爭(前1937~42년, 後1942~49년)이 발발하자 停刊되었다). 四川大學 文學院長 취임. 武漢大學 外文系 교수.

1942년(46세) ; 武漢大學 教務長이 되어 國民黨에 加入하게 되고 국민당의 《中央周刊》을 위해 2년 동안 원고를 씀. 〈御用文人〉으로 낙인. 뒤에 이 글을 묶어 《談文學》(1946년, 開明書店)과 《談修養》(1943년, 重慶中國出版社)으로 출판.

1943년(47세) ; 《孟實文鈔》의 增訂本으로 《我與文學及其他》(開明書店) 출판. 《詩論》(國民圖書出版社) 출판.

1946년(50세) ; 《談文學》 출판.

1947년(51세) ;《克羅齊哲學述評》(正中書局) 출판.

1948년(52세) ; 《詩論》 增訂版(正中書局) 출판.

1949년(53세) ; 국민당이 臺湾으로 후퇴. 中共의 사상개조운동의 중점인 물로 인식되어 많은 교육을 받음.

1957년(61세)~1962년(64세) ; 美學問題討論會. 美學에 대한 관심 提高. 자신의 미학 관점이 지나치게 唯心的이라고 생각하여 변증법적 유물론과 유물사관에 대해 집중적으로 학습·공부. 아울러 플라톤의 《文藝談話集》, 레싱의 《라오콘》, 아이크만의 《괴테談話錄》, 헤겔의 《美學》 3권 등을 번역·출판하였다. 이 사이에 발표된 논문은 6권의 《美學問題討論集》에 수록되고, 朱光潛 자신의 論文은 58년 《美學批判論文集》으로 출판(作家出版社).

1962년(66세) ; 고급당원학교에서 3개월 동안 美學史를 강의하고, 文科教材會議에서 《西方美學史》가 교재로 결정되어 63년에 출판됨.

1979년(83세) ; 四人幇 시절을 지나 《談美書簡》(80년 上海出版社) 출판.

1980년(84세) ; 80세 이후에 쓴 미학논문과 편지문 11편을 모아 《美學拾穗集》(百花文藝出版社) 출판.

1984년(88세) ; 《詩論》 重版할 때(三聯書店) 2개의 부록 〈中西詩歌在情趣上的比較〉〈替詩的音律辯護〉 추가함.

1986년(90세) 3월 6일 ; 北京에서 他界.

※ 《朱光潛全集》(安徽教育出版社) 第一卷의 〈作者自傳〉을 참고할 것.

鄭相泓
성균관대 중어중문학과 졸업
성균관대학교 중어중문학과대학원 석 · 박사

문예신서
14

詩 論

초판발행 : 1991년 7월 10일
2쇄발행 : 2003년 5월 25일

지은이 : 쭈 꾸앙 치엔
옮긴이 : 鄭相泓
총편집 : 韓仁淑
펴낸곳 : 東文選
제10-64호, 78. 12. 16 등록
110-300 서울 종로구 관훈동 74
전화 : 737-2795

ISBN 89-8038-314-2 94800
ISBN 89-8038-000-3 (문예신서)

【東文選 現代新書】

1 21세기를 위한 새로운 엘리트	FORESEEN 연구소 / 김경현	7,000원
2 의지, 의무, 자유 — 주제별 논술	L. 밀러 / 이대희	6,000원
3 사유의 패배	A. 핑켈크로트 / 주태환	7,000원
4 문학이론	J. 컬러 / 이은경·임옥희	7,000원
5 불교란 무엇인가	D. 키언 / 고길환	6,000원
6 유대교란 무엇인가	N. 솔로몬 / 최창모	6,000원
7 20세기 프랑스철학	E. 매슈스 / 김종갑	8,000원
8 강의에 대한 강의	P. 부르디외 / 현택수	6,000원
9 텔레비전에 대하여	P. 부르디외 / 현택수	7,000원
10 고고학이란 무엇인가	P. 반 / 박범수	8,000원
11 우리는 무엇을 아는가	T. 나겔 / 오영미	5,000원
12 에쁘롱 — 니체의 문체들	J. 데리다 / 김다은	7,000원
13 히스테리 사례분석	S. 프로이트 / 태혜숙	7,000원
14 사랑의 지혜	A. 핑켈크로트 / 권유현	6,000원
15 일반미학	R. 카이와 / 이경자	6,000원
16 본다는 것의 의미	J. 버거 / 박범수	10,000원
17 일본영화사	M. 테시에 / 최은미	7,000원
18 청소년을 위한 철학교실	A. 자카르 / 장혜영	7,000원
19 미술사학 입문	M. 포인턴 / 박범수	8,000원
20 클래식	M. 비어드·J. 헨더슨 / 박범수	6,000원
21 정치란 무엇인가	K. 미노그 / 이정철	6,000원
22 이미지의 폭력	O. 몽젱 / 이은민	8,000원
23 청소년을 위한 경제학교실	J. C. 드루엥 / 조은미	6,000원
24 순진함의 유혹 〔메디시스賞 수상작〕 P. 브뤼크네르 / 김웅권		9,000원
25 청소년을 위한 이야기 경제학	A. 푸르상 / 이은민	8,000원
26 부르디외 사회학 입문	P. 보네위츠 / 문경자	7,000원
27 돈은 하늘에서 떨어지지 않는다	K. 아른트 / 유영미	6,000원
28 상상력의 세계사	R. 보이아 / 김웅권	9,000원
29 지식을 교환하는 새로운 기술	A. 벵토릴라 外 / 김혜경	6,000원
30 니체 읽기	R. 비어즈워스 / 김웅권	6,000원
31 노동, 교환, 기술 — 주제별 논술	B. 데코사 / 신은영	6,000원
32 미국만들기	R. 로티 / 임옥희	10,000원
33 연극의 이해	A. 쿠프리 / 장혜영	8,000원
34 라틴문학의 이해	J. 가야르 / 김교신	8,000원
35 여성적 가치의 선택	FORESEEN연구소 / 문신원	7,000원
36 동양과 서양 사이	L. 이리가라이 / 이은민	7,000원
37 영화와 문학	R. 리처드슨 / 이형식	8,000원
38 분류하기의 유혹 — 생각하기와 조직하기 G. 비뇨 / 임기대		7,000원
39 사실주의 문학의 이해	G. 라루 / 조성애	8,000원
40 윤리학 — 악에 대한 의식에 관하여 A. 바디우 / 이종영		7,000원
41 흙과 재 〔소설〕	A. 라히미 / 김주경	6,000원

126 세 가지 생태학	F. 가타리 / 윤수종	8,000원
127 모리스 블랑쇼에 대하여	E. 레비나스 / 박규현	9,000원
128 위뷔 왕 [희곡]	A. 자리 / 박형섭	8,000원
129 번영의 비참	P. 브뤼크네르 / 이창실	8,000원
130 무사도란 무엇인가	新渡戶稻造 / 沈雨晟	7,000원
131 천 개의 집 [소설]	A. 라히미 / 김주경	근간
132 문학은 무슨 소용이 있는가?	D. 살나브 / 김교신	7,000원
133 종교에 대하여—행동하는 지성	J. 카푸토 / 최생열	근간
134 노동사회학	M. 스트루방 / 박주원	8,000원
135 맞불 · 2	P. 부르디외 / 김교신	10,000원
136 믿음에 대하여—행동하는 지성	S. 지제크 / 최생열	9,000원
137 법, 정의, 국가	A. 기그 / 민혜숙	근간
138 인식, 상상력, 예술	E. 아카마쮸 / 최돈호	근간
139 위기의 대학	ARESER / 김교신	근간
140 카오스모제	F. 가타리 / 윤수종	10,000원
141 코란이란 무엇인가	M. 쿡 / 이강훈	근간
142 신학이란 무엇인가	D. F. 포드 / 노치준 · 강혜원	근간
143 누보 로망, 누보 시네마	C. 뮈르시아 / 이창실	근간
144 철학이란 무엇인가	E. 크레이그 / 최생열	근간

【東文選 文藝新書】

1 저주받은 詩人들	A. 뻬이르 / 최수철 · 김종호	개정근간
2 민속문화론서설	沈雨晟	40,000원
3 인형극의 기술	A. 훼도토프 / 沈雨晟	8,000원
4 전위연극론	J. 로스 에반스 / 沈雨晟	12,000원
5 남사당패연구	沈雨晟	10,000원
6 현대영미희곡선(전4권)	N. 코워드 外 / 李辰洙	절판
7 행위예술	L. 골드버그 / 沈雨晟	절판
8 문예미학	蔡 儀 / 姜慶鎬	절판
9 神의 起源	何 新 / 洪 熹	16,000원
10 중국예술정신	徐復觀 / 權德周 外	24,000원
11 中國古代書史	錢存訓 / 金允子	14,000원
12 이미지—시각과 미디어	J. 버거 / 편집부	12,000원
13 연극의 역사	P. 하트놀 / 沈雨晟	절판
14 詩 論	朱光潛 / 鄭相泓	22,000원
15 탄트라	A. 무케르지 / 金龜山	16,000원
16 조선민족무용기본	최승희	15,000원
17 몽고문화사	D. 마이달 / 金龜山	8,000원
18 신화 미술 제사	張光直 / 李 徹	10,000원
19 아시아 무용의 인류학	宮尾慈良 / 沈雨晟	절판
20 아시아 민족음악순례	藤井知昭 / 沈雨晟	5,000원
21 華夏美學	李澤厚 / 權 瑚	15,000원

232 허난설헌	金成南	16,000원
233 인터넷철학	G. 그레이엄 / 이영주	근간
234 촛불의 미학	G. 바슐라르 / 이가림	근간
235 의학적 추론	A. 시쿠렐 / 서민원	근간

【기 타】

모드의 체계	R. 바르트 / 이화여대기호학연구소	18,000원
라신에 관하여	R. 바르트 / 남수인	10,000원
說 苑 (上·下)	林東錫 譯註	각권 30,000원
晏子春秋	林東錫 譯註	30,000원
西京雜記	林東錫 譯註	20,000원
搜神記 (上·下)	林東錫 譯註	각권 30,000원
경제적 공포[메디치賞 수상작]	V. 포레스테 / 김주경	7,000원
古陶文字徵	高 明·葛英會	20,000원
古文字類編	高 明	절판
金文編	容 庚	36,000원
고독하지 않은 홀로되기	P. 들레름·M. 들레름 / 박정오	8,000원
그리하여 어느날 사랑이여	이외수 편	4,000원
딸에게 들려 주는 작은 지혜	N. 레흐레이트너 / 양영란	6,500원
노력을 대신하는 것은 없다	R. 쉬이 / 유혜련	5,000원
노블레스 오블리주	현택수 사회비평집	7,500원
미래를 원한다	J. D. 로스네 / 문 선·김덕희	8,500원
사랑의 존재	한용운	3,000원
산이 높으면 마땅히 우러러볼 일이다	유 향 / 임동석	5,000원
서기 1000년과 서기 2000년 그 두려움의 흔적들	J. 뒤비 / 양영란	8,000원
서비스는 유행을 타지 않는다	B. 바게트 / 정소영	5,000원
선종이야기	홍 희 편저	8,000원
섬으로 흐르는 역사	김영희	10,000원
세계사상	창간호~3호: 각권 10,000원 / 4호: 14,000원	
십이속상도안집	편집부	8,000원
어린이 수묵화의 첫걸음(전6권)	趙 陽 / 편집부	각권 5,000원
오늘 다 못다한 말은	이외수 편	7,000원
오블라디 오블라다, 인생은 브래지어 위를 흐른다	무라카미 하루키 / 김난주	7,000원
인생은 앞유리를 통해서 보라	B. 바게트 / 박해순	5,000원
잠수복과 나비	J. D. 보비 / 양영란	6,000원
천연기념물이 된 바보	최병식	7,800원
原本 武藝圖譜通志	正祖 命撰	60,000원
隸字編	洪鈞陶	40,000원
테오의 여행 (전5권)	C. 클레망 / 양영란	각권 6,000원
한글 설원 (상·중·하)	임동석 옮김	각권 7,000원
한글 안자춘추	임동석 옮김	8,000원
한글 수신기 (상·하)	임동석 옮김	각권 8,000원

東文選 文藝新書 21

華夏美學

李澤厚 지음
權 瑢 옮김

문학예술과 철학사상을 심도 있게 다룬 중국 미학서.

화하미학은 유가사상을 주체로 하는 중국의 전통 미학을 가리킨다. 그 주요 특징은 美와 眞의 관계에 있는 것이 아니고, 美와 善의 관계에 있다.

작자는 이러한 미학사상에는 유구하고 견실한 역사적 근원이 있으며, 그것은 非酒神型적 禮樂 전통을 계승하여 발전시켰다고 생각했다. 2천 년대 화하미학 중의 몇 가지 기본 관점과 범주, 그것이 해결하고자 하는 문제, 그것이 포함하고 있는 모순과 충돌은, 이미 이 전통 근원 속에 내재되어 있었다.

사회와 자연·정감과 형식·예술과 정치·하늘과 인간 등등의 관계를 어떻게 처리하고, 자연의 인간화를 어떻게 이해할 것인가 하는, 이러한 것들은 일반 미학의 보편적인 문제일 뿐만 아니라, 동시에 또한 화하미학의 중심이 있는 곳이기도 하다.

작자는 고대의 禮樂, 공맹의 人道, 장자의 逍遙, 굴원의 深情, 禪宗의 形上추구를 차례로 논술하여, 다음과 같은 결론을 얻었다.

중국의 철학미학과 문예·윤리정치 등등에 이르기까지는 모두 일종의 심리주의에 기초하여 세워졌는데, 이러한 심리주의는 어떤 경험과학의 대상이 아니고, 情感을 본체로 하는 철학 명제였다. 이 본체는 신령도 아니고 하나님도 아니며 법률도 아니고 理知도 아닌, 情理가 상호 교융하는 人性 심리이다. 그것은 초월할 뿐만 아니라 내재하기도 하고, 감성적인 것일 뿐만 아니라 초감성적이기도 한, 審美적 形上學이다.

東文選 文藝新書 58

꿈의 철학
-꿈의 미신, 꿈의 탐색

劉文英 지음
何永三 옮김

꿈의 미신과 꿈의 탐색은 종교와 과학이라는 서로 다른 두 개의 범주에 속한다. 저자는 꿈의 미신에서 占夢의 기원과 발전, 占夢術의 비밀과 流傳, 꿈에 대한 갖가지 실례와 해석을 들어 고대인들의 꿈에 대한 미신을 종교학적 측면에서 다루고 있으며, 꿈의 탐색에서는 꿈의 본질과 특징, 꿈에 관한 구체적 문제들과 꿈을 꾸는 생리적·정신적 원인들에 관한 토론을 계통적으로 연구하고 있다.

프로이트 이후 최대의 업적으로 평가받고 있는 이 책은, 그동안 꿈에 대한 서양식의 절름발이 해석에서 벗어나 동양인의 서양인과는 다른 독특한 사유구조와 이에 반영되어 있는 문화체계를 이해하는 데에 크게 도움을 줄 것이다. 꿈에 대한 미신은 인간의 꿈에 대한 일종의 몽매성을 반영하고 있으므로 해서 중국 문화를 연구하는 현대 학자들은 오랫동안 일고의 가치도 없는 것으로 여겨 왔다. 그러나 꿈에 대한 미신은 하나의 문화현상으로 그 역사적인 측면에서도 매우 오래 된 원류를 갖고 있을 뿐만 아니라, 사회생활과 사회심리학적인 수많은 부분에 대해 영향을 미쳐 왔으니 만큼, 각종의 다른 종교를 대하는 것과 마찬가지로 진지하게 이를 분석하고 연구해야 할 것이다.

이 책의 저자는 오랫동안 중국 고대 철학을 전공한 학자로서 꿈에 관련된 갖가지 문화현상을 둘러보고, 그로부터 고대 중국인들의 심리상태와 그들이 추구하고자 했던 바와 사유방식 등을 이해하고자 하였다. 이를 위해 저자는 중국 고대 해몽의 기원과 발전에서부터 현대의 꿈에 대한 정신적 분석에 이르기까지 방대한 자료와 해박한 지식으로 명쾌하게 꿈을 분석해 나가고 있다.

東文選 文藝新書 85

禮의 精神

柳 肅 지음
洪 憙 옮김

이 책에서 다루고 있는 〈예〉는, 현재 의미상의 문명적인 예의뿐만 아니라 사회의 도덕가치·민족정신·예술심리·풍속습관 등 여러 방면에 이르는 극히 넓은 문화적 범주를 뜻한다.

〈예〉는 인류 문명의 자랑할 만한 많은 것들을 창조하였지만, 동시에 후인들로 하여금 지금까지 내던져 버리기 어려운 보따리를 짊어지게 하였다고 전제하고, 어떻게 하면 이 둘 사이에서 적합한 문명 발전의 길을 찾느냐를 모색하고 있다.

정신문화상으로는 동양의 오랜 문명과 예의를 가지며, 물질문화상으로는 서양의 선진국가를 초월하여 동서양 문화의 성공적인 결합을 이루고자 함에 있어 그 정신을 다시 한번 되짚는다.

또한 이 책은 〈예〉라는 한 각도에서 그 문화적인 심층구조와 겉으로 드러난 형태 사이의 관계를 논술하면서 통치자인 군주의 도덕윤리적 수양을 비롯하여, 일반 평민의 가족관계를 유지하고 사회의 안정을 유지하는 기초적인 조건에 이르기까지 저마다 자각하고 준수해야 할 도덕규범을 민족정신과 문화현상을 통해 비교분석하고 있다.

【주요 내용】 禮의 기원과 작용 / 예의 제도와 禮樂의 교화 / 예와 중국의 민족정신 / 예약과 중국의 정치 / 국가와 가정 / 예의 권위 / 체제와 직능 / 윤리화된 철학 / 조상 숭배와 천명사상 / 儒學의 연원 / 예의 반란 / 종교감정과 현실이성 / 신화와 전통 / 士官의 문화와 巫祝의 문화 / 美와 善의 합일 / 詩敎와 樂敎 / 예의 형상 표현 /정치윤리 / 집단주의 / 여성의 예교와 여성의 정치 / 예의의 나라 / 윤리강령의 통속화 / 가족과 정치 / 예약의 문화 분위기 / 민족정신의 확대 / 정치적 곤경

東文選 文藝新書 47

美의 歷程

李澤厚 지음/尹壽榮 옮김

　본서는 제목 그대로 미의 역정을 그 주내용으로 삼고 있다. 이 책을 통하여 독자들은 미의 여행을 떠나게 된다. 이 책을 읽어가는 동안 독자들은 서서히 중국이라는 전설의 나라, 신비의 나라가 간직하고 있는 미의 세계를 순례하게 된다. 그 순례의 과정은 아득한 원시시대로부터 시작하여, 수많은 길고 먼 길들을 거쳐 마침내 명·청시대라는 역사시기로서의 마지막 단계에까지 이르게 된다. 독자들은 이 여정을 통하여 부지불식간에 중국이 지니는 미의 세계에 대하여, 그 핵심과 깊이를 파악하게 된다. 이 여행의 안내는 현대 중국의 유명한 미학자 가운데 한 사람인 이택후가 담당한다. 그리하여 이 책을 다 읽고 나면 우리 모든 독자들은 안내자 이택후에게 감사함을 느끼게 될 것이다. 적어도 역자의 경험은 그러하다.

　이 책은 분명히 말하여 좋은 책이다. 이 책은 중국미학이란 무엇인가? 그 세계는 어떠한가?라고 질문하는 독자에게 명쾌하게 답변을 제시해 줄 것이다. 이 책은 중국미학의 어떤 전문 분야에 대하여 깊이 있게 천착하는 성격의 것이 아니다. 이 책은 차라리 중국미학에 있어서 역자와 같은 문외한을 위하여 만들어진 책이라 해야 할 것이다. 그러나 이 책을 다 읽고 나면 독자는 적어도 중국미학에 대한 상당 수준의 높은 식견을 지닐 수 있게 될 것이다.

東文選 文藝新書 125

중국은사문화

馬　華・陳正宏 지음
姜炅範・千賢耕 옮김

　중국에는 이 세상에서 은사가 가장 많았고, 그 은사들의 생활은 〈숨김(隱)〉으로 인해 더욱 신비스럽게 되었다. 이 책은 은사계층의 형성에서부터 은사문화의 특징에 이르기까지 구체적이고 생동감 넘치는 수많은 사례를 인용하였으며, 은사의 성격과 기호・식사・의복・주거・혼인・교유・예술활동 등을 다각도로 보여 준다. 또한 각양각색의 다양한 은사들, 즉 부귀공명을 깔보았던 〈世襲隱士〉, 험한 세상 일은 겪지 않고 홀로 수양한 〈逸民〉, 부침이 심한 벼슬살이에서 용감하게 물러난 조정의 신하, 황제의 곡식을 먹으니 차라리 굶어죽기를 원했던 〈居士〉, 入朝하여 정치에 참여했던 〈산 속의 재상〉, 총애를 받고 권력을 휘두른 〈處士〉, 그리고 기꺼이 은거했던 황족이나 귀족 등 다양한 은사들의 다양한 은거생활과 운명에 대해 서술하였다. 그들 중에는 혼자서 은거한 〈獨隱〉도 있으며, 형제간이나 부부・부자나 모자 등 둘이서 은거한 〈對隱〉도 있으며, 셋이나 다섯이서 시모임(詩社)이나 글모임(文社)을 이루어 함께 은거하는 경우도 있었다. 그들은 대부분 산 속 동굴에 숨어 살거나, 시골 오두막에 깃들거나, 산에서 들짐승과 함께 평화롭게 살거나, 혹은 시체 구더기와 한방에서 산 사람도 있었다. 이들은 소박한 차와 식사를 했지만 정신만은 부유하여, 혹 산수시화에 마음을 두고 스스로 즐기거나 物外의 경지로 뛰어넘어 한가롭고 깨끗하게 지냈으며, 심지어는 마음이 맑고 욕심이 적어 평생 아내를 맞이하지 않기도 하였다. 이 책은 은사생활의 모든 면을 보여 주는 동시에, 중국 고대 사회에서 은사들이 점했던 특수한 지위와 중국 문화에 은사 문화가 미친 영향 등에 대해 깊이 있는 연구를 진행하였다. 풍부하고 생생한 내용에 재미있는 일화도 있지만, 깊이 있는 견해 또한 적지않다. 중국 문화의 심층을 이해하는 데 상당한 도움을 줄 것이다.

東文選 文藝新書 156

중국문예심리학사

劉偉林 / 심규호 옮김

《중국문예심리학사》는 중국의 문예심리학 연구성과를 바탕으로 중국 각 시대의 문예심리를 조망하고 있는 논저이다. 저자는 "문학사는 일종의 심리학이며 영혼의 역사이다"라는 관점에 근거하여, 문예창작과 감상은 인간의 심리활동과 불가분의 관계에 있다는 원리를 고수하고 있다. 또한 심리학과 미학, 그리고 예술학을 상호 결합시키면서 先秦時代부터 시작하여 兩漢・魏晉南北朝・唐宋・明淸・近代에 이르기까지 전 역사과정을 6장으로 나누어, 중국 고대 2천여 년의 대표적인 문론가・미학가의 문예심리학 관점을 논술하고, 아울러 당시대의 시가・소설・희곡・서법・회화 등의 예술형식에 관한 문예심리학의 발전과정을 논술하고 있다.

 이 책의 장점은 무엇보다도 문예심리학이라는 일관된 관점 속에서 방대한 자료에 대하여 심도 있고 독특한 해석과 논의를 진행하고 있다는 점이다. 또한 방법론에 있어서도 중국뿐만 아니라 서양의 문예심리학 이론을 아우르고 있다는 점에서 상호 비교는 물론이고, 고전 이론의 현대적 해석에 도움을 줄 수 있을 것이다.

 이 책은 중국문예심리학 관련 연구에 있어 독창성과 더불어 최초의 史的 연구라는 점에서 많은 이들의 격려와 찬사를 받은 바 있다. 이 책은 문예심리학이라는 학문에 대하여 보다 쉽게 접근할 수 있는 계기가 될 것이고, 일반적으로 문학연구에서 도외시한 書論과 畵論 등을 詩・文論 등과 함께 다루고 있기 때문에 각 시대의 문예 상황에 대한 보다 심도 있는 연구에 큰 도움을 줄 것이다. 지금까지 우리나라에 소개된 개괄적인 중국문학이론사에서 한 걸음 더 나아가, 본서는 중국 문예이론에 대한 전반적인 이해와 더불어 독특한 심리학 관점에 의한 다각적인 문예연구의 새로운 지평을 열어 줄 것이라고 확신한다.

東文選 文藝新書 161

漢語文字學史

黃德寬 · 陳秉新 지음
河永三 옮김

국내에 최초로 소개되는 중국문자학사.

한자는 매우 오랜 역사를 가지고 있으며, 한자에 대한 연구 또한 깊디깊은 연원을 갖고 있다. 그러나 한자 연구사를 비교적 전체적으로 총결한 저작은 중국에서도 매우 드물다.

본서는 첫째, 중국한자학의 발생과 발전이라는 문화를 배경으로 삼아 한자학의 역사를 인식해 보고자 하였다. 왜냐하면 문화와 학술의 한 현상으로서 한자학이라는 것의 발생과 발전은 결국 일정한 시대의 역사와 문화 및 학술사상의 변천과 밀접한 관련을 맺고 있기 때문이다.

둘째, 자료의 선택이라는 측면에서 우리는 한자학이라는 기본적인 틀에서 출발하여 한자학 발전을 가장 대표할 만한 것과 관련된 내용을 선별적으로 채택하여 이의 역사를 서술하였다.

셋째, 한자학의 역사와 시기구분적인 측면에 있어서 우리는 학술발전의 내재적 관계에 치중했다. 시기구분이라는 것은 학술사를 찬술할 때 맞부딪치는 가장 중요하고도 근본적인 임무의 하나이다. 한자 연구의 역사를 단순한 왕조별 구분사가 아닌 한자학 발전의 내재적 관계에 근거해 이를 창립·침체·진흥·개척발전 등과 같은 주제에 의한 시기구분법을 도입함으로써 한자학 연구사의 흐름을 한자 자체의 발전과 연계지어 이해 가능하도록 했다는 점이다.

넷째, 통시적 성질을 지닌 한자학에 관한 저작이기 때문에 거시적인 파악에 기초하여 요점을 간단명료하게 제시하되 논리정연해야 함은 물론 세밀한 분석과 깊이 있는 탐구를 병행하였다.

끝으로 한자학 연구의 개별적 성과물이나 인물 중심의 소재가 아닌 한자학의 이론을 중심으로 서술함으로써 한자학 연구의 이해를 더욱 체계적으로 개괄 가능케 하였다는 점을 특징으로 들 수 있겠다.